La Baronesa

La Baronesa

Una vida de novela

NIEVES HERRERO

Papel certificado por el Forest Stewardship Council®

MIXTO
Papel procedente de fuentes responsables
FSC® C117695

Penguin Random House Grupo Editorial

Primera edición: junio de 2023

Printed in Spain – Impreso en España

ISBN: 978-84-666-7720-2
Depósito legal: B-10.347-2023

Compuesto en Llibresimes

Impreso en Unigraf, S. L.
Móstoles (Madrid)

BS 7 7 2 0 2

A las siete vidas de una mujer sorprendente

«La felicidad debe aprovecharse en el momento en que se presenta».

ALEJANDRO DUMAS

«Sin el arte, la crudeza de la realidad haría que el mundo fuese insoportable».

GEORGE BERNARD SHAW

«El propósito del arte es lavar el polvo de la vida cotidiana de nuestras almas».

PICASSO

Índice

NOTA A LA EDICIÓN 15
PRÓLOGO DE LA AUTORA 17
UNA DECISIÓN ARRIESGADA 29

PRIMERA PARTE

1. *La creación de Adán* 35
2. El paraíso 43
3. La profecía 58
4. *The green thumb* 71
5. La amistad con don Juan 81
6. El pulso a Moneo 93
7. Adelantarse al futuro 103
8. Un amigo imprescindible 114
9. Un año de luces y sombras 124

10. La «Estrella de la Paz» para el gran día 135
11. Siempre el maldito dinero 148

SEGUNDA PARTE

12. El aviso de la carta astral 161
13. «¡Lucha!» 169
14. Y llegó el día más difícil 185
15. La casa de los recuerdos 195
16. Una historia familiar 203
17. Una niña romántica 212
18. Dos hermanos inseparables 223
19. El primer beso 236
20. El mundo del revés 247
21. El intercambio 258
22. Todo menos que te ennovies 266
23. La gota que colmó el vaso 280

TERCERA PARTE

24. Todo comenzó con un autógrafo 289
25. El insistente Lex Barker 300
26. Recién casados 310
27. La vida en la Meca del cine 318
28. Un eterno Peter Pan 332
29. Más allá de la muerte 349
30. «Y ahora, ¿qué?» 354

CUARTA PARTE

31. Empezando de nuevo 363
32. «Espartaco no te conviene» 372
33. Tocar fondo 382

QUINTA PARTE

34. Por primera vez soltera 393
35. Y, de pronto, todo cambió 402
36. La experiencia de ser madre 410
37. Cruce de historias 423

SEXTA PARTE

38. Los unió el destino 433
39. La persona que buscaba 440
40. Primeras Navidades en familia 451
41. Comienza una nueva vida 465
42. Uno más en la familia 477
43. Trescientos invitados 488
44. Nada va a ser de color de rosa 494
45. Lo mejor y lo peor se dieron la mano 504
46. «Nadie tan valiente como tú, Heini» 515
47. Thyssen contra Thyssen 526
48. Un nuevo contratiempo 537
49. Las raíces húngaras del barón 551
50. «La belleza debe ser compartida por todos» . . 563

51. «La virtud sobrepasa la riqueza» 575
52. «El secreto está en la fuerza de voluntad» . . 588
53. Intuía que el final estaba cerca 601

SÉPTIMA PARTE

54. Nos hemos quedado solos 615
55. Secreto de familia 627
56. Las mellizas son familia 637
57. Días grises en Más Mañanas 648
58. La educación de las niñas 661
59. Una oferta difícil de rechazar 673
60. El *Mata Mua* 687

Epílogo 703
Agradecimientos 707
Bibliografía 709

Nota a la edición

El libro que el lector tiene entre las manos es una novela basada en hechos reales, fruto del exhaustivo trabajo de documentación de su autora, Nieves Herrero, y en su conocimiento de la protagonista de esta historia, Tita Cervera, a quien ha entrevistado en muchas ocasiones a lo largo de las últimas décadas. Algunas escenas, descripciones y diálogos han sido ficcionados al amparo del derecho a la creación literaria para hacer llegar a los lectores el retrato emocionante de una mujer clave en la historia artística y social de España en los siglos XX y XXI.

Prólogo de la autora

Esta aventura literaria comenzó a finales del 2019 cuando Carmen Thyssen me llamó a mi teléfono móvil y me pidió que escribiera un libro sobre su vida. En ese momento, me dije a mí misma que probablemente estaba hablando con la mujer que había hecho más por el arte en España en los últimos cincuenta años. En cuestión de segundos pensé que su propuesta podría ser fascinante y le dije que sí, aunque le puse un pero...

—Baronesa, lo que no podemos hacer es reinventar su vida porque la conoce todo el mundo.

—Llámame Tita, lo primero. Quiero contar mi vida tal y como ha sido. Creo que ha llegado el momento de hacerlo.

—¿Con sus claros y sus sombras?

—Sí.

—Pues cuente conmigo, pero las cosas debemos hacerlas bien. La editorial tendrá que unir nuestro trabajo en forma de contrato.

—Sí, estoy de acuerdo. Lo primero y antes de nada, llámame de tú.

—Gracias, Tita.

Días después, mi agente literaria Antonia Kerrigan, fallecida recientemente, firmaba con ella y con Penguin Random House. Yo igualmente firmé con mi agente y ésta a su vez con la editorial. De esta forma ya estábamos unidas para escribir su vida en forma de novela biográfica.

Poco a poco me fui introduciendo en su vida y fui testigo de la maraña legal en la que andaba la baronesa para cerrar el último acuerdo con el Gobierno de España, para que su colección privada se quedara en el museo Thyssen de Madrid. Supe con todo lujo de detalles cómo se iban produciendo los acontecimientos con el gobierno y con el abogado de su hijo Borja. Dos frentes con los que tuvo que lidiar para conseguir que su colección y la de su marido estuvieran juntas.

Yo observaba todo con los ojos de un niño, ávidos de información. Los primeros encuentros tuvieron lugar en unos sillones de seda verde con dibujos de animales exóticos, pintados por su amiga la pintora Mercedes Lasarte. Por las paredes, decoradas con tela de seda pintada en rosa, se encontraban diferentes retratos de Ricardo Macarrón en los que Borja compartía protagonismo con el barón Thyssen y con el rey Juan Carlos I. Alguien me dijo que la casa de La Moraleja —que parecía en su exterior y en su interior una casa de la exótica isla de la Polinesia Francesa, Tahití— había sido inaugurada por el propio rey Juan Carlos. El rey emérito había apoyado mucho en su día la llegada de la colección Thyssen a España. Ese acercamiento a la familia del rey supe pronto que tuvo un artífice, Luis Gómez-Acebo, el marido de la infanta

Pilar de Borbón. Tita lo mencionaba constantemente junto al nombre del prestigioso abogado Rodrigo Uría. Sin ellos y sin los diferentes ministros de Cultura de distintos gobiernos, hubiera sido imposible traer la colección a España.

Yo lo único que deseaba era conocer a fondo a la mujer que tenía ante mis ojos en chándal y con la cara sin una gota de maquillaje. Tan solo adornada con un anillo con un brillante rosa de gran tamaño en forma de rombo en su dedo anular de la mano izquierda. Posteriormente me confesó que fue un regalo de Heini, su marido. En realidad, allí estaba sonriente la protagonista de la novela que yo quería retratar. Me encontré con una mujer muy fuerte, muy sonriente pero a la vez muy sola aunque estuviera rodeada de personas de servicio, de un pequeño ramillete de amigos que se cuentan con los dedos de una mano, y de su sobrino Guillermo. Estas personas y sus tres hijos formaban parte de su pequeño universo. Sin olvidarme de sus perritos caniches negros con los que convivía en su habitación, instalada en la parte superior de la casa.

Muchos días en los que quedábamos me encontraba con su ropa, casi toda en blanco y en colores muy claros, aireándose en decenas de perchas colgadas en burros en la misma puerta de su mansión de 10.000 metros cuadrados.

Una vez atravesado el umbral de la puerta, uno se topa con un atril en el que suelen firmar las autoridades que allí se dan cita muy a menudo. Su casa es centro de reuniones al más alto nivel y punto de encuentro con sus más fieles como Antonio Salcedo, un artista que trabajó como restaurador de marcos del museo, hoy ya jubilado. Desde hace muchos años forma parte de su círculo familiar. Una fidelidad incondicional demostrada a base de años. Igual que la de Mercedes Lasarte o la de su sobrino Guillermo, una persona muy emprendedora, ahijado de Lex Barker y pupilo de Heini; o Eugenia, que es su mano derecha y su mano izquierda. Siempre a su lado después de muchos años. Da alegría solo verla. Su chófer, su jefe de seguridad, el servicio específico de cada casa, las cuidadoras de sus hijas, sus secretarias, el personal del museo, su documentalista, Ana... todos pendientes de sus viajes y de sus necesidades.

A Tita no le gusta salir a callejear como hacen otras damas que viven en La Moraleja. Ella no se mueve de su casa y, si sale, va al museo o a los domicilios de otros conocidos que la invitan a cenar. Por cierto, su Casa con mayúsculas no es otra que Más Mañanas, la que levantaron Lex Barker y ella en Sant Feliu de Guíxols. Es el lugar donde se concentran todos sus recuerdos de sus diferentes vidas. Es para ella igual de importante que Tara para el personaje de Scarlett O'Hara en *Lo que el viento se llevó*. El lugar donde todo empezó, donde carga pilas y donde ha sido más feliz. También allí tuvieron lugar los primeros pasos de su hijo Borja y de sus hijas, Sabina y Carmen.

Por cierto, el día en el que madre e hijo llegaron a un acuerdo con el Gobierno de España, concretamente con el ministro Miquel Iceta, lo celebraron mucho. Tuve la suerte de ser invitada a la comida que dio Tita a su entorno más cercano: su hija Carmen, su sobrino Guillermo, sus nietos Sacha y la pequeña Kala. También estaba su amiga Mercedes Lasarte y los responsables de los distintos museos que hoy exhiben sus colecciones por distintas ciudades españolas. Carmen hija me pareció una joven muy educada, prudente y de exquisitas formas. A su hermana melliza, Sabina, la conocí la tarde anterior con motivo del regreso a España del famoso cuadro de Gauguin, el *Mata Mua*, y comprendí lo que suponía para ella ser famosa sin desearlo. Me pareció muy tierna y, a la vez, vulnerable ante la presencia de la prensa. Lo pasó muy mal y se abrazó a mí en algún momento. Ese mundo, en el que se ha sabido mover su madre como pez en el agua, era evidente que no le gustaba en absoluto y de hecho, no estuvo presente en la comida del día siguiente. Su hermana Carmen llevó mejor la presión mediática. Son dos jóvenes muy educadas y cariñosas con gustos muy diferentes.

Le estoy muy agradecida a Tita por haberme dejado asomarme a su mundo y de que me presentara a Borja en un acto posterior en el Thyssen. Solo un apretón de manos y unas palabras para comprender que se trata de una persona cercana, campechana y con sentido del humor. Su madre tenía verdadero empeño en que le conociera. «Mi hijo es la persona más importante de mi vida junto con mis hijas». Sin embargo, los diálogos telefónicos entre ellos —de los que fui testigo en más de una ocasión— a veces me parecían muy duros. Algunas frases que pronunciaban entre risas a través del teléfono sonaban a advertencias en un momento especialmente delicado en plena negociación con el Gobierno de España. Aún hoy me siento incapaz de discernir si ambos bromeaban o estaban dispuestos a emprender una nueva guerra entre ellos. No hace falta ser muy inteligente para percibir que la clave de su tensión tiene un nombre: Blanca Cuesta, la mujer de Borja. De hecho, en aquella comida de celebración tras el definitivo acuerdo con el gobierno, en el restaurante Numa Pompilio, su hijo y Blanca no comieron cerca de Tita. Decidieron sentarse fuera del lugar acotado para los invitados. Se trata de una relación que se tensa y se destensa constantemente. Tita siempre espera que un día todo vuelva a ser como antes de que Blanca apareciera en sus vidas. Ella y Borja, me dejó claro, se quieren profundamente.

Desde el principio grabé lo que hablábamos con una grabadora y a veces, con dos. Todo me parecía trascendental e importante. Tengo que reconocer que Tita se abrió en canal para hablarme de su vida. Fue muy generosa. El inicio de la pandemia nos alejó durante un año y después, en el 2021 y 2022, continuamos nuestras conversaciones en el comedor presidido por una larga mesa de madera —me recordaba a la de los consejos de administración de las grandes empresas—. Las dos nos sentábamos separadas por el ancho de la mesa. Yo me fijaba en un cuadrito de Francisco Iturrino que mostraba a un caballo blanco corriendo libre por unas amplias praderas y solía decirle: «Este cuadro te representa a ti, libre y dueña de tus actos». Y Tita sonreía. Al principio, un médico me hacía la prueba del covid-19 antes de dialogar con ella. Luego ya nos fuimos relajando aunque manteniendo las distancias en todos los sentidos. Siempre quedábamos por la tarde y terminábamos al final del día. A veces, de madrugada. Al acabar, regresaba a casa por la carretera vacía del municipio de Alcobendas, a 15 kilómetros al norte de Madrid. Tenía siempre a mano mi salvoconducto por si me paraba la policía. Mi coche era el único que circulaba por la M-40 a esas horas de la noche.

Fueron muchos encuentros en los que pude conocer a una mujer con gran personalidad. Le cogí cariño y creo que ella a mí también. Siempre le llevaba un regalo: tartas, pastas, pasteles, magdalenas... Es golosa y lo celebraba mucho.

Todo se torció a mitad de enero del 2023. Días antes nos habíamos felicitado el año y nos habíamos deseado lo mejor para el proyecto que teníamos entre manos. En ese momento estaba contenta con el libro. Justo después de una ardua selección de fotos de sus álbumes particulares que realizamos Ana, su documentalista, y yo, dejamos de tener contacto directo. Bien es cierto que estuvo una semana enferma. Sus empleados guardaron celosamente cualquier tipo de información. Una vez que dio el visto bueno a las fotos, retocadas para que no aparecieran cigarrillos en ninguna de sus manos —«fumar no está bien visto», nos decía—, ya no volví a verla.

A pesar de este final inesperado para mí, agradezco los grandes secretos que ha compartido conmigo y que seguirán a buen recaudo. Tita tenía ganas de hablar y de contar su verdad. Sin embargo, algo se torció cuando en su entrevista con el popular Risto Mejide utilizaron una pregunta que sirvió de cebo para anunciarla durante toda una semana. Eso debió de destapar la caja de los truenos entre madre e hijo. Y de forma indirecta, a mí me repercutió. El hecho objetivo es que no seguimos hablando y no volvimos a encontrarnos cara a cara.

En estos meses sin noticias, las aguas turbulentas entre Borja y Tita se han remansado. Incluso, he visto que han celebrado su ochenta cumpleaños juntos. Me alegro mucho. Eso significa que han llegado a un acuerdo sobre la herencia. En eso estaban cuando surgieron los problemas entre nosotras. Tita sigue buscando lo mejor para su hijo y para sus hijas para cuando ella falte. Desea ser justa con los tres y hacer lo mismo que Heini con sus hijos: alcanzar la paz.

Para mí han sido tres años trepidantes, demasiado intensos quizá. Creo que los abogados han tenido y tienen un lugar demasiado preferente en su agenda y en su día a día. Tita deseaba hacer memoria porque había hechos y circunstancias de su vida que no quería que se olvidaran. Pero la prensa ha sido testigo fiel de todo cuanto ha ido aconteciendo en su curiosa y variada existencia. Su vida está por entero en las hemerotecas. Pocas cosas se escapan a los fieles notarios de su vida, los periodistas. Al final del libro, aparecen muchos de los artículos, entrevistas —algunas hechas por mí—, libros y documentos que me han ayudado a conformar esta visión de la persona y del personaje. Lo ha contado todo o casi todo. Esta novela recrea su vida. También deseo descubrir al lector a la mujer y a la coleccionista de arte que impulsó la llegada a España de la colección Thyssen. Sin la voluntad y decisión de ella, hoy el museo estaría en Inglaterra, Alemania o en Estados Unidos.

Como periodista, creo en la libertad de expresión pero también en el respeto a mis fuentes. Por esto, no he utilizado las revelaciones confidenciales que afectan a su intimidad y que Tita me hizo durante las entrevistas que mantuvimos para el proyecto de libro conjunto. Sin embargo, la enorme cantidad de información sobre su vida que he mencionado en el párrafo anterior, sumada a las personas de su entorno y compañeros míos de profesión con los que he hablado —y a los que ella ha hecho numerosas confidencias a lo largo de los años— me han proporcionado una visión muy interesante del personaje que merece llegar a los lectores.

La editorial me ha animado a publicar otro libro diferente al que tenía pensado con Tita Cervera, una mujer a la que he llegado a admirar aunque no he llegado a comprender. Hay material suficiente en las hemerotecas, en los libros, en los museos, en los documentos sonoros de las radios y en los archivos de las televisiones para construir una historia que no va a dejar indiferente a nadie.

Los lectores se van a encontrar con una novela con personajes reales aunque nos recuerden a personajes de ficción de las míticas series de televisión en donde la ambición y el dinero centraban las relaciones entre los protagonistas.

Con respecto a Tita me quedo con su lado amable y cariñoso de estos últimos años. Todo se desvaneció como ocurre en los matrimonios donde se descubre un engaño. Fue la propia Tita la que comentó a la periodista Susana Griso que «ella iba a ser la autora de su biografía». Nos enterábamos todos a la vez: los espectadores, la editorial y yo.

Sinceramente, eso ya forma parte del pasado porque hoy os presento una nueva novela biográfica con una protagonista apasionante y apasionada: la baronesa Thyssen. Sin duda, el personaje más interesante de estas últimas décadas. Cuando vivía el barón los viajes formaban parte de su día a día. Podía desayunar con el rey Juan Carlos en Madrid, tomar el té con el rey Carlos de Inglaterra, entonces Príncipe de Gales, en Londres y cenar con el matrimonio Reagan en California. Todo en un mismo día a golpe de avión privado. Si Tita descolgara el teléfono y llamara al presidente ruso Vladimir Putin, éste respondería. Antes de la guerra con Ucrania estuvo tentándola con millones encima de la mesa para que su colección fuera a Rusia. Le propuso hacer un museo en San Petersburgo con su nombre. Eso es poder y ella lo tiene. Rechazó la oferta porque ella «estaba comprometida con España».

Recordemos que siempre ha hecho gala de su demostración de fuerza. Paró un plan urbanístico encadenándose a los árboles del Paseo del Prado; enamoró a hombres tan dispares como Lex Barker, Espartaco, el doctor Abril o Heini Thyssen... Todos mayores que ella. Pocas veces se la ha visto en compañía de alguien de su edad. Tan solo una: Manuel Segura, el padre biológico de su hijo. Ha conocido a John Fitzgerald Kennedy, a los Reagan, a Margaret Thatcher, al matrimonio Gorbachov, a la reina Isabel II de Inglaterra y a su hermana, la princesa Margarita, a Felipe González, a Aznar, a Zapatero, a Mariano Rajoy, a Pedro Sánchez y a su vicepresidenta Carmen Calvo. Ha tratado con todos los ministros de Cultura desde que comenzó a dialogar con Javier Solana en 1987 hasta hoy. Ha conocido a Marilyn Monroe, a Frank Sinatra, Roger Moore, Dean Martin, Robert Wagner, Linda Evans, Lee Van Cleef... Con este último, encabezó reparto en la película *Objetivo: matar*. También ha acompañado a Julio Iglesias en una de sus giras por Europa; ha conocido a los grandes empresarios que manejaban los hilos de las finanzas mundiales... Intelectuales, filósofos, fotógrafos, pintores, músicos... Sin embargo, se acuerda especialmente de su infancia y de sus primeras compañeras de colegio; del primer beso que le dieron durante unas vacaciones; de cuando salió volando al abrir la puerta del coche que conducía su padre; del empeño de su madre y de su abuela Sabina en que estudiara en los mejores colegios y en que aprendiera idiomas...

Es consciente de que han existido personas que no le han querido bien. Apela a su ángel de la guarda que siempre la ha protegido de todos los que le han querido mal. Habla con sus seres queridos aunque ya no estén en este mundo. Se fía de lo que le dicen las cartas cada noche. Ella les pregunta y unas veces responden y otras no desean hablarle. Perdona casi todo menos que los hijos de Heini no les dejaran tranquilos y felices los últimos años de vida en común.

Esta mujer con tanta influencia en el mundo del arte, con fobia a las alturas y a la oscuridad; con mano para las plantas y cierta virtud para el baile; madre por encima de todo; coleccionista de cuadros y mecenas de artistas es la que os presento en este libro. ¡Bienvenidos al universo de Tita Thyssen...!

Una decisión arriesgada

23 de mayo de 1994

Fueron segundos lo que necesitó Tita para tomar la decisión de *secuestrar* a su propio marido. Había que sacarle del hospital de la Pitié-Salpêtrière de París cuanto antes. El barón Thyssen, con el que llevaba casada desde hacía nueve años, había salido de un coma después de doce días debatiéndose entre la vida y la muerte. Sus hijos, los primeros sorprendidos de su recuperación, deseaban trasladarle a otro hospital para enfermos mentales. No lo consultaron con Tita y cuando ella llegó al hospital esa mañana se encontró que ya estaba todo decidido. Los hijos mayores contaban con la complicidad de un psiquiatra que organizó todo para llevar a Heinrich Thyssen-Bornemisza a un manicomio a las afueras de París. Todo tendría lugar a primeras horas de la mañana del día siguiente. Dijeron que era para que se recuperara antes de las secuelas del ictus que había sufrido durante la operación. Pero Tita sabía que si su marido no podía estar junto a ella y le dejaban solo en un hospital para enfermos mentales, se moriría de pena.

Georg, el primogénito, al que todos llamaban Junior, deseaba hacerse con las riendas de todos los negocios familiares. Tenía prisa. No era suficiente para él haberse quedado con la mayoría de las empresas de su padre utilizando el engaño e incluso la compra de algunos abogados que asesoraron mal al barón. El dinero parecía que podía con todo. No existían barreras, ni morales ni humanas, para lograr la meta deseada: acumular más poder y sobre todo, más dinero.

Esta pesadilla había empezado dieciocho días atrás. Primero la operación a manos de uno de los más prestigiosos cirujanos del mundo, el doctor Éduard Kieffer, presidente del Departamento de Cirugía Vascular del hospital, y después el coma durante la intervención para solventar el aneurisma que podía obstruir el flujo de la corriente sanguínea. Tita era la única que confiaba en su recuperación. Ni los médicos creyeron posible que superara el coma. De hecho sus hijos comenzaron a discutir por su herencia ante un final que preveían inminente.

Tita, la quinta esposa del barón Thyssen, no podía creer lo que estaba sucediendo: los hijos no estaban conmovidos ante el posible deceso de su padre, sino todo lo contrario. Hacían cuentas entre ellos para saber cuánto correspondería a cada uno en caso de que se produjera su muerte.

El caso es que aquel 23 de mayo de 1994 Tita sacó fuerzas para llevarse a su marido de allí. Lo primordial era poner en marcha un operativo para sacarlo del hospital en una silla de ruedas sin despertar sospechas. Después habría que introducirlo en una ambulancia que lo llevaría hasta el aeropuerto de aviones privados. Periodistas amigos estarían esperándoles para captar el momento. Tenía que quedar claro que el barón se iba de París por su propia voluntad...

Una vez dentro del avión privado le trasladarían a España, a Girona. «Junto al mar su recuperación sería más rápida», le dijo el doctor Kieffer.

Mientras la secretaria del barón, madame Stirnimann y el fiel Antonio Salcedo la ayudaban a poner en marcha su plan, Tira se quedó pensando en cómo había cambiado su vida en tan solo cuatro años. Le vino a la memoria ese momento mágico y único que vivieron juntos dentro de la capilla Sixtina...

PRIMERA PARTE

1

La creación de Adán

19 de julio de 1990

Tita sintió un escalofrío mientras subía por el andamio de aluminio de la capilla Sixtina. Aquel día culminaban los trabajos de restauración de los frescos que Miguel Ángel había pintado cuatro siglos antes. El barón Thyssen, que había contribuido económicamente a una parte de esos trabajos, observaba cómo su esposa ascendía delante de él hacia la bóveda donde el pintor toscano había ilustrado los nueve episodios del Génesis. Ambos trataban de coronar una cumbre de más de veinte metros. Sentían mucho entusiasmo y algo de vértigo, pues se trataba de una altura considerable.

Tita, que tantas veces había soñado con ese momento, cuando estaba ya muy cerca de las pinturas frenó su escalada. Después de contemplarlas durante unos segundos, posó el dedo índice sobre el dedo de Dios del fresco de *La creación de Adán*. No había cámaras, tan solo los acompañaba uno de los pintores que, durante años, había estado restaurando los frescos de la capilla. Fue un momento único, especial. El tiempo se detuvo para ella ante aquellas figuras extraordinarias del Renacimiento italiano consideradas una de las obras más bellas de la Historia del Arte. A su lado se encontraba el barón. Juntos disfrutaron emocionados de las nueve escenas del Génesis, desde *La creación* hasta *El salvamento del arca de Noé*. Permanecieron en silencio durante un largo rato para que ni siquiera una palabra rompiera la magia de la contemplación de un espectáculo tan sublime. Se sentían ante una obra sobrehumana que les hacía partícipes de la genialidad de Miguel Ángel.

Tita había colocado el dedo índice sobre el dedo de Dios que acababa de crear la luz, el fuego, la Tierra y, por último..., al hombre. Estaba rodeada de toda la corte celestial de aquella divinidad todopoderosa en la mismísima capilla Sixtina. Percibió aquel momento como un regalo que le ofrecía la vida, un instante de felicidad que parecía una auténtica ensoñación. A medio metro de sus ojos, las pinturas de Miguel Ángel la convertían en una espectadora privilegiada de cómo el primer hombre sobre la faz de la Tierra cobraba vida. El barón Thyssen quiso formar parte de ese instante junto a su esposa y también acercó el dedo índice al del Creador pintado por Miguel Ángel.

—*My darling*, estamos disfrutando de la misma perspectiva que tenía el pintor cuando creó estos frescos.

Tita sonreía consciente de estar viviendo un momento inolvidable. El barón sabía perfectamente cómo se sentía.

—Hay algo en estas pinturas que va más allá de lo que observamos —continuó Heini—. Miguel Ángel era un experto en anatomía humana. Pero ese solo fue su punto de partida. Hay estudios que señalan que tras la figura de Dios se esconde una acertada representación del cerebro humano. Los bordes de la pintura se correlacionan con los surcos principales del cerebro. Estás ante una de las obras de arte más analizadas de la Historia.

—Merece la pena esperar toda una vida por contemplar esta maravilla de cerca...

—Está bien que lo sientas así. Es la perfección absoluta. Cada pintura encierra un misterio, ¿no te parece? Las observamos y captamos intenciones que a lo mejor su autor ni se había planteado. El momento creativo precisamente tiene algo de conexión con Dios. Buonarroti era un hombre obsesionado con la perfección.

—Gracias, Heini, por este momento inolvidable.

—Celebrémoslo en el hotel. Mañana hay que madrugar. ¡Nos recibe el papa!

Descendieron por el andamio con mucho cuidado y, antes de abandonar la capilla ubicada en el Palacio Apostólico de la Ciudad del Vaticano. Se despidieron del pintor. El sacerdote encargado de guiarlos hasta el exterior se dirigió al barón mientras caminaban lentamente:

—Barón Thyssen, aquí es donde tiene lugar el cónclave en el que se elige al papa; la sala donde los cardenales depositan sus votos después de deliberar quién de ellos guiará los destinos de la Iglesia.

—Sin duda es un buen sitio para que la curia romana se inspire —comentó el barón.

—Le agradecemos el esfuerzo económico que ha hecho durante estos años. La situación era crítica.

—Para mí ha sido un privilegio contribuir al mecenazgo de una obra tan sublime. Después de la recepción con el papa iremos a comer con monseñor Marzinkus al

Instituto para las Obras de Religión que dirige. Ahora debemos retirarnos cuanto antes. Mañana nos toca madrugar.

—Usted sabe qué peligro corrían los frescos. No me cansaré de darle las gracias. En el Vaticano sabemos que no es la primera vez que ayuda a una causa de la Iglesia. Contribuyó también a la reparación del convento de San Marcos en Florencia, incluida la restauración de los frescos de Fra Angélico tras las terribles inundaciones de 1966. Esos gestos deberían contar con un mayor reconocimiento público.

—¿No dice la Biblia «que tu mano derecha no sepa lo que hace tu mano izquierda»? Pues todo está bien así.

Al llegar a la salida se dieron un apretón de manos. Tita le hizo un gesto respetuoso con la cabeza y los dos salieron de allí con la sensación de haber contribuido a que no se perdieran esos frescos que eran patrimonio de todos.

—De nada sirven las obras de arte si no pueden ser admiradas por la gente —comentó el barón.

—Tienes toda la razón —le confirmó Tita mientras intentaba asimilar todo lo que acababan de vivir.

Durante unos minutos pasearon bajo la luna de aquella noche del 19 de julio de 1990 que jamás olvidarían. El coche que los estaba esperando los condujo hasta el hotel situado en la plaza de la República de Roma. Aquella noche brindaron con champán en su habitación. La experiencia de admirar la obra de Miguel Ángel de cerca los había emocionado tanto que estuvieron hablando de arte hasta la madrugada. Por otro lado, además, era su tema de conversación preferido.

Al día siguiente, después de desayunar, seguían bajo los efectos de la visita.

—Sigo impresionada por el movimiento de las figuras, los colores... Renacimiento puro —comentó Tita.

—He estado pensando que nosotros tocamos el dedo de Dios porque deseábamos hacerlo, pero Adán tiene el suyo curvado sin que llegue a tocar el del Creador, como si no quisiera tener contacto... ¿No te diste cuenta? Creo que Miguel Ángel quiso expresar así el libre albedrío, la capacidad de los humanos para elegir nuestras acciones y Adán decidió no seguir a Dios.

—Se nos hace tarde.

Dejaron la conversación para vestirse e ir a la audiencia privada con el papa. Tita se puso un traje de chaqueta negro y, como único adorno, un collar de perlas gruesas y unos pendientes también de perlas con forma de lágrima. Dejó para el final la mantilla, que se colocó con ayuda de su madre. Ésta llegó a la habitación con Borja, el hijo de Tita, que ya tenía nueve años y que no acababa de entender por qué había tanto revuelo esa mañana en la habitación de su madre.

—Vas a conocer al papa —le decía su abuela—. Uno de los líderes espirituales más importantes de nuestro tiempo.

—Es una de las personas que más han influido en el final del comunismo en Polonia y en toda Europa —comentó Heini mientras se ajustaba el nudo de la corbata negra—. Un hombre extraordinario.

—Y para ir a verle, ¿tengo que llevar esta corbata que me ha puesto la abuela?

—Sí, allí todo el mundo la lleva y tú también —le replicó su madre.

Todos iban de negro, a excepción del niño, que llevaba una chaqueta roja y una corbata de figuras geométricas del mismo color. Salieron con tiempo del hotel. El barón era extremadamente puntual.

Después de que los condujeran hasta la sala de audiencias, aún tuvieron que esperar unos minutos. Juan Pablo II finalmente irrumpió en la estancia con energía. Tenía el pelo canoso, una altura considerable y una voz profunda que infundía mucho respeto. Tita y su madre contuvieron la emoción ante su presencia. El papa se dirigió a ellas en italiano. Carmen había vivido en Roma de forma intermitente con su primer marido, Lex Barker, y le contestó en ese idioma, que hablaba con fluidez. Sin embargo, Heini conversó con él en inglés sobre los trabajos de restauración.

El pontífice se mostró tan cercano y campechano como esperaban. Antes de concluir la audiencia, Juan Pablo II les regaló dos rosarios y estuvo hablando con el pequeño Borja. Le cogió la mano y le preguntó por sus estudios. El muchacho iba a cumplir diez años tres días después, el 24 de julio, y le contestó con un escueto «bien» con el que quiso resumir su etapa escolar. El papa le preguntó si le gustaba el deporte y el niño le contestó que sí sin entrar en detalles.

Borja le escuchaba muy atento. El pequeño de la familia llevaba el apellido Thyssen desde los siete años, cuando el barón lo adoptó. Tres años antes había sido bautizado en la catedral de San Patricio de Nueva York.

Estaban frente al papa más carismático de los últimos tiempos y Juan Pablo II también tuvo unas palabras para

Tita sobre el recibimiento que le hicieron en España ocho años antes.

—Me alegro mucho de que le guste mi país —respondió Tita. Espero que Su Santidad regrese pronto.

—Mientras Dios me dé fuerzas... —comentó el papa sonriente—seguiré recorriendo el mundo.

Juan Pablo II se despidió con una sonrisa y les dio su bendición. Madre e hija se miraron impresionadas por el momento que estaban viviendo.

Una vez que salieron de allí, comentaron lo bien que habían encontrado físicamente a Su Santidad a pesar del atentado de Alí Agca del que fue víctima nueve años atrás en la plaza de San Pedro de Roma. El terrorista le había disparado varios tiros al pontífice pocos días antes de que cumpliera sesenta y un años. Ahora, a los setenta, parecía conservar intactas las ganas de seguir viajando por el mundo.

Regresaron los cuatro al hotel, pero el matrimonio tenía otro compromiso: habían quedado para comer con el obispo Paul Casimir Marzinkus. Cuando estuvieron de nuevo listos, salieron del hotel para acudir a la cita que iba a tener lugar en la misma institución que presidía, el Instituto para las Obras de Religión, también conocido como el Banco Vaticano. Desde el año 1971 se encargaba del control del dinero de los fondos católicos y eso le convertía en uno de los hombres más poderosos de la Iglesia pero también en uno de los más criticados y observados.

En el transcurso de la comida, abordaron el tema que los había llevado hasta allí: su participación en el mecenazgo de las obras de restauración de los frescos de la capilla Sixtina. Nada más concluir el almuerzo, Marzinkus le concedió al barón el honor de plantar un árbol en el Vaticano como reconocimiento a su labor.

—Siempre nos recordará que nos ayudó con generosidad a lo largo de estos últimos años.

—Será un honor.

Heinrich Thyssen, una vez en los jardines, cogió una pala y comenzó a cavar un hoyo en el lugar previamente designado. Tras terminar el hueco y plantar la semilla del árbol, la visita a Roma concluyó cuando regresaron al hotel. Ya estaba todo recogido y las maletas cerradas. Solo les quedaba desplazarse hasta el aeropuerto privado y regresar a Villa Favorita, la residencia de los Thyssen en Lugano, al sureste de Suiza.

2

El paraíso

Para los Thyssen, Villa Favorita era mucho más que una lujosa construcción del siglo XVII. En 1932, el padre de Heini, al ver la fantástica residencia que el príncipe Leopoldo de Prusia había comprado en Lugano huyendo de los desastres de la Primera Guerra Mundial, reconoció «el paraíso». Supo que ese era el lugar en el que querría vivir el resto de su vida. Se enamoró de los treinta y cinco mil metros cuadrados de la finca situada en mitad de una exuberante vegetación que recorría la falda de la montaña de San Salvatore hasta el borde del lago Lugano, también llamado Ceresio. Se trataba de un lago alpino que se extendía entre el cantón del Tesino, en Suiza, y las provincias de Varese y Como, en Italia. También contribuía a su aspecto de postal otro monte, el Brè, cuya forma recordaba al famoso Pan de Azúcar de Río de Janeiro. Estaba situado justo enfrente del embarcadero. Hasta donde alcanzaba la vista, uno se veía en un entorno más cercano a una ficción de cuento de hadas que a la realidad.

El edificio principal de Villa Favorita era de color siena pálido, al más puro estilo toscano, y contaba con una gran entrada porticada. El príncipe Leopoldo, antes de morir en 1931, añadió sendas alas a derecha e izquierda del edificio e hizo plantar novecientos cipreses —que llevó en tren desde Italia— a ambos lados del camino que daba a la entrada principal. El padre del barón, del que éste heredó su nombre y apellido, Heinrich Thyssen, hizo construir una galería anexa, que se comunicaba con el edificio principal a través de un pasillo. En ella fue colgando sus cuadros hasta que decidió abrir su colección al público en 1937.

De las primeras cosas que el barón Thyssen le explicó a Tita en cuanto ella puso un pie en aquel lugar tan bello fue de dónde procedía el nombre de Villa Favorita.

—Se lo puso el conde Rodolfo Giovanni Riva, que compró esta propiedad en torno al año 1800. Un siglo después pasaría a manos del príncipe de Prusia y diez años antes de la Segunda Guerra Mundial ya formaba parte del patrimonio de mi familia. Mi padre estaba convencido de que por un lugar tan hermoso y tan alejado de la gran urbe nunca pasarían tanques ni balas. Y tenía razón, porque ni las tropas ni las ambiciones de Hitler se cruzaron jamás por aquí. Suiza siempre se mantuvo fiel a su política de neutralidad.

Tita supo admirar el entorno y las obras de arte que se exhibían en sus paredes. Aunque lo que más le impresionó fue ver un Renoir colgando en la pared de su habitación de invitados. ¡Un Renoir! El cuadro titulado *Campo de trigo*, un óleo donde predominaba el amarillo en primer plano y el verde en el fondo. Un pequeño lienzo que al mirarlo te hacía perderte por aquel mar de espigas de

Normandía. Ahora, ya casada con el barón desde agosto de 1985, se había familiarizado con el hecho de vivir entre pinturas únicas que ya también formaban parte de su vida. Heini le había explicado muchas veces cómo el arte se había apoderado de aquella mansión.

—Mi padre decidió hacerse coleccionista de pintura en la primera década del siglo XX. Las primeras obras que vistieron estas paredes fueron de Frans Hals, de Caravaggio, de Holbein el Joven, de Carpaccio y Ghirlandaio.

—¿Tu padre fue el que te inculcó el amor por el arte?

—Sí. Aunque su educación fue muy estricta conmigo, como imponía la época, le gustaba hablarme de arte y pasear conmigo de noche por los pasillos en donde colgaban sus cuadros. Cuando empezó a coleccionar tenía una idea muy clara: reunir obras de pintores europeos de otros siglos que estuvieran en manos de coleccionistas americanos.

—Tienes lienzos maravillosos, pero hay uno en concreto que sé que te ha acompañado casi toda tu vida. Me lo ha contado Giorgio. —Se refería al mayordomo italiano que llevaba años junto al barón.

—¡Lo que no sepa él...! Te refieres al cuadro de Giovanna Tornabuoni. Esta dama de la nobleza florentina del Quattrocento siempre ha formado parte de mi vida. Sabemos que murió de sobreparto el año en que la pintó Ghirlandaio. ¡Detrás de un cuadro hay muchas historias! Y ésta a mí me conmovió.

Tita y Heini habían comenzado el año con largas conversaciones al más alto nivel para rematar la decisión, tomada cuatro años atrás, de llevar la colección Thyssen a España. También celebraron el cumpleaños del rey Juan Carlos, al que estaban muy agradecidos por su apoyo, en la casa que acababan de inaugurar en Madrid, en la exclusiva zona de La Moraleja. Días después tuvieron que viajar a Nueva York para acudir a una reunión con Henri Kissinger quien, tras su experiencia como exsecretario de Estado con Richard Nixon y con Gerald Ford, era miembro en aquel momento del Club Bildelberg, el grupo exclusivo al que pertenecen las personas más influyentes del mundo. Le hablaron de su interés por completar la colección Thyssen con cuadros representativos del arte americano.

Retuvieron varias frases de Kissinger. Heini recordó la que había pronunciado en la comida sobre la tarea de los líderes: «Llevar a su gente de donde está a donde no ha estado». Pero a Tita se le quedó grabada esta otra: «Si no sabemos adónde vamos, ningún camino nos llevará a ninguna parte». Ella sí tenía claro su objetivo. Quería que la colección Thyssen estuviera en España. Otra cosa era que los herederos del barón le pusieran muchos obstáculos en el camino.

La mañana en que regresaban a Lugano, mientras Tita se estaba arreglando, oyó al barón llamarla con un hilo de voz: «*My darling!*». No hizo falta que dijera nada más. Tita comprendió que algo estaba pasando. Salió corriendo del baño y le vio tirado sobre el suelo sin poder ponerse en pie. Intentó tranquilizarle y pidió ayuda al agente de seguridad que los acompañaba. Éste, de inmediato, llamó a una ambulancia. Tita fue hasta el hospital cogida de su mano mientras intentaba quitar hierro a lo ocurrido. En la primera exploración médica aseguraron que se trataba de un aneurisma de aorta que habría que operar. Tita preguntó si podría viajar a Europa en su estado para operarse allí. Le pusieron medicación y, con la supervisión de un médico durante todo el vuelo, llegaron a España. El doctor Matesanz, cardiólogo y amigo del barón, le dijo que había varios sitios para operarse con toda fiabilidad. Primero le propuso que fuera en Madrid.

—Si algo sale mal, mis hijos culparán a Tita. Tenemos muchos enfrentamientos por el destino de mi colección. Debemos liberarla de esa carga.

Como segundo lugar, Matesanz propuso Houston y, finalmente, le habló de París.

—Me decanto por París —decidió el barón. Estamos todos cerca de la capital francesa y mi operación no supondrá un problema para nadie.

—Se hacen cientos a diario. En dos semanas te habrás repuesto. Estarás en las manos del que llaman «mejor embajador de la cirugía vascular francesa», el doctor Kieffer. Pero en un espacio breve de tiempo habrá que hacer una segunda operación de la otra carótida. Ahora mismo le llamo para que te opere cuanto antes.

Así fue, y a los pocos días ingresaba en el antiguo hospital de la Pitié-Salpêtrière de París... La intervención resultó un éxito y a los quince días ya le dieron el alta. A Tita aquel hospital no le gustó por la antigüedad de sus instalaciones, pero comprendió que lo importante eran el quirófano y las manos del doctor Kieffer. En las primeras declaraciones que hizo el barón tras recibir el alta hospitalaria, dijo: «Me ha cuidado la mejor de las enfermeras: Tita». Al final todo había quedado en un susto. Poco a poco las cosas volvieron a la normalidad, aunque pospusieron muchos compromisos hasta que llegó el mes de julio.

Ese primer mes del verano se convirtió en el mejor en años. Después del susto, Tita llamó a su hermano Guillermo para que estuviera con ellos y, de paso, agradecerle todos los años de trabajo que había invertido para poner en marcha el sistema informático que había permitido trabajar por capas en los frescos de la capilla Sixtina. Ahora que llegaba el parón de las vacaciones, los dos hermanos junto a sus respectivas familias volvían a verse.

El matrimonio Thyssen solía repartir su descanso veraniego entre sus diferentes casas. El primer destino era la finca de Tita en Girona. En Más Mañanas, los días eran sobre todo familiares El Mediterráneo se convertía en el epicentro de todas las actividades. «Mis primeros recuerdos siempre están asociados al mar —comentó el barón nada más llegar allí—. Fue mi compañero durante los dieciocho primeros años de mi vida, en Holanda. Era otro mar también hermoso: el mar litoral de Frisia, una zona intermareal del mar del Norte. Durante la marea baja se podía atravesar andando o en coche».

—Mi vida desde niña también está relacionada, sobre todo en verano, con el mar. Tengo muchos recuerdos escritos en alguno de mis diarios de infancia y juventud. Pero este mar es bravo por lo abrupto del paisaje. También tiene calas únicas y maravillosas.

—Me gustaría que me leyeras alguno de esos diarios.

—Lo haré, pero necesitaríamos parar el reloj para que pudiera mostrarte mi vida. Cuando tengamos tiempo..., y tú y yo, hoy por hoy, carecemos de él. Estas vacaciones hay que aprovecharlas para que te repongas. Además, me he apuntado con Borja a clases de buceo. Primero aprenderemos en la piscina y después saldremos al mar. Es algo que hemos querido hacer siempre.

—¡Fantástico! Uno tiene que hacer realidad sus sueños. El mío es bien sencillo: vivir la última parte de mi vida a tu lado y cerca del mar —comentó Heini a su mujer.

Tita se acercó hasta él y le besó.

—Esta casa siempre nos acogerá. En los momentos buenos y en los malos. Siempre ha sido muy especial. Tengo la impresión de que el mar todo lo cura...

El que se mostraba más feliz de estar allí era Borja, que compartía con su amigo Sacha todos los momentos del día. Habían crecido juntos y se veían de año en año. Cuando se reencontraban, no había quien los separara. Iban al mar, buceaban, montaban en bicicleta, jugaban a todo tipo de juegos al aire libre... Siempre juntos.

Trasladar el veraneo de la Costa Brava a Marbella suponía un problema, ya que el niño tenía que dejar a su amigo y a su prima Natalia, la hija pequeña de Guillermo para quedarse solo. Pero debían atender muchos compromisos sociales en la Costa del Sol y se trasladaron hasta la finca de Marbella. A partir de ese momento estaban más expuestos a los *flashes* de los fotógrafos, que no dejaban de captar todos sus movimientos en el yate que alquilaban. Nada que ver con el Hanse, el yate que el propio barón había diseñado y que se había construido en los astilleros de Bremen. Desde que Georg, el hijo mayor del barón, había dado el último golpe de timón a los negocios de su padre, se habían quedado sin poder utilizarlo. El Hanse había pasado a sus ambiciosas manos. Su padre procuraba no pensar en ello y alquilaba desde entonces uno de los mejores barcos que surcaban esas aguas. También acudían con mucha frecuencia a las fiestas a las que eran invitados. A Tita, que cinco años antes había recibido el nombramiento de lady España y se había casado con el mayor coleccionista privado de arte, Heinrich Thyssen, la reclamaban constantemente para que acudiera a las mansiones de las personas de más renombre instaladas en la Costa del Sol.

Mientras tanto, Luis Vidal, el encargado de la seguridad, que le sacaba medio cuerpo a Borja, estaba siempre vigilante, y Nancy, la niñera filipina, se encargaba de jugar, nadar y compartir momentos de ocio con el pequeño de la casa. Era una forma de cubrir el vacío de su amigo Sacha. Una tarde le confesó a su madre el sueño que tenía desde hacía tiempo.

—Me haría mucha ilusión ir a Disneyworld. Quiero ver la casa de Peter Pan.

Tita se quedó paralizada al escucharlo. Lex Barker, su primer marido, tenía fijación con este personaje de Disney. De hecho, su yate se llamó Peter Pan, y al segundo que compró le puso Peter Pan II. Su hijo cada día se parecía más en costumbres, manías y gustos a él. Ya se lo había advertido en California una médium con la que contactó nada más fallecer el actor de un ataque al corazón en plena calle en Nueva York.

—Mamá, no respondes. ¿Podremos ir a Disney? —Borja la sacó de sus pensamientos.

—Sí, claro que sí. Iremos toda la familia a Disney.

—¿Cuándo?

—Pronto.

—Pero esa no es ninguna fecha.

—Te prometo que iremos cuando no tengamos compromisos. Me encargaré personalmente de buscar una fecha.

El niño se acercó a su madre y la abrazó. Ahora el

problema era encontrar un hueco en esa agenda que tenían, repleta de reuniones y de viajes.

Tita se quedó muy pensativa por las muchas coincidencias de la personalidad de su hijo con la de Lex Barker. La actriz Linda Evans le había dicho que no podía seguir en estado de *shock* tras la muerte de su marido. Y, ciertamente, la médium a la que la llevó la tranquilizó: «Lex volverá como tu hijo. Va a nacer estando tú soltera». Volvía a recordar de golpe aquellas palabras que tanto le habían impactado en su momento. Era evidente que tenían mucho en común.

Borja y la madre de Tita debían regresar a Villa Favorita para que el más joven de la casa decidiera qué dejaba en Suiza y qué se llevaba a España, a su nuevo hogar en Madrid. Empezaría el nuevo curso escolar en el International College Spain. Mientras tanto, el matrimonio Thyssen aprovechó unos días más para irse a Jamaica, al paraíso caribeño. Esa estancia, casi al final del verano, era para olvidarse del mundo y desconectar de los problemas. Solos Heini, ella y la exuberante naturaleza en su mansión principal de Alligator Head. Tita se pasaba las horas muertas mirando al mar transparente.

—¡Vamos, Tita! Con lo que te gusta nadar, ¿no te metes en el agua? El arrecife no deja pasar a los tiburones. Tienes que estar tranquila —le propuso el barón.

—No me gusta encontrarme con bichos raros. Pero está bien, me meteré —respondió ella.

Finalmente, se introdujo en el mar y nadó mucho. El agua le hacía sentir bien. Era como un regreso a su infancia, a sus días de mar y sol junto a su hermano. Pero, de repente, pegó un grito. En la roca en la que se había apoyado había un pez manta que salió huyendo de allí. Siempre que se bañaba en aquellas aguas temía la presencia de un tiburón o de cualquier otro pez que pudiera atacarla. Salió a la orilla y todo quedó en un susto.

En Jamaica tenían tres casas, pero una jamás se ocupaba. A fuerza de preguntar por qué motivo nunca se alojaban allí y siempre permanecía cerrada, a Tita le hablaron de un fantasma. Shady, el mayordomo, les comentó lo de la «presencia espiritual» por primera vez.

—No pueden ir porque sería un agravio para el alma que hay allí. Puede enojarse y sería terrible.

—Entonces, ¿qué podemos hacer? —se inquietó Tita.

—Hay que hacerle una ofrenda; si no, jamás podrán vivir en ella. Tiene que comprar tres gallinas blancas y una botella de ron para homenajearle con un festín.

Lo decía absolutamente convencido mientras Heini y Tita se miraban con cierta incredulidad.

—¡Quién me iba a decir que Shady, al que vi en un *show* tragando fuego, iba a ser ahora nuestro salvador! —dijo el barón con cierta ironía.

—¡Esa fue mi suerte, conocerle a usted! —Shady le contestaba en serio—. Me ha dado un futuro. Nunca le estaré lo bastante agradecido por haberse apiadado de mí y proporcionarme un trabajo estable. Y no solo eso, al regalarme un coche me ha hecho subir mi categoría.

—Ya he visto que siempre hay un niño dispuesto a lavarlo y a sacarle brillo.

—Es una forma de darme reconocimiento. Ahora soy un referente para mi pueblo y para ese crío.

Al día siguiente aparecieron las cabezas cortadas de las gallinas en cada una de las puertas de las habitaciones de aquella casa, y Shady hizo un conjuro para liberar definitivamente a la presencia. Después informó al barón.

—Nos hemos enterado de que el alma que vagaba por aquí se llamaba Dappy, de modo que le he hemos dado al fantasma su nombre y su sitio y ya puede descansar.

Así fue como, por fin, pudieron entrar en esa tercera casa, ya liberada después del festín que se había dado el fantasma.

Tita salió de compras con el mayordomo para actualizar la casa en la que llevaban tiempo sin entrar. Los muebles se habían estropeado y las piezas de metal estaban completamente oxidadas. Su sorpresa fue mayúscula cuando en el mercadillo se le ocurrió sacar una cámara y disparar para captar el ambiente. En ese momento, la gente se le echó encima. Estaban profundamente contrariados.

—Lo siento mucho. No era mi intención ofenderles —se disculpó Tita.

—¡La señora no conoce nuestras costumbres! —les decía Shady gritando a todos los que se aglomeraron en torno a ella.

—Lo siento muchísimo —repetía Tita juntando las manos en señal de perdón.

—Creen que les ha robado las almas y han quedado atrapadas en las fotos —le indicó el mayordomo asustado.

Tita sacó el carrete y se lo dio al que parecía el cabecilla. Con la ayuda de Shady, salió de allí como pudo. No la dejó sola en ningún momento, y eso tanto Tita como el barón se lo agradecieron mucho posteriormente. Fue el único episodio que rompió la paz que allí sentían. Para los Thyssen aquella era una isla mágica, se olvidaban de todos los problemas: caminaban, nadaban en su embarcadero o se acercaban hasta San, una playa casi desierta. También jugaban al backgammon o se hacían acompañar por grupos locales de música para bailar en las puestas de sol extraordinarias. Tita pintaba durante horas. «Quiero saber qué siente uno ante un lienzo en blanco». Le gustaba plasmar lo que veía, sobre todo la vegetación exuberante, que lo invadía todo. El barón, mientras tanto, hacía sus solitarios e intentaba interpretar lo que le decían las cartas.

Pocos días después regresaron de nuevo a Lugano y Tita volvió a la actividad frenética de siempre. Debían recoger papeles y llevarlos a Madrid.

A la baronesa le gustaba no solo tomar decisiones y leer cientos de documentos y de cartas por la mañana; también echaba un vistazo al mercado del arte y miraba si había algún cuadro interesante que comprar. En Nueva York había vivido no hacía mucho la sensación de pujar por un cuadro de John George Brown, a quien llamaban «el Murillo americano», y lo había conseguido. Para ella esa primera vez había sido importante. Tita lloró de alegría en aquella ocasión tras hacerse con el lienzo. Desde entonces, tomó la costumbre de informarse acerca de los cuadros importantes que estaban en venta.

Las noches en las que se vestían de gala, el barón la hacía bailar cuando todos ya estaban acostados. Una copa de champán, moverse al son de una balada y una charla hasta bien entrada la madrugada.

—¿Te sorprendió mi respuesta cuando me propusiste que me viniera a vivir aquí? —preguntó Tita.

—Conociéndote, me la imaginaba: «Si voy contigo, no lo hago sola. Mi madre, mi hijo y mis tres perritos vienen conmigo» me dijiste. Y tomé la mejor de las decisiones, que vinierais todos. Mi vida era en blanco y negro hasta que llegaste tú y le pusiste color. Es curioso el cariño que le he cogido a Borja y la falta de empatía que tengo con el resto de mis cuatro hijos: Georg, Francesca, Lorne y Alexander. Bueno, quizá a Alexander, por ser el pequeño, también le tenga un afecto especial.

—Borja quiere a Alexander como a un hermano mayor. También es el único que ha venido por aquí. Los demás... no pisan ninguna de nuestras casas.

En Villa Favorita había un comedor grande que estaba cerca del despacho de Heini. También había una terraza frente al lago que cuando se abría parecía un cuadro más de la colección particular. En Lugano se intentaba hacer vida familiar. Esperaban, ahora en Madrid, poder organizarse y seguir haciéndola.

Carmen Fernández de la Guerra, la madre de Tita, aprovechaba su tiempo libre para tomar clases de distintas disciplinas. Le gustaban la música y la costura. En la capital de España debería reorientar de nuevo su ocio, pues había que llenar de actividad las horas de la mañana. Borja también había mostrado interés por todo lo relacionado con los barcos, quería prepararse para manejar uno. Por otro lado, se había convertido en un niño muy bromista. Tenía al servicio siempre en alerta porque gozaba asustándolos con pequeñas bromas que hacían reír a todos. A través de la hermana mayor del barón, Gaby, llegó a la casa una chica francesa, Mary France, que enseguida se hizo con el entorno y con el niño. Era tan delgada que enseguida la comenzaron a llamar familiarmente Olivia, como la delgadísima mujer de Popeye. El barón, al ver lo unido que Borja se sintió a ella en un corto periodo de tiempo, rememoró su pasado.

—Tengo miedo de que le coja tanto apego a Mary France como el que yo le cogí a mi institutriz, Edda Voltz —comentó el barón—. Uno de mis grandes traumas tuvo que ver con ella. Era muy cariñosa, pero a la vez muy estricta. Cuando los alemanes invadieron Holanda colaboró con la Resistencia. Estábamos tan unidos que cuando me fui a estudiar a Suiza, ya que mi padre quería alejarme del ejército nazi, y ella se convenció de que Hitler se quedaría para siempre en Holanda, se vio sin salida. Abrió la espita del gas y se suicidó. La trágica muerte de Edda fue una de las pérdidas más dolorosas de mi vida.

—Vaya, lo siento —le dijo Tita a la vez que le cogía la mano.

—Piensa que cuando nací, en mi casa, en un pequeño pueblo de Holanda, solo me esperaba con optimismo mi abuelo August. Yo era el pequeño de cuatro hermanos y enseguida supe que no había sido un niño deseado. Cuando nací mis padres ya estaban prácticamente separados. Fue Edda quien me dio su amor incondicional. Hoy me acuerdo de ella más que de nadie.

—Está bien que Mary France y mi madre sean las personas de referencia de Borja mientras nos ausentamos.

—Quizá no deberías acompañarme a mis reuniones por medio mundo tanto como lo haces.

—Yo sé que Borja está bien acompañado y, sin embargo, no quiero que tú te sientas solo durante tus viajes. Además, me encanta hacerlo. —Pensaba en qué habría sucedido en Nueva York de no haber estado ella junto a él. Se quitó ese pensamiento de la cabeza a los pocos días.

Su filosofía se centraba en que no tenía que regodearse en lo que la hacía sufrir.

El barón subió el volumen de la música y comenzaron a bailar. Nada hacía más feliz a Tita. Heini tarareaba la canción de Irving Berlin para la película *Sombrero de copa.*

—*Heaven... I'm in heaven. And my heart beats so that I can hardly speak. And I seem to find the happiness I seek when we're out together dancing cheek to cheek...* («Cielo, estoy en el cielo. Y mi corazón late tanto que apenas puedo hablar. Y parece que encuentro la felicidad que busco cuando salimos a bailar juntos, mejilla con mejilla»).

3

La profecía

Las mañanas eran frenéticas en Villa Favorita, nada que ver con las noches ni con las cenas románticas y musicales. Las reuniones constantes con asesores y abogados marcaban las agendas de ambos. Heini y Tita habían decidido llevar la colección de cuadros a España.

Acababan de cumplirse cuatro años del gran engaño del que habían sido víctimas: el hijo mayor del barón, Georg, los había convencido para firmar un acuerdo sobre la colección, el Art Trust. Heinrich Thyssen estampó su firma en el documento demostrando tener plena confianza en su hijo y en sus abogados, que cobraban minutas millonarias. Estos, contratados por el barón, habían dado el visto bueno al acuerdo, pero Heini no tardó en descubrir que todo formaba parte de una trama urdida para despojarle de sus pinturas y de sus negocios.

La ilusión del barón hubiera sido llevar a cabo la ampliación del museo de Villa Favorita. Siempre pensando en su padre y en lo que a él le hubiera gustado, se había ido haciendo con una colección que, en la década de los noventa, sumaba más de mil trescientos cuadros. Había conseguido unir los de su propia colección privada a los de su padre, además de rescatar en subastas pinturas que habían recibido en herencia sus hermanos o incluso, recomprárselas. Llegó a sacar a concurso público la elección del mejor proyecto arquitectónico para llevar a cabo la ampliación. El ganador fue el anteproyecto del arquitecto británico James Stirling. El barón lo expuso en el Palacio de Congresos de Lugano y se sintió muy orgulloso al dar el dato de lo mucho que había contribuido la familia a activar el turismo del arte en la ciudad durante los últimos cuarenta años. Pero todo se esfumó, se vino abajo.

Tal y como le había predicho una adivina a su madre, «Tu hijo pequeño salvará los negocios familiares, pero, al final de su vida, lo perderá todo». Georg, el primogénito, fue el artífice de que ese vaticinio se hiciera realidad. Primero le pidió a su padre que convenciera a Tita para que renunciara a los derechos que la ley suiza le otorgaba como esposa. Al final, no solo renunció a los cuadros, sino también a la participación en los negocios del barón. Ambos pensaron que, si ese era el requisito imprescindible para conseguir la ampliación de Villa Favorita, no supondría un obstáculo. Gracias al acuerdo sufragarían los gastos de ampliación del museo y conseguirían una importante cantidad de dinero anual para el mantenimiento y la adquisición de nuevas obras de arte. Pero lo que se había pactado verbalmente nada tuvo que ver con lo que finalmente se firmó...

—¡Quién me iba a decir que todo era un engaño! El documento que firmamos no recogía el acuerdo al que habíamos llegado.

—Eran demasiadas páginas, el notario decía que, si no lo firmabas rápido, podríais estar todos en la notaría tres días con sus tres noches.

—¡Ni se me pasó por la cabeza que mi hijo me pudiera traicionar! Me fie no solo de él, también de mis propios abogados. ¡El dinero todo lo corrompe! Le he dado a Junior un trato preferente respecto al resto de mis hijos, tal y como pacté con su madre tras el divorcio. A los veintiséis se incorporó al negocio familiar. Poco después le hice consejero delegado y a los treinta le di un puesto de supervisor del grupo. Y ahora, a los cuarenta, me deja sin nada.

—Está claro que uno debe leer al detalle lo que firma. Da igual lo mucho o lo poco que se tarde —reconoció Tita, que, desde entonces, ya no dejaba pasar ni un papel sin estudiar hasta la última coma.

—Esa fue la lección que aprendí hace ya cuatro años. Lo positivo es que estamos cerca de una buena solución.

—Creo que aquel fue el peor día de mi vida... Traicionado por mi propio hijo. Está claro que no siente ningún afecto hacia mí; su madre se ha encargado toda su vida de que me viera como un enemigo.

Como si entendiera lo que allí se estaba diciendo, la perrita Juanita Bananas, una yorkshire de color canela que se movía siempre entre las piernas del barón, dio un salto y se acomodó en su regazo. Heini continuó hablando.

—Parece que lo estoy viendo. ¿Te acuerdas? Junior vino a comer con nosotros y, en un determinado momento, nos dijo que era preciso vender algunos cuadros para crear un fondo con el que seguir manteniendo el grueso de la colección.

—Imposible olvidarlo. Te quedaste en silencio, sin

hacer ningún comentario. Comprendiste de golpe que todo lo que se había hablado antes había sido un engaño.

—Bueno, le repliqué que no era lo que habíamos pactado. Su respuesta se me quedó clavada como un puñal: «La situación ahora está así». Fue uno de los grandes disgustos de mi vida. Pensé que habría que ir deshaciendo la colección. Todavía sufro al recordarlo. Menos mal que, cuando se fue, me abriste una ventana a la esperanza cuando me propusiste que la sacáramos de Villa Favorita para mantenerla intacta.

—No me he equivocado mucho. Ya viste que, al hacer partícipes a distintos países de tu voluntad, no tardaron en ofrecerse Alemania, Inglaterra, Estados Unidos, Francia, España...

—De haber continuado en Villa Favorita, nos hubiéramos visto forzados a vender parte del corazón de la colección. Por lo tanto, poco a poco habría ido perdiendo su esencia. El corazón de una colección jamás se debe vender.

Ese domingo, que ponía fin al verano de 1990, la luz de Lugano convertía el paisaje en una auténtica postal. Se prepararon para disfrutar de una jornada familiar. Con Tita, el barón había ganado una familia, algo que no había conocido ni siquiera en su infancia. Decidieron comer en el porche, el día se prestaba a ello. El monte Brè, la montaña más soleada y misteriosa de Suiza, se erigía rotunda en mitad de aquel entorno de cuento. Esa comida contaba en la mesa con un comensal más de los habituales: el hermano mayor de Tita, Guillermo. Había viajado hasta Suiza para ver a su madre y a su hermana aprovechando el fin de semana antes de que se trasladaran a Madrid. Después de almorzar con ellos y antes de regresar a Barcelona, donde residía, conversaron sobre el destino final de la colección. Estaban tomando el café cuando Guillermo quiso conocer los últimos detalles del acuerdo con España.

—Hay que reconocer que Tita estuvo acertada cuando hizo la pregunta que lo desencadenó todo. Yo no creo en las casualidades, creo en el destino. Cuando recibisteis la visita del director general de Bellas Artes, Miguel Satrústegui, y del abogado Rodrigo Uría para pediros que recuperarais para España el retrato de *La marquesa de Santa Cruz* de Goya, que había salido del país de forma ilegal, en realidad os estaban abriendo una puerta al futuro.

—Lo que querían es que yo subvencionara la compra del cuadro que se iba a subastar en la capital británica. Los recibimos en nuestro castillo de Daylesford, en Inglaterra, donde se encuentra enterrada toda mi familia. Durante esos días estaba con nosotros el duque de Badajoz, Luis Gómez-Acebo, y fue cuando Tita hizo la gran pregunta: «¿Por qué va a financiar mi marido la compra de un cuadro para dárselo al Ministerio de Cultura, cuando éste podría conseguir la colección Thyssen-Bornemisza entera?».

—Uría, que en ese momento probaba la salsa picante que habíamos servido de acompañamiento con el salmón marinado, comenzó a toser compulsivamente hasta ponerse rojo —recordó Tita.

—A lo mejor no fue tanto la salsa como la sorpresa de lo que acababas de decirle —añadió su madre, que no pudo evitar inmiscuirse en la conversación.

—El caso es que ese fue el principio de todo... No sé yo si en España llegarán a saber algún día lo que has peleado para que la colección fuera a nuestro país —añadió Guillermo.

—Perfectamente podía haber terminado en Alemania —apuntó el barón—. Estaban dispuestos a construir un museo. Varias ciudades se ofrecieron como sede. Sin embargo, el primer ministro, Helmut Kohl, pronunció ante mí una frase nada acertada, el verdadero detonante de que descartara Alemania: «Necesitamos un museo para que pasen el rato las primeras damas de los jefes de Estado que visitan nuestro país».

—Lo que te molestó, Heini, fue que considerara tu colección como un mero entretenimiento para las primeras damas... —señaló Tita con ironía.

—Aquello no me gustó, desde luego.

—Francia lo intentó también, ¿no? —quiso saber Guillermo.

—Sí, pero, aunque vinieron varios ministros a vernos, al final no se concretó nada. Nos llegaron a proponer el Petit Palais para albergar la colección. Pensé en todas las reformas que habría que hacer para adaptar un edificio tan emblemático y, al final, lo descarté. No me convenció —sentenció Tita—. Inglaterra fue el país más insistente. El Gobierno y la familia real británica querían la colección a toda costa.

—Bueno, la primera ministra, Margaret Thatcher, nos llegó a recibir dos veces en Londres. La primera, en su residencia en Downing Street, donde trató de convencerme con vehemencia para que trasladara la colección hasta Inglaterra. La segunda vez volvió a intentarlo en su residencia privada. Reconozco que en ese último encuentro se creó cierta tirantez. Incluso mostró abiertamente su enfado cuando vio que no accedíamos a sus pretensiones. En uno de esos arranques le pidió a Tita que la acompañara al baño. Cuando estuvieron a solas, se levantó la falda y le enseñó las posaderas.

—¿Qué? —preguntó Guillermo entre risas—. No puede ser. Eso no me lo habías contado, hermana.

—Ni falta que hace... —Tita sonrió con timidez.

—Había mucha tensión. La oferta de los británicos llegó a ser muy detallada y concreta. El príncipe Carlos y la princesa Margarita ejercieron una labor de mediación importante. El príncipe de Gales hasta vino aquí, a Villa Favorita, pilotando su propio avión. Recuerdo que dijo que el *jet* era tan grande que casi se había comido las piscinas de Lugano. Fuimos muy sinceros con él y le comentamos que la oferta de España nos parecía interesante. Al final, se dio cuenta de que la decisión estaba tomada. Fue entonces cuando el príncipe peleó por un cuadro y habló de lo importante que sería para el Reino Unido tener el retrato de *Enrique VIII de Inglaterra*, de Holbein el Joven. Fue entonces cuando decidí prestárselo a su país durante seis meses.

—De modo que Tita se convirtió en el gran escollo para Inglaterra.

—Y no te olvides de mis hijos Georg, Francesca y Lorne, que han visto también en Tita a su principal rival. Alexander está más unido a Borja y a nosotros. Los mayores critican con dureza la opción de España, pero en el fondo esos juicios se dirigen a tu hermana. Esta decisión de sacar la colección dejando de lado la ampliación del museo de Villa Favorita nos da una oportunidad de mantenerla unida, aunque tengamos la sensación, como los acróbatas, de estar en la cuerda floja.

Carmen Fernández intentó levantarse de la mesa, pero le fallaron las piernas. Sus dos hijos se quedaron mirándola. Se volvió a sentar de golpe y no hizo ningún comentario. Guillermo y Tita fueron conscientes de que su madre estaba perdiendo movilidad.

—Brindemos por mamá y por España —zanjó la baronesa la conversación. No quería seguir ahondando en otra de las heridas que se habían abierto con los hijos del barón. Tampoco quería preocupar a su madre.

Desde que surgió la posibilidad de que la colección se trasladara al Palacio de Villahermosa, en Madrid, los Thyssen dejaron de contemplar cualquier otro escenario: se encontraba en el centro de Madrid, frente al Museo del Prado y muy cerca del Museo Reina Sofía. Era un lugar cargado de historia. Allí se había alojado el duque de Angulema al llegar a Madrid al frente de los Cien Mil Hijos de San Luis. A mediados del XIX, mientras el duque celebraba una de sus famosas fiestas, Franz Liszt tocó el piano en uno de los salones. Fue sede del Liceo Artístico y Literario durante el Romanticismo, y, años después, de la Banca López Quesada. Tras la quiebra de la entidad en 1983, el edificio pasó a manos del Estado y se adscribió al Museo del Prado. Desde ese momento, el Palacio de Villahermosa se convirtió en un espacio adicional para exposiciones de la pinacoteca nacional. Las obras de rehabilitación por parte del arquitecto Rafael Moneo habían comenzado en el mes de marzo de ese mismo año.

—¿Y Estados Unidos no os hizo una oferta interesante? —siguió preguntando Guillermo.

—La Fundación Getty de Los Ángeles también se

mostró interesada en hacerse con la colección. Viajamos allí con motivo de una exposición temporal. Después de reunirnos con ellos, nos llevaron a visitar el terreno donde pensaban instalar el Museo. Nos comentaron que estaban decididos a que ese museo se llamara Getty-Thyssen si llegábamos a un acuerdo, pero Tita me hizo ver que, con el paso del tiempo, acabaría siendo Getty. Todo el esfuerzo por mantener el apellido de mi padre ligado a la colección no habría servido para nada.

—Está claro que España se fue revelando como la mejor opción —comentó Tita—. Por eso, en abril de hace dos años, en 1988, firmamos, como base del acuerdo, la carta de intención de la que ya te hablé. Y en diciembre de ese mismo año, con la firma del contrato de alquiler de la colección, ya no hubo vuelta atrás. Bueno, ahora hay que trabajar duro para que esto no quede en un alquiler, sino que Madrid sea el destino definitivo.

—Eso os quitaría muchos dolores de cabeza. ¿Para cuándo esperáis la inauguración?

—Para dentro de dos años, aproximadamente —añadió Tita entre sonrisas—. Ahora hay que rehacer por dentro el palacio, del que solo va a quedar la fachada. Se va a reconstruir todo el interior del edificio.

—Han intervenido el rey Juan Carlos, el presidente Felipe González, sus ministros Javier Solana primero y Jorge Semprún después, y el intermediario perfecto, nuestro amigo Luis Gómez-Acebo, duque de Badajoz. De hecho, fue él quien envió la propuesta formal al Gobierno que propició que Felipe González diera luz verde para iniciar las negociaciones.

—Esto ya no hay quien lo deshaga. ¡Cuando te propones algo, lo consigues! —insistió Guillermo.

En un determinado momento, el barón se levantó para atender una llamada y justo después, Carmen madre, con la excusa de acompañar a Borja a su habitación, se quiso echar un rato en la cama. Al quedarse solos los dos hermanos, la conversación derivó en temas familiares. Guillermo comentó que su hijo mayor iba muy bien en sus estudios en Londres relacionados con Museología y Arte Comercial. A Tita le gustó mucho que su sobrino sintiera su misma pasión por el arte. Antes de que Guillermo abandonara Villa Favorita, le dijo a su hermana en voz baja que sería bueno que a su madre la viera un especialista.

—Creo que mamá debería ir a un traumatólogo. Conozco uno muy bueno en Barcelona.

—Tienes razón, se queja de un dolor persistente en la cadera.

—Puede que se haya caído y no nos haya querido decir nada. Han pasado diez años de la primera operación.

—Habrá que convencerla para que se vaya unos días a Barcelona. Le costará separarse de Borja. Mami lo pasó muy mal cuando vio que Heini perdía todo el control sobre sus empresas. Está muy pendiente de nosotros. No entiende que un hijo pueda hacer algo como lo que le ha hecho Junior a su padre.

—Es difícil entender que unos hijos estén en contra de un padre que los ha hecho millonarios.

—Estos hijos no han convivido apenas con Heini y las madres se han encargado de educarlos alejados de él. Durante los primeros años yo intenté acercarme a ellos, pero me he dado cuenta de que es imposible.

—Como tú sueles decir, solo ven a su padre con cara de dólar. No le tienen ningún afecto.

Cuando el barón se incorporó de nuevo a la conversación, cambiaron de tema. Heini le expuso a su cuñado varios asuntos técnicos relacionados con su futuro museo y, al final, le hizo una confesión sobre su hermana.

—¿Sabes? Tita ha desarrollado una fobia. Creo que se debe a la presión a la que estamos sometidos en los últimos tiempos.

—No tiene importancia. Se trata de una claustrofobia que me impide meterme en los ascensores —replicó Tita—. Ya está, no hay mucho más que decir.

—¿Cuál ha sido el detonante? Tiene que haber un motivo —quiso saber Guillermo.

—Me ha pasado y punto. No le doy más vueltas.

Como era algo que para Tita tenía una solución fácil, subir a pie, dejó de coger ascensores de la noche a la mañana. El barón dio más datos de la claustrofobia que sentía su esposa en los espacios pequeños.

—El problema se presentó cuando el director de la Caixa estuvo detrás de la colección y nos invitó a comer en sus instalaciones, en un décimo piso. Tita decidió ese día subir andando por unas escaleras exteriores. A partir de ese momento, no hemos vuelto a tener citas en pisos altos.

—Yo creo que me está saliendo ahora el miedo que pasé de jovencita en el incendio de unos apartamentos de la Metro-Goldwyn-Mayer. Me encontraba en el vigésimo piso y no había forma de que me rescataran. Las malas experiencias se quedan grabadas en nuestro cerebro y, tarde o temprano, salen.

—Cuando tienes un hijo, tus miedos del pasado brotan y se hacen más visibles. Lo superarás cuando veas que Borja ya no depende de ti —sentenció Guillermo convencido de que era cuestión de tiempo.

—Todavía queda mucho para eso. Creo, sinceramente, que mi miedo nace del fuego, no tanto por la maternidad. Las llamas me imponen mucho respeto.

—Toda esta situación que estamos viviendo también te habrá afectado —replicó el barón.

—Nosotros podemos con eso y con más. Mi claustrofobia ha surgido de repente y se irá igual que ha venido. De momento, tiene solución: no montar en ascensor, sin más.

—Mi hermana es muy valiente. Siempre lo ha sido, aunque imagino que sigue durmiendo con una lucecita encendida, ¿no? Suma miedos a los que intenta ir poniendo una solución.

—Duermo con una lucecita por los fantasmas desde que en México entró en mi habitación ese señor que os conté que al abrir los ojos se encontraba cerca de mi cama. Estaba mirándome con un pañuelo blanco en la mano. Siempre me he preguntado qué habría ocurrido si no me hubiera despertado. Menos mal que salió corriendo cuando me encaré con él.

—¿No sería algún empleado del hotel? Tienes que desterrar de tu vida las malas experiencias —añadió el barón—. Me habría encantado conocerte en ese momento, incluso antes que Lex, y eso que siempre le he tenido admiración y respeto.

—Estoy segura de que ese señor a los pies de mi cama era un asesino que andaban buscando. ¿No es mucha casualidad que yo sorprendiera en mi habitación a esa persona con un pañuelo blanco y días después viera en el periódico que habían detenido al «asesino del pañuelo blanco»?

—No lo pienses. No ocurrió nada.

—Desde entonces no me gusta levantarme y no ver. Me voy a dormir siempre con algo de luz.

Carmen madre regresó tras haber descansado unos minutos y se dirigió a su hija tras escuchar el final de la conversación.

—Yo duermo con algo de luz también. Esto le viene de familia.

—Gracias, mami. —Tita abrazó a su madre—. Qué suerte tenerte a mi lado. No sabes la tranquilidad que me das.

—Mamá, Tita y yo lo hemos hablado y pensamos que deberías ir a Barcelona para que te miren la cadera. Conozco un médico muy bueno que trabaja en la Clínica Sant Honorat, en la Avenida del Tibidabo —aseveró Guillermo.

Se lo soltó de sopetón y su madre se quedó muy sorprendida. No esperaba que hubieran estado hablando sobre ella. Después de un rato callada, le contestó.

—Pues no os digo que no, porque el dolor cada vez es más intenso. Aprovecharé vuestro traslado a Madrid para irme unos días a Barcelona.

—Me alegra oír eso. Creo que es la mejor decisión —admitió Tita—. Yo iré contigo al médico. Ya me dirás para cuándo le dan cita.

Guillermo se despidió de todos y quedó con su madre en verse en unos días. Tita le dijo a su hermano que fuera a Madrid la próxima vez que quisiera verlos. «Nuestro hogar ahora estará allí. Tenemos que visitar las obras del museo y seguir hablando de nuestros cuadros con el ministro de Cultura». Los dos hermanos no aguantaban mucho sin saber uno del otro. Habían estado muy unidos desde que sus padres se separaron. Tanto que, a veces, parecía que Guillermo ejercía de padre más que de hermano mayor.

Esos días en familia los anotaba Tita en su diario como días destacados, para reseñar con detalle.

4

The green thumb

A la mañana siguiente, y antes de abandonar Villa Favorita para trasladarse a Madrid, Tita salió al jardín y podó las plantas, que habían crecido demasiado. El jardinero sabía que, el día en el que ella se enfundaba los guantes y cogía las tijeras de podar, había que dejarla sola. La llenaba de energía estar en contacto con la naturaleza.

Giorgio, el mayordomo italiano del barón, la acompañaba unos pasos por detrás mientras ella hablaba de flores.

—Las siento como si fueran mis amigas de toda la vida.

—Y las plantas le responden a su manera: creciendo y echando más flores que nunca.

—Me siento feliz entre ellas, me dan mucha vitalidad.

—Ni que lo jure. Todos los que estamos aquí lo sabemos. En especial, su esposo, que dice que las plantas se parecen a él porque estando cerca de usted se recupera de cualquier mal. De hecho, si me permite que se lo diga, desde que le cortó el pelo ya no ha dejado que nadie más lo haga. Asegura que, entre poda y poda, usted también le *poda* a él.

Tita se rio con aquel comentario del mayordomo. No hacía falta que le dijera a Giorgio que hablaba no solo con las plantas, sino con los animales, porque eso lo veía todos los días. Se dirigía a ellos con la misma amabilidad que a las personas.

—Cada árbol de nuestras casas me trae algún recuerdo...

Descubrió esa habilidad con las plantas estando casada con el actor Lex Barker. Fue a casa de una amiga y, al ver que uno de sus árboles estaba medio seco, lo podó. Al cabo de unos meses, el árbol se había recuperado y estaba frondoso. Poco a poco se aficionó a la jardinería y planta que podaba en mal estado, planta que revivía. Así fue como comenzó a labrarse su fama de tener el famoso dedo verde con las plantas. Junto a ellas sentía que formaba parte de un todo. Había llegado a pensar que se entendía mejor con las plantas que con algunas personas con las que se veía obligada a tratar, en especial con los hijos de Heini.

Tita fue plenamente consciente, antes de casarse con el barón, de cuánto se le complicaría la vida una vez que diera el «sí, quiero». Y así ocurrió desde entonces. No había día que no tuviera que leer y firmar papeles o consultar con abogados.

Un discreto plantel de seguridad formaba parte de su vida. De hecho, en la casa recién inaugurada de La Moraleja se levantaba, junto a la entrada, otra construcción para los responsables de la vigilancia y los invitados. Entre esa casa y la principal había un gran espacio ocupado por un jardín exuberante, repleto de palmeras y flores. La nueva casa y su vegetación parecían más cercanas a la arquitectura asiática que a la europea. Destacaban los dragones de la entrada y, en el interior, los tonos rosados de las paredes, la seda verde de sus sillones, pintada a mano con dibujos de elefantes y de gatos, y una mesa de comedor muy original decorada con plantas naturales en el centro. En las paredes, colgados aquí y allá, lucían muchos cuadros de pintores del siglo pasado. También había rincones con retratos recientes hechos por el español Ricardo Macarrón y por su amiga argentina Mercedes Lasarte. A esta última Tita la había conocido en una exposición de pintura en Los Ángeles al poco de haberse casado con el actor Lex Barker. Casi todo su presente estaba unido inexorablemente a su pasado. El matrimonio había adquirido dos pinturas, pero una jovencísima Tita regresó días después a comprar más, impactada por la forma que tenía la pintora de retratar la vida y a las personas. Desde entonces, se convirtió en la hermana que le hubiera gustado tener. De hecho, según le había contado su madre, Tita había tenido una hermana mayor que murió a los pocos meses de nacer. Siempre la echó de menos, aunque no hubiera llegado a conocerla. Mercedes, debido a la amistad que surgió entre ellas, supo captar los momentos más bellos de su vida. La baronesa solía decir que Lasarte capturaba el alma de las personas con una clara influencia del fauvismo, muy próxima al cloisonismo postimpresionista, que empleaba colores planos y contornos oscuros.

Giorgio la volvió a sacar de sus pensamientos.

—Usted es muy fiel a sus amigos... Los que logran serlo lo son para siempre.

—Soy muy fiel a los demás y creo que también a mí

misma. Nunca he cambiado. He podido seguir mi propio camino porque no me he perdido queriendo ser otra persona. La vida, Giorgio, pasa muy deprisa, y no puedo perder el tiempo desdoblándome a cada rato. Si le diera a leer mis diarios, comprobaría que soy la de siempre; tan solo he madurado, nada más. De todas formas, a veces me pregunto si debería destruirlos...

—No, señora; no lo haga, por favor.

—Por otro lado, pienso que el que los lea se sorprenderá de muchas de las cosas que allí cuento. Algunas son felices y alegres, y otras dolorosas, pero siempre he tenido fe. No la he perdido nunca y eso me ha ayudado mucho. Dios nunca me ha fallado.

—Olvídese de destruirlos. Estará bien que Borja reciba ese legado.

—De momento, ahí están todos. Al releerlos he comprobado que mis ilusiones, mis sueños, mis ganas de vivir siguen intactos. También se aprecia en ellos que soy muy creyente. Yo rezo al terminar el día y nada más levantarme. Procuro estar siempre agradecida por todo porque he vivido una vida casi de película.

—De eso yo puedo dar fe... El barón es otro desde que usted entró en esta casa.

Tita sonrió satisfecha y, acto seguido, regresó a la mansión de Villa Favorita. Ya estaba todo preparado para partir y embarcar en el avión privado que los llevaría a Madrid. Tuvo el tiempo suficiente para arreglarse antes de salir rumbo a España. Su madre y su hijo también tenían las maletas hechas. Borja estaba deseando llegar para asistir a las clases de su nuevo colegio. El barón, el único que faltaba, después de despachar largo rato con su secretaria, Anna Maria Stirnimann, se preparó para dejar de forma temporal Villa Favorita, el que había sido su hogar durante gran parte de su vida.

—¿Echamos un último vistazo a nuestros cuadros? —le propuso el barón.

Ella asintió y recorrieron las galerías en medio de un silencio que solo rompían sus pisadas. Para Heini ese era el momento en el que los cuadros adquirían más misterio. Se dieron un beso y se dispusieron a salir de aquella mansión que Tita había logrado transformar en un hogar. Ahí estaría, como lo había hecho durante siglos, esperando su regreso. Villa Favorita y el resto de las propiedades que tenía diseminadas por todo el mundo pasaban ahora a un segundo plano frente a su nuevo cuartel general en Madrid. Había mucho en juego en el Palacio de Villahermosa mientras el arquitecto Rafael Moneo lo reformaba por completo. Tenían que supervisar de cerca las obras del que se iba a convertir en el futuro Museo Thyssen-Bornemisza. Por fin, el sueño del barón de exponer su colección en un museo que llevara su nombre iba a hacerse realidad.

Durante el vuelo hablaron de lo rápido que se les había pasado ese último año desde la caída del Muro de Berlín, el pasado 9 de noviembre de 1989, hasta ese mes de septiembre de 1990. Era como si los acontecimientos de la política y de su propia vida se sucedieran cada vez más deprisa. El Muro que había dividido durante casi tres décadas la capital alemana, ahora, una vez desaparecido, tenía a la diplomacia y la política tratando de materializar el milagro de la reunificación de las dos Alemanias. Era cuestión de días.

—Lo cierto es que nosotros, a través de nuestras exposiciones, hemos contribuido a que, poco a poco, hayan ido desapareciendo las barreras entre Occidente y el telón de acero. ¿Te acuerdas de la primera vez que el embajador ruso se acercó a nosotros?

—Perfectamente. Fue en Colonia, en Alemania, tras la inauguración de una de tus colecciones.

—Exacto. De pronto, el embajador soviético se acercó a mí y me habló del arte que denominó «paralítico», un arte sin movilidad que, sin poder ser apreciado por todos, pierde su esencia. Entonces me hizo la gran pregunta: «Si usted hace exposiciones en Norteamérica, ¿por qué no las lleva también a la Unión Soviética?».

—Estuviste muy rápido en la respuesta, recuerdo que le contestaste: «Por la misma razón por la que ustedes no dejan salir sus obras del Hermitage de Leningrado y del Pushkin de Moscú».

—Es increíble cómo suceden las cosas. Fue cuando le propuse que estableciéramos un intercambio. «Yo le llevo cuarenta obras», le comenté, «veinte a Moscú y veinte a Leningrado, y ustedes traen otras cuarenta obras a Villa Favorita. Eso sí, con una condición: que yo las elija».

—Su contestación fue muy curiosa: «Como si fuera un intercambio de prisioneros, ¿no?».

—De eso hace ya seis años. Nadie se ha percatado de que el arte logró derribar esa primera barrera del telón de acero años antes de que sucediera lo que estamos presenciando hoy. Creo que contribuimos a unir dos mundos a través de la pintura.

Los Thyssen consideraban que esa exposición y las que le siguieron contribuyeron a limar asperezas con los países del Este.

—No siempre fue fácil. El arranque de la exposición «Maestros antiguos» coincidió con un momento diplomático muy delicado. ¿Recuerdas que los cazas soviéticos derribaron un Boeing 747 con pasajeros procedentes de Nueva York? El destino del vuelo era Seúl, pero se desvió inexplicablemente y entró en la península de Kamchatka. Fue terrible. En mi discurso de inauguración les dije que debían encontrar procedimientos menos brutales a la hora de defender sus fronteras. También les hablé de la necesidad de promover la paz a través del arte. Tradujeron cada una de mis palabras y las asimilaron.

—Tienes toda la razón, el arte debe unir y no desunir a las personas. ¿Sabes de qué me acuerdo? De Richter, el genial pianista que interpretó mi pieza favorita de Rajmáninov, el *Concierto para piano número 2 en do menor*. A veces, me despierto y pienso en lo bonito que fue aquel momento. También reconozco que fuimos los primeros en traer cuadros rusos a Lugano, cuadros que jamás habrían salido de Rusia de no haber sido por nuestra mediación.

La primera visita de los Thyssen a Moscú duró tres días. Les asignaron un coche oficial con escolta motorizada para abrirles el camino en sus desplazamientos. La segunda se complicó por el derribo del Boeing, pero la exposición «Maestros antiguos» al fin se llevó a cabo en el Museo Pushkin. Las siguientes, ya con Mijaíl Gorbachov y su mujer, Raisa, como anfitriones, fueron muy diferentes. Pudieron moverse por ciudades rusas que jamás se enseñaban a los turistas. Estuvieron incluso invitados en la residencia privada del jefe de Estado de la Unión Soviética, que demostraba con ese gesto una cercanía y unas ganas de agradar que llamaron la atención no solo del barón y su mujer, sino de la prensa internacional, que se hizo eco de ese intento de los rusos por estrechar lazos con Occidente a través del arte. Raisa iba a todas partes cogida de la mano de Tita y la televisión rusa estuvo pendiente de todos sus movimientos. Les dieron un tratamiento propio de una visita de jefes de Estado.

—Hay que reconocer que el intercambio cultural fue todo un éxito. Tras romper el hielo, la acogida en Rusia fue muy cálida.

—Raisa apreció mucho el cuadro de Alessandro Magnasco que donaste a la fundación que llevaba su nombre. *Monjes en el campo,* creo que era su título. Una pintura del siglo XVIII.

—Magnasco es uno de los pintores más prolíficos de la historia del arte. No firmó ni fechó sus pinturas. Su especialidad son los cuadros pequeños que representan paisajes inquietantes llenos de figuras diminutas y alargadas. Ese cuadro me gustaba...

—Raisa también valoró mucho el broche de Cartier con más de cincuenta años de historia que le regalamos. Recuerdo que se desvivió con nosotros y todo le parecía poco para agasajarnos. ¿Recuerdas el desfile de pasteles de todas las regiones de Rusia?

—¡Como para olvidarlo! Tuvimos que probarlos todos hasta que nuestro estómago llegó a su tope.

—Es cierto; por no hacer un feo a los pasteleros, que habían llegado desde todas partes de la República, pedimos una caja para llevarnos a nuestra habitación los pasteles que no habíamos podido probar. Ella misma nos preparó una cestita con todos.

—¡Cuántos recuerdos, Tita! Me gusta mucho que vayan a concederle el Nobel de la Paz a Mijaíl antes de que acabe el año. Con él comenzó el gran cambio en la URSS. De hecho, el premio se lo dan por su papel fundamental en el proceso de paz y los cambios experimentados entre el este y el oeste. El diálogo y la negociación han sustituido al enfrentamiento. Su acción ha sido decisiva para que la llamada «guerra fría» haya quedado atrás. Pero no creas que todo han sido aplausos. En su país ha recibido muchas críticas por su apertura a Occidente y ante la reunificación de Alemania que, en unos días, será una realidad.

De pronto, interrumpieron la conversación. El piloto les comunicó que estaban sobrevolando Madrid: «La temperatura en Madrid es de 29 grados y el cielo está despejado. ¡Buena estancia en España!». El avión tomó tierra sin novedad y, mientras recorría unos metros por la pista, Carmen madre se puso de pie.

—Yo me despido aquí de vosotros. Heini, gracias por permitirme viajar a Barcelona en el avión.

—Es lo justo; de todas formas, en un par de días estaremos allí contigo.

Carmen admiraba a su yerno. Siempre decía que era «el mejor partido con el que podría soñar cualquier mujer». También se sentía muy orgullosa de los negocios de su yerno fuera y dentro del arte. Le impresionaba mucho que hubiera sido dueño del puerto de Rotterdam y que hubiera llegado a tener en plantilla a más de treinta mil empleados. De quien no hablaba era de Georg, al que no le perdonaba lo que le había hecho a su padre. Tenía una máxima que su hija también había hecho suya: no regodearse en aquello que dolía.

—Mami, no te preocupes, yo te acompañaré al médico —la tranquilizó Tita sacándola de sus pensamientos.

—¡Gracias, hija!

Borja abrazó a su abuela. Ella era la persona que siempre estaba a su lado y jamás se separaba de él a no ser, como en ese momento, por causa de fuerza mayor.

—No tardes. Te estaré esperando.

—Yo soy la primera que no quiere pasar mucho tiempo separada de ti. No te preocupes por eso.

—Mami, si tienes dolores de cadera, no deberías ponerte tacones.

—Bueno, para que yo no me ponga tacones tiene que producirse un terremoto.

Un último adiós a su hija y a Heini. Todos bajaron del avión excepto ella, que, después de hacer escala en Madrid, viajaría hasta la Ciudad Condal. La hora del viaje la pasó pensando en todos los recuerdos que tenía allí. Había conservado su casa y, después de tanto tiempo, esperaba encontrarla como la había dejado. Le pidió a su hijo Guillermo que la acompañara hasta su piso para comprobar que todo estuviera en orden.

En esa casa habían crecido sus hijos y había construido su futuro después de separarse de su marido en una época en que nadie lo hacía. Le echó valor y se volcó en Guillermo y en Tita apostando por su educación en el extranjero. En realidad fue una visionaria al dar tanta importancia al conocimiento de idiomas. Se decía a sí misma que el sacrificio personal había merecido la pena.

5

La amistad con don Juan

El médico citó a Carmen Fernández de la Guerra dos días después de llegar a Barcelona. Tita ya estaba con su madre cuando éste entró en la consulta. Tras reconocerla y hacerle unas radiografías, el doctor las informó de que había que operar la cadera derecha. La izquierda seguía bien con la prótesis que le habían colocado antes de que naciera Borja, hacía ya diez años. Carmen no se lo pensó dos veces y, al día siguiente, ya la estaban interviniendo para ponerle una segunda prótesis. Tras un breve postoperatorio, la dejaron recibir visitas. El primero en ir verla fue Heini, y el segundo, don Juan de Borbón, padre del rey Juan Carlos I.

La avisaron con un par de horas de esa visita tan ilustre. Carmen, que era muy coqueta, quiso arreglarse para la ocasión.

—Mami, si tienes ganas de ponerte mona, es que ya estás mucho mejor.

—Bueno, sabéis el respeto que le tengo a don Juan, no me puede ver de cualquier manera.

El conde de Barcelona acudió por la tarde a visitarla haciéndose entender con habilidad tras haber sido operado de cáncer de laringe cinco años antes. Mantenía una fuerte relación de amistad con el barón y con Tita. De hecho, había ido a Jamaica, a su casa en Alligator Head, en tres ocasiones. También había acudido a Nueva York mucho antes, en 1983, para estar presente en el bautizo de Borja, que tuvo lugar en la catedral de San Patricio, donde su yerno, el duque de Badajoz, ejerció de padrino.

A don Juan le gustaba hablar en inglés con el barón. Lo mismo conversaba sobre arte como sobre el mar que tanto les apasionaba a ambos. No había olvidado su paso por la Marina española y la inglesa. Tenía muy presente el sacrificio que había hecho al abandonar su carrera militar cuando se convirtió en el heredero al trono tras renunciar sus hermanos y hermanas a sus derechos dinásticos. En el exilio de sus padres, Alfonso XIII y Victoria Eugenia, recibió el nombramiento de príncipe de Asturias y, como futuro rey de España, no podía continuar su carrera militar en la Marina inglesa. Sus declaraciones y manifiestos desde el exilio le convirtieron en una persona incómoda para Franco y, llegado el momento, éste le saltó en el orden sucesorio y nombró príncipe de España a su hijo Juan Carlos para reinstaurar la Corona cuando llegara el momento. Así es como el conde de Barcelona se transformó en hijo y padre de rey, ya que, tras la muerte de Franco, su hijo fue proclamado rey de España. De todo aquello hacía ya quince años. En una jornada repleta de significado histórico, don Juan renunció a los derechos dinásticos en favor de su hijo después de años de tensión entre ambos. Pero de ese tema no hablaron; tampoco de política. Ese día conversaron sobre algunos accidentes recientes de su hijo «Juanito».

—El que ha tenido que pasar por el taller en numerosas ocasiones ha sido mi hijo —dijo don Juan mientras hacía gestos con las manos.

—Al rey le gustan mucho los deportes de riesgo —añadió el barón.

Don Juan asentía con la cabeza queriendo rubricar las palabras que acababa de pronunciar Heini.

—Su problema es que no ha medido el riesgo. —Hizo una pausa para coger aire y hablar con el esófago—. Mi padre era igual con el polo, y a mi madre le daba miedo verle. Juanito ha tenido accidentes muy aparatosos: ha atravesado una puerta de cristal tras un partido de *squash*. En Gstaad, en Suiza, tuvo una caída esquiando y se fisuró la pelvis.

—Leí en el periódico que hace poco tuvo otra caída en la estación de Courchevel, en Francia —comentó la convaleciente—. El deporte de tanta exigencia también te expone a las lesiones.

Don Juan asintió de nuevo con la cabeza y Carmen continuó hablando.

—Según se van cumpliendo años las lesiones se vuelven muy peligrosas. Nada que ver si te caes con cincuenta años, como su hijo don Juan Carlos, que con veinte más.

Todos agradecieron mucho la visita de don Juan. Al día siguiente, le dieron el alta a la paciente y regresó con su yerno y su hija a Madrid en el *jet* privado. Hizo el postoperatorio con la ayuda de una enfermera y un fisioterapeuta que contrataron los barones para acelerar el proceso de recuperación. Borja, el pequeño de la casa, celebró mucho su vuelta. Informó a su abuela de que había empezado el colegio y de que no era el único nuevo en su clase. Parecía contento y su madre quiso premiarlo poniendo fecha a su promesa de ir a Disney, en California.

—Iremos a Disney en abril. ¿Te parece?

Borja fue corriendo hasta donde estaba su madre y le dio un abrazo. Tenía muchas ganas de visitar la casa de Peter Pan, lo había repetido miles de veces ese año.

—No quitarán la atracción de Peter Pan, ¿verdad?

—No, tranquilo, allí estará.

—Yo también querría ir —dijo la recién operada.

—Pues no se hable más. Iremos todos. Será un viaje en familia —propuso el barón.

—Para entonces espero estar ya recuperada del todo.

—¡Seguro que sí! El médico ha dicho que la operación ha sido un éxito —dijo Tita.

Las negociaciones para que la colección Thyssen-Bornemisza se quedara definitivamente en España seguían su curso. De momento, se había solventado el primer obstáculo: que los herederos estuvieran de acuerdo en que saliera de Villa Favorita de forma temporal. Pero Tita quería que la colección se estableciera en el Palacio de Villahermosa para siempre. Eso requería negociaciones muy largas, llenas de trabas legales. Tuvieron que intervenir muchos abogados. Rodrigo Uría, el letrado elegido por el Gobierno, peleaba con tesón para que la colección se quedara en la capital del reino. El principal escollo era que se necesitaba el visto bueno de todos los hijos de Heinrich Thyssen, y uno de ellos, Alexander, era menor.

—Tita, hay que reunirse con Denise, la madre del chico, para convencerla de lo importante que es para todos que la colección siga en España —le sugirió Uría a Tita.

La brasileña Denise Shorto había sido la cuarta esposa del barón. Se casó con él a finales de los años sesenta después de un año de noviazgo. Había estudiado en Ginebra y el destino quiso que conociera a Tita cuando era estudiante. La amistad venía por sus hermanas. En aquel entonces, Carmen, sin pretenderlo, le quitó el novio que tenía. Años más tarde, cuando conoció al barón, se dio la circunstancia de que estaba casado con Denise, aunque el matrimonio llevaba años roto. Pero Tita volvió a aparecer en su vida y Heini acabó enamorándose perdidamente de ella. Ahora, de nuevo, se iba a librar un pulso entre estas dos mujeres.

—Rodrigo —contestó la baronesa—, pues la invitamos a Madrid para que se reúna con nosotros.

—Si accede a venir a España para hablar de este tema, tenemos que reunirnos con ella tu marido y yo. Tú no deberías estar.

—¿Por qué no? —Tita no estaba conforme con esa propuesta de Uría.

—Si quieres que todo salga adelante, debes confiar en mí. Es más fácil que nos diga que sí sin que estés tú presente. Basta que digas A para que ella haga B. Créeme, estoy acostumbrado a negociar con personas de todo tipo y condición. No es bueno que las dos últimas mujeres del barón se encuentren cara a cara cuando es crucial lograr que Denise colabore.

—Después de tanto tiemplo separados, ella debería haberlo superado.

—No. Hay cosas que no se superan nunca. Piensa que la colección va a estar en tu país natal. Eso no ha hecho gracia a ninguno de los herederos y menos aún a la madre de Alexander, cuya representación la tiene ella.

Denise se estaba convirtiendo en un escollo importante para el futuro del museo. Lo quería todo, incluso ser la administradora de su hijo; insistía en que era él quien había heredado del barón el amor por el arte. Así se lo hizo saber a los dos en la cena que mantuvieron finalmente el barón y el abogado Uría.

—Será el único que continúe con brillantez la dinastía de los Thyssen-Bornemisza de Kaszon —pronunció todos los apellidos de su exmarido como si le despojara de ellos.

No sacaron nada en claro de ese encuentro. Alexander, como ciudadano suizo, no alcanzaría la mayoría de edad hasta los veinte años. En esos momentos tenía dieciséis y su madre quería para él más privilegios que para el resto de los herederos. Al fin, los abogados encontraron una fórmula: lograron el compromiso del menor de firmar el acuerdo cuando alcanzara la mayoría de edad.

Denise se enfadó con su hijo, pero de esta manera dejó de ser necesaria para alcanzar un acuerdo con el Gobierno de España.

Cuando le contaron a Tita la idea que habían tenido, le surgieron muchas dudas.

—¿Y si Alexander, llegado el momento, se negara en redondo a firmar? Podría impugnar el acuerdo hereditario.

El barón la tranquilizó.

—Confiemos en Alexander y en su compromiso. Es el que más temporadas ha pasado conmigo y se ha hecho amigo de Borja. Han jugado mucho juntos. Se llevan seis años, pero se aprecian mucho. No va a fallar. Confío en él.

En la reunión que mantuvo con la que había sido su cuarta esposa, el barón hizo de tripas corazón. La convivencia con ella había sido tan difícil como los intentos de negociación.

Le contó a Tita que su exmujer, que vivía con todo lo que una persona podía soñar, había tenido un amante que no había ocultado al propio Heini mientras estaban casados. Se trataba del playboy italiano Franco Rapetti, que incluso acudía asiduamente a Villa Favorita cuando el matrimonio vivía allí.

—La madre de Alexander me fue infiel casi desde el principio, pero tenía una virtud: me confesaba sus infidelidades. Ella sabía que yo no quería pasar por más trámites de divorcio y que aguantaría todo tipo de humillaciones con tal de no volver a separarme. Sin embargo, todo tiene un límite y yo alcancé el mío al conocerte a ti —le confesó a Tita.

Ella le besó al escuchar esas palabras. Estaban pasando unos días de mucha tensión.

—¿Quién era ese Rapetti?

—Un *capricio per signora* cuya única profesión era jugar al póquer. Sin embargo, un día aterrizó en el mundo del mercado de las obras de arte empujado por Denise.

—Heini, ¡lo que has tenido que aguantar!

—No te conté nada, pero durante los trámites del divorcio, cuando tomé la decisión de dar el paso, se presentaba en las galerías donde yo anunciaba que iba a comprar un cuadro y exigía un porcentaje. Me llegaron a decir que pedía comisiones del veinte o del treinta por ciento. Cuando las galerías se negaban a dárselo, me intentaban convencer para que no fuera allí a comprar esa obra de arte. Pero sabes que cuando un cuadro me gusta no me importan los obstáculos y voy a por él.

—¿Qué fue de Rapetti? No lo he llegado a conocer.

—Murió en extrañas circunstancias en Nueva York. Un día, estando en el hotel Claridge de Londres, me llamó Denise para darme la noticia. Según las leyes de Nueva York, cuando pasan tres días de una muerte violenta, la policía está obligada a abrir una investigación. Sin embargo, Denise se llevó el cuerpo inmediatamente después de que Rapetti cayera desde el piso once. Dijo que estaba bajo los efectos de unos sedantes y que se había precipitado al abrir la ventana. Me pidió ayuda y tuve que fletar un avión de Swiss Air para devolver a Denise a Europa con el ataúd de su amante. Ese fue su triste final.

—¿Crees que fue un accidente?

—Fue una muerte muy extraña. Siempre he tenido muchas dudas. Denise nunca contó exactamente lo que había sucedido. Después pude enterarme de que él había pedido ayuda a un abogado francés para que le protegiera de ella. Parece que él quería dejarla, pero tenían una cuenta conjunta en Ginebra con bastantes millones.

—¡Dios mío! Es terrible.

—Meses antes, Denise había prendido fuego a la cama de Rapetti y muchos de los cuadros que tenía en la habitación quedaron destrozados. Cuando Rapetti murió al caerse de un piso tan alto, pensé que nuestro matrimonio podría arreglarse, pero ella siguió coleccionando amantes. De repente, desaparecía unos días y me llamaba contándome mil excusas falsas. Yo resistía por el cariño a Alexander.

—Esta historia me pone los pelos de punta.

—Empezó a acusar a mis otros hijos de comportamientos poco convenientes y no los dejaba entrar en Villa Favorita. Llegamos a no tener ningún tipo de convivencia con ellos. Se dedicó a desvalijar por completo las casas que compartíamos, así como el yate, Hanse, que yo había mandado construir en mis astilleros. Se llevó todo, hasta los pañuelos de papel y las toallas. Fue vergonzoso. No digo nada de las joyas, que quise recuperar porque algunas eran de mi familia. Intenté que las pusiera a nombre de Alexander, pero no lo conseguí.

El barón le llegó a comentar a su mujer que el resto de sus hijos vio con buenos ojos que se divorciara de Denise. Incluso aplaudieron en un primer momento la llegada de Tita a su vida. Era una forma de apartar a la cuarta esposa de su padre.

—Ella siempre quiso mantenerlos lo más alejados posible de mí. Siempre digo que mis cuatro esposas fueron los cuatro grandes errores en mi vida: Teresa de Lippe, Nina Dyer, Fiona Campbell y Denise Shorto. Con la primera solo fue un matrimonio de conveniencia.

Tita estaba callada escuchando lo que decía su marido acerca de sus matrimonios anteriores.

—Rompí mi soltería cuando tenía veinticinco años y estudiaba en Friburgo. El 29 de agosto de 1946 me casé por primera vez, en Lugano, con la princesa de Lippe Biesterfeld Weissenfeld, también estudiante. Mi padre no fue a la boda porque estaba convencido de que ella se casaba por dinero, como así resultó. No había atracción física entre nosotros, pero a mí me pareció sensato contraer matrimonio con ella, ya que era de buena familia, aunque arruinada. Te prometo que me casé pensando en comportarme como un buen marido.

—Tu padre entonces tenía razón...

—Desde luego, quería que esperara y que recorriera mundo. Decía que uno no debía casarse antes de los treinta y cinco años. Teresa se portó muy mal conmigo y me hizo sufrir muchísimo. El colmo de la desgracia fue cuando me enteré de que mantenía una relación sentimental con mi cuñado, Ivy Batthyány. Era el marido de mi hermana Margit, la mayor. Un día los pillé juntos en la cama y el disgusto fue tremendo. Cuando llegó Georg, cuatro años después de la boda, supuse que no era hijo mío. Nació cuando nuestra relación ya estaba rota. En el divorcio, el futuro de Georg quedó asegurado de por vida, como el de Teresa. Como te digo, fue el primer gran error de mi existencia.

—Todos sumamos errores que nos van haciendo crecer como personas. Si uno no pasa por este tipo de experiencias, no aprende. Yo también te podría hablar de infidelidades; todos los hombres que han estado cerca de mí me han sido infieles y lo he llegado a saber. Todos en la vida podemos tener un momento tonto. No nacemos perfectos. No se puede romper una bonita historia de amor por una infidelidad. Tampoco se puede estar machacando todo el día con el tema a tu pareja. Otra cosa es que la infidelidad se transforme en un engaño permanente.

—¿Mi admirado Lex te fue infiel?

—Le pillé con una mujer. Estábamos en Yugoslavia para el rodaje de una película. Se levantaba a las cinco de la mañana para ir por carreteras tortuosas y filmar donde no hubiera cables, ya que era una película de *cowboys* e indios. La esposa de un actor inglés que estaba en la película mostraba mucha admiración hacia él. De pronto, me encontré mal y me fui al hospital; me hicieron pasar allí la noche. A las cuatro de la mañana decidí irme caminando sola por la carretera. Cuando llegué al hotel donde nos alojábamos, llamé a la puerta de la suite y me abrió Lex. Al verme se quedó blanco y pude ver al fondo, abriendo las puertas de cristal de la habitación, a la mujer del actor inglés, que se emborrachaba todas las noches.

—¡Qué situación más difícil, la verdad!

—Pues ella tuvo la cara dura de decirme que es que su marido quería pegarle. Y le contesté que por qué motivo no había dormido en el sofá en lugar de en la cama con mi marido. En fin, las mentiras siempre se pillan. Hubo más veces. Recuerdo otra en la Costa Brava, al poco de estrenar nuestra casa Más Mañanas. Regresé de Barcelona antes de tiempo y él, que no me esperaba, volvió a casa a las cinco de la madrugada. Yo me puse a leer y cuando me vio ¡le cambió la cara! Al día siguiente llegaron una chica monísima y un matrimonio. Cuando me vieron se fueron los tres corriendo con no sé qué excusa. En un arrebato, cogí todas las tumbonas del jardín y las tiré a la piscina. Parecía Hércules, todavía no sé de dónde saqué esa fuerza. En esa ocasión sentí celos de verdad.

—Tienes cientos de anécdotas que darían para escribir un libro.

—Están todas en mis diarios.

—Insisto, quiero leerlos...

—Más adelante, Heini. Te lo prometo.

Mientras tanto, las obras del Palacio de Villahermosa cogían velocidad. Allí iban a descansar las setecientas obras de la colección Thyssen. Sin embargo, llegó un momento en el que el arquitecto, Rafael Moneo, y Tita comenzaron a discrepar sobre la pintura de las paredes y la calidad de los suelos. La disparidad de criterios se hizo patente en los primeros meses del nuevo año, 1991.

6

El pulso a Moneo

Poco antes de que Semprún dejara de ser ministro de Cultura se consiguió el primer acuerdo oficial entre el Gobierno de España y Favorita Trustees, la sociedad creada para el contrato de venta de la colección. Le sustituyó en el cargo uno de los padres de la Constitución española de 1978, Jordi Solé Tura. El nuevo ministro de Cultura tenía claro que iba a seguir adelante con la idea de sus predecesores, Solana y Semprún, de establecer en Madrid un Triángulo del Arte formado por el Museo del Prado, el Centro Reina Sofía de arte contemporáneo y el futuro Museo Thyssen-Bornemisza. Una de las primeras decisiones que tomó el renombrado jurista como ministro fue acelerar las obras del Palacio de Villahermosa.

Entretanto, la prensa continuaba aireando las desavenencias entre Tita y el arquitecto Rafael Moneo. No lograban ponerse de acuerdo en los colores de las paredes de las que colgarían los cuadros de la colección. Tita las quería de color siena pálido. «Un color utilizado desde hace milenios por el hombre», argumentaba. Se trataba de un color arcilloso que le recordaba a la gama de colores de la Toscana, que van del rojo suave a los marrones. Era uno de los tonos favoritos de Tita, quizá porque lo había visto en Villa Favorita y le parecía una forma de dar continuidad al trabajo desarrollado por los Thyssen. Rafael Moneo, en cambio, quería telas en las paredes; lo consideraba más original. Sin embargo, la baronesa discrepaba.

—Como usted sabrá, cada vez que se retire una exposición temporal quedarán los cercos de los cuadros y habrá que volver a entelar. Las telas son un error y son muy caras.

—Pues, sinceramente, no he visto ese color rosa en ningún museo del mundo.

—Eso es porque no ha visitado tantos como nosotros. Le aseguro que ese color hecho de tierra y agua está vinculado al arte desde que el hombre comenzó a crear. Además, será mucho más duradero y económico para España.

Moneo cedió con el color de las paredes, pero no estaba dispuesto a hacerlo con los suelos. El arquitecto tenía claro que un revestimiento de madera sería mucho más señorial y elegante. De nuevo, Tita se mostró en contra.

—Además de la tala de árboles que eso requiere, hoy en día los museos optan por el mármol. Es mucho más duradero y se deteriora menos que la madera. —La baronesa sabía que el arquitecto tenía encargada la tala de cientos de árboles.

—El Hermitage tiene los suelos de madera... —objetó Moneo.

—Sí, y conozco bien de cerca sus problemas. El barón y yo hemos estado en Rusia hace poco y nos han hablado del rápido deterioro de la superficie y del ruido que ocasionan las pisadas de los visitantes. Allí nos contaron que tenían que cambiar el suelo cada tres años. Ellos pueden permitirse ese lujo, pero nosotros, si podemos evitarlo, no sumaremos ese gasto.

Cuando Tita tenía clara una idea, no cejaba en su empeño hasta conseguir salirse con la suya. Era una de sus cualidades y también uno de sus defectos. Lo mismo le pasaba en las subastas de arte: si un cuadro le entraba por los ojos, no podía dejar de pensar en la pintura elegida hasta hacerse con ella. Tita le ponía pasión a todo, también al color de las paredes y al material empleado en los suelos del futuro museo. Pero Rafael Moneo, uno de los arquitectos más premiados a nivel internacional, también sabía defender su trabajo.

—Yo siempre me lo cuestiono todo. Cuando le propongo una idea es porque llevo dándole vueltas mucho tiempo y he valorado qué es lo mejor para el resultado final —le decía a Tita—. Una pregunta pesa siempre sobre mis hombros: ¿A qué se debe la forma de las cosas? Cada una de mis ideas recoge mucha filosofía. En los años setenta corrí el riesgo de ir a América y empezar de cero. Esa influencia internacional de la arquitectura me ha permitido desarrollar una visión muy amplia. Procuro integrar los edificios en las ciudades. Mis trabajos encierran pensamiento.

—Entiendo su forma de verlo, pero para mí no es solo un edificio. Es el museo que lleva el nombre de mi marido. Ha costado mucho llegar hasta aquí y deseo que todo sea perfecto. Todos llevamos nuestra mochila a cuestas. Créame que los suelos de los museos más resistentes y, al final, más bonitos de medio mundo son de mármol.

—Está bien, no tengo nada contra el mármol. No vamos a parar un minuto más por este tema. Llevo desde los veinte años trabajando y siempre con la misma ilusión. Somos un equipo de veinte personas que se entrega al máximo en cada proyecto, creo que de eso no le habrá quedado ninguna duda.

—En absoluto. La labor que está haciendo en el palacio es extraordinaria.

Moneo, al final, le dijo a Tita que, si no había más escollos que retrasaran las obras, todo estaría concluido en un año. La fecha tope que se había propuesto era el año 1992, pero el mes todavía seguía siendo una incógnita.

El matrimonio Thyssen se ausentó unos días de Madrid y volvió a viajar en su *jet* privado, esa vez rumbo a Nueva York. La ciudad de los rascacielos era uno de sus destinos favoritos tanto para ver arte como para comprarlo. En esa ocasión, Tita iba a pujar sola en una subasta por segunda vez y el barón aprovecharía para reunirse con distintos empresarios y hablar de negocios. Mientras tanto, ella soñaba con adquirir su segundo cuadro, *La pequeña palmera*, de Raoul Dufy, y estaba dispuesta a pujar alto por él. El pintor había empezado como impresionista, luego pasó por el fauvismo y se interesó también por el cubismo hasta conseguir un estilo característico. Era un artista comprometido con el color y con la luminosidad. Tita deseaba ese cuadro desde que descubrió que salía a subasta. Al llegar al salón donde se iba a celebrar el evento, se sentó en la tercera fila. Como ella, había muchas personas dispuestas a adquirir obras de calidad.

Antes de asistir a la subasta, los expertos en arte que trabajaban habitualmente para el barón le confirmaron el valor del cuadro. Cuando llegó el turno de la pintura de Dufy, la baronesa levantó la mano. Acto seguido, el resto de los interesados comenzaron a subir la puja inicial. Hasta que el subastador no golpeó con el martillo de madera para indicar el fin y adjudicarle el cuadro, Tita no descansó. La descarga de adrenalina que le habían generado esos minutos de tensión hasta saber que el cuadro era suyo le gustó. Estaba decidida a crear su propia colección.

Tras la adquisición de *La pequeña palmera* solicitó una ficha técnica de la pintura a un especialista para conocer las condiciones exactas en las que se encontraba el cuadro antes de que pasara a sus manos. Consideró esencial añadir esa información a la documentación de la obra. Cuando la recibió, supo la procedencia y el nombre de su último propietario, así como la bibliografía que existía sobre la obra.

Al llegar al hotel, Heini la felicitó y lo celebraron en un restaurante situado cerca del famoso Columbus Circle. Durante la comida siguieron hablando de su tema favorito.

—Los Thyssen sentimos algo especial cuando adquirimos una obra única e irrepetible. Si el pintor es bueno, lo ves rápido. Tú has adquirido de forma natural ese sexto sentido que te dice que el cuadro merece la pena. El ojo con la pintura se adquiere a fuerza de ver arte.

—Sin embargo, tu padre opinaba que el arte de calidad se acabó hace dos siglos, ¿no?

—Sí, él decía que se terminaba en el siglo XVIII.

—Pues después de visitar contigo los mejores museos del mundo, te diré que a mí me gusta mucho el arte del XIX y el XX.

—Deberías especializarte en esos siglos, se te da muy

bien. Insisto en que tienes el buen ojo necesario para crear tu propia colección.

—¿Sabes qué me pregunto Jordi Pujol en un aparte el día que nos recibió en la Generalitat? Me dijo: «¿Qué quedará de arte en el futuro?». Yo le respondí: «Quedará lo que tenga calidad».

—Buena respuesta, Tita. La calidad es lo que hace trascender a un pintor o una obra más allá de los años y de las modas.

—Tenemos grandísimos pintores, no tan lejanos en el tiempo, a los que me gustaría dar el sitio que merecen.

El barón aplaudió la idea de su mujer. Por otro lado, la informó de que, durante los próximos meses, continuarían intercambiando cuadros con distintos museos americanos. Conseguirlo formó parte de sus planes al viajar a Nueva York y había logrado su objetivo.

—¿Sabes que me he encontrado con mucho desconocimiento? —le dijo el barón—. Algunos políticos se creen que los cuadros viajan solos. No tienen ni idea de las medidas de seguridad que tenemos que tomar. Les ha sorprendido mucho que antes de descolgar un cuadro deba analizarlo un experto y estar presente en el embalaje para dar fe de que la pintura que viaja es la original. Cuando les he dicho que ese mismo experto debe recibirlo en la ciudad donde se vaya a exponer y asistir al desembalaje, no daban crédito.

—Fuera de nuestro círculo se desconoce que un copista puede lograr la técnica del autor y reproducir la obra incluso empleando las mismas telas que había siglos atrás. Menos mal que nunca nos han dado el cambiazo —respondió Tita muy segura.

—Bueno, nunca te he contado que una vez me vendieron un cuadro falso. Lo supe cuando quise venderlo en una subasta y, lógicamente, me lo confiscaron. El mundo del arte está lleno de pillos. No es fácil salir indemne del engaño y hay que andar con mucha precaución. Desde entonces exijo todo tipo de documentación, además del examen de un gran experto en la obra de ese artista y un certificado de autenticidad.

—Pues, Heini, después del Dufy he visto un Sorolla divino.

—¿Dónde?

—En Madrid.

—¡Pues a por él!

Acabaron la noche tal y como le gustaba a Tita, bailando en el salón del hotel mientras un pianista tocaba melodías de películas. Bailar siempre causaba en la baronesa un efecto terapéutico, y más cuando sonó la música de *Lo que el viento se llevó*. ¡Cuántas veces había visto de joven esa película y cuántas más la había vuelto a ver de adulta! Ella tenía un apego especial a su casa Más Mañanas, parecido al que Escarlata O'Hara sentía por Tara. Ese entorno y esa tierra eran para ella más que una casa frente al mar Mediterráneo, en plena Costa Brava. Se trataba del hogar que Lex Barker, al poco de casarse con ella, había levantado en los terrenos que a Tita le había regalado su padre cuando supo que buscaban en España un entorno idílico para sus vacaciones o para descansar entre película y película. Allí se escondían sus mejores recuerdos y también algunos de los peores. Todo lo había recogido por escrito en sus diarios, escrupulosamente guardados allí bajo llave.

En Sant Feliu de Guíxols la naturaleza y el mar lograban hacerle olvidar lo duros que estaban siendo los últimos años tras encontrar una salida a la maniobra de Junior para apartar a su padre de sus negocios. Por fortuna, habían logrado salvar la colección. Y los cuadros, al final, también iban a rescatar al barón de la difícil situación en la que se había visto envuelto por la codicia de sus hijos mayores...

Tita le comentó al barón que tenían que celebrar una cena de reconocimiento a la labor de Luis Gómez-Acebo, duque de Badajoz.

—Se merece que le demostremos lo mucho que le agradecemos todo el esfuerzo que ha hecho, a todos los niveles, para que la colección al fin se quede en España.

—Tienes toda la razón. Lo tendríamos que haber hecho ya.

—Estuvo desde el principio a nuestro lado. Recuerdo que se encontraba en Villa Favorita el día que Miguel Satrústegui, director general de Bellas Artes, y el abogado Rodrigo Uría fueron a Lugano para pedirte que adquirieras el cuadro de Goya que había salido de forma ilegal de España.

—Fue cuando hiciste la gran pregunta: «¿Y por qué pujar por un cuadro cuando podemos llevar toda la colección Thyssen entera a España?». Es un amigo de verdad.

—Le daremos el homenaje que se merece.

Luis Gómez-Acebo había estado presente en los momentos más importantes de su vida en común. Había sido el padrino de su boda y era también el padrino de Borja.

—Luis es de las personas más generosas que han pasado por nuestra vida —dijo Tita—. Siempre discreto, con la palabra justa y una amabilidad desbordante. Si no hubiera sido por él, no estaríamos a punto de trasladar nuestra colección a España.

—Tienes toda la razón. Pocas personas como él y su mujer, Pilar de Borbón, nos han acompañado tanto en este camino.

Siguió sonando la música en aquel piano de cola del hotel y continuaron bailando despacio, casi meciéndose.

—Heini, no sé qué te parece a ti, pero tenemos unos gustos parecidos. Jamás nos aburrimos y la vida nos interesa y nos apasiona a los dos por igual.

—Completamente de acuerdo, Tita. Estamos hechos de la misma esencia. ¿Sabes? Cuando muramos, nuestras almas volverán reunirse en el cielo. Tenías que llegar a mi vida para salvarnos a mí y a la colección.

—¡Qué suerte haberte conocido, Heini!

De fondo sonaba *Moon river*, el tema de la película *Desayuno con diamantes*. El barón se la tarareaba al oído mientras bailaban.

—*Moon river, wider than a mile, I'm crossing you in style some day... Two drifters, off to see the world. There's such a lot of world to see...*

—Es cierto, somos como dos vagabundos dispuestos a recorrer el mundo... Estamos, como dice la canción, tras el final del mismo arcoíris...

—La pena es llevarte veintiún años. Lo hubiera dado todo con tal de haberte conocido con edades parecidas.

—Llegaste a mi vida en el momento justo. Creo en el destino, Heini. La edad te vuelve más interesante. En mi caso, me ha hecho más madura. Yo era muy frívola cuando era más joven, y también muy despistada, como decía mi madre. No me fijaba en las cosas. Mi forma de ser era infantil; la edad, en nuestro caso, juega a nuestro favor.

Pararon de bailar y el barón la cogió de la mano invitándola a subir a la suite que tenían en el hotel.

—Mi último susto me ha hecho pensar que no debemos desperdiciar ni un solo momento de nuestra vida. —La miró a los ojos.

Al llegar a la puerta de la habitación, la cogió en brazos como había hecho el día de su boda. Tita no dejaba de sonreír mientras le decía «*We're after the same rainbow's end*» y lo repitió en español: «Estamos tras el final del mismo arcoíris. Estamos hechos de la misma esencia».

7

Adelantarse al futuro

En el trayecto de vuelta de Nueva York a Madrid, Heini estuvo entretenido con las cartas haciendo los cuatro solitarios de rigor. No había inicio de jornada en el que el barón no intentara adivinar la suerte que iba a tener en las horas siguientes. A veces, predecía con total exactitud dónde y cuándo iba a pasar algo, o todo lo contrario, cuándo se podía resolver un problema. Tita había aprendido a hacer uno de ellos y procuraba atender a lo que le decían los naipes.

A comienzos de 1991, la baronesa quiso saber más de lo que le deparaba el futuro y decidió acudir a un astrólogo para que le hiciera la carta astral. Al cabo de unos días, se la envió por correo. En ella le vaticinaba que sería un año con altibajos y que algún miembro de su familia le daría un susto por cuestiones de salud. Tita se quedó muy pensativa y preocupada. El susto ya se lo había dado Heini en marzo del año anterior, cuando tuvo que ser operado de un aneurisma en París, y su madre hacía tan solo unos meses también había pasado por el quirófano. Por eso pensó que quizá el astrólogo había captado esas malas vibraciones tan recientes. No obstante, sentía la necesidad de saber mucho más sobre astrología y se compró varios libros para ampliar su conocimiento sobre esta materia. En el avión lo fue comentando con su esposo.

—Este tipo de libros siempre me han gustado. Estoy cada vez más convencida de que nacemos con una estrella, además de con un signo zodiacal. Ya sabes que soy tauro y, además, ejerzo como tal.

—Lo sé, lo sé. ¡Cualquiera te lleva la contraria cuando te propones algo!

—Mi madre, que es libra, por cierto, mucho más ponderada que yo, comparte conmigo el hecho de estar regidas por Venus. Siempre nos han atraído la belleza, la naturaleza... En realidad, fue Lex quien me enseñó a apreciar ambas cosas. También era tauro, como mi hermano Guillermo. Mucha gente, que ha formado parte de mi vida y que ha estado cerca de mí, ha compartido mi signo.

—Yo no; yo soy aries y el planeta que me rige es Marte. ¿Qué te parecemos los aries?

—Personas que os entusiasmáis con todo lo que emprendéis, muy nobles...

—Y pertenecemos a un signo de fuego, no te olvides.

El barón se levantó de su asiento y se acercó hasta Tita para besarla. Volvió a acomodarse y siguieron hablando de esos temas que tanto les atraían.

—Somos pura energía. Nuestra alma también es energía que sube y baja del cielo.

—Siempre tengo miedo a que esas fuerzas se equivoquen de camino y se vuelvan malas. Tengo que ir a que me echen las cartas para que me saquen de dudas, pero siempre pienso que los astrólogos saben demasiado de mí por las revistas. A veces, incluso siento que me toman el pelo.

Tita despertaba mucho interés mediático y salía constantemente en la prensa. De todas formas, desde que el Gobierno se había interesado en la colección Thyssen-Bornemisza, era normal que se publicaran informaciones sobre ella y sus exposiciones itinerantes.

—Quizá debería echarte yo las cartas...

—No quiero, Heini. Creo que se te da bien leer tus cartas de póker, pero sabes demasiado sobre mí y mis preocupaciones. No serías objetivo. Todavía recuerdo cómo nos dejaste a todos cuando teníamos que regresar de San Francisco a Lugano porque iban dos coleccionistas rusos a Villa Favorita: uno, del Museo Pushkin de Moscú, para dejarnos sus Matisse, los Picasso..., para el intercambio que hicimos; y otro que coleccionaba cuadros impresionistas confiscados por la revolución comunista. Teníamos una cena con ellos. ¿Te acuerdas?

—Imposible olvidarlo. Estuvimos a punto de no llegar.

—Nos dejaste a todos impresionados cuando el piloto te dijo que no podíamos salir a la hora prevista por un problema en una de las pistas del aeropuerto. El comandante se ofreció a encontrarnos un vuelo regular. Entonces sacaste tus cartas y dijiste: «En diecisiete minutos y medio saldremos». Yo te tomé el pelo, pero, pasados esos diecisiete minutos y medio, de pronto el piloto nos informó de que el problema ya se había solucionado.

—Sí, aquello te impresionó mucho.

—Desde entonces, nunca más he vuelto a tomarme a broma tus predicciones. Al revés, creo que aquella vidente que te enseñó a leer las cartas de joven fue una gran maestra. Yo he aprendido de ti uno de esos solitarios, la diferencia es que rezo antes y después de hacerlo. Pido ayuda a Dios para tener un día tranquilo. De todas formas, a veces, las cartas no me hablan.

—Hay que esperar el momento en que nos quieran decir algo, no siempre desean hablar.

Para Heinrich, cuando eso ocurría significaba que no iba a pasar nada extraordinario. Sin embargo, las cartas últimamente estaban muy habladoras y le habían llevado a tomar la decisión de poner la casa de Villa Favorita a nombre de Tita. Se repetía tanto en los solitarios del barón la necesidad de tomar esta decisión que ya lo había consultado con los abogados.

—Villa Favorita dejará de ser mía. A pesar de que un abogado suizo me haya advertido de que poniéndola a tu nombre podrías echarme de casa, finalmente he tomado la decisión de hacerlo.

—Heini, yo no te he pedido nada.

—Lo sé. Es una forma de protegerte después de todo lo que hemos pasado últimamente.

Tita se quedó muy impresionada. Su marido siempre estaba pensando en protegerla frente a sus hijos y más aún desde que se había operado del aneurisma y se había tenido que poner un marcapasos. Le pareció una muestra más de su amor por ella.

Cuando estaban casi a punto de llegar a España, dieron un repaso a asuntos más cotidianos. Hablaron sobre todo de Borja. En realidad, era hijo adoptivo del barón y con el que más tiempo había convivido. Valoraron de forma positiva el cambio de casa y de colegio, aunque había tenido que interrumpir las clases demasiados días por diferentes amenazas de bomba. A Tita le rondaba por la cabeza la idea de contratar a un profesor de apoyo y Heini estuvo de acuerdo.

Además, estaban decididos a premiar el esfuerzo del niño con su ansiado viaje a Disney. Sería en unos días, en cuanto el barón firmara el cambio de propietario de Villa Favorita. Y así fue, justo el día después de poner a nombre de Tita la casa de Lugano, emprendieron viaje al parque de atracciones de Disney, en California. El sueño de Borja se iba a hacer realidad. No quisieron decirle nada por si algo se torcía a última hora. Sin embargo, llegó el día en el que le comunicaron que no iría a clase, ya que, por fin, iba a conocer la casa de Peter Pan. La noticia le volvió loco de alegría.

Borja iba a cumplir once años en unos meses y se había acostumbrado a la vida en Madrid, aunque fuera necesario un refuerzo en la seguridad. También había cogido la costumbre de ver una vez por semana al publicista Manuel Segura y jugar con él todos los sábados al pádel. A los siete años, su madre le había revelado, aprovechando unas vacaciones en Marbella, que aquel señor simpático y guapo, al que veía de vez en cuando, era su padre biológico. El día en el que Tita le reveló su secreto mejor guardado, estaba presente Heinrich Thyssen, su padre a todos los efectos legales.

—Tienes la suerte de tener dos papás —le dijo entonces su madre con una sonrisa.

Desde que se lo había contado en esa reunión familiar, habían pasado casi cuatro años, y él lo había aceptado con toda naturalidad. Sin embargo, para él, papá solo era Heini, con el que había convivido desde que tenía uso de razón. Manuel había asumido su papel secundario en la vida de Borja y, además, lo prefería así. Se sentía más cómodo como amigo que como padre. Por eso, una vez que se trasladaron a vivir a Madrid, se veían, al menos, una vez a la semana.

Manuel era una persona de una gran simpatía y don de gentes. De todos los hombres que habían formado parte de la vida de Tita, era el único de su edad. Sin embargo, aunque al principio recibió con mucha alegría la noticia del embarazo, a los cinco meses se bajó en marcha de ese tren. En ese momento Tita recordó a la vidente que le había anunciado que sería madre soltera. Pero la llegada de Heini a su vida lo cambió todo. Siempre ejerció de padre con Borja, incluso le dio sus apellidos.

Por fin había llegado el día tan deseado por el niño de viajar a California junto a su madre, su abuela y el barón, su padre. El avión privado aterrizó en Los Ángeles una de las mañanas más soleadas de ese mes de abril. Un coche los estaba esperando para llevarlos al Hotel Bel-Air, donde siempre se alojaban, y, sin perder un solo minuto, se fueron al parque temático situado en Anaheim, al sur de California. Tita se conocía la ciudad a la perfección, puesto que había vivido allí cuando estuvo casada con Lex Barker. Pero con Heinrich Thyssen, su actual marido, compartía su gusto por pasear por los diferentes distritos cuando viajaban allí, casi siempre por negocios, durante largas estancias que se podían prolongar hasta quince días. Entonces, solían aprovechar para ver a antiguos amigos de Tita relacionados con el mundo del cine y de la pintura, pero también para quedar con empresarios y políticos que conocía el barón. Entre estos últimos se encontraba el matrimonio Reagan. Mantenían una buena amistad con

Ronald y con Nancy desde que los invitaron a la Casa Blanca por primera vez y fueron estrechando sus lazos afectivos. Ahora que Reagan ya no era presidente y se había trasladado a vivir a Los Ángeles, aún quedaban con más frecuencia.

—La próxima vez que vengamos, lo primero que haremos será llamarles —comentó Heini—. Esta vez estaremos con Borja todo el día. Es un viaje del que no me quiero perder ni un detalle.

En el parque temático construido por The Walt Disney Company los recibieron los dos personajes más emblemáticos: Mickey y Minnie. Sin embargo, Borja deseaba conocer a Peter Pan. Era el que más le atraía de todos los personajes. Tita no dejó de pensar en Lex y en la fascinación que había ejercido también sobre él ese personaje de ficción que se negaba a ser adulto.

Borja inauguró su estancia en el parque montándose en la atracción llamada El vuelo de Peter Pan. Su cara era la expresión misma de la felicidad. Se montó en uno de los dieciséis barcos voladores con toda la familia y recorrieron desde el aire escenas de la película. Navegaron por los cielos de Londres y llegaron al País de Nunca Jamás. Allí se encontraron con el mismísimo capitán Garfio y el señor Smee. Cada galeón volador tenía capacidad para cinco personas, de modo que Vidal, el encargado de la seguridad de Borja, estaba junto a la familia disfrutando con ellos de la atracción. La institutriz Mary France los esperó con impaciencia a la salida; no quería perderse la cara de felicidad de Borja. Después, recorrieron el parque y se montaron en todas las atracciones que encontraron a su paso. A Carmen, la madre de Tita, la organización le puso una silla de ruedas guiada por una persona del propio parque.

Sin embargo, para las fotos, la matriarca se ponía de pie y retiraba la silla; quiso seguir subida a sus tacones a pesar de la dificultad que tenía para andar.

Disfrutaron mucho de aquel paraíso de personajes de cuento: Blancanieves, Cenicienta, los Tres Cerditos, Alicia en el País de las Maravillas..., pero la atracción de Peter Pan fue la que más visitaron. Ver tan feliz a Borja les hizo pensar que deberían repetir la experiencia. Había sido un acierto.

—¿Volveremos pronto? —preguntaba Borja tras haber disfrutado muchísimo.

—El año que viene van a inaugurar este mismo parque en París. Te prometo que iremos —le dijo el barón al niño, que insistía en que su padre le diera una nueva fecha para regresar.

—Pero ¿será igual que éste?

—Sí, será idéntico —le explicó su madre.

—¿Estará Peter Pan?

—¡Seguro! Es uno de los personajes emblemáticos de Disney.

—¿Sabes que este personaje nació de un libro? —le preguntó el barón.

Borja negó con la cabeza, pero con ganas de saber más.

—Peter Pan es un niño que nunca crece, que tiene diez años como tú, y al que no le gusta el mundo de los adultos. Su mejor amiga es Campanilla, el hada pequeñita. Se trata de un personaje creado por el escritor escocés James Matthew Barrie. Representa la idealización de la niñez. De alguna manera, a todos nos cuesta soltar de la mano al niño que llevamos dentro.

—Pues yo voy a cumplir once y quiero hacerme mayor, pero eso no quita que me guste mucho Peter Pan. Me hace mucha gracia que les lleve la contraria a todos.

—No te quedes solo con eso. También es muy bonita la moraleja de la historia: que los sueños se cumplen.

—¿Eso qué significa?

—Que para que los sueños se hagan realidad, primero hay que soñarlos —comentó Tita—. El mundo es un lugar lleno de posibilidades y de esperanzas. Hay que pelear por lo que uno quiere. Míranos, estamos a punto de hacer realidad el sueño que tanto trabajo nos ha costado conseguir: trasladar el museo de Villa Favorita a España.

—Tu futuro, Borja, también estará muy ligado a la colección —le contó el barón.

—Yo lo que quiero es llevar barcos..., como en el que nos hemos montado en Disney.

—Si en lugar de por el aire, como en el parque, quieres viajar por el mar, te prometo que en cuanto tengas la edad podrás sacarte un título para que puedas manejar el barco.

—Por el agua también me gusta mucho. ¿De verdad que me dejarás llevarlo?

—¡Por supuesto!

Regresaron a Madrid con ganas de volver al universo Disney en cuanto las agendas lo permitieran. Para Borja fue muy especial haber podido disfrutar de las atracciones con sus padres, alejados de compromisos sociales. Durante tres días desayunaron, comieron y cenaron juntos, algo que de forma habitual resultaba casi imposible, ya que, a lo largo de la semana, Heini y Tita solían viajar mucho debido a los negocios del barón.

Precisamente, al regresar y pasar una noche en Madrid, cogieron de nuevo el avión privado con destino a su castillo de Daylesford, su residencia en el Reino Unido. Después viajaron a Alemania y de nuevo a Rusia.

Cuando regresaron a España, ya habían transcurrido diez días. Fueron a visitar las obras del museo y se llevaron un gran disgusto. Rafael Moneo había talado cuatro castaños de Indias centenarios que había en la entrada y, en su lugar, había construido cuatro baños de ladrillo visto. Además, había cerrado el paso por la antigua puerta de hierro forjado que tenía el palacio. Tita, enfadada, citó al arquitecto en su casa de La Moraleja. En cuanto llegó, fue directamente al grano.

—Señor Moneo, le agradezco que haya venido tan rápido. Quiero que sepa que tanto Heini como yo estamos muy descontentos con las decisiones que ha tomado en nuestra ausencia.

—Las obras deben seguir aunque ustedes estén ausentes. El Ministerio de Cultura nos apremia para que acabemos las obras el año que viene.

—Pero que haya cortado cuatro árboles centenarios y haya construido en su lugar unos baños tan antiestéticos nos ha decepcionado mucho. Debe derruirlos de inmediato. Eso no puede mantenerse.

—No puede ser...

—Sí, eso debe ser como le dice mi esposa —intervino el barón—. La puerta de hierro debe permanecer abierta ya que deseamos que sea la entrada principal. Es más, ¿cómo ha podido tomar una decisión tan importante sin consultarnos?

—Soy el arquitecto y tomo decisiones constantemente.

—Pues con esta se ha equivocado. Talar árboles centenarios me produce una profunda tristeza —le dijo Tita muy enfadada.

—Plantee de nuevo la entrada al museo. Queremos

que la puerta de hierro esté abierta y sea el lugar por el que acceda el público.

—No estoy dispuesto a ceder en esto —comentó Moneo.

—Pidamos una tercera opinión. Por ejemplo, a los bomberos. En caso de tener que evacuar a la gente, ¿qué es mejor, tener dos salidas o una?

—Está bien, esperaremos a tener la opinión de los expertos —concedió el arquitecto.

A los diez días llegó un informe de los bomberos que le daba la razón a la baronesa. Moneo tuvo que abrir la puerta de hierro y retirar los baños que tan poco habían gustado a los Thyssen. Desde ese momento, tomaron la resolución de no ausentarse de Madrid durante demasiados días. No querían más sorpresas en la recta final de la reconstrucción del Palacio de Villahermosa. Estaban ya muy cerca de ver materializado su sueño.

8

Un amigo imprescindible

Antes de terminar las obras de la casa de La Moraleja, Tita buscaba con desesperación unos bambús para decorar las paredes de la piscina interior, pero no los encontraba por ninguna parte. Llamó a la mujer del arquitecto, que era interiorista, y ésta, a su vez, quedó con dos amigos que tenían mucho criterio y mucha idea de dónde encontrar todo lo imprescindible para una buena decoración: Juan Alberto Soler y Antonio Salcedo. Este último sintonizó rápidamente con Tita. Su gracejo malagueño y sus consejos gustaron tanto a la baronesa que al día siguiente le pidió que la acompañara a buscar unas telas.

Antonio no se podía creer lo que le estaba pasando. Había llegado a Madrid de joven soñando con ser actor. Incluso, consiguió rodar varias películas, una de ellas en Grecia, pero siempre le había atraído el mundo del arte. No se podía creer que acabara de entrar en la vida del coleccionista privado más importante del mundo. De la noche a la mañana, se había convertido en una persona cercana e imprescindible para los Thyssen. Con el barón, al que conoció horas después de llegar a la casa, se entendió en italiano, ya que no dominaba ni el inglés ni el francés. Ambos conectaron desde el primer momento y se pusieron a hablar absolutamente de todo lo que estaba pasando en el mundo: desde la reunificación de Alemania hasta la dimisión de Margaret Thatcher —a la que los Thyssen conocían bien—, pasando por el intento de golpe de Estado contra Gorbachov y su posterior dimisión tras el fin de la Unión Soviética. En una de las visitas que hizo Antonio, les habló con detenimiento de su amigo Juan Alberto Soler, al que habían conocido el mismo día que a él. Les mostró fotografías de algunas de sus obras y enseguida los Thyssen le contrataron para que pintara, en el panel de la piscina cubierta, una escena de naturaleza y plantas exóticas donde saliera Borja. Ese fue motivo suficiente para que Antonio siguiera yendo por allí. En poco tiempo el barón le cogió afecto y mucha confianza. También era evidente la admiración que sentía Antonio hacia Heini y Tita. Cuando estuvo terminada la pintura, los Thyssen encargaron a Soler dos retratos más: uno de Borja con su perro y otro del barón. El tiempo fue pasando y la presencia de Juan Alberto y Antonio en La Moraleja se volvió habitual.

Tita esos días preparaba una fiesta en la casa y entre los muchos compromisos que tenía decidió incluir a Antonio y a Juan Alberto. Ambos quedaron muy impresionados al compartir mesa con el rey don Juan Carlos; su padre, don Juan, y sus hermanas, las infantas Pilar y Margarita. También se dieron cita allí la plana mayor del Gobierno y muchos miembros de la alta sociedad española.

Los dos amigos casi no se lo podían creer. Parecía que estuvieran viviendo un auténtico sueño.

Unos días después, Antonio volvió a la casa de los Thyssen para agradecerles en persona el detalle que habían tenido al incluirles en esa lista de invitados tan exclusiva. Borja, que le había cogido afecto, decidió aprovechar el momento para gastarle una broma. Había heredado esa afición de su padre, el barón. En un determinado momento, el chico llamó a Antonio para que subiera a su cuarto. Al llegar a la habitación, éste se la encontró a oscuras y, cuando fue a dar a la llave de la luz, una mano surgió de la oscuridad y se lo impidió. El grito que pegó Antonio hizo que todos acudieran. Le encontraron al borde del desmayo y necesitó que le dieran un vaso de agua y le acercaran una silla. Las bromas de Borja no habían hecho más que comenzar. Cuando se le pasó el susto a Antonio, todos estuvieron riéndose durante días.

A fuerza de ir por allí y participar de las comidas y cenas familiares, pronto se sintió uno más en la familia. Tita le contaba a Antonio todo lo que no podía confesarle a su madre para no preocuparla, y éste, a su vez, la hacía reparar en todo lo que ocurría a su alrededor sin que ella se diera cuenta.

—Tita, el barón te mira como si fueras una obra de arte. ¿No lo has notado? Cualquiera que esté cerca de ti lo puede constatar.

—Eso me halaga...

En esa época, el barón tenía una actividad frenética fuera de casa y cuando llegaba no dejaba de recibir llamadas. Algunas eran muy insistentes y siempre a la misma hora. Tita le preguntó a Antonio si tenía idea de quién podía ser, pero no supo decirle de quién se trataba. La baronesa intuyó que algo estaba pasando. Ese sexto sentido que siempre la ha acompañado la alertó. Por el servicio pudo averiguar que se trataba de una mujer. Tita no se lo pensó dos veces, fue directa al barón y, a solas, le preguntó.

—¿Quién es esa señora que te llama de forma tan insistente?

Heini se puso rojo y no supo qué contestar.

—Por favor, Heini, dime la verdad.

—Una de estas noches que salí de cena de negocios tomé más copas de la cuenta... y me presentaron a una señora. Le di mi teléfono y ahora no deja de llamarme. ¡Perdóname!

—¿Tiene alguna importancia para ti?

—Ninguna.

—Entonces, si no te importa, cuando vuelva a llamar, me pondré yo y le diré que no te moleste más.

—Me parece bien. Te puedo asegurar que no existe nadie más que tú en mi vida. Esto no ha tenido ninguna importancia. Ha sido un momento tonto.

—Sí, pero ella no ha dejado de acosarte. Sus intenciones son otras.

—De verdad, Tita, no ha tenido ninguna relevancia.

Estaba dolida y encontró de nuevo en Antonio un hombro en el que apoyarse. Confiaba en que esa mujer no volviera a aparecer en su vida ni en la del barón.

—Todos podemos tener un momento de debilidad. Yo lo entiendo —comentó Tita—. No nacemos perfectos.

—Yo insisto en cómo te mira el barón... Las miradas no engañan.

—Lo sé. Una tontería no puede romper una bonita historia de amor como la nuestra.

—Ahora tienes que olvidarlo. Como si no hubiera ocurrido.

—Me parece inteligente esa actitud. Tampoco se puede estar dudando y recordando lo que ha pasado constantemente. Voy a podar las plantas. ¿Me acompañas?

Tita volvía a resolver sus problemas entre plantas y flores. Ese día cortó muchas ramas y quitó muchas flores secas. Cuando regresó de nuevo al interior de la casa parecía la de siempre, como si no hubiera ocurrido nada en absoluto. Antonio se fue y Tita le propuso al barón que cenaran solos y pusieran música romántica para bailar. Esa noche sonó en el tocadiscos *You are always on my mind*. Parecía que Elvis Presley la interpretara dirigiéndose a ellos. Sobre todo, cuando decía: «Tú estás siempre en mi mente». No hacían falta las palabras. El barón la abrazaba más fuerte que nunca...

Al día siguiente, volvió a sonar el teléfono. El servicio tenía la orden de pasarle la llamada a Tita si volvía a llamar la señora de esos últimos días. Tragó saliva antes de contestar y decidió ser amable con aquella voz anónima de mujer.

—Señora, mi marido dice que no le moleste más, de modo que no vuelva a llamar a esta casa. Gracias.

Tita se quedó tranquila al colgar y se dijo a sí misma que aquel episodio quedaba zanjado para siempre. Tenían muchos asuntos entre manos como para seguir dándole vueltas a un tema que prefería olvidar.

Ese día, cuando Antonio llegó a la casa de La Moraleja, le contó lo sucedido y éste aplaudió el gesto. La posición de Tita le pareció muy elegante. Esa mañana la baronesa tenía ganas de hablar y necesitaba explayarse. Le explicó lo difícil que había sido todo para ella desde que el barón le había propuesto matrimonio. Sobre todo, le confesó, cómo los hijos y algunas personas del entorno de su marido habían puesto todas las trabas posibles para que su relación no siguiera adelante.

—Antonio, esto es algo que saben muy pocas personas. Si no es por mi ángel de la guarda, hoy no estaría aquí. Me ha librado de muchas. Al principio me quise hacer amiga de sus hijos, pero no tardé en darme cuenta de que era imposible. Georg, el mayor, me puso muchas trampas. Recuerdo una vez que fue a Jamaica con un amigo suyo. Era evidente que quería comprometerme coqueteando conmigo. Yo estaba sentada con Heini, y el chico, que era muy guapo, me trajo una copa. La cogió mi marido y la tiró al suelo. Lo miró de tal forma que no hizo falta decirle que se fuera. Le había llevado Georg para enredar y ponerme en evidencia. Otra vez, en Nueva York, quedó conmigo y con una amiga, y, de pronto, volvió con el chico del que Heini había tenido celos. Me di cuenta de que su hijo, que acumulaba mucho odio contra mi marido, había orquestado una maniobra extraña y logré zafarme. En otra ocasión, aunque Heini me había citado para una fecha, antes de vivir juntos me llamó su administrador, Groh, y me pidió que fuera un día antes. Me quería llevar a alta mar. Siempre me he preguntado qué me hubiera pasado allí.

—¿Se lo contaste a Heini?

—No, podría haber dicho que eran imaginaciones mías. Pero ese hombre intentó hacerme daño más veces. Era un ser despreciable que me lo hizo pasar muy mal. Ya no está con Heini, él se dio cuenta del tipo de persona que era.

—Y con los demás hijos, ¿te llevas bien?

—Pensaba que sí, pero me han dado pruebas sobradas de que no me quieren. Te podría contar tantas historias... Una vez, en una fiesta en Londres, me sirvieron una copa, pero yo se la di a una amiga mía que tenía mucha sed. Minutos después, la tuvimos que llevar a un hospital. Casi se muere. Le salvó la vida un lavado de estómago. Pero esa copa era para mí.

—¿Qué me dices? Es como vivir con el enemigo siempre al acecho.

—En otra ocasión, me trajeron un ponche y, como soy tonta, me lo bebí. Esa noche no me morí de milagro. Me llevaron al hotel y yo sentía que no estaba en la tierra, me veía arriba, en el cielo... Yo misma me decía: «Baja, baja, tienes que bajar». Está claro que fueron a por mí. No querían que me casara con él.

—¿Qué hiciste? —preguntó Antonio muy sorprendido con aquella confidencia.

—Estuve como loca dando vueltas por la habitación del hotel con una taquicardia terrible hasta que se me pasó el efecto de lo que me echaran en el ponche. He aprendido, te lo aseguro. Al lado de ellos procuro no comer ni beber nada si no es en nuestra casa.

—Pero ¿por qué motivo te quieren hacer daño?

—El dinero todo lo enturbia. No querían que su padre se casara conmigo. En un principio vieron bien que se separara de Denise Shorto, su cuarta mujer, porque ella les prohibió que fueran a su casa en Villa Favorita. Los quería lejos y no les dejó ir allí durante muchos años. Con el divorcio de su padre vieron el cielo abierto, pero cuando Heini les anunció que deseaba casarse conmigo, comenzaron los problemas. Ha sido terrible.

—Lo que no entiendo es cómo te fías de mí, la última persona en llegar a tu vida —le confesó Antonio.

—No te une nada ni a mí ni a Heini, llevas escrita en la cara tu honestidad y estás con nosotros por admiración, no por interés. Eso se detecta a la legua.

—Eso me honra.

Pasados unos días, los barones viajaron a Lugano. Tenían que elegir de entre los cuadros que descansaban en las paredes de Villa Favorita los que iban a exhibir en el Museo Thyssen de Madrid. Llegaron con tiempo suficiente para tener las ideas claras antes de la visita del grupo de expertos nombrado por el Gobierno de España. Había que decidir también cómo se iban a transportar las pinturas cuando llegara el día y formalizar los seguros de cada cuadro.

Se decidió que los más grandes viajarían en camiones y los más pequeños en avión. En ambos casos irían perfectamente embalados y siempre con supervisores que dieran fe de que los cuadros que se enviaban eran los originales. Finalmente, seleccionaron un total de 447 obras que pertenecían tanto al apartado de maestros antiguos como al de maestros modernos. Se eligieron cuadros de Durero, Cranach el Viejo, Hans Holbein el Joven, el Greco, Rubens, Rembrandt, Fragonard..., así como cuadros de Manet, Degas, Van Gogh, Cézanne, Franz Marc, Paul Klee, Grosz, Picasso, Hopper, Dalí, Francis Bacon y una larguísima lista de grandes pintores que iba desde el siglo XV hasta nuestros días.

Después de varios días de toma de decisiones, una vez que se hubieron ido los expertos, los barones se quedaron en Villa Favorita ultimando todo el papeleo y los seguros de los cuadros.

La secretaria que tenía el barón en Lugano, Stirnimann, en medio de esa auténtica locura, recibió una llamada inquietante y así se lo transmitió al barón: Luis Gómez-Acebo, duque de Badajoz, se encontraba muy mal de salud. Esas eran las noticias que llegaban desde Madrid. Rápidamente, el barón llamó a la infanta Pilar y ésta le comunicó que la lucha de su marido contra el cáncer linfático que le habían diagnosticado meses atrás estaba ya en fase terminal. Los barones no lo dudaron y, muy afectados por la noticia, regresaron de inmediato a Madrid.

Cuando quisieron despedirse de él, ya estaba en coma. Falleció el 9 de marzo de ese mismo año, apenas unos meses antes de ver culminado el sueño de asistir a la inauguración del Museo Thyssen-Bornemisza. Durante el velatorio, todos coincidieron en que gracias a su ayuda la colección estaba a punto de llegar a España. Desde el año 1986 era presidente de la Fundación Amigos del Museo del Prado. También era miembro del Thyssen-Bornemisza, sociedad creada por el barón y sus herederos con el objetivo de garantizar la unidad de la colección y su perfecta conservación.

Todos estaban muy afectados por su temprana muerte, a los cincuenta y seis años. El barón le transmitió a Tita su pesar.

—El que me daba ánimo por mi mala salud de hierro, al final, se ha ido de este mundo bien joven —dijo el barón—. Ha sido una pérdida enorme.

Tita y el barón se vistieron de luto riguroso para asistir al funeral y acompañar a la familia real. Mientras se oficiaba la ceremonia, a Tita le vino a la mente lo que había visto el astrólogo en su carta astral: «Habrá dos sustos relacionados con la salud de personas muy cercanas». Efectivamente, Luis lo era. Faltaba por saber cuál sería el segundo problema de ese año, si no se había equivocado el conocido vidente. Por desgracia, salió de dudas muy pronto. Durante ese verano y poco después de trasladarse de la Costa Brava a Marbella, su madre sufrió un ictus.

Para Tita fue un duro golpe ya que, de la noche a la mañana, vio que la salud de su madre se deterioraba. El problema vascular le afectó al habla y a la movilidad de una parte del cuerpo, el lado izquierdo. Fue algo muy triste para Tita y para su hermano Guillermo. Delante de su madre disimulaba, pero, cuando ella no la veía, se le saltaban las lágrimas.

Al volver a La Moraleja contrataron a una enfermera y a un fisioterapeuta para que, poco a poco, fuera recuperando la movilidad. Borja se volcó con su abuela. Pasaba mucho tiempo con ella, igual que Tita, que redujo su número de compromisos. Sin embargo, eso no le impidió seguir adquiriendo cuadros. Poseía ya la fiebre del coleccionismo, alentada por su marido: «Tienes un ojo natural para detectar la obra buena. Eso no lo consigue todo el mundo».

9

Un año de luces y sombras

Se podía saber si Tita estaba en casa por su perfume, una fragancia fresca que evocaba la primavera. En aquel invierno de 1991, simplemente olerla era como una bocanada de aire fresco y dulce. Esa Navidad Tita trataba de sonreír y de que los problemas no hicieran mella en la familia. Estaba muy ilusionada con el cambio de año. Cada vez se encontraba más cerca del momento deseado, la apertura del museo que perpetuaría el apellido del barón. Era el reconocimiento a su labor de años en pro del arte y también un homenaje a su padre y a su abuelo, que eran los que habían iniciado el camino.

El 24 de diciembre brindaron por lo nuevo que estaba por venir. Se sumaron a la celebración Antonio Salcedo, su hermano Pepe y también su madre, Victoria. Carmen madre alzó su copa con la ayuda de su nieto, Borja. Poco a poco parecía que, gracias a los ejercicios que le obligaban a hacer la enfermera y el fisioterapeuta, iba superando la parálisis del lado izquierdo.

Tita los miró a todos y se quedó como extasiada contemplando a su familia. Nada le podía gustar más que estar con ellos. Al instante pensó en su hermano Guillermo y, a las doce en punto, le llamó por teléfono.

—¡Feliz Navidad! Ojalá no tengamos más sustos.

—Lo mismo digo, Tita. Me acercaré a veros para Reyes.

—Me darás una gran alegría.

Al colgar, la baronesa también se acordó de su padre y de Lex. A sus ausentes siempre los tenía presentes. De hecho, cuando se quedaba a solas, Tita hablaba con sus familiares como si estuvieran vivos. Se preguntaba por esa fina línea que separa la vida y la muerte. Tenía la sensación de que todo había pasado muy rápido. Si no fuera por sus diarios, mucho de lo vivido se habría perdido entre los laberintos de la memoria, pero en ellos estaba todo escrito desde que era niña. Fue entonces cuando cogió la costumbre de narrar por la noche lo que le había ocurrido durante el día. De vez en cuando, en su casa de Sant Feliu, releía los diarios que allí guardaba en arcones y rememoraba cada momento del pasado.

La Nochevieja no tuvo el componente familiar de la Nochebuena. Cuando sonaron las doce campanadas, el barón besó a Tita y le deseó lo mejor para el nuevo año que comenzaba. Estuvieron bailando con sus invitados toda la noche. Empezaron el año 1992 cargados de ilusiones. De entrada, el Gobierno estaba muy volcado en la Exposición Universal de Sevilla y en la inauguración del AVE, el tren de alta velocidad que unía Madrid con la capital andaluza en dos horas y media. Barcelona, por su parte, se preparaba para la celebración de los Juegos Olímpicos y en Madrid se aceleraban las obras del Museo Thyssen para que se inaugurara antes de finalizar el año.

En febrero, cuando no había hecho más que arrancar el nuevo año, la madre de Tita sufrió un segundo ictus. Su mermada salud no lo resistió y, después de varios días muy grave, murió. Tita no se separó de ella en ningún momento y pudo estar a su lado cuando su madre dejó de respirar. Todos se quedaron en *shock*. Sobre todo, Borja, que no asimiló que su abuela falleciera de forma tan repentina. Ese día y los siguientes, Tita y su hijo durmieron juntos. Se abrazaban para superar una pérdida que los había hecho sentir vulnerables y tristes.

Cada noche, Tita, mientras intentaba dormir con su hijo, recordaba los últimos momentos que había vivido junto a ella. Primero en Villa Favorita y después en Madrid.

Sonreía al recordar la reacción del barón cuando le propuso que vivieran juntos y ella respondió: «Si voy contigo, no lo hago sola. Mi madre, mi hijo y mis tres perritos vienen conmigo». Y Heini no lo dudó. Le contestó: «Eso no es un problema». En realidad, con su llegada, esa casa tan grande había albergado por primera vez entre sus muros a una familia, se decía a sí misma. Probablemente, para Heini también fue la oportunidad de llevar una vida que jamás había conocido, ni siquiera cuando era un niño. Cuando nació, el 13 de abril de 1921, en realidad, solo fue bien recibido por su abuelo August. Él fue el primero de la familia que se inició en el coleccionismo con la adquisición de tres esculturas de Rodin. El barón siempre lo repetía. Sus padres ya habían decidido romper su matrimonio cuando él vino al mundo. Sin embargo, desde que Tita, su madre y su hijo llegaron a Lugano, la vida de Heini cambió. Cada uno dio lo mejor de sí mismo para favorecer la convivencia. Para su madre, el barón era el hombre ideal con el que toda mujer querría casarse; y para Heini, ella era la mejor suegra del mundo. Le encantaba cuando se decidía a entrar en la cocina y guisaba para él. Recién casada, siendo muy joven, había hecho un curso en una escuela de cocina para mujeres y, muchos años después, seguía teniendo buena mano para guisar. Recordaba el día en que se presentó de improviso doña María de las Mercedes, la madre del rey Juan Carlos. Lo organizó todo de tal forma que parecía que la habían estado esperando. Siempre sacaban a relucir esa merluza que había preparado en poquísimo tiempo para una visita tan ilustre y tan inesperada.

De todos, el que estaba acusando más la pérdida de Carmen era Borja. Desde que nació el niño no se había apartado ni un solo día de su lado. A su vez, era muy difícil para Tita regresar a la rutina del día a día sin «mami», como la llamaba familiarmente.

El barón la sacó de sus pensamientos e intentó animarla. Le dijo que debía seguir mirando hacia delante y superar cuanto antes ese difícil momento.

—Eres fuerte, puedes con todo. Esto que ha sucedido es ley de vida.

—Siempre me he dicho a mí misma que soy como una apisonadora, que puedo superarlo todo. Pero esta vez... la vida me ha vuelto a golpear con dureza.

—Conoces mi teoría. Nunca nos vamos del todo. Nuestras almas suben y bajan y vuelven a subir. El alma jamás se destruye. Tu madre sigue entre nosotros.

—Yo también lo creo...

—Pues habla con ella. Te escuchará.

—Gracias, Heini. Tus palabras me ayudan mucho.

Durante los días siguientes, el barón procuró que Tita le acompañara a todas las reuniones sobre la apertura del museo y su organización. Las Olimpiadas de Barcelona acapararon mucha atención mediática, lo que les dio un respiro ese verano en el que acusaron tanto la ausencia de la abuela. Borja acudió con Vidal a diferentes finales olímpicas. Tita se centró en el museo y empezó, junto a Heini, la cuenta atrás. Esos días, el barón tenía en la mente a sus predecesores.

—El abuelo August fue el primer Thyssen cuyo nombre se relacionó con el mundo del arte.

—Me comentaste que todo comenzó con Rodin, ¿no?

—Sí, fue en un viaje a París con motivo de la Exposición Universal que se celebró allí en 1900. El abuelo, con el inicio del siglo XX y aprovechando que estaba allí, fue al estudio del artista Auguste Rodin y establecieron una relación de amistad que acabó con el encargo de tres esculturas. Seis años después, llegaban a nuestro castillo de Landsberg, en la localidad de Essen, en Alemania. Le pidió al escultor que enviara unas notas aclaratorias de cada obra y éste así lo hizo. Sin embargo, no las había escrito él, sino el poeta Rainer Maria Rilke, que trabajaba como su secretario. Él fue quien escribió poemas tan maravillosos como el que dice:

Somos hombres inquietos.
Pero el paso del tiempo
no es más que pequeñez
en lo eternamente perdurable...

—Es increíble con quién se codearon tus antepasados.

—Pues ¿sabes lo que fue todavía más increíble? Rodin nunca esculpió una réplica, sino que le envió a mi abuelo unas piezas únicas. No hay otras iguales en el mundo.

Con posterioridad, mi abuelo encargó otras cuatro, que son las que tenemos en Madrid.

—Son maravillosas. La de *Cristo y la Magdalena* es, además, la única obra conocida de Rodin de temática religiosa. Me encanta.

—En su día formarán parte de tu propia colección, la que ya has iniciado con tan buen ojo. En realidad, todo empezó con el abuelo y con esas esculturas. Cuando él murió yo era un niño, pero su entierro me impactó mucho. Fue multitudinario. Hoy descansa junto a mi padre y mi tío Fritz en la cripta del castillo. Ahí quisiera estar yo también cuando concluya mi estancia en este mundo.

—Por favor, en este momento no me hables de esas cosas.

Justo al final del verano comenzaron a llegar los cuadros destinados a figurar en las paredes del museo. Ahora había que certificar que las obras de arte que llegaban eran las mismas que se habían embalado en Lugano; de nuevo los expertos debían dar fe de su autenticidad. Heinrich Thyssen estaba contento de ver su sueño a punto de cumplirse. Se fotografió junto a las cajas que guardaban celosamente las obras de arte para que quedara como recuerdo del momento que estaban viviendo.

El desembalaje tenía su complicación, debía hacerse con el máximo esmero. Todos los detalles se cuidaron hasta el extremo; de hecho, una mañana, después de haber dado vueltas al tema de la inauguración, Tita le propuso a su marido que, ya que iba a ser un acto importante para la familia, invitara a todas sus exesposas y a sus hijos.

—Creo que sería bonito que lo hicieras. Han formado

parte de tu vida y este museo llevará tu apellido y el de ellos. Seguramente les gustará.

—*My darling*, ¡qué buena idea! No me extraña viniendo de ti. Se lo diré ahora mismo a Georg.

—¡Que no te note lo eufórico que estás, no vaya a enturbiarlo con algo!

—Descuida.

Se fue a su despacho y marcó el teléfono de su hijo mayor, con el que estaba condenado a entenderse.

—¿Junior? Falta poco para la inauguración del museo y había pensado que vinierais todos mis hijos con vuestras respectivas madres. ¿Qué te parece?

—¡De ninguna manera! Entiendo que invites a mi madre, pero Fiona y Denise no sé qué pintan allí.

—Son las madres de tus hermanos.

—No lo veo claro; es más, si lo haces, podrían surgir problemas...

Otra vez le estaba amenazando. No le daba tregua con esa forma de ser y de actuar.

—*Fine!* Está bien. Dejémoslo estar.

El barón no quiso que nada distorsionara un acontecimiento de tanta transcendencia para él y la familia. Tita, por su parte, estaba organizando una gran cena en el museo para doscientos invitados el mismo día de la inauguración; y otra, una cena privada en el hotel Palace, al día siguiente, para quinientos comensales. Era muy importante no cometer ningún fallo con las invitaciones.

—¡Heini, cómo echo de menos a mami! Ahora estaría aquí ayudándome. Va a hacer ocho meses desde que nos dejó.

—El tiempo se nos ha pasado volando, pero también gracias a la inauguración del museo no has parado ni un momento. Creo que ha sido bueno para ti. Con el paso del tiempo te resultará más fácil asumir su ausencia.

—No hay día que no piense en ella, Heini.

—Lo sé. Estabais muy unidas. Toda una vida juntas. ¡La has disfrutado! No como yo. Mi madre era una persona encantadora y muy guapa, pero a mí me criaron las institutrices. Antes, los hijos no convivían tanto con sus padres como ahora. Te mandaban interno en cuanto tenías uso de razón.

—Tu madre era húngara, ¿no?

—Sí, mi madre era húngara; mi padre, alemán; y yo nací en los Países Bajos. Pero tengo que decir que siento una atracción muy fuerte y poderosa hacia Hungría. Físicamente no me parecía a ella, sino a mi padre.

—Yo también. El que se parece más a mi madre es Guillermo. Pero ella y yo teníamos un carácter muy parecido.

—Sobre todo que, si os proponíais una meta, no cejabais hasta conseguirla. Lo del hotel Palace, por ejemplo, ha sido algo tremendo: cuando te dijeron que no cabían quinientas personas para la cena del día siguiente a la inauguración porque no se podía quitar el sofá central del comedor, no paraste hasta conseguirlo.

—Bueno, porque llamé al Aga Khan, que es el actual dueño, y me permitió hacer lo que yo quería. Nunca acepto un no por respuesta. Una curiosidad, el título de barón te vino por ella, por tu madre, ¿verdad?

—Sí, el título de barón venía por su familia, pero como mis abuelos maternos no tenían hijos varones, adoptaron a mi padre. Esto se hacía antes cuando las familias con título no tenían descendientes varones. Después de casarse, el emperador Francisco José I reconoció el título de barón a mi padre y a todos sus descendientes. Y aquí es donde aparezco yo.

Durante esos días previos a la inauguración afloraban muchos recuerdos. Una vez que los cuadros estuvieron colgados y revisados, los barones pidieron quedarse a solas en aquellas salas del Palacio de Villahermosa para recorrerlas con calma. Ninguno de los dos podía contener la emoción al pasear por aquel palacio de paredes de color siena y suelos de mármol perfectamente pulidos, tal y como había querido Tita. Se podían contemplar los grandes periodos y las escuelas pictóricas más destacadas del arte occidental: el Renacimiento, el Manierismo, el Barroco, el Rococó, el Romanticismo y también el Impresionismo, el Fauvismo, el Pop Art o las vanguardias del siglo XX.

—Ha costado llegar hasta aquí, pero ha merecido la pena.

—Es el día más emocionante de mi vida, Tita. ¡Cuánto trabajo y cuántas ilusiones se han puesto aquí! Por fin mi sueño se ha hecho realidad.

—Y el paso siguiente es que la colección se quede en España de forma permanente —añadió la baronesa.

—Eso supondrá más trabajo; habrá que intentar convencer a mis hijos para que den su aprobación. Hay un preacuerdo que espero que se materialice pronto. Mis obras deben quedarse aquí definitivamente.

—España se ha volcado con nuestra colección. Espero que cuando mis hijos lo vean no pongan ninguna objeción.

—¿Crees que vendrán? Dudo que Junior acceda a venir.

—Pienso que lo harán todos menos él. Ya ha conseguido todo lo que quería; esto, en realidad, no le importa nada.

—Al final no ha sido necesario vender ningún cuadro para mantener la colección. El tiro no le salió bien a Georg. Tita, gracias por tu esfuerzo y por ayudarme en esto. Siento que no esté tu madre. Estos días también me estoy acordando mucho del duque de Badajoz. ¡Qué gran persona!

—Ha quedado un museo precioso, con unas obras de arte que ya las quisiera cualquier país del mundo.

En las paredes se daban cita obras de Ghirlandaio y Van Eyck; Bernini, Tintoretto y el Greco; Carpaccio, Durero y Tiziano; Murillo, Ribera y Canaletto; Rubens, Rembrandt y Fragonard; Goya, Degas y Renoir; Van Gogh, Monet, Gauguin, Picasso, Juan Gris, Kandinsky, Dalí, Miró...

—¿Te das cuenta? Es un paseo por siglos y siglos de pintura. Aquí está todo el amor y la admiración de mi familia por el arte.

—Hoy es un gran día.

—Lo es, *my darling*...

El barón la abrazó y, sin poder contener las lágrimas, se mantuvo así un buen rato. Era extraordinario ver todos esos cuadros allí expuestos. Cada uno encerraba una historia. Estuvieron horas perdidos por esas salas que rendían homenaje a los pintores más importantes de los últimos siglos. Se preparaban para la locura que iban a vivir en los próximos días.

—Gracias, Tita, por haber hecho aquella pregunta, «¿Por qué quieren un solo cuadro pudiendo llevarse la colección entera a España?», a las autoridades españolas que me pedían que comprara un cuadro de Goya. Sin aquella pregunta hoy no estaríamos aquí.

—Tienes razón, llegar aquí ha costado muchos disgustos y algún enfado de personas con mucho poder. Pero lo que fue un proyecto se ha convertido en una realidad. ¡Misión cumplida, Heini!

—Me siento muy feliz y muy orgulloso de todo lo que has hecho.

10

La «Estrella de la Paz» para el gran día

El corazón de Tita latía más acelerado que nunca. Había llegado el día que tanto esperaban. Decidió vestirse para la ceremonia con un traje compuesto por un corpiño escotado de pedrería y una falda larga de volantes verdes. Como adorno, unos pendientes de brillantes y un collar del que colgaba un espectacular diamante de 179 quilates, conocido como la «Estrella de la Paz». Se trataba de la gema más grande jamás hallada. Fue encontrada en Sierra Leona.

El barón vestía de etiqueta rigurosa. Mientras hablaba con Tita, se ajustaba unos gemelos de oro a los puños de la camisa.

—Te aseguro que estos días han sido los más frenéticos de mi vida. Hemos hecho un esfuerzo titánico.

—¡Disfruta el momento, Heini! Te mereces dejar a un lado las preocupaciones y vivir con intensidad cada segundo de este día.

El barón la besó e inmediatamente, después de desearse suerte, salieron del chalet de La Moraleja rumbo al que ya denominaban «Triángulo del Arte». Uno de los tres vértices de ese triángulo, desde ese día, sería el Thyssen.

Llegaron media hora antes de lo previsto, como le gustaba al barón. Una lluvia de *flashes* de los fotógrafos allí presentes los recibió a la entrada del museo. Tras un posado breve, entraron en el palacio para esperar a los invitados.

Fueron los reyes, don Juan Carlos y doña Sofía, los encargados de descubrir la placa que dejaba constancia de aquel momento histórico. El ministro Jordi Solé Tura aplaudía satisfecho después de lo mucho que había costado que llegara ese momento. Atrás quedaban su trabajo y el esfuerzo de sus predecesores en el cargo: Javier Solana y Jorge Semprún. Entre las personalidades que se dieron cita ese 8 de octubre de 1992 se encontraban el presidente del Gobierno, Felipe González; casi todos los ministros de su gabinete, y numerosas personalidades de la sociedad española. Faltaron los diputados de la oposición. Aunque a Tita le hubiera gustado contar con su presencia, el ejecutivo no aprobó la idea.

Tras el acto, tuvo lugar la cena oficial para doscientas personas en el interior del museo. Al día siguiente, todavía con los ecos de la inauguración en su mente, se celebró la cena privada para conocidos, amigos y familiares en el hotel Palace. Tal y como se había propuesto, Tita logró reunir a quinientas personas.

Los días posteriores siguieron comentando en familia la experiencia que acababan de vivir. Su sueño se había hecho realidad. El hermano de Tita, Guillermo, también asistió como invitado; no podía perderse el evento. Destacaron que todos los medios de comunicación coincidían en que no solo la inauguración había sido un éxito, sino que había sido un acierto haber trasladado a la capital la mayor colección privada del mundo. Tita y Heini estaban agotados, pero no ocultaban lo felices que se sentían tras confirmar que todos los esfuerzos habían merecido la pena.

El sastre del barón, ajeno a lo que había sucedido, llegaba a La Moraleja media hora después de que su avión aterrizara procedente de Milán. Llevaba con él varios trajes que Heini le había encargado por teléfono. Tita aprovechó para hablar con su hermano mientras él se probaba la ropa.

—No he visto a nadie menos presumido que él. Jamás ha ido de compras. Los trajes y las camisas se los hacen a medida, y los zapatos se los mandan desde Inglaterra fabricados a partir de su horma. No sabe lo que es entrar en una tienda y comprarse ropa. No lo ha hecho jamás.

—Si pueden traerle a casa trajes hechos en Milán que le quedan como un guante, ¿para qué va a ir de tiendas? —Su hermano cambió de tema—. Bueno, ya ha pasado todo. ¿Estás más tranquila?

—No, Guillermo. Lo que tenemos ahora para el Thyssen es un alquiler por cinco años. Heini está preocupado. Está seguro de que, si en ese tiempo le pasara algo, sus hijos venderían la colección y ésta desaparecería. Por otro lado, si eso ocurriera y se pusieran tantas obras de arte en el mercado de golpe, su cotización bajaría de inmediato. Pero, llegados a ese punto, lo verdaderamente importante no sería que se devaluaran los cuadros, sino que el esfuerzo de tantos años no hubiera servido para nada.

—¿Estáis pensando en venderla íntegramente?

—Las conversaciones con el Gobierno en ese sentido están muy avanzadas. La cuestión es que los hijos también estén de acuerdo y firmen. Siempre las mismas trabas, es agotador. Se pasa el día diciéndoles que sean inteligentes y la vendan.

—Lo que ellos quieren es dinero, por eso dependerá de lo que al final os ofrezcan.

—Borja, aunque es un niño, le ha dicho a su padre que comprende por todo lo que está pasando y que hará lo que sea necesario para que la colección se quede en España. ¡Con la poca edad que tiene!

—El objetivo es que se quede aquí, ¿no?

—Sí, lo importante es venderla para que esté aquí de forma definitiva. Antes del último cambio en el Ministerio de Cultura, fuimos a cenar con Jorge Semprún al restaurante Zalacaín y hablamos por encima de lo que podría costar la colección. Heini la tasó en 400 millones de dólares. Entonces el ministro dijo que el Gobierno podría llegar a los 350. El barón le contestó que acababa de ahorrarle a su Gobierno cincuenta millones, y llegaron a un acuerdo secreto que sellaron con un apretón de manos. Pero ahora queda la parte más difícil, la misma de siempre: los hijos del barón.

—¿Hay un plazo límite para lograr que el acuerdo llegue a buen puerto?

—Sí, el plazo termina en marzo del año que viene, de modo que tenemos cinco meses para venderla. Es poco tiempo, pero lo vamos a intentar.

Después de pasar unos días junto a su hermana, su cuñado y su sobrino, Guillermo debía regresar a su casa. Antes de eso, fue objeto de las bromas del menor. Pero, una vez más, Antonio, el nuevo amigo de la familia, recibió la peor parte. La tarde que se acercó a verlos, Borja le pidió que le acompañara al sótano y le dejó encerrado en una habitación. El niño se olvidó por completo y, después de un buen rato sin saber de él, la familia se dio cuenta de que estaba encerrado. El susto que se llevó Antonio fue tremendo, pero, una vez que lo liberaron, llegaron las risas de toda la familia.

Al final, Tita y Heini decidieron acompañar a Guillermo hasta Barcelona para luego trasladarse en coche hasta Girona. Necesitaban descansar en Sant Feliu de Guíxols, en su casa Más Mañanas. Allí conseguirían relajarse y desconectar de aquellos días de tensión. La perrita Juanita Banana los acompañó y, como siempre, no se separó ni un solo minuto del barón.

—Si un día le pasa algo a la perra —solía repetir Tita—, le daré el cambiazo con otra de la misma raza y, con un poco de suerte, no se dará cuenta.

No quería ni imaginar el disgusto que se llevaría su marido si Juanita cayera enferma o sufriera un accidente.

Durante esos días, los cuatro solitarios con los que solía comenzar la jornada le decían a Heini que todo lo que tenía entre manos saldría bien; eso le llevó a albergar cierta esperanza sobre la venta de su colección. Una y otra vez pensaba en lo mismo, ni mirando al mar conseguía desconectar, y eso que el Mediterráneo tenía en él un efecto sedante. Era fijar la mirada en aquellas aguas de la costa y encontrarse mucho mejor. El mar siempre salía a su rescate.

Era bonito el otoño en Más Mañanas. La gran variedad de tonalidades hacía que, mirases donde mirases, pareciera un cuadro, una de las obras de arte que tanto les gustaban. Tita sacó los pinceles y se dedicó a pintar tan en serio que el barón la animó a que se presentara a la exposición que iban a hacer las Wally Findlay Galleries en París. Se trataba de una exposición de cuadros de personajes conocidos de pintores no profesionales. Tita recordó que tenía algunos en Jamaica de los que estaba muy satisfecha; podía pedir que se los enviaran. Le ilusionó la idea y no dijo que no. Al final, sus cuadros estarían expuestos al lado de las acuarelas del príncipe Carlos de Inglaterra y del delfín Enrique de Francia, entre otros.

El buen tiempo que hizo durante esos días en la Costa Brava logró que Heini bajara los más de cien peldaños que separaban la casa del mar. Se dio uno de esos largos baños que tanto le gustaban y que ponían tan nerviosa a Tita por lo lejos que solía irse nadando.

Carmen se entregó a las plantas y podó y removió la tierra del jardín durante horas; ambos necesitaban descargar toda la adrenalina que les había generado la inauguración del museo. Lo consiguieron gracias a los días que pasaron rodeados del aroma de los pinos y de las flores que allí crecían salvajes. La brisa los envolvía todas las tardes mientras contemplaban, cogidos de la mano, la puesta de sol desde el acantilado en el que se levantaba Más Mañanas.

—Tu alegría de vivir es contagiosa —le decía Heini a Tita—. No sabes lo que me ha ayudado verte sonreír cada día a pesar de las dificultades. Desde que me enamoré de ti, mi vida ha cambiado...

—Tu amor por mí y por el arte también es contagioso. Has conseguido que los dos vibremos con las mismas cosas...

Charlaron sin descanso, escucharon música y comieron ostras, el plato preferido del barón.

—¿Sabes que de niño me escapé de casa cuando mi niñera se negó a darme ostras porque eran muy caras? Mi padre había impuesto la austeridad como estilo de vida.

—¿Te escapaste porque no te dejaban comer ostras?

—Sí, pero mi escapada duró tan solo unas horas porque tenía hambre y hacía mucho frío. Mi rebeldía se mantuvo hasta que empezó a rugirme el estómago.

Mientras se reían con la anécdota, la perrita Juanita Banana aprovechó para dar un salto y subirse a las piernas de Heini, y de ahí ya no hubo forma de bajarla. Mientras el barón hablaba con Tita, acariciaba el lomo de la perrita, que cerraba los ojos y emitía una especie de ronquidito que a él le hacía mucha gracia. Sin embargo, aquel descanso duró poco, ya que, de nuevo, tuvieron que subirse en el avión privado para regresar a Madrid.

—Tita, lo que daría por estar largas temporadas en Más Mañanas. Nunca soy dueño de mi tiempo. A pesar de eso, siento que soy un hombre con suerte, aunque te diré que siempre he tenido que salir a buscarla.

—Yo creo mucho en el destino, Heini. Cada persona, al nacer, tiene un camino ya trazado.

—Yo también creo eso, pero, aunque el destino esté escrito, hay que saber encauzarlo. Vivir no es fácil para nadie. Hay que trabajar duro, esa es la clave. Mi abuelo decía: «*Wenn Ich rasten Ich rosten*». «Si descanso, me oxido».

—Siempre has sido un hombre muy tenaz e intuitivo.

—Podría decir lo mismo de ti: increíblemente tenaz e intuitiva. Hacemos un buen equipo. ¿No te parece?

—Estoy de acuerdo, ¡formamos un buen equipo!

Llegaron a Madrid y, nada más poner un pie en la casa de La Moraleja, Vidal, el responsable de seguridad de Borja, quiso reunirse con ellos para expresarles la necesidad de que el joven aprendiera a defenderse e incluso a manejar un arma.

—En este momento hay muchas amenazas y no solo hablo de ETA —dijo Vidal.

—Las armas las carga el diablo —contestó Tita—. Hay muchos accidentes con ellas. De eso uno no se repone nunca, y la familia que padece una pérdida involuntaria tampoco.

—El saber no ocupa lugar. Es muy conveniente para su desarrollo que se prepare físicamente. Es inevitable que comience a salir y no está de más que sepa cuatro o cinco reglas básicas de autodefensa —continuó Vidal.

Tita y Heini se miraron y comprendieron que la sociedad en la que vivían nada tenía que ver con la de su propia adolescencia. Hoy era necesario aprender a defenderse.

—Está bien. Pero, sobre todo, me gusta que haga ejercicio y se prepare físicamente. De hecho, no me importaría ir con él a alguna de las clases. Creo que tampoco me vendrían mal a mí.

—¡Eso no me lo esperaba! —añadió el barón—. Pero creo que es estupendo que madre e hijo recibáis clases con un entrenador personal. No descartes lo de aprender a disparar. Puede ser bueno, en un determinado momento, llevar un arma y saber manejarla.

—Vidal, aunque no quiero que haya armas en esta casa, entiendo que hay que tener conocimiento de todo. De modo que adelante, me has convencido.

Empezaron el año nuevo con un entrenador personal. Tita comenzó a hacer pilates combinado con *Power plate*, una modalidad de entrenamiento en la que después de pasar treinta segundos subida a una máquina se le activaban todos los músculos del cuerpo. Pero caminar por los alrededores de su casa fue lo que de verdad la puso en forma. El monitor se adaptaba a sus horarios dependiendo de la agenda. Borja, por su parte, demostró una gran fuerza de voluntad. No ocurría lo mismo con los estudios.

El último día del mes de enero del recién estrenado 1993, los Thyssen se fueron de boda. Se casaba la única hija del barón, Francesca, con el archiduque Carlos de Habsburgo. El padre del novio, Otto de Habsburgo, era el último príncipe heredero de Austria y Hungría. El barón fue el padrino de la boda, a la que acudió vestido con el uniforme de húsar. Francesca lucía un traje blanco de la firma Versace, inspirado en la boda de la emperatriz Sissi. Todo era aparentemente idílico, pero Francesca no había demostrado nunca demasiado cariño ni preocupación por su padre, una reflexión que Tita había escuchado muchas veces de boca de su marido.

Cheisi, como la llamaba la familia, había vivido en Londres, Nueva York y en Los Ángeles antes de mudarse a Lugano, siempre con amistades que no acababan de gustar a su padre. Ya había querido casarse antes con un guitarrista, pero su padre le hizo una advertencia: «Tendrá que ganar mucho dinero porque, cuando te cases, será él quién te mantendrá con su guitarra». Justo después, el joven desapareció de su vida. Ahora, su padre confiaba en que el matrimonio con el archiduque la ayudara a sentar la cabeza. En ese momento de su vida, Francesca presidía la Fundación Arch, una organización benéfica internacional dedicada a la recuperación de obras de arte. Sin embargo, Heini decía que, en realidad, su hija había heredado la misma poca destreza que su madre para los negocios. Fue la primera de sus hijos en romper filas y casarse. Su hermanastro mayor, Georg, seguía soltero con cuarenta y tres años, y su hermano Lorne andaba perdido buscando su identidad religiosa.

Heinrich Thyssen necesitaba la aprobación de sus hijos para vender la colección a España y no se le ocurrió rechazar la invitación de su hija. Tita hizo de tripas corazón ya que, junto a Georg, Francesca había sido la que más se había opuesto a vender la colección a España y la que más la había criticado durante todos esos meses. Tanto la baronesa como Heini acordaron no alargar mucho su presencia en la celebración posterior a la boda, ya que Tita y Francesca «tan solo se soportaban cordialmente».

Cuando regresaron a Madrid, Tita continuó volcada en el deporte. Notaba que la ayudaba a superar las situaciones de tensión. Su hijo también siguió con los entrenamientos. Ese aumento de actividad de Borja coincidió con el estirón que dio antes de cumplir los trece años. De repente, se transformó en un adolescente completamente musculado. En cuestión de tres meses, creció y adquirió volumen muscular en el tórax y en los brazos. Aunque lo que de verdad captó su atención fueron las clases de tiro: llegaba a casa tan entusiasmado que un día Tita, llena de curiosidad, decidió acompañarle. La baronesa se prestó a que le dieran clase. Después de protegerse los oídos, le enseñaron a apuntar y comprobó que se le daba muy bien hacer diana. Tenía tal destreza que enseguida estuvo preparada para obtener la licencia de armas. Ambos habían conseguido el objetivo de Vidal en muy poco tiempo.

No ocurría lo mismo con el tope que se había propuesto el barón para alcanzar el acuerdo de venta de su colección. Consiguió que el Gobierno le concediera una prórroga hasta el 1 de julio. Al final, y antes de que expirara el plazo, los hijos se mostraron dispuestos a firmar a cambio de un pago de trescientos cincuenta millones de dólares libres de impuestos. El 18 de junio de ese año 1993, el rey Juan Carlos firmaba el real decreto ley para la compra de la colección, que se formalizó tres días después.

—La colección Thyssen descansará para siempre en España, puedo morirme tranquilo. No habrá nada ni nadie que venda mis cuadros y me deje la colección sin el *cuore* —comentó Heini.

—¡Enhorabuena! Ya no habrá más noches de insomnio. Puedes estar tranquilo. Siempre has dicho que una colección no puede quedarse sin su corazón. Al final, las cartas tenían razón. Todo va a acabar bien.

Una semana después, Tita, Georg, Francesca y Lorne (Alexander y Borja eran menores de edad) firmaban en Zúrich su renuncia al derecho de tasación y otros acuerdos hereditarios que, al fin, hicieron posible que el Reino de España adquiriera la colección.

—Ahora —le dijo Heini a Tita en un aparte— debemos cuidar tu colección, que no ha quedado incluida en la compra.

—Mi colección no dejará de crecer. Sueño con hacer un museo que lleve mi nombre y tu apellido algún día.

Mientras, no sabes lo orgullosa que me siento de que pueda exponerse algún día en el Thyssen-Bornemisza. ¿No te emociona que tu nombre ya esté unido al arte y a un museo tan importante en España?

—Mucho, la verdad. Y me satisface saber que el *Mata Mua* de Gauguin está contigo. Nadie mejor que tú para custodiarlo.

—¿Lo recuerdas? Cómo me latía el corazón cuando decidimos hacer una subasta de tus cuadros personales, los que se quedaron en Villa Favorita. Fue cuando se crearon los *subtrust*, que tenían el nombre de un pintor por cada inicial de los nombres de tus hijos y del mío.

—El tuyo se llamó Caravaggio; el de Georg, Ghirlandaio; Francesca, Fragonard y Lorne, Leonardo; finalmente, Alexander escogió el de Antonello. Todos pujaron por los cuadros que quisieron.

—Sufrí mucho cuando vi pasar el *Mata Mua*, que era el más caro y el que verdaderamente deseaba recuperar de las manos de mis hijos. Se quedó el último y temí lo peor. Finalmente, alzaste la mano diciendo que lo querías, y cuando los demás dieron un paso atrás respiré hondo.

—Tuve que indemnizar a tus hijos, pero mereció la pena. No pienso desprenderme de él jamás.

—No lo hagas. Será tu *cuore*. En unos años este cuadro, que es uno de los mejores de Gauguin, valdrá diez veces más. Pero no deberías desprenderte jamás de él. Nos ha acompañado siempre.

El barón tenía razón. Ese cuadro era algo más que una pintura de uno de los más grandes artistas postimpresionistas del siglo XIX; se trataba de la obra que más tiempo habían disfrutado en sus estancias privadas y, por lo tanto, la que había sido testigo de su vida en común. Tita, en ese momento, no estuvo dispuesta a dejarlo escapar, aunque procuró disimular sus nervios. No respiró hondo hasta que supo que era suyo.

—*Mata Mua* significa, en tahitiano, «Érase una vez» —le indicó su marido—. Su color y sus formas planas han marcado un nuevo rumbo en la pintura. En realidad, la temática también es un canto a la vida en contacto con la naturaleza que tanto ansiaba el pintor francés y que tanto ansías tú.

—También representa muchas de nuestras vivencias. Es el paisaje idílico en el que tantas veces nos ha gustado perdernos con la imaginación...

11

Siempre el maldito dinero

—Me convertí en coleccionista por querer salvar la colección de mi padre y Tita ha hecho lo propio por querer salvar la mía —le explicaba el barón Thyssen a la nueva ministra de Cultura.

Se trataba de la política valenciana Carmen Alborch, que ocupó el cargo en la quinta legislatura del gobierno de Felipe González, con muchas ganas de reanimar la cultura. Se presentó ante el barón como una «mujer con un talante muy luchador. Algo que, en estos tiempos, hace mucha falta». Eran momentos difíciles para la política y, sobre todo, para la economía; España había entrado de lleno en una crisis que se agudizó todavía más con la enorme subida de las cifras del paro.

—Menos mal que la compra de la colección se llevó a cabo el año pasado —comentó Alborch—. De haber tenido lugar este año, habría sido muy polémica. Se avecinan tiempos muy difíciles. Cuando ocurren estas cosas, hay que echar mano de la imaginación.

Tita y el barón hablaron de pintura con la nueva ministra, que valoraba especialmente el esfuerzo que ambos habían hecho para traer la colección a España. La baronesa le comentó su idea de programar exposiciones temporales en el Thyssen y, a su vez, llevar sus cuadros a otros museos del mundo.

—He sido galerista y conozco a la perfección los problemas del coleccionismo. Desde el Gobierno pretendo fomentar e incentivar la actividad artística.

—Eso sería extraordinario —comentó Tita—. Nosotros amamos el coleccionismo, soñamos con los cuadros. Es como una enfermedad. Cuando quiero comprarme algo de vestir, le doy mil vueltas, pero ante un cuadro no hay nada que me frene.

—Entiendo lo que dice. En fin, veremos qué iniciativas puedo impulsar desde el Ministerio. Tengo la suerte de trabajar en lo que más me gusta. Me apasiona el mundo de la cultura y sé que a ustedes también. Por curiosidad, ¿cómo han quedado los frescos de la capilla Sixtina?

—Nosotros subvencionamos la instalación de todo el *software* necesario para que los frescos se restauraran con la calidad que requería la obra de Miguel Ángel. El resultado supera todas las expectativas.

—¿Ha participado en otros rescates de obras deterioradas?

—A lo largo de mi vida he financiado muchas restauraciones: la de los frescos de Fra Angélico del convento de San Marcos, varios templos en Nepal, la edición de una cartografía del Everest, la restauración de la Puerta de Delft en Róterdam... Bueno, he procurado que la humanidad no perdiera algunas obras magistrales que se encontraban en estado crítico.

—Muy interesante. ¿Están satisfechos con el museo y los primeros resultados desde que se abrió al público hace unos meses?

—Mucho. En estos años Heini y yo hemos visitado las grandes pinacotecas del mundo, ha sido como hacer un máster. Le aseguro que el Thyssen-Bornemisza no tiene nada que envidiar a ninguno, ha quedado muy bien.

Los Thyssen sintonizaron muy bien con la ministra, con quien compartían intereses. Tita le contó que estaba pujando en subastas de todo el mundo para adquirir obras de grandes pintores para su colección particular: Monet, Pisarro, Matisse, Toulouse-Lautrec, Kandinsky, Van Gogh, Gauguin..., pero le indicó que también habían captado su interés las obras de autores venecianos como Canaletto o Guardi; la pintura holandesa y, por supuesto, la española, con obras tan destacadas como las de Sorolla, Murillo...; y también los artistas americanos, como Pollock, Hopper...

—Nadie ha pintado la soledad como Hopper —interrumpió el barón.

—Al final, aunque estemos rodeados de gente, somos seres solitarios —añadió Alborch.

—A mí me gusta la soledad —siguió hablando Heini—. Salir de paseo, disfrutar del campo, leer...

—Heini tiene un problema y es que la gente que se le acerca solo ve en él la cara del dólar. Muchos solo se mueven por interés, de ahí que prefiera estar solo.

—Antes de conocer a Tita me resultaba bastante difícil tener amigos. Podía pasar largas temporadas a solas y no me importaba.

—Al final, en soledad se tienen las mejores ideas. Yo no le tengo miedo, la verdad.

La ministra se despidió de ellos y se fue camino del Ministerio. Les pareció todo un detalle que se hubiera acercado a saludarlos en su casa de La Moraleja.

Aprovecharon esos días en Madrid para hacerse la revisión médica anual. Sobre todo Heini, que tras el aviso que había supuesto el aneurisma del que había sido operado con éxito hacía apenas tres años, necesitaba un chequeo más exhaustivo. La presión sanguínea estaba controlada y cuidaba más su dieta, pero se había dado cuenta de que el deporte que practicaba no mitigaba el estrés ni la tensión derivados de los constantes problemas con sus hijos. Tita intentaba tranquilizarle y convencerle de que lo peor había pasado ya.

Durante ese tiempo la baronesa había pensado mucho en su madre; no había un solo día en el que no se acordara de ella. Borja, por su parte, parecía más volcado en sus estudios. Cada día le gustaba más que Tita le hablara de arte y le explicara la historia de los cuadros que tenían en casa y en el museo.

—Hago contigo lo que hicieron mis padres conmigo, ¿sabes? A mi padre le gustaba pintar y a mí me encantaba ver cómo lo hacía; de hecho, si me atrevo a tomar los pinceles cuando estoy de vacaciones, es porque le vi a él hacerlo cuando yo era pequeña.

—¿Por qué no me hablas más del abuelo?

—Murió hace muchos años, aunque es cierto que quizá debería hablarte más de él. Le gustaban los coches tanto como a ti, incluso participó en alguna carrera.

—Yo también quiero conducir y competir en carreras.

—Las de ahora no tienen nada que ver con las de los años cincuenta. Hoy las veo muy profesionales y peligrosas.

—No soy un niño. ¡Tengo trece años!

—Siempre se me olvida lo mayor que eres... —reaccionó Tita con una sonrisa.

La verdad era que Borja ya no era el niño que soñaba con personajes de Disney. En un año se había convertido en un adolescente alto y musculado. Sus conversaciones ya derivaban hacia otros asuntos y Tita se atrevía a darle algún que otro consejo.

—Ten mucho cuidado con los nuevos amigos que estás haciendo en el colegio. Asegúrate de que sean buenos niños.

—¡Mamá! ¡Qué cosas tienes!

—Sé lo que me digo. No se te ocurra probar ningún tipo de droga. He visto muchas cosas en familias de apellidos muy ilustres, bandejas con cocaína y mucho alcohol. Hay que saber decir que no.

—Mamá, no sé a qué lugares piensas que vamos; solo quedo para hacer deporte e ir al cine.

—Yo tengo la responsabilidad de advertirte de todos los peligros que existen. Hay que ser inteligente; las drogas atontan a las personas, las hacen vulnerables. La cabeza tiene que estar sobre los hombros las veinticuatro horas del día.

—¡Mamá!

Tita no quiso insistir más. Ya no estaba la abuela para advertirle sobre esos temas; ahora le tocaba a ella.

Fueron días rutinarios de visitas regulares al museo, pero la tranquilidad... duró poco. Georg volvió a amenazar con iniciar un nuevo pleito familiar. En esa ocasión les comunicó que Tita tenía que asumir los gastos de cualquier regalo que el barón le hubiese hecho, incluidos las joyas o cualquier otro objeto que hubiera recibido.

—Junior siempre está maquinando qué hacer para conseguir más dinero; ahora se ha inventado esto de las joyas. Bueno, también lo hizo con Denise, la madre de Alexander, y, como se negó a pagarle, la denunció y ella estuvo en la cárcel unos días. La codicia de este chico no tiene fin. Estas cosas me afectan mucho.

Tita pensó en las joyas que le había regalado el barón: el broche de oro, unos diamantes en forma de flor de Lis y el broche de oro y diamantes que había pertenecido a María Cristina, la madre del rey Alfonso XIII. El elegante *corsage* que se ponían las damas debajo del pecho y que Tita había lucido en alguna fiesta. En una de ellas llamó la atención de la princesa Margarita de Inglaterra, que le pidió que se lo pusiera en el pelo, y así lo hizo. También recordó la pulsera de esmeraldas y brillantes, el primer regalo que le había hecho Heini y que tanto la emocionó. O el diamante Estrella de la Paz, una obra de arte de la naturaleza. Miró también el anillo que le había regalado por su boda, un diamante de talla oval que, desde entonces, no se había quitado jamás del dedo anular... Su joyero era abundante porque al barón le gustaba regalar joyas.

—Siempre me sentí atraído por ellas, igual que con las obras de arte. La fuerza de la naturaleza y la mano del hombre son capaces de crear piezas únicas. Precisamente, cuando estaba casado con la madre de Georg, conocí a Manfred Horowitz, un gran experto, como sabes, en piedras preciosas que trabajaba para uno de los joyeros más famosos del mundo: tu amigo y mi amigo, Harry Winston, con el que empecé a invertir en diamantes en bruto.

—Al que yo tengo, la Estrella de la Paz, y al de Denise, les pusiste tú los nombres, ¿no?

—Sí, llamé «diamante Cartier» a un precioso diamante azul cuyo valor rondaba los cincuenta millones de dólares. No hice el negocio que pretendía porque Denise se apropió de él. A finales de los años setenta y asesorado por Horowitz otra vez, compré un segundo diamante en bruto. Resultó ser un diamante perfecto y lo llamé *Star of Peace* o Estrella de la Paz. Lo talló Harry Winston y es el que tú llevas con tanto arte.

—¿Sabes que supe de él por primera vez cuando estaba casada con Lex Barker? Le pedí a Harry Winston que guardara mis joyas en su caja fuerte; nos íbamos de crucero y no quería llevarlas encima. Me recibió en su despacho y vi un diamante en bruto muy grande encima de su mesa, y me dijo: «Esta piedra pertenece al barón Thyssen». Estaba estudiando qué tallado hacerle. En un momento dado, Winston abandonó su despacho y me puse a hablar con el diamante... Así fue como tu nombre se cruzó en mi camino.

—Estábamos destinados a encontrarnos. Y, por curiosidad, ¿qué le dijiste a la piedra? —comentó el barón entre risas.

—¡Qué suerte has tenido de que te hayan encontrado! Te van a convertir en una joya preciosa.

—Creo sinceramente que lo mismo que hay cuadros que parece que te buscan, como el *Mata Mua*, este diamante no quería alejarse de ti. Estuvo a punto de pertenecer a otras personas en tres ocasiones; ahora tú lo luces como nadie. La gente se queda impresionada al verlo. Te aseguro que Georg no va a impedir que lo sigas luciendo.

—Es una humillación más. Quiere arruinar nuestra vida, pero no lo va a conseguir. Intentaré asumir los gastos de cualquier regalo. Pediré que las tasen y actuaremos en consecuencia. De las que me tenga que desprender, lo haré sin más. Tu colección de cuadros es lo más importante y está a buen recaudo. Ya no la puede destruir; eso me tranquiliza.

—Ahora el objetivo somos nosotros. No tiene ningún miramiento ni compasión, su avaricia no tiene fin.

En los días posteriores Tita pidió diferentes tasaciones y, al fin, se las arregló con los bancos para poder abonar el dinero que Georg aseguraba que pertenecía a los hijos del barón. Cuando se lo transfirió, le pidió que se encargara de repartirlo entre sus hermanos. Sin embargo, fueron pasando los meses y Junior no hizo el reparto; se quedó con todo.

—Hace un par de años pasó lo mismo con el yate Hanse —hizo memoria el barón—. ¿Te acuerdas de que le pedíamos todos los años al capitán que navegara rumbo al Caribe mientras nosotros íbamos en avión? Nos gustaba surcar esas aguas. Y, de buenas a primeras, nos quitó el barco porque decía que era mucho gasto; después descubrimos que se lo había quedado él. Todo esto me resulta muy doloroso. Su odio hacia mí es enfermizo. Me ha hecho perder el control de mis propias empresas y quiere seguir despojándome de todas mis pertenencias.

—Pero con tus cuadros no lo ha conseguido. Ese ha sido tu triunfo.

Esa noche y las siguientes intentaron olvidarse de las preocupaciones hablando de cuadros y escuchando música tras concluir la jornada. Bailaron al ritmo de un bolero de Agustín Lara y Pedro Vargas que les gustaba especialmente...

Si tienes un hondo penar,
piensa en mí...
Si tienes ganas de llorar,
piensa en mí...
ya ves que venero tu imagen divina,
tu párvula boca que siendo
tan niña me enseñó a pecar...

—Con lo felices que somos, ¿por qué no nos dejan en paz? —lamentó Tita.

—Intentan amargarnos la vida, pero no lo van a conseguir... Por cierto, no te lo he dicho, pero estás especialmente guapa esta noche.

Continuaron bailando hasta bien entrada la madrugada. Estaban solos y les encantaba hablar mientras la música sonaba de fondo y ellos se movían al compás...

Ni Tita ni Heini cesaban de recibir reconocimientos por su labor: la Banda de Dama de la Orden de Isabel la Católica para ella y la Gran Cruz de la Real y Distinguida Orden de Carlos III para él. A Tita incluso la nombraron académica de la Real Academia de Bellas Artes de Cádiz. A Heini, por su parte, lo invistieron miembro de la Real Academia de San Fernando. En esos actos volvieron a mencionar a Luis Gómez-Acebo como uno de los artífices de que la colección estuviera en España. También citaron en sus discursos de agradecimiento a don Juan, que había fallecido ese año. No solo habían gozado de su amistad, sino que atesoraban muchos recuerdos vividos junto a él, tanto en Jamaica como en Lugano y Nueva York. Había sido testigo de los eventos más importantes de su familia.

—Se ha ido todo un señor, un caballero —destacó Heini muy emocionado.

—Ha peleado hasta el final. Ha sido muy valiente —añadió Tita.

Los barones acompañaron a la familia real en los actos solemnes, donde se pudo ver muy emocionado al rey. Las cámaras de televisión captaron las lágrimas de don Juan Carlos y el consuelo también emocionado de la reina Sofía. Su entierro en el panteón de reyes de El Escorial, con el nombre de Juan III, se comentó durante días.

—Ha sido un detalle precioso que don Juan Carlos haya enterrado a su padre con honores de rey.

—Todo un reconocimiento a su figura, teniendo en cuenta que Franco se lo saltó en la línea sucesoria en favor de su hijo.

La llegada del verano ayudó a aliviar la pérdida del que consideraban un amigo de la familia. Los meses de julio y agosto estuvieron repletos de innumerables compromisos sociales; por eso, después de haber pasado unos días en Girona y posteriormente en Marbella, se fueron a Jamaica a desconectar del mundo. Borja también los acompañó. Parecía que en aquel paraíso de vegetación y lleno de colorido el mundo se paraba. Jugaron al backgammon, que a Tita se le daba francamente bien; nadaron en las aguas cristalinas del Caribe; bailaron con la música en directo de los nativos, que se solía prolongar hasta el amanecer. Desconectaron por completo. Pero a Borja se le acabaron las vacaciones y se tenía que incorporar a las clases. Ese año disfrutó mucho aprendiendo a navegar y se hizo cargo del timón con soltura; el capitán le instruyó en cómo hacerlo por aquellas aguas. Siguieron recordando a don Juan, al que navegar allí le llenaba de energía.

Lo primero que hicieron nada más aterrizar en Madrid fue a visitar el museo. Paseando por las distintas salas, Heini se emocionó; le parecía mentira que su sueño se hubiera hecho realidad. Tita se sentía muy satisfecha con todo lo que habían logrado.

Pero los problemas de siempre volvían a hacer acto de presencia: el retraso en el pago de las anualidades que Georg tenía que pasar a su padre era la norma. La cifra ya alcanzaba los millones de dólares; se incumplían los acuerdos firmados. El barón debía percibir el treinta por ciento de los beneficios netos del Grupo Thyssen-Bornemisza, pero la respuesta que daba Junior siempre era la misma: «Al pagarte comprometemos la liquidez de la empresa. No lo podemos hacer». Sin embargo, Heini se enteró de que el grupo tenía millones de superávit y podía perfectamente saldar su deuda. Eso le llevó a buscar una firma de asesores jurídicos íntegros, no como los últimos que había tenido. Se acercó a un bufete inglés muy conocido que contaba con el abogado de la reina de Inglaterra, Michael Crystal. De momento, solo quiso consultarle su caso para saber qué opciones tenía.

Cuando se quisieron dar cuenta, las navidades se les habían echado encima. Decidieron pasarlas en familia y con un ramillete de amigos que quisieron celebrar junto a ellos la entrada en el nuevo año. Vestidos de noche y tras brindar con champán, hicieron lo que más les gustaba: bailar mientras charlaban de nuevos proyectos y de exposiciones futuras por todo el mundo.

SEGUNDA PARTE

12

El aviso de la carta astral

Celebraron el cumpleaños de Tita con una fiesta en su casa de La Moraleja. Allí se dieron cita las personalidades más relevantes del mundo de la cultura. La baronesa estaba radiante, vestida con un traje largo espectacular de satén verde y morado. Sentía la necesidad de vivir ese día de una manera especial. Su carta astral mostraba que ese año, que cumplía cincuenta y uno, su vida iba a dar un cambio radical. No dejaba de preguntarse si sería para bien o para mal, pero a finales de abril salió de dudas. Como cada año, Heini se sometió a una revisión médica rutinaria; sin embargo, esa vez el doctor pronunció una frase que Tita hubiera deseado no tener que escuchar nunca: «Hay que operar de nuevo. El aneurisma ha crecido y amenaza nuevamente con obstruir el flujo de la corriente sanguínea.». Lo diagnosticaba una de las voces médicas más acreditadas en cirugía vascular. Entonces recordaron las palabras pronunciadas en su día por el doctor Juan Miguel Matesanz —que había fallecido prematuramente en 1991— cuando le recomendó a los tres maestros internacionales más relevantes y le dijo: «Uno está en Houston, otro en Madrid y el tercero en París». Heini eligió entonces al doctor parisino Édouard Kieffer y, esta vez, decidió regresar al mismo hospital de la Pitié-Salpêtrière de la capital francesa.

El barón abordó este nuevo embate de la salud con la valentía que le caracterizaba y a sabiendas de que la operación no se podía llevar a cabo en Madrid en ningún caso.

—Si algo saliera mal, como te dije la otra vez, mis hijos siempre te culparían por haber elegido España para operarme. Prefiero que me vuelva a operar el doctor Kieffer. Confío en él.

—Tienes razón. Además, es el director del Departamento de Cirugía Vascular del hospital de la Pitié-Salpêtrière; me tranquiliza que vuelvas a ponerte en sus manos. Las instalaciones del hospital, sin embargo, dejan mucho que desear.

La primera vez que el doctor Kieffer los citó en el hospital y Tita se encontró ante aquel edificio tan grande del siglo XVII —que había sido hospicio, cárcel de mujeres y manicomio—, un escalofrío le recorrió por todo el cuerpo, pero no le dijo nada al barón.

La habitación que les asignaron entonces era tan pequeña y fría como el resto del edificio. Tita le trasladó al doctor su preocupación por el estado de las instalaciones hospitalarias.

—¿No podría operarle en otra clínica? ¿Quizá una privada?

—Madame, comprendo que la primera impresión no es buena, pero aquí lo importante son los quirófanos. Créame cuando le digo que están en el mejor lugar para que operemos a su marido de su dolencia. Este hospital cuenta con los equipos más avanzados.

Antes de aquella primera intervención, Tita había pedido permiso al doctor para colocar una cama plegable junto a la de su marido; deseaba permanecer a su lado durante la convalecencia. Por fortuna, todo salió bien. Algún fotógrafo había captado su imagen desde el exterior del edificio mientras ella mataba el tiempo mirando por la ventana o incluso limpiando los cristales. Le relajaba hacerlo tanto como cuidar las plantas de su jardín; ambas cosas la ayudaban a quitarse de la cabeza los pensamientos negativos.

Ahora, cuatro años después, debían volver al mismo hospital y con el mismo facultativo. Tita y el barón se convencieron de que todo iba a salir bien y se trasladaron de inmediato a la capital francesa. El doctor se mostró de acuerdo en operar cuanto antes y la fecha de la nueva intervención se fijó para mediados de mayo.

«¿Cómo se habían complicado tanto las cosas en cuestión de días?», se preguntaba Tita. Esta nueva operación había sorprendido al barón muy cansado. El día antes de que le ingresaran había tenido una gran discusión con sus hijos, que en un momento tan delicado para él se habían presentado en París para hablar de la herencia.

El problema entre los hermanos surgió cuando Georg, el primogénito, le comunicó al resto que no haría efectivo el legado que se les había asignado hasta que no falleciera su padre; tenía esa potestad como responsable del veinticinco por ciento del Art Trust de la compañía familiar.

El barón fue testigo esa tarde de lo que era la codicia. Sus hijos hablaban y hablaban de él como si su fallecimiento fuera inminente.

—Hasta que nuestro padre no muera, el dinero no se

mueve —repetía Georg con gran frialdad—. Hay que esperar acontecimientos.

—Nos pertenece la parte proporcional de los bienes, no hay que esperar a que papá muera —comentaba Francesca—. Danos cuanto nos corresponde.

Heini los miraba con estupor y sentía una inmensa pena; no había sabido educar a sus hijos en el afecto, solo tenían apego al dinero... A escasas horas de que fuera a someterse a una intervención de alto riesgo, seguían discutiendo entre ellos. Pensaba que deberían estar animándole y distrayéndole de algo que, por sus palabras, parecía inevitable. Suerte que el barón no tenía miedo a nada y en sus planes solo estaba vivir.

Cierto era que, de todos sus herederos, solo había convivido con Borja y algo más con Alexander. Al haberse separado de las madres cuando los niños eran todavía muy pequeños, no había podido crear los lazos afectivos necesarios para una relación paternofilial sólida.

Tita, desde la habitación contigua, no daba crédito a lo que estaba escuchando: gritos y más gritos entre ellos. No obstante, se mantuvo prudente y aguantó sin intervenir. Sin embargo, llegado un momento, no pudo más, interrumpió aquella especie de aquelarre y les pidió que pusieran fin a la reunión.

—A lo mejor no sois conscientes de que mañana vuestro padre va a someterse a una operación importante, de modo que ya discutiréis cuando salga del hospital.

Heini pensó que, en realidad, Tita era la única que todavía le daba por vivo. Le sonrió y se levantó de la mesa poniendo fin al nefasto espectáculo protagonizado por sus hijos mayores. Ni cenó ni consiguió tampoco conciliar el sueño.

Al día siguiente solo tuvo tiempo de levantarse, salir de su casa en París y contemplar a través de la ventanilla del coche cómo la noche cerrada cedía el paso al sol, que comenzaba a salir con timidez. Antes de la seis de la mañana ya estaban de camino al hospital; no tardaron en llegar al frío y vetusto centro médico. Las enfermeras ya le estaban esperando para prepararle para la operación.

—*Darling*, te quiero... —Fue la frase que le dedicó Heini en esas circunstancias.

Tan pronto como se fueron las enfermeras, el barón recordó en voz alta lo que había ocurrido la tarde anterior.

—Qué tristeza comprobar cómo a Georg, Francesca y Lorne solo les preocupa el dinero.

Su marido tenía razón. «Siempre el maldito dinero», pensaba Tita. Por este motivo creyó que sería buena idea retrasar la intervención.

—Quizá sería conveniente dejar la operación para otro día que estés más descansado.

—No, Tita. Cuanto antes...

—Tú decides... Tranquilo. Aquí estaré esperándote. Todo saldrá bien. ¡Te quiero, Heini! No lo olvides.

Tita le sonrió. Mientras le llevaban al quirófano se repitió mentalmente las palabras de su mujer. Al entrar en la sala de operaciones, no le dio tiempo a observar demasiado, solo se fijó en los profesionales con batas verdes en torno a la mesa. El doctor Kieffer le saludó y el anestesista le puso una vía para comenzar a sedarle. A los pocos segundos dejó de oír las voces del médico y de las enfermeras. Todo se volvió blanco y lleno de luz... Solo veía a Tita entre la neblina de sus recuerdos: «Aquí estaré esperándote. Todo saldrá bien. ¡Te quiero, Heini! No lo olvides».

Mientras la anestesia hacía efecto y comenzaba la operación, Tita rezó a sus santos, a los que tantas veces había acudido a lo largo de la vida. Esa vez no miraba por la ventana de la habitación ni tenía ganas de ponerse a repasar los cristales para matar el tiempo; solo esperaba. Según fueron pasando las horas, por ese sexto sentido que la caracterizaba, supo que algo no iba bien en el quirófano. Lo que había empezado como una corazonada se fue transformando en certeza con el paso de las horas. Al final, de tanto demandar información, una enfermera le contó que las cosas se habían complicado durante la operación.

—Madame, su marido ha entrado en coma. Cuando acaben la intervención le llevarán a cuidados intensivos.

—Pero ¿qué ha ocurrido?

—El doctor Kieffer le dará más detalles.

Tita regresó a la habitación y cerró los ojos con fuerza para tratar de contener las lágrimas. «Lo va a superar», se decía a sí misma. Llamó a su hijo Borja y le pidió que rezara por su padre. Después, llamó a Georg, a Francesca y Lorne para informarlos de la situación. Por último, habló con Alexander. Fue el único que se echó a llorar con la noticia. Ya solo cabía esperar. Por la noche, las enfermeras le recomendaron que se fuera a descansar. «No hay nada que pueda hacer aquí —le dijeron—. Tan solo cabe esperar».

Le tomó unos segundos asimilar la noticia, pero después se dio cuenta de que tenían razón; debía descansar. Decidió descartar los malos pensamientos y confiar en que lo superaría, como siempre. Su vida no podía acabar así, de repente, se decía a sí misma. Esperó una hora más por si algún facultativo se acercaba a hablar con ella. Al final, el doctor Kieffer en persona quiso comentarle qué había ocurrido.

—La operación ha ido bien, pero su marido entró en coma a la mitad del proceso. Me gustaría poder darle otras noticias, pero no tenemos ninguna seguridad de que vaya a superarlo.

—Mi marido es muy fuerte. Estoy segura de que saldrá adelante.

Sin embargo, por su cara comprendió que el doctor no era tan optimista como ella. Carmen Thyssen, ante la falta de evidencia científica, tenía fe. «Las adversidades —solía repetir— solo se soportan con fe».

Tita, que desde que murió su primer marido, el actor Lex Barker, había desarrollado su faceta más espiritual, tuvo claro que solo un milagro podría sacar a Heini de ese estado. Pensó en acudir al día siguiente a una iglesia próxima para pedir por su marido.

Desde la habitación, le pidió a madame Stirnimann, la secretaria del barón, que también se encontraba en París, que no regresara a Lugano; la necesitaría allí para resolver los problemas que fueran surgiendo. Llamó por teléfono a su amigo Antonio Salcedo y le rogó que acudiera a la capital francesa: «¡Te necesito aquí cuanto antes!».

Esa noche decidió no volver a su piso; allí estaban todas las cosas de Heini. Pidió a la secretaria que le trasladaran lo esencial a una habitación del hotel Plaza Athénée, situado en la avenida Montaigne, cerca de los Campos Elíseos. Una vez allí, ante la sensación de ahogo, abrió la ventana para respirar hondo. Así estuvo durante un largo rato. Tampoco pudo comer nada, no tenía hambre. Se recostó en la cama, pero se le hacía imposible conciliar el sueño, ni siquiera con la tenue luz de la mesilla de noche. Al fin, el cansancio la venció.

El teléfono la despertó a las seis de la mañana y el corazón le dio un vuelco. Temió que fueran malas noticias del hospital y dudó si cogerlo o no. Tras un momento de incertidumbre, lo descolgó.

—¿Sí?

—Tita, soy Georg.

—¿Ha ocurrido algo? —preguntó asustada.

—No, no... No te llamo por eso, pero es evidente que la vida de mi padre se está acabando y que, en consecuencia, yo debo asumir el control.

—¿El control de qué?

—De todo...

—¿Todavía más?

—Sí.

Tita cerró los puños y tardó en contestarle...

—Nos vemos todos en la casa de París. ¡En tres horas!

El dinero volvía a mover las fichas del tablero familiar en esos momentos cruciales en los que el barón Thyssen seguía en coma luchando por su vida.

13

«¡Lucha!»

Tita vio que el día se abría paso mientras descansaba ligeramente reclinada en la silla del escritorio de la habitación. No había podido dormir después de recibir la llamada de Georg, pero se le habían cerrado los párpados de puro agotamiento. Se puso en pie y, aún somnolienta, descorrió las cortinas. La luz entró de golpe y tuvo que entornar los ojos otra vez. Cuando se acostumbró a la claridad, se miró en el espejo que había sobre la mesa y se dijo a sí misma en voz alta: «¡Lucha!».

Repitió varias veces la misma palabra como si fuera una letanía. En el fondo, no sabía si tendría el ánimo para soportar las miserias familiares de las que seguramente iba a ser testigo. Un café la hizo revivir y coger fuerzas. Poco a poco comenzó a vestirse; no dudó en que una blusa y chaqueta blancas serían su mejor opción. Se trataba de una pequeña rebeldía, una forma de llevar la contraria a los hijos del barón que creían que el final de su padre estaba cerca. Intentó disimular las ojeras. Sentía rencor y rabia hacia ellos por cómo se habían comportado con su marido antes de la operación.

Bajó en el ascensor y fue directa a la salida. El chófer la llevó hasta la casa de París, donde tendría lugar el encuentro familiar. Nada más entrar, el único que se acercó a besarla conteniendo las lágrimas fue Alexander; era el más cariñoso de todos. El resto de los hijos del barón se limitaron a saludarla con un movimiento de cabeza. Un miembro del personal de servicio le preguntó si quería tomar algo y pidió otro café. Pensó que la cafeína la mantendría alerta ante lo que le fueran a comunicar.

Los Thyssen dejaron a Tita presidir la mesa que utilizaba el barón para sus reuniones. Georg y Alexander se situaron a un lado, y Francesca y Lorne al otro.

Georg, el mayor, tenía cuarenta y cuatro años. Había venido al mundo en 1950, cuando el matrimonio del barón con Teresa de Lippe hacía agua. Tan solo cuatro años después del «sí quiero», cuando el primogénito nació, iniciaron los trámites del divorcio. Fue muy doloroso para el barón enterarse, tiempo después, de que aquel niño al que había ayudado a nacer llevando agua caliente y toallas a la comadrona no era suyo. Más doloroso aún había resultado descubrir que el verdadero padre era su cuñado. El pequeño era un calco de Ivy Batthyány, el marido de su hermana Margit. Fue un duro golpe para la familia. El niño, ajeno a todo, vivió con el barón sus primeros cuatro años, el tiempo que tardaron su madre y él en llegar a un acuerdo para el divorcio. Antes de abandonar el domicilio familiar, su madre quiso garantizar un puesto de privilegio para Georg respecto de los hijos que nacieran con posterioridad.

Fue una de las condiciones que impuso Teresa para acceder al divorcio. Con la separación física llegó el distanciamiento emocional, ya que Junior se fue de casa con su madre.

Después de eso, su unión con la famosa modelo británica Nina Dyer, la segunda mujer de Heini, duró solo tres años y no tuvieron descendencia.

El caso de Francesca y Lorne era distinto. La niña nació en 1958 —ocho años después que Georg—, fruto del matrimonio del barón con Fiona Campbell, su tercera esposa. A su única hija le pusieron de nombre Francesca por su abuela materna, pero la llamaban Chessie. Lorne nació en 1963, cinco años después, cuando las cosas ya iban mal en la pareja. «Los hijos nunca salvan matrimonios», se decía a sí misma Tita cuando pensaba en la vida amorosa de su esposo. El barón consideró que este nuevo hijo era fruto, en realidad, de un nuevo engaño en su vida matrimonial, aunque las pruebas de paternidad certificaran lo contrario. «Por dinero todo el mundo se corrompe, hasta los laboratorios más prestigiosos», comentaba a menudo. Las dudas del barón se convirtieron en evidencias cuando el propio Lorne le dijo, al alcanzar la mayoría de edad, que quería modificar su apellido por el de su auténtico padre. Los rumores sobre su identidad apuntaban al director de cine norteamericano Sheldon Reynolds. El barón se negó a hacerlo a cambio de dinero como deseaba su hijo. Tendría que pagarle dos veces: por los años de supuesta convivencia como hijo y por el cambio de apellido. Finalmente, optó por no hacer nada.

Alexander nació en 1974, once años después que Lorne. Su llegada al mundo tampoco solucionó los problemas que en ese momento el barón ya tenía con su cuarta esposa, Denise Shorto, «su cuarto error», como él decía.

Pues bien, allí estaba Tita con esos cuatro hijos con sus cuatro vidas alejadas de su padre, pero tan cercanas a su dinero y a su herencia. Mientras ella le daba un sorbo al café que le acababan de servir, Georg tomó la palabra.

—Parece que la vida de mi padre se está acabando y que, en consecuencia, yo debo asumir el control —repetía las mismas frases que le había dicho por teléfono—. Por lo tanto, si firmas estos documentos, todo quedará arreglado.

Ante el asombro de Tita, Junior le acercó un dosier bastante extenso.

—Pero ¿qué estás diciendo? —contestó posando la taza de café y retirando los papeles de su lado.

—Que lo de mi padre no tiene solución y tenemos que adelantar todo el papeleo...

—De ninguna manera. Vuestro padre está vivo y, mientras mantenga un hálito de vida, no voy a firmar ningún documento, y menos aún sin haberlo leído antes. ¿Os habéis vuelto locos?

—Somos realistas.

Tita se levantó.

—Para mí la reunión ha terminado. Me voy al hospital, donde, por cierto, deberíais estar vosotros. Qué curioso, no os he visto en ningún momento por allí.

Abandonó el apartamento familiar. Estaba a punto de llorar. Tras ella salieron Francesca y Lorne. Tita pensó que quizá querían pedirle disculpas y aminoró la marcha, pero no tardó en darse cuenta de que se acercaban a ella por otro asunto. La única hija del barón, ignorando lo que acababa de suceder, le pidió que cuidara a su hija de pocos meses esa noche porque su hermano y ella tenían que acudir a una fiesta.

—¿Me lo estás diciendo en serio? —contestó Tita visiblemente molesta—. Lo siento mucho, pero no. Debo estar cerca de vuestro padre, y un hospital no es lugar para una niña. Como bien me habéis aclarado, la situación es muy grave. Pensad por un momento en los nervios que estoy pasando; se trata de mi marido.

Francesca no esperaba un no por respuesta y se mostró enfadada. Se dio la vuelta sin más y se fue sin despedirse. Su hermano Lorne, sin embargo, la acompañó hasta la puerta de salida. Aprovechó para comentarle que su madre, Fiona Campbell, quería acudir a París para acompañarlos en esos momentos. Tita cerró los ojos y contestó educadamente.

—Dile a tu madre que le reservo una suite en el Plaza Athénée y le pongo un avión para que pueda venir cuanto antes.

—Gracias... —dijo escuetamente, y regresó con sus hermanos sin darle un beso.

Una vez que se encontró en el interior del coche que la iba a llevar hasta el hospital de la Pitié-Salpêtrière, no pudo reprimir su enfado. Se decía a sí misma que, si el barón lograba salir del hospital, le pondría al corriente de todos los movimientos hechos a sus espaldas. Sin embargo, los días fueron pasando sin que se produjera una sola mejoría en la salud de Heini, y la sensación que todos tenían, incluidos los médicos, era que ya no había nada que hacer, tan solo esperar el peor de los desenlaces.

A medida que avanzaba el tiempo parecía que la situación médica del paciente se complicaba más. Tita siguió en la habitación del hospital esperando noticias con la sola compañía de Antonio Salcedo, que no se separó de ella ni un solo momento. El amigo de la familia no dudó en abandonar durante unos días su nuevo cometido en el Museo Thyssen, como encargado de la restauración de los marcos, para estar junto a ella.

Al final, Fiona Campbell, pese a tener reservada una habitación y el vuelo dispuesto para ir a París, no apareció por allí. Según le explicó Lorne a Tita, su madre estaba «deprimida». Todos sabían que detrás de su estado de ánimo estaba la trágica muerte de Alexander Onassis, el primogénito del armador griego con el que había mantenido una escandalosa relación a pesar de que ella le sacaba dieciséis años. Fiona se venía abajo cada vez que alguien le insinuaba que el accidente de avioneta en el que había perdido la vida su joven amante había sido intencionado. Aristóteles Onassis llegó a ofrecer cinco mil millones de dólares a quien lograra probar que la muerte de su hijo no había sido un accidente. Sin embargo, el magnate falleció poco después sin haber logrado demostrarlo. Cada cierto tiempo, los fantasmas del pasado volvían a la mente de Fiona y la dejaban fuera de juego. En esa ocasión, el detonante había sido la muerte de Jackie Onassis el 19 de ese mismo mes de mayo, de modo que no acudió junto a sus dos hijos, y eso que todos, salvo Tita, coincidían en que la muerte de su padre era cuestión de días.

A falta de noticias y sin que observaran mejoría alguna en la salud del barón, su secretaria, madame Stirnimann, le habló a Tita de la Virgen de la Medalla Milagrosa. Era el último recurso al que podían acudir.

—Dicen que ha hecho muchos milagros, se han dado casos de personas desahuciadas que han sobrevivido gracias a la medalla.

Tita no se lo pensó dos veces y acudió junto a la secretaria a la capilla de la Virgen de la Medalla Milagrosa, en el número 140 de rue du Bac de París. Tita oró durante un largo rato arrodillada frente al altar en la capilla de la Casa Madre de las Hijas de la Caridad de San Vicente de Paúl. Fue la secretaria del barón la que le explicó que la Virgen se le había aparecido a santa Catalina Labouré. Según la leyenda, esa figura celestial le pidió que hiciera una medalla que rememorara ese encuentro con el fin de ayudar a todas las personas necesitadas. Desde entonces, nunca habían faltado medallas en la capilla.

Después de hacerse con una, Tita no se lo pensó dos veces y la pasó por delante de la imagen de la Virgen. Al llegar con ella al hospital, pidió permiso para entrar en la unidad de cuidados intensivos y colocar la medalla cerca del respirador que mantenía con vida a su esposo. Aprovechó también para hablarle al oído.

—Heini, tienes que regresar conmigo a casa. Es pronto para que te vayas...

Al día siguiente, contra todo pronóstico y evidencia científica, Heinrich Thyssen se despertó. Los médicos no se lo podían creer. Cuando se lo comunicaron a Tita, se emocionó y volvió a sonreír. Se sintió feliz al saber que sus rezos habían sido escuchados. Eufórica, llamó a todos los hijos del barón de inmediato. Fue tal su sorpresa que no supieron qué decirle, ninguno esperaba que su padre fuera a salir del coma. Solo Borja, al otro lado del teléfono, se alegró muchísimo. Antonio y Stirnimann se abrazaron con lágrimas en los ojos en cuanto supieron la noticia.

Esa noche fue la primera que Tita cenó y pudo dormir plácidamente en la cama, un merecido descanso después de tantas noches en vela preguntándose por el futuro incierto de su marido.

Al día siguiente madrugó para llegar pronto a la habitación del hospital y estar presente cuando trasladaran a Heini de la UCI a planta. Tras varias horas de espera, su marido apareció tumbado en una camilla. Tita le sonrió y se acercó a besarle.

—Todo ha pasado, mi amor. ¡Ya estás aquí!

Estaba muy delgado y, aunque no podía articular palabra, por la expresión de sus ojos supo que se alegraba mucho de verla.

—Me has dado un susto tremendo, pero ya estás aquí conmigo. —Tita le acariciaba la cara.

El barón la miraba sin acabar de creerse que hubiera superado una situación tan adversa como la que le habían contado las enfermeras nada más despertar del coma.

—Procura ponerte bueno cuanto antes; Borja nos está esperando en Más Mañanas. Te manda un beso enorme. ¡Ya ha pasado todo!

Tita no le habló de lo sucedido con el resto de sus hijos; no quería alterarle estando tan frágil. El barón parecía querer decirle algo y ella le acercó un bolígrafo y un papel. Con mucha dificultad, escribió en inglés: «I suffered». «He sufrido». Tita le abrazó.

—Tranquilo. No habrá más sufrimiento.

Con el transcurso de los días, Heini mejoraba lentamente: empezó a comer y a recuperar algo más de movilidad. Tita le llevaba todos los días la comida de un restaurante; no se fiaba de nadie y tampoco de lo que le pudieran dar de comer en el hospital. También le hablaba de su perrita, Juanita Banana, y, cuando lo hacía, el barón parecía mejorar. Cada avance era un triunfo y Tita lo celebraba con entusiasmo. Una mañana, al llegar al hospital, se encontró en la puerta de la habitación un cartel en el que se podía leer: «Prohibido el paso a toda persona ajena al equipo médico. Peligro de infección». Tita se quedó paralizada. Pensó que, si se había infectado de un virus, debían vivirlo juntos. No hizo caso a la prohibición y entró en la habitación. Para su sorpresa se encontró a Heini incluso mejor que el día anterior. Estaba recién afeitado y tenía buen aspecto.

—¿Estás bien, cariño? —le preguntó Tita.

—Me encuentro un poco mejor —consiguió decirle con un hilo de voz.

La baronesa no le alertó sobre el cartel y se fue rápidamente al punto de información a preguntar a las enfermeras de planta qué estaba ocurriendo.

—No lo sabemos exactamente —le respondieron—. Esta mañana ha venido un doctor de Psiquiatría y ha puesto ese cartel.

—Pero ¿qué tiene que ver un psiquiatra en la recuperación de mi marido? Lo suyo es un asunto vascular. ¿Y qué infección se supone que tiene?

—No sabemos. Tendrá que hablarlo con el doctor Kieffer.

Tita tuvo que esperar hasta que el cirujano pudo recibirla. Acababa de salir de una operación y en apenas unos minutos entraría en otra. Fue una conversación corta pero muy reveladora.

—Doctor, ¿podría decirme qué infección tiene mi marido?

—Que yo sepa, ninguna.

—Pero si hay una nota que impide el paso en la puerta... Indica que hay peligro de infección.

—Madame, me temo que eso no tiene nada que ver con mi cirugía. Pregunte al médico que se va a hacer cargo de su marido.

—Pero ¿de qué médico me habla? ¿Los hijos del barón tienen algo que ver en todo esto?

—Le aseguro que lo desconozco. Solo sé que el reputado doctor Dubois me ha dicho que la familia ha decidido que sea él quien se encargue de la rehabilitación de su esposo en un hospital para enfermos mentales.

—¿La familia? Yo no sé nada. ¿Ese doctor Dubois es el psiquiatra del que me han hablado las enfermeras?

—Sí... Y ahora, si me disculpa, tengo que volver a operar.

En unos segundos Tita tomó la determinación de poner fin a la estancia de su marido en la Pitié-Salpêtrière. Según lo pensó, se lo expuso al médico.

—Doctor, ¿mi marido podría hacer la recuperación fuera de aquí?

—Sí. Incluso le diría que lejos de un hospital los pacientes se recuperan con mayor rapidez.

—¿Le iría bien el mar? Tenemos una casa en España, en la Costa Brava.

—Eso sería estupendo.

—¿Usted me podría facilitar un informe en donde se explique que considera beneficioso para él su inmediato traslado a su casa de la costa, en España?

—Ahora mismo se lo dará mi secretaria.

Tita esperó diez minutos y salió de la consulta custodiando ese informe como si se tratara de una de las muchas joyas pictóricas que guardaba el Museo Thyssen-Bornemisza. Entró de nuevo en la habitación donde descansaba el barón, no sin antes arrancar el cartel que prohibía el acceso.

—¿Cómo has pasado la noche?

Hizo un gesto con la mano indicando que regular. Sacó fuerzas y le explicó con un hilo de voz la visita que había recibido.

—Ha venido un doctor y me ha hecho muchas preguntas. Por cierto, ¿qué día es hoy? No he sabido contestarle.

—Estamos ya a 22 de mayo. Querido, ¿no crees que estarías mejor en Más Mañanas?

—Me encantaría, pero ¿no será precipitado?

—¿Te fías de mí?

Le hizo un gesto afirmativo con la cabeza.

—Según parece, hay quien preferiría que te trasladaran a otro hospital, pero... de enfermos mentales.

—¿Qué estás diciendo, Tita? —Esa vez su voz sonó con más fuerza de la que hasta el momento había utilizado.

—Lo que oyes. Pero no te preocupes porque eso no va a ocurrir. Tenemos que actuar con mucha rapidez. No firmes nada si yo no estoy presente ni consientas que te trasladen a ningún sitio sin mí. Es muy importante que me hagas caso, Heini.

—Tranquila.

Llamó desde el teléfono de la habitación a su casa en París y le pidió a Stirnimann que acudiera al hospital sin perder un solo minuto. Media hora después, la espigada y eficaz mano derecha del barón tocaba con los nudillos a la puerta.

—¿Se puede? —apareció sonriendo—. ¡Tiene muy buena cara, Monsieur Thyssen! ¡Vaya susto!

El barón le devolvió una sonrisa, pero no tenía fuerzas para seguir la conversación, menos aún después de conocer la maniobra que pretendían llevar a cabo sus hijos.

Tita la invitó a que salieran juntas de la habitación con

la excusa de no marear a su marido con cosas domésticas y, una vez fuera, le pidió que actuara con rapidez.

—Necesito un avión privado medicalizado para mañana por la mañana.

—Pero...

—No hay peros que valgan. Los hijos quieren trasladar al barón a otro hospital, pero, por lo visto, se trata de uno para enfermos mentales.

—¿Enfermo mental? Pero si su cabeza siempre ha estado mejor que la nuestra. ¡Tenemos que impedirlo!

—Sí, y para lograrlo actuaremos con rapidez. Necesitaremos una ambulancia. En ningún caso des el nombre del barón, es importante que guardes el secreto. No hables con sus hijos. Silencio absoluto. Oír y callar.

—¿Se lo va a llevar de aquí?

—Sí.

—Parecerá un secuestro.

—Me da igual lo que parezca. Nos vamos cuanto antes de este siniestro lugar.

Estaban conversando cuando el doctor Dubois, el psiquiatra, se acercó a ellas.

—¿Qué hacen ustedes aquí? ¿Saben que no pueden pasar a la habitación?

—Soy la esposa del barón Thyssen. —Tita extendió la mano para saludarle—. ¿Es usted el famoso doctor Dubois? —Había captado rápido la personalidad narcisista del facultativo.

—Sí, el mismo. ¿Ha quitado usted el cartel de prohibido el paso?

—Sí, porque tiene que haber un error. Mi marido no tiene ninguna infección, se lo he preguntado al doctor Kieffer.

—Es cierto. No tiene infección, pero no quiero que reciba visitas. Deseo que esté tranquilo. Su marido dejará mañana este hospital. Ahora su recuperación dependerá de mí.

—¿Y de qué se supone que se debe recuperar y dónde? —preguntó Tita con educación.

—Del daño cerebral que ha sufrido durante el coma. Su rehabilitación será más rápida en otro hospital que está muy cerca de aquí.

—Pues me habían dicho que éste era el mejor...

—Éste era el mejor para su cirugía, pero ahora su marido se encuentra en otra fase.

—Ya entiendo... Le quiere llevar a un manicomio. Pero mi marido no está loco, tiene la cabeza perfectamente.

—No todos los que están en un psiquiátrico están locos. Tenemos que descartar los daños cerebrales.

—¿A qué hora le van a trasladar? —preguntó Tita con la mejor de sus sonrisas.

—A las diez de la mañana o quizá un poco antes.

—¿Podré estar yo con él en ese... hospital?

—No, allí no puede recibir visitas, forma parte del protocolo.

—A mi marido le gusta verme, no entiendo por qué motivo no me va a permitir estar junto a él. Su recuperación sería más rápida.

—Madame, déjenos actuar a los médicos.

—Han sido sus hijos los que han tomado esa determinación, ¿verdad? No debería moverse de aquí.

—Señora, mañana le trasladaremos...

—Está bien. Usted es el médico. —Tita ya había tomado la decisión de llevarse de allí a su marido.

Desde que el barón había salido del coma, nada parecía tener sentido. Era como si el mundo que giraba en torno a Hans Heinrich Thyssen-Bornemisza se hubiera vuelto loco.

Ni Stirnimann ni la baronesa dudaron de quién estaba detrás de este traslado; «quién sino Georg, el primogénito, educado solo para odiar a su padre», pensó Tita. Ambas entendieron lo que estaba ocurriendo. La secretaria no esperó más y se fue de allí con mucha prisa; había que poner en marcha toda la maquinaria necesaria para sacar de allí al barón Thyssen en un tiempo récord.

Tita entró de nuevo en la habitación y, desde el teléfono que había, localizó a Antonio Salcedo para que fuera al hospital. Pasó esa mañana tratando de reprimir su indignación y su rabia. Por fin Antonio abrió la puerta de la habitación. Después de abrazar emocionado al barón, Tita le pidió que se diera prisa en conseguir lo que le iba a pedir.

—Compra donde sea una silla de ruedas. Es imprescindible.

—¿Qué ocurre? ¿Por qué tanto misterio y tantas prisas?

Le sacó de la habitación y le habló con claridad.

—Se lo quieren llevar a un psiquiátrico. Ten por seguro que allí, encerrado, no aguantará mucho. Tampoco me dejarían estar con él, así que me lo llevo de aquí, será la única forma de que supere esto.

—¡Pero, Tita! Parecerá un secuestro.

—Todos me decís lo mismo. Sin embargo, con el consentimiento del médico que le ha operado, más que un secuestro es un adelanto del alta. Mi marido no va a ir a ese manicomio. Le vamos a sacar de aquí y nos lo llevamos a España. Más que un secuestro se trata de un rescate.

—Entiendo. ¡Cuenta conmigo!

—Cuando vayas al hotel procura no hablar con los hijos, pero, si te ven y te preguntan, ya sabes: me estás acompañando en estas horas tan difíciles.

—Mi discreción será absoluta. No hace falta que me lo pidas.

—Cueste lo que cueste, hazte con esa silla de ruedas. ¡Ah! Una cosa más y muy importante. Llama a los periodistas españoles de mi confianza. Diles que estén aquí, en el aeropuerto privado de Le Bourget mañana a primera hora sobre las ocho y media para que capten las imágenes de Heini recuperado en silla de ruedas. Cuando sus hijos lo vean publicado no podrán alegar que se ha ido en contra de su voluntad.

Antonio, después de volver a entrar en la habitación y despedirse del barón, por el que sentía un profundo afecto y respeto, se fue corriendo. Las enfermeras observaron que todos los que salían de la habitación lo hacían con prisas.

Tita no regresó al hotel hasta bien entrada la noche, tras dejar al barón durmiendo. Antes de irse, se había acercado a una enfermera y le había pedido que le dejaran descansar y que no permitieran que nadie le sacara de allí sin su consentimiento. La enfermera se quedó con su número de teléfono y la tranquilizó.

Stirnimann y su fiel amigo Antonio se reunieron con ella de madrugada en su suite del hotel. Tita no probó la cena fría que llevaba horas encima del escritorio. Solo tenía una idea en la cabeza: sacar a su marido del hospital.

—No podemos fallar. A las ocho la ambulancia tiene que estar lista. Es importante que distingamos la nuestra de la que se lo quiere llevar al otro hospital.

—En la nuestra iré yo —afirmó Stirnimann—. No habrá confusión.

—¿El avión está preparado?

—Sí, aunque han doblado el precio por la precipitación.

—Todo se traduce en dinero; está bien. A las siete de la mañana debemos estar listos. No haremos el *check out* del hotel hasta que nos encontremos en España, tampoco sacaremos las maletas: que todos piensen que seguimos aquí alojados.

Tita estaba tan nerviosa que no durmió en toda la noche. Cuando sonó el despertador ya estaba vestida y arreglada. Había llegado el momento...

14

Y llegó el día más difícil

Tita necesitó apenas unos segundos para tomar la decisión de *secuestrar* a su propio marido. Había que sacarle del hospital de la Pitié-Salpêtrière de París como fuera. Llevaba casada nueve años con el barón Thyssen y esa, sin duda, estaba siendo la situación más difícil a la que se había enfrentado. Pero no le quedaba otra salida; había que hacerlo cuanto antes.

Existían muchos intereses creados detrás de la decisión de sus hijos de trasladar a su padre al hospital para enfermos mentales. Georg, el mayor, deseaba hacerse con las riendas de todos los negocios familiares y con el control de la herencia. Tita sabía que, si su marido ingresaba en esa institución mental, no saldría de allí con vida. Aquel 23 de mayo de 1994 reunió la fuerza y la determinación necesarias para llevarse a Heini del hospital y de París.

Esa mañana, cuando subió al coche que la estaba esperando a las puertas del hotel, le pidió al conductor que pasara cerca de la catedral de Notre Dame de camino al hospital. La fuerza de esos muros góticos pareció trasladarle el valor necesario para llevar a cabo su plan: el rescate de su marido. Curiosamente, el chófer detuvo el coche en un lugar que le permitió a Tita contemplar la catedral desde la perspectiva de uno de los cuadros del pintor Loiseau pertenecientes a su colección.

—¡Qué belleza! —exclamó. Y volviéndose al conductor añadió—: Gracias por este regalo que me ha hecho. Ahora, ¡lléveme al hospital de la Salpêtrière lo más rápido que pueda!

—Sí, madame.

La conmovía tanto la contemplación de la catedral que no concebía irse de París sin despedirse de ella, aunque fuera de lejos. El día se abría paso y las vidrieras de Notre Dame jugaban con la luz que atravesaba los enormes y coloridos rosetones frontales. Cerró los ojos para atesorar esa imagen en su mente y permaneció así casi hasta llegar al hospital.

A las ocho en punto de la mañana, la baronesa Thyssen entraba por la puerta de la Pitié-Salpêtrière con la única intención de llevarse a su marido de allí. Si su plan fallaba, acabarían trasladando a Heini al hospital psiquiátrico del que no saldría jamás. Antonio Salcedo, el leal amigo de la familia, llegó diez minutos después que ella con la silla de ruedas, y también fue directo a la habitación.

Tenían poco tiempo para vestir al barón, sacarle del edificio, meterle en la ambulancia y dirigirse hasta el aeropuerto privado de Le Bourget. Todo eso había que hacerlo sin que las enfermeras o el doctor Dubois se dieran cuenta de que «los planes familiares» no se iban a cumplir.

Un solo fallo daría al traste con todo y Georg se saldría con la suya. «Se trata de un centro muy bueno que hay aquí en París», le había comentado a Tita cuando ella descubrió la maniobra que había elaborado con sus hermanos.

Antonio sentó en la silla de ruedas al barón perfectamente vestido y arreglado, y, a la hora convenida con Stirnimann, le sacó de allí. Aprovecharon el cambio de turno de las enfermeras y la confusión de horas sobre su traslado; eso les dio una ventaja a la hora de salir. Todo tenía que hacerse siguiendo al detalle el plan pautado. Mientras subían al barón en el ascensor con supuesta naturalidad, Tita se fue a hablar con las enfermeras para pedir que avisaran al doctor Dubois de que deseaba hablar con él. Su único objetivo en realidad era entretenerle mientras Heini lograba alcanzar la salida del edificio.

La ambulancia esperaba con el motor en marcha y la puerta trasera abierta. La secretaria estaba de pie paseando de un extremo a otro del vehículo, con una intranquilidad que no lograba disimular. Una vez que apareció el barón y pudieron introducirle sentado en la silla de ruedas, Stirnimann ordenó poner rumbo al aeropuerto. Por su parte, Antonio Salcedo aguardó en la puerta a Tita para emprender juntos el mismo camino. El avión tenía órdenes de no despegar sin la baronesa.

Tita, disimulando su ansiedad, esperó con paciencia a que el doctor Dubois la recibiera. Le preocupaba que llegara la otra ambulancia y descubrieran que su marido ya no estaba en el hospital. Por fin, la hizo pasar a su consulta.

—Doctor, ¿está decidido a dirigir la recuperación de mi marido fuera de aquí?

—Como ya le expliqué, después de tantos días en coma tenemos que evaluar el daño cerebral sufrido.

—Yo lo veo igual que antes de entrar en el quirófano. Tiene la memoria de siempre y unas ganas tremendas de salir del hospital, pero, si usted lo dice, y teniendo en cuenta su experiencia...

—Madame, créame; es lo mejor para él.

—Habría preferido que hubiera seguido aquí, pero insisto en que el médico reputado es usted. A mi marido tampoco le gusta la idea de que le trasladen a otro hospital.

—Su marido no está en condiciones de opinar.

—El doctor Kieffer, que le ha operado, asegura que sí.

—Madame, hoy llevaremos a cabo el trasladado. De ahora en adelante su marido estará en mis manos.

—Está bien. Solo quiero que sepa que no estamos de acuerdo con el traslado a ese hospital al que quiere llevarle. Un manicomio no es el lugar más propicio para la recuperación de mi esposo.

Tita se levantó y abandonó el despacho del doctor Dubois. Cuando traspasó la puerta esbozó una sonrisa; nadie se dio cuenta, pero ya no volvió a la habitación, sino que bajó en el ascensor hasta la salida. Apuró el paso para abandonar el hospital. Le palpitaba el corazón; todavía podían pedirle explicaciones si se percataban de la maniobra. Antonio Salcedo, muy nervioso por lo que pudiera estar pasando dentro del hospital, respiró al verla.

—Acaba de llegar una ambulancia. Los enfermeros están haciendo el papeleo en recepción; debe de ser la del doctor Dubois. ¡No podemos perder ni un segundo más!

Se metieron en el coche y no quisieron hacer ningún comentario delante del conductor, que estaba preparado para llevarlos al aeropuerto.

—¡A Le Bourget! —indicó Antonio instando al chófer a que saliera de allí cuanto antes.

—Está todo preparado, ¿verdad? —La voz de Tita intentaba disimular su intranquilidad.

—Stirnimann tiene todo organizado al milímetro, tranquila. El aeropuerto al que vamos cuenta con ocho terminales y tres pistas de despegue y aterrizaje. En cuanto el piloto pida pista, no tardaremos en alzar el vuelo.

Tita se dejó caer sobre el asiento. Solo tenía ganas de huir, correr, escapar... De pronto, recordó que la prensa la esperaba en el aeropuerto para retratar el momento de su salida de París. Sacó de su bolsillo una polvera y se retocó el maquillaje; le costaba disimular las ojeras. En ese momento comenzaba la segunda parte de todo ese *secuestro*. La prensa debía ver a Heini en plenas facultades despidiéndose de los fotógrafos.

—Debemos subir juntos al avión. ¿Habéis pensado en una plataforma elevadora para que Heini no tenga que bajarse de la silla?

—Todo está preparado, Tita.

Al llegar al aeropuerto, tal y como estaba previsto, tres periodistas esperaban su llegada. La baronesa salió del coche muy sonriente. Stirnimann estaba junto a ellos impaciente. Se acercó a hablar con la baronesa en tono de confidencia. Tita disimulaba sonriendo.

—El barón continúa en la ambulancia. Deberían entrar en el avión sin perder ni un segundo.

—Antonio, ve a por él. Dile que tiene que dedicarle a la prensa la mejor de sus sonrisas. Os estaré esperando al pie de la escalerilla.

La ambulancia entró en pista y los periodistas, que habían ido tras la baronesa, pudieron captar el momento en el que el barón salía de la ambulancia y los saludaba sonriente desde la silla de ruedas. Tita también mostraba su mejor sonrisa, aunque le parecía que el corazón se le iba a salir del pecho. Miró su reloj y pensó que a esa hora los hijos de Heini ya sabrían que el barón había desaparecido.

Cuando informaron al doctor Dubois de que el barón no solo no estaba en la habitación, sino que no aparecía por ningún sitio, éste imaginó que Tita se lo habría llevado de allí. Llamó a Georg y se lo comunicó.

—Su padre no está en el hospital, se lo han debido de llevar.

—Pero ¿qué me está diciendo? ¿Cómo ha podido salir de la habitación y del hospital sin que ustedes lo sepan? ¿Qué nivel de incompetencia es ese?

—Me temo que en todo esto ha debido de intervenir su esposa. Ha estado conmigo esta mañana. Le diré que no parecía muy convencida con su traslado al psiquiátrico.

—Tenga por seguro que ha sido ella. Tras la desaparición de mi padre está la mano de Tita. ¡No tengo la menor duda!

Después de colgarle al médico, llamó a la recepción del hotel para comprobar si se había ido de allí esa mañana. Al parecer, tanto ella como Antonio Salcedo y Stirnimann seguían alojados allí. Se preguntaba qué estaría pasando. Avisó a Francesca, a Lorne y a Alexander, y quedaron en verse en la cafetería del hotel. Habló con ellos sin reparos.

—¿Sabíais algo de la desaparición de nuestro padre?

—¿Cómo dices? —inquirió Francesca.

—Nuestro padre ha desaparecido del hospital. No le

han trasladado al psiquiátrico porque no le han encontrado.

—¡Pero eso no puede ser! ¡Sacarle de allí sin nuestro permiso es una ilegalidad!

—Tenemos que averiguar dónde se lo ha llevado Tita. ¿Tú sabías algo, Alexander?

Todos estaban al tanto de que era el que más relación tenía con la mujer de su padre y con su hijo Borja.

—No sabía nada, pero os diré que prefiero que esté en cualquier sitio antes que en un psiquiátrico. No me convencía la idea de que nuestro padre estuviera encerrado con un hatajo de locos.

—¡Qué sabrás tú! Claro que es el lugar más conveniente. ¿No veías necesario hacernos con las riendas de su patrimonio? Su mente no está bien. A saber qué ocurrirá con tu dinero y con el nuestro sin que nosotros lo controlemos. Esto que ha pasado es muy grave, hay que comunicárselo a nuestros abogados. Intentad averiguar dónde puede estar. Alexander, llama a Borja por si te dice dónde puñetas está su madre y adónde se ha llevado a nuestro padre.

Lejos de allí, la aeronave estaba preparada para despegar. Contaba con un equipo de vuelo que incluía, además de un comandante, copiloto y azafata, un médico y una enfermera con todo lo necesario en caso de que hubiera que atender una emergencia. También llevaba un desfibrilador compacto y un sistema de monitorización por si el barón empeoraba durante el vuelo.

Heinrich Thyssen, seguido de Tita, volvió a decir adiós con la mano a los periodistas allí presentes. La baronesa les dedicó unas palabras en las que quedó claro que salían rumbo a España por voluntad de su marido y por prescripción médica.

—Por decisión de Heini, que por fortuna está en plenas facultades, nos vamos a España, a mi casa en Sant Feliu. Allí, junto al mar, terminará de reponerse. Ha sido una recomendación del médico que le ha operado, el doctor Kieffer, de modo que hacemos lo que nos ha prescrito. Ahora solo queda que mi marido coja fuerzas. Muchas gracias.

Cuando Tita subió al avión y la azafata hubo cerrado la puerta del *jet*, la baronesa se apoyó en uno de los cabeceros de los asientos antes de sentarse. Solo ella sabía lo mucho que había costado llegar hasta allí.

La secretaria del barón no viajó con ellos, se quedó en París para liquidar las habitaciones del hotel y recoger las cosas que se habían quedado en los armarios.

El comandante del avión tomó la palabra: «Despegaremos en cinco minutos. Se prevé que el vuelo no tenga ninguna incidencia, ya que el tiempo es de veinte grados y el cielo está despejado». En ese momento, Tita respiró hondo. A los diez minutos el avión comenzaba a rodar por la pista hasta coger la velocidad adecuada... y despegar. Ya no había vuelta atrás. Todo parecía haber salido según lo previsto. El matrimonio se miró y se lo dijo todo sin pronunciar una palabra. Antonio Salcedo y el médico observaron cómo Tita hablaba emocionada a su marido.

—Lo hemos conseguido, Heini.

El barón cogió su mano. Los dos sabían a lo que se hubieran enfrentado de haberse quedado en París. Ahora llegar a España era la meta más ansiada. Tita cerró los ojos. Durante el viaje pudo descansar algo después de tanta tensión. Un par de horas después ya sobrevolaban suelo español.

Tita no descolgó el teléfono para hablar con Georg hasta que el avión hubo aterrizado en el aeropuerto de Girona. Para entonces, gracias a la prensa, Junior ya sabía que su padre había salido de París rumbo a España.

—Georg, tu padre se encuentra muy feliz de estar junto al mar. Habla con tus hermanos por si queréis venir a verle.

—¿Por qué has cuestionado el plan de la familia?

—Fue voluntad de tu padre. Allí estaba sufriendo. Venid a verle, insisto.

Tita sabía que si los mayores no habían ido nunca por allí no iban a empezar a hacerlo en ese momento.

—Muchas gracias —dijo Georg conteniendo su rabia—. Me alegro de que esté bien, pero se encontraría mejor en el hospital en el que iba a hacer la rehabilitación. Tita, literalmente parece que has secuestrado a mi padre.

—¿Qué estás diciendo? Será una broma. El doctor Kieffer nos indicó por escrito que se encontraría mejor junto al mar. Le hablé del viaje y le pareció muy bien. Me confesó que los enfermos se recuperan del todo en cuanto salen de allí. Le dio el alta y aquí estamos. Además, tu padre no quería ir a ese otro hospital.

—No está en condiciones de...

—Tu padre es perfectamente capaz de tomar sus propias decisiones, otra cosa es que queráis anular su voluntad. La maniobra no os ha salido bien.

—Los abogados dirán si tenemos algo que decir o no en todo esto.

—La ley está de mi lado y cuento con el consentimiento escrito del médico y de tu padre. No necesito nada más. Da un beso a tus hermanos.

Cuando Tita colgó, respiró hondo. Más Mañanas se convertía de nuevo en su refugio. Aquella casa tenía algo especial. Los mejores recuerdos de su vida se encerraban tras aquellos muros...

15

La casa de los recuerdos

Los Thyssen llegaron a mediodía a Más Mañanas, la casa de los recuerdos de Tita en la Costa Brava. Se encontraba en un acantilado desde el que se divisaba todo el esplendor del mar Mediterráneo. Para el barón Thyssen, después de haberse visto al borde de la muerte, estar allí era como llegar al paraíso. Aquella casa construida por el actor Lex Barker, el primer marido de Carmen, encerraba algo especial. Para Tita también era como regresar a un oasis después de la tensión vivida desde las primeras horas de un día en el que todo podía haber salido mal. Pero allí estaban ambos, como dos supervivientes después de haber escapado de una guerra.

La bahía de Sant Feliu se adivinaba en calma entre los cerros de Sant Elm y de Forques. Era lo único que estaba en paz, porque lo que acababa de suceder entre los descendientes del barón en París hacía apenas unas horas había supuesto un auténtico maremoto. Heinrich Thyssen ya descansaba en España después de una huida del hospital que parecía propia de un thriller.

Nada más bajarse del coche que le había trasladado del aeropuerto de aviones privados de Girona hasta Sant Feliu de Guíxols, el barón sintió el evocador aroma a pino que le envolvió durante unos segundos y le hizo olvidar la reciente pesadilla hospitalaria. Aquel olor que desprendían las piñas y la resina de los árboles, unido a la brisa suave del mar, le pareció una bocanada de vida. De inmediato sintió su efecto terapéutico.

—*My darling*, gracias por rescatarme y no dejar que me llevaran a un manicomio —le dijo a Tita con una sonrisa—. Creo que allí hubiera muerto a los pocos días de llegar. No lo hubiera soportado.

—No lo pienses, porque ni ha ocurrido ni yo lo habría permitido.

Nada más traspasar la puerta de la casa, Borja los recibió con la perrita yorkshire terrier del barón, Juanita Banana, en brazos. Ésta se puso tan nerviosa al verle que dio un salto hasta el suelo para ir al encuentro de su amo. No tardó en subirse a sus piernas mientras le llevaban en silla de ruedas hasta el salón de la casa. Todos los ventanales mostraban el mar como único paisaje, junto a la naturaleza exuberante del jardín que tanto le gustaba cuidar a Tita. Las plantas y las flores parecían más propias de Tahití que de esa finca mediterránea donde las buganvillas y los jazmines se entremezclaban junto a las palmeras y las orquídeas. En Más Mañanas la vida se abría paso allá donde uno mirase.

—Pero qué contenta estás —le susurraba el barón mientras acariciaba el pelo de Juanita—. Espero no volver a separarme de ti. Te he echado de menos.

Al ver la cara de felicidad del barón, Tita le hizo un comentario aparte y en voz baja a su fiel amigo Antonio Salcedo, espectador del reencuentro de Heini con su entorno:

—Llevo tiempo dándole vueltas al tema en mi cabeza. No quiero pensar lo que le sucedería a Heini si muriera Juanita. No estoy dispuesta a que sufra más; tengo que conseguir una perrita igual.

Borja se acercó también a abrazar a su padre. En su corta existencia había asimilado el gusto por lo exquisito. Tenía ojo para el arte a fuerza de haber escuchado muchas conversaciones y había cogido la costumbre de bromear tanto o más que él.

—¿No te alegras de verme, papá?

—¡Pues claro que sí! Mucho más de lo que te puedas imaginar —le respondía en inglés.

—Juanita estaba muy nerviosa, yo creo que intuía que volvías a casa.

—Esta perrita es demasiado lista.

Borja estaba contento de ver de nuevo al hombre junto al que había crecido y al que le unían sus primeros recuerdos infantiles. Borja había sido bautizado diez años antes en la catedral de San Patricio, en Nueva York, y el barón lo había adoptado incluso antes de casarse con su madre.

Tres años después, a los siete recién cumplidos, había sabido por su madre que su padre biológico era el publicista Manuel Segura. Sus apellidos, en cambio, le ligaban para toda la vida al barón Thyssen. Borja lo asimiló con una gran naturalidad, como ahora hacía con la situación que vivía el barón tras el coma; estaba convencido de que lo iba a superar.

—¿Cuándo dejarás la silla de ruedas?

—Por mí, mañana, pero no te preocupes porque lo voy a conseguir.

Para el barón ese hijo no biológico era el único Thyssen que estaba creciendo a su lado. Jamás había convivido con ninguno de sus descendientes tanto como con Borja. Tampoco había estado presente en la adolescencia de ninguno de sus cuatro hijos anteriores.

Heini se quedó callado de pronto. No pudo evitar mirar los cuadros que colgaban de la pared. Se quedó ensimismado contemplando la colección de Agostino Brunias que lucía en el salón.

—Borja, ¿te das cuenta de que son escenas de las Antillas británicas? A lo largo de su vida, este pintor representó en sus cuadros el Viejo Mundo, pero de pronto cambió y también dibujó el Nuevo Mundo. Para mí ningunas poseen tanta fuerza como éstas.

El barón, descansando la vista sobre aquellos cuadros, olvidó lo mal que lo había pasado en el hospital. Era como recibir un balón de oxígeno.

—¿En qué se sabe que una pintura es buena? —preguntó Borja con curiosidad.

—En que perdura y conserva la misma fuerza a pesar del paso del tiempo. Éstas se pintaron en el siglo XVIII, son escenas coloniales muy bellas. Fíjate en la gracia con la que Brunias retrata a los personajes, sus ropas, los paisajes... Mirar un cuadro te hace olvidar cualquier problema.

—¿Hasta esto que te ha pasado?

—Aunque parezca increíble, sí. También hay otras situaciones que me hacen pensar en cuadros. Mira, observo la naturaleza que rodea esta casa y me acuerdo de uno en concreto de la colección de mamá.

—¿Cuál?

—*El jardín del Edén* de Jan Brueghel el Viejo, el hijo

menor del famoso pintor Pieter Brueghel. En esa obra la muerte no tiene cabida. Retrata el jardín del Edén donde florece el árbol de la vida. Ese cuadro me recuerda a este lugar. ¿Te das cuenta de que los pintores, al igual que los poetas, conectan con la persona que en ese momento mira o lee su obra? Esa es la grandeza del arte...

Aquel 23 de mayo concluía mejor que como había empezado. Tita dejó por un momento a Heini conversando con su hijo y salió al jardín con Antonio. Acariciaba las plantas al pasar a su lado y respiraba hondo, como queriendo absorber el aroma de todas ellas.

—No puedes imaginar cómo me siento aquí después de todo lo que hemos pasado.

—De todas formas, esta casa siempre ha tenido algo especial para ti; es como si te sintieras protegida, amparada.

—¡Qué bien has llegado a conocerme en tan poco tiempo! Justo así me siento. Lex y yo comenzamos las obras de esta casa dos años después de casarnos. ¡Qué recuerdos! Fue todo tan de cuento... Conocerle en un avión, enamorarnos y casarnos.

—Todo en un tiempo récord...

—El tiempo para mí pasa muy rápido. La que se sabe bien esta parte de mi vida es Mercedes Lasarte. Nos conocemos desde que me fui a vivir a California con Lex. Acudimos a una exposición de su pintura y nos enamoramos de su arte. A los dos nos fascinó su obra, y Mercedes se convirtió en la hermana que nunca tuve. Bueno, miento, sí tuve una hermana. Se llamaba Gloria, pero murió al poco de nacer. Mi madre nunca llegó a superarlo del todo. Mercedes para mí es alguien muy especial.

—Te ha retratado muy bien. Bueno, y a tu familia, por supuesto.

—En mi caso, me ha captado el alma. Creo que siempre he sido muy fiel a mí misma, nunca he cambiado de forma de ser; tampoco he tratado de parecer lo que no soy. Releyendo mis diarios, que sabes que escribo desde pequeña, me doy cuenta de que he cambiado poco...

En ese momento se acercó Juan, que llevaba veinte años en el servicio de la casa, y les comunicó que el barón ya tenía hambre. Al parecer, preguntaba por ella con insistencia.

—Voy enseguida. ¿Le han preparado los erizos con los que soñaba desde que salió del coma? —preguntó Tita.

—Por supuesto. Lo teníamos previsto.

—Gracias, Juan. Enseguida vamos.

Tita rememoraba en aquel jardín su pasado con Lex, siempre muy presente en su vida. No lo podía evitar, era como si sus vivencias junto al actor estadounidense salieran a su encuentro.

—La vida es así, Antonio. Todo ocurre por algún motivo. Mi madre y yo viajábamos en un vuelo que nos llevaba de Roma a Ginebra. Nuestra intención era pasar la Navidad junto a mi hermano Guillermo, que se encontraba en Gstaad, en Suiza. Ya sabes que siempre llevo encima mi pequeño mundo de libros, mi diario y mis cuadernos. Yo iba leyendo y, de repente, fue mi madre quien me alertó de que en el avión viajaba mi actor preferido.

Tita le confesó a Antonio que al enterarse de que era el mismísimo Lex Barker, su idolatrado Tarzán de las películas, se puso muy nerviosa.

—De modo que, si no llega a ser por tu madre, ni te enteras de que compartíais avión.

—Para nada. Yo iba leyendo y fue ella la que me animó a pedirle un autógrafo después de haberle visto pasar dos veces por la fila donde estaba yo sentada, pero, con lo tímida que soy, no me atrevía. Entonces mami me dijo que se lo pidiera para una amiga. Al final, me acerqué hasta su asiento, se me olvidó todo lo que había pensado decirle y le dije que era para mi hermana pequeña. Fue lo primero que me vino a la cabeza. Total, pensé que no volvería a verle y que jamás se enteraría de que no tenía hermana.

—¿Fue amable contigo?

—Mucho. Las azafatas me miraban con cara de pocos amigos, pero allí estaba yo, pidiéndole un autógrafo para mi hermana inexistente. Lo mejor fue que me lo firmó con la condición de que me sentara a su lado. Después de charlar un rato, me preguntó mi dirección. También quiso saber dónde me iba a alojar en Suiza. Allí, en las alturas, a miles de kilómetros de la tierra, me contó que se había quedado viudo y que iba a pasar la Navidad con su hijo pequeño, de dos años, en Klosters, donde el niño residía con su abuela y sus tíos. El avión hacía escala en Ginebra y mi madre y yo nos teníamos que bajar. Me despedí de él muy impactada por haber estado hablando con mi ídolo. Al sentarme de nuevo junto a mi madre, escribí en mi diario: «Aquí, en las nubes y entre las nubes, acabo de conocer a mi marido».

—Pero, Tita, ¡lo tenías clarísimo!

—Era más bien la reflexión de una niña que acababa de conocer a la persona con la que más había soñado. Lex continuaba hacia Zúrich y, aunque hubiera escrito eso en mi diario, sabía que era muy probable que no volviera a saber de él.

Mientras bajaba del avión noté de repente a alguien de una estatura descomunal a mi lado, un metro noventa y tres centímetros, para ser más exactos. Pues bien, de pronto le vi cogiéndome el bolso de mano. «¿Tienes pensado leerte todos los libros que llevas aquí?», me preguntó. Al final, nos acompañó a mi madre y a mí hasta la terminal. Me puse tan nerviosa que no paré de hablar y le deseé una feliz Navidad y un feliz Año Nuevo sin pensar en que eran sus primeras Navidades después de haberse quedado viudo...

—Pero ¿volvió a ponerse en contacto contigo?

—¡Pues claro! Me llamó al hotel el día de Navidad y la noche de Fin de Año. Le dije que regresaba a Barcelona y me preguntó si me podría ver allí; tenía que ir a España a rodar una película. Como te puedes imaginar, le dije que sí. ¡El mismísimo Lex Barker quería volver a verme!

Tita seguía hablando en el jardín con Antonio sobre cómo había conocido a Lex cuando salió Borja a buscarlos. Ella interrumpió la conversación y dejó sus recuerdos para otro momento; el barón los reclamaba para comer.

La pesadilla del hospital francés había terminado, pero ahora comenzaba lo más difícil: la recuperación de Hans Heinrich Thyssen-Bornemisza en Más Mañanas.

16

Una historia familiar

Volver a caminar fue el objetivo que se marcó el barón en sus ejercicios diarios. De hecho, Tita contrató a una serie de profesionales para que contribuyeran a su total recuperación. Más Mañanas se convirtió en una especie de clínica de la que entraban y salían fisioterapeutas, logopedas, médicos y enfermeras. El barón cada día avanzaba más y soñaba con poder bajar a la playa, aunque de momento se conformaba con ver a la gente bañándose en la orilla.

Heini recuperó su costumbre de hacer cuatro solitarios. En las cartas intentaba encontrar respuestas de cómo se presentaba la jornada. Por su parte, Tita seguía haciendo uno antes de salir de la habitación y se fiaba tanto como Heini de la información que le proporcionaban los naipes.

El barón no perdonaba el ritual diario. Las cartas no fallaban. Además, le decían que superaría esa situación adversa, aunque le advertían que el camino sería largo. Eso no le asustaba, todo lo contrario: le incitaba a esforzarse más para acortar los tiempos. Se lo comentaba a Tita en la intimidad del dormitorio mientras concluía su solitario en una mesita supletoria que apoyaba en la cama. También recordaba el episodio de la adivina que había hablado con su madre cuando él era pequeño y lo había acertado todo.

—Estas cosas me impresionan mucho. ¿Cómo es posible que siendo un adolescente le vaticinara que en los últimos años de mi vida no podría controlar mis empresas ni tendría nada por lo que había luchado? Y mira, ahí tienes a Georg y a mis hijos, que me lo han quitado todo. Se ha cumplido su predicción.

—No, Heini. Lo han intentado, pero no han podido; es distinto. La adivina se equivocó. Traer la colección a España se ha convertido en uno de tus éxitos.

—No, tú has sido mi salvación. De no ser por ti, hoy estaría en un manicomio y sin un duro.

—Pero eso no ha sucedido. Elimina de tu mente lo negativo.

—Lo que más me gusta de ti es lo perseverante que eres.

Tita se acercó hasta la cama y le besó. El barón estaba todavía muy afectado por lo que había vivido en París. Pondría todo de su parte para recuperarse lo más rápidamente posible, aunque solo fuera para llevar la contraria al afamado doctor Dubois.

El barón le hizo prometer a su mujer que, cuando comenzara a caminar, regresarían al Palacio de Villahermosa y los dos solos repetirían por sus salas el mismo recorrido que habían hecho antes de la inauguración del museo en Madrid. Para él había sido un sueño hecho realidad ver sus cuadros mientras paseaba de la mano de Tita.

Cada uno de ellos tenía una historia detrás. Ninguno había sido fácil de adquirir y la lista de los pintores que formaban su colección era interminable: Rubens, Rembrandt, Fragonard, Goya, Degas, Renoir... ¡Demasiadas palpitaciones para su maltrecho corazón durante las subastas! Cada uno de sus autores preferidos —Van Gogh, Monet, Gauguin, Picasso, Kandinsky, Juan Gris, Dalí, Miró...— tenía un hueco en su memoria y en su museo. Nada le hacía más feliz que poder contemplarlos y que la gente también pudiera admirarlos.

—Tita, sé la ilusión que te hace tener tu propia colección, llevas muchos años visitando galerías conmigo y asistiendo a subastas en busca de ese canon que te has fijado mentalmente. Te animo a que ya la presentes en el museo.

—¿De verdad? Nada me haría más feliz.

—Tus obras tienen una calidad incuestionable y recogen una amplia horquilla temporal: del siglo XIV hasta principios del XX.

—Me gusta mucho que hables de ella con respeto.

—Tu colección refleja tu gusto personal y veo que predominan los paisajes, como ocurre en la mía.

Heini hablaba mientras continuaba con sus solitarios.

Las cartas no tenían respuesta para todo. Desconocían qué estarían urdiendo sus hijos después de ese cambio brusco en sus planes. No habían conseguido internarle en un manicomio, pero estaba claro que no se iban a quedar de brazos cruzados.

Georg regresó a su residencia en Mónaco, lugar desde el que seguiría intentando acabar con la influencia de Tita sobre su padre. Su estrategia para despojarle de su capacidad jurídica, y así hacerse con toda la responsabilidad del Grupo Thyssen no había funcionado, pero seguiría en su empeño. Llegó a decir de su padre que era incapaz de tomar decisiones por sí mismo y que Tita era quien lo manejaba. Fue lo último que les dijo a sus hermanos antes de despedirse de ellos.

Georg se reunió con sus abogados a las pocas horas de llegar a su residencia.

—Estudiad la manera de quitarle a Tita el control sobre mi padre. Tiene que haber alguna forma de hacerlo.

—Solo se nos ocurre —dijo uno de ellos— investigar todos sus movimientos. En cuanto cometa el más mínimo error, iremos a por ella.

—Se ha parapetado en Más Mañanas. Será tan difícil como acceder a un búnker.

—Está bien, ¡Lo intentaremos!

Mientras tanto, en Más Mañanas solo había dos objetivos: la recuperación del barón y no ceder ante las presiones de los hijos y el enrevesado entramado jurídico, que cada día se iba complicando más.

Para distraer a su marido de estos pensamientos que tanto le perturbaban, Tita le comentó que estaba a punto de descubrirle sus secretos a través de la lectura de los diarios que había ido escribiendo con todo detalle desde que era una niña.

—Nada me puede parecer más interesante —dijo el barón—. Seguro que obrará el milagro de hacerme olvidar lo mal que lo he hecho como padre. Conocer tu vida al detalle será para mí como una terapia.

—Están en esta casa. Los voy a buscar y empezaremos hoy mismo. Solo para ti. Me muero de vergüenza al pensar que alguien pueda oír mis reflexiones tanto de niña como de adulta...

—Para mí será como una aventura, *my darling*.

Tita le dedicó un gesto cariñoso a su marido y desapareció de la habitación con una amplia sonrisa. Le ilusionaba repasar su vida junto a Heini; era como hacer un estriptis de sus sentimientos pasados y presentes. Iba a descubrirle a su marido lo que pasaba por su cabeza desde que era una niña hasta aquel momento. Había plasmado sus sentimientos al detalle en varios diarios y había ido guardando todos esos cuadernos como el rastro de un camino que no quería olvidar. Al cabo de diez minutos, apareció con una maleta en la que guardaba celosamente sus primeros recuerdos con un candado.

—Te contaré cómo fueron mis primeros años, luego ya veremos si me atrevo a contarte mis siguientes experiencias. Me lo pensaré...

—No me curaré hasta descubrir tu pasado.

—Será una forma de repasar mis vivencias. Creo que me resultará beneficioso saber si mi vida ha merecido la pena.

—Aunque solo sea por el final de tus diarios, donde espero aparecer yo, seguro que sí.

—Pues allá vamos. Mi primer diario está lleno de dibujos y frases sueltas de una niña muy soñadora... Con la ayuda de las fotos te iré contando cómo fueron esos primeros años.

Tita llevó al barón a la terraza del dormitorio principal. La perrita se le subió a las piernas y se hizo hueco. Parecía que Juanita tampoco quería perderse el relato.

Carmen carraspeó y empezó a hablar mirando al mar en esa casa donde se encerraban sus vivencias más felices...

—Si cierro los ojos, recuerdo este sol, este mar, este olor y a ella, a mami. María del Carmen Rosario Soledad Fernández de la Guerra. Siempre estaba alegre, sonriente, feliz. Casi puedo escuchar su voz. Iba para soprano porque cantaba muy bien, pero mi abuela Sabina no la dejó. Era otra época, otras circunstancias. Ser artista era un sueño irrealizable. Muy guapa, como bien pudiste apreciar, aunque cuando la conociste ya tenía una edad. Siempre guardó con celo una gran pena: se enamoró con quince años de un muchacho un año mayor que ella. La vida los separó cuando a él le mandaron a la guerra. Pertenecía a lo que llamaron la Quinta del Biberón. Era apenas un niño al que dieron un fusil y un uniforme militar. Al parecer, hacían una pareja muy bonita. Rápidamente le enviaron al frente y Juan, que así se llamaba, no tardó en morir... Una bala certera acabó con su vida. Cuando mi madre supo la noticia, se hundió. Fue uno de los grandes golpes de su vida. Siguió visitando a los padres del muchacho durante muchos años.

—Nunca me habló de eso —comentó el barón.

—No le gustaba hablar de ello porque la sumía en una profunda tristeza aun de adulta. Mi madre sufrió mucho en esos años. Hasta que no terminó la Guerra Civil, no se trasladó con su madre a Barcelona. Mi abuela Sabina buscó otro escenario para que su hija se olvidara de aquel chico que la había marcado para siempre. También hizo aquel cambio por ella misma, para poder olvidar a mi abuelo, que la había abandonado. Mi madre se convirtió en pocos años en una mujer bellísima. Llamaba la atención por la calle y eso desesperaba a la abuela. Intentaba advertirle de los peligros de los hombres y le decía que solo se fiara de los que fueran con buenas intenciones. Ella había sufrido mucho cuando su marido, Marcelino Fernández de la Guerra, se fue de viaje a Argentina y no regresó. La abuela le enseñó a desconfiar del género masculino. Tengo que decirte que mi madre despertaba pasiones; tanto era así que, cuando mi padre la vio por la calle, se quedó sin palabras y quiso conocerla.

—¿Cómo fue? —preguntó curioso el barón mientras daba un sorbo al té que acababan de llevarle.

—Mi padre estaba repostando en una gasolinera cuando la vio pasar. La siguió con el coche hasta averiguar dónde vivía. Después, comenzó a hacerse el encontradizo para hablar con ella, hasta que un día esperó a que saliera mi abuela de casa y le pidió permiso para salir con mi madre. La abuela Sabina le dijo que no, pero él siguió insistiendo hasta que la convenció asegurando que su intención era casarse con su hija. Entonces, mi abuela accedió.

—¿Y qué la hizo cambiar de opinión?

—Le prometió que su hija no tendría que trabajar y que daría clases de canto y de piano, ya que esa era su verdadera vocación. Él cumplió su promesa y mi madre llevó una vida muy bonita durante los pocos años que duró el matrimonio. No había divorcio a finales de los años cuarenta, así que simplemente dejaron de convivir. La suya fue una separación amistosa, y eso que mi madre se enfadó mucho con él cuando descubrió una infidelidad que jamás le perdonó.

—Las mujeres dais demasiada importancia a la fidelidad. Seguramente aquel desliz de tu padre no significó nada para él.

—Yo antes pensaba como mi madre, pero he de reconocer que hoy lo veo con otros ojos. No tiene sentido echar por la borda una vida que merece la pena. Hoy, como bien sabes, le doy menos importancia.

—La vida está llena de aciertos y de errores. Los seres humanos somos imperfectos.

Aquel relato previo a la lectura de los diarios les hizo pasar un buen rato; tanto que la sesión de fisioterapia tuvo que esperar.

—No me hagas hablar... todavía recuerdo a esa señora a la que le tuve que parar los pies diciéndole que no volviera a llamar al teléfono.

El barón se rio con picardía. Su mujer le había pillado en un desliz, pero le había sabido perdonar. Tita no quiso seguir hablando de ese tema y continuó la historia sobre su abuela materna, Sabina.

—Era muy divertida a pesar de las desgracias que le había tocado vivir. Un hijo se le ahogó por un descuido de la persona que le cuidaba. Ella rezaba a todas horas por su hijo muerto y por su marido ausente. Se enteraron de que allí, en Argentina, había formado otra familia; eso sí, siempre mandaba su dinero mensual a España para mantener a su mujer y a su hija desde la distancia. Gracias a eso nunca desapareció el contacto del todo. Mi madre, como su hija, siempre se carteó con él a pesar de no tener ningún recuerdo a su lado. Un día la escribió diciendo que quería regresar. Mi madre le dijo a la abuela: «Tu marido quiere volver», y la abuela le contestó: «Pues que venga y que me saque al teatro». Y eso fue lo que hizo. Llegaron a vivir varios años juntos después de que éste regresara a España.

—¡Parece de novela!

—Pues el hermano de mi abuelo, Agustín Fernández de la Guerra, tiene una vida todavía más increíble. Mi tío era cura párroco de una iglesia de Guadalajara y trajo a España a la Virgen de Fátima. Pero después de ese gran éxito, se descubrió que tenía una familia compuesta por mujer y dos hijos. Aquello fue un escándalo y le quitaron de párroco. Se fue a predicar a Sudamérica sin renunciar a los hábitos. Iba y venía de las misiones para ver a su familia, pero un día ya no regresó. Todos pensamos que le habrían matado en alguno de aquellos lugares donde predicaba. Le recuerdo con cariño, la verdad. Me regaló un libro que por dentro estaba lleno de bombones. ¡Qué ilusión me hizo!

Tita miró la hora; se había hecho tarde. Guardó sus diarios con toda delicadeza. La maleta se quedó en un lateral de la habitación, cerrada con candado; le quedaba mucha lectura por delante y varios episodios de su vida que deseaba descubrirle a su marido. Una buena terapia para los dos.

17

Una niña romántica

Una cosa estaba clara: cuando Heini Thyssen se proponía algo, lo cumplía. Esta vez se había fijado como meta ponerse de pie y caminar. «En la vida no basta con tener confianza en uno mismo y luchar. Estoy convencido de que, sin una buena dosis de suerte, no se consigue nada», le dijo a su mujer mientras desayunaba en el comienzo de un nuevo día.

Tita le escuchaba con atención. La suerte también había sido un factor con el que ella había contado siempre, hasta tal punto que, de no haber sido sí, su vida habría corrido peligro en más de una ocasión. Estaba convencida. Lo que Heini llamaba «suerte», para ella consistía en algo más espiritual: su ángel de la guarda. «¡De cuántas me ha librado!», pensó mientras su marido hablaba.

—Sabes que tengo presentimientos; he llegado incluso a pensar que estoy dotado para las artes adivinatorias.

—Hay personas que tienen un sexto sentido y tú eres una de ellas. Pero te diré que yo también creo que suceden en nuestra vida cosas extraordinarias que catalogaría de milagros. Ocurren a menudo a nuestro alrededor, aunque no les damos gran trascendencia.

—Yo también creo en los milagros. Hay ciertos fenómenos que no tienen una explicación lógica. Pero, sobre todo, creo en el trabajo.

—El tren de la suerte puede pasar a tu lado y no saberlo apreciar, dejándolo marchar. Está claro que la fortuna por sí sola se queda vacía.

—Tengo claro que fue una suerte conocerte... Quiero saber más de ti. No me olvido de que tienes un compromiso conmigo.

—Pensé que te habías olvidado.

—En absoluto.

Tita volvió a coger la maleta, quitó el candado y sacó el primero de sus diarios. Mientras Heini desayunaba y antes de la llegada del fisioterapeuta, comenzó a narrar su vida.

—Por lo que veo en estas frases inconexas escritas de niña, pienso que mi abuela Sabina influyó más en mí, en aquellos primeros años de mi vida, que mi propia madre. Ten en cuenta que mis padres se separaron cuando yo tenía cinco años, y mi madre comenzó a viajar a Francia para traerse modelos de ropa que le compraban en almacenes y tiendas. Hablaba francés a la perfección, como pudiste comprobar, y le encantaba traer la moda de París a España. Mi abuela se quedaba con mi hermano y conmigo, y nos dejó mucha huella.

—¿No sufriste con la separación de tus padres?

—Lo cierto es que no. Me adapté rápido porque jamás hubo peleas; al menos, mi hermano Guillermo y yo nunca fuimos testigos de ninguna. Sí es verdad que, al principio, cuando mi madre viajaba, nos quedábamos con la abuela o nos íbamos con mi padre sin que para nosotros supusiera ningún problema.

—Pero ¿qué pone en tu diario? —insistía el barón.

—Mira, aquí leo: «Me gusta Mario. Hoy me ha dado su merienda». Son frases sueltas. Era muy niña. Como ves, ya despuntaba mi carácter romántico. Mi primer recuerdo está ligado a un niño que me gustaba del Colegio Munné, en Barcelona, y que no dudó en darme su bocadillo. Era un colegio francés que estaba en el paseo de la Bonanova, pero enseguida me cambiaron. Me llevaron al Liceo Francés y allí me volví a enamorar, pero estaba muy confundida porque me gustaban dos chicos a la vez.

Tita se echó a reír al recordarlo. Aquella circunstancia también le hizo mucha gracia al barón.

—Por un lado estaba Javier, que se fijó en mí y coqueteaba conmigo; pero a mí me gustaba más otro chico, Pablo Hara; era vecino mío. Tenía los ojos azules y yo, que era muy soñadora, me imaginaba que venía a salvarme de unos piratas que me habían capturado. Cuando me iba a dormir lo hacía feliz porque soñaba estas cosas... A su vez, otro chico me dio un beso sin permiso y sentí mucha vergüenza... Estábamos corriendo en el recreo y de pronto se paró. Hizo como que se abrochaba los zapatos y al incorporarse esperó a que llegara a su lado y me dio un beso. Todavía me acuerdo... ¡Yo siempre estaba pensando en chicos!

Tita rebuscó en el diario y encontró la primera regañina que le había echado su madre. Le había regalado su primer reloj; fueron a los caballitos, ella se subió en marcha a la atracción y el reloj se cayó y se rompió.

—Estaba convencida de que mi mami me iba a dar un

tortazo, pero al final solo me reprendió muy seria: «Nunca más vuelvas a ir sola ni te subas a algo que entrañe algún peligro». Me había escapado de la señora que me cuidaba. Esas cosas a mi madre la ponían mala. En casa todos teníamos muy presente la tragedia de su hermano Antonio, que había muerto por un descuido de la persona encargada de él... El niño se ahogó en el estanque de una fuente. Mi abuela Sabina se enteró de la muerte de su hijo por las vecinas, ya que la chica huyó con su novio. Nunca supimos más de ella.

Poco a poco, Tita fue adentrándose en el relato de su vida. Fue como si las manecillas del reloj se hubieran detenido y tanto su marido como ella se hubieran trasladado a las calles de la Barcelona de comienzos de los años cincuenta...

Hombres con traje y sombrero; mujeres con faldas hasta la rodilla y tocados con aire parisino; niñeras uniformadas tirando de cochecitos de ruedas enormes con niños vestidos con faldones almidonados; obreros en alpargatas moviéndose a pie llevando encima sus tarteras para sobrellevar catorce horas de trabajo diarias en las fábricas; limpiabotas y vendedores de periódicos a las puertas del Gran Metropolitano de Barcelona o del metro Transversal, por el que se movían cientos de personas que participaban de la industrialización de la ciudad. Los tranvías eléctricos convivían con los primeros autobuses de gasógeno. Muchos coches, como el Lincoln Continental de Enrique Cervera, el padre de Tita, circulaban por las calles del centro de la ciudad al lado de los Mercedes Benz 300S, los Rapid-Kleinwagen suizos o los Renault 4 cilindros, aunque la mayoría de las personas utilizaban el transporte público. A la familia Cervera le gustaban mucho los coches. Incluso, a veces, participaban en carreras. Ellos y los Manich, sus primos, eran dueños del negocio de la sal. Su empresa se llamaba Sal Costa. La abuela paterna, Pilar, no tuvo problema en sacar a sus hijos adelante aunque se había quedado viuda.

Las revueltas obreras fueron en aumento a partir del mes de marzo de ese año 51, y no era extraño encontrarse por la calle con grupos de trabajadores que gritaban consignas anticapitalistas. Se había organizado un boicot a la Compañía de Tranvías. La subida del precio de los billetes de 50 a 70 céntimos provocó la gran huelga general. A pesar de que este tipo de manifestaciones estaban prohibidas por el régimen de Franco, tuvieron lugar duros enfrentamientos con la policía, que terminaron con muchos heridos y veinticuatro cabecillas de los manifestantes detenidos y fusilados.

Enrique Cervera, recién separado de su mujer, pero con la que seguía casado a todos los efectos, tomó la determinación de que sus hijos se fueran a estudiar a un internado, lejos de tanta agitación callejera. Aunque habían sido destituidos tanto el gobernador civil como el alcalde de Barcelona, y a pesar de que al final se había anulado la subida de precios de los tranvías, Carmen y su marido estuvieron de acuerdo en que sus hijos no vivieran aquella situación. No confiaban en que la tranquilidad fuera a volver a las calles de Barcelona.

Por lo tanto, Tita y Guillermo tuvieron que separarse. Su padre se responsabilizaría del niño, que era tres años mayor que su hermana, y Tita se quedaría bajo la tutela de su madre.

En el mes de septiembre y después de un largo verano en Teià, un pueblo cerca de El Masnou donde compartieron amigos con los que vivieron mil aventuras en bicicleta y nadaron en la playa, los hermanos tuvieron que despedirse. Guillermo se había vuelto muy protector tras la separación de sus padres y no le permitía a Tita hacer todo lo que quería. Asumió los roles de padre y de madre con su hermana. Pero ahora ambos tenían que dejar su casa para recibir una educación más estricta y estar a salvo. A Guillermo le enviaron a un internado en Valladolid, de donde era el abuelo materno, y a Tita a uno en El Escorial, el colegio de los Sagrados Corazones, por recomendación de su tío abuelo Agustín, el cura. Así emprendieron rumbos distintos.

—Tita, ¿me escribirás?

—Yo seguro que sí; tú serás el que me olvidará rápido.

—Te escribiré todas las semanas. Piensa que nos veremos de nuevo en las vacaciones. Lo pasaremos bien. Ya lo verás.

—Papá ahora se hará cargo de ti y mamá de mí. Vamos a estar más tiempo separados que juntos...

—Pero nos volveremos a ver por Navidad; también en verano en Los Arcos, en el pueblo de la abuela Sabina.

—¿Papá te dejará ir a Navarra conmigo?

—Sí, porque luego tú vendrás con él y la abuela Pilar a la Costa Brava.

Ambos hermanos, de once y ocho años, se dieron un último abrazo. Era la primera vez que dejaban aquel piso céntrico en el que habían pasado sus primeros años de vida. Estaba en el corazón de Barcelona, por cuyas calles habían correteado y de cuyos parques tanto habían disfrutado.

—Tita, prométeme que no te saltarás las normas —le rogó Guillermo.

—¿Por qué lo dices?

—Porque tú crees que nunca pasa nada y sí que pasa. Todavía tengo pesadillas con aquel día en el que saliste volando del coche de papá. Te dijeron que no tocaras la puerta ni quitaras el seguro, y justo eso fue lo que hiciste. ¿Es que ya no te acuerdas?

—¿Eres tonto? ¡Cómo lo voy a olvidar! Si me estrellé en la pista de aquel circuito asfaltado y me hice una herida en la pierna que me dolía mucho. Pero ¿sabes? Me asustó más que papá no frenase y siguierais sin mí un buen trecho.

—Hasta que papá y mamá me creyeron cuando les intentaba decir que habías abierto la puerta y habías salido volando del coche... Te podías haber matado. ¿Me oyes? Si te dicen que no puedes hacer una cosa, no la hagas. Mira tu nariz, todavía tiene rastro de la caída en bici de este verano.

—Sabes que, si esa señora no me hubiera gritado «¡Te vas a matar!», no me habría estampado contra un árbol. No fue culpa mía.

—¡Qué graciosa eres! Y si no hubieras ido tan rápido, la señora no te habría dicho nada; y si no hubieras vuelto la cabeza, no te habrías caído. De todas formas, con las monjas a las que vas no podrás ni moverte; me han dicho que son muy malas con las niñas traviesas.

—Me dan miedo...

—No tengas miedo, pero no hagas nada que las enfurezca. ¿Me harás caso?

—Sí.

—Prométemelo.

—Te lo prometo. Pero ¿qué hago con las niñas? Me gusta jugar a tus juegos.

—Tendrás que aprender juegos de niñas, tocar el piano, estudiar... Mamá hace bien en llevarte a un internado. Te pasas los días conmigo jugando a cosas de chicos.

En ese momento llegó Carmen, la madre, e interrumpió la conversación.

—Es la hora, Guillermo —le dijo a su hijo.

En la puerta de la casa le esperaba su padre para llevarle en coche hasta Valladolid. Él se tragó las lágrimas. Desde pequeño le habían enseñado que los niños no debían llorar. Miró a su madre, a su abuela Sabina y a su hermana por última vez y bajó corriendo las escaleras sin mirar atrás, salió del portal y se metió en el coche sin decir una palabra.

A Tita le dio mucha pena la separación de su hermano, al que siempre había estado tan unida. Su madre, para mitigar sus lágrimas, le regaló una muñeca alemana con la carita de porcelana. Mientras Guillermo estuviera separado de ella, podría abrazarla como lo hacía con él. Su madre les había enseñado a no recibir excesivos besos y abrazos de otras personas. Carmen madre estaba convencida de que su primera hija, Gloria, había muerto de pulmonía después de que tanta gente la besara y achuchara. «¡A los niños, con distancia!», solía decir siempre que se acercaban a ellos.

Durante el viaje a Madrid para trasladarla al colegio de El Escorial Tita casi no habló. Hubiera preferido quedarse en Barcelona, pero su madre ya había tomado la decisión por ella.

—Tita, tú siempre te adaptas a todo. Solo tienes que obedecer y te irá bien. Yo vendré a buscarte en las fiestas y en vacaciones estaremos todos juntos. Anima esa cara.

—Prefiero quedarme contigo.

—Te he comprado muchos tebeos y te llevas la colección completa de Florita; tu padre te ha encuadernado todos los ejemplares. Podrás releerlos las veces que quieras.

—¿Y si no me gusta el colegio?

—Me lo dices y mamá obrará en consecuencia. Pero no tiene por qué irte mal; seguro que harás buenas amigas. Tú estudia y deja de pensar en historias románticas. La vida no es como la imaginas.

Cuando Tita vio el Real Monasterio de San Lorenzo de El Escorial, a pocos kilómetros de Madrid, se le encogió el estómago. Después, respiró hondo cuando el coche pasó de largo de aquel descomunal edificio de piedra que encerraba tanta historia, como le contaba su madre. «Aquí están enterrados reyes y reinas de España». Eso le produjo todavía más inquietud. Por suerte, el coche siguió hacia delante hasta adentrarse a los pies de la sierra de Guadarrama. Finalmente llegaron al colegio de los Sagrados Corazones, rodeado de árboles y espacios verdes por los que pasear, cerca del monte Abantos. Una monja vestida con hábito y toca negros salió a recibirlas. Después de hacer los trámites para el ingreso de Tita, madre e hija se separaron. La pequeña se tragó las lágrimas y siguió a aquella monja, que le enseñó su camita; dormiría junto a otras niñas.

Durante días se limitó a obedecer y casi no pronunció una sola palabra. Dormía todas las noches abrazada a su muñeca y por la mañana hacía lo mismo que las demás sin rechistar. Era la nueva de aquel grupo infantil y sus compañeras no parecían tener mucho interés en hacerse amigas de ella. Cada día que pasaba echaba de menos a su hermano, a su madre y a su abuela... Ahí comenzó a escribir en su diario, con profusión de detalles, todo lo que le ocurría.

Leía y releía las cartas que recibía de su hermano hasta aprendérselas de memoria. En ellas, Guillermo le contaba que seguía practicando el tiro al blanco y también al plato. Alguna vez, cuando su padre iba a verle, se lo llevaba a cazar... Ella, en cambio, tenía pocas visitas. Su madre solo la iba a ver en alguna festividad porque le venía muy mal viajar de Barcelona a Madrid. Su tío, el párroco de Guadalajara, Agustín Fernández de la Guerra, seguía de cerca la evolución de sus estudios.

Esas primeras Navidades hizo de Virgen María en la obra del colegio; era el papel que todas hubieran querido interpretar en el belén del internado, pero las monjas tenían muy presente que su tío había sido quien había llevado a la Virgen de Fátima a España y eso las había hecho decantarse por ella. De san José vistieron a una niña delgada y alta de la que Tita consiguió hacerse muy amiga gracias a los ensayos. Fueron la envidia del resto de las niñas, que tuvieron que conformarse con ser pastorcillas. Cuando su madre fue a verla a la función de Navidad fue muy crítica.

—Hija, parecéis el punto y la i.

—Pues, mamá, todo el mundo hubiera querido hacer nuestros papeles.

—Si yo solo digo que hay mucha diferencia de estatura entre los dos. La función ha estado muy bien.

Esa Navidad regresó a Barcelona y volvió a ver a su hermano. Pronto volvieron a los juegos de chicos, con los que ella se sentía más cómoda. Cuando fue a ver a su padre, le chocó ver su frente llena de arrugas.

—¿Qué te pasa en la frente, papá?

—Que tengo muchas preocupaciones.

Fue entonces cuando Tita tomó conciencia del paso del tiempo... Su padre, pensó, se estaba haciendo mayor.

18

Dos hermanos inseparables

Carmen y Enrique llegaron a la conclusión de que sus dos hijos no podían estar separados; lo pasaban mal lejos el uno del otro. Lo vieron con sus propios ojos cuando ambos se reencontraron en Navidad. Tita se pegó a su hermano y al gatito atigrado que había llegado a su casa en esas fiestas. Todos estaban de acuerdo en que era una crueldad separarlos; por lo tanto, acordaron que los hermanos se quedarían con su madre siempre que no hubiera colegio. Seguirían viviendo en la calle Balmes, donde ya tenían su grupo de amigos, aunque a Carmen le rondaba por la cabeza mudarse en cuanto encontrara un piso interesante.

La vuelta al internado, después de la festividad de Reyes, les costó más que en septiembre, y eso que Tita regresó a El Escorial con una muñeca Mariquita Pérez hawaiana. Era la muñeca de moda y también tenía la carita de porcelana, como la muñeca alemana. A su regreso al colegio de los Sagrados Corazones se alegró de ver a su amiga, que le sacaba más de una cabeza. Al verla tuvo la sensación de que había vuelto a crecer tras esas fiestas. Durante varios días recordaron la función que habían protagonizado.

—Qué bonita era mi túnica azul de Virgen María, ¿te acuerdas?

—Claro. Estabas muy guapa. ¡Cómo sujetabas al Niño!

—Es que tenía miedo de que se me cayera al suelo. ¿Se notaba mucho?

—Solo al principio.

Las dos leían cada día en secreto uno o varios capítulos de las novelas románticas que le habían regalado a Tita por Navidad. Ella siempre viajaba con sus juguetes y con sus libros. Todas las cosas que le parecían imprescindibles abultaban más que su ropa. Ese trimestre las monjas empezaron a exigir más a las niñas, pero Tita estaba en su mundo, lo que le costaba más de una regañina. Historia y religión eran las asignaturas en las que sacaba mejor nota; su abuela había allanado el camino para que así fuera. Sabina rezaba a todas horas y hacía rezar a sus nietos. La que más la seguía era Tita, que era de buen conformar y se adaptaba a todo. No faltaba ningún domingo a misa y ahora, en El Escorial, conviviendo entre religiosas, menos aún.

Después de Semana Santa, Carmen madre tomó la decisión de sacar a su hija de aquel colegio. Necesitaba estar más cerca de ella y, aunque aquello le sentara mal a su tío abuelo, el párroco, al terminar el curso se la llevaría con ella a Barcelona. Como Tita no sabía decir que no, aceptó la decisión de su madre, a pesar de que ya no volvería a ver a su amiga.

Carmen reservó plaza en el colegio Lestonnac que,

aunque era un internado, le permitiría que su hija volviera a casa todos los fines de semana para estar en familia. Tita, mientras tanto, se aplicó en los estudios y aprobó todas las asignaturas en junio.

Los hermanos tenían todo un verano por delante. El primer destino al que fueron los niños fue Los Arcos, el pueblo de la abuela Sabina, en Navarra, un municipio situado en la merindad de Estella Oriental, con unos paisajes preciosos.

—Niños, esta tierra la han codiciado todos los pueblos. Primero, los musulmanes y los cristianos; después, los navarros y los castellanos. El castillo que está en lo alto del cerro ha sido testigo de muchas batallas —comentó la abuela en un tono novelesco mientras contemplaban el pueblo a lo lejos. Los nietos estaban entusiasmados.

—¡Queremos ir allí! —dijo Guillermo llevando la voz cantante.

—Iremos al castillo, por supuesto —le prometió.

—Queda poco de tan ajetreado pasado, pero aún se mantienen en el pie los tres portales del recinto amurallado que le dan nombre. Aquí hubo valientes arqueros en la batalla de los tres Sanchos —les explicó Carmen a sus hijos, que no perdían ni una sola palabra de lo que decía—. Después de dejar las maletas en casa de la abuela, iremos a la iglesia de Santa María. Es bellísima. Os va a gustar. —A Carmen le gustaba hacer de cicerone.

Nada más llegar, unos niños que gritaban «¡Los catalanes ya están aquí! ¡Los catalanes ya han llegado!» rodearon el coche que conducía Carmen. Muchos vecinos salieron de sus casas a saludar a Sabina, a su hija y a sus nietos.

Estaban a 62 kilómetros de Pamplona, pero durante toda su estancia no tuvieron ninguna necesidad de visitar la ciudad. Rápidamente, Guillermo y Tita congeniaron con los niños y ya no fueron un problema para los adultos. Carmen los dejó allí antes de viajar a Francia, con la tranquilidad de saber que se lo pasarían muy bien rodeados todo el día de niños de su edad. El 7 de julio vivieron las fiestas de San Fermín con la misma pasión por los toros y las vaquillas que el resto de los niños del pueblo. Un día, sin decir nada a la abuela, maquinaron un plan para ver de cerca las vaquillas.

—Tita, no se te vaya a escapar. ¿Quieres ver una vaquilla de cerca?

—¡Sííííí! Pero no nos pasará nada malo, ¿verdad?

—No seas niñata. Vamos todos los mayores. Si quieres venir, bien; si no, nada.

—Voy contigo. No tengo miedo.

Soltaron la vaquilla y todos los chicos se pusieron a correr delante de ella; algunos incluso intentaron dar algunos pases con una falsa muleta que habían hecho con un trapo rojo. Tita, en un momento dado, hizo lo mismo que Guillermo y pasó recortándola y corriendo más que nunca en la vida. A varios amigos la vaquilla los cogió y les dio varias volteretas. Los vecinos del pueblo avisaron a la abuela.

—Tus catalanes están corriendo la vaquilla. ¡Van a llevarse un revolcón!

Fue oírlo y a Sabina tuvieron que darle un vaso de agua para que no se desmayara. Se acercó hasta donde estaban los chicos y les gritó que se apartaran de la vaquilla inmediatamente. Al día siguiente, Guillermo y Tita estuvieron castigados sin salir de casa.

—¡Ya veréis cuando se lo diga a vuestra madre! No volveréis al pueblo.

—No se lo digas, abuela, que nos gusta mucho estar aquí.

—Solo os pido que no me deis más sustos. Esto es un pueblo y todos nos conocemos; si creéis que no me voy a enterar, estáis muy equivocados.

Dos días después las aguas volvieron a su cauce, pero, como el pueblo estaba en fiestas, le pidieron permiso a la abuela para ir al baile. Tita regresó pronto a casa, pero Guillermo se quedó más tiempo con sus amigos y llegó una hora después con una cogorza monumental. Su hermana se rio mucho al verle y observar cómo se le trababa la lengua. Sin embargo, para la abuela fue la gota que colmó el vaso y le pidió a su hija que regresara cuanto antes. Cuando Carmen puso el pie en el pueblo, se acabaron los desmanes.

—¡Menudo disgusto me he llevado! Ya me ha dicho la abuela que parecéis dos salvajes. Pues de eso nada, aquí hay horarios y tenéis que cumplirlos. ¿Queréis que a la abuela le dé algo al corazón?

Los dos permanecieron callados sin saber qué contestar. Su madre se sabía imponer. Carmen había demostrado tener carácter y personalidad. Era una de las pocas mujeres que se atrevían a hablar en público, conducir un Studebaker y dar un tortazo a sus hijos si era necesario. Su marido, sin embargo, no era capaz de levantarles la voz, y menos aún de darles un manotazo.

Carmen Fernández de la Guerra llamaba la atención por lo guapa que era y por cómo se sabía desenvolver en un mundo típicamente masculino: el de los negocios. En cuanto llegaba al pueblo, todo el mundo quería verla. Le preguntaban por su marido, que llevaba un tiempo sin aparecer por allí, y siempre contestaba lo mismo.

—Tiene muchos negocios que atender. ¡Ya vendrá!

No quería dar explicaciones. Su madre le había pedido discreción para que nadie en el pueblo la criticase por ser una de las pocas mujeres que se habían separado. No estaba bien visto y ya tenían bastante con el abuelo Marcelino perdido por Argentina.

Para Guillermo y Tita fueron días inolvidables. Hacían todo tipo de excursiones, como tomar la merienda en el campo y después regresar en carros de labranza cargados de trigo. Aquel olor a vida, a campo le encantaba a Tita, correr y ser un «chico» más haciendo lo mismo que su hermano y sus amigos. Pero por la noche era distinto. Entonces se transformaba en una señorita adolescente que quería parecer mayor para ir al baile del pueblo. En la plaza del Coso todos se encontraban alrededor de las bandas, lo mismo daba niños que adultos. No había nadie que no bailara en algún momento. Tita estaba en la pista desde que llegaba hasta que se iba.

—¡Sí que es bailona la catalana! —le decían a la abuela.

—Sí que lo es. ¡Como mi Marcelino! Le encantaba bailar.

—¿Qué sabes de él? —le preguntaban las vecinas.

Vuelta a tragar saliva y a contestar a la pregunta que no tenía contestación.

—Que está en Argentina y que nos manda dinero cada mes, poco más.

—¿Es cierto que allí tiene mujer e hijos? —le preguntó la más cotilla del pueblo—. Eso dicen algunos de sus parientes por aquí.

—Eso dicen, pero yo no sé nada. ¡Ni quiero saberlo!

Esa era la peor parte de estar en un pueblo donde todos se conocían. La abuela Sabina lo pasaba muy mal cuando le decían algo sobre él o acerca de la familia que había formado allí después de haberlas abandonado a ella y a su hija en España.

—Me ha dicho Braulio, que es de Valladolid como Marcelino, que tiene mujer joven y dos hijos. Niño y niña.

—¿Ha estado ese Braulio con él en Argentina? ¿O será uno de tantos bulos? Yo creo que volverá a España. ¡Cómo no va a hacerlo! Aquí estamos su hija y yo esperándole. —Sabina contestaba visiblemente enfadada.

—¡Qué paciencia tienes, hija!

—Sí, de eso no me falta.

La abuela Sabina no había superado que su marido se hubiera ido con su madre a Argentina y no hubiera regresado. No le perdonaba a su suegra que se lo hubiera llevado de allí y no le perdonaba a su marido que hubiera rehecho su vida en Buenos Aires. Muchas veces cerraba los ojos y se veía en un barco cruzando el Atlántico y yendo a por él. ¿Se acordaría de ella? Sabina, sin embargo, no había día que no lo hiciera, unas veces para maldecirle y otras para rezar y pedir que volviera. Se habían querido mucho, por lo que aún era más incomprensible que no regresara ni hiciera por hablar con ella. Alguna vez habían llamado por teléfono y, al cogerlo ella, no contestaban. Imaginaba que era él; por si acaso se trataba de Marcelino, siempre decía lo mismo.

—¡Vuelve de una vez! Aquí te estamos esperando tu hija y yo.

Después colgaban el teléfono sin que supiera de quién se trataba. Esa llamada le hacía pensar que todavía se acordaba de ella. Cuando estaba en Los Arcos, toda su vida de niña y de joven le venía de golpe a la mente. La muerte prematura de su madre y, un año después, la de su padre; los siete hermanos acabaron de internos en una institución. Al final, todas las mujeres de la familia se habían hecho monjas menos ella. En Los Arcos ella se había enamorado de Marcelino, se había casado y juntos había iniciado un proyecto de vida. El matrimonio se había ido a Madrid a intentar mejorar económicamente y allí había nacido su única hija, Carmen. Ésta disfrutó muy poco de su padre y fue creciendo con su ausencia y con las pocas fotos que tenía con él de cuando era muy pequeña. Después de eso, se fueron a vivir a Barcelona y allí comenzaron de nuevo.

Los años transcurrieron muy rápido hasta que el amor se cruzó en la vida de la adolescente Carmen. Se casó con Enrique Cervera y creó su propia familia. No comenzó a buscar a su padre hasta después de ser madre y, al final, lo encontró. La primera vez que habló con él por teléfono se dio cuenta de que no tenía nada que contarle; era como si hablase con un extraño. Después de una infancia y adolescencia sin recuerdos a su lado, ahora se relacionaba con una voz a la que no sabía ponerle cara. Había logrado localizar un padre por el que no sentía ningún cariño. No le perdonaba que hubiera hecho sufrir a su madre cada día de su vida desde que tenía uso de razón. No hacía falta preguntarle a Sabina qué pasaba por su mente cuando callaba durante largo rato; todos sabían a la perfección que siempre estaba él en su pensamiento...

El 20 de julio acabó el primer tramo del verano y la familia, con la abuela Sabina y Carmen a la cabeza, abandonó el pueblo. Madre e hija se quedaron en Barcelona y los niños se fueron con su padre para pasar la segunda parte de sus vacaciones. Ese año no tenían proyectado ir a Teià, donde solían veranear, sino a Lloret de Mar, en Girona...

Guillermo y Tita se quedaron fascinados por el azul turquesa de las playas que vieron durante el camino. Ambos intuían que no estarían tan vigilados como en Los Arcos; su padre les dejaba hacer y campar a sus anchas. La primera excursión que hizo Enrique Cervera junto a ellos fue al castillo de Sant Joan, que tenía unas vistas extraordinarias del pueblo y el mar. Con la abuela Pilar también fueron a ver los jardines de Santa Clotilde, situados en un acantilado.

—Estos jardines imitan el estilo del Renacimiento italiano. —A la abuela paterna también le gustaba la historia y procuraba inculcársela a esos niños a los que veía poco durante el año después de la separación de su hijo.

En ese pueblo todo gira alrededor de la playa.

—Antiguamente la población se encontraba situada lejos del mar para que estuviera protegida ante posibles incursiones piratas.

—¿Piratas, abuela? —preguntó Guillermo.

—Sí, piratas. Y la población se protegía poniendo distancia de la playa, ya que estaba completamente abierta al mar. Pero de eso ya hace mucho tiempo. Ya veis que ahora ocurre todo lo contrario: la población se acerca cada vez más al mar.

—Cuéntanos más cosas, abuela —le pidió Tita. Le fascinaba la historia.

—Todo está en los libros, pero sí sé que es probable que los primeros romanos llegaran aquí en el siglo I antes de Cristo.

—Pero ¿antes de Jesús hubo vida? —comentó Tita extrañada.

—¡Pues claro! Esta niña está demasiado pegada a la abuela Sabina. Como si lo viera, todo el día rezando... ¿A que sí? —preguntó la abuela Pilar.

Tita asintió con la cabeza. Desde que sus padres se habían separado, las abuelas no tenían mucho contacto entre sí y se había creado una especie de competencia entre ambas.

Los días transcurrían siempre con el baño en el mar por la mañana y por la tarde, con sus bicicletas de excursión con la panda de amigos que rápidamente formaron con los hijos de los veraneantes. Un día, Guillermo llegó con las piernas en carne viva.

—Me he caído huyendo de un señor que nos quería pegar —le dijo a su padre.

—Pero ¿por qué os quería pegar? ¿Qué le habéis hecho?

Guillermo no contestaba, pero Tita descubrió rápido lo que había sucedido.

—Papá, fuimos a robar fruta y nos pillaron.

—¿Que fuisteis a robar fruta? ¿Me lo estáis diciendo en serio?

—Lo hemos hecho otras veces...

—¡Te quieres callar! —le dijo Guillermo a su hermana muy enfadado—. No es exactamente así. Teníamos sed y cogimos una sandía. Había muchas... Total, no lo iban a notar.

—Pues fíjate si lo ha notado que os estaba esperando. ¿No sabéis que os podéis meter en problemas y arrastrarme a mí a otro más serio? Por lo pronto, os pueden llevar a la Guardia Civil, y eso son palabras mayores.

—¿Detenidos? —preguntó Tita asustada.

—Justo. Vosotros detenidos y la vergüenza para mí y para la abuela.

—Pero si lo hacen todos los niños...

—A mí me da igual lo que hagan los demás; vosotros no. Juradme que no lo volveréis a hacer.

—Te lo juro, papá —dijo Tita arrepentida.

—Faltas tú —dijo mirando a su hijo fijamente.

—No iré...

Enrique curó a su hijo de las heridas y le llevó al médico para que le pusiera la antitetánica. Ese verano ya no hubo más bicicleta hasta que las heridas cicatrizaran.

Justo antes de acabar el verano, regresaron de nuevo las excursiones a dos ruedas. Antes de abandonar Lloret, los chicos quisieron volver a ir a robar sandías. Tita les dijo que ella no lo haría.

—¡Se lo he jurado a mi padre!

—Pero yo no —comentó Guillermo.

—Sí que lo has hecho —le replicó Tita.

—Yo solo le dije que no iría, nada más.

—¡Verás cuando se entere!

—Tú no vas a decir nada, ¿me oyes? No volverás a venir conmigo.

—¿Y qué hago sola? Yo voy, pero no participaré en una cosa tan fea... ¡No diré nada! —hizo un gesto como diciendo que su boca estaría sellada.

Esa tarde todos parecían muy nerviosos y, cuando el sol se fue poniendo, la pandilla quedó en el campo sembrado de sandías. Uno de los chicos dijo la palabra clave, «¡Adelante!», y todos fueron al lateral del campo, que tenía más fácil acceso. Levantaron la alambrada y se colaron. Tita estaba fuera, montada en la bicicleta. De pronto, comenzaron a oírse voces y varias personas empezaron a disparar... Salieron todos en tropel y, cuando se quiso dar cuenta, Tita se había quedado rezagada. Tuvo mucho miedo porque a sus espaldas se seguían oyendo los disparos. Cuando estuvieron fuera del alcance de aquellos hombres malhumorados, se pusieron a hablar muy agitados.

—¿Nos han disparado? —preguntó uno del grupo.

—Eran perdigones —dijo Guillermo, que había aprendido a cazar y sabía de armas y de municiones.

—¡Conmigo no contéis nunca más! —gritó Tita muy nerviosa.

—Tú deberías ir con tus amigas y no siempre con nosotros —le espetó su hermano—. Si te hubiera alcanzado un perdigonazo, lo estarías pasando muy mal.

—Afortunadamente, no ha sido así. Quiero seguir contigo y tus amigos, me lo paso mejor con vosotros... —dijo Tita ya más calmada.

Por suerte, no hubo más episodios peligrosos ese verano. Nadie lo supo en casa. Guillermo y Tita pensaron que, si se lo decían a su padre o, peor aún, a su madre, no los dejarían volver...

El barón se lo pasó en grande escuchando esa parte de la vida de Tita. Le dijo que toda vivencia para él tenía una correlación con un cuadro.

—¿Con qué cuadro vincularías esta parte de tu vida?

Tita se lo pensó durante unos segundos...

—Con el cuadro que compré del pintor estadounidense Thomas Hart Benton. Se titula *De vuelta a casa*. El pequeñito que tenemos en La Moraleja.

—Ese cuadro lo esbozó Benton el día en que viajaba con un compañero de estudios por una zona remota de Carolina del Norte. Esa visión de dos chiquillos sentados en la parte de atrás de una carreta es preciosa. El recurso de la carreta lo utilizó en varios cuadros como contraposición a la industrialización, al coche, a las grandes ciudades.

—¿Te estudias cada cuadro que entra en casa?

—¡Sí! Me apasiona la historia que hay detrás de los cuadros. Mira, junto a Grant Wood y John Steuart Curry, está considerado el gran representante del llamado Regionalismo americano. ¡Fue una buena adquisición!

19

El primer beso

En los días posteriores, el barón esperaba impaciente que Tita abriera de nuevo sus diarios y continuara con el relato de su vida. En esos momentos era lo único que de verdad le ayudaba a evadirse de su situación.

Tita se saltó algunas páginas que consideró irrelevantes y siguió su relato a partir de la experiencia de aprender a conducir durante ese mismo verano del que había hablado largo y tendido la jornada anterior.

—Mira, releo que mi padre nos llevó a Guillermo y a mí a un descampado para que nos hiciéramos con el volante y condujéramos el coche familiar unos metros...

Los automóviles eran la verdadera pasión de Enrique Cervera y le gustaba participar en alguna de las competiciones que se organizaban en Barcelona. Tenía dos coches de carreras, que alternaba dependiendo de la prueba. Nunca tuvo un accidente, pero sí algún percance sin importancia.

De todas formas, los coches eran, fundamentalmente, el negocio familiar.

Tanto Guillermo como Tita disfrutaron mucho de la experiencia de conducir el coche de su padre. Enrique dio muestras de tener una paciencia infinita con sus hijos, a los que no se les daba nada mal manejar el vehículo. Les hizo ver sus errores con un gran tacto; no necesitaba alzar la voz para hacerse respetar.

La familia paterna era catalana y todos sus antepasados también. Cervera, Anfruns, Mannent... eran solo parte de sus apellidos. Aunque hablaban a los niños en castellano, los adultos charlaban entre sí en catalán. Les gustaba la música, el tiro al plato y la caza. El negocio de automóviles les llevó a tener varios talleres en Barcelona. Algunos expertos daban por concluida la etapa de la posguerra y en el ambiente empresarial flotaba una sensación de crecimiento económico.

Durante aquel verano se habló de coches a todas horas en casa de los Cervera, sobre todo en las sobremesas.

—Es curioso que mientras que los vehículos americanos no paran de crecer en tamaño y potencia, en Europa se comercializan modelos más pequeños y de menor consumo. Serán las secuelas de la Guerra Mundial —comentaba Enrique con sus hijos.

—A mí el que me gusta es el Mercedes «alas de gaviota» —dijo Guillermo, al que también le apasionaban los coches—. De mayor tendré uno como ese.

—Pues a mí me gusta mucho el de papá —observó Tita entusiasmada tras la experiencia de haber conducido sola durante unos minutos.

—Cuando en España no vayamos a la cola en sueldos,

todo el mundo tendrá coche. El automóvil es el futuro. ¡Acordaos de lo que os digo! —sentenció Enrique.

Esos días en la casa paterna, cuando los niños no escuchaban, los adultos hablaban del último disgusto en casa de los Fernández de la Guerra, la familia de Carmen. Había llegado hasta los oídos de la abuela Pilar que su consuegra, Sabina, estaba muy preocupada por la falta de noticias del tío de los niños y hermano de su marido. Tras su último viaje a las misiones, no habían vuelto a saber de él; era como si se lo hubiera tragado la tierra. Pilar pensó que se habría quedado allí por voluntad propia, como antes hiciera su hermano Marcelino, el padre de Carmen. Sin embargo, la abuela Sabina y su hija estaban convencidas de que algo malo le había tenido que ocurrir.

Cuando Tita se enteró de la desaparición de su tío abuelo, que había intercedido por ella en el colegio de los Sagrados Corazones de El Escorial, se llevó un gran disgusto. Desde ese momento, no dejó coger a su hermano más bombones de la cajita con forma de libro que le había regalado el tío párroco la última vez que le vio.

La abuela Pilar hablaba del infortunio de la familia de su todavía nuera, aunque su hijo y ella vivieran separados.

—Cuando Sabina tenía cinco años se quedó huérfana. El tutor encargado de gestionar su patrimonio los engañó y se quedó con el dinero de la venta de casi todas las tierras que habían heredado. Después de eso, la única que se casó fue Sabina, ya que las demás hermanas se metieron a monjas. El primer hijo de la pareja, Antonio, murió ahogado un verano que pasaron en Lequeitio, debido a un descuido de la señora que le cuidaba. Estaba pelando la pava con su novio y no se percató de que el niño se había caído al agua. Su marido, Marcelino, se fue con su madre a Argentina y no regresó. Su cuñado, Agustín, párroco de Guadalajara, no se aplicó lo del celibato y resulta que tiene mujer y dos hijos, y ahora se va a las misiones para purgar su pecado y no vuelve... Tremendo todo, la verdad.

—Es cierto que, a veces, la tragedia se ceba con una familia —le respondió su hijo Enrique—. Te diré que el carácter de mi suegra no se ha resentido y, a pesar de todo lo que le ha pasado, tiene un gran sentido del humor.

—En el fondo, comprendo que tu suegra se ría por no llorar y esté todo el día rezando. No es para menos...

El verano tocó a su fin y los niños volvieron a separarse. Cada uno se fue a su internado. Tita pasaba por el trance de ser la nueva en el centro educativo elegido por su madre. Se trataba del colegio Lestonnac, en Mollet del Vallès, mientras que Guillermo se estrenaba como alumno en el colegio La Salle Bonanova, ambos en Barcelona. Los querían cerca. Durante todo el curso estarían internos de lunes a viernes, y el fin de semana lo pasarían en casa de su madre o de su padre indistintamente.

Tita, con nueve años, había estado preparándose durante meses para hacer la Primera Comunión. Después de dar un último estirón, cuando su madre le probó el traje blanco elegido, todos pensaron que estaban viendo a una novia. Esos comentarios hacían que a Tita le diera mucha vergüenza salir a la calle con el vestido. «Demasiado alta», pensaba. Pero, cuando llegó el día, se olvidó de todos los nervios y complejos previos.

Era la primera vez que las dos familias se reunían tras

la separación. Los niños eran los únicos que estaban felices de ver a sus padres juntos. Los adultos, por el contrario, no fueron capaces de vencer la tensión y se sentaron por separado. En una mesa, la familia paterna; en otra, la materna. Hubo un cruce tibio de saludos, pero nada más. Tras el convite la niña recibió montones de regalos, pero ninguno le hizo tanta ilusión como las novelas románticas que todos sabían que custodiaba como si fueran un tesoro. De entre todas, su preferida era la que narraba la vida de Bernardine Eugénie Désirée, la antigua novia de Napoleón Bonaparte, emperador de Francia. La leyó tantas veces que casi se la sabía de memoria.

A Tita le fue bien en ese curso hasta que llegó el buen tiempo y se dedicó a su deporte favorito: la natación. Su madre la metió en el club Piscinas y Deportes. A veces iba con su hermano y sus amigos; otras, con su madre. Le gustaba competir con ellos y ganarlos.

Precisamente, mientras estaba con su hermano y su amigo Alberto en la piscina, la vio una compañera de dos cursos superiores. Comprobó cómo nadaba y cómo se divertía con ellos en el agua. Se asombró del desparpajo con el que hablaba a los chicos de su edad y no dudó en contárselo a las monjas. Cuando Tita regresó al colegio la noche del domingo, la madre superiora la estaba esperando.

—Me han informado de que has estado bañándote en la piscina con dos chicos sin la presencia de ningún adulto, de modo que estarás castigada todos los fines de semana que quedan hasta final de curso.

—Pero si eran mi hermano y su amigo... Tenía permiso de mi madre.

—No hay pero que valga. Estás castigada sin salir. Son

las normas y hay que respetarlas. No es decoroso que una niña esté sola con dos chicos.

—Bueno, si usted lo dice...

Tita aceptó su castigo y siguió jugando con sus amigas. Una monja, la hermana Teresa, procuró atenderla y hacer el papel de madre durante los fines de semana. Tita y ella se volvieron uña y carne. Cuando el colegio se quedaba casi vacío, Tita leía a todas horas o se pasaba el día conversando con la monja, que era muy dulce y cariñosa con ella. La quería mucho y aquel castigo no le importó. Los caramelos y las galletas que le enviaba su madre se los daba a ella: «Para los niños necesitados». Aunque Tita no tuvo ningún problema para aceptar el castigo hasta fin de curso, su madre llevó mal que no permitieran a su hija salir del colegio y se enfadó con las monjas del Lestonnac. Cuando llegaron las vacaciones de verano y volvió a ver a su hija, comunicó a la superiora que Tita no volvería a esa institución.

Carmen inscribió a la niña en un colegio nuevo americano, también de religiosas, que se llamaba Marymount y que estaba muy de moda entre la gente más pudiente. Tita presintió que no volvería a ver a la hermana Teresa, a la que había cogido verdadero afecto. Su madre ya había tomado una decisión y ella no podía hacer nada.

Tita optó por tomarse aquella circunstancia con buen humor, como el que asume lo inevitable con la mejor de las sonrisas. Sin embargo, a solas en su habitación, lloraba por no volver a ver a esta religiosa con la que había compartido los últimos fines de semana y a la que se sentía muy unida.

Aunque siguió saliendo con su hermano y sus amigos, ese verano Tita empezó a quedar más con las niñas que iba encontrando en Los Arcos o en Lloret de Mar durante el mes que estaba con su padre. Las chicas se contaban al oído muchos secretos que no querían compartir con los chicos. Empezó, poco a poco, a tener la necesidad de jugar con las crías de su edad. Aunque siguió nadando hasta las rocas para ver cómo los pulpos salían de sus escondrijos, nunca tuvo intención de pescarlos... Le fascinaba el mundo marino.

Precisamente durante las vacaciones, ya con su padre, tuvo un percance nadando mar adentro con una de sus amigas. Se alejaron un kilómetro de la playa y observaron un animal muy oscuro, de grandes dimensiones, que nadaba cerca de ellas...

—¡Tita, es una morena! —le gritó su amiga mientras se ponía a bracear a toda velocidad en dirección a la playa.

—¿Qué dices? —La siguió todo lo rápido que pudo sin mirar hacia atrás; casi parecía que volaba.

Ambas llegaron extenuadas a la orilla y, hasta que no salieron del agua, no pudieron hablar de lo que les había ocurrido. Por su cara de preocupación la gente supo que había sido algo malo. Estuvieron jadeantes un buen rato hasta que se hizo un corrillo alrededor de ellas.

—Era una morena de dos metros... —explicaba Margarita.

—Era un bicho muy largo, muy feo y oscuro. Parecía una serpiente gigante. Nos hemos alejado de ella lo más rápido que hemos podido. No sabíamos si nos seguía.

Guillermo calmó a su hermana, que estaba muy nerviosa.

—No te ha pasado nada. Si no te alejaras tanto de la playa, no te ocurrirían estas cosas; que sepas que son carnívoras y venenosas. Ya podéis decir que habéis tenido mucha suerte.

El relato de la mala experiencia de Tita y de su amiga se extendió por la playa. Ante el temor de que pudiera haber una morena cerca, las madres sacaron a sus hijos del agua. Durante varios días, los bañistas apenas se separaban unos metros de la orilla, hasta que, poco a poco, se fue olvidando el episodio. Sin embargo, Tita y Margarita ya solo entraban al agua lo justo para mojarse y salir corriendo de nuevo a la arena. Fue la anécdota de un verano que ya iba tocando a su fin.

Al regresar de nuevo a Barcelona, su madre la llevó a comprarle el nuevo uniforme; Tita había vuelto a crecer. Durante unos días se preparó mentalmente para volver a ser la nueva. Cuando entró en el colegio, se dio cuenta de que las compañeras enseguida le hicieron una especie de cuestionario para saber cuál era su nivel social...

—¿Cuántos coches conduce tu padre? Y tu madre, ¿cuántos abrigos de piel tiene? ¿Cuántos metros mide tu casa?

Tita se sorprendió ante esas preguntas y contestó la verdad de lo que veía en casa. Se lo comentó a su madre, que buscaba mudarse por entonces a otra zona de Barcelona, y ésta no tardó en ir a buscar respuestas al colegio. Habló con la madre superiora.

—Señora, usted y su hija parecen las únicas normales, pero aquí las niñas hacen ese tipo de preguntas. Sus padres son muy superficiales y ellas imitan a sus progenitores.

—Me gustaría que no preguntaran esas cosas que no conducen a nada más que a señalar diferencias entre las alumnas.

—No nos podemos meter en lo que hablan las niñas

entre ellas. Por supuesto, en clase les enseñamos que lo verdaderamente importante es cómo se preparan como seres humanos; otra cosa es lo que cada una capte.

Ese año había que estudiar mucho. Tita, a mitad de curso, se empezó a distraer en las clases. Andaba siempre suspirando por los pasillos con fotos de actores pegadas a sus carpetas.

—Ya vemos que eres una romántica —le dijo una de las monjas que más trato tenía con ella—. Haz el favor de no pensar tanto en chicos y estudia. ¡Prepárate!

Sin embargo, ella no lo podía evitar y todas las noches soñaba con chicos que la rescataban de la escuela y con los que huía de allí. Su imaginación echaba a volar y no distinguía la fantasía de la realidad; todo estaba en el mismo plano. Los profesores la regañaban porque en el aula parecía ausente.

—¡Tita, baja de las nubes! Estamos en clase. ¿Quieres prestar atención?

Volvía a mostrarse atenta, pero, a los pocos minutos, viajaba de nuevo con la imaginación fuera de allí. Aquel curso se le hizo más largo de lo normal. Quería que llegara el verano para dejar de estudiar matemáticas; las tenía atravesadas. Su cabeza estaba llena de chicos que la sacaban a bailar: soñaba con volver a aquellas playas en las que por la mañana nadaba y por la noche los chiringuitos se convertían en lugares de baile para las familias. Cuando, por fin, llegó junio, visitó mucho los Baños Marina y los Baños Ventura. Ponían sillas y mesitas redondas en plena playa encima de un entarimado muy rústico. Por la mañana se compraban allí los chicos una Coca-Cola con una bolsa de patatas fritas, y por la noche escuchaban música y bailaban mientras los padres tomaban alguna copa. Se hacían campeonatos de twist y de rock and roll. Tita lo bailaba todo y le gustaba presentarse con su hermano a los concursos que se organizaban. Aquel verano, incluso Pitín, el bailón del grupo, y ella ganaron una copa por ser los más compenetrados y los que más figuras hacían al bailar rock.

Su madre se dio cuenta de que ya no podía vestirla como quería cuando Tita comenzó a protestar por llevar trajes con tantos lazos. Se sentía mayor y Carmen tuvo que claudicar y dejar de llevarla como si todavía fuera una niña. Tita era consciente del cambio tan grande que estaba sintiendo por fuera y por dentro. Se dio cuenta de que todos los chicos iban detrás de ella y se decía a sí misma: «¡Esto es jauja! Es divino ser coqueta».

Fue durante ese verano cuando apareció un chico guapísimo de ojos verdes. Se presentó a la pandilla como Jesús Andreu, pero no fue muy bien recibido por el resto de la pandilla. Sin embargo, las chicas estaban encantadas de que quisiera ir con ellas. Empezaban a bailar todos con todos hasta que, a medida que transcurría la noche, la música se volvía más lenta. Entonces, alguno se atrevía a sacar a bailar a una chica del grupo ante la mirada atenta de los padres, que observaban los movimientos de sus hijos.

Tita soñaba por las noches con Jesús. Durante el día se miraban furtivamente mientras él estaba con su grupo y ella con el suyo, porque eran más pequeños. Un día que se quedó sola en la playa mientras se recuperaba después de haber estado buceando, él se tumbó cerca de ella. Se pusieron a hablar y, de pronto, sin mediar palabra, el chico se atrevió a darle un beso en la boca. Fue un beso rápido. Nadie de alrededor se dio cuenta de lo que acababa de pasar. Aquel chico de ojos verdes, moreno por el sol, tres años mayor que ella, se convirtió así en el protagonista de sus sueños.

Tita no recordaba qué le había dicho antes de besarla; había sido un instante nada más, pero puso su mundo del revés. Ya no quería ir en bicicleta, ni tan siquiera nadar le parecía tan interesante como aquel terremoto que se había producido en la arena sin que ella lo buscara.

Días después intentó reproducir en su mente toda la secuencia de su primer beso. Primero Jesús se había tumbado en la arena a su lado. Después, le había dicho: «Eres la niña más bonita que he conocido en toda mi vida. Pienso en ti continuamente y tienes unos ojos almendrados maravillosos». Por último, había llegado el beso en los labios...

Cada noche iban todos al chiringuito de los Baños Ventura. Jesús y Tita guardaron el secreto de aquel beso que los hacía sentirse mayores que el resto. Él la sacó a bailar y se miraron a los ojos de tal forma que todos se dieron cuenta de que se gustaban. Los demás chicos ya no le dejaron bailar más con ella en toda la noche; no pararon de sacarla a bailar con cualquier excusa. Pero Tita le miraba a él de refilón sabiendo que los dos deseaban volver a hacerlo. Sin embargo, ese beso no se repitió, su hermano Guillermo ya no la dejó a solas jamás. Aquel verano, Tita no cesó de pensar en aquellos labios que habían despertado en ella un sentimiento nuevo: estaba enamorada.

20

El mundo del revés

A finales de agosto los días se iban acortando y el sol ya no quemaba tanto como a comienzos de la temporada. Los veraneantes, poco a poco, hacían las maletas para regresar a sus lugares de origen y comenzaban a lamentarse de lo efímero que era el descanso. Tita se dio cuenta de que ya quedaban pocas oportunidades de volver a ver a Jesús, el chico con el que soñaba desde que la besó. Su hermano y sus amigos se habían aliado para no dejarla a solas con él. Precisamente, un día que iba en moto con un amigo de la pandilla, Tita le pidió que parara en mitad del camino para ir a casa a cambiarse. Pero éste, que estaba aleccionado por Guillermo y sabía que estaría pensando en Jesús, no le hizo caso.

—Quieres cambiarte para ir a ver a ese chico que es tan mayor.

—Solo tiene tres años más que yo, como mi hermano; no es tan mayor. Le habéis cogido manía.

Sin pensarlo dos veces, Tita se tiró en marcha de la

Mobylette. Milagrosamente no se hizo daño al caer y salió corriendo en dirección a su casa. Se cambió rápido los vaqueros que llevaba por un vestido verde que todavía no había estrenado. Era muy bonito, pero tenía un gran lazo en la cintura que Tita detestaba. Ella, que odiaba los lazos, no tenía más remedio que ponérselo porque era el único que no había usado en todo el verano.

En cuanto estuvo arreglada, se fue en bicicleta al local de los Baños Ventura. Su hermano no la dejó sola y la fue siguiendo en su bici. El lazo la tenía mártir, ya que no había forma de pedalear sin que se enganchara; además, la hacía sentir pequeña.

—¿No te parezco tonta, tonta de remate, con este lazo? —le preguntó a su hermano al llegar al local y dejar ambos las bicicletas.

—No, te hace parecer de la edad que tienes. ¿Qué crees, que tienes dieciocho años? Haz el favor de bailar con todo el mundo, ¿me oyes?

—Sí, te oigo.

A los pocos minutos de llegar al chiringuito transformado en pista de baile, apareció Jesús. Su mirada buscó a lo lejos la de Tita y, cuando la descubrió, se acercó a ella y la sacó a bailar. Y, de repente, el mundo se paró para ella. Era como si se hubieran quedado solos en aquella pista de madera, porque ya no oía más voces que la suya. Además, los dos eran conscientes de que ese podía ser el último baile de aquel verano que ya tocaba a su fin. Los padres se despedían hasta el año siguiente y los amigos se intercambiaban los teléfonos para llamarse durante el invierno.

Cuando Jesús cogió la mano de Tita para bailar, un calambre le recorrió todo el cuerpo. El pomposo lazo impidió que Jesús pudiera acercarse más mientras sonaba aquella música por los altavoces. Tita renegó para sus adentros de aquel vestido. Cuando acabó la canción, el joven le propuso que se escaparan al patio que había cerca de allí. Ella, en cuanto pudo, se zafó de sus amigos y de su hermano, y se fue al encuentro de Jesús. El corazón le latía más deprisa de lo normal.

Al llegar al patio, que olía con intensidad a jazmín, en mitad de la noche, se volvieron a encontrar. La luna fue testigo de una cascada de besos adolescentes. Se besaron tantas veces como pudieron hasta que oyeron la voz de Guillermo llamando a su hermana. Salieron del patio y fueron a su encuentro paseando de la mano con toda naturalidad. Cuando su hermano llegó a su altura, le pegó un bofetón a Tita.

—No te vuelvas a ir de los sitios sin decírmelo. ¿Por qué tenéis que alejaros de donde está todo el mundo? Eso no lo hace una chica decente.

—Ha sido culpa mía —dijo Jesús saliendo al rescate de Tita—, quería despedirme de ella. Me voy de Lloret mañana mismo.

—Pues os dais las señas y le escribes si quieres, pero siempre a la vista de todos. No tienes por qué llevar a mi hermana a un lugar oscuro. Y a ti ¿qué te tenemos dicho? —pronunció la última frase mirando a su hermana.

Tita se sentía herida en su orgullo. Una vez más, su hermano la trataba como a una niña pequeña, y ya tenía trece años. Se fue corriendo con sus amigas y dejó a Guillermo hablando con Jesús. Lo cierto era que tenía la esperanza de volver a verle, pero llegó el final del verano, el otoño y el invierno, y aquel chico de piel morena y ojos verdes desapareció de su vida como si se lo hubiera tragado la tierra. Tita, sin embargo, siguió soñando con él durante aquel largo invierno en el que los libros de texto no la atraían tanto como las novelas románticas, a las que se entregó por completo. Pero en ninguna describían los besos tal y como ella los había sentido.

Ese año su madre se mudó cerca del Turó Park, un parque situado en el distrito de Sarrià-Sant Gervasi de Barcelona. Al salir del colegio un viernes, los dos hermanos se encontraron con que su casa estaba ahora en otra zona de Barcelona donde no conocían a nadie. A Tita le gustó que su nuevo hogar estuviera cerca de ese parque donde había muchos árboles de distintas especies y flores que salpicaban de color aquella vegetación. Sobre todo había encinas, un algarrobo centenario que visitaba cada día, palmeras de Canarias y magnolios cuajados de flores. Además, a la pequeña de la casa le encantaba estar rodeada de naturaleza y sacar a pasear cada día a su perrita Pipa, una caniche negra que se convirtió en su mejor compañera; fue la gran sorpresa al entrar en su nuevo hogar. Por eso el cambio para ella no había sido tan duro como para su hermano.

En el colegio Marymount no se acostumbró a las constantes preguntas de sus compañeras sobre su nivel social. Había tal competición entre ellas que Tita dejó de contestarles; prefería pasar por despistada o tonta antes que entrar en esa guerra de abrigos de pieles y de coches. Lo verdaderamente positivo es que comenzó a hablar inglés con mucha fluidez. Eso llevó a Tita a hacerse muy amiga de la hija del embajador de Estados Unidos en España, Beatriz Lodge. Con ella compartió sus novelas y la experiencia de su primer beso de verano. Practicó mucho deporte: el voleibol, la natación, la equitación... Todo lo que fuera actividad física se le daba bien. Otra cosa eran los estudios, que le costaban más. A finales de mayo, le tocó hincar los codos, ya que el final del curso estaba muy cerca. Las monjas eran muy estrictas y tenían muchas horas de estudio programadas para que las estudiantes preparasen las diferentes asignaturas.

Un fin de semana previo a las vacaciones de Semana Santa, Tita sacó a su perrita. Varios chicos esperaban fuera a que pasara por delante de ellos para decirle algo ingenioso a su paso; les hacía gracia lo nerviosa que se ponía.

Una mañana de sábado, al ver que los chicos estaban esperando a que regresara a su casa, cogió a Pipa y decidió entrar en una tintorería para hacer tiempo y que se fueran. Estaba tan nerviosa que pensó que la puerta del establecimiento estaba abierta y atravesó el cristal sin darse cuenta de que se encontraba cerrada. Milagrosamente solo se hizo un rasguño en el hombro, tampoco le pasó nada a la perrita; sin embargo, la puerta del negocio quedó completamente destrozada. La dueña del establecimiento estaba muy alterada, no solo porque tenía la puerta rota, sino por lo que podía haber pasado.

—Por favor, no le diga nada a mi madre, yo le pago la puerta —decía Tita preocupada.

—Te podías haber matado. ¿Cómo no has visto que la puerta estaba cerrada?

—No me fijé, de verdad.

Tita había aterrizado en el mostrador después de atravesar la puerta de cristal por culpa de aquel nerviosismo al pensar en volver a pasar por donde estaban los chicos. Su afán era que nadie se enterara de lo que había sucedido, pero ocurrió todo lo contrario. La gente se arremolinó en torno a la tintorería después del estruendo y los chillidos de la dueña, que se convirtieron en todo un reclamo para los curiosos.

—¡Podías haberte hecho mucho daño! ¡Ay, Dios mío! Nunca pensé que esto pudiera pasar...

—Si estoy bien. No le diga nada a mi madre, por favor. Yo le pagaré la puerta... —Tita insistía en hacerse cargo de los destrozos. Pensó en decírselo a su padre para que su madre no se enterara.

Ante la escandalera, Quico Bru, Manuel Pierre y Ramón Millet, los chicos que la estaban esperando, acudieron a ver qué había pasado. Tita entonces salió corriendo de la tintorería con la perrita en brazos y no paró hasta llegar a su casa. Al final, todo el barrio se había enterado de lo que había ocurrido. Estaba muy avergonzada y subió las escaleras de tres en tres. Nada más abrir la puerta de la calle, su madre la esperaba con los brazos cruzados y con cara de malas pulgas; era evidente que la noticia había llegado hasta ella.

—¿En qué estarías pensando para atravesar la puerta de cristal y romperla? Seguro que en algún chico...

—No me ha pasado nada. Yo pagaré la puerta, mamá...

—¿Con qué dinero? ¡Será con el mío!

—Pensaba pedírselo a papá...

—Ya no es por el dinero, es porque no vas mirando por donde pisas, vas en tu mundo. ¿Para qué has entrado en la tintorería? No entiendo...

Tita callaba. No iba a decirle que era por hacer tiempo hasta que los chicos se fueran del banco donde estaban sentados esperándola; se echó a llorar y se fue a su cuarto. Allí se pasó todo el fin de semana castigada. Tampoco tenía ganas de salir a la calle y que la gente le recordara el episodio que acababa de protagonizar. Tuvieron que pasar meses hasta que dejaron de pararla por la calle para preguntar por la puerta de cristal.

Cuando empezó de nuevo a suavizarse la temperatura, Guillermo y Tita volvieron a quedar los fines de semana con la pandilla del verano. Jesús, que no vivía en Barcelona, fue la única ausencia; es más, Tita no volvió a saber de él, aunque siguió pensando en sus besos. La pandilla quedaba para ir al cine o a bailar. Los guateques se celebraban indistintamente en las casas de los amigos o en la suya. A punto de cumplir catorce, Tita quiso organizar su fiesta de cumpleaños en casa e invitó también a dos de los chicos que la esperaban siempre sentados en el banco: Manuel Pierre y Quico Bru. Pese a la diferencia de edad, ya que los dos sobrepasaban los veinte años, estos aceptaron. Al grupo del verano no le hizo ninguna gracia la presencia de estos muchachos tan mayores, pero Tita se sentía cómoda con ellos; la conversación le resultaba más interesante que con los chicos de su edad. El día de su fiesta se puso tacones por primera vez. Estrenó unos zapatos con una pequeña alza que la hacían sentir muy mayor. Manuel le mandó un cesto con rosas y gardenias a su casa, y Quico optó por un ramo de flores silvestres. Tita se emocionó con ambos regalos porque le indicaban que ya no era una niña. Aspiró muchas veces el perfume que desprendían las flores. De pronto comparó a sus nuevos amigos con los de la pandilla, y estos últimos le parecieron muy infantiles.

En su cumpleaños, no faltaron el rock and roll, que

bailó muy compenetrada con su hermano, ni el twist, que se marcó con todos los que la sacaron a bailar. Mientras unos tomaban una copa de cup con trocitos de frutas, otros optaban por la limonada helada, que duraba poco en la mesa. Las medianoches y los *petit pain* literalmente volaban.

Los catorce años marcaron una línea invisible en su vida. Tita sintió que dejaba aparcada su niñez; de hecho, a partir de entonces comenzó a salir solo con sus amigos mayores de edad.

Las siguientes tardes de sábado decidió acudir al cine con Manuel y Quico. Su madre la dejaba ir si su hermano iba con ella de carabina en compañía de una amiga. Procuraban ir a todos los estrenos. El día que fueron a ver la película *La dama y el vagabundo*, Quico intentó cogerla de la mano, pero ella, por miedo a que su hermano se diera cuenta, le esquivó. Aunque no le disgustaba Quico, fue Manuel quien poco a poco ganó terreno en esa competición por conquistar su corazón, porque era mucho más paciente con ella y más tímido. Tita se fue olvidando de su primer beso y su corazón comenzó a ocuparlo Manuel Pierre. Había terminado Ingeniería Industrial y su mejor virtud tenía que ver con su carácter alegre, aunque su peor defecto eran los celos.

Un día quedaron a solas y Manuel Pierre se le declaró en mitad de la calle.

—Me gustaría que fueras mi novia. Llevo mucho tiempo pensando en ti y me estoy volviendo loco. Deseaba que estuviéramos a solas para decírtelo. ¿Qué me contestas?

—¡Pues que sí! —le dijo Tita sin saber qué hacer ni qué decir después.

Manuel Pierre la cogió de la mano y se pusieron a pasear sin pronunciar una sola palabra. ¡Ya eran novios! Se preguntaba Tita si después de eso y de ser novios de forma oficial deberían darse un beso. Sin embargo, no dijo nada y siguió caminando. Un muchacho que se cruzó con ellos la miró más de la cuenta y, al ver que ella sonreía, Manuel se enfadó.

—Si vas a ser mi novia, debes tener ojos solo para mí.

—Pero si estaba pensando en lo que acabas de decirme... No me he fijado, te lo prometo.

—No soporto los tonteos —le dijo Manuel enfadado.

—Por favor, pero ¡qué estás diciendo! Con lo feliz que me sentía, ahora me estás haciendo sufrir mucho con tus palabras.

A partir de ese momento, cuando Tita quedaba con él, pasaba por una montaña rusa de sentimientos, de la alegría a la tristeza en cuestión de minutos. El interés por los estudios comenzó a desaparecer. Estaba intranquila y pendiente de las llamadas de Manuel y de las citas clandestinas en el Turó Park. Llegó el primer beso y, aunque no fue como aquel de Jesús, que todavía recordaba, sintió que era el primer paso para formalizar su relación. Estaba convencida de que Manuel era el hombre que la llevaría al altar. Se imaginaba en sueños entrando vestida de blanco en una iglesia y justo cuando iba a sonar la marcha nupcial se desvanecía todo.

Su madre, que la observaba desde lejos, sabía lo que estaba pasando por su cabeza; ella misma se había enamorado con diecisiete años de su padre y por eso no estaba dispuesta a que esa relación continuara, así que decidió cortar por lo sano. Un día Tita intentó salir de casa y no pudo; su madre, al irse, había dado dos vueltas a la cerradura. Por lo tanto, estaba encerrada en su propia casa con su abuela Sabina, que tampoco podía hacer nada por abrirla.

—¡Hija, no te metas ya en relaciones formales! ¡Las mujeres siempre salimos perdiendo!

—Abuela, no sabes cómo estoy sufriendo. No entiendo a mamá.

—¡Ya la entenderás cuando seas mayor! Lo hace por tu bien. Ese chico te está haciendo sufrir mucho. Te pasas el día llorando. ¿Es que no te das cuenta?

—Abuela, ¡no entendéis nada!

Tita no atendía a razones. Se le ocurrió mirar por el balcón por si veía a Manuel, con el que había quedado, y efectivamente le vio pasar. Le hizo unos gestos con la mano y el joven paró. La miró y volvió a emprender su camino. Tita tiró por el balcón su billetera con un mensaje para él en el que le explicaba por qué no acudía a la cita, pero éste se había dado media vuelta y no vio cómo se la lanzaba. Un transeúnte, sin embargo, sí se dio cuenta, la cogió y se la llevó. Hasta que no llegó Manuel a casa y la llamó por teléfono, no supo qué había ocurrido.

—No me han dejado salir, Manuel. Me han encerrado con llave. ¿Por qué no te has parado?

—Pues yo no he querido parar porque he pensado que algún vecino le diría a tu madre que yo estaba por allí, y como no me puede ni ver...

—No, eso no es verdad. Mi madre dice que soy muy joven para tener novio, es lo único que dice. Pero esto que me ha hecho no tiene nombre. ¡Dejarme encerrada! ¡Qué disgusto tengo!

Ese final de curso fue muy difícil. Carmen madre se puso en contacto con su todavía marido, Enrique Cervera, para comunicarle su decisión de que sus hijos continuaran ese verano estudiando idiomas. Guillermo y Tita ya hablaban inglés y francés, y ahora quería que supieran alemán. Ante la conveniencia de apartar a sus hijos de allí, veía como solución que fueran ese verano a Múnich. El cabeza de familia se mostró de acuerdo y los chicos se prepararon para viajar. Guillermo lo llevó mejor que Tita, que protestó más que nunca. Quería ver a Manuel Pierre, pero su madre deseaba poner distancia entre ambos y lo consiguió.

Fue entonces cuando madre e hija comenzaron a frecuentar la famosa y elegante cafetería Sandor donde, en palabras del encargado del local, «muchas señoras llevaban a sus hijas a ver si conocían a un chico bien». Esa fue la estrategia de Carmen madre para encarrilar el creciente interés de su hija por el sexo opuesto hacia candidatos de más nivel social que Manuel Pierre.

21

El intercambio

La decisión ya estaba tomada. Los chicos estarían en la misma ciudad alemana: Múnich, pero en distintas casas. Primero salió para Alemania Guillermo y le gustó mucho la primera impresión de la capital de Baviera. Le pareció muy bonito su casco histórico y la Marienplatz, la plaza María. Se tratada del centro neurálgico de la ciudad, alrededor del cual emergían las principales calles comerciales y restaurantes. Para cuando llegara su hermana, pensó, ya se conocería los monumentos principales de la ciudad y podría hacer con ella de cicerone.

Tita, por su parte, desde que se fue su hermano, le insistía a su madre en que prefería quedarse en España por si podía hacerla cambiar de opinión.

—Mami, estás obsesionada con los idiomas. Yo quiero quedarme aquí.

—Harás lo que yo diga. Te irás a Múnich en julio y agosto, y una niña alemana vendrá a casa en septiembre y octubre.

—Me voy a perder el verano en Los Arcos y en Lloret. ¡También necesito descansar!

—Quieres ver a Manuel Pierre, y ese chico es muy mayor para ti. Te acompañaré a Alemania para que no viajes sola.

Quince días después, las dos llegaban al aeropuerto de Múnich, donde fue a recogerlas Guillermo. Aquello era un ir y venir de gente llevando maletas; no en vano se trataba de la tercera ciudad alemana en número de habitantes y del destino elegido por muchos emigrantes. Múnich se erigía como la ciudad germana donde se aglutinaban más empresas y donde se hacían más negocios. Guillermo se había ido allí a estudiar sin muchas ganas; sin embargo, rápidamente se había hecho con el entorno. En los pocos días que llevaba se había ennoviado y no quería que su familia se enterara. Al verlas, le insistió a su madre en que Tita no se quedara allí mucho tiempo.

—Ya sabes cómo es mi hermana, mamá; muy dulce, parece que dice que sí a todo, pero luego hace lo que le da la gana. No quiero tener esa responsabilidad.

—Eres el mayor y tendrás que vigilar a tu hermana. Además, está en un país extranjero y no domina el idioma.

A regañadientes, Guillermo las acompañó a conocer a la familia que se haría cargo de Tita los próximos dos meses de verano. En principio, les gustó la zona en la que vivían; su madre se despidió tranquila y la adolescente comenzó una rutina estricta que no podría saltarse.

Al cabo de dos semanas, Tita entabló amistad con dos chicas de dieciséis años que iban a su misma clase, Mónica y Susan. Las tres empezaron a visitar juntas los principales monumentos de la ciudad. La niña de intercambio con la que convivía Tita no demostraba interés por integrarse en el grupo y jamás las acompañó. Un mes después ya habían paseado por el colorido Jardín Inglés, uno de los lugares más emblemáticos de la ciudad; por la Marienplatz, de la que tanto le había hablado su hermano y donde les llamó la atención la torre medieval del reloj, en la que varias figuras humanas bailaban a las horas en punto; pasearon también por Residenz, la antigua residencia real con sus diferentes museos... La familia de intercambio, por su parte, la llevó a visitar el palacio de Nymphenburg, que está en las afueras de la ciudad; y el Deutsches Museum, dedicado a la ciencia y a la tecnología, situado en una isla formada en el cauce del río Isar.

Un día, mientras paseaban, unos estudiantes las invitaron a tomar *weisbier*, cerveza blanca, con el famoso *breze (pretzel)*, un pan muy estrecho unido en los extremos. A Tita no le gustó el sabor agrio de la cerveza y no volvió a probarla.

En otra ocasión, después de clase, Susan tuvo una idea...

—No hemos conocido nada más que Múnich, ¿y si hacemos una excursión por nuestra cuenta? —propuso la más lanzada de las tres.

—No nos dejarán ni los profesores ni nuestras familias de intercambio —replicó Tita.

—He visto que hay unas tarjetas baratísimas para estudiantes que permiten pasar tres noches en albergues: una en París, otra en Ámsterdam y otra en Bruselas.

—Sí, pero ¿cómo llegaremos hasta allí? Está muy lejos —dijo Tita inquieta.

—¡En autostop!

—¡Qué buena idea! —celebró Mónica.

Tita se quedó pensativa. Sin duda, era una de esas

aventuras que había estado esperando vivir en los últimos años.

—¡Si se entera mi hermano, me mata! —añadió.

Durante días estuvieron dándole vueltas a la idea; no podían dejar de pensar en ella y hablaban continuamente de posibles itinerarios. Finalmente, decidieron llevarla a cabo. Irían primero al destino más lejano, Francia; después llegarían a los Países Bajos, para terminar en Bélgica y regresar a Múnich.

Ahora quedaba lo más difícil: que nadie sospechara lo que iban a hacer. Al final, Tita le contó a su hermano que se iba tres días de viaje con la familia de intercambio. Todas les dijeron a los profesores que las familias las llevaban de excursión, y a las familias, que los profesores les habían organizado un viaje cultural. Cogieron algo de ropa y se lanzaron a la aventura. No les costó demasiado llegar hasta la carretera que las llevaría en dirección a París haciendo autostop; no tuvieron problema para encontrar conductores voluntarios. La llegada a París, primera escala del viaje, no registró ningún percance, aunque tardaron en llegar más de nueve horas. Una vez allí, vieron la Torre Eiffel y lograron entrar en el Museo del Louvre antes de que lo cerraran. Después de pasar la noche en el primer albergue, se dirigieron a la carretera que las llevaría a Ámsterdam. Sin embargo, no se les dio tan bien como el día anterior y les costó mucho que alguien las llevara en coche. Tuvieron que andar bastante hasta que llegaron a una gasolinera y hablaron con los conductores que paraban a repostar. El problema es que no se creían que estuvieran de viaje; pensaban que se habían escapado. Por fin, un camionero las invitó a subir, pero durante el viaje les hizo muchas preguntas incómodas y pasaron miedo hasta llegar a la ciudad holandesa. En la capital de los Países Bajos se encontraron con más de cien kilómetros de canales y más de mil puentes... Comprendieron por qué la llamaban «la Venecia del Norte». Como no hablaban neerlandés, se hicieron entender en inglés. Fueron al mercado de las flores y a la plaza Dam, la más famosa de la ciudad. Les dio tiempo a ver el Museo Van Gogh muy rápido. Lo suficiente para que Tita pensara que, de todo el viaje, era lo que más le había gustado. Se trataba de la obra de un pintor que murió sin saber lo que era el éxito. Sin embargo, se había convertido en uno de los principales exponentes del postimpresionismo. Después pasearon por la ciudad hasta que acudieron a pernoctar al segundo albergue. Al día siguiente, tuvieron que levantarse temprano para seguir con su viaje. Su último destino era Bélgica. Estaban angustiadas porque solo tenían un día para que nadie se percatara de su aventura. Finalmente, arribaron a su tercer destino. No fueron muy conscientes de cómo habían llegado a Bruselas; volvieron a pasar miedo con alguno de los conductores y se dijeron a sí mismas que no volverían a repetir la experiencia.

Al poner el pie en la capital de Bélgica, quisieron ir directas al albergue y ducharse. Después, ya pudieron ver la catedral de San Miguel y Santa Gúdula, el principal templo de la ciudad. Visitaron la Grand Place y no dejaron de ver al Manneken Pis, el niño que está permanentemente orinando. No tenían mucho dinero y se dejaron invitar por un grupo de jóvenes a unas patatas fritas. Se levantaron de madrugada para regresar a tiempo a Múnich. Agobiadas ante la posibilidad de tardar en regresar más de lo que esperaban, pensaron en qué decirles a las familias para que no las pillaran en la mentira. Decidieron contar que una de las tres se había puesto enferma. Cuando Tita llamó al timbre de la casa donde se alojaba, a quien menos esperaba encontrar era a su hermano con cara de malas pulgas.

—¿Se puede saber dónde has estado metida tres días? No sabíamos nada de ti. Nos has tenido con el corazón en un puño.

—Quería hacer un viaje cultural con mis amigas.

—Cuando mami lo sepa se va a enfadar muchísimo. Verás lo que le va a gustar tu «viaje cultural». Por lo pronto, la familia donde te alojas ya no quiere enviar a su hija contigo.

—Pero si...

—Ya no valen los «peros» ni los «yo no quería». Así no se hacen las cosas. Os podíais haber metido en un lío muy gordo. ¿Dónde os íbamos a buscar si no hubierais regresado? Habéis corrido mucho peligro.

Tita, muy apesadumbrada, se acercó a la familia alemana y les pidió disculpas medio en alemán medio en inglés. No obtuvo ninguna respuesta. Estaban todos con caras largas pensando en lo que podía haber ocurrido.

Cuando Guillermo llamó por teléfono a su madre y ésta tuvo conocimiento de lo ocurrido, decidió que la experiencia alemana había tocado a su fin. Le pidió que le pasara el teléfono a su hija.

—Se acabó Alemania para ti, regresas a España. ¿Cómo se te ha ocurrido irte tres días con dos amigas? —Carmen estaba muy enfadada.

—Queríamos conocer otros países y pensamos que hacer autostop era la forma más sencilla.

—¡Qué barbaridad! ¡A quién se le ocurre! Eres muy atrevida. No sabes la de cosas que os podrían haber pasado. ¡Se acabaron las aventuras!

—Ha sido un viaje cultural...

—Lo de la cultura está muy bien, pero no en esas condiciones en las que habéis ido. ¿Qué habéis comido? ¿Dónde habéis dormido?

—Mami, en un albergue. Comer... pues bocadillos y todo a lo que nos invitaban...

—No quiero saber más. Recoge tus cosas que te vuelves a España.

Cuando Tita colgó el teléfono, se le saltaron las lágrimas. Su hermano siguió riñéndola.

—¡Nos has mentido a todos! —añadió Guillermo muy enfadado.

Sin decir una palabra más, hizo su maleta, se despidió de la familia y su hermano la llevó a la estación. Antes, llamó por teléfono a sus compañeras de aventura para que fueran a despedirse de ella y, de paso, su hermano las conociera. Se las presentó con la esperanza de hacerle cambiar de idea, pero Guillermo solo deseaba subirla al primer tren con destino a España. Aunque no les prestó demasiada atención, les hizo una única pregunta.

—¿Teníais permiso de vuestros padres?

Las dos dijeron que no y, a pesar de verlas educadas y con buena imagen, prefirió no escucharlas más y poner toda su energía en que su hermana se fuera de allí cuanto antes.

Entre lágrimas, Tita se subió al tren y se despidió de sus amigas. Durante el largo viaje pensaba en qué consecuencias tendría su aventura. No imaginaba el castigo que le pondría su madre. Recordó aquel día en que la encerró con llave con su abuela Sabina para que no saliera con su novio. De pronto, Manuel Pierre le vino a la mente. Se dio cuenta de que durante su estancia en Alemania no se había acordado de él; es más, la idea insistente de él sobre contraer matrimonio ya no le parecía tan atractiva. Había viajado por París, Bruselas, Ámsterdam y Múnich; quería ver mundo. Definitivamente, deseaba viajar y conocer a personas de otros países. Antes de llegar a su casa de Barcelona, Manuel Pierre ya formaba parte del pasado.

Por ese motivo, Carmen Fernández de la Guerra escuchó a su hija y le pareció más importante que no quisiera saber nada del novio que el hecho de que se hubiera fugado a la aventura.

—Me gusta que hayáis ido a conocer los museos y los monumentos de esas ciudades, pero prométeme que jamás volverás a hacerlo sin que yo lo sepa. Prométeme que no volverás a hacer autostop.

—Te lo prometo, mami.

Se dieron un abrazo y su madre le quiso dar un consejo: «Eres demasiado joven para casarte. Continúa con tus estudios. Si quieres ver mundo, lo verás; irás al extranjero a estudiar cuando acabe el verano».

—¿Adónde?

—He pensado en Inglaterra; allí perfeccionarás el inglés.

—Me gusta.

Sin que se enterara su madre, se despidió de Manuel Pierre. Al escucharla, el joven se quedó en shock. No se esperaba que de la noche a la mañana Tita fuera a desaparecer de su vida. La distancia los separaría para siempre, pensó. Tita le dijo que lo mejor sería que ya no fueran novios. A pesar de eso, Manuel le regaló una sencilla joya de oro para que le recordara siempre. Era toda una declaración de intenciones; le estaba diciendo que no quería que le olvidara. Por suerte, como no ponía su nombre, pudo llevarla siempre con ella.

22

Todo menos que te ennovies

El verano tocaba a su fin cuando sonó la canción de Paul Anka en aquel local de moda en Sitges al que acudían los jóvenes: «Put your head on my shoulder. Hold me in your arms, baby...». Uno de sus nuevos amigos, Giorgio Cumín sacó a bailar a Tita y los dos, al son de esa canción lenta, descubrieron que iban a coincidir en Londres. El destino quiso que se conocieran antes de llegar a la capital británica. El chico no dejó de mirarla durante toda la canción, lo que provocó cierta hilaridad entre las madres allí presentes, que no perdían ojo de lo que sucedía en la pista de baile. De hecho, al regresar, Carmen bromeaba con su hija sobre lo que había sucedido minutos antes.

—Ya veo que ese chico se suma a tu lista de admiradores de este verano. Prefiero eso a que te ennovies y te quieras casar siendo aún tan joven.

Su madre seguía pensando en Manuel Pierre y en sus celos; no quería volver a ver a su hija sufrir así.

—Mamá, no tengo intención de casarme. Quiero viajar y aprender.

—Aprovecha el tiempo. Estarás en Londres dos años; consolida tu inglés.

—Giorgio me ha dicho que también se va a estudiar a Londres.

—Bueno, pues ya tienes allí una cara conocida, pero no un novio. Me lo tienes que prometer.

—Novio no. Sé que soy muy joven.

—No quiero que te pase como a mí. Yo quería ser cantante, ¿recuerdas? Me ennovié y me casé antes de tiempo, y no cumplí mis sueños.

—Yo quiero viajar, conocer mundo, descubrir nuevas culturas. Ese es mi sueño.

—Tita, no dejes de formarte y de aprender idiomas. Con inglés, francés y alemán podrás viajar a cualquier lugar del mundo.

Giorgio llegó a Londres una semana antes que Tita, tiempo suficiente para organizar una fiesta de bienvenida para su amiga en su piso, donde había más españoles que ingleses. La joven, nada más viajar allí, se sintió sorprendida y feliz con aquel recibimiento que le hicieron. Sin embargo, obedeciendo a su madre, no quiso ennoviarse con nadie, ni tan siquiera con Giorgio, que le caía muy bien.

A Tita le gustaba pasear por la capital británica. Se pateó Londres de norte a sur con sus nuevas amigas y fue testigo del cambio de guardia en el Palacio de Buckingham cada domingo. Le gustaban los uniformes con las tradicionales túnicas rojas y los gorros alargados de piel de oso. La ceremonia siempre contaba con una banda de música militar que a Tita le alegraba el día. Por otro lado, el Big

Ben y el British Museum eran sus lugares favoritos, junto con el Soho, donde le encantaba ver los escaparates de las tiendas.

Tita cumplió la mayoría de edad en la capital británica y, una vez más, el insistente Giorgio le organizó otra fiesta por todo lo alto. No podía sentirse más halagada y más feliz. La tarde del 23 de abril de 1961 no paró de bailar. El joven, además, le regaló un collar de perlitas que le gustó muchísimo y la hizo sentir adulta.

—¿Habéis visto qué regalo más bonito? —dijo mientras enseñaba el collar a sus amigas.

Tita pensó que ya era adulta y que aquel cumpleaños era el final de una etapa y el comienzo de otra. Se sintió mayor con los regalos que le hicieron, sobre todo con el de Giorgio. Sin embargo, como todos conocían de su pasión por las plantas y los libros, también le regalaron flores y novelas románticas.

Durante esos días los jóvenes estaban conmocionados con la noticia de que el hombre quisiera explorar la Luna. Yuri Gagarin, el cosmonauta soviético, se había convertido en el primer ser humano en viajar al espacio exterior y regresar. Había estado 108 minutos orbitando alrededor de la Tierra. La palabra que utilizó en el lanzamiento, «¡Vamos!», se puso de moda entre los jóvenes cuando querían darse ánimo.

Un día, una de sus amigas del colegio llevó un recorte de prensa en el que se anunciaba la celebración de un concurso de belleza en España.

—¿Por qué no nos presentamos? —propuso una de ellas.

—¡Qué vergüenza! No contéis conmigo —dijo Tita.

—Pero, si tu ilusión es viajar, con este concurso podrías llegar hasta América. Todo un año yendo de aquí para allá.

—¿A qué parte de América?

—Aquí pone que el concurso de Miss International Beauty Congress tendrá lugar en Long Beach. Eso está muy cerca de tu ansiado Hollywood.

—¿Sí? Pues entonces yo me quiero presentar. ¿Qué hay que hacer?

—Tenemos que escribir una carta con nuestro currículo de estudios y enviar varias fotos. Eso sí, necesitamos el consentimiento de nuestros padres.

—No sé si mi madre me va a dejar... La llamaré esta misma tarde —dijo Tita desconfiada.

Las tres jóvenes amigas del colegio se emocionaron ante la posibilidad de llegar a conocer actores de Hollywood, pero primero deberían ganar el concurso en su región y después concursar por Miss España y Miss International Beauty Congress.

Cuando Tita habló con su madre, ésta no comprendió nada de lo que le decía; no acababa de entender qué era eso del concurso de belleza.

—Mami, ya que no me has dejado casarme con Manuel Pierre, tienes que dejar que me presente a esto que tanta ilusión me hace. Va a ser muy divertido y, además, voy a poder viajar a Los Ángeles. ¿Qué te parece?

—No sé, tendría que consultarlo con tu padre. Esto es algo al margen de tus estudios y no tengo claro que le vaya a parecer bien.

—Mami, la decisión final será tuya. Solo voy a probar suerte. Si no salgo elegida, será una ilusión fallida, nada más; y si me seleccionan, una experiencia bonita. ¡Déjame intentarlo!

—Te devolveré la llamada en cuanto pueda hablar con tu padre.

Tita esperó nerviosísima a que sonara de nuevo el teléfono. Sus otras dos amigas habían obtenido rápido el consentimiento de sus padres, a los que les hizo gracia verlas tan ilusionadas con viajar. Al final del día, recibió la llamada.

—Tita, dice tu padre que no le hace mucha gracia que desfiles por una pasarela junto a otras chicas, pero que, si te hace ilusión a ti, ¡adelante!

—¿De verdad? Muchas gracias, mami. Ahora mismo me hago varias fotos y las envío al concurso. ¡Te quiero!

—¡Pues sí que estás ilusionada! ¡No te decepciones si no te escogen!

—¡Claro que no!

Las tres jóvenes enviaron las fotos y la carta de presentación especificando los estudios y los idiomas que hablaban. Al final, la única que obtuvo respuesta afirmativa fue Tita. De primeras sintió una gran alegría, pero después lamentó que no viajaran junto a ella sus dos amigas, sobre todo la que había tenido la idea. De todas formas, la despidieron con la ilusión de que al menos una de ellas optara a participar en el concurso de Miss Cataluña.

—¡Vamooos, Tita! ¡A conquistar el mundo! Igual que Gagarin.

Llegó dos días antes del certamen a Barcelona y se fue a casa de su madre. Entre su abuela Sabina y Carmen pensaron qué traje de noche de los suyos podría llevar. Una vez que se los hubo probado todos, Tita eligió uno de terciopelo negro que su abuela Sabina le ajustó. También se fue a la peluquería y regresó con otro color de pelo; las peluqueras la habían convencido para que se tiñera de morena.

—Pero ¿qué te has hecho? —preguntó su madre enfadada—. Si tú siempre has sido rubia.

—Me ha convencido la peluquera de que estaría mejor de morena para representar a España. Y me ha parecido bien.

—Pues te ha cambiado la personalidad. Estabas más guapa de rubia.

—No me digas eso...

—Al que no te conozca le parecerá bien.

Carmen acompañó a su hija el día de la elección de Miss Cataluña a la sala de fiestas donde se organizaba. Un grupo de chicas bellísimas fueron entrando a la vez que Tita.

—¡Tranquila! Ten seguridad en ti misma. Sonríe, que esa es tu mejor tarjeta de presentación, y, si te preguntan, habla de los muchos viajes que ya has hecho en tu vida.

—Estoy nerviosa. Nunca he desfilado.

—Pues llegó el momento.

Las chicas comenzaron a desfilar por el escenario de aquel local y, en un momento dado, el jurado les pidió que se presentaran una a una y les hizo algunas preguntas sobre temas muy básicos de cultura general. Tita contestó segura y divertida. Los convenció de lo importante que era para ella viajar y conocer gente diferente. Cuando empezaron las votaciones, no hubo dudas y salió elegida. A Tita se le saltaron las lágrimas. Era consciente de que su vida iba a cambiar de golpe.

Su madre la abrazó y se sintió muy orgullosa de que

su hija ganara aquel concurso, que no esperaba que tuviera tanta atención mediática. Pensó que su hija podía tener la vida que ella siempre había soñado.

—Ahora, si quieres viajar a Estados Unidos, habrá que preparar bien el vestuario para Miss España. Ese será el primer paso para que puedas hacer las Américas.

—Mami, ha sido una noche mágica para mí, un sueño hecho realidad. Todavía no me lo creo.

Un avión de Iberia las trasladó días más tarde hasta Madrid. Allí otro jurado, de personajes muy famosos, tenía la responsabilidad de elegir a la que sería la Miss España de aquel año. La duquesa de Alba, la condesa de Quintanilla, el diestro Luis Miguel Dominguín, el modisto Pedro Rodríguez y la escritora y aristócrata Natalia Figueroa serían los encargados de cambiar la vida a una de esas jóvenes. El jurado comenzó con preguntas sobre cultura general y sobre la educación que habían recibido; también preguntaron los idiomas que hablaban. La nueva cara de Miss España iba a representar al país y tenía que dejar en buen lugar a sus compatriotas.

A su madre le sorprendió la soltura con la que habló Tita al jurado. Cuando regresó a su lado se lo comentó.

—Con lo tímida que eres... Te has defendido muy bien.

—Sí, soy tímida cuando hablo con una única persona, pero al verme rodeada de gente me he tranquilizado y he contestado lo que sabía.

—Lo has hecho muy bien.

Primero desfiló en ropa deportiva y, finalmente, en traje de noche. El jurado deliberó. Dijeron en primer lugar los nombres de las damas de honor y Tita pensó que ya no tendría nada que hacer. De pronto, se hizo el silencio y el presentador anunció a la nueva ganadora de Miss España.

—Señoras, señores. El jurado ha elegido a la señorita... ¡Carmen Cervera Fernández de la Guerra!

Tita se echó las manos a la cara y salió del grupo. La hicieron subir a un estrado donde había un trono y una placa con la silueta del mapa de España. Le pusieron un manto con armiño y finalmente la corona dorada de Miss España, que no conseguían que se mantuviese sola sobre el pelo. Una de las organizadoras se la ciñó a la cabeza sujetándola con la mano para la foto.

Las entrevistas y los compromisos ligados al título hicieron imposible que continuara sus estudios en Londres y tuvo que dejar la capital inglesa. Sus amigas lo sintieron mucho, pero se alegraron porque Tita estaba viviendo un auténtico sueño.

Carmen tuvo que encargar el vestuario para su hija y canceló temporalmente sus viajes a París para acompañarla a todos los compromisos que le surgían. El siguiente certamen era en Beirut. Allí competirían cuarenta y cuatro jóvenes de diferentes países por el título de Miss Europa.

Una vez que llegaron a la capital del Líbano, una de las más cosmopolitas de Oriente Próximo, recibieron los agasajos de los organizadores. El día del concurso, además de desfilar en traje de noche, tuvo que desfilar en bañador. Todas fueron con el mismo, un traje de baño muy recatado. Las deliberaciones fueron complicadas. Cuando escuchó su nombre como segunda dama de honor, supo que su sueño de ganar se desvanecía; sin embargo, se quedó conforme. La experiencia había valido la pena. Pero su madre le comentó que tenía alguna duda sobre cómo se habían producido las votaciones.

—Me temo que ha habido una mano que ha dirigido el voto.

—No importa... Al final, hemos viajado a Beirut, la capital del Líbano. ¡Quién me lo iba a decir hace un par de meses!

—Tienes razón, me gustaría volver para conocer la ciudad más a fondo...

La agenda de eventos fue tan apretada que no les dio tiempo a visitar el Museo Nacional de Beirut. Madre e hija se quedaron con las ganas.

Volvieron a España y pocos días después viajaban a Nueva York. Al llegar allí, pasaron el día recorriendo la ciudad. Disfrutaron mucho de la actividad que se veía por las grandes avenidas; de los rascacielos más grandes del mundo; y contemplaron la estatua de la Libertad. Se cumplía el sueño de madre e hija. Veinticuatro horas después, ya estaban camino de Los Ángeles. El cónsul español fue el encargado de recibir a las concursantes del certamen de Miss International Beauty Congress 1961. En realidad, éste era el concurso que había movido a Tita a presentarse. Antes de que aterrizara el avión, las jóvenes tuvieron que vestirse con el traje regional de cada país. Tita se vistió con uno de faralaes blanco. Estaba radiante.

A cada chica le asignaron una asistente, una persona de confianza, para que la acompañara, y un policía para su protección. A todas, sin excepción, la ciudad de Los Ángeles las impactó.

—Parece una ciudad de vacaciones. Las casas entre los árboles son divinas.

—A lo mejor algún día podremos vivir aquí, mami.

—Si te lo propones, con lo cabezota que eres...

Acudieron a varias fiestas en su honor y visitaron también los estudios de cine. Casi todas las concursantes deseaban que un productor se fijara en ellas para hacer carrera en Hollywood. Cuando llegaron a los estudios de la Metro-Goldwyn-Mayer, Dean Martin, Sammy Davis Jr. y Frank Sinatra estaban rodando una película. La mujer de Dean y la de Sammy, que asistían al rodaje, al verlas interesadas en el mundo del cine, invitaron a Tita y a su madre a visitar Las Vegas e ir a ver actuar en directo a los tres artistas. Les insistieron en que no regresaran a España sin ver el espectáculo.

—Mami, es como un sueño, como un cuento de hadas. Aquí están, delante de nosotras, algunos de mis actores favoritos.

—Pues vayamos a Las Vegas cuando todo esto acabe.

Pronto comenzó el certamen. El primer día, las sesenta y cuatro participantes desfilaron en ropa deportiva. Tita lo hizo con un traje de tenis con faldita. En esa primera jornada quedó en primer lugar. Decían que era la que tenía mejor cuerpo de todo el certamen. Estaba muy ilusionada; los periodistas le trasladaron la sensación de que podía ser la ganadora. El segundo día debían defender el traje regional de España. Vestida de flamenca, pronunció un discurso que le había preparado el escritor José María Pemán. Muchos ojos estaban pendientes de que ganara. Para España era una forma de visibilizar al país frente a un mundo que era hostil al régimen de Franco. No todas las concursantes pudieron acabar su discurso como Tita; algunas se pusieron a llorar o se quedaron en blanco. Había muchas cámaras retransmitiendo en directo el certamen para todo Estados Unidos. Y llegó el último día. Todas salieron en traje de noche. Tita pasó el primer corte y se clasificó entre las quince semifinalistas. Volvió a desfilar y quedó entre las cinco finalistas. Su corazón palpitaba agitadamente y el de su madre también. Al final, ganó el título de segunda dama de honor... No lo consiguió, pero la organización le dio diez mil dólares por haber llegado tan lejos.

—No ha podido ser, pero mi sueño ya está en marcha. Mami, ¿nos vamos a Las Vegas? La asignación ha sido bastante importante.

—Si lo hacemos, tendremos que alquilar un apartamento en Beverly Hills.

Carmen tenía muy claro que no iba a ser ella quien frenara el sueño de su hija. La asistente, que se hizo amiga de ambas, las ayudó a encontrar un apartamento; así, podrían ir a Las Vegas a ver el espectáculo de las tres estrellas: Dean Martin, Sammy Davis Jr. y Frank Sinatra. Tras quedar fascinadas con su actuación, los artistas las invitaron a acudir a otra fiesta. Tita y su madre aceptaron, y, una vez que llegaron al local, no supieron adónde mirar porque allí estaban todos los actores y actrices de moda. Después de saludar a los rostros más conocidos, gracias a las mujeres de Dean y Sammy, Frank Sinatra se acercó a hablar con Tita en un aparte. Le quiso presentar a la actriz Marilyn Monroe, que vestía un traje muy ceñido de lamé plateado. Estaba radiante, sonriente... Sinatra aprovechó para poner roja a la adolescente española y le contó un chiste verde que Tita no entendió. Marilyn, mirando a Frank Sinatra, puso el brazo encima de los hombros de Tita y le dijo:

—No la perviertas. ¿No ves que es una jovencita muy ingenua todavía? Deja a estos chicos malos —le comentó a la joven—. ¡Vámonos!

Tita sonrió a Marilyn agradeciéndole aquel capote que le había echado. Se fue con ella. Le pareció que no era tan alta como parecía en las películas, pero su forma de ser la conquistó. Cuando volvió junto a su madre, se lo contó todo.

—Mami, no he conocido a nadie tan cariñoso como Marilyn. Tiene la sonrisa más bonita que he visto nunca. Parece tan melosa, ha sido tan agradable conmigo... —le dijo a su madre al acabar la fiesta.

Los días posteriores fueron a visitar a varios productores que les habían dicho que necesitaban caras nuevas. La madre de Tita dejó varias fotos y su contacto por si querían llamarla.

Jean, la mujer de Dean Martin, les decía que no regresaran a España sin que Tita conociera a su hijo. Estaba estudiando fuera de California.

—Eres la mujer ideal para mi muchacho. Sería maravilloso que te conociera. Se quedaría sin palabras.

Pero Tita y su madre no pudieron seguir mucho tiempo más allí. En España reclamaban su asistencia a diferentes eventos después de haber salido en la portada de la revista *Triunfo* y de que su cara se hubiera hecho conocida. La volvieron a llamar para más reportajes; en uno de ellos, como no podían enviar a un periodista, le pidieron que el artículo lo escribiera ella. Al final, redactó una página y media de su presencia en Los Ángeles rodeada de actores conocidos. Desde Madrid, los organizadores de Miss España insistían en que debía regresar; querían que acudiera al certamen de Miss Mundo que se iba a celebrar en Londres. Por lo tanto, abandonaron América y, al regresar a Madrid, Tita comenzó a viajar sola. Su madre comprendió que su hija podía ir sin ella, como el resto de las chicas. Dos días después, su hija estaba de camino a Londres. Como ya era invierno, la experiencia no fue tan bonita como la que había vivido en Beirut y en Estados Unidos. Ir sin su madre también hizo que se sintiera más desprotegida y menos acompañada que cuando iba con ella.

Quedó entre las cinco finalistas y, de nuevo, su nombre volvió a sonar como segunda dama de honor. Tita se quedó muy decepcionada de volver a quedar en segundo lugar. En la fiesta posterior conoció al actor irlandés Richard Todd, que había pertenecido al jurado y le comentó que no comprendía cómo no había salido ganadora cuando todos los que se habían sentado a su lado la habían votado a ella. Tita habló con uno de los responsables del certamen.

—Es mucha casualidad que siempre salga segunda dama de honor.

—Bueno, debes saber que en los concursos internacionales hay muchos intereses que nada tienen que ver con el propio concurso, más bien con los países a los que representáis.

—¿Me estás diciendo que está amañado?

—Yo no he dicho eso... Pero, en fin, tú no eres tonta.

Se sintió muy frustrada tras esa confesión que le acaba de hacer un miembro de la organización y que le pidió que no le descubriera. Al llegar al hotel se encontró con la grata sorpresa de haber recibido llamadas de Jeanne y Dean Martin, así como de Sammy Davis Jr. y Frank Sinatra. Los tres la animaban a volver a Las Vegas. Tita no sabía qué hacer; además, iba a acabar su reinado. Al volver a España su madre habló sinceramente con ella.

—Este sueño ha llegado a su término, debes seguir estudiando.

—Estaba pensando en viajar a Los Ángeles...

—No, Tita. Hay que volver a la realidad. Te han tratado como a una reina durante demasiados meses. Todo eso tiene que terminar. Hay que poner los pies sobre la tierra otra vez.

Su madre decidió enviarla a Lausana, Suiza. Había hablado con su padre y quería que todo ese mundo en el que se había metido su hija acabara ya. Mientras tanto, su hermano Guillermo continuaba sus estudios en Alemania, completamente ajeno al mundo que había escogido su hermana.

En la institución a la que enviaron a Tita en Lausana enseñaban a las señoritas a tocar el piano, a hablar idiomas y a tener una formación en cultura general. Como eran mayores de edad, les dejaban salir los fines de semana. Tita se fue uno de esos días libres a Ginebra, a una fiesta donde conoció a las hermanas Penny y Carol Shorto, cuya familia se encargaba de distribuir Coca-Cola en Brasil. Éstas la invitaron a su apartamento y se quedó muy impresionada del tamaño de los peluches que les había regalado el novio de su otra hermana, Denise. Un día, estando Tita con ellas, se lo presentaron y se enamoró ciegamente de ella...

23

La gota que colmó el vaso

Después de los últimos meses viajando a diferentes países, envuelta en un sueño, estudiar en Lausana cada día le costaba más. Los siguientes fines de semana siguió frecuentando a las hermanas Shorto. Precisamente, en uno de esos encuentros le propusieron acudir a unos grandes almacenes y entrar en una peletería. A Tita le pareció divertido y las acompañó. La convencieron para que se probara todos los abrigos de su talla. Estuvo un buen rato entrando en el probador y saliendo con abrigos de pieles diferentes. Se los mostraba a ellas y cuando ellas le decían que no, entraba a probarse otro. Salió de nuevo con un abrigo de visón blanco y se dio cuenta de que sus amigas se habían ido. Recogió todos los abrigos que se había probado y se los dejó a la dependienta. Le dio las gracias y salió de la tienda enfadada con sus amigas por haberla dejado tirada en esas circunstancias. Cuando regresó al apartamento de las hermanas Shorto y vio a Penny y a Carol, les recriminó su comportamiento.

—Me habéis dejado sola y os habéis ido sin decirme nada.

—¡Tita! Hemos salido de allí corriendo porque nos hemos llevado un abrigo de zorro.

—Pero ¿qué estáis diciendo?

—Que hemos cogido prestado este maravilloso abrigo...

Penny salió de su habitación con uno de los que Tita se había probado.

—¿Cuándo lo vais a devolver?

—¡Nunca! No lo van a echar en falta. ¿No has visto la cantidad de modelos que tenían?

Las hermanas Shorto estaban excitadas y se reían sin parar de la hazaña que acababan de protagonizar.

—¿Y si os pillan?

—Pues lo pagará nuestro padre y punto... ¡No pasa nada! Son chiquilladas.

—Pero robar es un delito...

—No si luego pagas. Pero si no se enteran...

—Dios mío, la que no podrá volver allí soy yo. Se habrán quedado con mi cara. Creerán que estaba compinchada con vosotras.

Tita se quedó muy apesadumbrada.

—¡Olvídate! Ya ha pasado. Te agradecemos el abrigo. Lo consideraremos un regalo tuyo.

—No me lo volváis a hacer. Me he sentido muy mal y ahora aún peor sabiendo que he contribuido a un robo.

—Eres una exagerada, Tita.

Al día siguiente fueron a bailar. Coincidieron con el novio de Denise, que tanto interés tenía por ella, y un joven austriaco que, semanas atrás, había estado hablando con ella en aquel el lugar de moda al que iban los jóvenes. Primero la sacó uno a la pista y después el otro. En un momento dado, Tita se fue con las Shorto a tomar algo y contempló atónita desde la distancia cómo los dos jóvenes se peleaban. Cuando se acercó para saber por qué motivo se estaban pegando, le confesaron que por ella. Tita se puso roja como un tomate y se fue de allí corriendo. Esa noche escribió en su diario: «Es la primera vez que dos chicos se pelean por mí». Decidió no volver a hablar con el austríaco porque le pareció muy celoso; esa era una lección que tenía bien aprendida de su experiencia con Manuel Pierre y no la quería repetir.

Continuó yendo de fiesta en fiesta con las hermanas Shorto cada fin de semana, incluso llegó a faltar algún día a clase argumentando que estaba con su madre. A su vez, le decía a ésta que se encontraba en la residencia de señoritas. Preocupada ante la sospecha de que algo malo estuviera sucediendo, Carmen se presentó en Lausana sin avisar. Cuando acudió a la residencia para ver a su hija, ésta no se encontraba allí. Esperó a que llegara y, cuando la vio, Tita se quedó de piedra.

—Mamá, ¿qué haces aquí?

—Me imaginaba que algo estaba ocurriendo... ¿Se puede saber por qué no has venido hoy a la residencia y por qué no estás asistiendo a clase?

—Es que mis amistades tienen una gran vida social.

—¿Sí? ¿Y de quién se trata? —Su madre estaba furiosa, pero disimuló para averiguar qué sucedía.

—De las hermanas Shorto. Son hijas de un empresario millonario. Te van a gustar mucho.

—De entrada, lo que no me gusta es que me engañes.

No tienes por qué decirme que estás aquí cuando resulta que hace semanas que no regresas a tu hora y faltas a clase. Me gustaría cenar con esas amigas tuyas para conocerlas.

—¿Sí? Les encantará conocerte.

Carmen las citó a las tres en el mejor restaurante de Lausana. Al principio todo fue bien, hasta que entre el vino y el champán que consumieron, se les empezó a soltar la lengua.

—Tendrías que haber visto la cara de susto de tu hija cuando la dejamos en la peletería y nos llevamos un abrigo sin que se enteraran. Los entretuvo a todos mientras se probaba y nosotras nos fuimos de allí con un abrigo de zorro...

Se reían compulsivamente y la madre les servía más champán.

—¿Lo hacéis a menudo?

—Sí. Medimos así nuestra habilidad. —A Penny le costaba hablar por el efecto del alcohol.

—La gente te ve con buena ropa —Carol dio un sorbo más al champán— y con buenos modales, y no se imagina que te vas a llevar una de sus carísimas prendas. Hay que tener... sangre fría. —Los ojos se le cerraban.

Tita miró a su madre y comprendió su estrategia: estaba sonsacándoles todo lo que hacían cuando estaban con ella. Al terminar de cenar, las dejó en su apartamento y llevó a Tita a la residencia. Cuando se quedaron en el coche a solas se mostró muy seria.

—Mañana comemos juntas después de clase. Sé puntual.

—¿Pasa algo?

—Mañana hablamos.

Al día siguiente, cuando Tita fue al restaurante a comer

con su madre, se enteró de los planes que ésta tenía para ella.

—Cariño, nos vamos a España.

—¿Cómo? Estoy muy a gusto aquí.

—Después de comer te vienes conmigo a Barcelona.

—¡Pero tengo que recoger mis cosas y despedirme de la gente!

—Te despedirás por carta. Tus cosas están en el coche.

—¿Mis libros también?

—Absolutamente todo. Si sigues con esas amistades, acabarás en la cárcel; eso sería una deshonra para nosotros. Para tus amigas, seguramente, no. ¿Te das cuenta de en qué mundo te estaban metiendo esas niñas de papá?

—Pero dicen que, si las pillan, lo pagan.

—Las cosas no funcionan así. Si robas y te pillan, vas a la cárcel; no todo lo resuelve la chequera de un papá millonario. Se acabó tu experiencia en Suiza. Te vienes conmigo.

Tita se quedó cabizbaja y no dijo nada. Sabía que no serviría de nada pelear por quedarse. Cuando su madre tomaba una decisión, no había marcha atrás.

Horas después, volaban con destino a Barcelona. Su madre solo le habló para anunciarle que en unos días tendría que ir a Roma.

—Me acompañarás, no quiero que te quedes a solas con la abuela Sabina. Eres capaz de volver a ver a Manuel Pierre.

—Mami, por favor...

—Pasaremos la Navidad con tu hermano Guillermo. Quedaremos con él en la estación de esquí de Gstaad. Después de las fiestas, pensaremos hacia dónde dirigir tus pasos. No quiero más sorpresas. Estarás cerca de mí.

—Me gusta la idea...

Tita anotó en su diario: «Intuyo que mi vida va a dar un giro grande».

TERCERA PARTE

24

Todo comenzó con un autógrafo

Para Tita, llegar a Roma fue un premio más que un castigo después de lo que había sucedido en Lausana. Acompañó a su madre a comprar lo necesario para decorar la casa que había alquilado. Tita era consciente de que mantenían un alto nivel de vida. Pensó que los negocios de su progenitora iban cada día mejor. Nunca se lo cuestionó.

La capital de Italia tenía algo que la atraía especialmente. Era la ciudad con más vestigios históricos en sus calles y plazas de todas las que había conocido. Visitaron el Coliseo, los restos de la muralla aureliana, el arco de Constantino... Se acercaron a la Ciudad del Vaticano, a unos cinco kilómetros de Roma, y cruzaron por la plaza de San Pedro. Tita se quedó muy impresionada al ver las grandes estatuas que salían al encuentro del visitante, y también al entrar en la basílica y contemplar la escultura de la *Piedad* de Miguel Ángel, donde se detuvieron largo rato. Después, se aceraron a ver el monumento a Alejandro VII, el baldaquino de Bernini, la estatua de bronce y el trono de San Pedro... Se les echó el tiempo encima y no pudieron visitar la capilla Sixtina. Se prometió a sí misma que volvería para no perderse ni un detalle.

—Mami, yo quiero vivir aquí.

—Lo que a ti te gusta es viajar. Comprendo que te apasione conocer otras culturas y gente diferente, pero tienes que aprender que hay compañías que no te convienen. Te perjudican. Sin embargo, el arte siempre ayuda. Es un bálsamo para el espíritu. Para comprenderlo, uno debe tener una sensibilidad especial.

—Me ha impresionado mucho la *Piedad*.

—Miguel Ángel la esculpió cuando era tan joven como tú. Es una obra maestra de la historia del arte. ¡Tienes buen ojo, Tita!

—La virgen es muy bonita y el momento que describe sosteniendo el cuerpo de Jesús, su hijo muerto, es tan dramático...

—Mira, leo en la guía que se trata de una escultura de una pieza esculpida a partir de un solo bloque de mármol blanco extraído de las montañas de Carrara, la región de Toscana. Es una obra hecha a tamaño natural, lo que da más realismo a la escultura. Interesante, ¿no?

Se fueron a comer a un restaurante cerca de la piazza Navona y tomaron pasta fresca *al funghi* mientras veían cómo la elaboraban. Se la sirvieron con unas albóndigas parecidas a las que hacía la abuela Sabina.

—¿Sabes? No te lo vas a creer. Hablé con tu abuelo por teléfono y me dijo que, si la abuela Sabina quería, estaría dispuesto a regresar a España.

—¿Después de tener su vida hecha en Argentina? ¿Ahora quiere volver?

—Sí, me lo ha pedido en una de las muchas conversaciones que hemos mantenido.

—¿Y qué le has contestado?

—Que la última palabra la tiene mi madre. ¡Imagínate!

—Me gustaría conocer al abuelo.

—Pues yo no tengo ningún interés. No siento ningún afecto por mi padre, más bien todo lo contrario. Nos dejó a la abuela y a mí por perseguir una aventura de la que jamás regresó. Ahora no sé nada de esa persona. No me une nada a él.

—¿Se lo has dicho a la abuela?

—Se lo he insinuado y no me ha dicho nada de momento. Me ha sorprendido que no dijera que no quería volver a verlo. Yo, en su lugar, no querría saber nada de él.

—No entiendo que nunca haya querido venir a veros. Pobre abuela, todos estos años soportando las preguntas indiscretas de sus vecinas en Los Arcos.

—Mandó religiosamente el dinero para mi manutención cuando yo era pequeña, pero con mi madre se ha portado peor que mal. Irse así y no regresar jamás... Es muy cruel. Por lo que sé, tiene otra familia allí. Nunca le he preguntado si tengo hermanastros.

—En el pueblo decían que sí.

—No quiero saberlo. Me da igual, si te soy sincera. Si regresara, no sabría cómo tratarle. Ignoro el motivo por el que desea volver.

—Pues por verte a ti y a la abuela. Ahí tienes el motivo.

—Pero, ahora, ¿hará daño a su otra familia? ¿La abandonará como hizo con nosotras?

—Yo tengo curiosidad por conocerlo...

El mes de diciembre se les fue en terminar de preparar el apartamento. Para cuando acabaron, la Navidad estaba cerca. El 22 de diciembre no pudieron regresar a España, así que fueron al encuentro con Guillermo en vuelo directo desde Roma a Ginebra. Tita siempre viajaba con un bolso de mano grande donde llevaba cuatro libros, su diario, fotos de su perrita, un neceser... Para ese viaje quiso tener a mano uno de los libros más gruesos junto con su diario. Guardó en el maletero el resto del contenido de su equipaje de mano. Antes del despegue, Tita ya estaba sentada en su asiento, con el cinturón de seguridad puesto y ajena a quien pasaba o dejaba de pasar por el pasillo. Se puso a leer y al instante su mente abandonó aquella cabina y se sumergió en su mundo de lectora de novela romántica. Al cabo de veinte minutos su madre la interrumpió.

—Tita, acaba de pasar dos veces por delante de ti tu actor favorito y no te has dado ni cuenta.

—¿Quién? —preguntó intrigada.

—Lex Barker.

—¡Mi actor favorito! Aunque no te dije nada, en la fiesta a la que nos invitaron Dean Martin, Sammy Davis Jr. y Sinatra, estuve mirando por si estaba.

—Pues ahora lo tienes justo aquí, unas cuantas filas más adelante. ¿Por qué no vas a pedirle un autógrafo? ¡No te quedes con las ganas!

—¡Qué vergüenza! ¿Y qué le digo para no parecer una tonta?

—Pues que es para una amiga tuya. Además, así le harás más divertido el viaje...

Tita estuvo un rato pensando qué decirle y de repente se decidió. Se levantó, cogió su diario y un bolígrafo, y, bajo la atenta mirada de su madre, caminó hacia delante.

En cuanto vio de espaldas el cabello rubio de Lex, tragó saliva y se paró en su fila.

—Señor Barker, ¿me podría firmar un autógrafo para mi hermana pequeña? —De repente se había olvidado de mencionar a la amiga que le había dicho su madre.

—Si me das tu dirección, te lo firmo. Siéntate aquí un momento mientras tanto.

Las azafatas se acercaron a donde se encontraba sentado el actor para invitar a Tita a que volviera a su asiento, pero Lex les hizo una seña para que la dejaran continuar a su lado. Las dos mujeres volvieron a su sitio con cara de pocos amigos.

Lex miraba a Tita sin parpadear. Ella estaba cautivada por los ojos azules que tanto había admirado en las películas. No le quiso decir que desde niña hacía con su hermano no de Jane, sino de Chita, mientras que él emulaba a Tarzán.

—¿Adónde viajas? —preguntó el actor.

—Voy a la estación suiza de Gstaad y luego volveré a España. Soy de Barcelona.

—Pues dime en qué hotel te alojarás en Suiza para que pueda localizarte; y también la dirección de tu casa en Barcelona. Voy a ir pronto a rodar una película a España. ¿Podré llamarte a algún teléfono?

Tita estaba a punto de llorar de la emoción, pero se contuvo y le escribió en un papel sus datos de contacto. Cuando estaban a punto de aterrizar, las azafatas pidieron al pasaje que se sentara en sus asientos. Fue entonces cuando Tita se despidió de Lex.

—Ha sido un placer conocerte —le dijo sonriente.

—El placer ha sido mío. Voy a pasar la Navidad a Klosters, donde reside mi hijo con su abuela y sus tíos desde que me quedé viudo. La vida que llevo no es para un niño tan pequeño, apenas tiene dos años.

—Lo siento... —Carraspeó y se quedó en silencio unos segundos—. Bueno, me voy a mi asiento. Gracias por ser tan amable.

—Gracias a ti... ¡Tendrás noticias mías!

Tita le sonrió de nuevo y volvió a donde la esperaba su madre intrigada... Creyó que las piernas no la iban a sostener los pocos metros que los separaban.

—¿Qué ha ocurrido, hija? Has estado hablando con él mucho tiempo, ¿no?

—Sí, le interesaba lo que hacía y dónde vivía. Tiene que ir próximamente a Barcelona a rodar una película y me ha dicho que me llamaría. Le he dado el teléfono y las señas.

—Bueno, no te hagas muchas ilusiones. Los actores están muy ocupados.

Tita cogió su diario y escribió: «Aquí, en las nubes y entre las nubes, acabo de conocer a mi marido».

Lex hacía escala para viajar a Zúrich y ellas se quedaban en Ginebra. Recogieron sus cosas y, antes de bajar del avión, oyó una voz susurrarle al oído: «*Are you planning to read all the books you're carrying?*», «¿Piensas leer todos los libros que llevas? Cogió su bolso de mano y se lo llevó unos metros, ya que debía subirse a otro avión que le transportaría a la mayor ciudad y motor financiero de Suiza. Tita casi no podía ni creer que ese actor de un metro noventa y tres centímetros de altura fuera tan encantador con ella. Se puso muy nerviosa y comenzó a hablar muy rápido.

—Has sido muy amable. Te deseo una feliz Navidad...

—Igualmente. —Se le quedó mirando fijamente a los ojos.

—Bueno, no he querido decir lo de feliz. —Se acordó de que era viudo y de que iba a ver a su hijo—. Lo siento. Que tengas un buen año —intentó arreglarlo—. Eso, Lex, un año estupendo.

—Tendrás noticias mías. —La besó en la mejilla y se fue.

Tita se tuvo que parar unos segundos. Respiró hondo y siguió andando junto a su madre.

—Si no lo veo, no lo creo... Parece que se ha quedado muy impresionado contigo —le dijo su madre.

—Y yo muy impresionada con él. ¡Qué guapo, mami!

—Sí, guapísimo, pero te saca muchos años. Veintitrés o veinticuatro, calculo.

—Eso a mí no me importa. Siempre me han gustado los chicos más mayores...

Tita caminaba con la mirada perdida, se había quedado completamente en shock.

—Mami, me he enamorado de su voz, de sus ojos, de su forma de ser...

—Bueno, ya se te pasará. Eso les sucede a todas las adolescentes cuando conocen a uno de sus ídolos. No te hagas muchas ilusiones. En la vida real no te enamoras después de cruzar dos palabras en un avión.

—Le dije en qué hotel iba a estar en Gstaad, y le di el teléfono y las señas de Barcelona.

—Tita, no te llamará. ¿Sabes a cuántas jóvenes debe de conocer cada día? Ésta ha sido una anécdota más en su vida.

Sin embargo, Tita pensó que Lex no actuaba y le pareció que había mostrado interés auténtico por ella. Desde ese día, pensaba en él a todas horas. ¿Y si su madre se equivocaba y el actor la llamaba?

Al reunirse con Guillermo después de meses sin haber estado juntos comentaron algunas de las anécdotas que les habían ocurrido en ese tiempo. Su hermano la miraba mucho, la notaba como ausente. En un determinado momento, quiso saber qué le pasaba. Entonces, contestó su madre.

—Que ha conocido a Tarzán.

—¿A Lex Barker?

—Sí...

—Le habrás hecho de Chita. ¡Se te daba bien!

Su hermana no le contestó. Torció el gesto.

—Pues sí que te ha dado fuerte. No seas peliculera. Este actor ha estado casado no sé cuántas veces... Es muy mayor para ti.

—Cuatro veces... Ahora está viudo... Me lo ha dicho.

—Bueno, ¿y qué? Tú eres una niña a su lado.

—Deja de meterte conmigo. Ya no tengo nada de niña.

—Pero ¿qué mosca le ha picado? —le preguntó a su madre.

—Se ha enamorado perdidamente del actor... —resolvió Carmen para justificar su estado de ánimo.

—Menudas vacaciones nos esperan...

Contra todo pronóstico, el día de Navidad se armó un buen revuelo en el hotel mientras buscaban a la señorita Cervera, a la que llamaba Lex Barker. Dieron con ella en el salón del hotel y Tita recorrió la distancia de la mesa al teléfono con el corazón acelerado. Ella, igual que su familia, no esperaba esa llamada. Sin embargo, allí estaba Lex al habla desde Zúrich.

—¿Cómo van tus vacaciones? —preguntó el actor.

—Oh, muy bien. Muchas gracias. ¿Y las tuyas? —Tita tragó saliva.

—Deseando volver a verte. Dentro de poco iré a Barcelona y espero que me permitas invitarte a comer.

—¡Por supuesto! Mis amigas no se lo van a creer.

Lex se rio y se despidió de ella. Pensaba que hasta que llegara a España no volvería a saber de él; sin embargo, el día de Fin de Año llamó de nuevo al hotel. Esa vez la localizó en su habitación. Las palabras fueron más cariñosas.

—¡Ardo en deseos de verte! —le dijo en español pero con mucho acento americano. Lex sabía muchos idiomas.

—¿Hablas español? No me lo dijiste cuando nos conocimos. ¿Cuándo llegarás a Barcelona?

—A mediados de enero —continuó en inglés—. ¡Te llamaré! Espero que tengas un gran año.

—Te deseo lo mismo. ¡Feliz Año Nuevo, Lex!

Cuando Tita colgó el teléfono se dejó caer en la cama. No podía creer lo que le estaba pasando. Su admirado Lex Barker parecía enamorado de ella, y ella no podía dejar de pensar en él. Cuando le dijo a su madre que había vuelto a llamarla, Carmen se preocupó.

—No sé si hice bien en decirte que le pidieras un autógrafo. ¿Cómo iba a pensar que se enamoraría de ti? Es muy mayor, Tita. Está más próximo a mi edad que a la tuya.

—Eso a mí no me importa, mami.

—Pero a mí sí. Confío en que la distancia ponga las cosas en su sitio. Después de rodar en España se irá y no volverá. Los actores son como los marinos, tienen un amor en cada puerto.

A su llegada a España, tras las fiestas navideñas, Tita intentó averiguar más cosas sobre él. En sus dos conversaciones telefónicas le había explicado que procedía de una familia neoyorquina de buena posición. Era descendiente del fundador de Rhode Island y también del de Barbados. Desde su época de estudiante en Princeton, donde estudió Arquitectura, se dio cuenta de que le atraía el teatro. Llegó a debutar en Broadway. Pero estalló la Segunda Guerra Mundial y Lex viajó a Europa a luchar en el bando de los aliados (Gran Bretaña, la Unión Soviética y Estados Unidos) contra las potencias del eje (Alemania, Japón e Italia). Estuvo varios años combatiendo y llegó a ser ayudante de campo del general Mark W. Clark, uno de los dirigentes más destacados del ejército estadounidense. También le contó que le habían herido de gravedad en Sicilia, donde le habían hecho prisionero. Regresó a su país convertido en un héroe. Esta era la parte de su vida que más le gustaba a Tita. Fue entonces cuando le contrató una de las grandes productoras de Hollywood, la RKO. Comenzaron a darle papeles junto a Robert Mitchum, Cary Grant... Pero su gran popularidad llegaría con el papel que había interpretado con éxito Johnny Weissmüller, basado en el personaje creado por Edgar Rice Burroughs, Tarzán. Desde la primera película que interpretó, *Tarzán y la fuente mágica*, hasta la última, *Tarzán y la mujer diablo*, Tita le había seguido con devoción. Después de ver las cinco entregas que había protagonizado Lex, no le perdió la pista como actor. Cuando estuvo en Alemania, había ido al cine a ver alguna de sus películas, adaptaciones al cine de varias novelas de Karl May ambientadas en el viejo Oeste americano. Allí, en Alemania, era el actor de moda.

Ahora iba a rodar a España y le había prometido que la llamaría. Una vez en Barcelona, descolgaba constantemente el teléfono de su casa para ver si había línea; justo después, volvía a colgar. No salía con sus amigas y eso a la abuela Sabina la extrañó.

—¿Qué te ocurre, Tita? Debes de estar enferma.

—No, abuela. Me encuentro perfectamente. Estoy esperando una llamada.

—Seguro que de algún jovenzuelo. Siempre tienes alguno rondando por la cabeza.

—Este no es un jovenzuelo. Es el actor de Tarzán.

—Mamá, Lex Barker —le dijo Carmen—. Le saca muchos años, pero coincidimos con él en el avión a Suiza y ahora ha quedado en venir a verla cuando termine uno de sus rodajes en España.

—Tita con Tarzán... Eso sí que no me lo esperaba. Mientras no te lleve para allá, todo está bien.

—Mi hija podrá llevar la vida que yo siempre he soñado. Su meta es viajar y conocer mundo.

Tita suspiró y apuntó en su diario: «Esperando a que me llame Lex. Solo puedo pensar en él».

25

El insistente Lex Barker

El teléfono sonó en casa de Tita. El timbre del aparato se oyó con fuerza en el salón y la joven lo descolgó lo más rápido que pudo. No quería que él notara su ansiedad, así que respiró hondo antes de hablar.

—¿Sí, dígame?

—*Hi, Tita! I look forward to seeing you. Can we meet tomorrow?* —le dijo Lex, en un perfecto inglés de Boston. Decía que estaba deseando verla y le proponía quedar al día siguiente.

—¿Cómo estás, Lex? Sí, quedamos donde quieras.

—¿Te parece bien que tomemos un aperitivo?

—Sí, hay un sitio que se llama Sandor, en la plaza entonces llamada de Calvo Sotelo, aquí en Barcelona. Tiene una terraza divina. ¿Te parece?

—Muy bien. ¿A la una de la tarde?

—Ok.

—Te dejo, que tengo que volver a rodar. ¡Hasta mañana!

Tita se puso nerviosa. Lo primero era pensar qué podía ponerse para parecer mayor; había más de veinte años de diferencia entre ambos.

Llamó a sus amigas para contarles a qué hora estaría con él en el Sandor; así la creerían. Sin embargo, las avisó de que no se lo presentaría, ya que se trataba de su primera cita. Las jóvenes entendieron sus razones, pero no dejaron de merodear por la zona para presenciar en directo la entrada de Lex al lugar de moda. Después, se decidieron a pasar ellas también e hicieron como que no conocían a Tita. Ella, de vez en cuando, las miraba con complicidad, pero se centró en la conversación que mantenía con el actor. Le preguntó con mucho interés por su herida de guerra. Y, después de enseñarle la cicatriz que tenía en la cabeza, Lex le contó lo sucedido al detalle.

—Estuve muy grave, pero los alemanes, al ver que era rubio y de ojos claros, de la raza que ellos llamaban aria, decidieron que había que salvarme. Una vez recuperado permanecí prisionero, aunque intenté escaparme con un amigo judío varias veces. Pocos días antes de acabar la guerra, decidieron soltarme. Las guerras son un despropósito. Todavía sueño con alguna imagen perturbadora que no consigo borrar de mi mente.

—No quería ponerte triste. Mira, para que te olvides, te voy a contar un secreto. En realidad, no tengo una hermana pequeña. El autógrafo que te pedí era para mí, pero no quería parecer una niña tonta.

Sus amigas pasaban cerca de la mesa y se echaban a reír mientras los miraban y cuchicheaban a la vez.

—De modo que era para ti... Y yo que te había creído...

Tita le confesó que solo tenía un hermano mayor, con el que se llevaba muy bien.

—Tuve una hermana, pero murió meses después de nacer. Mi madre siempre pensó que había sido por culpa de algún adulto que le contagió alguna enfermedad con tanto beso. Por eso decía que a los niños no se les deben acercar las personas mayores, y mucho menos besarlos.

Después de esta confidencia, Lex le hizo otra de la que no le gustaba en absoluto hablar: la muerte de su última mujer.

—Al poco de dar a luz, le diagnosticaron una leucemia. Solo tenía veinticinco años. Todavía no me he hecho a la idea, aunque nuestro matrimonio tampoco pasaba entonces por su mejor momento.

Lex se encontraba verdaderamente a gusto con Tita y estaba dispuesto a conocerla un poco más. La invitó a comer y, después de dar un paseo por la ciudad, se decidieron a entrar en una sala de fiestas que tenía música en directo. A Lex le gustaba mucho bailar.

—¡Qué raro que a un chico le guste bailar! A mí también me encanta.

La estrechó entre sus brazos; como era tan alto, Tita todavía parecía más niña a su lado. Mientras bailaban, el actor le canturreaba al oído y la miraba a los ojos de tal manera que ella creyó estar protagonizando una de esas películas románticas que tanto le gustaban. Tita y Lex bailando entrelazados al ritmo de un bolero. No parecía real, pero allí estaban los dos descubriéndose, hablando de todo y de nada. La música los envolvió y entonces Lex la besó por primera vez. Tita iba a desmayarse, pero él la tenía tan bien sujeta que, aunque le fallaron las piernas, pudo seguir bailando. En cuanto salieron del local, el actor la acompañó a su casa y, antes de llegar a su portal, cuando nadie los veía, se acercó a ella y la volvió a besar.

Fue uno de esos momentos de película que tantas veces había grabado ante las cámaras, pero esa vez no era ficción, sino la vida real. Tita llegó a su casa como si estuviera en una nube.

—¡Hola, Tita! ¿Qué tal con Lex? —le preguntó su madre.

—Bien, bien... —No dijo nada más y se fue a su cuarto esbozando algo parecido a una sonrisa.

Carmen sabía que cuando su hija se mostraba así de reservada era porque algo le rondaba por la cabeza. Y ese algo solía ser un chico. Pero en esa ocasión se trataba de un hombre más mayor que ella y muy conocido. Le confesó sus temores a la abuela Sabina.

—Mamá, creo que ese actor no va a parar hasta conquistarla. Y lo peor de todo es que fui yo quien la animó a que lo conociera.

—Algo me dice que Tita ya está conquistada. ¿Quién se resiste ante Tarzán? Yo entiendo a la chica. Está fascinada por haber conocido a su ídolo.

—Esta vez no sé cómo lo vamos a hacer... Va a ser muy difícil quitárselo de la cabeza.

Lex y Tita volvieron a quedar para comer al día siguiente. Regresaron a la sala de fiestas que ya conocían y Tita aprovechó para saciar su curiosidad.

—¿Cómo eran las mujeres con las que te casaste?

—Todas encantadoras antes de la boda, pero luego se transformaron y mis uniones acabaron en ruptura. Es muy difícil convivir con un actor. Estoy siempre fuera de casa, en otro país. Y, a veces, como ahora, en otro continente. En el año cuarenta y dos me casé con una joven de la alta sociedad neoyorquina, Constance Thurlow. Tuvimos dos hijos, Lynn y Zan. Nos divorciamos ocho años después, pero seguimos siendo amigos. Más tarde, me casé con la actriz Arlene Dahl y nuestro matrimonio duró solo un año; no he vuelto a saber de ella. Dos actores en la familia: demasiado complicado... Aun así, en el año cincuenta y tres volví a casarme con otra actriz, Lana Turner. Tampoco duró mucho y cuatro años después ya estábamos divorciados; acabamos mal por muchas razones.

—¿Qué ocurrió?

—Prefiero no entrar en detalles. —Cogió el vaso que tenía cerca y bebió. No quiso seguir hablando de Lana. En aquel momento Lex se mostró incómodo. No deseaba hablarle a Tita de ese episodio de su vida.

—¿Y tu cuarta mujer?

—Se llamaba Irene Labhart, era muy joven, como tú. Tenía dieciocho años menos que yo. Era estudiante de interpretación. Tuvimos un hijo, Christopher, del que te hablé cuando nos conocimos. Dos años después cayó enferma de leucemia y murió.

—¿Te casarías una quinta vez?

—Depende de con quién. Si es contigo, por supuesto. —Los dos rieron—. Ahora no quiero pensar en matrimonio. Tengo los próximos años repletos de compromisos profesionales. Por suerte, la mayoría son en Europa, así que podré venir a verte. Rodé una película hace muy poco en Italia, aunque aquí no la han estrenado por considerarla obscena —volvieron a reír—. ¡Pero ha ganado muchos premios!

—¿Cuál?

—Una junto a Anita Ekberg, *La dolce vita,* de Federico Fellini.

—¿La de Mastroianni? —Lex torció el gesto—. No entiendo por qué la han prohibido. Me han hablado de ella.

—Cuenta la vida de un periodista que va buscando a las celebridades por los lugares de moda. Da con una diva del cine y ve su oportunidad. Hay unas escenas bellísimas en Roma. Anita en la fontana di Trevi estaba especialmente guapa...

—¿Te enamoraste de ella?

—Bueno, en los rodajes los actores solemos pasar muchas horas juntos...

—Te advierto que soy celosa.

—Pues ya somos dos.

Lex la sacó a bailar y estuvieron durante largo rato mirándose a los ojos y besándose en la oscuridad de la sala. Cuando volvieron a sentarse, Tita le habló de Roma.

—Yo adoro Italia. Precisamente venía de conocer Roma cuando te pedí el autógrafo en el avión.

—En Roma tengo un apartamento precioso que le regalé a mi mujer. Fue justo allí, a la vuelta del rodaje de la película de Fellini, donde me la encontré muerta. Fue terrible. Sinceramente, después de Irene no quiero convivir con más mamás, solo quiero una compañera.

Tita le escuchaba sin parpadear. Le contó que tenía otro rodaje, pero que, en un par de meses, regresaría a Barcelona. Se despidieron con un beso apasionado, como si no fueran a verse nunca más. Sin que ella se diera cuenta, Lex deslizó una nota manuscrita en su bolso. Tita no la vio hasta el día siguiente. Le decía que se había enamorado de ella a pesar del poco tiempo que hacía que se conocían. Y, de nuevo, Tita contó los días para reencontrarse con él. Siempre pendiente del teléfono, se preguntaba si ya eran novios, aunque él jamás le habló de compromiso. Sin embargo, en la nota le contaba también cómo le había devuelto la alegría.

En su segundo viaje, Lex quiso conocer a su padre. Quedaron para cenar y fue entonces cuando el actor le contó cuales eran sus intenciones con Tita. A Enrique Cervera le cayó muy bien Lex y le gustó saber que iba en serio con ella. Ambos compartían el amor por el deporte y por los coches; la conversación giró alrededor de las carreras automovilísticas. Lex le contó que le gustaría comprarse una casa en España, y Enrique se quedó con la idea en la cabeza y pensó en mirar terrenos por la Costa Brava.

Sin embargo, cuando quedaron con su madre, todo fue muy distinto. Lex se dio cuenta de que ésta ejercía mucho poder sobre su hija y de que la diferencia de edad entre ellos podría ser un impedimento. La intuición era una de sus mejores cualidades y trató de congraciarse con su madre.

Tita y Lex siguieron viéndose; su relación parecía la de una pareja romántica que acabaría casándose, pero la palabra «boda» no surgió de boca de Lex hasta que pasó un año. En alguna de las idas y venidas, el actor volvió a ver a Enrique Cervera para pedirle la mano de su hija. Eso a Tita le hizo mucha ilusión; se sentía la mujer más feliz del mundo. Su madre, al verla tan eufórica, no fue capaz de pedirle otra vez que se lo quitara de la mente. Además, parecía que el actor iba en serio y, al fin y al cabo, era una gran estrella de cine que podía proporcionarle a Tita una vida de lujo en contacto con la alta sociedad americana, justo lo que ella hubiera soñado.

Tita esperaba una fecha, pero los muchos compromisos de rodaje de su futuro esposo no la propiciaban. Lex estaba en Beirut en pleno rodaje y la llamaba todos los días. Mientras, Tita, en Madrid junto a su madre, se compraba ropa y preparaba el ajuar de una boda que parecía no concretarse nunca. En una de esas llamadas pudo oír a los compañeros de reparto por detrás.

—Lex, tenemos que poner una fecha a nuestra boda; la espera se me está haciendo muy larga e incómoda.

—Sí, sí... ya nos casaremos... —Fue entonces cuando oyó unas risas por detrás.

Tita entendió que estaba haciéndose el gracioso mientras todos le oían, además de jugar con sus sentimientos, y le colgó el teléfono. Dejó de responder a sus llamadas durante meses. Se enfadó tanto que le dijo a su madre que ya no se casaba, que había roto con él. Carmen, fuera de incomodarse, respiró hondo; pensaba que su hija aún era muy joven y que casarse con un actor tan famoso podía terminar siendo un problema. La abuela Sabina, sin embargo, se disgustó. La ilusionaba ver a su nieta junto a ese actor tan guapo.

Por entonces, la abuela le había dicho a su hija Carmen que le transmitiera a su padre por teléfono que, si estaba dispuesto a llevarla al teatro, podría regresar con ella a España. Carmen no acababa de entender a su madre, pero era su vida y la abuela Sabina deseaba volver a ver a aquel hombre que un día se había ido a Argentina y no había regresado. Necesitaba verle de nuevo y saber el motivo.

Tita pensaba en Lex a todas horas y no le perdonaba que hubiera usado el sarcasmo delante de sus amigos cuando ella hablaba en serio. Al no conseguir localizarla, el actor mandó al director de la película a España, ya que eran muy amigos. En aquel momento los actores, por contrato, no podían abandonar el país en el que estuvieran trabajando. Pero el director tampoco la encontró y regresó sin novedades para Lex. Carmen aplaudió la decisión de su hija de no querer ver a nadie.

—Eres muy joven, conocerás a más chicos de tu edad. Lex es muy mayor. —Su madre aprovechó la ocasión para intentar borrar el rastro del actor.

Pero en cuanto Lex pudo viajar, se fue directo a Barcelona e hizo todo lo posible por verla. Le pidió perdón por la actitud que había tenido con ella por teléfono y le propuso que se casaran el 6 de marzo del año siguiente, 1965. Tita vio que iba en serio e hizo las paces con él. Le perdonó y aceptó la propuesta de matrimonio. Esa misma noche les comunicó a sus padres su intención de casarse al año siguiente.

Durante la cuenta atrás, llegó el abuelo de Argentina y se instaló en casa, junto a la abuela Sabina. Lex Baker aseguraba que en Estados Unidos sería impensable una reconciliación después de tanto tiempo separados.

El actor y el hermano de Tita hicieron muy buenas migas. Guillermo hablaba mucho con él y le solía acompañar a todas partes en sus salidas por Barcelona. Pero Guillermo tenía que hacer el servicio militar en Cartagena y eso le separó de golpe de la familia. Estuvo fuera de casa muchos meses, sin apenas permisos. Sus superiores no le permitieron acompañar a su hermana ni tan siquiera en el día de su boda. Tita y Lex habían decidido casarse en Ginebra, por lo que apenas hubo presencia familiar, pero sí mucha prensa. Quien no faltó fue su madre, que no se hubiera perdonado no estar junto a Tita en un momento tan especial de su vida. Fue un día inolvidable.

Tita eligió para ese día un traje blanco largo de satén combinado con una capa sobre los hombros con mangas de chantillí. Para la cabeza había elegido un tocado con dos grandes lazos en los laterales, de los que salía un velo corto de rejilla. Llevaba el pelo recogido en un moño que la hacía parecer todavía más joven. Lex vestía traje y corbata oscuros, y sujetaba entre las manos el flamante libro de familia. Luego llegó el momento del intercambio de anillos, el beso muy apasionado después de que el juez los declarara marido y mujer y el instante al salir del juzgado, cuando recibieron una lluvia de arroz...

Cuando Tita se quiso dar cuenta, aquel día había pasado demasiado rápido, como si se tratara de una película de las que protagonizaba Lex. A los dos se les veía muy sonrientes y a los testigos también: la hija mayor de Lex, Lynn Barker, y su marido, Minto Wilson; su madre, con un tocado y un abrigo de visón; el administrador de Lex, Tom Roe, con su esposa; y la madre del novio, Marian Beals Barker, con quien la novia congenió rápidamente.

¡Cuánta felicidad sintió! De hecho, si cerraba los ojos, podía repetir la escena una y otra vez en su cabeza. A Tita le hubiera gustado detener el tiempo...

26

Recién casados

Tras la celebración de la boda, los recién casados se montaron en el Studebaker Champion blanco, último modelo, con tapicería roja. Lex se puso al volante con destino a un lugar idílico en la Boiron de Morges, a un paso del lago Leman. Cuando llegaron Lex estaba agotado. La noche anterior había celebrado la despedida de soltero con sus amigos y prácticamente no había dormido nada. Dejaron las maletas en el coche y se fueron, antes de subir a la habitación, a cenar al restaurante del hotel. Una hora después, llegó el ansiado momento de ir a la habitación.

—Estoy completamente agotado, Tita. No he dormido nada esta noche. Me voy a echar cinco minutos en la cama...

—Por supuesto, descansa —dijo ella disimulando su decepción puesto que era su noche de bodas.

Tita le observaba con admiración y pensó que parecía una escultura de Miguel Ángel. Estaba convencida de que era el hombre más hermoso que había visto nunca. Parecía irreal, como un dios mitológico.

De pronto, se acordó de las maletas y de la ropa recién comprada para la ocasión. Como su marido estaba tan dormido, no quiso despertarle. Tomó la determinación de salir de la habitación e ir al parking para sacarlas ella misma del coche. Había unos chicos apoyados cerca del Studebaker y pensó que estaban disimulando para robarles. Pidió ayuda al encargado de la recepción para que le abriera las puertas y, de paso, para que vigilara mientras sacaba una a una las maletas del coche.

Tita tuvo que hacer tres viajes, pero consiguió subirlas todas a la habitación. Lex siguió durmiendo profundamente durante toda la maniobra de salidas y entradas de su mujer. Cuando el actor se despertó a la mañana siguiente y vio todo el equipaje en la habitación, le preguntó a Tita quién lo había subido.

—Yo misma, no me las ha traído nadie hasta aquí. Lo he hecho porque temía que nos robaran.

—Sí que lo siento. Me he quedado completamente dormido.

Se echó a reír, se vistió y cogió a Tita en brazos. Así bajó los dos pisos que los separaban de la recepción. Tita también reía sin parar y, por un momento, se sintió Jane junto a Tarzán. Durante el desayuno le preguntó por su papel en toda la saga del hombre de la selva.

—No te creas que estoy satisfecho de lo que hice. Piensa que en *Tarzán* el protagonista no tiene casi diálogos, eso hizo que después de las cinco películas que hice los directores no confiaran mucho en mí. Ha sido duro superar esa etapa. Mira que yo les pedía más texto, y te puedo asegurar que he sido el Tarzán más parlanchín de la historia, pero, con todo y con eso, creo que me ha perjudicado en mi carrera como actor.

—No digas eso, mi amor. Gracias a ese papel caminas ligero como un puma, con mucho equilibrio.

—Eso me lo ha dado la natación.

—Bueno, pues quédate con que de no ser por esas películas, yo no me hubiera acercado a ti a pedirte un autógrafo.

—Eso es verdad. —Lex la besó.

Después de unos días, tuvieron que regresar a Barcelona, ya que Lex debía asistir al rodaje de otra película.

Gracias a esa circunstancia, Tita pudo seguir en contacto con su madre, aunque por poco tiempo ya que su residencia iba a estar en Los Ángeles. Carmen quedó en ir a verlos con frecuencia para que Tita no sintiera su ausencia. Lex se sorprendía de esa unión tan estrecha con su madre y también con todo su entorno familiar. Por ejemplo, no entendía cómo habían admitido con normalidad al hombre que había estado fuera de casa durante cuarenta años. La abuela Sabina, tras el regreso de su marido, le trataba como si nunca se hubiera ido y las hubiera abandonado. El actor no asimilaba ese comportamiento de todos con él. Habían logrado pasar página.

Poco tiempo después de que Tita y Lex regresaran a Los Ángeles, recibieron la visita de Carmen. Salía con su hija muy a menudo y, a veces, sola. El caso es que un buen día les confesó que se había enamorado. Tita lo aplaudió mucho y quedaron en comer los cuatro juntos para así conocer al americano que había logrado ocupar el corazón de Carmen. Al verle entrar en el restaurante, Lex casi se cae de la silla.

—Aquí os presento a Bill Carter.

Tita le dio dos besos, pero Lex no le extendió la mano; se limitó a saludarle con un leve gesto. La comida fue muy tensa. Madre e hija se dieron cuenta de que algo ocurría entre ellos. Cuando terminaron, Carmen tomó la iniciativa y se marchó de allí lo más rápido que pudo con su conquista. Al quedarse solos, Tita le preguntó a su marido.

—¿Qué ha pasado?

—Ese tipejo me quitó a mi primera mujer mientras yo combatía en Europa. ¿Te parece suficiente motivo para no ser amable? De todos los hombres que hay por aquí, ¿se ha tenido que fijar precisamente en ese?

Lex estaba muy enfadado. El resto del día estuvo para pocas bromas. Cuando su madre regresó a casa, Tita le explicó lo sucedido y, al día siguiente, Carmen no dudó en dar por finalizada su relación. De todas formas, decidió regresar a España a los pocos días y el matrimonio por fin superó ese episodio aunque algo se rompió para siempre entre Lex y la madre de Tita.

La recién casada se integró en aquella sociedad americana y jugaba al tenis, visitaba museos, salía de noche y apenas paraba en casa. Sin embargo, tomó la decisión de acompañar a su marido a todos los rodajes y ausentarse de Los Ángeles. En las pausas procuraba entretenerle y jugar con él a las cartas. Durante el rodaje de la película *Míster Dinamita: Mañana os besará la muerte*, Lex se entregó a fondo en unas escenas íntimas con la actriz principal, Maria Perschy. Tras una escena de cama y un beso al que tuvieron que poner mucha pasión a petición del director, Franz Josef Gottlief, y repetirlo una y otra vez, Tita comprendió lo que era sufrir por celos. Ver a su marido en la cama con la actriz, dándose ese beso tan largo hizo que, cuando Lex regresó al bungalow, le diera una bofetada nada más verle. No pudo reprimirse.

—Pero, Tita, la escena está en el guion.

—No me vengas con el guion. Le has puesto demasiado sentimiento y no me ha gustado.

Lex se rio y le pidió que en las escenas de amor no estuviera presente. Tita dejó pasar unos días y entonces le comunicó su deseo de ser actriz.

—No, eso sí que no. Con un actor en la familia es suficiente —contestó enérgico.

—¿A que no te gusta la posibilidad de que ruede una escena como la que hiciste ayer en la película?

Tita no se quedó conforme. Cada día le atraía más ser actriz. Convivir entre actores le había despertado las ganas de ponerse delante de una cámara.

Tras acabar el rodaje, se fueron a Yugoslavia, donde Lex empezaba otra película, en esta ocasión del Oeste. Tita siguió acompañándole y le lavaba y le planchaba sus enormes camisas en el bungalow. Después comenzó a pasear por los alrededores y a montar los caballos que no salían en escena. Un día se subió a una yegua que comenzó a galopar desbocada. De pronto, la montura se dio la vuelta y Tita, rozando el cuerpo con el empedrado, logró frenarla. No se llegó a caer, pero estuvo a punto de sufrir un grave accidente. Si hubiera perdido el equilibrio, el caballo podría haberla arrastrado y haber hecho que se golpeara la cabeza contra las piedras.

Después de ese susto, su hermano Guillermo, que acababa de terminar el servicio militar, se acercó a Yugoslavia y la acompañó durante cinco días. Caminaron mucho y se encontraron con unos saltamontes enormes. Su hermano mayor ni se asustó ni hizo ningún aspaviento al verlos, pero Tita sí. Otro día comenzó a llover con tanta fuerza que casi no veían dónde pisaban, y la joven tropezó con lo que creyó que era una rama.

—Tita, no mires, sigue caminando —le dijo su hermano agobiado ante lo que acababa de ver.

—Pero ¿qué pasa?

—Tita, por una vez en tu vida, hazme caso. Sigue hacia delante.

Vio la cara pálida de su hermano y decidió seguirle sin replicar. Guillermo le pidió que avanzara mientras él se paraba para observar el bulto con el que había tropezado.

—¡Vámonos a casa! —le dijo de forma enérgica.

—Pero ¿qué había ahí? No me asustes.

—Ya te lo contaré, pero no era una rama.

Cuando entraron en el bungalow, le confesó a su hermana que se trataba de un cadáver. Tita se quedó estremecida. Llamaron a la policía y ellos se hicieron cargo del caso. Ese episodio eclipsó parte de su estancia allí. Mientras Lex seguía rodando, decidieron ir a nadar para distraerse. Y Tita, como siempre, se fue lejos de la playa, mar adentro. En un momento dado, decidieron hacer esquí acuático, y cuando le tocó el turno a ella, observó desde la distancia que su hermano hacía aspavientos para indicarle que debía volver. Tanto movía los brazos que Tita decidió regresar para saber qué ocurría. Cuando estuvo a su lado, él le contó lo que pasaba.

—He avistado unos tiburones blancos muy cerca de donde estabas. ¡Menudo susto me he llevado!

—¿Qué? No vuelvo a hacer esquí acuático por estas aguas. Te lo aseguro.

Muy a su pesar, su hermano, al que tan unida se sentía,

tuvo que regresar a Barcelona. Tita buscó entonces la compañía de las familias de los actores que participaban en el rodaje. Un día que Lex podía comer con ella, le propuso que hiciera una paella para todos. El problema fue que ella había estado jugando al tenis toda la mañana y, al llegar la hora de la comida, tuvo que improvisar un arroz con las cuatro directrices que le había dado su madre. Sus amigos se comieron sin decir nada la paella resultante, que no parecía muy apetitosa. Fue Lex quien comentó que aquello no estaba rico.

—¡Qué cosas coméis en España! —le dijo sin probar demasiado el arroz.

—Bueno, es una paella «a mi estilo».

Cuando Tita vio todo lo que había sobrado y cómo se había pegado el arroz al recipiente, comprendió por qué nadie le había dicho que le había gustado. Era su primera paella de casada y sabía a todo menos al arroz que preparaba su madre.

De regreso a Estados Unidos, el deporte se convirtió en su gran aliado. Tita iba todos los días a jugar al tenis. Una de esas jornadas, estando ya en la ducha del vestuario femenino, entró Lex.

—¡Que aquí no puedes entrar! —le gritó Tita.

—Date prisa, que nos han invitado a una cena. ¿Tienes un traje de noche?

—En el coche siempre llevo uno, por si acaso. ¿Me lo traes?

Tita se vistió y se fueron rápidamente a la casa del empresario que los había invitado. Llamaron a la puerta y, cuando abrió el anfitrión, se encontraron a todos los miembros de la mansión sentados, unos leyendo, otros charlando muy serios... El dueño los condujo hasta el despacho.

—La cena es mañana, no hoy. Además, mi mujer... está muerta.

Eso es lo que entendió Tita, y se puso nerviosa y rápidamente se disculpó: «Nos vamos ya, por Dios. Perdón por haber venido. No sabíamos nada». Cuando estaban a punto de salir de la casa, el anfitrión se paró de repente y, mirando en dirección a Tita, le dijo: «En mi vida he visto una belleza igual. He estado toda mi vida esperando encontrar algo parecido». Tita se puso colorada y le dijo: «No es para tanto». Lex señaló un asiento que había detrás de ella. «Es realmente precioso», comentó el actor. Y Tita todavía se puso más colorada al darse cuenta de que no se refería a ella. Salieron como pudieron de aquella casa y, cuando ya estaban lejos, se echaron a reír con tantas ganas que casi no podían respirar. Lex le aclaró que la mujer no estaba muerta en sentido literal, sino que no se encontraba bien, estaba indispuesta. También se rieron al recordar cómo Tita había pensado que el anfitrión la alababa a ella, aunque en realidad se refería a la silla que había comprado en un anticuario y que tenía a su espalda.

—Lex, te aseguro que me miraba a mí y por eso contesté que no era para tanto. ¿Qué habrá pensado de mí?

—Tranquila, no tiene importancia. Sabe que no eres americana y que el argot que utilizamos invita a la confusión.

—Es terrible...

Volvieron las carcajadas. Sacaron aquella anécdota a colación muchas veces, sobre todo en el desayuno, cuando Lex le llevaba el café y las tostadas a la cama. Lex solía decirle:

—No he visto en mi vida una belleza parecida...

—¡Calla! No me hagas rabiar...

27

La vida en la Meca del cine

Los Barker vivían al sur de California, en Los Ángeles, la ciudad donde estaba el corazón de la industria televisiva y cinematográfica del país. No había día en el que no pasaran cerca del icónico letrero donde se podía leer en grades caracteres: HOLLYWOOD. Después de Nueva York, era la ciudad más poblada de Estados Unidos y por lo tanto una de las mayores áreas metropolitanas del mundo.

En Los Ángeles se podían hacer un universo de actividades. Allí se cerraban grandes negocios, era el lugar ideal para el entretenimiento, para la moda, la ciencia, los deportes y la tecnología. También para la medicina y la investigación.

Tita se adaptó rápidamente al ritmo de la ciudad. Visitaba museos y galerías de arte. Precisamente visitando una exposición de cuadros, conoció a la pintora Mercedes Lasarte y se enamoró de sus lienzos. Tanto Lex como ella compraron sus cuadros coloridos y llenos de vida. La artista, natural de Argentina, tenía tres años más que ella, y se fue convirtiendo en su amiga y prácticamente en su «hermana» perfecta.

Como residían en la misma ciudad, empezaron a quedar para ir a comer, de tiendas y a jugar al tenis. Incorporaron a sus esposos y tanto Lex como Carl, el marido de Mercedes, se hicieron amigos. Poco a poco, Tita fue ampliando su grupo de amistades, al que solo vería en el tiempo de descanso entre rodajes de las películas de Lex, casi siempre en el extranjero. Cuando él viajaba a Europa, Tita no dudaba en acompañarle, menos aún si el país en el que se rodaba la película era España. *El salvaje Kurdistán* se rodó en Almería. La película estaba basada en la novela del prolífico escritor Karl May. Lex interpretaba a Kara Ben-Nemsi, un aventurero alemán que debía rescatar al hijo de un jeque. Se trataba de una coproducción hispano-alemana. Durante la estancia en Almería, Alfonso de Hohenlohe contactó con Tita para invitar personalmente al matrimonio a visitar Marbella una vez acabado el rodaje. Deseaba mostrarles esa zona de España, donde él se había convertido en promotor de varios complejos turísticos. El hijo del príncipe Maximiliano de Hohenlohe-Lagenburg había cobrado fama como personaje imprescindible de la jet set marbellí y uno de los hombres que más habían invertido en esa zona. Tras terminar la película, Lex y Tita aceptaron la invitación para conocer esa localidad andaluza y fue entonces cuando Alfonso de Hohenlohe, sobre planos, les habló del complejo urbanístico que deseaba construir allí. Quería que se convirtiera en un lugar muy exclusivo para personas de la alta sociedad y personajes relevantes internacionales. A Lex le gustó la idea y empezó a pensar que sería una buena inversión comprar un terrero para hacerse una casa en España.

—Lex, nada podría hacerme más feliz que tener un hogar en mi país.

Alguien les sugirió que, antes de decidirse a comprar en Marbella, fueran unos días a Almuñécar. Hicieron caso a esa recomendación y así fue como acabaron bañándose en las preciosas playas de San Cristóbal y La Herradura de la costa granadina. Se acercaron al casco antiguo, visitaron la iglesia de la Encarnación y el castillo. Un empresario le propuso a Lex que comprara uno de los tres peñones que van de mayor a menor tamaño adentrándose en el mar. Lex no terminaba de decidirse y Tita llamó a su padre.

—Papá, Lex quiere comprar un terreno para construir una casa en España. Le están ofreciendo un peñón en Almuñécar y nos han hablado también de un terreno en Marbella. ¿Tú que crees?

—Que no compréis nada sin estar bien asesorados por un abogado. ¿Por qué no venís antes a la Costa Brava? Tengo visto un terreno precioso que da al mar y sería perfecto para vosotros. Si os pasáis por aquí, yo mismo os lo enseño antes de que volváis a Estados Unidos.

—Me encantaría. Así también os vería a ti y a mami.

Tita y Lex viajaron hasta el Baix Empordà, a Sant Feliu de Guíxols, y se enamoraron del municipio pegado al mar Mediterráneo, en Girona. Enrique Cervera, el padre de Tita, hizo las veces de cicerone del matrimonio.

—Tiene el encanto de un pueblo de pescadores. Es una de las zonas más tranquilas para descansar y también de las más bonitas del litoral.

Les enseñó el monasterio fortificado benedictino de

Sant Feliu, construido en varias etapas, desde el siglo X hasta el XVIII. También se acercaron a la ermita de Sant Elm y allí pudieron contemplar sus espectaculares vistas.

—Dicen que en este punto se inspiró el periodista, poeta y político Ferrán Agulló para acuñar el término «Costa Brava» asociado a esta zona del litoral —comentó Enrique Cervera.

Después de bajar de nuevo al pueblo y recorrer la rambla y el centro del municipio, les enseñó el terreno que estaba en venta. Se encontraba en un lugar escarpado, rodeado de pinos y con vistas al mar. En cuanto Lex lo vio, pensó que era el lugar que andaba buscando. Tita estaba entusiasmada.

—Pues, ya que os ha gustado, el terreno os lo regalo yo. Y a partir de aquí, construid la casa como queráis.

—¿De verdad? Papi, un millón de gracias. —Tita abrazó a su padre.

—El lugar no puede ser más paradisíaco. Desde cualquiera de las habitaciones de la casa se podrá ver el mar. Pondremos la edificación en marcha inmediatamente —añadió Lex.

—En cuanto sepáis qué casa queréis levantar, me encargaré de supervisar quién y cómo os la hace.

—Nos dará mucha tranquilidad que estés por aquí controlándolo todo. Muchas gracias. —Lex también estaba feliz, y abrazó a su suegro.

En cuanto comenzaron las obras, Tita y Lex viajaron con regularidad a España. Aquella casa sería su nuevo hogar, donde pasarían más tiempo entre película y película. Europa se había convertido en el gran plató de cine donde se rodaban casi todas las producciones de Hollywood. Era barato y, cuanto más tiempo pasaban los actores fuera de Estados Unidos, menos impuestos tenían que pagar.

En uno de esos viajes, al final del verano de 1968, Guillermo, el hermano de Tita, se casó con Natalia Señalada. La joven barcelonesa se supo hacer con el afecto de todos. A los nueve meses nació el primer niño de la familia, que se convirtió de inmediato en el centro de atención. Lex fue su padrino y le pusieron su nombre en segundo lugar: Guillermo Alexander. A partir de ese momento, no hubo viaje a España en el que no trajera algún regalo a su ahijado. Cuando cumplió los dos años, Lex le enseñó a nadar y también empezó a traerle los carteles de sus películas como recuerdo.

Lex y Tita tuvieron que regresar a Yugoslavia para rodar otro film y volvieron a convivir con actores. La mujer de uno de los protagonistas admiraba mucho a Lex y no dejaba de repetírselo a todas horas. Un día, Tita comenzó a sentir un dolor muy fuerte en el abdomen y tuvieron que llevarla al hospital. Le dijeron que podría tratarse de una apendicitis, que debía pasar la noche en observación y, al día siguiente, le harían todas las pruebas. Pero cuando el dolor empezó a remitir, Tita decidió volver junto a su marido. Era ya de noche, pero se vistió y salió del hospital sin decirle nada a nadie.

Como no encontró forma de llegar hasta el hotel donde se alojaban, se puso a andar e, inexplicablemente, llegó sin perderse. Se fue directa a su habitación y llamó a la puerta. Su marido le abrió y se quedó sin habla. No esperaba su regreso. Al ver su cara, Tita se imaginó que algo malo estaba pasando. Entró en la suite y vio salir del dormitorio a la esposa del actor que tanto decía admirar a Lex.

—¿Qué está pasando aquí? —preguntó visiblemente enfadada.

—Es que se ha peleado con su marido y tenía miedo. Me pidió protección.

—Ya, pues podía haberse quedado a dormir en el sillón de la suite y no en nuestra cama. Sea lo que sea, a esta señora no la quiero ver cerca nunca más.

La mujer se fue de allí precipitadamente mientras se ponía la ropa. Tita se enfadó muchísimo y estuvo varios días sin dirigirle la palabra a su marido. Lex regresaba cada día del rodaje con flores para reconciliarse con ella. La sacaba a cenar y la llevaba a bailar, que era lo que más le gustaba a Tita.

—Tita, te pido que me perdones. No ha tenido ninguna importancia.

—¿Crees que por esa señora merece la pena romper nuestra vida de ensueño? No voy a hacerlo, pero eso no quita que esté molesta.

Lex la abrazaba con fuerza mientras bailaban las canciones lentas que cantaban en el restaurante. Tita, que no era rencorosa, decidió no volver a hablar del asunto. En brazos de Lex se sentía como si estuviera en una película romántica.

—Me vuelvo a fiar de ti, pero no traiciones de nuevo mi confianza.

Tita jamás volvió a sacar el tema de aquella señora cuyo nombre no quería siquiera recordar. Hasta que no acabó el rodaje, la esquivó ante los ojos incrédulos del marido, que no sabía el motivo por el que las dos habían dejado de dirigirse la palabra.

Al regresar a Estados Unidos, le pidió a su amiga Mercedes que le hiciera un retrato a Lex, pero la pintora no aceptó el encargo. «A ti te lo haría, pero a tu marido no». Tita comprendió que no se puede obligar a un artista a pintar a quien no quiere. Nunca le preguntó el porqué de su negativa.

Quedaban a menudo con actores muy conocidos: Roger Moore, Robert Wagner o Frank Sinatra, al que veían con frecuencia. Este último les pidió que se quedaran con su perro Wally —un pastor alemán que se llamaba así por su anterior dueño, Walter Matthau—, ya que iba a estar mucho tiempo fuera de Los Ángeles. Su próximo rodaje tendría lugar en Inglaterra y allí no dejaban pasar perros sin que previamente hicieran una larga cuarentena. Todos los compañeros de Lex parecían tener el mismo problema: los largos rodajes fuera de casa. De todos modos, Tita se enamoró del animal y prometió cuidarlo. Sinatra se fue tranquilo.

—Con vosotros sé que mi perro estará bien cuidado. No me fío de nadie más.

—Adoro a los animales, ya lo sabes —le contestó Tita.

Así fue como Wally entró a formar parte de sus vidas. Le enseñaron a dar la patita, a sentarse y a caminar a su lado. Una noche comenzó a ladrar y a tirar de las sábanas de su cama. Se levantaron los dos y le siguieron para saber qué les quería mostrar. Cuando estuvieron fuera de la casa, se sintió un temblor. Se trataba de un terremoto. Los dos celebraron mucho que Wally hubiera querido protegerlos.

No fue la única vez.

Días después, Tita se encontraba rara, extraña... En un estado que le provocaba una melancolía permanente. Lex pensó que quizá tenía que ver con que llevara mucho tiempo sin visitar a su familia. Decidió entonces hacer las maletas y viajar a España; así, mientras él supervisaba las obras de la casa que estaban construyendo, ella podría estar con los suyos.

Fue pensado y hecho. Para este viaje no se separaron de su perro Wally, que viajó en un transportín. Una vez en Girona, se alojaron en el hotel más lujoso de la Costa Brava, pero el perro estaba muy intranquilo y no cesaba de ladrar. No sabían qué le pasaba y Lex se lo llevó a la obra. Durante su ausencia, Tita comenzó a encontrarse muy mal y llamó a su madre. Le recomendó que se acercara hasta un hospital cercano donde la atendería una doctora conocida de la familia mientras ella llegaba desde Barcelona. Al final, tras revisarla, quedó hospitalizada. Era importante que repusiera fuerzas. Wally lo había percibido antes que los demás.

Cuando finalmente salió del hospital, Lex pensó que el hecho de acelerar las obras ayudaría a su mujer a ilusionarse de nuevo con su hogar en Sant Feliu. Sabía que por su cabeza le rondaba la idea de ser madre, pero siempre había intentado disuadirla.

—Yo quiero a una compañera y no a una madre —le había repetido en multitud de ocasiones—. Eres muy joven. Disfruta de la vida, sigue viajando conmigo.

Ahora Lex, al ver a su mujer tan agotada, se dijo a sí mismo si no estaría siendo muy egoísta y comenzó a replantearse si tendría que cambiar de actitud frente a la maternidad que deseaba Tita.

Afortunadamente para todos, el chalet quedó listo para entrar a vivir y Tita volvió a ilusionarse con decorarlo. Lex sabía que a su mujer le encantaría hacerlo y probablemente encontraría en ello el aliciente que necesitaba para recobrar energías.

El chalet llamaba la atención. Estaba dividido en tres

casas seguidas, unidas en su interior. Una de 115 metros cuadrados, otra de 82 y la última de 60. También habían mandado construir un acceso directo a la playa con una escalera de piedra que les permitía introducirse en las aguas bravas sin necesidad de pasar por la playa.

Tita se mostraba más que satisfecha con el resultado. Sus padres, después de tantos años separados, decidieron juntarse de nuevo para comprobar el final de las obras. Ambos estaban muy satisfechos. Enrique se encontraba preocupado esos días por otro motivo relacionado con su salud. En el último chequeo médico habían descubierto un alto índice de azúcar en sangre. No le dijo nada a su hija, prefirió dejarla disfrutar del momento.

Encargarse de la decoración de la casa le permitió a Tita superar el estado de melancolía en que se encontraba. Su madre la acompañó a comprar muebles, cortinas, alfombras... Siempre pagaba en efectivo, ya que a Lex no le gustaba dejarle su tarjeta de crédito. Y, además, en España había pocos establecimientos donde se pudiera pagar con ella. Su padre, por su parte, acudió con su hija al vivero más cercano para comprar árboles y plantas. Wally, mientras tanto, se convirtió en la mascota favorita de Tita. Volcó en él todo su afecto y cariño. Pensó que el animal debió de intuir que algo le pasaba. De nuevo había querido avisarlos ladrando sin parar. Era un perro muy especial. Cuando faltaban pocos días para salir de viaje, pensó que lo mejor para el pastor alemán sería quedarse en Sant Feliu custodiando la casa junto a los guardeses que habían contratado.

Los dos últimos días que pasaron en su nuevo hogar fueron muy románticos. Después de una cena a la luz de las velas, Lex puso música y estuvieron bailando hasta bien entrada la madrugada. Tita volvió a sonreír.

Decidieron que Wally durmiera en un lateral de la cocina. Le pusieron una mantita para que se recostara y un recipiente con agua. Al despertarse al día siguiente, descubrieron que el perro había destrozado las patas de las sillas y de la mesa, y también había arañado la puerta.

—Lex, tienes que educarlo. Nos ha estropeado los muebles. ¡Todo era nuevo!

El actor se fue con el perro y Tita se quedó escuchando. No parecía que le estuviera regañando. Se encontró a Lex conversando con Wally como si se tratara de una persona.

—No debes hacer eso, Wally; está muy mal. Has mordido los muebles y los has estropeado antes de estrenarlos. Tita está muy enfadada, ya lo has visto...

Desde la distancia, Tita sonrió y siguió contemplando la escena de Lex abrazado al perro. Esa noche decidieron no dejarle solo y pudo pasar con ellos a su habitación. El animal se quedó más tranquilo.

La casa de Sant Feliu de Guíxols llamaba la atención a todo el que la visitaba. Se podía ver el mar desde todas las habitaciones. En el jardín Tita plantó palmeras y flores de diferentes especies y colores. Deseaba estar rodeada de naturaleza y parecía empeñada en conseguirlo.

—Es la casa más bonita que he tenido —decía Lex.

—¿Qué nombre le vamos a poner?

—«Más Mañanas» ¿Qué te parece? Es lo que deseo yo: Más mañanas a tu lado.

—Me parece precioso. —Tita le besó.

Dejaron España tras pasar varias semanas decorando su nuevo hogar y después de que Tita se hubiera repuesto del todo. La escala siguiente sería Italia; Lex quería comprobar el estado de su apartamento en Roma. Le gustaba dar una vuelta a la casa que le había regalado a su última mujer y que quería vender. Sin embargo, a Tita aquel apartamento le generaba cierto malestar, y eso que era muy bonito y que la terraza se encontraba a rebosar de flores. En el dormitorio había dos camas grandes y a ella no le gustaba descansar en la que había pertenecido a la infortunada cuarta mujer de Lex. Una persona del servicio le contó que, el día en que murió, cuando él se fue creyendo que dormía, en realidad ya había fallecido. Tita se negó a acostarse allí y se pasaba a la cama de Lex, donde se acurrucaba a su lado. Al final, Lex mandó que cambiaran el colchón y el somier, pero aun así Tita no lograba descansar. Tampoco contribuía a su tranquilidad que la casa estuviera repleta de fotos de Irene Labhart, de modo que, una mañana, se levantó y decidió quitarlas todas y guardarlas en un cajón. Cuando llegó Lex, no solo no se enfadó, sino que entendió por qué lo había hecho.

Roma era una ciudad que a Tita le encantaba y a la que se dedicaba a fondo paseando por todos sus rincones. Fue con Lex a visitar el coliseo, la plaza de España y la piazza Navona. En la fontana di Trevi lanzaron una moneda y se besaron; así se aseguraban regresar, al menos eso decía la tradición. Pasearon por el Trastévere, uno de los barrios romanos con más encanto... Tita era una enamorada de la comida italiana y disfrutaba mucho visitando museos en su tiempo libre.

Pese a todo, seguía sintiéndose incómoda en aquella casa y, un día, indagando entre los vecinos que había en el inmueble, averiguó que todas las dueñas que había tenido ese apartamento, que ahora pertenecía a Lex, habían muerto prematuramente. Antes que a su marido había pertenecido a la actriz inglesa Belinda Lee, que se había matado con veinticinco años en un accidente de coche. También le contaron que ese edificio se había construido encima de unas catacumbas. Por muy bonito que fuera, Tita deseaba que Lex lo vendiera. Además, un día sintió una presencia; se trataba de algo inexplicable que le pasaba en contadas ocasiones. Vio a una mujer joven pasearse por la habitación. Muchos amigos decían que tenía un sexto sentido y, en ese caso, ella no tuvo la menor duda de que se trataba de Irene Labhart. Sin embargo, no le quiso decir nada a nadie, ni tan siquiera a Lex.

El actor siguió su periplo por Europa y un día, estando en París, en la habitación del hotel, Tita creyó ver de espaldas a la infortunada cuarta esposa. Podía ser un sueño, pero parecía muy real.

—No te preocupes. Ya me voy —le dijo aquella mujer a la que solo había conocido en fotografías.

Tita la vio de espaldas caminar hacia la puerta e irse de allí. En ese momento, se quedó muy tranquila. Supo que no volvería a verla jamás. No volvió a nombrarla. Tita pensaba que a los muertos había que dejarlos ir. Estaba convencida de que su espíritu había descansado.

En esos primeros años de casados, Lex le presentó a su primera mujer, Constance Thurlow, Connie, y a sus dos hijos mayores, Lynn y Alexander, al que llamaba Zan. Tita llegó a congeniar con todos ellos. De hecho, procuraba hablar por teléfono con su primera mujer para saber cómo les iba la vida. Lynn estaba casada con Milto Wilson y de vez en cuando cenaban juntos. Tita llegó a establecer una buena relación de amistad con sus hijos y con su exmujer. No ocurrió lo mismo con Arlene Dhal, una deslumbrante pelirroja que se había vuelto a casar con el actor Fernando Lamas. Lex no se llevaba nada bien con su colega de profesión y Tita lo sabía. Un día, en una comida en la que coincidieron con él, se le acercó y le dijo: «Eres la única mujer que de verdad me gusta». Rápidamente le contestó: «Ten cuidado y no tropieces dos veces con la misma piedra. Soy la mujer de Lex Barker». Fernando Lamas resopló y salió de allí corriendo. Tita tampoco mantuvo relación alguna con Lana Turner, la tercera esposa de Lex. Su marido nunca encontró el momento para hablarle a fondo de su matrimonio y de su convivencia con su hija, Cheryl Crane.

No pasaban mucho tiempo en Los Ángeles, tan solo el suficiente para arreglar papeles y firmar nuevos contratos. Aprovechaban esos momentos para ver a los amigos y proyectar viajes en barco por Capri y Cerdeña para cuando llegara el verano.

La residencia de Lex no estaba ni en España ni en Estados Unidos ni en Roma. Era ciudadano suizo por su matrimonio con Irene y por tener un hijo, Christopher, nacido allí. Tita, por extensión, también era residente en Suiza. En una de sus estancias en Ginebra, en una exposición de automóviles, el actor se compró un Buick Riviera, un cochazo de color blanco.

—Me gustaría tener un descapotable —le comentó Tita a Lex—. Me hace ilusión.

—Mira, Tita, si además de lo guapa que eres conduces un descapotable, llamarás muchísimo la atención a los hombres, y yo también soy celoso.

—Sí, y cada día más. Te molestan muchas cosas, hasta que vaya sin sujetador, como el resto de las jóvenes. Yo me siento más cómoda.

—Sí, pero yo no. Y deberías ir con menos maquillaje. No te hace falta.

De pronto, mientas hablaban medio en serio medio en broma, Lex se quedó callado.

—¿Qué te ocurre? —preguntó Tita.

—No lo sé, me duele mucho el brazo izquierdo. Y también la espalda.

—Debes ir al médico urgentemente.

—Se me pasará en cuanto descanse. ¿Nos vamos a la Costa Azul?

28

Un eterno Peter Pan

La vida social del matrimonio Barker era cada vez más intensa. Cuando podían disfrutar de más de una semana libre, se iban a su casa en España o a uno de los mejores hoteles de la Costa Azul. Aprovechando uno de estos descansos en la Riviera Francesa, Lex se compró un barco al que puso por nombre Peter Pan. Se trataba de uno de los personajes de ficción que más admiraba y, en el fondo, él tenía mucho de adulto que se resistía a aceptar el paso del tiempo.

Estuvieron bastantes días en Saint-Tropez, la ciudad costera en el sudeste de Francia, donde había más yates que barcos pesqueros. Allí las noches eran largas e intensas. Siempre tenían compromisos con empresarios, como el dueño de Fiat; con personas de sangre azul, como Alfonso de Borbón y Dampierre, nieto de Alfonso XIII y de la reina Victoria Eugenia; o con magnates del petróleo, comerciantes de piedras preciosas, joyeros, artistas de cine y pintores de gran renombre.

Antes de emprender uno de esos cruceros, Tita, preocupada por la seguridad de las numerosas joyas que tenía —muchas eran regalos de Lex—, decidió dejárselas en custodia al renombrado joyero Harry Winston antes de embarcar. Winston la recibió en su despacho y, mientras la invitaba a un café, le habló del fabuloso diamante en bruto que tenía encima de la mesa.

—Pertenece al barón Thyssen y estoy estudiando cómo tallarlo para que se convierta en la piedra más hermosa del mundo.

—¡Qué maravilla ser dueño de algo tan bello!

Winston tuvo que salir del despacho para atender una llamada.

—¡Disfruta de la contemplación de esa piedra única! La hemos llamado Estrella de la Paz.

Cuando Tita se quedó sola, comenzó a hablarle...

—Has tenido mucha suerte de que te hayan encontrado. Estás en muy buenas manos y te van a convertir en una pieza única.

Siguió contemplando la gema con veneración hasta que Winston regresó. Acto seguido, Tita le entregó sus joyas para que las guardara en la caja fuerte. No regresaría a por ellas hasta que volvieran del crucero.

Aquel viaje con Lex fue extraordinario. Nadaron en alta mar y disfrutaron de la travesía. Visitaron a sus amigos en alguna de las mansiones que estos poseían en las bahías donde recalaban. Cenaban, comían y bailaban rodeados de rostros conocidos. En ocasiones las noches se confundieron con los días y los días con las noches. Pese a lo que estaban disfrutando, a Lex le pareció que el Peter Pan se estaba quedando pequeño y empezó a valorar hacer un cambio de barco. Para el verano siguiente ya tenía una embarcación más grande: el Peter Pan II. El tiempo libre que tenía entre rodaje y rodaje lo pasaban en su casa de España o se dedicaban a navegar.

Semanas más tarde, se trasladaron a Mónaco, donde siguieron citándose con empresarios de renombre internacional. A veces deseaban seguir su travesía y navegaban hasta la bahía de Nápoles o a la isla de Capri. A Tita le gustó especialmente la Gruta Azul, una cueva marina que tenía una abertura parcialmente sumergida en el mar. Fueron hasta allí en grupo y se bañaron en las mismas aguas donde en el pasado lo habían hecho los emperadores romanos. Vivían rodeados de lujo y podían entregarse a conocer a fondo las ciudades en las que atracaban. Procuraban hacer mucho deporte por el día y pasarlo bien por la noche.

Los celos de Lex salieron a flote la vez que, en una de las fiestas, un inglés sacó a bailar a Tita. Cuando los vio charlando animados, Lex los interrumpió y, mirando fijamente al caballero, le espetó: «Ella solo baila conmigo. Basta ya de tonterías». Se terminaron los bailes con ese invitado y con cualquier otro. Tita procuró olvidar aquel episodio no sin antes llamarle la atención a su marido por haberse mostrado tan descortés.

Cuando acabó el verano, les costó tomar la decisión de regresar a Estados Unidos, pero tuvieron que hacerlo. En Los Ángeles los actos sociales también se les acumulaban. Iban mucho a Las Vegas, invitados por los magnates más importantes de la industria cinematográfica. En una ocasión, alguien le sugirió a Tita que podría interpretar un papel en el cine. En la siguiente película de Lex, que se rodaba en Brasil, le ofrecieron un papel muy corto y, después de darle muchas vueltas, lo aceptó. Interpretaba a la hija del presidente brasileño y tenía un novio que se convertía en el malo de la película. Por su parte, Lex hacía del policía que salvaba al padre y a la hija. Tita aparecía cinco minutos en la película, con un traje de noche y una copa de champán en la mano. Le pidió a Lex que no la mirara mientras decía su frase porque la pondría muy nerviosa. Aunque él la observó de reojo y de lejos, a Tita le tembló tanto la mano en la que llevaba la copa que el director decidió que pronunciara la frase sin sujetar nada. Después de esa experiencia, se le quitaron las ganas de actuar. A fuerza de escuchar a Lex repetir que con un actor en la familia era suficiente, había terminado por creérselo.

—Imagínate la vida de casados de dos actores: tú rodando en una parte del mundo y yo en otra.

—Tienes razón.

—Ya lo he vivido en mis dos últimos matrimonios...

En las cenas y comidas entre actores salían a relucir los grandes temas de la actualidad, como las muertes aún sin resolver de John F. Kennedy y Marilyn Monroe. Tita contaba en esas reuniones cómo los había conocido a ambos.

—Era muy joven. Había ganado un concurso de belleza y, recién llegada a Estados Unidos, me presentaron al presidente. Fue muy amable con todas las jóvenes de los diferentes países que participábamos en el certamen. Pero mi encuentro con Marilyn fue más especial. Ella salió en mi defensa cuando Frank Sinatra empezó a contarme chistes verdes. «No la perviertas. ¿No ves que es una jovencita muy ingenua todavía? Deja a estos chicos malos. ¡Vámonos!», le recriminó. En un momento dado, me cogió por el hombro y me apartó de Sinatra. Me pareció la persona más dulce del mundo, pero también la más bella e incomprendida. Nunca olvidaré lo guapa que iba con su vestido de lamé ceñido al cuerpo. Si nunca llegaremos a saber cuántas balas acabaron con la vida de Kennedy ni cuántas manos apretaron el gatillo en Dallas, será difícil conocer la verdad sobre la muerte de Marilyn la noche en la que perdió la vida en su casa de Brentwood, en California. Personalmente, no creo que se suicidara.

En Hollywood, tarde o temprano, en cualquier reunión con actores salía a relucir el mismo tema. En los últimos tiempos se rumoreaba que quizá hubiera intervenido la mafia. Era un asunto muy delicado del que solo se hablaba con personas de confianza.

Tita quedaba mucho con su amiga Mercedes Lasarte; al menos con ella podía desahogarse y hablar sin ningún tapujo del mundo que la rodeaba, tan efímero como inestable.

—Con los actores no se sabe dónde empieza el éxito y dónde el fracaso. Pasan muchas horas solos preparando sus papeles, muchas horas de hotel, pero, a la vez, trabajan siempre rodeados de gente. El contraste es enorme —comentó Mercedes.

—La soledad no es buena compañera de viaje para ningún artista, con honrosas excepciones: los escritores y vosotros, los pintores.

—En eso tienes toda la razón. Para mí la soledad es una aliada.

Tita aprovechó para comentarle que Lex llevaba días quejándose de fuertes dolores en el brazo que no se le pasaban.

—¿A que no se acuerda de ellos cuando está rodando? —preguntó su amiga.

—Exacto, cuando comienza un rodaje desaparecen los

l 14 de mayo de 1961 cambió la vida de Carmen Cervera. Representando a Cataluña fue elegida Iiss España. Su nombre apareció por primera vez en los medios de comunicación.

Tita acompañada de sus damas de hon en el acto que tuvo lugar en el cine Ca los III de Madrid, donde se celebró elección de Miss España.

Una jovencísima Tita Cervera recibe el primer abrazo y la felicitación de su madre, Carmen Fernández de la Guerra. A partir de ese momento, madre e hija irían juntas a todos los certámenes de belleza internacionales.

Tita celebró su 19 cumpleaños en el hotel Don Quijote de Ginebra. Su madre siempre cerca de ella.

© EFE/lafototeca.com

Tita posa con mantilla y bata de cola al pie de la escalerilla del avión nada más aterrizar en Long Beach, California.

Tita posa junto a su madre al regresar a España tras participar en distintos concursos de belleza en Beirut, Los Ángeles y Londres, donde quedó en segunda posición.

Boda de la joven Tita Cervera con el veterano Lex Barker en Ginebra. El actor le pone el anillo casada y ella da el «sí quiero» en una ceremonia íntima. Entre ambos había más de veinte añ de diferencia.

El actor, que encarnó a Tarzán, y Tita salen del juzgado con el libro de familia en la mano.

ex y Tita en animada conversación y con su separable mascota.

Asisten durante su matrimonio a todo tipo de actos sociales. Nada hacía presagiar que Lex moriría de un infarto paseando por las calles de Nueva York el 11 de mayo de 1973 pocos días antes de cumplir 54 años.

Tita se tiñe de pelirrojo e inicia u
nueva vida al lado del seductor Espa
taco Santoni. Otra vez se enamora
un hombre mayor que ella.

En los años setenta bromeando junto a Espartaco Santoni para un reportaje. Después llegaron los malos tiempos en los que el actor y productor pasó por la cárcel y su relación se deterioró por completo. Su matrimonio no fue válido. Lo supo Tita años después.

En una de tantas fie
tas a las que asistía
posando junto a Lo
Flores y su marid
Antonio González,
Pescaílla. Tita lucía u
espectacular collar
turquesas y diamante
regalo de Lex Barker

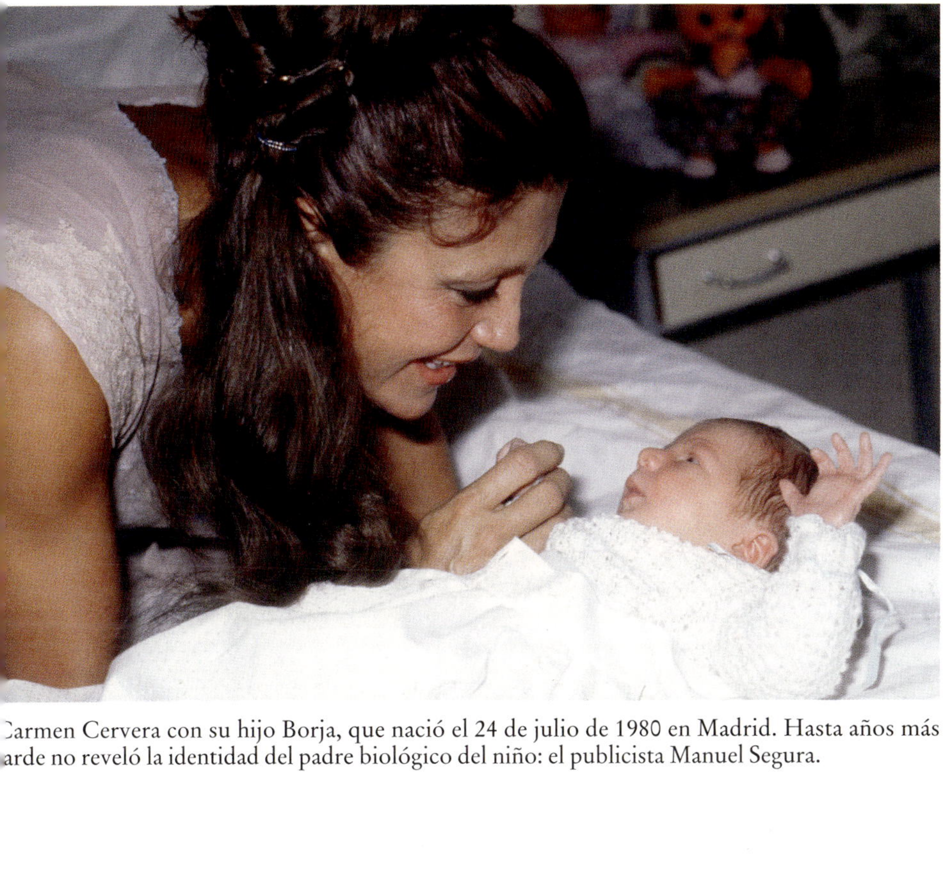

Carmen Cervera con su hijo Borja, que nació el 24 de julio de 1980 en Madrid. Hasta años más tarde no reveló la identidad del padre biológico del niño: el publicista Manuel Segura.

© EFE/lafototeca.com

El barón Thyssen, después de dar sus apellidos al pequeño Borja, se casó con Tita el 16 de agosto de 1985, en Moreton-in-Marsh, en el Reino Unido. Él tenía sesenta años y cuatro hijos y Carmen, cuarenta años.

En Marbella en uno de sus muchos actos sociales. El sol y el mar fueron sus dos grandes aliados.

ıilar hasta la madrugada formó parte de sus vidas. En esta ocasión lo hicieron delante de las cá-
ıaras después de que Tita fuera elegida «Sirena de la Costa Brava».

© EFE/lafototeca.com

Borja dio sus primeros pasos y creció Más Mañanas, la casa que constru Lex Barker sobre unos terrenos que E rique Cervera regaló a su hija.

© EFE/lafototeca.com

Madre e hijo en Palma de Mallorca a bordo del velero Adrix, propiedad de los duques de Badajoz con los que entablaron una gran amistad.

Los barones en Sant Feliu, en la ca construida sobre un acantilado a la q siempre regresa Tita y que tanto amaba barón, ya que desde cualquier habitaci se divisa el mar.

Muchos veranos don Juan, el padre del rey don Juan Carlos, les acompañaba en sus vacaciones. Como buen marino, el mar era una de sus grandes pasiones.

En 1988, el ministro de Cultura, Javier Solana, y el barón Thyssen firmaron el acuerdo por el cual la colección Thyssen vendría a España. En el acto estaban presentes Luis Gómez-Acebo, duque de Badajoz, y la baronesa Thyssen.

© EFE/lafototeca.com

ena privada en la residencia de los ıques de Badajoz para celebrar el ːuerdo con el Gobierno de España. En la foto salen, de izquierda a erecha, el ministro Javier Solana, presidente Felipe González, Caren Thyssen, el rey don Juan Carɪs, Carmen Romero, el barón hyssen y la reina Sofía.

El Consejo de ministros, en agradecimiento por la llegada a España del gran volumen de obras de arte del barón Thyssen, le concedió a éste la Gran Cruz de la Real y Distinguida Orden de Carlos III, y a su mujer, la Banda de Dama de la Orden de Isabel la Católica.

El 8 de octubre de 1992, en presencia de los reyes de España y el ministro Solé Tura, se inauguró Museo Thyssen-Bornemisza. Culminaba así un largo camino y se hacía realidad un sueño de mu chos años. Tita Cervera lució para la ocasión la gran joya «Estrella de la Paz», uno de los diamant más importantes del mundo, regalo del barón.

l barón junto a su hija y su yerno, Carlos de Habsburgo, en la fiesta posterior a la inauguración el museo.

:l barón con su mujer y sus dos hijos pequeños, Alexander y Borja, el día después de la inaugu- ación.

Los barones celebran su décimo aniversario de boda en su casa de Sant Feliu pasando unos días c
vacaciones.

Imposición de la medalla de la Orden de Orange-Nassau en casa del embajador de los Países Bajos.

El barón Thyssen con el presidente d
Gobierno, José María Aznar, la minis
tra de Cultura, Esperanza Aguirre, y
resto de las autoridades. Debido al em
peoramiento de salud del barón, éste tuv
que acudir en silla de ruedas.

© ROBIN TOWNSEND/EFE/lafototeca.com

La baronesa Thyssen junto a su hijo Borja y el hijo pequeño del barón, Alexander, en el primer funeral tras la muerte de Heinrich Thyssen en la ermita de Sant Elm.

© LLUÍS GENÉ/EFE/lafototeca.com

Tita Thyssen y su hijo Borja junto al emblemático cuadro *Mata Mua* durante la inauguración de la exposición «Del Impresionismo a la Vanguardia» en la Pedrera de Barcelona.

© Ángel Díaz/EFE/lafototeca.com

La baronesa Thyssen durante su intervención en pleno Paseo del Prado tras encadenarse a los árboles en contra del plan especial Prado-Recoletos, diseñado por el arquitecto Álvaro Siza y que contemplaba la tala de cientos de árboles.

Una de las pocas ocasiones en las q Tita Thyssen posa junto a su hijo y nuera en un estreno de cine. Su re ción con Blanca Cuesta ha sido el mo vo de constantes desavenencias en madre e hijo.

Acuerdo de la baronesa Thyssen y su hijo Borja con el Gobierno de España para alquilar la cole ción Carmen Thyssen durante quince años. El ministro Miquel Iceta firmó, en nombre del gobi no de Pedro Sánchez, el compromiso de pagar anualmente 6,5 millones de euros para consegu que la colección privada de Tita Thyssen continúe en el Palacio de Villahermosa junto a la de marido. Asistieron a este momento, en plena pandemia, Blanca Cuesta y su marido Borja, Carm Thyssen y su hija Carmen, así como el ministro de Cultura. Una foto para la historia.

males de Lex y del resto de los actores. Todos tienen hambre de cámara.

—La carrera de Lex es dura y el tiempo juega en su contra. Se enfrenta a la tiranía del paso del tiempo y está obligado a mantenerse siempre joven y atlético.

—Sin olvidar las faenas que se hacen unos a otros. A Lex le da mucha rabia que sus compañeros utilicen el viejo truco de moverse para captar la atención del espectador cuando es él quien protagoniza la escena. Esa actitud le enfada muchísimo.

—¿Y tú cómo estás?—le preguntó de pronto la artista.

—¿Yo? No sé qué decirte. Me gustaría ser madre..., pero Lex no quiere. Siempre me dice que necesita una compañera y no una mamá. Yo no le digo nada, pero él intuye lo que estoy pensando.

—Claro, es que Lex ya tiene tres hijos y no querrá más.

—Sí, tiene a Lynn, que nació el mismo año que yo, y a Alexander, Zan, cuatro años más pequeño, ambos de su primer matrimonio. Y de la relación con su cuarta esposa nació Christopher...

—De modo que tienes la edad de su hija mayor.

—Para mí eso no es importante, siempre me han gustado las personas mayores que yo.

Lex, ajeno a esas conversaciones, seguía con dolor en el brazo izquierdo. Después de que Tita le hubiera insistido para que acudiera al médico, al fin fue al que más fama tenía en Los Ángeles. Una vez en la consulta, tras examinarle a conciencia, a pesar de que no le encontró nada grave, le prescribió una medicación muy fuerte a base de cortisona. Los dolores fueron mitigándose y no impidieron que siguieran viajando de país en país. En Francia rodó *Siete veces mujer*, un filme episódico de Vittorio de Sica cuya protagonista absoluta era la actriz Shirley MacLaine. París aparecía como telón de fondo.

Le siguió otra película basada en un cuento de Edgar Allan Poe: *El tormento de las 13 doncellas*. El cine de terror se abría paso con fuerza en Europa. La película contaba la historia de un conde resucitado, interpretado por Christopher Lee. Éste buscaba vengarse de una pareja que previamente había atraído hasta su castillo. Se trataba de un abogado al que había dado vida Lex, y una joven, interpretada por Karin Dor. La mujer era la que descubría que en aquel lugar se habían cometido muchos asesinatos. Se rodó en el pueblo medieval de Rothenburg, en Baviera, y en el bosque de Teutoburgo, al norte de Alemania. Estas localizaciones contribuyeron a la atmósfera gótica y tenebrosa que pretendía el director, Harald Reinl.

Los compromisos de Lex los llevaron de nuevo a España con la película de fantasía experimental *Aoom*, de Gonzalo Suárez, donde mezclaba humor, tragedia y aventura; un relato intimista de un amor imposible. Se instalaron en Sant Feliu para que Lex tuviera tiempo de prepararse el papel.

Después de pasar unos días allí, Tita se marchó a Barcelona a visitar a sus padres. Primero fue a ver a su madre, Carmen, que procuraba irse a su piso de Barcelona cuando ellos llegaban a Más Mañanas. El deterioro de la relación entre madre y yerno tras el romance de ésta con Bill Carter, el enemigo personal de Lex, era tan grande que no soportaban verse. Tita, siempre tan unida a su madre, sufría por la situación pero trataba de evitar encuentros incómodos. Después fue a casa de su padre, que, aunque nunca se quejaba, estaba bajo de ánimo. Lo que había empezado siendo una pequeña herida en el pie se había complicado debido a su diabetes y ahora tenían que amputarle la pierna. Tita estuvo con él durante la operación y el postoperatorio. Cuando le dieron el alta, Enrique tuvo que acostumbrarse a caminar sin una pierna, pero con su gran fuerza de voluntad eso no supuso un problema. Lo peor para él fue hacerse a la idea de que no volvería a conducir un coche.

—Toda mi vida he tenido un volante en las manos y ahora esta circunstancia me obliga a renunciar a manejar un vehículo. Me resulta muy doloroso.

—Tranquilo, papi. Hay que saber adaptarse a las contrariedades. Tú me lo enseñaste.

—Esto no se lo deseo ni a mi peor enemigo.

Se abrazó a su padre y éste le pidió que regresara junto a su marido. Así las cosas, Tita se presentó en su casa de Sant Feliu un día antes de lo previsto. Cuando regresó no encontró a Lex en casa. Le esperó leyendo hasta las cinco de la madrugada, hora en la que cayó rendida. Cuando llegó Lex, se sorprendió al verla.

—¡Qué sorpresa, no te esperaba tan pronto! De haberlo sabido, habría vuelto antes. Se me ha pasado el tiempo hablando con unos amigos.

—¿Crees que no sé dónde has estado? Solo hay un lugar de moda por aquí: la discoteca Paladium.

—Hemos cenado y luego nos hemos tomado unas copas...

Tita no le dijo nada más. Lex se acostó a su lado y, al día siguiente, se levantaron tarde. Estaban todavía en la cama cuando les avisaron de que tenían una visita. Se trataba de una joven guapísima acompañada de un matrimonio que decía que los habían invitado. Lex le aseguró a su mujer que no se acordaba de la cita, pero salió a recibirlos. Cuando Tita abandonó el dormitorio y se incorporó al salón, la joven se quedó de piedra. Muy nerviosa, puso una excusa para irse de allí de inmediato junto al matrimonio que había ido con ella. Tita entendió al instante lo que había ocurrido la noche anterior entre esa joven y Lex. Visiblemente enfadada, comenzó a tirar a la piscina todas las hamacas que había en el exterior de la casa. Estaba furiosa, y más tras descubrir que el perfume que había olido en la camisa de Lex era el de esa mujer que había ido a su casa.

Lex volvió a pedirle disculpas y le prometió que no volvería a ocurrir. Se concentró en la película que iba a rodar y que entrañaba una especial dificultad, ya que no se trataba de un guion tradicional. Existían unos diálogos a modo de guía que vertebraban la película. A Tita la ayudó a olvidar el hecho de que tuvieran que trasladarse a Asturias. Los escenógrafos transformaron tanto el entorno que parecía que se encontraban en Normandía. Tita disfrutó con todas las escenas del rodaje, menos con las de amor.

—No vayas, por favor. Quédate en la *roulotte*.

Era la recomendación de Lex para que no se enfadara y, esa vez, le hizo caso. Aquel rodaje fue una experiencia nueva, pues el director mezcló varios géneros: el humor, la tragedia y la aventura. El relato conformaba una película sobre un amor imposible. El amor seguía siendo el tema preferido en las lecturas de Tita, en las películas y, cómo no, en la vida.

Estuvieron varios meses yendo de un lado a otro y encadenando un rodaje con el siguiente. Justo se encontraban en Roma, descansando, cuando recibieron la peor de las noticias: la madre de Tita fue quien le comunicó a su hija que su padre había fallecido. Ésta se quedó en shock y tuvo que sentarse para asimilar la noticia.

—¡Pero si estuve con él hace nada! —comentó incrédula.

—Hija, era su día. No tiene otra explicación.

—Se quedó tan deprimido al ver que no podía conducir... Los coches eran su vida... Salgo para allá de inmediato.

—Llegarás a tiempo de verle. Tranquila.

Tita abandonó Roma y tomó el primer avión con destino a Barcelona. Lloró durante todo el viaje. Su hermano Guillermo la esperaba en el aeropuerto y la llevó directamente al velatorio. Nadie pudo impedir que le viera. Necesitaba convencerse de que su padre ya no estaba en este mundo. A Tita le impactó mucho ver a su padre dentro de un ataúd, y todavía más tocarle la mano y sentirla tan fría como el mármol.

Al día siguiente, tras el funeral, ya en el entierro, ver cómo el ataúd descendía por el hueco abierto en el cementerio fue lo más duro. Ese día necesitaba abrazarse a su madre, y se fue a dormir con ella. Se le hacía difícil pensar que jamás volvería a ver a su padre. Todos los recuerdos de su infancia regresaron en cascada. Los veranos en Teià, en Lloret de Mar, en Sitges.

—¿Te acuerdas del último verano que pasamos juntos, mami? Qué feliz me hacía cuando salíamos los cuatro. O aquel Domingo de Ramos, Guillermo y yo sujetando nuestras palmas y vosotros dos tan elegantes.

—¡Claro que me acuerdo! Aunque estuviéramos separados, también lo he sentido mucho. Una parte de mi vida se ha ido con él.

—¿Y aquel día que salí volando del coche? —Tita comenzó a reírse rememorando aquel momento.

—¡Para no acordarme! Guillermo nos dijo: «¡Tita ha salido volando!». Cuando nos percatamos de que era verdad, nos temimos lo peor. Y tú estabas tan tranquila, con una herida en la pierna.

—Es como si toda mi infancia me volviera de golpe... ¡Abrázame, mami!

Pasaron los días y Tita tuvo que regresar a Roma y, de allí, a Los Ángeles. Ahora la distancia se le hacía más grande que nunca. Sentía la necesidad de estar cerca de su madre y de su hermano, pese a que Lex la sacaba a comer, a cenar a casa de amigos y a bailar.

De pronto, la carrera de Lex dio un giro hacia la televisión y cobró fuerza, ya que, en las series que se producían, los actores cobraban cifras millonarias sin moverse de Estados Unidos. Pero Tita necesitaba seguir viajando a Europa, se había acostumbrado. Sentía que estaba más cerca de su familia. Aunque no la acompañara Lex, viajaba a menudo al viejo continente, sobre todo a Roma y a España.

Cuando estaban en la Costa Brava, a Lex le encantaba ser un ciudadano más yendo incluso al mercado a comprar pescado, haciéndose amigo de la dueña de uno de los puestos que le servía el producto más fresco. Aunque no hablaba bien español, se hacía entender por todos en el pueblo. Aquí no era la estrella de Hollywood sino el marido de Tita Cervera.

Sin embargo, el matrimonio Barker tenía su cuartel general en Los Ángeles. En una de sus largas estancias en Estados Unidos y antes de volver a viajar a Europa, justo después de su cumpleaños, a finales de abril de 1973, Lex le pidió a Tita que le acompañara a Nueva York. No solía hacerle ese tipo de peticiones; esa vez quería que esperara a su cumpleaños antes de viajar.

—Tita, ven conmigo... Voy a firmar una serie de muchos capítulos, haré de patriarca de una familia de rancheros. Firmo y me voy a Roma contigo, así pasamos juntos mi cumpleaños.

—No pasará nada porque lo celebremos un poco más tarde. Así podré ir a Roma y después a Sant Feliu para dejar todo arreglado de cara al verano.

Lex la miró clavando sus ojos azules en los de ella. Su mirada parecía triste, pero se despidió de ella con un beso. Él se iba a la ciudad de los rascacielos. De pronto, mientras se subía al avión, Tita recordó unas palabras que él le había dicho meses atrás...

—¡Nos vemos! Por cierto, si algún día me pasara algo, quiero que me incineres y esparzas mis cenizas en el mar. Tienes que hacerlo, ¿me oyes? Te subes a una barca de noche con Wally y, mar adentro, las tiras. He pensado que ese sería el mejor final posible para mí.

—¿Por qué me dices algo así? No me gusta hablar de esto. Si tú te mueres primero, yo iré detrás inmediatamente. ¿Te encuentras mal?

—No es eso. De pronto he pensado en lo que me gustaría que hicieras conmigo llegado el caso. Ahora que, con lo miedosa que eres, no sé si te atreverías a hacerlo...

Tita recordaba esas palabras tan tristes y la mirada de Lex al despedirla. Sus ojos estaban apagados, sin luz. Observó cómo se iba caminando y sintió una especie de pellizco en el estómago.

En cuanto llegó a Roma y comenzó a visitar a sus amistades, se olvidó de aquella sensación tan extraña. El 8 de mayo le llamó por teléfono desde la capital italiana para felicitarle por su cincuenta y cinco cumpleaños. Estaba serio, pero escuchó atentamente la felicitación de Tita.

—Nos veremos en unos días. ¿Cuándo firmarás?

—Estoy pendiente de que mis abogados den el visto bueno al contrato.

Lex guardó silencio durante unos segundos.

—¿Te encuentras bien?

—Sí. Ha vuelto el dolor en el brazo.

—¿A pesar de la medicación?

—Sí.

—Iremos al médico en España. Mi madre conoce a grandes profesionales.

—Brinda hoy a mi salud con el vino que tengo allí. Eso me alargará la vida.

—Lo haré.

Lex no le comentó que algunos periodistas le habían preguntado si todo iba bien en su matrimonio al no haber visto a Tita junto a él y sí a la joven actriz Karen Kondazian en más de una ocasión. Varios fotógrafos le seguían esos días a todas partes intentando dar la exclusiva del final de su quinto matrimonio.

—¡Nos veremos pronto! —se despidió Tita.

—¡Seguro!

Tres días después, Lex salía de una tienda de Nueva York donde se había comprado un par de trajes. Dio tan solo unos pasos y, en plena calle, entre la 59 y Lexington, sintió un dolor muy fuerte en el brazo izquierdo y en el pecho. No le dio tiempo a pedir ayuda y se desplomó en el suelo. Cuando se acercó un médico a comprobar qué le había ocurrido, certificó que ya no tenía pulso; un infarto de miocardio había acabado con su vida.

Tita, ajena a lo que acababa de suceder, estaba rara. Esa noche en Roma no se sentía bien y tampoco podía conciliar el sueño.

Mientras tanto, en España, en la casa de Más Mañanas,

donde se encontraba su madre, Wally no dejó de ladrar en toda la noche. Al día siguiente, Carmen recibió la noticia a través de un familiar de Lex.

—¡Tu yerno ha fallecido!

—¿Cómo dices?

—¡Lex ha muerto de un infarto en plena calle!

Carmen tragó saliva y se quedó en silencio durante un rato, tratando de asimilar la noticia. En cuanto se repuso, llamó a Tita por teléfono antes de que ésta se enterara por la prensa. La noticia corrió como la pólvora por los teletipos de las agencias de prensa más importantes. Era muy temprano aún, pero marcó su teléfono.

—¿Tita? Soy mamá.

—¿No es muy pronto para que me llames? ¿Qué ha ocurrido? —le dijo su hija recién despierta y todavía entre las sábanas.

—Tita, tienes que ser fuerte, Lex...

—¿Qué le pasa a Lex?

—Ha muerto de un infarto mientras iba por la calle. —Se lo soltó de sopetón; de otra manera, no habría podido hacerlo.

Tita se quedó en blanco durante unos segundos, en silencio. Después rompió a llorar. No podía hablar con su madre y colgó el teléfono. Empezó a emitir gritos desgarradores mientras se daba contra las paredes del apartamento de su marido.

—¡Tendría que haber estado a su lado! ¡Debería haber estado allí! —se decía a sí misma—. Nunca me lo perdonaré.

No podía dejar de llorar y de gritar a la vez. Su madre llamó a unas conocidas de Roma y éstas acudieron rápidamente a consolarla. Nada parecía calmarla.

—Ocho años nada más. ¡Ocho años de casados! No puede ser... Un hombre tan fuerte y tan robusto no puede morir tan joven... ¡Nooooooooooo!

Tuvieron que darle un tranquilizante y, un par de horas después, la llevaron hasta el aeropuerto donde se encontraría con su madre, recién llegada de España, que iba a acompañarla hasta Nueva York. Las amigas de su círculo en Italia le compraron varios trajes negros y le hicieron la maleta. Ella era incapaz de tomar ninguna decisión. En cuestión de horas había pasado de ser la mujer de Lex Barker a ser su viuda. No tenía capacidad para asimilarlo ni siquiera bajo los efectos de los tranquilizantes.

—Mami... —Se echó a llorar al verla—. ¿Cómo ha podido ocurrir algo así?

Carmen abrazó a su hija y la dejó llorar con desconsuelo para que se desahogara.

—Tranquila. Tenemos que coger el vuelo a Nueva York. Ahora tendrás que ser muy fuerte porque vas a vivir momentos durísimos.

—Por favor, no te apartes de mí.

Hicieron todo el viaje cogidas de la mano. Las azafatas les ofrecieron algo de comida, pero la rechazaron.

—¿Te acuerdas, mami, de que nos conocimos en un avión? Ahora soy su viuda. No me hago a la idea. Dime que es una pesadilla.

—Procura dormir. Recuerda cómo le conociste.

Cerró los ojos y ya no los volvió a abrir hasta que el avión aterrizó. Iba como en una nube, guiada por su madre. Cuando alcanzaron la salida, las estaba esperando la primera mujer de Lex, con la que guardaba una buena relación.

—Constance, gracias. ¡Qué tristeza! —Tita se abrazó a ella.

—Ha sido una fatalidad. Mis hijos están muy afectados. Te llevaré hasta el velatorio.

Cuando Tita llegó al lugar en el que se encontraba el cuerpo de su esposo, no se podía creer lo que estaba viviendo, parecía la peor de las pesadillas. Le preguntaron si quería ser la primera en ver a su marido dentro del ataúd. Iba a decir que sí cuando su madre le aconsejó que no lo hiciera para que pudiera recordarle siempre vivo.

—Esas imágenes se te quedarán en la retina para siempre, como te ha ocurrido con tu padre. Hazme caso por una vez. ¡No le veas! ¿No te acuerdas, de pequeña, como te afectó que una vecina te hiciera pasar a ver a su marido muerto? Estuviste una semana durmiendo abrazada a mí.

—Creo que tienes razón. Todavía recuerdo aquella imagen. Y, sobre todo, me acuerdo de papi en el ataúd. Ver a Lex podría impresionarme mucho.

Los empleados de la funeraria expusieron el féretro en un amplio salón ante la afluencia de un gran número de conocidos y de periodistas. Aunque no quería mirar, no pudo evitar ver un mechón rubio que sobresalía del ataúd cuando lo abrieron. Cerró los ojos de golpe porque no deseaba ver más. A lo largo del día fueron acercándose los actores con los que había tenido más relación y amistad. Todos estaban consternados, ya que, con su forma física, parecía que Lex iba a enterrarlos a todos. Era el comentario más generalizado, además de que parecía que estaba dormido. ¿Qué le había podido pasar? Era la pregunta que se hacían todos. Tita no cesó de llorar en toda la noche. Incluso se culpaba de su muerte.

—Si hubiera estado con él... —le decía a su amiga Mercedes Lasarte en voz baja.

—Nadie sabe el día en el que nos vamos. Si hubieras estado con él, habría muerto igual.

Tita buscaba un responsable...

—El médico tiene la culpa. Le prescribió cortisona. Los dolores del brazo y de la espalda eran muy fuertes.

—Era su día. Debes aceptarlo.

Tita no encontraba consuelo. Al día siguiente tuvo lugar el funeral y volvieron todos a abrazarla y a besarla. El dolor parecía cada vez más fuerte. No fue capaz de conciliar el sueño ni esa noche ni las siguientes.

Después de Nueva York se repitió el funeral en Los Ángeles. De nuevo, los amigos y conocidos la hicieron llorar con las muchas muestras de cariño. Ni las cosas bonitas que le contaban ni las anécdotas con que rememoraban parte de su pasado junto a Lex hacían que cambiara su estado de ánimo.

Tras el funeral, incineraron los restos mortales. Cuando a Tita le dieron las cenizas en una urna, se abrazó a ella y ya no se separó de esa especie de cofre que para ella encerraba mucho más que un tesoro. Se hizo con un bolso grande y las llevaba con ella a todas partes. Lloraba y hablaba a la urna a la vez. Su madre y todo su entorno empezaron a preocuparse.

Aunque los días posteriores Mercedes Lasarte la obligó a salir de casa, no consiguió que Tita se separara de la urna ni para dar una vuelta a la manzana. Durante semanas siguió recibiendo a los amigos y conocidos en el que fuera su hogar en Los Ángeles. Dormir le resultaba imposible. Estaba agotada. No podía seguir así.

29

Más allá de la muerte

Al ver que Tita no superaba la muerte de Lex, la actriz Linda Evans se acercó hasta su casa y le sugirió que hablara con una médium a la que conocía para que por fin su mente pudiera descansar. También se ofreció para quedar con ella y acompañarla a la sesión que estaba dispuesta a realizar esa misma tarde.

El lugar elegido para establecer esa conexión con el más allá era la propia casa de la mujer a la que acreditaban conocimiento además de poderes. Se trataba de un piso bajo sin luz exterior. Cuando las hicieron pasar al salón, apagaron las luces y se quedaron a la luz de siete velas. Se sentaron en torno a una mesa camilla donde las esperaba la médium, entrada en años. Tras los saludos previos, ésta les preguntó qué las había llevado hasta allí. Tita le explicó que deseaba hablar con su marido, recientemente fallecido. La médium comenzó a rezar una especie de letanía e instantes después comenzó a sufrir espasmos y convulsiones.

—Ha entrado en trance, Tita. Ahora quien te va a hablar no es ella, sino Lex. Espero que estés preparada —le explicó Linda al oído.

—Lo estoy.

Tita no acababa de creerse que esa señora conectara con su marido allá donde estuviera, pero al mismo tiempo esa situación le generaba mucha expectación y esperanza.

—Tita —comenzó a hablar la señora—, estoy en un plano del que no querría salir. Aquí soy feliz. No te preocupes por mí. No quieras volver a conectar conmigo. Necesito paz. ¡Cuídate mucho! Te quiero.

—¿No volveré a verte?

—Sí, regresaré cuando tengas un hijo. Solo volverá un trocito de mi alma, el resto seguirá en el cielo. No me hagas regresar de donde estoy.

Hubo un silencio y, una vez repuesta, Tita habló a la médium.

—Lo siento, pero no acabo de creer lo que usted me dice. Soy como santo Tomás: necesito pruebas.

Siguió en trance y volvió a hablar.

—No se te ocurra ir sin sostén..., no me gusta. Y te lo tengo dicho: no te maquilles tanto. Ah, y una cosa más: no quiero que bebas sola el vino que tengo en casa; compártelo con buena gente...

Tita se echó a llorar. Había dicho cosas que solo conocían ellos. Sin embargo, insistió en que no le parecía suficiente. La mujer volvió a rezar y de nuevo entró en esa especie de trance en el que ya no hablaba ella, sino su difunto esposo.

—Llama a la persona que te espera...

—Podría ser tu madre —apuntó Linda.

—Dile que un gato negro va a entrar por la ventana de tu cuarto y que va a tirar un colgador que está cerca de la ventana.

—Yo creo que se ha equivocado. En mi casa solo hay perros. En concreto, solo tienen cabida los yorkshires y los pastores alemanes.

—¿No quiere una prueba? Llame ahora mismo —le dijo la mujer visiblemente enfadada.

Tita pidió un teléfono y llamó a su madre, que se había trasladado a Más Mañanas.

—Mami, estoy con una médium. Ve a nuestro cuarto y dime qué ves...

—Pero, hija, no deberías... Está bien, voy.

Carmen tardó un rato en volver a ponerse el teléfono.

—Pues, hija, no lo vas a creer... Por la ventana de tu cuarto, que no sé qué hacía abierta, se ha colado un gato negro y ha tirado el colgador que tienes pegado a la ventana... Me ha costado echarle. ¡Qué cosa más rara!

Tita miró a Linda llorando. No podía creer que acabase de ocurrir en su casa, a miles de kilómetros, lo que aquella mujer le había anunciado. Despidió a su madre y se quedó llorando desconsolada durante un buen rato. Como pudo, salió de la casa de aquella médium y le pidió a Linda que la acompañara.

—No tengo duda de que era Lex. Solo yo sabía las cosas que me ha dicho, pero lo del gato negro para mí ha sido una prueba definitiva. Gracias por intentar ayudarme. Ahora sé que Lex está bien y eso me hace sentir mejor.

—Por eso insistí tanto. Ahora tendrás que olvidar lo que ha sucedido, porque, si no lo haces, puede acabar trastornándote. No todo el mundo es capaz de superar el momento que hemos vivido en esa casa.

—No me ha echado en cara que no estuviera con él cuando murió. Eso me da paz.

—Ahora intenta rehacer tu vida. Eres muy joven.

—No me siento capaz.

—Las cosas llegan en su momento.

Cuando Linda se fue, le pidió a su amiga Mercedes que la acompañara esa noche. No iba a poder dormir. Le contó lo que había sucedido y se quedó dormida abrazada a ella.

Al día siguiente tenía que ir al abogado para comenzar con la fase del reparto de la herencia. Lex tenía tres hijos y había que conocer qué le correspondía a cada uno. El proceso no sería rápido. Tita mientras tanto se refugió en los amigos de Lex. Su abogado la invitaba a su casa junto a su mujer e hijos.

—Eres muy joven, veintinueve años; debes rehacer tu vida. No puedes consumirte en la pena.

Uno de los grandes amigos de Lex, Kirk Kerkorian, un billonario armenio-estadounidense, no la dejó sola en ningún momento. El presidente y director ejecutivo de Tracinda Corporation y principal accionista de la Metro-Goldwyn-Mayer, la llevaba a cenar, a comer... El magnate había transformado Las Vegas junto con el arquitecto Martin Stern Jr. Además, él también andaba envuelto en los papeleos infinitos para obtener el divorcio de su mujer. Los meses posteriores a la muerte de Lex se unieron mucho, ya que los dos habían perdido a sus respectivas parejas. Tita se lo agradecía constantemente.

—Gracias por tu ayuda, Kirk. Me haces sentir protegida. Te estoy muy agradecida.

—Lo hago por ti y también lo hago por Lex. No le habría gustado que te dejara sola en este trance.

Kirk siguió visitándola y sacándola de la casa de Los Ángeles que tantos recuerdos le traía. Un día le soltó de sopetón lo que Tita ya intuía.

—Me he enamorado de ti. Es evidente. No sé disimular.

—Kirk, es muy pronto para mí. Yo te estoy cogiendo mucho cariño, pero todavía no he pasado el duelo de Lex.

Tita pensó que lo mejor sería hacer las maletas y pasar una larga temporada en el que consideraba su hogar, Más Mañanas.

—Vamos a darnos un tiempo, Kirk. Voy a regresar a España con mi familia. Seguiremos en contacto.

Tita hizo el vuelo de regreso parapetada tras unas gafas de sol. No quiso hablar con nadie. Era duro regresar como viuda a su casa, a su hogar. Se llevó una gran sorpresa al encontrarse, dentro del cajón de la mesilla de noche, un escrito de Lex. Le gustaba dejarle papeles con mensajes en su bolso, en un cajón... «No olvides que te quiero». Este que había dejado la última vez que estuvo con ella en su casa ahora parecía que llegaba del más allá. «No olvides que te quiero», repetía Tita una y otra vez en voz baja.

Recordaba el último día que habían estado allí juntos, en esa cama. «¡Qué felices entre aquellas sábanas!», se decía a sí misma. Releyó las palabras de Lex una vez más y no pudo dejar de llorar durante un largo rato. Su madre llamó a la puerta del cuarto y se abrazó a ella.

—¿Qué te pasa?

—La vida no ha sido justa con nosotros.

—La vida no suele ser justa con nadie. Vivir es así y hay que saber aceptar los golpes que nos llegan...

30

«Y ahora, ¿qué?»

Tita no tenía respuesta a esa pregunta: «Y ahora, ¿qué?». La muerte de Lex había truncado su idílica vida. Había vivido ocho años sin preocupaciones y ahora, todas caían sobre ella. Durante días, mentalmente repasaba los años junto a él.

Tita escribió en su diario: «La muerte de Lex me ha cambiado la vida. Ya nada es ni será igual. Me siento como perdida, extraña... Joven y viuda. Me pregunto, y ahora ¿qué?»

Por las noches revivía los momentos que más la habían marcado junto a Lex. Recordaba aquel año que fueron al Marbella Club y en un momento empezaron a servirle copas y más copas.

—Me pasé, ¿verdad, Lex? —Tita se puso a hablar en voz alta en la soledad de la habitación—. Recuerdo que me dijiste: «¡Vámonos!». Y nos fuimos caminando por la playa al hotel. Había bebido tanto que no vi que sobresalía una especie de rama o una raíz de un árbol y de repente tropecé y ¡pumba! El hueso del pie se me salió al chocar con esa cosa... ¿Te acuerdas? Te dije que me lo pusieras en su sitio y eso hiciste. ¡Vaya que si lo hiciste! Ni me dolió, yo creo que por todo el alcohol que llevaba encima. Ya sé que esa noche hice un poco el ridículo. Te aseguro que no he vuelto a beber así. Las familias inglesas toman ginebra por la mañana, al mediodía y por la noche. Quizá por eso son longevos... ¡Lex, te echo tanto de menos!

Estuvo gran parte de la noche rememorando anécdotas. Permaneció en silencio un buen rato y, de repente, se dio la vuelta en la cama y sintió la necesidad de volver a hablar con Lex. Hacerlo la ayudaba a superar la angustia que sentía.

—¿Y aquella vez que no paramos de reír cuando entendí que la mujer de tu amigo había muerto? Yo venga a disculparme. Y cuando nos acompañó hasta la puerta y dijo: «He pasado toda mi vida buscando esta gran belleza de la que estoy locamente enamorado». Viste que me miraba. ¿Entendiste mi equívoco? Yo pensaba que hablaba de mí. Bueno, tú siempre decías que sabías que se refería a la silla que estaba detrás de mí. ¡Una silla! Yo y mis despistes... No sabía dónde meterme cuando me di cuenta de que no se refería a mí, sino a la silla...

Tita empezó a reírse. Primero tímidamente, pero acabó a carcajadas.

—¡Qué planchazo! Pero cuánto nos pudimos reír. ¿Y esa otra vez que estabas rodando en Yugoslavia? Yo fui a verte y tu anunciaste a los que me fueron a recoger que llegaba «Tita» en el avión y me recibieron con flores creyendo que quien llegaba era un familiar de Tito, el mariscal yugoslavo. Dios mío, todo el mundo lanzaba flores a mi paso. ¡Qué momento! ¿Por qué te has ido, Lex? No quiero ser como la abuela Sabina, que siempre ha tenido miedo a la vida...

Entre recuerdo y recuerdo, Tita fue cayendo en una especie de sopor donde la realidad y el recuerdo se daban la mano. Cuando despertó, al día siguiente, no oyó el despertador, pero por suerte pudo llegar al aeropuerto a tiempo para coger el vuelo de Los Ángeles a Miami. Había cambiado de planes a última hora. Quedó con unos conocidos científicos que habían acabado la carrera hacía poco tiempo y estaban de paso. Le pidieron que los acompañara porque sabían que tenía unas cualidades innatas para percibir fenómenos paranormales. A quien más conocía Tita era a un médico español divulgador de temas esotéricos: Fernando Jiménez del Oso.

—Hay una niña que está muy malita. La han desahuciado y vamos a intentar darle energía y curarla entre todos. ¿Te animas?

—¿Y no le haremos más mal que bien?

—Eso nunca. ¡Vamos! Ven con nosotros.

Cuando Tita quiso darse cuenta, estaba con ellos imponiendo la mano sobre la niña. Con los ojos cerrados, pensaba en traspasarle su energía. Acabaron empapados en sudor tras la sesión. Uno de ellos era un sanador, Iván Trilla, y otra, una amiga periodista, Juana Biarnés, que había sido la primera en fotografiar a Tita y a Lex en Estados Unidos. Esta vez la había citado en Miami para hacerle un reportaje. Mientras tanto, el sanador intentó curar a la niña sin ningún tipo de dolor. La chiquilla mejoró al instante.

Se fueron todos a cenar a casa de Iván. Éste, en un momento determinado, se dirigió a Tita y le dijo que le convendría hacerse una limpieza. Con su consentimiento, le dieron una ducha perfumada y le rompieron un huevo en la cabeza. Empapada, la sacaron del baño y la llevaron hasta el salón, en cuyo suelo habían extendido una sábana blanca.

—¡Túmbate, Tita! Cierra los ojos.

Encendieron cuatro velas y Tita, poco a poco, se quedó dormida. A las cuatro de la mañana se despertó y se encontró sola en aquel salón, a oscuras y alumbrada solo por la luz de las velas. No se acordaba de nada y pensó que se había muerto. Se preguntó: «¿Qué hago aquí? ¿Dónde estoy?». Comenzó a ir por las habitaciones en busca de alguien y se encontró con Juana dormida en la cama.

—Juana, despierta. Estoy asustada...

—¿Qué ocurre, Tita? ¿Qué hora es?

—No tengo ni idea, pero me muero de miedo. Me he visto sentada en un banco y ¿sabes quién me acompañaba?

—No.

—¡Jesucristo! Te lo prometo. Lo he sentido. Estuvimos hablando, aunque no soy capaz de recordar qué me dijo. Después, me puse a andar y llegué a una especie de coliseo chiquitito y allí estaba otra vez él, en el centro.

—¿Jesucristo?

—Sí. Y cuando me vio, me abrazó. Ha sido bonito y me ha consolado mucho.

—En unas horas se lo cuentas a Fernando y a Iván. ¡Ahora intenta dormir!

En compañía de Juana, Tita pudo por fin descansar unas horas. Aquella visión había sido muy intensa y la había dejado muy cansada.

Cuando se levantaron, mientras tomaban un café, les

contó a todos la experiencia que había tenido después de la ceremonia de limpieza.

—En tu sueño eras María Magdalena. Se trata de una visión tan fuerte que no la olvidarás durante el resto de tu vida —comentó Jiménez del Oso.

Llamó a su madre por teléfono y le contó lo que le había pasado. Ella le pidió que regresara a España por un tiempo.

—No busques más. Lex se ha ido. Tendrás que aprender a vivir sin él. Tita, ¿por qué no regresas? La abuela está muy preocupada por ti. Está deseando volver a verte.

—Sí. Dile que iré en unos días. Me hará bien poner distancia ante tantos recuerdos.

En el avión de regreso a España, Tita pensó en lo diferente que era la situación que estaba viviendo en ese vuelo del día que conoció a su marido Lex Baker, volando de Roma a Ginebra. Solo había pasado una década entre esos dos vuelos pero ya no era la misma mujer. Atrás quedaba la chica joven que soñaba con recorrer el mundo entero junto a su marido. Ahora se había convertido en la viuda de Lex Barker y no sabía hacia dónde dirigir sus pasos. El cine le seguía atrayendo mucho, pero como decía Lex: «Con un actor en la familia es suficiente». Además, recordaba lo nerviosa que se puso en el rodaje de *Los Matones* en Brasil, junto a su marido, interpretando un papel secundario en el que tenía que sujetar una copa de champán y le comenzó a temblar la mano. Uno de los directores, amigo de Lex, Robert Lynn, decidió prescindir de la copa para que no se notara lo nerviosa que estaba. A pesar de todo, aquella experiencia le había gustado. Durante el viaje pensó que se lo comentaría a sus amigos más íntimos cuando regresara a Los Ángeles.

De momento, tenía una deuda pendiente con Lex. Bajó las escalerillas del avión aferrada a dos bolsos: uno donde llevaba sus documentos y sus cosas personales; y otro, en el que transportaba la urna con las cenizas de su marido. Debía cumplir su última voluntad: quería ser libre después de morir. Así se lo había expresado en una de sus últimas conversaciones. En concreto, le había dicho que, si el fallecía primero, quería que lo incinerara y trasladara sus cenizas hasta el mar Mediterráneo frente a su casa de Más Mañanas, en Sant Feliu de Guíxols. Pero Lex le había pedido algo más si moría antes que ella: debía coger una barca de noche y adentrarse mar adentro junto a su perro Wally y liberar en el mar sus cenizas. Lex sabía del miedo que le daba a Tita la oscuridad, pero le pidió que lo hiciera tal y como él quería. Tita le contestó que, si el moría, ella le seguiría poco tiempo después. Pero ahí estaba, con vida y aferrada a sus cenizas. Después de varios días de ir con la urna a todas partes, decidió que había llegado el momento de despedirse definitivamente de él. Esperó a que la luna llena iluminara la noche para montar en la barca junto al pastor alemán, regalo de Sinatra, e ir mar adentro a cumplir la voluntad de su marido.

La familia respiró aliviada cuando vio que estaba decidida a hacerlo. Sacó fuerzas de donde no tenía para superar el miedo a la noche y esparcir las cenizas de Lex en mitad de esas aguas bravas. Abrió la urna y vio cómo el aire se las llevaba sin rumbo hasta un horizonte que no alcanzaba a ver. Regresó envuelta en lágrimas y con la urna vacía. Desde entonces, miraba al mar Mediterráneo como quien mira la foto de un antepasado.

Su madre, durante todo ese proceso, no se apartó de

su lado en ningún momento. Parecían más unidas que nunca. Carmen le aconsejaba una y otra vez que debía recuperar el interés por todo lo que le rodeaba y le recomendó salir con su círculo de amistades.

—¡La vida sigue, Tita! Eres muy joven. Te quedan muchos sueños por cumplir. ¡Si yo tuviera tu edad!

CUARTA PARTE

31

Empezando de nuevo

Aquí comenzó otra de las siete vidas de Tita. Estaba rota por dentro. Era viuda y no había cumplido los treinta años. Muchas personas de su edad todavía no habían compartido su vida con nadie y sin embargo, ella se había casado, había cambiado de país, de amigos, de entorno, se había amoldado a la vida al lado de una estrella veinte años mayor que ella y había vivido sin preocupaciones. Conocía a los grandes rostros del cine, a los empresarios y políticos más relevantes y de golpe, aquella vida se truncó. No le quedaba nada de Lex. Bueno sí, Más Mañanas y el perrito Wally que les había regalado Sinatra. Fue como si en su vida, alguien diera a un interruptor y, de pronto, apagara la luz.

Desde ese momento, Tita había vivido a caballo entre Barcelona, Girona y Los Ángeles. Las palabras que le había dicho su madre se las repetía mentalmente una y otra vez: «Debes darte tiempo. No tengas prisa».

Entre tanto, las exmujeres de Lex solicitaron su parte

de la herencia, la que les correspondía a sus hijos. Curiosamente, todas reclamaban Más Mañanas pero para ella era como si quisieran borrar de su vida a Lex. Algo parecido a lo que suponía la tierra de Tara para Scarlett O'Hara en *Lo que el viento se llevó*. Tita tuvo que contratar a unos abogados suizos para que pelearan por lo que consideraba suyo. Se había convertido en la joven viuda de Lex y no estaba dispuesta a perder aquel terreno que les había regalado su padre y sobre el que habían construido Más Mañanas. También querían las joyas que Lex guardaba en la caja fuerte. Como decía la madre de Tita: «Debes pelear por lo que es tuyo. ¡Céntrate en ganar este pleito!».

Tita se abrazaba a su madre. Le daba seguridad. «Confío en que estés a mi lado», le decía. Y ella le contestaba lo mismo, apretándola fuerte en su regazo: «Siempre me tendrás cerca. Ahora, debes rehacer tu vida».

Tita necesitaba un cambio y un día su madre la llevó a un salón de belleza. «Cuando uno está mal, debe ir a la peluquería. Es infalible», le sugirió. Aquellas ansias de verse distinta la incitaron a teñirse el pelo de un tono rojizo y a rizárselo. El efecto fue totalmente terapéutico. Tita volvía a tener ganas de salir.

Las amigas comenzaron a llevarla a fiestas privadas. Y en una de ellas, se reencontró con el actor y productor venezolano Espartaco Santoni. Las revistas le fotografiaban siempre muy bien acompañado de mujeres conocidas: las artistas Analía Gadé, Ursula Andress, Massiel... Había estado casado con la venezolana María Ángeles Seijo, con la que había tenido dos hijos. Después se unió en matrimonio a la artista española Marujita Díaz, con la que no tuvo descendencia. Posteriormente, se enamoró de la actriz mexicana Tere Velázquez y tuvo otros dos hijos: Espartaco y Paola. Y tras esta ruptura, se había establecido en España y se había convertido en una de las caras habituales de la noche. Tita reconocía que tenía curiosidad por saber más de él. Se presentó como Tita Barker. Estuvo muy amable. Le dijo que había estado a punto de llamarla muchas veces tras conocer la noticia de la muerte de Lex.

Tita le explicó que había venido por un tiempo a España a estar con su familia. Y él le dijo que se encontraba, en esos momentos, en Barcelona. Otra vez, el destino decidía por ella. Tita vivía entre Barcelona y Girona. Se volvieron a ver rodeados de amigos y allí Tita contó en voz alta que le gustaría intentar entrar en el mundo del cine.

—A Lex no le gustaba la idea de que fuera actriz. Me decía que con un actor en la familia ya era suficiente. Ahora que no está, dudo si dar o no el paso. ¡Qué cosas!

—Pues si ese es tu sueño, ¡persíguelo! —comentó el seductor Espartaco. Ahora mismo tengo entre manos una película que rodaré en España con Lee Van Cleef, Alberto Dell´Acqua, John Ireland y Fernando Sancho. No tenemos completado el reparto. Nos falta la protagonista. Tampoco tenemos localizados todos los espacios de rodaje. La producción la llevaremos Julio Pérez Tabernero y yo. Estamos en tratos con el director Mario Siciliano.

Cuando Espartaco pronunció esas palabras, a Tita le pareció que la vida de nuevo le ponía una salida delante de sus ojos. «¿Y si doy un paso adelante y hago cine?», se preguntó. Era la oportunidad de demostrarse que ese mundo que tanto le atraía podía ser su mundo.

—¿De qué va la película? —le preguntó Tita a Espartaco con interés.

—La película se llama *Objetivo: matar*. Lee interpretará el papel de un preso que ha sido detenido por robar la recaudación de un canódromo. Finalmente, le liberan a cambio de que trabaje como asesino profesional para una organización.

—¿Crees que podría hacer un papel en la película?

—Podrías hacer perfectamente el papel de Krista, la coprotagonista. La esposa de Van Cleef, con la que se reencuentra al salir de la cárcel. Estamos buscando un nombre. Serías perfecta.

Sabía que el hecho de ponerse delante de una cámara tenía atractivo para cualquier productor de cine ya que sería su debut como protagonista. No dejaba de ser la viuda de Lex. Pero se preguntaba si debía dar ese paso. Tenía muchas dudas y le estaba costando despejarlas.

Durante los días siguientes le dio vueltas a todo lo que le había dicho Espartaco. Dudó si entrar también como productora más que cómo actriz. Espartaco finalmente la convenció para ambas cosas. Mientras buscaban localizaciones, Tita seguía hablando con él sobre la necesidad, en caso de dar el paso, de tener el texto con tiempo para memorizarlo e ir al rodaje segura. Espartaco visitó a Tita en Sant Feliu con el fin de ayudarla a despejar las dudas que le iban surgiendo y se enamoró de Más Mañanas. Le pidió que fuera una de las localizaciones donde rodar la película y ella le dijo que sí. Todo iba a mucha velocidad.

Al cabo de unos días, los abogados que llevaban el tema de la herencia de Lex le dieron la mejor de las noticias: «Más Mañanas seguirá siendo tuya». Cerró los ojos y le emocionó saber que el hogar que habían construido con Lex continuaría siendo suyo. No se podía imaginar la vida sin tener su refugio, su casa. Las olas chocaban con fuerza en el acantilado donde se sustentaban sus cimientos. Aquel mar Mediterráneo formaba parte de su vida. La segunda parte que le comunicaron los abogados también le fue favorable: «Las joyas de la caja fuerte también son tuyas». Demostraron que las piezas de tanto valor que permanecían resguardadas bajo llave habían sido regalos que le había hecho Lex a Tita . Fue una victoria que celebraron en familia. Y dentro de ese ámbito estaba Wally. El pastor alemán era tan listo que parecía entender que había ganado la batalla legal. Tita se acercó a él y le explicó qué ocurría tal y como hubiera hecho Lex.

—Wally, hemos conseguido que esta casa siga siendo nuestra. No podía pasar a otras manos. Será nuestro hogar para siempre. ¿Te das cuenta de lo importante que es eso para mí?

El perro movía su rabito con euforia y no cesaba de pasar el lomo por las piernas de Tita. La noticia trascendió y muchos amigos la llamaron para felicitarla. También lo hizo Espartaco. Y la madre de Tita, adelantándose a los acontecimientos, me advirtió: «Ten mucho cuidado. Ahora eres doblemente atractiva».

—No tengas miedo, mami. Soy adulta y sé cuidarme.

—Ten cuidado con los hombres mayores. Se por qué lo digo.

—Sabes que a mí no me gustan las personas de mi edad.

—Piensa bien las cosas antes de enamorarte. No te olvides tampoco de que en Estados Unidos tienes amigos de Lex que también son interesantes.

Tita decidió hacerle caso y, a los pocos días, se fue a Los Ángeles. Fue muy curioso porque, al poco de llegar, recibió una llamada de Espartaco confirmándole que el papel de la nueva película era suyo. Por lo visto, a Mario Siciliano le había parecido muy buena idea que ella ocupara el papel femenino principal.

—Necesitaré el guion cuanto antes.

—Tranquila, lo tendrás con suficiente antelación.

Aprovechando su llamada, Espartaco le dijo que «la echaba de menos». Sus palabras impactaron a Tita. Añadió que estaba preocupado por lo que ella hacía en Estados Unidos. Aquella angustia que sentía a Tita le hizo gracia.

—Tengo que cerrar la casa en la que he vivido estos años junto a Lex. Es un momento muy difícil para mí. Menos mal que los amigos de mi marido me están ayudando.

—¿No tendré allí algún competidor? Soy muy celoso.

Tita se echó a reír. Aquello le pareció gracioso. Al colgarle se quedó pensativa. Tita necesitaba sentirse querida, se sentía muy sola. Se preguntaba si aquellas palabras eran para quedar bien o eran auténticas. Por otro lado, el empresario y amigo de Lex, Kirk Kerkorian, no la había dejado sola ni un momento. Sabía que se había enamorado de ella. Se lo había dicho la última vez que se habían visto antes de que ella viajara a España. No era capaz de tomar decisiones. Se iba a dejar llevar por las circunstancias.

Aprovechó que estaba en Los Ángeles para pasear por Santa Mónica. Los atardeceres los pasaba en el muelle. Aquel juego de colores morados y rosas en el horizonte le ayudaba a reflexionar. Alguna de aquellas puestas de sol la compartió con su amiga Mercedes Lasarte.

—Me cuesta creer lo que me está pasando.

—Es difícil de aceptar. Nos pasa igual a Carl y a mí.

—Además, estoy hecha un lío... No sé qué hacer ni hacia donde encaminar mis pasos.

—No lo pienses. Déjate querer. Ahora necesitas que todos cuidemos de ti.

—Es cierto, no estoy para tomar decisiones.

—Lo mejor que puedes hacer es trabajar en lo que siempre te ha atraído tanto, el cine.

Su amiga estaba en lo cierto. Tita había asistido a los rodajes de Lex acompañándole por todo el mundo. También le había visto como se preparaba sus papeles. Como le decía Espartaco: «Has tenido la mejor escuela». Estaba sorprendida, sin embargo, con la reacción de Kirk. No le gustó la idea de que hiciera cine. El «zar de Hollywood» coincidía con Lex. «No quiero que entres en este mundo donde las actrices salen mal paradas», le dijo con conocimiento de causa. Pero en el fondo, a Tita le dolía que no hubiera hecho nada por retenerla allí con algún papel, aunque fuera como actriz secundaria. Kirk tenía muy presente el final de Marilyn Monroe y deseaba protegerla.

En realidad, la muerte de Marilyn se había convertido en un tema de conversación recurrente entre los miembros de la industria del cine. Esos días de su estancia allí, Kirk debía viajar por trabajo y le dijo la frase que tanto esperaba: «¿Por qué no me acompañas a Nueva York?».

No se lo pensó. Se fue con él a la Gran Manzana. Había muchos amigos que ver y muchas actividades tentadoras que realizar. Tita se volcó por entero en el deporte y bailó junto a Kirk todas las noches después de cenar. Le sorprendía que la cocaína circulara por todas partes, incluso más que cuando vivía Lex, y que la consumieran con naturalidad actores, directores y productores. Ella se había acostumbrado junto a Lex a decir que no a todas las proposiciones para consumirla. No lo necesitaba. Sonrió al recordar lo furioso que se ponía Lex con este tema.

Incluso con su amigo Robert Mitchum cuando, estando en su casa, la llevó a su despacho y le ofreció un porro.

—¡Pruébalo, te gustará!—le dio a probar una calada.

Entonces Lex irrumpió en la estancia y le preguntó a su amigo por lo que estaba haciendo.

—Tita no fuma porros ni toma cocaína —le aclaró a Robert.

—¡Déjala que disfrute! —insistió Robert.

—Tita no lo necesita. Si quieres, ofrécele tabaco, pero nada más. ¡Déjala en paz!

Aquella situación le vino a la memoria. No necesitaba consumir, como decía Lex. Mientras estaba en esa reunión de actores con Kirk, se coló en su pensamiento la imagen de Espartaco. Se acordaba de él. Uno a veces no elige. Suele haber algo en tu interior que te empuja. Venía a la mente de Tita su imagen y su forma de hablarle mirándole a los ojos. Al cabo de los días, aunque estaba a miles de kilómetros, se acordaba de sus ojos, de su voz, de sus caricias... Paseando por Nueva York vio una cabina de teléfono y tuvo el impulso de llamarle. Estaba completamente confusa y se lo dijo.

—Tengo una duda, no sé si seguir en Estados Unidos, irme a Canadá con mi amigo Kirk o volver a España. ¿Queda mucho para el rodaje de la película? ¿Estás seguro de que podré hacer el papel?

—Todavía queda por concretar la fecha para comenzar a rodar. Tengo ya el guion de la película. Yo que tú me vendría a España. Además, estoy deseando verte. Me gustaría que regresaras cuanto antes. Te echo de menos...

—Está bien. Eso haré. En cuanto pueda, me iré allí. Eres muy convincente.

Al cabo de los días, Tita se excusó con Kirk. Regresó

a Los Ángeles. Cerró la casa y se despidió de sus amistades. Mercedes fue la que más entendió lo que le estaba pasando.

—Te hará bien poner un pie en el cine. Es tu ambiente. Has estado con Lex estos ocho años.

—Tienes razón. Lo conozco perfectamente y es algo que me ilusiona.

Tita se quedó con los recuerdos y algunos enseres de su vida en Estados Unidos junto a Lex y cerró aquella etapa de su vida. Sabía que ahora empezaba otra. Tan solo seguía su instinto.

Al llegar a España, tuvo la sensación de que su futuro era una página en blanco. Todo estaba por escribirse. Tita se fue a su casa de Más Mañanas. El solitario que hacía una y otra vez le empujaba a hacer cine. Por otro lado, le hablaron de los beneficios del yoga y del taichí y se puso en manos de profesionales que le enseñaron a practicarlos.

Mientras tanto, Espartaco se había propuesto no dejarla sola en ningún momento y a ello se dedicó en cuerpo y alma. Sus enormes ramos de flores fueron constantes, con sus respectivas cartas y sus invitaciones a cenar, a bailar... Tita se creyó las cosas tan bonitas que le decía. Fue cuando sus palabras comenzaron a transformarse en palabras de amor...

32

«Espartaco no te conviene»

Tita se quedó en España y cumplió los treinta años. ¡Treinta! Durante meses Espartaco la invitó a cenar, le siguió regalando flores y tarjetas con palabras de amor que ella necesitaba oír. La madre de Tita fue la única que no dio su visto bueno. «Hay algo en él que no me gusta», le repetía constantemente. Pero ella no quiso escuchar. «Deberías oír las cosas que me dice. Es muy romántico. Te aseguro que va en serio», insistía Tita. Pero su madre le advertía que tuviera cuidado: «Este tipo de hombres acaban con todo lo que tocan... incluida tú».

Tita le defendía con vehemencia. Incluso, confesó a su madre que los enormes ramos de flores que había recibido nada más ser elegida Miss España eran de Espartaco. En aquel momento, no quiso decir que se los enviaba él por no alarmar a su madre ya que estaba casado con la actriz mexicana Tere Velázquez. Entonces ya se había fijado en ella pero Tita no le había hecho ni caso. Ahora era distinto. Creía que iba en serio.

Su madre no dejaba de preguntarle por Kirk Kerkorian. Le gustaba más que Espartaco. Tita se tuvo que sincerar con ella: « Ha sido la persona que más me ha ayudado tras la muerte de Lex. Además de tenerme mucho cariño, está enamorado de mí. Me lo confesó al separarse de su mujer. Pero Espartaco se cruzó en mi camino...».

Su madre procuraba hablar mucho con ella y le insistía en que Espartaco no había recibido su misma educación. Pero Tita no escuchaba. Pensaba que solo tenía dos caminos: Irse con Kirk a vivir a Los Ángeles, sabiendo que era una gran persona y que la quería, o quedarse en España con Espartaco que le repetía a todas horas que «nadie te va a amar como yo».

Intentaba escuchar a su corazón, pero inconscientemente ya había elegido. Le gustaba viajar con el actor venezolano a cualquier punto de España, a Francia, a Italia... La colmaba de regalos y le repetía que tendría una gran carrera en el cine.

Mientras la fecha del rodaje de la película con Lee Van Cleef se iba retrasando, otros proyectos pasaban por las manos de Espartaco y le propuso a Tita ayudarle a su financiación. «Son negocios que tienen que salir bien necesariamente». Se refería a otra película basada en la novela del escritor Juan Valera: *Pepita Jiménez*. La trama le gustaba a todo el mundo: un joven seminarista se va a pasar unas vacaciones a su pueblo natal donde conoce a la prometida de su padre. Se trata de una joven viuda de la que se siente atraído y decide irse del pueblo.

Espartaco convenció a los actores Sarah Miles y Stanley Baker para que encabezaran el reparto y lograron ponerse de acuerdo para el comienzo del rodaje. Una vez que se inició en Sevilla, Sarah fue exigiendo nuevas condiciones. Quería que se le pagara a la semana. Stanley, por su parte, estaba más preocupado por quién encabezaría el reparto en los títulos de crédito. El director Rafael Moreno Alba no lograba tranquilizarles.

Finalmente, Espartaco tuvo que dar un golpe en la mesa y ponerse serio con ellos. «Si no se acaba el rodaje, hablaré con Lloyd´s, la aseguradora de la película para que no os vuelvan a contratar a los dos en ninguna parte del mundo». Manuel Renedo, el productor, intentó cumplir con las viejas y las nuevas exigencias. A principios del año 1975, acabaron de rodar y la preventa de la película apuntaba que el negocio iría muy bien.

Espartaco le hablaba constantemente a Tita de matrimonio. En Madrid, un día después de cenar los dos solos, la miró fijamente a los ojos y le propuso dar el paso.

—¿Y si nos casamos en Nueva York?

—¿Estás dispuesto a hacerlo? —le preguntó Tita.

—Te lo estoy proponiendo.

—Pues... ¡adelante! Vámonos a Nueva York. Se lo diré a mi madre para que nos acompañe.

Sabía que a su madre no le gustaría la idea, pero también tenía la seguridad de que no la dejaría sola. Y efectivamente, al conocer la noticia, Carmen madre insistió en que no era la persona adecuada para ella. Pero Tita deseaba casarse y creyó a Espartaco: «Nadie te va a amar como yo». Tita se convenció de que sus palabras eran sinceras. Llegó a pensar que serían muy felices. Y se fueron a Nueva York en compañía de su madre para casarse.

Al primer juzgado que acudieron les dijeron que no les podían casar hasta que llevaran en la ciudad dos meses. Tita entonces recordó que en vida de Lex había conocido al juez Supremo, Sam di Falco. Incluso, en alguna ocasión, habían compartido travesía por Capri y por Atenas en el Peter Pan II. Entonces fue a verle y le pidió el favor.

—Por ti hago lo que quieras —contestó el juez. Poned la fecha.

El 28 de febrero de 1975, Di Falco les casaba. Tita llevó a la boda un traje blanco, con la pechera y las mangas con dibujos geométricos de colores rojos y azules. Por encima, se puso una chaqueta también blanca. Nada tenía que ver esta ceremonia con su primera boda con Lex. Tita estaba como ausente. Cuando el juez pronunció la frase de rigor, respondió «Sí, quiero» como si se tratara de una respuesta mecánica. Por la mirada de su madre, supo que ella estaba segura de su equivocación. Les acompañaron también el padre de Espartaco y su segunda mujer. También acudieron medio centenar de amigos. A Tita le costó asimilar que dejaba de ser la viuda de Lex Barker.

El almuerzo fue en un reservado del Club 21. Después unos amigos les ofrecieron una fiesta en Park Avenue. De noche acudieron al Regine, donde continuaron la fiesta. Al día siguiente, cuando se despertaron, Espartaco le confesó a Tita que todo lo había pagado con una tarjeta que no le pertenecía. «Nos saldrá todo gratis. Se la he cogido prestada a un amigo al que le sobra el dinero». Ahí Tita se quedó pensando que se trataba de una broma. No podía ser cierto.

—No pongas esa cara. Tranquila —le dijo Espartaco.

Tita no se podía creer lo que estaba oyendo. Se fueron de viaje de novios a Miami, de ahí a las Bahamas, y finalmente, a Brasil y a Puerto Rico. Tita tuvo una especie de presentimiento extraño. Algo que le impedía estar completamente feliz, como cualquier novia. A su regreso a España, el director de *Pepita Jiménez* se había encargado del montaje y de la sonorización. Les hicieron una proyección y Espartaco se quedó horrorizado.

—Hay que montarla por completo —comentó.

Había que pedir a Renedo un nuevo reembolso de dinero porque era necesario montarla de nuevo. Finalmente, accedió a cambio de quedarse con los derechos del filme fuera de España. A la hora de firmar, no se presentó. Sí lo hicieron sus abogados que exigieron todos los derechos de la película para su cliente. Mientras se dilucidaba a quién debían pertenecer los beneficios, el estreno fue un auténtico éxito de crítica y público.

Tita se alejó mentalmente de estos problemas porque iba a comenzar, por fin, el rodaje de la película *Objetivo: matar* y se centró en ello. Estaba convencida de que había encontrado su camino. Dos años y medio después de la muerte de Lex irrumpía en el cine al lado del actor estadounidense Lee Van Cleef. La película hablaba de un preso al que liberaban de la cárcel a cambio de convertirse en un asesino profesional. En su «último encargo» se encontraba con Krista, su exesposa, el papel que Tita interpretaba. Se aprendió el papel con tanto rigor que se sabía hasta las pausas. No deseaba ser la novata que repetía una y mil veces la misma escena haciendo esperar a todos. Por suerte, eso no ocurrió; todo lo contrario, tuvo que repetir algunas escenas porque otros actores no llevaban bien aprendido su papel. Eso le dio a Tita mucha seguridad delante de la cámara.

Lee Van Cleef era considerado uno de los villanos más destacados del cine, aunque en la vida real era todo lo contrario. Al actor le faltaba una falange del dedo corazón de la mano derecha y procuraba disimularlo constantemente. En las pausas del rodaje Tita y él hablaban mucho de cine y de los grandes directores con los que Lee había rodado: John Ford, en *La conquista del Oeste* y *El hombre que mató a Liberty Balance*, películas que marcaron su carrera y que le gustaban mucho a Lex. También recordó en esos descansos a Sergio Leone con el que rodó *El bueno, el feo y el malo*, la película que tanta popularidad le había dado junto a Clint Eastwood y Eli Wallach. Últimamente había participado en muchas coproducciones italianas. Y ahora ésta, en la que estaban los dos a las órdenes de Marlon Sirko, como le gustaba que le llamaran a Mario Siciliano. Hablaron de amigos comunes, como Robert Stack, con el que Lee había participado en el rodaje de algún capítulo de la serie *Los intocables*. Fueron meses en los que Tita pudo encontrarse a sí misma en un mundo que había pertenecido hasta entonces exclusivamente a Lex.

Antes de que acabara el rodaje, la madre de Tita la llamó para decirle que se iba a Los Arcos porque la abuela Sabina se había puesto mala. «Me quedaré con la abuela y con mi padre que estará perdido sin saber cómo cuidarla». Gracias a que su madre le quitó importancia a la dolencia de la abuela, Tita pudo terminar el rodaje. Sin embargo, no pudo celebrarlo con todo el equipo ya que recibió la noticia de que la abuela Sabina finalmente había fallecido. Tita no se lo podía creer. Con su hermano Guillermo fueron al pueblo donde habían pasado tantos veranos. Muchos de sus antiguos amigos se acercaron a darles el pésame.

Guillermo recordó una anécdota de cuando eran pequeños. «¿Te acuerdas de aquel día que nos escapamos por las calles del pueblo para correr las vaquillas?», le preguntó. «A la abuela se la llevaban los demonios», le contestó Tita. Aquellos recuerdos eran lo único que les quitaba la pena de una muerte tan inesperada.

—Otro golpe en nuestra vida —comentó Tita en voz alta—. Creo que la abuela ha esperado a que terminara la película para irse. Si hubiera fallecido durante el rodaje no hubiera tenido fuerzas para acabarla. Ha sido buena hasta para eso.

Se quedaron en Los Arcos hasta que todo el papeleo estuvo arreglado y se celebraron los oficios religiosos. El funeral tuvo lugar en la catedral. Las antiguas vecinas, que tanto le preguntaron por su esposo cuando éste se fue a Argentina, estaban allí presentes. «Ahora que había vuelto a vivir junto a su marido», decían unas. «Ya ves qué poco le ha durado la alegría», comentaban otras. «En realidad, ha venido a morir a su pueblo. Han sido muchas emociones juntas», aseguraban los más allegados.

Tanto su madre como Tita y Guillermo aguantaron estoicamente la situación y los comentarios tan propios de un pueblo en el que todos se conocían desde niños. Los dos hermanos regresaron a Girona. A Tita le habían llamado de una productora americana para saber si podría estar interesada en rodar una película en Irán, una coproducción entre Estados Unidos y Alemania. Tenía que decidir si quería participar en el reparto junto al actor de nacionalidad austriaca Curd Jürgens y los actores Peter Graves, Michael Dante y John Carradine. La película se iba a llamar *La guerra de los misiles*. Una vez que tuvo toda la información, dijo que sí. El film en el que iba a participar volvía a ser de acción. La trama tenía como punto de partida a un agente secreto estadounidense al que enviaban a Irán para que investigara el asesinato de un colega en acto de servicio. Allí se encontraba con un hombre que había robado un misil nuclear soviético que planeaba utilizar contra la cumbre por la paz que se iba a celebrar en la región del golfo Pérsico. A Tita le pareció que la película merecía la pena.

Al cabo de los días, regresó a Madrid. En el piso de la calle Argensola le esperaba Espartaco. Se dio cuenta que estaba enfadado. En el fondo, que ella hubiera dicho que sí, sin consultarle, no le gustó. Él quería dirigir su carrera y su vida. Pero tuvo que pedirle ayuda. Como la comercialización de *Pepita Jiménez* estaba paralizada en el extranjero por el pleito con el productor, tuvo que pedir un préstamo al banco y Tita tuvo que avalarle. El juzgado número 9 de Madrid le citó varias veces para que prestara declaración tras la querella presentada por el productor Renedo contra él.

Justamente el día que preparaban el primer aniversario de su boda, mientras ultimaban los detalles para recibir a sus amigos en casa, sonó el timbre de la puerta. Un inspector y dos policías se presentaron con una orden de detención.

—Mi abogado tenía que haber presentado un escrito que no ha debido de llegar a tiempo —comentó Espartaco.

Renedo le acusaba de un delito de estafa y de apropiación indebida. El juez cursó la orden de su ingreso en la prisión de Carabanchel. Tita no tuvo más remedio que desconvocar a los invitados con la excusa de que Espartaco había tenido que salir de viaje.

Tita contrató al abogado Luis Joaquín Garrigues Walker y afortunadamente, un mes más tarde, Espartaco ya estaba en la calle. Le esperó a la salida de la cárcel y se abrazó a él después de unos días llenos de incertidumbre. Para su disgusto, intentando poner orden en sus vidas, los bienes de Espartaco fueron embargados. La situación se agravó tras la denuncia hecha, en el mismo juzgado, por su hombre de confianza. Se unió a la defensa de Renedo. La Dirección de Cine intervino en contra de él y de su productora por lo que la situación económica se torció todavía más. La madre de Tita, al enterarse, la llamó muy preocupada.

—Hija, debes alejarte de Espartaco cuanto antes.

—No puedo abandonarle en esta situación. Mami, yo le quiero.

—Te va a arruinar. Vamos a salir todos muy mal parados.

Tita se pudo evadir durante un tiempo de esta situación tan difícil con el comienzo del rodaje de la nueva película. Tuvo que viajar a Alemania, Italia y Estados Unidos. Se repuso de los disgustos financieros de Espartaco con el cine. Se convenció de que estaba llevando su carrera por la senda adecuada. Todos la seguían tratando como la viuda de Barker y ella no les sacó del error. Como el rodaje iba a ser largo, Tita se llevó a la perrita que acababan de regalarle, Juanita Bananas. Mientras rodaba, el personal de la película se la cuidaba, pero la grabación se complicó al llegar a Irán. Era el último país en el que iban a rodar. Los actores se alojaron en el Hilton. La primera noche, cuando Tita subió a la habitación y se fue a acostar, se encontró un pelo largo y negro entre las sábanas. Pensó en quitarlo pero llegó a la conclusión de que la ropa de cama no estaba limpia. Y eso era algo que no podía soportar. Decidió quedarse sentada en la silla de la habitación abrazada a su yorkshire. Al día siguiente, lo comunicó en la habitación del hotel y no volvió a encontrar un solo fallo en la limpieza. El final del rodaje transcurrió sin ningún problema. El director, Leslie H. Martinson, les atendió a todos e hizo muy fácil su estancia allí. Tanto fue así que a los actores les dio pena acabar el trabajo porque había funcionado todo de maravilla.

Cuando volvió a casa, también regresaron los problemas. Espartaco quería controlarlo todo. Tita se sintió muy decepcionada y llegó a considerarle un auténtico demonio. Se convenció de que su madre tenía razón y debía poner fin a ese matrimonio. Pero cuando iba a dar el paso, Espartaco supo ponerse romántico y le llegó a hacer olvidar los malos ratos que le hizo pasar recién llegada del rodaje. La llevó a todos los lugares de moda de la noche madrileña. La vida de Tita pasó a convertirse en una auténtica montaña rusa, tan pronto le odiaba como lo amaba. Los malos ratos lograba olvidarlos durante aquellas noches de vino y rosas que siempre terminaban entre las sábanas revueltas de su cama. Y sin embargo, no era feliz. Por las mañanas, al despertar, se acordaba siempre de Lex. No se lo podía quitar del pensamiento. Tampoco quería olvidarle...

33

Tocar fondo

Lo que menos imaginaba Tita era que Espartaco fuera a ingresar de nuevo en la cárcel. El abogado Luis Joaquín Garrigues la llamó para comunicarle la noticia.

—Han detenido a Espartaco. Se presentó ante el Juzgado número 9 de Madrid y firmó su acta de comparecencia. Después de almorzar, se subió a un taxi para venir a mi despacho. Justo cuando estaba bajando del vehículo, dos hombretones se le acercaron y le pidieron que los acompañara hasta la Dirección General de la Policía. En cuanto llegó, le permitieron hacer una llamada y, rápidamente, se puso en contacto conmigo. Voy a comprobar qué ha pasado. ¿Quieres acompañarme?

—¡Por supuesto! Estaré lista en quince minutos.

El abogado recogió a Tita en su casa y se fueron a la Puerta del Sol, donde tenían a Santoni detenido. Tras una hora de espera, les permitieron verle unos instantes. Estaba ojeroso y tenía cara de preocupación.

—Está claro que hay alguien que me odia. Nada de esto tiene sentido. Es un atropello.

—Intentaré sacarte de aquí cuanto antes —le aseguró el abogado.

Tita guardaba silencio y le miraba como si aquella situación formara parte de una pesadilla, de un mal sueño.

—Debe de tratarse de un error. ¡No te preocupes, mi amor! —la tranquilizó Espartaco.

Tita asintió con la cabeza. Acto seguido, un inspector dio por terminada la visita. Esa segunda detención fue la gota que colmó el vaso de su relación. Le resultó muy doloroso ver a su marido con las manos esposadas como un delincuente. Al día siguiente, Tita llamó a su madre y le contó lo que estaba pasando. Carmen le pidió que regresara a Sant Feliu cuanto antes.

—Mami, ahora no puedo irme de aquí. Tienes que entenderlo.

Por la mañana, los funcionarios sacaron de la celda a Espartaco. Debían hacerle un examen físico. Después, le tomaron las fotografías de rigor y las huellas dactilares para elaborar la ficha policial. Cumplido ese trámite, por orden del juez le trasladaron a la cárcel de Carabanchel. Una vez allí, le recibió otro funcionario de prisiones con muy malas formas. Le advirtió de que esa vez su estancia entre rejas sería complicada.

—Permanecerá incomunicado en una celda de castigo hasta nueva orden.

Espartaco quiso saber de qué se le acusaba, pero el funcionario no le dio ninguna explicación. Le condujeron hasta una celda oscura y lóbrega. Había muchas humedades y un retrete que desprendía una insoportable peste a orín. Las horas que duró su encierro se le hicieron eternas.

El ambiente carcelario había empeorado a raíz de un motín que había fracasado unos meses atrás. Los presos habían conseguido tomar los tejados de la cárcel para hacer visibles sus reivindicaciones. Pero, una vez que las fuerzas del orden impusieron de nuevo la disciplina, los funcionarios fueron implacables con los reclusos. Espartaco había tenido la mala suerte de llegar en un mal momento a la prisión.

Tita removió cielo y tierra entre sus amistades para que la ayudaran a sacarle de la cárcel. Gracias a una conversación con una persona influyente, supo que la detención de su marido se debía, entre otros motivos, a las declaraciones que había hecho tras su primer ingreso en la cárcel. Llegó a decir que «los funcionarios le habían dado un trato exquisito». Y cuando estos vieron las fotos tomadas desde su celda en la revista *Lecturas*, les sentó doblemente mal. Esa vez los funcionarios querían dejarle claro que la cárcel no tenía nada de exquisita. El director de la prisión estaba furioso. Cuando Tita le llamó para solicitar una visita, se la denegó.

—Ni se le ocurra venir. No la vamos a dejar pasar.

El abogado Luis Joaquín Garrigues, sin embargo, sí pudo verle. Cuando tuvo cara a cara a Santoni, le informó de que Tita ya había depositado un millón de pesetas como fianza. Su estancia en la cárcel entre los presos más peligrosos, que no habían dejado de amenazarle y de acosarle, llegaba a su fin.

Por casualidad, Kirk Kerkorian se encontraba de vacaciones en la Costa Azul y Tita pensó que quizá él pudiera ayudarla a salir del atolladero. Ese fin de semana cogió un avión y fue a verle con una copia de la película que tantos quebraderos de cabeza les estaba dando. Intentó que, como presidente de la Metro-Goldwyn-Mayer, se interesara en comprarla. Si lo hacía, Espartaco podría pagar la deuda que tenía con el productor de *Pepita Jiménez*. Kirk le comentó que lo estudiaría.

Tras su regreso a España sin una solución, los amigos de Tita trataron de arroparla y de darle esperanzas. Espartaco salió de la cárcel y, en lugar de darle las gracias, le reprochó que hubiera visitado a su eterno enamorado, aunque fuera para pedirle ayuda. Tita estaba agotada, no entendía su actitud.

La portera del edificio en el que residía el matrimonio en Madrid avisó a la madre de Tita de que habían recibido varios avisos de embargo. El día en que Carmen canceló las deudas al pagar los últimos seis meses de alquiler, los esperó en la casa muy enfadada. No estaba dispuesta a abonar más mensualidades. Así se lo dijo a la pareja cuando llegó de madrugada después de haber pasado toda la noche de fiesta.

—Como he pagado todo lo que debíais, ahora seré yo la que duerma en vuestra cama y vosotros dos los que os marchéis ahora mismo a un hotel.

—Pero...

—No hay pero que valga. Os quiero fuera de aquí ahora.

Al cabo de unos días, Tita le imploró a su madre que les permitiera regresar al piso.

—Está bien, pero os lo advierto: no volveré a rescataros. —Cogió sus cosas y se fue a Barcelona.

Tita tenía la sensación de que, poco a poco, su mundo se estaba desmoronando como un castillo de naipes. Ya nada era como antes. Que Espartaco no pudiera trabajar en nada hacía que continuara asfixiado económicamente, lo que había deteriorado su relación con ella. Aun así, siguieron saliendo juntos de noche. Tita dejó de pensar si era lo correcto.

En medio de ese escenario, Santoni tomó la decisión de irse. Pero antes se lo comentó a Tita.

—Necesito salir de España durante un tiempo para reafirmar mi identidad y volver a ser el de siempre.

—Pero no puedes abandonar el país. Te lo ha prohibido el juez.

—Por causas de fuerza mayor suelen conceder el permiso. Además, yo tengo arraigo en España. Estás tú. Saben que voy a volver.

Espartaco no dudó en pedir permiso al juez del Juzgado número 9 para viajar a Venezuela. Explicó que su madre había caído muy enferma y el magistrado accedió a su demanda. Ese mismo día hizo sus maletas y partió con destino a Caracas.

Tita no llegó a asimilar esta decisión tan repentina de su marido, pero experimentó una especie de alivio al quedarse sola en aquella casa tan grande. Como no tenían ingresos, volvieron a dejar de pagar el alquiler y las consecuencias no se hicieron esperar. Acabó llegando una orden de embargo, pero, esa vez, no quiso avisar a su madre. A los pocos días se presentaron varias personas y se llevaron todos los muebles que Tita había comprado para decorar la casa. Cuando estaban llevándose el sofá, les ofreció un café a los operarios.

—Señora, es la primera vez que alguien nos ofrece tomar algo mientras nos lo estamos llevando todo. Muchas gracias.

Aceptaron la invitación y se fueron de allí accediendo a dejarle la cama. Resultaba desolador estar en un piso tan grande sin muebles y con la ropa repartida por el suelo. A los pocos días, también le cortaron la luz, menos mal que encontró unas velas con las que alumbrarse. Tita se resguardaba del frío envuelta en el abrigo de pieles, una de las pocas cosas que había logrado salvar. Pensaba en lo diferente que había sido su vida de casada con Santoni de la que había disfrutado junto a Lex. El difícil momento que estaba viviendo la tenía en shock. No se lo podía creer. Una cama como única pertenencia y la luz de las velas. Decidió darse una ducha, ya que era lo único que podía hacer en esas condiciones; lo malo era que tampoco tenía agua caliente y el chorro helado le cayó como un cuchillo sobre la piel. Había tocado fondo, pero no quiso lamentarse. Una parte de ella era consciente de su situación, pero, a la vez, otra experimentaba un bloqueo del que le resultaba difícil salir.

Su madre la llamó para saber cómo estaba y, al conocer las condiciones en las que se encontraba, le pidió que se fuera de allí.

—No puedes seguir así. Por favor, hazme caso. Tienes que dejar a Espartaco. Aquí tienes tu casa, tus cosas. No puedes vivir así.

—Mami, tengo que superar esta situación sola. Es como cuando alguien tiene que desintoxicarse de una adicción. Necesito saber que soy capaz de resolverlo por mí misma.

—Ya te has puesto demasiado a prueba durante estos meses. Me preocupas.

—Ahora sé que soy más fuerte de lo que creía. Puedes estar tranquila.

Espartaco siguió llamándola todos los días a cobro revertido. Al principio le notó dicharachero y feliz.

—Mi amor, todo aquí parece distinto. La gente me propone negocios y vuelvo a ser el que era.

—Pero tienes que volver. El juez no te ha dado permiso para que te quedes allí de forma indefinida.

—Volveré, tengo allí lo más preciado de mi vida. Te tengo a ti..., pero aún no es el momento.

Según fueron pasando los días, su discurso fue cambiando. Ya no aparentaba tanta felicidad y le insistía a Tita que viajara a Venezuela.

—¿Por qué no vienes tú? Aquí empezaríamos una nueva vida.

—No puedo. Mi familia está aquí.

—Yo también soy tu familia. Si no vienes a verme, me mataré...

—No digas esas cosas, me dejas muy preocupada.

—Ven conmigo... y no te olvides de traer tus joyas...

Tita llamó a la mujer de su padre para que le dijera la verdad sobre el estado mental de Espartaco. Temía que se quitara la vida si ella no iba a verle, pero lo cierto es que fue muy clara con ella:

—No cuentes lo que te voy a decir porque podrías crearme un grave problema. Tu marido no está deprimido. Te aseguro que no se va a suicidar. Está saliendo con dos mujeres. Una, la dueña de un famoso hotel de Caracas, que es millonaria; y la otra, una chica de diecinueve años muy mona.

—Pero si me ha dicho que no puede vivir sin mí...

—Puede que te diga eso, pero sale con dos mujeres. No me gusta que juegue contigo, por eso te lo cuento.

Cuando colgó, Tita se quedó completamente decepcionada. Era un mentiroso compulsivo. Ella se encontraba en Madrid sin muebles, alumbrada por una vela, y él viviendo como si lo que ocurría en España no le incumbiera. Le decía que no podía vivir sin ella y estaba saliendo con otras dos mujeres. Le pedía que fuera a su lado, pero sin olvidarse de sus joyas... No tenía arreglo.

Llamó a su madre y le contó lo que había averiguado.

—No esperes que regrese, no lo va a hacer. Vente a Más Mañanas. Aquí está Wally esperándote. No tienes por qué vivir en esa situación en la que te ha dejado. Y si decides ir con él, ve olvidándote de tus joyas.

Carmen intentó llamarla al día siguiente de nuevo, pero no pudo contactar con su hija porque también le habían cortado el teléfono. El juez, al ver que Espartaco no regresaba, le mandó un requerimiento para que fuera a declarar. Tita no lo dudó y se presentó ante el magistrado.

—¿Sabe usted que su marido, en este momento, es un prófugo de la justicia?

—No, no lo sabía. Me dijo que contaba con su permiso para ir a ver a su madre.

—¿Su marido tiene intención de regresar?

—No tengo ni idea. Me han cortado el teléfono y no tiene forma de comunicarse conmigo.

—He sido informado de que usted se llevó a la Costa Azul el original de la película *Pepita Jiménez*.

—No, señoría, fue una copia. Deseaba que la viera el director de la Metro-Goldwyn-Mayer por si quería comercializar la película en Estados Unidos.

—Si, en lugar de una copia, usted se hubiera llevado el original, tendría que ordenar su detención inmediata.

—¡Dios mío! No pensé que...

—En este litigio manténgase usted lo más lejos posible.

—Mi madre insiste en que me vaya a Barcelona con ella y deje a mi marido.

—Señora, haga caso a su madre porque usted es un pajarito indefenso al lado de una serpiente... Puede resultar muy mal parada.

Tita salió del juzgado y se fue caminando hasta la calle Argensola. Durante el trayecto recordó los momentos buenos que había vivido junto a Espartaco: los viajes, las cenas, los bailes y las fiestas, y, sobre todo, las palabras de amor que acompañaban los cientos de flores que le había regalado... Pero ya no quedaba nada de todo aquello, solo una cama en la que dormir sola y agua fría para ducharse. Estuvo pensando qué hacer y tomó la decisión en cuestión de segundos. Cogió una maleta pequeña, que había conseguido salvar del embargo, y metió en ella unas faldas, un par de jerséis y su diario. Se puso el abrigo de pieles, enganchó la correa a su perrita Bananas y abrió la puerta de la calle de la que había sido su casa... Antes de salir, echó un vistazo al piso vacío y tiró las llaves dentro. Cerró dando un portazo y bajó las escaleras hasta el portal lo más rápido que pudo. Acababa de tomar una decisión: Espartaco quedaba fuera de su vida para siempre... Desde ese momento, solo era el pasado. Se apoyó en una de las grandes esculturas que presidían el rellano del inmenso vestíbulo de aquel inmueble antiguo y, antes de salir, escribió en su diario: «Hoy comienza para mí una nueva vida». Lo cerró de golpe. Abrió la puerta del portal y salió junto a Bananas de allí mientras el yorkshire no dejaba de mover el rabito...

QUINTA PARTE

34

Por primera vez soltera

Cuando llegó a Sant Feliu Tita tenía las ideas mucho más claras que al salir de Madrid. La decisión de separarse de Espartaco no tenía vuelta atrás, era firme. Así concluyó este duro capítulo de su vida. Su madre lo celebró. Intuía que este final iba a llegar tarde o temprano y no se equivocó.

Espartaco intentó localizarla desde Caracas. La llamó muchas veces a Más Mañanas, pero Tita dio orden de que no le pasaran sus llamadas. No deseaba hablar con él, ya no tenía nada que decirle ni nada que escucharle.

Necesitaba poner distancia y decidió viajar a Los Ángeles, la ciudad que la acogió recién casada con Lex. ¡Cuánto le echaba de menos! Se daba cuenta de la maravillosa vida que había vivido junto a él. Nada que ver con esa experiencia tan frustrante y dolorosa al lado de Espartaco. ¡En qué hora no escuchó a su madre! —se repetía constantemente.

A Tita le gustó perderse por las calles peatonales y en

especial, por Main, Spring, Hill, Hope, Hollywood Boulevard... Junto a su amiga Mercedes Lasarte recorrieron el Downtown, el corazón de Los Ángeles. Allí estaba el distrito financiero y la parte más interior de la gran área metropolitana. Pero donde se encontraba más a gusto era en Pacific Palisades, la zona más residencial junto al océano con espectaculares vistas y gran cantidad de parques. Necesitaba estar en contacto con la naturaleza.

Quizás fue casualidad, pero en una de sus salidas a uno de los mejores restaurantes de la ciudad se encontraron con quién menos deseaba: ¡Espartaco! Él sabía perfectamente que de estar en Los Ángeles a Tita le gustaba acudir allí. El caso es que se vieron de lejos. Iba acompañado por la dama millonaria de Venezuela, Nati de las Casas, de la que le había hablado la mujer de su padre. Tita evitó saludarle. Iba vestido todo de blanco y Mercedes y Tita bromearon con eso. Al día siguiente, Nati quiso averiguar quiénes eran y las localizó. Fue un encuentro extraño.

—Espartaco y yo estamos intentando tener un hijo —les confesó.

—¡Ojalá lo consigas! Me haría mucha ilusión —fue el único comentario que hizo Tita.

No supieron el motivo por el que quiso dar con ellas para contarles esa intimidad. Tita tampoco le advirtió de que Espartaco no podía tener hijos. Lo habían intentado mientras estuvieron casados y un médico les habló claro: ya no podía tener descendencia. Algo que él no quiso creer.

Los días posteriores, Espartaco intentó localizar a Tita llamando constantemente a la casa de Mercedes. Al final, después de no haber querido siquiera escuchar su voz, Tita se puso al teléfono. Las primeras palabras fueron de cortesía. Preguntó por su familia. Ella le correspondió preguntando también por la suya. Después de un rato de intercambiar frases hechas, soltó aquello que más daño le podía hacer: «Eres el amor de mi vida». Tita no llegó a contestar, no podía, pero si lo hizo Nati, que por lo visto estaba escuchando la conversación desde otro teléfono. Al oír aquello, comenzó a insultarle y a decirle toda clase de barbaridades. Tita no quiso seguir escuchando y colgó. Pensó en lo difícil que iba a ser para Nati vivir con la duda de si a ella Espartaco no la quería tanto como había expresado que la amaba a ella. Poco tiempo después, Tita la llamó para tranquilizarla y asegurarla que ya no sentía nada por él. Incluso, le comentó que le acababan de presentar a un abogado con el que había empezado a salir. Simplemente lo estaba conociendo, pero quiso que ella se tranquilizara.

Tita tuvo miedo de volvérselo a encontrar y, a los pocos días, decidió regresar a España. No deseaba que le envolviera con sus palabras como ya lo había hecho antes. Fijó su residencia en Más Mañanas y de vez en cuando, visitaría Madrid. Se compró un pied-à-terre en el Paseo de la Habana, un apartamento en uno de los barrios que estaban más de moda y que usaría de manera temporal para intentar mantener los contactos y continuar su carrera en el cine. Su intención también era dejarse ver en aquellos sitios de moda que frecuentaban empresarios y actores cada vez que fuera a la capital.

Una de esas noches, el productor Julio Pérez Tabernero estaba con su pareja, Paula Pattier. Tita se puso a hablar con ella. Las dos intentaban abrirse camino en una industria muy difícil que estaba sufriendo una enorme transformación tras la muerte de Franco. Comentaron sobre la fiebre del destape y las películas que se producían en las que no había guion sin una escena de desnudo.

Paula acababa de rodar *Las alegres vampiras de Vögel* y *Siete disparos al amanecer*. Días posteriores siguieron coincidiendo porque a las dos les gustaba la noche. En una de las largas conversaciones que mantuvieron haciéndose entender como podían, con señas y a gritos ya que la música estaba muy alta, le aconsejó a Tita que se hiciera con un buen dossier de fotografías para enviarlas a diferentes productores de cine. «No te vendría mal añadir alguna foto desnuda. Ya lo hemos comentado, los directores no desaprovechan una sola oportunidad para incorporar un desnudo. Es lo que está de moda: el destape».

En ese momento, Tita se acordó de que la fotógrafa Sylvia Polakov le había hecho unas fotos desnuda. Se lo pidió Santoni antes de su viaje a Irán para rodar la película con Peter Graves y Curd Jürgens.

—Tengo unas fotos muy bonitas —le comentó.

—¡Pásamelas!

Al día siguiente, le mandó en un sobre algunas de las fotos artísticas que le había hecho Sylvia. Fueron unas instantáneas tomadas en su hogar, en Más Mañanas. Cuando las vio Paula, le dijo que eran realmente preciosas.

Mientras esperaba su gran oportunidad en el cine, Tita acudía cada noche al local que estaba de moda. Siempre conocía a alguien del mundo en el que quería abrirse camino. Una noche, le presentaron a un joven publicista guapo y simpático, Manuel Segura. Congeniaron enseguida y eso que nunca se había interesado por las personas de su edad. Le gustó su sentido del humor. También que disfrutara charlando y bailando como ella. Al día siguiente, cuando volvieron a coincidir en el mismo local, el joven le regaló un osito de peluche. Aquel regalo le sorprendió. Le parecía que decía mucho de su sensibilidad. Se salía de las típicas flores y acertó de lleno en su corazón.

Tita volvía a ser feliz. Ayudaba mucho la sensación de libertad que sentía. Era la primera vez que disfrutaba de algo nuevo para ella, la soltería. El apartamento tenía una terraza preciosa, llena de flores, que utilizaba mucho, tanto como su perrita Juanita Bananas. No se separaba jamás de ella. Iban juntas a todas partes. Le hacía sentirse acompañada. También se la llevaba al local de moda donde solo quería divertirse sin tener que rendir cuentas a nadie ni tener que depender de ningún hombre.

A Tita le encantaba coincidir con Manuel Segura. Eran vecinos y se acabó convirtiendo en un buen amigo. Además, tenía una cualidad que ella valoraba mucho: su discreción. Llegaron a formar una auténtica pandilla con otros amigos que se unieron a sus salidas: José Manuel Morán, hijo del conocido actor Fernando Morán, y el arquitecto Carlos García.

Al llegar el verano, comenzaron a encontrarse casi a diario en la piscina. Era divertido nadar y tomar el sol en compañía. Se lo pasaban muy bien. Volvía al agua que tanto le apasionaba. Pronto los amigos se dieron cuenta de que una joven muy guapa iba mucho por allí con un niño de dos años. Siempre se ponía cerca de ellos. Todos le decían a Manuel que se ponía allí por él. Después, los amigos comenzaron a decirle que el niño era un calco de él. Fue la comidilla de ese mes de julio de 1979. Manuel se limitaba a sonreír, pero nunca desmentía ni se enfadaba con esas bromas.

A punto de llegar el mes de agosto, Tita se marchó a Más Mañanas y se despidió de todos. Después de estar con su familia disfrutando del Mediterráneo y del sol, la invitaron a Marbella y fue unos días allí. El destino otra vez quiso que Tita coincidiera con Manuel Segura en la Costa del Sol.

A ambos les hizo ilusión encontrarse de nuevo y quedaron en verse en la playa y en el Marbella Club para cenar y bailar, algo que les gustaba mucho a los dos. La princesa Soraya conoció a Manuel y le invitó a una de sus fiestas. Tita, por su parte, también le pidió que la acompañara a otra reunión. Manuel finalmente se excusó con Soraya y se fue con Tita. Después supieron que a la princesa no le gustó que declinara su invitación. Tita conocía a Soraya porque, estando casada con Lex, habían cenado con ella y con un chico italiano que era su acompañante y que, meses después, supieron que había fallecido en un accidente.

Cuando Tita supo que Manuel había declinado su compromiso con la princesa, le preguntó si estaba seguro de lo que había hecho y le contestó que sí. Le agradeció mucho ese gesto. Hizo que Tita se fijara todavía más en él. Lo cierto es que lo pasaban muy bien juntos y les divertían las mismas cosas. Tita regresó con su familia a Más Mañanas, pero tuvo a Manuel en el pensamiento todo el final de ese verano. Su madre la notó que estaba radiante. «¿No estarás enamorada?», le preguntó. No se lo negó pero le matizó que estaba conociendo a Manuel y que se sentía muy cómoda a su lado. Le gustó que fuera de la misma edad que Tita. «Por fin alguien que no te saca veinte años», insistió. Tita le volvió a decir que la edad era lo que menos le importaba. «Siempre me han gustado las personas más mayores», le recordó. Esta era la primera excepción.

De regreso a Madrid, volvieron a verse en el mismo local nocturno donde se habían conocido. Con la discreción que les caracterizaba, siguieron viéndose en el apartamento de Tita. Ambos se encontraban muy a gusto. Tita se sentía feliz después de mucho tiempo.

Un día Carmen tomó una decisión. Dejó de ingerir la píldora anticonceptiva. No deseaba seguir haciéndolo. Quiso que otra vez el destino tomara la iniciativa por ella. No le importaban las consecuencias. Si se quedaba embarazada, bien; y si no, seguiría todo como hasta ahora. Deseaba experimentar la sensación de ser madre. Pensó que había llegado el momento.

Manuel y Tita comenzaron a ir juntos a todas partes. Todos intuían que había algo más que amistad entre los dos. Un día, al salir de la ducha, Tita se miró en el espejo y notó que su cuerpo no era el mismo. Se le habían redondeado los pechos. La regla además, se le estaba retrasando más de lo normal. Eran demasiadas coincidencias y pensó que podría estar embarazada.

No le dijo nada a Manuel y se fue a Barcelona para contarle a su madre lo que le estaba sucediendo. Su madre concertó una cita con Santiago Dexeus en su clínica. Pensó si podían ser los nervios la causa del retraso en el periodo, pero el ginecólogo les sacó de dudas. La reconoció y lo tuvo claro: «Tengo que darte una buena noticia. No te pasa nada grave. Sencillamente, estás embarazada».

Se hizo un silencio en aquella sala de reconocimiento. Les costó asimilar la noticia, pero su madre se abrazó a Tita. Ella, de todas formas, le volvió a preguntar al médico.

—¿No puede haber un error?

—En absoluto, está usted preñada. Ahora procure no montar a caballo ni practicar deportes bruscos. Por lo demás, un embarazo no es una enfermedad. Haga usted vida normal.

Su madre le ayudó a vestirse. Tita estaba muy emocionada. Recordó perfectamente la noche en la que con toda seguridad se podía haber quedado embarazada. Fue una noche muy bonita, muy especial.

Su madre, al salir de la clínica, le dijo: «Por fin cumplirás tu deseo de tener un bebé». Tita asintió con la cabeza. Ser madre era importante para ella después de haberlo deseado con Lex y con Santoni.

—¿Se lo dirás a Manuel? —preguntó su madre.

—En cuanto lleguemos a Más Mañanas le llamaré para contárselo. ¿Crees que se tomará bien la noticia?

—¡Por supuesto! Un niño es una bendición de Dios. En cualquier caso, la criatura nacerá con todo el cariño de nuestra familia. De eso, no le va a faltar.

En el viaje que hicieron en coche hasta Sant Feliu, Tita recordó lo que le había dicho en su día la médium a la que había visitado en Los Ángeles tras la muerte de Lex. «Tendrás un hijo estando soltera y será igual que él».

Se lo verbalizó a su madre y ella le pidió que se olvidara de la médium. «Oíste lo que querías escuchar. Ahora vas a tener un hijo, que es lo que deseabas con tantísimas ganas. ¡Pues ya lo has conseguido!».

—Si es un niño le llamaré Alejandro, como Lex.

—¿Y por qué no un nombre compuesto? Borja es muy bonito. ¿Qué tal Alejandro Borja?

Tita escuchaba a su madre a la vez que seguía dándole vueltas a las palabras de la médium: «Tú y tu marido habéis coincidido en vidas anteriores. Cuando te quedes embarazada será la primera vez que coincidiréis siendo madre e hijo». ¿Se parecerá a Lex? —pensaba con curiosidad.

35

Y, de pronto, todo cambió

Madre e hija comenzaron a hacer planes para ese niño, que nacería, si todo iba bien, a finales del mes de julio. En cuanto Tita llegó a Más Mañanas, marcó el teléfono de Manuel con mucho entusiasmo. Respiró hondo y, después de saludarle, le soltó la noticia.

—Manuel, siéntate en una silla. Lo que te voy a decir es muy fuerte. ¡Estoy embarazada!

—¿Cómo dices? —Se quedó en silencio unos segundos.

—Que vas a ser papá.

—¿Cómo? ¿Yo?

De pronto, comenzó a reírse como un niño. Parecía sorprendido y aturdido a la vez, aunque su voz sonaba muy alegre.

—¿Cómo ha podido pasar? ¿No tomabas anticonceptivos?

—Me tomé un descanso y lo dejé pensando que el destino haría el resto. Si tenía que venir, ocurriría, y, si no, pues tan contentos. Este niño significa mucho para mí.

Hace tiempo que tenía ganas de ser madre. No te preocupes si para ti es un inconveniente ser padre en estos momentos.

—Me has dejado sin palabras, Tita. Creo que uno no está nunca preparado para una noticia como esta. Voy ahora mismo a decírselo a mis padres. No sé cómo les va a sentar la noticia...

—Seguro que bien. Un niño siempre es una alegría —insistió Tita contenta como estaba con el momento que estaban viviendo.

Hasta la noche no volvió a localizarle; estaba nerviosa esperando conocer la reacción de sus padres. Procuró llenar el día de actividades y dedicó la tarde a hacer planes y pensar en el cambio tan drástico que iba a dar su vida. Al final, sonó el teléfono.

—¿Qué ha pasado, Manuel?

—A mi madre no le ha hecho ninguna gracia. No esperaba esa reacción, la verdad. En cambio, a mi padre le ha gustado la idea de ser abuelo.

—Tu padre es muy dulce. Si quieres, podemos reunir a las dos familias estas Navidades en mi casa de Sant Feliu. Así podremos hablar con calma del tema. ¿Qué me dices?

—Creo que les gustará la idea. Además, así conoceré a tu madre.

La víspera de Nochebuena, la familia de Manuel llegó a Más Mañanas. Les sorprendió la enorme casa con vistas al mar que poseía Tita. Con ayuda del servicio, Carmen se había ocupado de la decoración navideña. A la familia de Manuel le encantó no solo la casa, sino la bienvenida que les dio su madre. Tita estaba de dos meses y se echaba la mano al vientre de forma constante, aunque todavía no se le notaba el embarazo.

—Habrá que pensar en la boda... —comentó el padre de Manuel—. En este país no está bien visto tener hijos fuera del matrimonio...

De pronto, Manuel cambió de actitud y de rictus. Tita no sabía si era por estar con su familia, por su madre o por los planes de boda que su padre había sacado a colación. Parecía como si la vida le pesara demasiado en ese final de año. Tita no sabía a qué se debía ese cambio de actitud. Todos sacaron lo mejor de sí mismos para superar las Navidades, excepto Manuel, al que se le veía abrumado con la situación. Pensaron que sería por su próxima responsabilidad como padre. De vuelta a Madrid y con la llegada del nuevo año, Manuel empezó a poner excusas y dejó de verla con tanta frecuencia como acostumbraba.

Tita no quiso darle importancia a ese distanciamiento; además, estaba preocupada por comprar la cunita y la ropita para su futuro bebé. Las amigas hicieron piña con ella y no la dejaron sola. Siguió saliendo de noche con Paula Pattier y con el resto de las amistades que le hicieron olvidar a Santoni. Una de esas noches coincidió con el doctor Adolfo Abril que, al verla embarazada, le pidió que fuera un día a su consulta.

—Me encantaría llevar tu embarazo. No dudes en venir a verme. Te cuidaré muchísimo.

—Gracias, doctor.

Tita guardó su tarjeta. No le pareció mala idea tener un ginecólogo en Madrid, donde residía la mayor parte del año. Estaba contenta de lo tranquilo que transcurría su embarazo, sin ningún tipo de complicación. Tan solo tenía el antojo de comer plátanos a todas horas. En esos primeros meses comprendió que ser madre era el gran proyecto de su vida y se volcó en que todo saliera bien.

Dejó de beber alcohol en sus salidas y se preocupó de comer sano. Prestaba a su estado la máxima atención y comenzó a escuchar a su cuerpo. Cuando surgía un problema le restaba importancia y centraba la energía en atender la evolución de su embarazo.

Un día Manuel se presentó en su apartamento y le habló muy serio. Se le marcaban las ojeras, como si la noche anterior no hubiera dormido. Tita estaba ya en su quinto mes de embarazo.

—Lo que te voy a decir no te va a gustar, pero no sé disimular. No me gusta la idea de casarme y de tener un hijo. He estado intentando hacerme a la idea, pero no estoy preparado. Me angustio solo de pensarlo. Creo que, aunque ahora sientas que soy un canalla, lo mejor que podemos hacer es dejarlo.

Tita se quedó un buen rato en silencio y con un hilo de voz le respondió.

—¿Me estás diciendo que lo dejemos?

—Sí, exactamente.

—¿No quieres saber nada de tu hijo?

—No estoy preparado...

Tita se quedó en shock. No supo qué responder. Cuando Manuel se fue, se echó a llorar. A pesar de que ella misma, al comienzo de su embarazo, le había liberado de toda responsabilidad y le había dicho que estaba dispuesta a ser madre en solitario, había terminado haciéndose ilusiones. Sus familias se habían conocido y habían llegado a hacer planes de boda. Ahora estaba muy decepcionada y se quedó pensativa. Manuel se bajaba en marcha de un futuro en común junto a su hijo. Llamó a su madre y le contó lo que acababa de pasar.

—Hija, no te preocupes. Lo mismo cambia de opinión

a última hora. Lo primero es el niño y esta decisión de Manuel no puede pasarle factura a tu salud. Piensa en el bebé y en que todo se va a arreglar.

—No tiene ningún arreglo. Manuel es un inmaduro y todo esto le viene grande. Todos notamos su cambio de actitud cuando su padre habló de boda en Navidad. Mami, ¡qué cosas me pasan!

Después de pensárselo mucho, su madre llamó a Manuel Segura para que recapacitara; no podía hacerle eso a su hija en mitad del embarazo.

—Manuel, soy Carmen. Llamo para pedirte que no dejes a mi hija sola justo en este momento en que tu hijo está gestándose. ¿No puedes esperar a que dé a luz? Se va a sentir muy sola.

—No sabría hacerlo. No estoy preparado para ser padre. No quiero engañarla. Ni tan siquiera podría dar mi apellido al niño porque no deseo ejercer de padre. No me veo capaz. Necesito sentirme libre, sin ninguna atadura.

—Que desees seguir siendo eternamente joven no te exime de tu responsabilidad. Aunque no quieras ejercer de padre, eres el padre de esa criatura. Me parece que mirar hacia otro lado no es más que una forma de engañarte.

—He tomado una decisión y no voy a cambiar. Para su conocimiento, Santoni va diciendo por ahí que sigue casado con Tita...

La sombra de Espartaco seguía siendo alargada. Tita dejó de ver a Manuel y comenzó a salir con sus amigas. Sobre todo, seguía haciendo muchos planes con Paula Pattier y pasaban temporadas en Más Mañanas.

Un día, Paula, estando en Sant Feliu, la convenció para que se hiciera unas fotos.

—El entorno es maravilloso, ¿no te apetece?

—Bueno.

Tita se puso en bikini, pero, poco a poco, Paula fue convenciéndola para que se quitara la ropa y así fotografiarla desnuda.

—¿Y el embarazo? —le preguntó.

— Estás bellísima. Será un recuerdo maravilloso para toda la vida.

Tita comenzó a posar para su amiga. Le hacía sentirse bien que le dijera que estaba muy guapa. El sol de la Costa Brava sobre su piel y esa sensación de libertad absoluta le hicieron posar completamente desinhibida.

—Tus primeros planos son increíbles. Deberías seguir apostando por el cine.

—Sí, tengo ganas de volver a rodar una película.

Mientras su amiga la fotografiaba, Tita desconocía que esas fotos podrían valer mucho en un futuro y que algunas amistades no resisten la tentación del dinero.

Al regresar a Madrid, llamó al doctor Abril para que le hiciera una revisión. El médico estaba contento de que Tita se hubiera decidido a llamarle. Tras la exploración, le dijo que el feto iba creciendo perfectamente.

—Si vas a ser paciente mía, debería verte cada mes.

—Eso haré. Me gustará saber que todo sigue bien.

—¿Quieres saber el sexo de tu bebé o prefieres que sea sorpresa?

—¡Dímelo, por favor!

—Va a ser una niña.

—¿Niña? Estaba convencida de que sería un niño. Mi madre dice que por la forma de la barriga es un niño.

—La ecografía nos muestra lo contrario.

—Pues pensaré un nombre de niña. Siempre creí que sería un varón.

—El tuyo es muy bonito.

—Gracias.

Después de ese descubrimiento, compraron la canastilla de color rosa. También los faldones y gorritos del mismo color. Sin embargo, su madre se hizo con varias puestas de color blanco. Era una forma de ir sobre seguro.

Adolfo Abril se convirtió en alguien muy especial para Tita. Era esa figura masculina que le aportaba seguridad y tranquilidad durante el embarazo. Si tenía alguna molestia, descolgaba el teléfono y le consultaba. No solo era su médico, acabó convirtiéndose en su confidente y amigo.

Fuera de la consulta, empezaron a quedar para comer, para cenar. Seguían coincidiendo en las salas de fiesta y, poco a poco, surgió una atracción entre ambos que se hizo evidente para las personas con las que salían. Una noche, mientras cenaban a solas, el doctor Abril le hizo una propuesta.

—Tita, estamos muy a gusto juntos, ¿por qué no salimos? —le dijo mirándola a los ojos.

—¿A pesar de mi estado?

—Para mí eso es lo de menos.

—¿Y Mariví? —Tita le preguntaba por su mujer.

—Estamos atravesando un bache que dura ya meses. Nuestra pareja está rota, lo sabe todo nuestro entorno. Estamos buscando la fórmula para separarnos de la manera más beneficiosa para los dos. Necesitamos tiempo.

—Lo siento, de verdad. Mariví me cae muy bien.

—No has contestado a mi pregunta.

—Gracias por tu sinceridad. Estos meses tengo las emociones a flor de piel. Saber que estás cerca y que me quieres a pesar de mi estado me hace muy feliz...

El doctor Abril la besó en aquella mesa apartada del resto de los comensales.

—Ahora no pienses en nada que te perturbe. Todo va a salir bien y solo tienes que centrarte en eso.

—No sabes lo importante que es para mí que estés conmigo en estos momentos. Tengo miedo de que algo se tuerza.

—Yo estaré a tu lado cuando nazca tu hija. No tienes nada que temer...

36

La experiencia de ser madre

Había llegado el verano y, con él, los primeros calores del año 1980. A mediados del mes de julio Tita ya lo tenía todo preparado para el nacimiento de su hija. Estaba ilusionada y a la vez preocupada por la idea de dar a luz. No fue a ninguna clase de preparación al parto; pensó que, teniendo tan cerca al doctor Abril, no las necesitaba. Cada día, tras la ducha, mientras se extendía con cuidado la crema hidratante por el vientre, le hablaba a su bebé.

—Vas a ser muy feliz, me encargaré de que así sea. Estaremos siempre juntos porque ya no entenderé la vida sin ti. No te soltaré de la mano nunca. Serás el motor de mi existencia...

Podía estar largo rato así; hablarle la unía más a esa personita que estaba gestando. Las altas temperaturas hacían cada vez más difícil salir a pasear durante el día, tal y como le había recomendado Adolfo, su médico. El día 23 de julio a mediodía rompió aguas. Intentó conservar la calma, pero necesitaba a su madre cerca y lo primero que hizo fue llamarla.

—Mami, acabo de romper aguas. El bebé quiere nacer ya.

—Tengo todo preparado, llevo días esperando esta llamada. Me voy al aeropuerto y embarco en el primer avión. En dos horas estaré a tu lado.

—Gracias, mami.

—Todo va a salir bien. Debes estar tranquila... Llama a Adolfo.

Nada más colgar, llamó al doctor Abril. Le contó lo que le acababa de pasar y él no tardó en llegar a su piso. La reconoció y le dijo que, al ser madre primeriza, el bebé tardaría un poco más en llegar al mundo.

—Puedes ducharte con calma y prepararte para ir al hospital. Empezarás a sentir contracciones. Al principio serán leves, pero luego la intensidad será mayor. Tienes que aprender a respirar con breves jadeos, como un perrito. Te ayudará a controlar los dolores cuando sean más agudos. De todas formas, no te preocupes; tú eres fuerte como un roble.

—Gracias a Dios que estás aquí conmigo. Me das mucha tranquilidad.

Cuando estuvo lista, se fue con un pequeño neceser al hospital. El doctor conducía y a la vez trataba de relajarla.

—Traigo al mundo muchos niños al año. Estás en buenas manos.

—Lo sé...

Ingresó en la maternidad con contracciones muy leves; sin embargo, agradeció la aparición de su madre en ese momento. Necesitaba sentirse acompañada, era importante para ella. Tan solo quedaba esperar. Las horas fueron pasando y Tita tardaba en dilatar. La respiración entrecortada la ayudó a soportar las contracciones cuando se volvieron más fuertes y de mayor duración. De madrugada, los dolores de parto ya eran muy intensos. Una comadrona la reconoció y le anunció que ya había llegado la hora.

El doctor Abril esperaba su llegada en el quirófano. La cogió de la mano y la tranquilizó.

—Todo va a ir bien, Tita. No te voy a poner anestesia porque quiero que me ayudes. Cuando yo te diga, tendrás que empujar con todas tus fuerzas. En cuanto el bebé esté fuera, te sedaré para que descanses.

—Haré lo que me digas. Gracias, Adolfo. Solo una cosa: no dejes que se lleven al niño de mi lado. Te pido que esté conmigo en todo momento.

—Así será. No te preocupes. ¡Vamos a ello!

El doctor le hizo una episiotomía, una incisión para ensanchar el canal del parto, y enseguida, el bebé asomó la cabecita; después, un hombro; luego el otro y, por último, el resto del cuerpo. Eran las dos de la madrugada. Cortó el cordón umbilical y, unos instantes después, se oyó una palmada en la nalga del bebé y éste comenzó a llorar.

—¡Vaya pulmones! Aquí tenemos a un machote. De niña nada. A veces las ecografías nos confunden.

—¡Un niño! —dijo Tita sorprendida sin poder contener las lágrimas.

—Tendrás que pensar un nombre de chico —le comentó el doctor.

—Alejandro Borja.

Tita no podía dejar de sonreír mientras oía el llanto de su bebé. Al segundo, ya no se enteró de nada más. El doctor la sedó y, cuando se despertó, estaba en la habitación con el pequeño descansando en una cunita pegada a su cama. Su madre sonreía.

—Es precioso, cariño. Todo ha ido bien. ¡Te dije que sería un niño! He acertado más que la ecografía.

—Quería un Lex y se ha cumplido mi ilusión. ¡¡Soy tan feliz, mami!! Pero estoy muy cansada.

—Duerme tranquila, hija, que yo estaré pendiente del niño. Menos mal que le traje ropita blanca. Ahora habrá que comprarle más. Todo lo que tenemos en rosa ya no nos vale.

—Eso es lo de menos. No te muevas de aquí, por favor.

—Estaré a tu lado hasta que te despiertes.

Estaba agotada después de tantas horas de parto. Se quedó dormida pensando en su hijo. Le había visto la carita una vez más y había sentido un amor indescriptible hacia él. Cuando llegaron las enfermeras, a las ocho de la mañana, la despertaron y la sentaron en la cama.

—Poco a poco tiene que ir levantándose. Ha tenido un parto natural sin cesárea y su recuperación será más rápida.

—Ha sido una bestialidad. No sé cómo no nos cuentan a las mujeres lo que cuesta traer un hijo al mundo.

—Señora, le aseguro que los dolores de parto son los que menos memoria tienen. En cuanto las madres ven a los bebés, todo se olvida.

—¡Un hijo! —expresó mirando a su madre—. Mi vida nunca volverá a ser la misma. Ahora entiendo por qué estás tan pendiente de todo lo que nos pasa a Guillermo y a mí.

—Ya no volverás a dormir como lo hacías, te lo aseguro.

Cuando se quedaron a solas, Tita le hizo una pregunta a su madre.

—Mami, sé que ya no volveré a vivir tranquila. Estaré siempre pendiente de él. Por cierto, ¿has avisado a Manuel?

—Sí, pero no creo que venga. La verdad es que no le entiendo. Un hijo es lo más maravilloso del mundo.

En aquel momento llamaron a la puerta. Un muchacho llevaba un inmenso centro de rosas rojas y una tarjeta.

—Es de Manuel —comentó la madre.

—Déjame ver qué dice la tarjeta...

Abrió el pequeño sobre y leyó: «¡Felicidades! ¡Conseguiste tu deseo de ser madre! ¡Enhorabuena! Besos. Manuel Segura».

—Al menos ha tenido el detalle.

—No entiendo cómo no viene a conocerle, la verdad.

—Mami, Manuel es así. Un niño grande. Lo importante es que tengo a Borja conmigo.

—Cuando salgas, ¿piensas quedarte en Madrid o irás a Más Mañanas a recuperarte?

—Sí, creo que nos iremos a Sant Feliu. Era el lugar que más le gustaba a Lex. Le hará feliz.

—¿Al niño? Si no se da cuenta...

—A Lex, mami.

Después de varios días en el hospital, recibió el alta. Antes de abandonar la habitación, el doctor Abril se pasó a verla. Tita le pidió a su madre que los dejara a solas.

—Adolfo, me voy a mi casa en la Costa Brava, será lo mejor para los dos. Puedes venir a verme cuando quieras. Estaré deseando que lo hagas.

—Creo que haces bien en recuperarte lejos de estos

calores de Madrid. El sol, el mar y el buen tiempo de la Costa Brava os sentarán de maravilla. Te llamaré cada día.

Se acercó hasta ella y la besó. Tita se sentía una mujer diferente. Ya no era la misma que cuando había entrado en el hospital. Tenía la certeza de que había madurado en cuestión de horas.

—Sabes que ya no se trata solo de mí, ahora somos dos. ¡Tenlo en cuenta!

—En estos momentos eres una loba cuidando de tu cachorro. Lo sé perfectamente. Las madres desarrolláis ese instinto de protección para sacar adelante a vuestro hijo por encima de todo.

—Justo es así como me siento.

—¿Cómo vas a ir hasta Girona? ¿Te lleva alguien?

—No, yo conduciré y mi madre llevará al niño. Me encuentro bien.

—¡Cuando digo que eres tremenda...! Procura parar y estirar las piernas. ¡Hazlo! Es una orden de tu médico.

Se despidieron con otro beso. Al salir del hospital, Tita fue hasta su apartamento y cogió lo necesario para el viaje y su estancia en Sant Feliu. Sacó su Mercedes del garaje y se dispuso a hacer el primer viaje junto a su hijo y su madre. Estuvo conduciendo sin parar hasta Zaragoza. Al llegar allí, simplemente estiró las piernas, repostó gasolina y siguió conduciendo hasta Barcelona. Su madre se ofreció a relevarla en el último tramo hasta Girona, pero Tita prefirió seguir al volante.

—Hija, estás dándote una paliza innecesaria, vas a llegar agotada. Es un viaje muy largo y acabas de traer al mundo a tu hijo. Deberíamos haber viajado en avión.

—Con el coche podré moverme con más libertad. La

idea es quedarnos allí una buena temporada; lo necesitaremos.

Después de nueve horas de viaje por distintas carreteras, llegaron a Más Mañanas. La casa abría sus puertas a su inquilino más joven. Wally los recibió dando saltos y moviéndose entre las piernas de su ama. Al fin, Tita dejó que el pastor alemán oliera a su hijo recién nacido. Comprendía que era la única manera de que el perro saciara la curiosidad. Después de un rato, movió el rabo de un lado a otro y enseguida se sentó a los pies de su cuna. Desde ese momento, no dejó que ninguna visita se acercara al niño y, si lo intentaba, ladraba. Bananas, la yorkshire que estaba siempre pegada a Tita, hizo piña con Wally para que nadie se acercara al bebé.

—Mejor así —comentó Carmen al ver a los nuevos guardianes de su nieto recién nacido—, los adultos no deben besar y achuchar a los niños, les pegan sus enfermedades. Eso decía la abuela Sabina, ¡acuérdate!

El doctor Abril fue a ver a Tita y al niño en varias ocasiones. Comprobó la buena evolución de la madre y del bebé, que no había estado enfermo ni un solo día. Observó que Tita no estaba sola; su hermano Guillermo y su madre la acompañaban a todas horas. Cada vez que iba a Sant Feliu, Tita se mostraba más enamorada de aquel hombre que tanto se preocupaba por ella justo cuando necesitaba sentirse más protegida. A los tres meses de nacer Borja, la convenció para viajar a Estados Unidos y poder estar juntos sin miedo a que la prensa los descubriera. Su madre los animó a hacerlo.

—Me quedaré con el niño. Estará muy bien atendido.

Precisamente el día en el que Tita y Adolfo iban a embarcar en un avión para asistir a un congreso médico en Houston, mientras estaban en el aeropuerto, se encontraron con el cantante Julio Iglesias, amigo del médico. Estaba de gira después del gran éxito mundial de *¡Hey!*, su primer tema tras haber cambiado de compañía discográfica. CBS Internacional había apostado por él y ahora sonaba en todas las radios del mundo.

—¿Por qué no os animáis y me acompañáis los tres días que voy a estar en Alemania? Será divertido.

—El congreso dura bastantes días. Tita soñaba con ir de nuevo a Estados Unidos...

—¿Yo? Estaría encantada de seguir a Julio. Es mi cantante favorito.

Julio la besó en la mejilla y le dio un largo abrazo.

—Pues ya lo has oído. Nos vamos contigo. Seguir al cantante de mayor éxito en todo el mundo será toda una experiencia y un lujo.

—Me esforzaré por lograr que no os arrepintáis. Lo pasaremos bien. Lo cierto es que, en estas giras tan largas, se agradece la compañía de los amigos.

—Pues cuenta con nosotros. No se nos ocurre un plan mejor que acompañarte.

—Julio, me gustó mucho tu película *Me olvidé de vivir* —le comentó Tita—. Y el tema principal me llegó al corazón. Quién no se ha olvidado de vivir en algún momento...

Entonces apareció Ramón Arcusa, que había sido contratado como productor, arreglista y director de la carrera artística de Iglesias.

—Os presento a Ramón. Seguro que os acordáis del Dúo Dinámico.

—Por supuesto —aseguró el doctor Abril.

Tita también le saludó muy sonriente.

—¿De qué estábamos hablando? —preguntó Julio.

—Hablábamos de la canción *Me olvidé de vivir*. Te decía que me encanta.

—Esa canción ha sido número uno en países tan dispares como Alemania, México, Japón o Egipto —apostilló Ramón.

—El contrato con CBS Internacional me llevó a vivir a Miami. No podéis imaginar cómo ha cambiado mi vida desde que trasladé mi residencia a Estados Unidos.

—La época más feliz de mi vida la pasé en Los Ángeles cuando estuve casada con Lex Barker.

—Lo sé, lo sé. ¿Quién no admiraba a Tarzán?

—Nadie imagina lo difícil que es conseguir ese reconocimiento internacional. Por eso admiro tanto donde estás en estos momentos. Siempre rodeado de fans.

—Parece que estoy rodeado de mucha gente, pero no es así. Por eso agradezco tanto vuestra compañía.

Se subieron al avión privado de Julio y ya no se apartaron de su lado durante los tres días siguientes. Desayunaron, comieron y cenaron con él. Supieron lo que era no poder salir a la calle por las fans que esperaban a las puertas del hotel y a la entrada de los estudios de televisión donde presentaba sus canciones en alemán. Las pruebas de sonido se hacían horas antes del directo, y ya no se movía de allí. Era muy difícil entrar y salir de los estudios sin que se produjeran avalanchas de jóvenes que deseaban pedirle un autógrafo. Entre cables y bafles, Tita y Adolfo esperaban a que Julio acabara sus intervenciones.

En Colonia asistieron entre bambalinas a un concierto suyo. Tita se emocionó mucho al oírle cantar en directo y verle actuar tan de cerca. Esa fue la primera vez que escuchó su nuevo éxito, *¡Hey!*. La canción había conseguido que le nominaran a los premios Grammy en la categoría de mejor álbum de pop latino.

¡Hey!
No vayas presumiendo por ahí,
diciendo que no puedo estar sin ti.
Tú qué sabes de mí...

Julio cantaba vestido con traje beis y corbata negra, y transmitía un sentimiento que los emocionaba a todos. En Alemania le llamaban «el cantante que emociona el alma».

¡Hey!
Ya sé que a ti te gusta presumir,
diciendo a los amigos que sin ti
ya no puedo vivir.
¡Hey!
No creas que te haces un favor
cuando hablas a la gente de mi amor
y te burlas de mí...

Tita se acordó de lo mal que había acabado su matrimonio con Santoni. Seguía sin atender sus llamadas. Miró a Adolfo y se prometió a sí misma no volver a caer en una relación así. Julio seguía cantando...

¡Hey!
Que hay veces que es mejor querer así,
que ser querido y no poder sentir

lo que siento por ti.
Ya ves...
tú nunca me has querido ya lo ves,
que nunca he sido tuyo ya lo sé.
Fue solo por orgullo ese querer...

Sentía cada estrofa de esa y de todas las canciones que cantaba Julio. Se emocionaba y aplaudía con fuerza. Estaba encantada de vivir esa experiencia inesperada cerca del cantante. Se lo comentó al doctor cuando se quedaron a solas de regreso en el hotel.

—No imaginé que fuera tan encantador, tan divertido, tan buena persona. Es un ser de luz.

—¿No te estarás enamorando de Julio? ¡Me voy a poner celoso!

Tita se echó a reír. De quien se había enamorado por completo era del doctor Abril. No le preguntó por Mariví. Le había confesado que su relación estaba rota. Quería que se olvidara de todos sus problemas durante esos días. Y, en realidad, lo consiguió.

Cuando terminó la estancia de Julio en Alemania, Tita y el doctor Abril se despidieron de él con mucha efusividad.

—Han sido unos días maravillosos. Gracias, Julio —le comentó Tita.

—Lo repetimos cuando queráis.

Quedaron en volver a verse pronto. El doctor y Tita se fueron al aeropuerto y se subieron a un avión con destino a Houston, Texas. Adolfo asistió a las últimas ponencias del congreso médico de ginecología. Las buenas temperaturas invitaban a pasar el mayor tiempo posible al aire libre. Tita se recorría la ciudad de arriba abajo —incluso visitó el museo de Bellas artes— por las mañanas. Y por las noches, después de cenar, salían juntos a alguna discoteca para hacer lo que más le gustaba a Tita, bailar.

—Me has hecho feliz. Soñaba con bailar pegada a ti. Significa mucho para mí.

—Pues bailaremos todas las noches.

Cuando concluyó el congreso en Houston, decidieron asistir a otro que tendría lugar en México, en concreto, en su principal destino turístico, Acapulco. Tita disfrutó mucho con el regreso a aquella ciudad que tanto frecuentaban las estrellas de Hollywood. La vida nocturna era tan intensa o más que a plena luz del día. Allí continuaron viviendo su apasionado romance sin rendir cuentas a nadie. Fue como si el tiempo se detuviera para ellos. Tita no deseaba que se acabara. Quería seguir allí. Una mañana, Adolfo, después de atender una llamada de España, hizo explotar de golpe aquella burbuja que envolvía a la pareja.

—Tendremos que regresar en vuelos diferentes. Mariví ha filtrado a la prensa que mantengo un idilio con una paciente. Es una acusación muy grave. Me estarán esperando los fotógrafos para ver con quién regreso.

—Yo no quiero perjudicarte, Adolfo. Me quedaré unos días por aquí y haré una visita a la Virgen de Guadalupe. ¡Tranquilo!

Tita se quedó preocupada, pero, a la vez, segura de haber vuelto a encontrar el amor. Como una peregrina más, se fue al pie del cerro del Tepeyac, donde se encontraba la Basílica de Santa María de Guadalupe. Rezó a la Virgen entre cientos de personas. Le pidió con devoción por el bienestar de su hijo y de su familia; también por el suyo. Sintió algo especial en aquel lugar de fe compartida. No podía dejar de mirar a los ojos de la imagen. Estuvo de rodillas frente a ella durante mucho tiempo. Cuando se levantó para regresar al hotel y volver a España, pensó que todo en su vida estaba a punto de cambiar.

Cuando llegó a Más Mañanas, parecía otra mujer. Más serena y más feliz. Lo primero que hizo tras saludar a su madre fue ir a ver a su hijo. Estaba despierto en la cunita, entretenido con sus manitas. Al escuchar la voz de su madre, dejó de moverse y sonrió. Tita se emocionó mucho al estrecharle entre sus brazos y comprobar cómo su hijo la buscaba con la mirada. El viaje la había cambiado por completo. Pensó que había encontrado a la persona perfecta para vivir en pareja. Se lo dijo a su madre y ésta no tardó en echarle un jarro de agua fría.

—Durante estos días que has estado en México sola, al doctor le han fotografiado con una vedette.

—¿Cómo?

—Sí, Tita. El doctor Abril no es la persona que te dará la estabilidad que necesitas. Otra vez es el hombre equivocado. Solo te va a complicar la vida.

—Seguro que tiene una explicación.

37

Cruce de historias

En Madrid todo el mundo sabía que el doctor Abril se dejaba ver con varias artistas ante los fotógrafos. La propia Tita llegó a leer una entrevista en la que reconocía que su matrimonio con Mariví Dominguín estaba roto y que era amigo de una joven vedette. Cuando lo leyó, sintió una punzada fuerte en el estómago e incluso ganas de vomitar. Experimentó una enorme decepción. Una vez más, la vida le devolvía esa sensación de soledad que no lograba dejar atrás. Le llamó por teléfono y no hubo reproches, simplemente le hizo ver su desencanto.

—No te entiendo, Adolfo. Después de lo que hemos vivido en Houston y en Acapulco, llegas a España y hablas con la prensa de tus amistades especiales con otras mujeres.

—Bueno, sabes que me dejo llevar por el momento. Jamás te prometí fidelidad.

—Es verdad. No me siento engañada, sino decepcionada. Te deseo lo mejor, Adolfo.

—Pero me gustaría verte. ¿Cuándo vas a volver?

—Me quedaré un tiempo en Más Mañanas. ¡Te llamaré si voy por Madrid!

Tita colgó. No era lo que se había imaginado. Necesitaba estabilidad y lealtad. Las primeras Navidades con su hijo hicieron que se olvidara de aquel desengaño. Se entregó por completo a su papel de madre.

—Mami, mi mundo es éste: mi hijo, mi familia, mis perritos, mi jardín. No quiero ni deseo más. Estoy tranquila. No quiero sobresaltos, mentiras; no necesito nada más de lo que tengo.

—Me gusta verte tan serena y con las ideas tan claras. Creo que la presencia de Borja ha logrado que cambies tus prioridades. Ahora solo piensas en él y en lo que más le conviene. Nada será como antes.

—Exacto. Mi vida por fin tiene sentido. Tengo que luchar por mi hijo.

En esos días, la llamaron de la productora de José Frade para ofrecerle el papel protagonista en una comedia que se titulaba *El primer divorcio*, que iba a dirigir Mariano Ozores. El guion estaba escrito por el propio Ozores y el dibujante y humorista Manolo Summers. Después de leerlo, Tita habló con su madre. Necesitaba retomar su carrera como actriz y era un buen momento para rodar nuevas cintas. Hasta el momento solo había hecho películas de acción, y esa se presentaba como una oportunidad. Sin embargo, le preocupaba el desnudo que le exigían para darle el papel y quiso consultarlo con ella.

—Como todo en la vida, depende. Si lo hacen con buen gusto, no veo el problema. Pocas mujeres podrían aguantar un desnudo, pero tú sí.

—Aún no he recuperado mi figura del todo.

—No se nota que has traído un hijo al mundo, te lo aseguro.

Al día siguiente, Tita llamó a la productora y aceptó las condiciones. Por fortuna, el rodaje no era inminente. Tendría tiempo para aprenderse el papel mientras el departamento de producción cerraba el casting, la localización de exteriores y se diseñaba el vestuario. Aún quedaban meses para que comenzara el rodaje.

El año 1991 había comenzado bien. Tenía trabajo y recibía muchas visitas de conocidos. En uno de esos encuentros en su casa de Más Mañanas, unos amigos de Nueva York, que iban con su yate hasta Cerdeña y después a Montecarlo, la invitaron a irse con ellos. A pesar de lo tentador que era el ofrecimiento, Tita les dijo que no podía acompañarlos con el niño a punto de cumplir un año. Sin embargo, su madre la animó.

—Tita, el crío está aquí muy bien cuidado. ¿Por qué no te tomas unos días de descanso? Te vendría bien salir un poco...

—¿Tú crees, mami? —le preguntó no muy convencida—. Borja requiere mucha atención. Va a ser demasiado para ti.

—El niño se lo pasa de maravilla en su parquecito. Cuando Borja crezca y comience a andar tendrás menos facilidad para moverte. Es el momento. ¡Vete con tus amigos!

Los primeros días del crucero, tomó el sol y se bañó en alta mar, como a ella le gustaba, pero al llegar a Cerdeña comenzó a sentirse mal. Empezó a recordar los momentos vividos en esas mismas aguas junto a Lex. Les dijo a sus amigos que prefería desembarcar y coger un avión de regreso a España esa misma tarde. Se despidió de ellos y, antes de ir al aeropuerto estuvo durante unas horas en casa de una pareja a la que había conocido antes de enviudar y a los que hacía mucho que no veía: el joyero Harry Winston y su esposa. Él era toda una autoridad en el mundo de la joyería y todavía se acordaba de la vez que Tita le dejó sus joyas en custodia antes de embarcar junto a Lex en el Peter Pan. Y cómo olvidar el diamante Estrella de la Paz, que sostuvo en las manos y que le pareció la piedra preciosa más bonita que había visto nunca.

—¿Y si, en lugar de irte a España hoy, te quedas a la cena que ofrecemos esta noche al barón Thyssen y su mujer, Denise Shorto?

—Conozco bien a Denise de cuando éramos muy jóvenes. Sin embargo, al barón no tengo el gusto de conocerle. Lex me habló muy bien de él. Le admiraba mucho y así me lo expresó en el rodaje de la película de Sheldon Reynolds cuando apareció Fiona Campbell, que todavía estaba casada con el barón. «Qué tontas sois las mujeres —dijo—. Casada como está con uno de los hombres más inteligentes e interesantes que hay en el mundo y la tienes por aquí haciendo el ridículo, como amante del director...».

—No ha sido muy afortunado en el amor, la verdad. Pero es un hombre de negocios de éxito y uno de los grandes mecenas del arte. Te gustaría conocerle.

—Seguro que sí. Pero quiero regresar a mi casa de la Costa Brava. Allí me esperan mi hijo y mi madre. Me iré a primera hora de la tarde.

—Está bien, haremos que un coche te lleve hasta el aeropuerto.

—Muchas gracias.

Comió con otros invitados que se encontraban alojados en casa de los Winston. Entre ellos la dueña de un hotel importante de Ginebra que se acababa de divorciar y deseaba con todas sus fuerzas conocer al barón. Les pidió a los anfitriones que la sentaran a su lado. Sabía que su matrimonio con Denise hacía aguas desde hacía años y pensó que sería un buen momento para conquistarle y abandonar su condición de divorciada.

—Pues le deseo mucha suerte en el empeño. Mi marido aseguraba que era un hombre muy interesante. Yo enviudé muy joven.

—Lo sé. Al final las divorciadas no somos tan diferentes de las viudas. Cuando hemos compartido la vida con alguien a quien creímos maravilloso y deja de estar a nuestro lado, nos sentimos confusas.

—En mi caso, lo era. Y sí, el sentimiento es muy parecido. —Se acordó entonces de su experiencia con Santoni.

Después de comer y compartir mesa con anfitriones e invitados, Tita se despidió de todos y se fue al aeropuerto. Los vuelos hacia España estaban completos, pero las azafatas le aconsejaron que esperara por si se producía alguna anulación de última hora. Pero no ocurrió y, cansada de esperar, decidió regresar a casa del matrimonio Winston. Harry y su mujer se alegraron mucho al verla de nuevo. Le ofrecieron una habitación e insistieron en que se incorporara a la cena. Mientras recibían al barón y a su mujer, Tita se arregló con calma. Tantas horas de espera en el aeropuerto la habían dejado agotada.

Deshizo las maletas y comprobó que toda la ropa se le había arrugado. Al final, se decidió por el traje que parecía que había aguantado mejor. Era un vestido de tirantes, ceñido al cuerpo, que resaltaba su tono de piel dorado por el sol. Se arregló, se echó su perfume L'Air du Temps de Nina Ricci y cuando estuvo lista abrió la puerta de la habitación...

Los invitados disfrutaban del cóctel previo a la cena. Al hacer acto de presencia notó que un invitado, que sujetaba una copa de champán en la mano, le clavaba la mirada. Aquello le recordó la anécdota con la que se habían reído tanto Lex y ella cuando vivían en Los Ángeles: el momento en el que se confundió al creer que el ensimismamiento del anfitrión de la casa a la que habían ido se debía a ella, cuando en realidad estaba admirando una silla de anticuario que se encontraba detrás. Ahora, en Cerdeña, al notar esa mirada tan fija, pensó que a sus espaldas estaba sucediendo algo que no controlaba. Al cabo de un rato, los Winston le presentaron al hombre que no dejaba de mirarla.

—Heini, te presento a Tita Barker, viuda de Lex Barker.

Parecía epatado por su presencia y le ofreció su copa de champán. Rápidamente, el camarero le sirvió otra. Después de intercambiar unas palabras con él, Tita comprendió por qué la invitada de pelo pelirrojo de los Winston, dueña del hotel en Ginebra, quería conquistarle. Se trataba de una persona muy educada y con una conversación muy interesante.

Tita desbordaba vitalidad y belleza; era veintiún años más joven que el barón. Cuando éste la miró por primera vez, Tita sintió que lo hacía como si fuera un cuadro que quisiera comprar. Y ahora Heini no podía apartar los ojos de ella. Sintió como si algo mágico estuviera sucediendo. Parecía hechizado ante la que consideraba la mujer con la sonrisa más atractiva y la conversación más amena del mundo. Ella, por su parte, comprendió entonces las palabras que Lex había usado para describirlo. No solo era un caballero, se trataba de una de las personas más cultas y cautivadoras que había conocido nunca.

Al cabo de un rato, se sentaron todos a la mesa para cenar. Heini tenía a su lado a la pelirroja recién divorciada, sin duda interesada en conquistarle; pero estaba fascinado con Tita y la buscaba con la mirada a pesar de que estaba sentada lejos de él.

Denise ocupó el lado contrario de la mesa, lejos de su marido, junto a otro comensal. No disimulaba su excesivo interés por aquel hombre, que todos comprendieron que era su amante. Tita y ella se saludaron. Ambas recordaron, aunque no se dijeron nada, cómo «la viuda de Lex Barker», como la presentaron sus amigos, le había quitado el novio cuando eran muy jóvenes.

En la cena, el hijo de un piloto de carreras mostró descaradamente interés por ella; también el hermano de Denise, Roberto Shorto, que trató de acaparar su conversación durante toda la noche. Uno y otro le hicieron sendas propuestas para después de la cena: uno se ofreció para tomar una copa y el otro para ir a bailar. Los rechazó a ambos. Esa noche Tita estaba radiante con su traje de seda ceñido al cuerpo y las miradas masculinas estuvieron pendientes de cada uno de sus movimientos. Una vez concluida la cena, siguieron conversando con una copa en la mano. Heini se le acercó también y la invitó a comer a su casa al día siguiente.

—Me alojo en casa de mis amigos. Si vamos todos, quizá podríamos volver a vernos.

—Por supuesto, están todos invitados.

Cuando Heini dijo en voz alta que hacía una invitación extensiva a todos, Denise torció el gesto.

SEXTA PARTE

38

Los unió el destino

Los Winston y sus invitados se dispusieron a pasar un día de playa en la casa de los Thyssen. Llegaron en lancha hasta el embarcadero, donde los recibió el barón. Éste le ofreció el brazo a Tita para conducirla hasta su casa. La esposa de Harry Winston le susurró al oído: «Heini está loco por ti. Ayer se pasó toda la noche mirándote. ¿No te diste cuenta?».

—¿Estás segura? —le respondió ella todavía incrédula.

—Completamente.

—¿Y tu amiga de Ginebra? No querría interponerme entre ella y el barón.

—Tita, es evidente. Se ha quedado prendado de ti. Nos hemos dado cuenta todos menos tú.

Denise observaba desde lejos. No hizo ningún ademán de saludar a los invitados y, tumbada con una pierna colgando del lateral del sofá, los saludó con desgana.

—*Hi!*

La correspondieron con otro escueto saludo. Quedó claro que ella no ejercería de anfitriona ese día. Todo lo contrario. Su desgana y su poco interés ante su presencia allí se hicieron patentes. Heini se esforzó al máximo para que no notaran sus feos.

—Antes de almorzar, te recomiendo un buen baño o, si lo deseáis, podemos jugar al backgammon.

Tita prefirió este juego de dos y Heini la retó. Fue una partida reñida...

—¿Sabes que este juego se remonta a casi cinco mil años? Tiene su origen en Mesopotamia.

—No, no lo sabía.

Una Tita algo tímida se concentró en el juego y mostró su destreza.

—Juegas muy bien, ¿quién te enseñó?

Para Heini las personas se retrataban en el juego, y, viendo cómo se desenvolvía su contrincante, se convenció de que se encontraba ante la mujer que llevaba buscando toda la vida.

—Me enseñó mi padre. He jugado al backgammon desde pequeña, pero Lex y yo pasábamos muchas horas frente a este tablero. A veces, los rodajes de las películas tienen pausas larguísimas y aprovechábamos para jugar.

—Yo admiraba mucho a tu marido.

—Lo sé. Él también me habló siempre muy bien de ti.

No quiso comentarle la anécdota con su exmujer, Fiona, cuando el barón era su marido y el director Reynolds su amante.

—De hecho, veo sus películas siempre que puedo. Es alguien por el que he sentido admiración y cuya carrera siempre he procurado seguir.

Terminaron la partida en tablas, ya que tomaban decisiones parecidas y sus movimientos eran muy rápidos. Después de muchas risas y de haber conversado sobre arte, el barón la invitó a bañarse en la bahía. Tita aceptó y se cambió rápidamente en los vestuarios. Al cabo de unos minutos salió ataviada con un bikini blanco y un pareo a juego. También llevaba una toalla en la mano. El barón tuvo que respirar hondo. Sentía una atracción indescriptible hacia ella. Caminaron por la playa de arena blanca y se zambulleron en las bonitas aguas de Cerdeña.

Estuvieron bañándose y nadando de lado, como le propuso Heini. A los dos se les daba bien moverse en el agua y se fueron lejos de la playa. En un determinado momento, el barón, que nadaba cerca de ella, se le acercó más y la besó. Sintió un escalofrío, como si aquel fuera el primer beso que daba a una mujer en su vida.

Una amiga de Denise, campeona de windsurf, Brigitte Notz, que se encontraba cerca de ellos, se cayó de la tabla al ver la escena. Iba llena de collares con la seguridad de que no perdería el equilibrio, pero al verlos besarse, cayó al mar. Ambos se rieron. Regresaron a la orilla y, al final, comieron junto a todos sin comentar lo que acababa de suceder.

Esa vez Heini había organizado un bufet libre para seguir hablando con Tita y evitar así interferencias de ninguna otra conversación. Cogió dos platos, sirvió primero a Tita y después se sirvió él. Escogió una mesa separada del resto. Hablaron de mil cosas y se divirtieron mucho. También le preguntó por su vida en Los Ángeles. Tita le contó su experiencia en la meca del cine. También le explicó que tenía un niño pequeño que estaba a punto de cumplir un año.

—Tengo un hijo precioso. Su padre se desentendió de él y de mí antes de que yo diera a luz.

—Los hombres no reaccionamos igual ante la paternidad.

—Y tú, ¿cuántos hijos tienes?

—Cuatro. Uno de mi primera mujer. Dos de mi tercera mujer y uno, Alexander, con Denise: mi cuarto error. En eso te gano. Mi relación con ellos, salvo con el pequeño, no es buena. Precisamente, si no me he separado antes de Denise es por el niño.

—¿Has sabido llevarte bien con todas tus exmujeres?

—Imposible. Cada divorcio me ha costado un disgusto y una fortuna. Soy el primero que desea que mis hijos sigan viviendo como lo hacían cuando estaban conmigo. Intento cumplir con mis responsabilidades. Pero no hablemos de mí, hablemos de ti. ¿Dónde vives?

—En España, en un pueblo de la Costa Brava.

—¿A qué te dedicas?

—Cuando estaba con Lex era muy jovencita y solo quería seguirle y estar con él. Desde que me quedé viuda me ha tentado el cine y a eso es a lo que me dedico. Quiero centrarme en mi vocación de actriz. He rodado dos películas que ya se han estrenado y en breve voy a participar en una comedia. Será algo muy divertido relacionado con el tema del divorcio en España. Allí es una novedad, no es como en Estados Unidos.

—Yo ya llevo tres divorcios y te diría que hasta ahora no me había planteado volver a hacerlo una cuarta vez, pero al conocerte... Tengo ganas de poner fin a esta situación que tengo con Denise. No he tenido mucha suerte con mis matrimonios... Pero eso es el pasado. ¿Te apetecería cenar conmigo?

—No quisiera hacer un feo a mis amigos. Si vinieran todos...

—Está bien. Pues todos.

Heini observó que era muy difícil quedar con ella a solas. Parecía que tenía una coraza que no le permitía acercarse más. Tras el almuerzo los invitados se despidieron y cuatro horas después regresaban a cenar ya vestidos de noche. De nuevo, Heini se quedó impactado al verla. Su piel morena la hacía parecer todavía más atractiva. Después de tomar una copa, se sentaron a la mesa. Siguieron hablando como si no hubiera nadie más a su alrededor. Tras los postres, quiso enseñarle el barco construido en sus astilleros, el Hanse, y ella accedió. Cuando llegaron a la cubierta, en esa noche estrellada con la luna llena iluminándolo todo, Heini le dio un beso más apasionado que el primero. Como muchas miradas estaban pendientes de ellos, todos lo observaron y fue la comidilla de esa noche y de días posteriores en la isla.

—Brillas como la misma luna. Quiero enseñarte el barco. ¿Te apetece?

Heini la cogió de la mano y le mostró el exterior y también el interior. Al llegar a su cabina, la invitó a entrar mientras la abrazaba.

—Lo siento, Heini, tengo que estar enamorada. No puedo... Lo siento. Soy muy romántica.

—Perdóname. Haremos las cosas a tu manera. No hay prisa, deseo conocerte.

Subieron al pequeño salón del barco y tomaron una copa. Rieron como si no hubiera ocurrido nada y hablaron sin parar. Sus conversaciones parecían no tener fin.

—¿Mañana podremos volver a vernos? —insistió Heini.

—Voy a un almuerzo con unos amigos de los Winston, los Notz.

—¡Qué alegría! Yo también estoy invitado. Nos vemos allí.

A la mañana siguiente, Heini Thyssen esperó a Tita y al resto de sus amigos en el embarcadero. En la comida acaparó su atención por completo. Quería estar el mayor tiempo posible con ella. Durante la noche no había podido conciliar el sueño pensando en ella. Había sentido un auténtico flechazo, solo deseaba mirarla y estar a su lado. El anfitrión era el marido de la campeona de windsurf, testigo de su primer beso. Denise también apareció por allí en un momento determinado y estuvo muy desagradable con todos, en especial con Tita.

—Ya me han dicho que ayer por la noche estuviste en mi barco...

—Estuve en el barco de Heini que, por cierto, es precioso. Me ha gustado mucho.

Podía palparse la tensión entre ambas. Era evidente a ojos de los invitados. La comida no ayudó a distraer la atención. Fue bastante escasa y como plato principal les pusieron unas pequeñas pizzas.

Denise iba y venía, y comprobaba que su pizza estaba intacta en el plato. Como el barón tenía hambre, se la quitó y la compartió con Tita. Al volver, preguntó por su comida y confesaron que se la habían comido los dos, para enfado de Denise. En esa comida se creó una gran complicidad entre la nueva pareja.

—Tita, me voy mañana a Lugano. ¿Por qué no me acompañas? Iremos en mi avión privado y conocerás mi casa en Suiza. Creo mucho en el destino. Te recuerdo que la noche en que nos conocimos tú querías regresar a Barcelona, pero no había vuelos y gracias a eso te descubrí. Teníamos que encontrarnos. En cuanto te vi supe que ya no querría separarme de ti.

Antes de concluir aquella tarde, el barón volvió a insistir. Era un viaje de ida y vuelta.

—Deseo conocerte más a fondo. ¡Acompáñame a Lugano!

—No puedo, de verdad.

—Solo serán un par de días.

—Está bien. Un par de días y regreso desde Lugano a Barcelona. Veo que eres muy tenaz.

—En todo, pero en que vengas conmigo, más. Haré una reserva en el mejor hotel. Yo viajaré primero y resolveré un par de asuntos, y te iré a buscar para pasar contigo el mayor tiempo posible.

—Está bien. Tú ganas.

39

La persona que buscaba

Tita viajó a Lugano al encuentro con el barón. Nada más poner un pie en Suiza se fue directa al hotel, pero en recepción le dijeron que no les constaba la reserva de Heini. La fatalidad quiso que tampoco dispusieran de una sola habitación libre. El hotel estaba completo.

—¿Qué puedo hacer? He quedado aquí con el señor Thyssen —le explicó al recepcionista del hotel.

—Tenemos un anexo en el que, tal vez, podría alojarse un par de días.

—Justo el tiempo que pasaré aquí.

—Perfecto. No sabemos qué ha podido ocurrir. Sin duda, se trata de un error nuestro. Le pido disculpas.

—Por favor, ¿podrían avisar al señor Thyssen de que estoy aquí?

—Por supuesto.

Media hora después, Hans Heinrich Thyssen-Bornemisza fue a buscarla. La esperó en el vestíbulo del hotel y, cuando la vio bajar las escaleras, se quedó contemplándola igual que cuando admiraba una obra de arte o una puesta de sol. Había algo en Tita que le atraía de una manera inexplicable.

—Haré todo lo posible para que no te arrepientas de haber venido hasta aquí.

Dieron un paseo por la noche de Lugano y después la llevó a cenar a su restaurante preferido.

—Qué lugar tan maravilloso es Cerdeña, ¿verdad? —Comenzaron hablando de la isla en la que se habían conocido.

—Adoro Cerdeña, Capri... Son lugares llenos de recuerdos para mí. Y ahora el destino ha querido que nos conozcamos en mi isla favorita. Todo esto es mágico.

—No lo habría expresado mejor. Tita, nada más verte supe que eras la persona que estaba buscando, me enamoré de ti al instante.

—No te negaré que me gustas muchísimo, que tienes mucho sentido del humor y que compartimos aficiones. Sobre todo, el amor a viajar. Me encantaría conocerte un poco más.

—Sería feliz si te animaras a venir a Jamaica conmigo. Tengo una casa preciosa y tú la harías más bonita todavía.

Tita declinó la invitación. Heini, por temas de negocios, debía ir a Alemania, por lo que aprovechó el tiempo del que disponía para estar a su lado. Al acabar el día, le pidió una nueva cita para quedar a comer al día siguiente. Esa noche ambos se mostraron intranquilos. Necesitaban más tiempo. Se estaban enamorando y tenían que volver a separarse quién sabía hasta cuándo. Tita marcó desde su habitación el teléfono de Más Mañanas. Descolgó su madre.

—¿Mami?

—Tita, estaba empezando a preocuparme. No sabía nada de ti. ¿Sigues en el barco?

—No. Me he venido a Lugano un par de días. Me ha invitado el barón Thyssen.

—¿Cómo dices?

—Sí, nos hemos conocido en casa de Harry Winston y me ha invitado a conocer Lugano. Regreso mañana a casa.

—Está bien. ¡Ya me contarás!

—¿Qué tal está el niño?

—Estupendamente. No te preocupes por él.

—Dale un beso de mi parte.

—Cuenta con ello.

Al día siguiente, durante la comida rieron y compartieron vivencias. El barón estaba preocupado porque pensaba que, en cuanto Tita regresara a España, desaparecería de su vida para siempre.

—¿Qué tal si te quedas un poco más?

—No puedo. Tengo que regresar a casa.

—¿Volverás por Cerdeña?

—No, me quedaré con mi hijo en la Costa Brava.

—Si no te puedes quedar y tampoco piensas ir a Cerdeña, ¿podría ir a visitarte?

—¡Por supuesto! ¡Serás bien recibido en mi casa de Más Mañanas!

—No quiero alejarme de ti. No me he ido aún y ya necesito saber que voy a volverte a ver. En cuarenta y ocho horas estaré allí.

El barón Thyssen cumplió su palabra y dos días después llegaba a Girona en su avión privado. Tuvo que recorrer unos pocos kilómetros para ver de nuevo a Tita en su casa, al borde del mar Mediterráneo. El entorno y las vistas le parecieron maravillosos. Ansiaba como nunca ver de nuevo a la mujer que le había devuelto la ilusión y las ganas de vivir. Tita le recibió con la mejor de las sonrisas. Wally y Juanita Bananas no paraban de moverse entre sus piernas mientras meneaban el rabito con fuerza de un lado a otro. Estaban solos con el servicio en mitad de la exuberante naturaleza mientras el mar chocaba con fuerza contra las rocas. Uno podía dejarse llevar por el ritmo y la cadencia de las olas. Al barón le impresionó el intenso olor a pino y la explosión de colores del jardín. Flores de todos los tamaños le daban la bienvenida. Tuvo la impresión de que su mundo, hasta ese momento en blanco y negro, se inundaba de color.

Ni la madre de Tita ni Borja se encontraban allí, se habían ido al piso de la familia a Barcelona; no deseaban enturbiar aquel primer encuentro a solas de la pareja.

—¿Y tu familia? —preguntó Heini.

—Han querido dejarnos solos. Ya los conocerás en otra ocasión.

Miró a su alrededor y pudo ver fotos de Borja por todos los rincones.

—Por lo rubio que es, parece hijo de Lex.

Tita se acordó de las palabras de la médium, pero no le dijo nada. El barón también se fijó en los coloridos cuadros que decoraban las paredes, muchos de ellos de su amiga Mercedes Lasarte. Tampoco pasó por alto las fotos de su familia repartidas por todas las estancias. Asimismo, había muchas imágenes de su admirado Lex Barker. Tita le dijo que su espíritu estaba en esa casa. Heini intentaba descifrar el pasado de aquella mujer que estaba a su lado y que le parecía tan fascinante.

—Piensa que este hogar lo diseñamos a nuestro gusto. Pensamos y creamos cada rincón. Mi padre encontró el terreno y nos lo regaló.

—Me fascina que el mar esté presente en cada una de las estancias. Las ventanas de tu casa parecen cuadros de Joseph Mallord William Turner o de Winslow Homer... Piensa que pasé mis primeros años en un pequeño pueblo de Holanda, Scheveningen. Me acuerdo hasta de la dirección: Stadhouderlaan, número 126. Después de la Segunda Guerra Mundial la vendí. Pero fíjate qué mezcla: nací en los Países Bajos, de padre alemán y madre húngara. El mar de Holanda me dejó marcado para siempre. Soy el único de mis hermanos que nació allí.

—El mar me fascina. También es muy importante para mí. Mis recuerdos de niña y de adolescente tienen como escenario principal las playas de Cataluña. Antes de conocer a Lex, iba mucho a nadar con mi hermano Guillermo y sus amigos.

—A los dos nos apasiona el mar. Otra cosa que nos une. En mi caso, acompañó mi soledad durante los dieciocho años que viví en Holanda. Pero hoy lo sigo amando tanto como entonces. Es más, me gustaría pasar mis últimos días cerca del mar.

—Entonces, ¿te sientes holandés por encima de todo?

—Me siento de todas partes. Soy un ciudadano del mundo. En cada lugar encuentro algo que me gusta. Ahora me he enamorado de este, quizá sea porque estás tú. Sin ti este rincón no sería tan maravilloso y atractivo.

Juanita Bananas decidió no seguir a sus pies, dio un salto y se puso en su regazo. Tita fue a quitarla de ahí, pero el barón se lo impidió.

—Amo los animales, sobre todo a los perros. De niño

tuve un chow chow que me adoraba. Era como mi sombra y me obedecía en todo. Un día se quedó al otro lado de la calle y le ordené que fuera hasta mí. El perro cruzó y lo atropelló un coche. No te imaginas la pena que sentí. Hay imágenes que se te quedan grabadas en la mente para toda la vida. Esa es una de ellas.

Bajaron al mar por la salida que Lex había ordenado que construyeran entre las rocas. Estuvieron bañándose largo rato y regresaron a la casa. Querían seguir conociéndose. Tita le habló de su familia y de los pocos que quedaban con vida. Su madre y su hermano Guillermo, tres años mayor, eran lo único que tenía. El barón, por su parte, le habló de la suya.

—Yo fui el pequeño de cuatro hermanos. Primero nació mi hermana Margit, que se casó con el conde de Batthyány. Después mi hermano Stephen, que siempre estuvo mal de salud, y, por último, mi hermana Gabrielle, que se unió en matrimonio al barón de Bentinck. Me llevo seis años con Gaby. Siempre digo que vine al mundo cuando nadie me esperaba y aún menos con los brazos abiertos, salvo mi abuelo August. Viví con él solo los primeros cinco años de mi vida, porque murió pronto, pero dejó una huella imborrable en mí.

—Si hablamos de abuelos, quien más me ha marcado ha sido mi abuela Sabina. Era un ser especial. Ella era de Navarra, del norte de España. Cuando íbamos en verano allí, a su pueblo, Los Arcos, lo pasábamos de maravilla. Para disgusto de ella, corríamos las vaquillas. Y, fíjate qué curioso, mi abuelo hizo un viaje a Argentina y no regresó durante muchos años. Enviaba el dinero para la manutención de la familia, pero no daba señales de vida. Cuando apareció de nuevo, mi abuela volvió a abrirle las puertas de su vida. Lex aún estaba vivo. Y justo en el momento en que podrían haber sido más felices, ella murió. Cosas de la vida.

Tita le propuso que jugaran al backgammon y le ganó la primera partida. No muy conforme, Heini pidió la revancha. Esa vez, ganó él. De nuevo estaban en tablas. Se rieron mucho y decidieron ir a bailar después de la cena. Tita fue enamorándose a medida que le conocía. Al día siguiente, el barón estaba eufórico.

—No quiero que nos separemos. Vente conmigo a Lugano.

—No puedo, Heini. Lo sabes.

—Antes de Navidad me gustaría que conocieras mi casa. Concédeme ese deseo.

—Está bien. Te lo prometo.

—Tengo la sensación de que tu experiencia con el padre de tu hijo te ha dejado una huella muy negativa con respecto a los hombres. Me parece que no acabas de fiarte de mí.

—Antes de conocer a Manuel lo pasé muy mal al lado de otra persona con la que me casé en Estados Unidos.

—No me habías hablado de él.

—Toqué fondo. Es mejor olvidar los capítulos malos de nuestra vida, pasar página. Yo me considero la viuda de Lex. Siempre he sido muy positiva y creo que lo mejor está por venir.

—Entonces, ¿estás divorciada?

—No. Pero él se ha vuelto a casar, de modo que no sé muy bien cuál es mi estado civil.

—Yo estoy decidido a divorciarme de Denise. Va a ser un proceso largo, pero no quiero esperar ni un minuto más. Deseo que estés a mi lado. La ventaja de ser mayor es que uno sabe lo que quiere en cuanto lo reconoce; cuando encuentras a la mujer que has estado buscando toda la vida, no quieres pasar ni un minuto sin ella.

Tita reía y se mostraba feliz cuando escuchaba a Heini pronunciar esas palabras. Fueron unas horas inolvidables. Heini Thyssen era todo un caballero. Su educación, su forma de hablar, su deseo de agradar, su conversación y su gusto por el arte acabaron entusiasmándola.

Antes de despedirse de él, Tita aceptó regresar a Lugano. La despedida fue dolorosa. No podían dejar de besarse una y otra vez, hasta que al barón se le hizo tarde y tuvo que salir de Más Mañanas a toda prisa. Cuando su madre y su hijo regresaron a casa, Tita tenía otra mirada. Estaba como ausente. Le hablaban y no acababa de enterarse de lo que le decían.

—Hija, creo que te has enamorado.

—Mami, es un caballero. Una persona tan educada, tan divertida y con la que tengo tantas cosas en común... No acabo de creerme que la vida me haga este regalo.

—Después de lo que has pasado... Parecía que nuestro ángel de la guarda estaba de vacaciones... Ya era hora de que la vida te concediera una nueva oportunidad de ser feliz.

—No quiero ilusionarme demasiado. Iremos despacio. Paso a paso.

—A mí me da la impresión de que él tiene prisa. ¿Cuántos años te saca?

—Veintiuno, pero ya quisieran muchos jóvenes tener su vitalidad y sus ganas de vivir. Sabes que la edad nunca me ha importado.

Su madre sonreía. Sabía perfectamente lo que les estaba pasando. Sus signos eran tan evidentes y claros que no hacía falta ser un experto para diagnosticar que su hija y el barón Thyssen se habían enamorado. A finales de julio, Tita celebró el primer cumpleaños de su hijo. Borja cumplía su primer año de vida rodeado de la familia: la abuela Carmen y su tío Guillermo junto a sus primos, Guillermo y Natalia. Todos lo festejaron con mucha alegría. No faltaron ni la tarta de cumpleaños ni los regalos. El niño no sabía adónde mirar. Se ponía de pie en su parquecito y se entretenía con sus muñecos.

—Cariño, mamá está contenta —le decía Tita mientras Borja le sonreía.

Le cogió entre los brazos y comenzó a bailar con él. El niño reía viendo feliz a su madre. Daba palmitas y quería que le diera más vueltas. Tita no podía creer lo que estaba viviendo.

Terminó de aprenderse como pudo el papel de la película que se había comprometido a hacer con Ozores y Summers. En agosto comenzó el rodaje de *El primer divorcio*. La rodaron en un tiempo récord y el ambiente de la grabación fue muy bueno.

—¡Que a Tita no le falte de nada! —repetía una y otra vez el productor, José Frade.

Rafaela Aparicio, Juanito Navarro, Beatriz Escudero, María Isbert y Chummy Chúmez, entre otros, participaban en esta película que criticaba, con sentido del humor, los primeros divorcios en España. El protagonista era Manolo Summers, cuyo personaje ocupaba un alto cargo en un ministerio y desde hacía tiempo quería dejar a su esposa para irse con su secretaria. Sin embargo, en su puesto de trabajo debía seguir aparentando una estabilidad conyugal que no tenía. Se rieron mucho durante el rodaje. La escena del desnudo la dejaron para el final.

Mientras, Heini llamaba cada día y le repetía una y otra vez su necesidad de verla. Tita creyó conveniente, al terminar de rodar la película, volverle a invitar a su casa. Esa vez, le confesó que deseaba que conociera a su familia. Cuando Heini llegó, se sintió como en casa. Juanita Bananas ya no se movió de su lado durante su estancia allí. Y, por fin, apareció Carmen Fernández de la Guerra, madre de Tita. Heini se quedó muy impresionado al comprobar su belleza. Llevaba de la mano a su nieto Borja. Un niño rubio platino, muy sonriente, que se mostró tímido con el barón hasta que cogió confianza.

—De modo que ya conozco a tu familia, las personas más importantes de tu vida.

—Faltan mi hermano Guillermo y mis sobrinos para que conozcas a la familia al completo.

Carmen quiso agasajarle entrando ella en la cocina. Tenía una mano especial para los guisos caseros, algo que le gustó mucho al barón.

—Mi madre, nada más casarse, hizo un curso especial para mujeres que deseaban conocer los secretos de la buena cocina. Es una artista. Lo que se propone lo consigue. Su ilusión habría sido dedicarse a la ópera, pero sus padres no la dejaron. Tenía aptitudes. De vez en cuando, nos dedica alguna canción; dale tiempo para que coja confianza.

—¿Has heredado su voz?

—Tristemente, no. Y tú, ¿cantas bien?

—Tengo otras habilidades que te sorprenderán más. Incluso vestido así te lo voy a demostrar. Puedo dar una voltereta hacia adelante o hacia atrás. Mi flexibilidad me lo permite.

—Me tomas el pelo.

Se levantó del sillón y se agachó. Se inclinó hacia atrás y dio una voltereta. Luego se balanceó hacia adelante e hizo otra. Tita le aplaudió muerta de risa.

—No puedo creer lo que acabas de hacer. No pensé nunca que fueras a lucirte en esta casa con esa habilidad. La mía, ya sabes, es ganarte al backgammon.

—Eso habrá que verlo.

Como si fueran dos adolescentes, se sentaron de nuevo frente al tablero retándose para ver quién vencía a quién. En ese momento llegó Guillermo y dejaron la partida a un lado. Heini, nada más conocer al hermano de Tita, hizo buenas migas con él. Ella observaba la escena desde lejos con una sonrisa. Se prometió a sí misma que no dejaría que Heini volviera a sentirse solo.

40

Primeras Navidades en familia

Las Navidades de 1981 fueron las más celebradas por la familia hasta entonces. Borja ya se daba cuenta de todo y captó la atención de los presentes en Más Mañanas. Al pequeño le deslumbró tanto regalo: animalitos de peluche, cuentos, camiones y coches con música. No sabía adónde mirar. Estaba fascinado. Hacía tiempo que Guillermo no veía a su hermana tan feliz. Fue el comentario de la familia en esas fiestas. Al día siguiente de la llegada de Papá Noel, Tita cogía un vuelo con destino a Lugano, tal y como le había prometido al barón. La lectura la ayudó a sobrellevar la larga espera en el aeropuerto antes de ese viaje, que le inspiraba curiosidad e ilusión a partes iguales.

Al llegar a Villa Favorita, Tita se quedó muy impresionada con aquella lujosa construcción del siglo XVII que se alzaba ante sus ojos. Después de atravesar un camino de novecientos cipreses, se vislumbraba el edificio principal de color siena pálido con una gran entrada porticada decorada con enormes jarrones. El lago Ceresio, a los pies de la casa, con un coqueto embarcadero, conseguía que aquel lugar pareciera de ensueño.

El barón la esperaba a las puertas de la mansión en compañía de Giorgio, su mayordomo y mano derecha, y de madame Stirnimann, su secretaria. Tan pronto como Tita bajó del coche, todo fueron atenciones hacia ella. La condujeron a la habitación de invitados. Se quedó sin palabras al ver el cuadro *Campo de trigo*, una obra de Renoir, el pintor impresionista al que tanto admiraba, colgada de una de las paredes. Mientras su mirada se perdía en aquella pintura en la que predominaba el tono dorado de las espigas, una persona del servicio le deshacía la maleta. Se cambió de ropa y bajó al salón. Allí la esperaba Heini para conducirla a la galería anexa a la mansión, donde exhibía sus cuadros. Se sentía orgulloso de poder mostrarle la colección que tantos años le había costado reunir y que le había convertido en el coleccionista privado más importante del mundo.

—¿Tienes expertos que te aconsejan lo que debes comprar? —preguntó Tita.

—Pues te confieso que mi principal consejero soy yo. Me fío mucho de mi intuición, aunque ésta llega después de una reflexión profunda. Para tomar decisiones me basto y me sobro, siempre sin perder de vista el lema de mi familia.

—¿Y cuál es?

—*La vertu suspasse la richesse*. La virtud sobrepasa la riqueza. Procuro no perder de vista el camino que nos marcó mi abuelo August, del que tanto te he hablado. Creo que acertaron con la educación que me dieron. Estudié Derecho y Filosofía, eso hizo que tuviera el mismo interés por el arte, la lengua y la literatura.

—Creo que la educación es la base del hombre. Yo he leído mucho y he estudiado idiomas y cultura general en distintos países, pero como más he aprendido ha sido viajando. El día que me eligieron Miss España en mi país, cambió radicalmente mi vida. Pude viajar a lugares maravillosos y entrar en contacto con gente extraordinaria. Luego, el destino quiso que viajara en el mismo avión que Lex y nos conociéramos. Creo que hay cosas en la vida que escapan a nuestro control.

—Yo también creo en el destino, tengo raíces húngaras. Pero la educación hace mucho. Yo nunca supe que era rico. En consecuencia, aprendí a apreciar desde pequeño el valor del dinero. Me daban cada mes una pequeña paga que yo procuraba administrar. Con los niños hay que hacerlo así, porque el dinero corrompe y lo enturbia todo. Yo empecé a trabajar muy pronto. Con veintitrés años recayó sobre mí la responsabilidad de estar al frente de las empresas familiares.

Heini le hizo esa confesión mientras recorrían el camino hasta la galería. Tita le escuchaba atentamente.

—Hasta que no murió mi padre no fui consciente de la magnitud de sus negocios. Fue entonces cuando me enteré de que tenía empresas repartidas por todo el mundo, de mayor y menor importancia. En ese momento me vi en la obligación de reconstruir aquel grandioso puzle de miles de piezas. Unas empresas estaban en Holanda, otras en Alemania del Este; otras en Alemania del Oeste; otras en Inglaterra, en Canadá, en Estados Unidos, en Brasil... Recayó en mí la misión, casi imposible, de rescatar las empresas que nos habían confiscado en la Primera y en la Segunda Guerra Mundial. Fue de película. Pero también he tenido golpes de suerte.

—¿A qué te refieres?

—Mi padre dejó una deuda de treinta millones de florines en el banco de su propiedad. Si no pagaba esa deuda, la banca holandesa iba a nacionalizarlo. Mi padre había utilizado ese dinero para financiar su inversión en obras de arte. Cuando falleció, me vi en un problema muy serio. Era el año 1947 y debía viajar a Nueva York, pero hice una escala en Canadá. Ahora entenderás lo del golpe de suerte. Fui al lavabo y empecé a charlar con el caballero que estaba mi lado. Hablábamos en holandés. Me preguntó a qué me dedicaba y le expliqué que trabajaba en la banca. Al parecer, él también. Seguimos hablando en el trayecto a Nueva York y descubrí que se trataba del ministro holandés de finanzas. Le conté mi problema y me escuchó con atención. Nos despedimos y, al cabo del tiempo, me llamó. Cuando fui a verle, me ofreció una solución: considerar la deuda como dividendos de guerra y gravarlos un diez por ciento. Podíamos hacer frente al gravamen con los dividendos obtenidos por nuestras acciones de la Royal Dutch Shell. Así cancelé la deuda de mi padre. Fue, sin duda, uno de mis mayores golpes de suerte. Aunque nada comparable con haberte conocido por casualidad en tu viaje a Cerdeña.

—Eso sí que fue un capricho del destino. Quería regresar a España y no pude, no había vuelos. Gracias a eso regresé a casa de los Winston y el resto de la historia todavía la seguimos escribiendo.

—Desearía que viviéramos juntos; nada me haría más feliz. El proceso de separación de Denise será largo. Somos adultos y creo que, si estamos enamorados, deberíamos dar el paso.

—Puede que tengas razón.

Tita recorrió con Heini aquellos amplios salones hasta llegar al anexo, donde se encontraba el Museo Thyssen-Bornemisza, abierto al público desde el año 1953. Se quedó completamente fascinada. Heini lo notó.

—Yo empecé a crear mi colección a partir de los cuadros que heredé de mi padre. Desde el principio tuvo una idea muy clara: romper con la tendencia del mercado. Los cuadros de los artistas europeos acababan en América y él comenzó a traer de vuelta esas obras importantes a Europa. Quería que se quedaran en nuestro continente.

El barón se detuvo en seco; necesitaba hacer un alto en el retrato de Giovanna Tornabuoni, uno de sus cuadros preferidos.

—Tita, este retrato es un ejemplo de la pintura del Quattrocento florentino. Es una obra de Ghirlandaio. Es uno de mis cuadros favoritos. Retrata a una mujer de la nobleza florentina. Detrás de ella se puede ver un rosario hecho de bolas de coral. Sabemos que murió dando a luz. Detrás de ella hay un *cartellino* donde aparece la fecha de su muerte y una inscripción latina que reza: «Oh, arte, si tan solo pudieras representar el alma y el carácter, no habría una imagen más hermosa en la tierra».

—Es un cuadro realmente fascinante. Uno puede ver, casi sentir, la textura de la tela del vestido.

La visita fue exhaustiva y fueron deteniéndose para comentar los cuadros de Van Eyck, Tiziano, Caravaggio, Rubens, Rembrandt, Canaletto, Monet, Degas, Cézanne, Van Gogh, Picasso, Kandinsky, O'Keeffe, Hopper, Dalí y Pollock. Tita conocía a la mayoría de los pintores.

—También me gusta mucho la pintura. Mi padre me aficionó a visitar museos, pero te diré algo que seguro que te sorprende: yo también pinto.

—¿De verdad? Tengo que ver tus pinturas. Me puede la curiosidad.

—No, no... Son muy malas. Por favor, después de lo que tienes en casa, no me atrevería a mostrártelas jamás. Es solo que me relaja pintar. Disfruto mucho al hacerlo.

En su recorrido por el museo, el barón continuó aportándole gran cantidad de detalles sobre los cuadros que estaban viendo. Cuando terminaron la visita, la invitó a comer. A Tita le hacía ilusión ir a bailar. Heini le prometió que esa noche no faltaría la música en Villa Favorita. A Tita le parecía muy bello todo lo que allí veía. Disfrutó de cada segundo de su estancia en Lugano. Se sentía a gusto al lado de un hombre tan interesante, tan culto y con sentido del humor.

A lo largo del trayecto hasta el restaurante, pudo ver las calles cubiertas de nieve, parecían una postal; sin embargo, apenas sintió frío debido a la emoción. En un determinado momento de la comida, Heini le entregó su regalo de navidad. Tita lo desenvolvió y vio una pulsera de oro, rubíes y esmeraldas. El barón le ayudó a ponérsela y ella se emocionó. Hacía mucho tiempo que nadie le regalaba algo tan bello; desde la muerte de Lex no había recibido un regalo parecido.

—Lo he meditado mucho y me gustaría que vinieras a vivir conmigo —insistió Heini.

—En este momento de mi vida no puedo planteármelo. Vivo con mi madre, mi hijo, mi perrita y mi loro. Sería imposible.

—¡Pues que se vengan todos! ¿Cuál es el problema? Casi ni me di cuenta de que estaban con nosotros en el último viaje que hice para verte. Ni se les oía. Además, la casa dispone de espacio suficiente para que estemos todos a gusto. Tu tendrás tu vestidor, igual que el mío, pero desde el tuyo se puede acceder a la parte de arriba, que es donde podrían alojarse tu madre y Borja. Allí hay dos habitaciones grandes y un baño común, e incluso una cocina, por si prefieren tener más independencia. Las estancias dan a una terraza grande que creo que a los dos les gustará.

—Somos muchos y quieres que nos instalemos todos aquí, donde no se oye ni un ruido. ¿Seguro que no te arrepentirás?

—Por fin viviré en familia. Me hace muchísima ilusión.

—A mí más, Heini. No me puedo creer que esto me esté pasando.

Salieron del restaurante y Heini la besó. Tita le correspondió abrazándole. Así, en mitad de la calle, permanecieron durante largo rato. Los copos de nieve les caían sobre la cabeza, pero no los sentían. Estaban tomando una importante decisión que iba a cambiarles la vida. Comenzaron a andar en dirección al coche cuando otro vehículo les pitó. Simon de Pury, el conservador del museo, se bajó de él.

—Te presento a mi novia —dijo el barón.

Esa presentación le gustó a Tita, que le ofreció a aquel hombre tan simpático la mejor de sus sonrisas.

—Encantada.

—Simon, ¿por qué no pasamos juntos la Nochevieja? —le propuso el barón.

—Me encantaría. Se lo diré a mi mujer. No creo que haya ningún problema en dejar a los niños una noche. Tenía muchas ganas de conocerte —le dijo a Tita—. Desde que Heini regresó de Cerdeña no ha hecho otra cosa que hablar de ti. Ahora que nos ha presentado lo entiendo todo.

—Muchas gracias —respondió ella con una gran timidez.

Heini tenía prisa por abrir su mundo y acercárselo a ella. Poco a poco fue presentándole a su círculo más cercano. El día treinta Heini debía despachar con Joseph Groh, el administrador, y también se lo presentó. Tita, con la intuición que la caracterizaba, sintió un rechazo absoluto hacia él, pero fue capaz de disimular. Su físico no ayudaba mucho. Era un hombre bajito, desagradable y de rasgos asimétricos.

—Encantada de conocerle —sonrió.

—Tu novio me tiene agotado, todo el día trabajando. Ahora quiere que vayamos a Nueva York. Si te invita, dile que no. Te aburrirás muchísimo.

—Yo a su lado no me aburro en absoluto.

Heini cambió de tema y despachó unos asuntos rápidamente con él. Tita miraba de lejos a ese hombre y pensaba en cómo Heini podía fiarse de alguien que no inspiraba confianza. Prefirió no decirle nada.

Al día siguiente, el último del año, no hicieron más que estar juntos a todas horas. Jugaron al backgammon y volvieron a quedar en tablas. El barón le enseñó su truco para hacer solitarios e interpretar el mensaje de las cartas. Este aprendizaje les llevó mucho tiempo. Salieron a comer ostras, que tanto le gustaban a Heini, y por la tarde se prepararon para vivir la última noche del año. Tita se puso un traje de pedrería y, cuando bajó al salón, todos se quedaron sorprendidos de lo guapa que estaba. Simon de Pury y su mujer, Isabel Sloman, le cayeron bien desde el principio; estuvieron contando anécdotas sobre el mercado del arte y dejaron bien claro su sentido del humor. A Tita le encantaba la gente que sabía disfrutar de la vida.

Cenaron y se prepararon para tomar las uvas; fue una deferencia de Heini hacia ella. Giorgio cogió una cacerola y, al llegar la medianoche, la golpeó en doce ocasiones con el mazo de un mortero. Al acabar, Heini besó a Tita con pasión y celebraron la llegada del nuevo año con sus amigos. A partir de ese momento, unos músicos tocaron en directo y ellos no dejaron de bailar en toda la noche. Tita se mostró alegre y feliz durante toda la velada. El barón la observaba convencido de que ella era la mujer que había esperado desde siempre.

El nuevo año se presentaba como su gran oportunidad. En 1982 iban a dar el gran paso de vivir juntos. Tita se preguntaba si encajaría en el mundo de Heini. Era plenamente consciente de que a muchas personas no iba a sentarles bien la decisión que acababan de tomar.

Antes de trasladarse de Sant Feliu a Lugano para prepararlo todo, acompañó a Heini en su viaje a Nueva York. Se habían propuesto pasar juntos el mayor tiempo posible. Cada mañana Tita recorría Nueva York de arriba abajo. Quiso ir sola al lugar exacto donde Lex había perdido la vida. También nevaba ese día en Nueva York y estuvo largo rato observando la calle. No pudo reprimir las lágrimas; en su fuero interno le contaba a Lex lo que estaba viviendo y el paso que iba a dar. Una vez que se tranquilizó, siguió paseando hasta alcanzar la calle del hotel en el que se alojaban.

Heini tenía muchas reuniones, pero pudo verle un rato durante la comida. El administrador apareció a los postres y el barón le pidió que cenara con ella. Tita sintió un pinchazo en el estómago. Si Heini se lo hubiera preguntado, le habría dicho que no.

A punto de finalizar la tarde, una limusina la esperaba

a la entrada del hotel y la llevó al restaurante. Allí la aguardaba Joseph Grogh vestido con su mejor traje e intentando mostrarse amable sin conseguirlo.

—Tu novio se pasa el día trabajando. No sabe que eso es lo que deteriora sus relaciones con vosotras, las mujeres.

—Yo no tengo ningún problema con él. Sé que es una persona muy ocupada.

—Le conozco mucho. Fui su asesor legal cuando murió su padre y le ayudé a la hora de ejecutar su testamento, ya que soy experto en la legislación húngara. Creo que le he devuelto con creces el favor que me hizo cuando lo perdí todo tras la Guerra Mundial y me alojó en Villa Favorita. Fue entonces cuando empecé a trabajar para los Thyssen.

La cena fue tensa. Tita encajó sin pestañear sus constantes indirectas y sus comentarios fuera de lugar.

—Yo manejo todo el dinero de Heini. Hago y deshago. Compro acciones de empresas y no necesito consultarle. Te diré que con todas sus exmujeres me he llevado bien. Les he dado el dinero que han querido y ellas han sabido compensarme. Nos tenemos aprecio. Sigo en contacto con Teresa, a quien le gusta estar al tanto de lo que sucede en Villa Favorita. Me enorgullezco de haber llegado a ser uno de los mejores amigos de Nina. Con Fiona algo menos, y con Denise también mantengo mucha relación, mucha confianza...

—Es bueno saberlo.

—Mira, tu reserva en el hotel de Lugano la anulé yo. Me lo pidió Denise, y como todavía no te conocía... Cuando tú apareciste, su mundo se desmoronó.

—Bueno, su mundo en común ya no existía. Ella se

paseaba con su amante delante de nosotros. Querido Josi —como le llamaba el barón—, procura no volver a hacerme nada parecido. Yo no tenía el teléfono de Heini cuando llegué a Lugano. No sabía qué hacer ni a quién llamar. Menos mal que me ofrecieron una habitación en un anexo del hotel y el recepcionista avisó al barón.

Omitió que le había dado una buena propina para que lo hiciera. Tita estaba nerviosa, pero supo disimular. No entendía adónde quería ir a parar una persona tan retorcida. Terminada la cena, la invitó a tomar una copa y no supo cómo decirle que no sin parecer antipática. Grogh la llevó a un pub oscuro donde había una gran pantalla con películas porno. Siguió haciendo como si aquello le resultara indiferente.

—Pues te quedarías impresionada de ver mi miembro viril. Lo tengo así de grande. —Hizo un gesto que Tita aprovechó para dar un sorbo a su copa.

—Heini y yo somos muy felices. Gracias. Además, no tengo ninguna carencia, hacemos el amor todos los días. Creo que se está haciendo tarde...

El administrador no se daba por vencido; seguía acosándola con sus insinuaciones.

—Iremos caminando —despidió el administrador al chófer.

Tita sintió miedo y procuró quitarse el anillo con un brillante grande que llevaba y esconderlo en el bolsillo del abrigo. Pensó que podrían atracarlos por las calles de Nueva York vacías de gente, pero no quiso parecer temerosa. Cuando vio el hotel a lo lejos, respiró hondo. Se despidió de Grogh, pero éste volvió a insistir.

—¿Tomamos la última? El barón me reñirá si te vas tan pronto a la cama.

—Está bien, la última.

Joseph siguió con sus bromas de mal gusto.

—Estoy casado, pero he de reconocer que Heini tiene muy buen gusto para elegir a sus mujeres. Otra cosa es que sus matrimonios funcionen. Confío en que no vuelva a casarse.

—Nosotros no necesitamos hacerlo. Estamos bien así.

Después de una conversación tan tensa, le confesó que estaba muy cansada.

—Me voy a retirar, Grogh. Has sido muy amable conmigo.

Tita fue a recepción y pidió su llave. Se dirigió hasta el ascensor y subió a la habitación lo más rápido que pudo. Cerró la puerta de golpe y respiró hondo al comprobar que el administrador no la seguía. Nunca se había sentido tan intimidada y tan asustada. En caliente, pensó en decírselo a Heini, pero según fueron pasando los minutos, se lo pensó dos veces. Tenía claro que iba a encontrarse a muchas personas que intentarían aprovecharse de ella por estar tan cerca de él. También pensó que, si le comentaba lo que había pasado esa noche, sería su palabra contra la del administrador que llevaba tantos años a su lado. Se prometió a sí misma no volver a salir con nadie que le produjera tanto rechazo como Joseph Grogh.

Se miró al espejo y volvió a respirar hondo. Cuando Heini llegó ya estaba acostada. Se hizo la dormida. No deseaba contarle la experiencia tan desagradable que había vivido. Necesitaba tiempo para pensar. Al día siguiente, mientras Heini hacía sus solitarios, lo primero por lo que le preguntó fue por la cena con Josi. Tita le dijo que todo había ido bien.

—Pero, a partir de ahora, no quiero salir a cenar si tú

no estás conmigo. Prefiero quedarme en la habitación y leer un libro. Por favor, hazme caso. No deseo más que estar a tu lado. Nadie me tiene que entretener.

—Está bien. Menudo rollo te ha tenido que soltar Grogh.

—Sí, la verdad. Un libro es mucha mejor compañía, pero no se lo digas, que me cogerá manía.

Regresaron a Lugano con la idea de que Tita se mudara allí con su familia en un breve periodo de tiempo. Antes debían acondicionar Villa Favorita. Tita, por su parte, tenía que regresar a Sant Feliu y comunicarles a todos su decisión. La primera que lo supo fue su madre, que lo encajó perfectamente.

—Comprendo que necesitas que te ayude con Borja. Puede sentirse muy solo sin sus primos y sin el resto de la familia si vas a viajar mucho.

—Es un mundo muy extraño y a la vez solitario el que rodea a Heini. Creo que debo acompañarle en sus viajes. Le he dicho que, si me iba a vivir allí, era con todo el pack: Borja, la perrita, el loro y, por supuesto, contigo. Le ha parecido bien.

—No me gustaría interferir en vuestra relación.

—Tranquila, Villa Favorita es tan grande que podemos estar días sin vernos. Hay dos habitaciones que parecen un apartamento y que conectan directamente con mi vestidor. Creo que vamos a estar muy bien atendidos. No quiero dejar pasar esta oportunidad que me da la vida.

—El niño es pequeño y se adaptará. Por mi parte, cuenta conmigo. Estaré a tu lado, Tita. No he conocido a nadie tan interesante como Heini. Te apoyaré todo lo que pueda. Yo viajaré a España de vez en cuando para dar una vuelta por la casa y ver a tu hermano.

—Gracias, mami. —La abrazó—. Para mí es muy importante que vengas conmigo. Tengo la sensación de que las personas que le rodean solo ven en él dinero y más dinero. Me querrán apartar de su lado e, incluso, ponerme en situaciones difíciles.

—¿Ha ocurrido algo en Nueva York?

—Sí, el administrador se me ha insinuado. Ha sido soez, pero me he hecho la tonta. Por más cosas que me decía, yo hacía como que no me enteraba, como si oyera llover.

—Has hecho bien. Jamás te quedes a solas con él. Procura rodearte de tus personas de confianza. Están midiendo sus fuerzas. Espera a la reacción de los hijos; esa será la gran prueba de fuego. Te lo digo yo.

—Trataré de llevarme bien con ellos. Lo haré por Heini. Me ha dicho que Georg, el mayor, ha visto el cielo abierto cuando ha roto con Denise. No permitía el acceso a ninguno de sus tres hijos mayores a Villa Favorita. Denise no deseaba que se relacionaran con su hijo pequeño.

—Es posible que tuviera una buena razón para ser tan dura con ellos. Tendrás que ir con pies de plomo. Para ellos siempre serás la madrastra.

—Intentaré hacerme su amiga.

41

Comienza una nueva vida

El día que cerraron Más Mañanas y se despidieron de Guillermo y sus sobrinos se les hizo muy difícil. Todos, incluida Tita, fueron conscientes de hasta qué punto iba a cambiarles la vida. El único que parecía dispuesto a vivir esa circunstancia como una aventura era el pequeño Borja. Para él se trataba de una excursión más, pero para su madre y su abuela suponía un cambio radical. Pasaban de vivir en su hogar frente al mar, en Girona, con completa libertad de movimientos, a mudarse a Villa Favorita, la mansión de Heini en Lugano, con seguridad y vigilancia las veinticuatro horas. Debían asimilar en un tiempo récord el hecho de que entraban a formar parte de la vida del coleccionista privado de arte más importante del mundo, miembro de una de las familias más poderosas de la industria europea.

Tita se sentía feliz de estar al lado de un hombre como el barón, a quien Lex admiraba. La prensa en España no se mantuvo ajena a este cambio en su vida y empezó a recibir peticiones para múltiples entrevistas, que tuvo que ir seleccionando. No tenía casi tiempo, ya que su compromiso de viajar con el barón ocupaba la mayor parte de su semana.

Se estrenó en un viaje a Roma, la ciudad que tantos recuerdos le traía. En la Ciudad Eterna había recibido en su día la nefasta noticia de la muerte de Lex. Sin embargo, al lado de Heini todo adquiría un cariz diferente. Contempló la ciudad con otros ojos, descubrió un lugar donde predominaban lo artístico y lo intelectual. Tita le acompañó a todas las comidas o cenas que se desarrollaban tras las reuniones de trabajo. También hubo momentos de asueto, en los que la pareja se dedicó a perderse por la ciudad.

Su primer viaje a Moscú fue para asistir a las negociaciones de la llegada de la colección Thyssen a la capital rusa. Allí los recibieron como si se tratara de un jefe de Estado y su mujer. Tita no había estado nunca en Rusia y visitaron el Museo Pushkin, la Galería Tretiakov y el Museo de Historia Nacional de Moscú. Siempre escuchaba con atención los comentarios de Heini y, por la noche, lo anotaba en su diario.

En la visita a Londres, Tita conoció el castillo de Landsberg, donde la familia Thyssen mantenía la cripta familiar en la que descansaban los restos del abuelo, los del padre del barón y los de su tío Fritz.

—Mi abuelo August adquirió este castillo a principios del siglo XX, ya que la propiedad está muy cerca de Mülheim, donde se encontraba el núcleo más importante de sus empresas. Se construyó a finales del siglo XIII y hubo que reconstruirlo a finales del siglo XIX. Mi abuelo vivía como un monje, pero cuando le tocaba ejercer de anfitrión era una persona muy generosa. Él fue quien comenzó la colección de la familia. Cuando mi padre heredó sus cuadros y esculturas, desarrolló una auténtica pasión por el coleccionismo.

—¿Y tu padre te la contagió a ti?

—Sí, a él le debo la fiebre incurable del coleccionismo. Aspiro a ser yo quien te la transmita a ti ahora. En este castillo he vivido episodios muy importantes de mi vida y aspiro a que sigan sucediendo cosas hermosas a tu lado.

—Es una belleza. Estoy muy emocionada. Me parece un lugar inspirador.

—¿Te gustaría ver la cripta?

—Prefiero ver los cuadros... Me has hablado de tu abuelo, de tu padre, pero aún no sé nada del tío Fritz.

—Su vida fue muy triste. Era el hijo mayor del abuelo y lamentó toda su vida su decisión de hacerse miembro del partido nazi. Llegó a ser oficial del ejército alemán durante la Primera Guerra Mundial. Pensó que el único partido que podía hacer frente al comunismo emergente era el Partido Nacionalsocialista de Hitler. Mi padre y él no congeniaban y sus ideas políticas estaban alejadas. Se llevó una gran decepción cuando Hitler y Stalin firmaron un tratado de no agresión en agosto de 1939. En un momento dado, manifestó su disconformidad con la invasión de Polonia y a partir de ahí empezó a tener problemas. Hitler pronunció un discurso en el que sentenció: «El que no esté conmigo es un traidor y será tratado como tal». Entonces mi tío supo que había caído en desgracia y huyó a Suiza. Pero no quedó ahí la cosa. Escribió una carta incendiaria a Hitler y a Göring en la que los acusaba de haber traicionado a su país. La reacción del *führer* fue confiscar su fortuna y desposeerlo de su nacionalidad.

—¿Acabó ahí su infortunio?

—No, en absoluto. Se fue con su mujer a ver a su madre a Bélgica, ya que estaba muy enferma, y cuando intentaron regresar a su casa en Suiza, no los dejaron cruzar la frontera. Decidieron entonces viajar hasta Francia para embarcar con destino a América, pero los arrestaron y los entregaron a los alemanes. Göring les dio la oportunidad de retractarse públicamente, pero tanto él como mi abuela se negaron a hacerlo y fueron confinados en un sanatorio privado. Después, cuando Alemania empezó a perder la guerra, los llevaron de un campo de concentración a otro. En uno de ellos conoció al joven Clement von Stauffenberg, sobrino del coronel que atentó contra Hitler. Fue el único superviviente de la familia, no lo mataron porque solo tenía trece años. Cuando todo acabó, siguió unido a mi familia. Estuvo trabajando en una de mis empresas.

—Al final, todo acabó bien. Imagino.

—No te creas. Al terminar la guerra, Fritz y su mujer tuvieron que rendir cuentas ante los aliados por su apoyo inicial a Hitler. Cuando pudieron demostrar su enfrentamiento al *führer*, liberaron a su mujer, pero a mi tío le trasladaron a otro campo de concentración y, finalmente, le juzgaron en Alemania. Tras declararle culpable, le condenaron a ceder el quince por ciento de los bienes que poseía. Cuando le concedieron la libertad viajó a América, concretamente a Argentina, donde se encontraban su hija Anita y su yerno. Al poco de llegar allí murió de un infarto de miocardio. Se repatriaron sus restos hasta Londres y hoy descansan en la cripta familiar.

—¿Y tú qué opinas del nazismo, Heini?

—Lo mismo que mi padre: estoy absolutamente en

contra del nazismo y a favor de los judíos. A los nazis hay que plantarles cara. Mi padre nunca quiso que yo fuera a Alemania, no quería ni que pusiera un pie allí por miedo a que me enrolaran en aquella barbarie. Nunca le estaré lo bastante agradecido. Por desgracia, cuando me fui a estudiar a la Universidad de Friburgo, mi niñera, que me adoraba, se suicidó al pensar que los alemanes entraban en Holanda. Fue uno de los días más tristes de mi vida.

—Construyamos otros recuerdos en este castillo, ¿no te parece? —Tita le besó y esa noche, en vez de bailar tras la cena, prefirieron quedarse a solas en su cuarto.

Atrás quedaron los malos recuerdos de la familia de Heini al abandonar Londres. Tuvieron que regresar a Nueva York. Tita adoraba Estados Unidos y disfrutaba como nadie recorriendo las calles de la Gran Manzana. Al terminar la última de las importantes reuniones regresaron a casa, a Suiza.

Cuando Tita pisaba Villa Favorita, Borja acaparaba toda su atención y se pasaba las horas pegado a ella. También escuchaba muy atento todo lo que le contaba el barón, que había congeniado rápidamente con él. El niño empezó a llamarle papá, un detalle muy especial para Heini. En poco tiempo cogió tal cariño al niño que, mientras seguía adelante su proceso de divorcio de su cuarta esposa, Denise, quiso darle sus apellidos.

—Me gustaría adoptar a Borja. Deseo que sea un Thyssen a todos los efectos, incluidos los legales. ¿Qué te parece?

Por un momento, Tita se quedó paralizada. No esperaba semejante acto de amor hacia su hijo y hacia ella, máxime cuando jamás se lo había pedido.

—Heini, eres consciente de que esta decisión te traerá muchos problemas, ¿verdad?

—Nunca he dejado de hacer lo que considero justo a pesar de la dificultad que conlleve. Es lo que siento que debo hacer por ti y por él. Sé que Borja es lo más importante del mundo para ti y debo protegerle.

Tita le abrazó agradecida, pero, antes de que el barón pudiera poner en marcha los trámites, le impuso una condición.

—Debes conocer al padre biológico de Borja.

—No necesito conocerle, de verdad.

—Hagamos bien las cosas. Primero os conocéis y, luego, le comunicas tu decisión de adoptarle. Es lo correcto.

—Está bien. Si lo consideras necesario...

Tita llamó a Manolo Segura y quedaron en verse en Marbella ese verano, de modo que, después de haber pasado el mes de julio en la Costa Brava, la familia se trasladó a su nueva residencia en la Costa del Sol. Una vez que se hubieron instalado, invitaron a comer a Manolo y conversaron largo y tendido sobre Borja y su futuro. Los dos hombres se cayeron bien y no tardaron en coger confianza. Entre plato y plato, Heini abordó el tema que los había llevado hasta allí.

—Manuel, desearía reconocer a Borja como hijo y darle mis apellidos. Le he cogido mucho cariño y creo que sería lo correcto. No sé qué te parece.

—Solo deseo la felicidad del niño y me parece que tú puedes proporcionarle un futuro mucho mejor del que yo podría haberle dado nunca.

—Las circunstancias se han dado así y el pasado ya

pertenece a nuestra historia común —comentó Tita—. Entonces, ¿te parece bien?

—Por supuesto. Es lo mejor para el niño.

—¿Quieres verle? —repreguntó Tita algo inquieta por lo que pudiera suponer para Manuel.

—¡Por supuesto! Me muero de curiosidad.

Apareció Borja de la mano de la abuela; el niño reaccionó tímidamente ante aquel desconocido que le había regalado un camión de juguete.

—¡Qué mayor estás! ¿Me das un abrazo?

Su abuela le invitó a que lo hiciera y el niño se acercó a Manuel. Cuando se estrecharon, Tita se emocionó. Era como cerrar un círculo, una deuda pendiente entre padre e hijo. El niño ignoraba quién era ese señor, pero le caía bien y, además, le había regalado un camión.

Todos se quedaron en silencio durante unos segundos; la emoción les impedía hablar. Heini fue el encargado de romper el hielo.

—¿Qué tal si celebramos este momento?

El servicio llevó una botella de champán y brindaron por Borja. Mientras tanto, el niño jugaba en el suelo con el camión, ajeno por completo a lo que acababa de suceder en el salón de aquella casa. Manuel no quiso decir nada, pero le pareció su vivo retrato. Tenía fotos a su edad en las que cualquiera le habría confundido con Borja. De niño era tan rubio como él, pero durante la adolescencia se le había oscurecido el cabello. Tragó saliva y actuó como si aquel momento le resultara más fácil de lo que era en realidad. Se quedó pensativo mientras lamentaba no haber dado un paso al frente cuando Tita se quedó embarazada. Había salido huyendo cuando las circunstancias le sobrepasaron. A pesar de sus intentos por alargar el encuentro, Manuel al final se excusó con «un compromiso ineludible». Se fue con prisa y volvió a besar al niño al despedirse de él. Esa vez le resultó más duro marcharse porque el niño le preguntó por qué se iba.

—Cariño, Manolo tiene cosas que hacer. Ya volverá otro día, ¿verdad? —atajó Tita excusándole.

—Sí, seguro.

Al salir de la residencia de los Thyssen, Manuel respiró hondo. Lo cierto es que esa tarde no tenía más cita que con su pasado. Se fue a su casa y decidió quedarse solo mientras escuchaba de fondo la música de los Beatles y sostenía un vaso de whisky en la mano; debía digerir la emoción que había sentido al ver a su hijo. Fumó tanto que el ambiente en su cuarto se hizo irrespirable. Abrió las ventanas y le llegó el olor a salitre del mar. Se reprochó su forma infantil de enfrentarse a la vida y se tragó las lágrimas a sorbos hasta que el sueño le venció.

Al día siguiente, Heini Thyssen puso en marcha la maquinaria legal a través de sus abogados para hacer efectiva la adopción. Su hijo Georg, ajeno a lo que estaba preparando su padre, le comunicó su decisión de ir a Jamaica con un amigo. El barón le respondió que coincidiría con Tita y con él en un par de semanas.

Tan pronto aterrizó el avión privado en la capital de Jamaica, Kingston, Tita percibió la luz que desprendía todo en aquella isla del mar Caribe. El barón le explicó que se encontraban a 150 kilómetros del sur de Cuba y a 180 kilómetros al oeste de la isla de La Española.

—¿Sabías que Jamaica perteneció a España?

—No, no lo sabía.

—Sí, los españoles la llamaron Santiago dos años después del descubrimiento de América, pero a mitad del siglo XVII la invadieron las tropas inglesas. Se convirtió en tierra conquistada y, más tarde, en una colonia británica. No hace mucho consiguió su independencia, en agosto de 1962, y entró a formar parte de la Commonwealth. El poder ejecutivo lo ostenta la reina Isabel II de Inglaterra. Sin embargo, aunque hablan inglés, verás como te dirán alguna palabra en español.

En el aeropuerto los esperaba Shady, el mayordomo jamaicano que había contratado Heini tras verle actuar como tragafuegos en un show. Su intuición no le falló al hacerlo, porque resultó ser uno de sus más leales empleados en aquel lugar.

Cuando llegaron a la *main house* de Alligator Head, Tita se quedó fascinada al contemplar la vegetación exuberante, el mar de color azul turquesa y las playas de arena blanca. Una vez instalados, lo primero que le pidió Heini fue que se pusiera un bikini para probar esas aguas. El contacto con la calidez del agua la animó a aventurarse mar adentro, pero le advirtieron que había tiburones más allá del arrecife. Aquello bastó para que Tita se quedara en la orilla, ya que tenía pánico a los escualos. Heini, en cambio, se fue nadando hasta alcanzar otra isla cercana. Regresó de nuevo hasta donde se encontraba Tita, comieron pescado a la brasa y participaron de la música y las canciones que cantaban sus empleados.

Georg y su amigo llevaban allí varios días. Más simpático que nunca, Junior quería granjearse la amistad de Tita. La colmó de atenciones mientras su amigo no cesó de insinuarse y lanzarle miradas seductoras. Heini se dio cuenta y le pidió a su hijo que su amigo dejara de hacer tonterías.

—Junior, si tu amigo sigue por ahí, tendré que echarle de esta casa.

Tita pensó que su marido estaba exagerando y no le dio más importancia. Días después, aprovechando que Heini había salido de Alligator Head, el amigo de Junior fue más explícito en sus insinuaciones mientras ella se bañaba y tomaba el sol. Tita se sintió incómoda y puso una excusa para retirarse a su cuarto. Le pareció que podía tratarse de una trampa del primogénito del barón para que su padre dejara de confiar en ella. Fue como si en ese instante se le cayera un velo de los ojos y le permitiera ver con claridad lo que andaba tramando Junior. Estaba claro que quería que su padre y ella rompieran su relación. La razón no podía ser otra que su madre, Teresa, no la quisiera cerca del barón. Cuando Heini regresó, encontró a Tita leyendo un libro tumbada sobre la cama.

—¿Cómo es que no estás en la playa?

—No me sentía bien y he preferido venirme a la habitación a leer.

—Pues nos quedamos aquí. Yo te acompaño...

Estaba eufórico, los negocios parecían ir viento en popa. La suerte le sonreía hasta en el backgammon. Por las mañanas, mientras el barón se quedaba haciendo sus cuatro solitarios, a Tita le gustaba salir con Shady al mercado. Procuraba seguir los consejos de su acompañante y, como ya la había sacado de más de un apuro, quiso agradecérselo. Se fijó en que iba a todas partes en una bicicleta destartalada. Le pidió al barón que le comprara un coche para que pudiera desplazarse con más rapidez por la isla. Shady siempre le mostró su agradecimiento por aquel gesto que hizo que su comunidad le tuviera en mayor consideración.

Sin embargo, no todo fue de color de rosa. A míster Patterson, el administrador que tenía en Jamaica, no le gustaron nada las deferencias que Tita tenía con Shady. Él maltrataba a todo el servicio y lo tenía hacinado y durmiendo en el suelo. Tita le habló claro.

—Míster Patterson, recibe usted un dinero mensual para que nuestros empleados vivan bien y no peor que los animales. Las cuentas no me salen. Quiero que instale ahora mismo camas para todos, que les proporcione comida en condiciones y un televisor para cuando descansen.

—Eso supondrá muchos más gastos de los que nos podemos permitir.

—El barón hablará con usted mañana.

Tita le dijo a Heini que esa situación no se podía consentir y éste fue a ver al administrador. Al día siguiente, las cosas cambiaron para todos. La consecuencia inmediata fue que míster Patterson habilitó las camas para el descanso del personal. Desde entonces, cuando se cruzaban con ella, todos le sonreían y agachaban la cabeza en señal de agradecimiento.

Al barón le encantaba que el servicio se volviera más amable y las cosas cambiaran tanto a su alrededor. Ninguna de sus exmujeres se había preocupado por ellos. Tita entendió que, si todos vivían bien, la felicidad sería compartida. Heini pensaba lo mismo.

A los diez días regresaron a Lugano. La institutriz de Borja le había hecho avanzar muchísimo. Cuando quisieron darse cuenta, había aprendido a leer. Sin embargo, el niño echaba en falta la compañía de otros pequeños de su edad y comenzaron a buscar instituciones educativas en Lugano. Encontraron un centro religioso, el Instituto Helvético, al que llevaban a sus hijos las familias más reputadas de Suiza. El niño comenzó a ir a clase. Tita procuraba acompañarle cada día en el trayecto en coche y le iba a esperar con la merienda a la salida. Si ella estaba de viaje, lo hacía su madre. El niño siempre tenía a una de las dos cerca.

Borja llevaba tiempo llamando papá a Heini y éste empezó a ejercer de figura paterna con él. Procuraba enseñarle a diferenciar un buen comportamiento de uno malo. Incluso siendo tan pequeño se lo llevaba a pasear por el museo como en el pasado había hecho su padre con él. Poco a poco fue ganándose su respeto y su cariño. Heini, que tenía mucho sentido del humor, pronto le enseñó a gastar bromas a la familia y a los invitados, que luego celebraban y reían todos juntos.

Por su parte, Tita escuchaba con atención los comentarios de Heini, en especial opiniones sobre lo que significaba el arte. Todo lo anotaba y nada de lo que le decía caía en saco roto.

—Uno se tiene que enamorar de la belleza. Te vas acostumbrando a convivir con ella de tal forma que luego distingues a simple vista cuándo algo no tiene la verdadera categoría de arte. Bueno, tú ya tienes el ojo acostumbrado. En ti, además, funciona mucho la intuición.

—¿Lo crees de verdad? —le preguntó Tita.

—Por completo. Cuando te pregunto en una exposición qué obra te ha gustado más, sabes enseguida cuál es la mejor. Me doy cuenta de que tienes esa cualidad innata. Hay gente que estudia toda la vida y no lo consigue.

—Me fijo mucho en lo que haces y dices. A tu lado es muy fácil aprender.

—Eso mismo podría decir de ti. Me gusta mucho cómo te preocupas por todo y por todos. Sobre todo, por mí. Contigo he ganado una familia. Es la primera vez en mi vida que me siento tan feliz. Te estaré eternamente agradecido por eso.

42

Uno más en la familia

Los abogados tramitaron la adopción de Borja con rapidez para que entrara a formar parte de la familia Thyssen cuanto antes. Heini no consultó a sus hijos; se limitó a comunicarles, una vez finalizados todos los trámites, que desde ese momento el pequeño llevaba también los apellidos Thyssen-Bornemisza. Ni a los mayores ni a sus respectivas madres les gustó la idea. Estaba claro que Tita y su familia habían entrado con fuerza en la vida de Heini Thyssen.

El administrador del barón había querido frenar ese ímpetu en varias ocasiones, pero no lo había conseguido. Tita nunca olvidaría que su ángel de la guarda, siempre alerta, impidió que ella llegara a Italia el día en que Grogh la citó en el Hanse para verse con el barón. De no haber sido por un pequeño percance, un problema con la documentación que debía acompañar a sus joyas, se habría encontrado en el yate con la única compañía del administrador, que parecía haber urdido algún tipo de plan con consecuencias nefastas para ella. ¿Y si hubiera desaparecido en altamar? Le creía capaz de cualquier cosa. Tita se juró a sí misma que solo quedaría con el barón en persona y sin intermediarios; el entorno que manejaba sus finanzas no aplaudía su relación. Tita acudió con mucha precaución a sus encuentros hasta que el barón le propuso que se fuera a vivir con él.

Para entonces, ya participaba por completo de su vida y procuraba acompañarle a todas partes. No había un solo día entre semana que no recibieran a diferentes personalidades del mundo del arte, del mundo empresarial o del ámbito político, para cenar o comer con ellos. Los fines de semana los reservaban para estar en familia. Esos dos días compartían las comidas con Borja y con la abuela Carmen. También Guillermo aprovechaba para hacerles una visita junto a su mujer y sus hijos.

Uno de los amigos que más frecuentaba Villa Favorita era Luis Gómez-Acebo, duque de Estrada, vizconde de la Torre y duque de Badajoz. Este último título se lo había concedido el conde de Barcelona a su hija, la infanta Pilar de Borbón, con motivo de su boda con el aristócrata. El rey Juan Carlos I lo ratificó tras su ascenso al trono.

Heini y Tita le conocieron cuando estaban de vacaciones en Mallorca. Los duques de Badajoz los invitaron a una cena que dieron en su casa, Doña Pi, y a la que asistieron otras personalidades que visitaban la isla. Congeniaron enseguida. Sus hijos estaban por allí vestidos de blanco y ayudaban a sus padres a atender a los invitados. Esa noche conocieron también al matrimonio Getty, Gordon y Ann. Tita se hizo muy amiga de ella y siguieron viéndose con frecuencia durante su estancia en la isla. Antes de dar por terminado el verano, Heini los invitó a su mansión en Jamaica y estos aceptaron. También acudieron Henry Ford II y su mujer, Kathleen. Fueron días inolvidables para todos. Los duques de Badajoz no pudieron acompañarlos, tenían muchos compromisos con sus cuñados, el rey Juan Carlos y la reina Sofía.

Heini y Tita siguieron viendo a Luis Gómez-Acebo, que era asesor de diversas sociedades financieras y presidente del Consejo de Administración de la empresa norteamericana Korn Ferry, dedicada a la selección de altos ejecutivos para ocupar puestos de responsabilidad en sociedades de ámbito mundial. El barón y el duque quedaban a menudo en España o en Suiza. El conde de Barcelona, don Juan, también los visitaba siempre que pasaba por Lugano. El barón y él podían pasar horas jugando al backgammon. Como buen marino, le gustaba el mar y viajar por todo el mundo. Los acompañó a Jamaica en tres ocasiones y estuvo presente en el bautizo de Borja, que se celebró en Nueva York.

La ceremonia bautismal se ofició en la catedral de San Patricio, una maravilla neogótica del siglo XIX cuyas torres superan los cien metros de altura. Tita y Heini escucharon muy atentos las palabras que le dedicó el sacerdote al pequeño Alejandro Borja. Ambos se emocionaron mucho. Luis Goméz-Acebo fue el padrino, y Ann Getty, la madrina. Alexander Paparnakou, el empresario gracias al que se habían conocido todos, ejerció también de segundo padrino. Borja no dejó en ningún momento de estar pendiente de la llamita del cirio de la liturgia. Tampoco quitaba ojo a los faldones de la sotana del sacerdote. Su padrino le había explicado que debajo había un ratoncito y el pequeño no paró de reír en toda la ceremonia esperando a ver aparecer el animalito entre los pies del cura. Al niño, a punto de cumplir los cuatro años, se le quedó grabado ese momento en la memoria.

Cuando terminó la ceremonia, se fueron a comer al restaurante Le Cirque de Nueva York. Todos los invitados brindaron por Borja. Tita era la viva imagen de la felicidad. Entre los allí presentes alguien deslizó que ya debía faltar menos para la boda de la pareja; el barón y Tita, al escucharlo, sonrieron.

Sin embargo, los hijos de Heini no deseaban que su padre formalizara la relación con Tita y durante un tiempo se lo pusieron difícil. Georg parecía obsesionado con dos cosas: hacerse con el control total de las empresas de su padre y poner en evidencia a Tita urdiendo toda clase de encerronas. Francesca, por su parte, se hacía notar estudiando poco y cambiando constantemente de colegio. Su rebeldía la llevó a echarse un novio guitarrista con el que amenazó con casarse. Cuando el barón le aseguró que tendría que vivir de la guitarra de su futuro marido, el amor que sentía no tardó en esfumarse.

Francesca tenía veintiséis años y vivía desde los dieciocho emancipada en un loft que le había comprado su padre en el barrio de Chelsea, en Londres. Lorne, su hermano, de veintiún años, tan pronto terminó sus estudios en Suiza se instaló en una casa cercana a la de su hermana, igualmente adquirida por el barón. En un primer momento, su intención era estudiar en la Universidad de Edimburgo, pero al final convenció a su padre para que le financiara su repentina vocación de actor en Nueva York. Ambos hijos recibían una asignación cuantiosa cada mes.

Justo en uno de los viajes de Heini a la ciudad de los rascacielos recibió una llamada de Lorne. Quería almorzar con él para tratar un asunto importante y se citaron en uno de los mejores restaurantes de la Gran Manzana.

—Hay algo que quiero contarte y que debería haberte dicho antes —le dijo—. He estado pasando unos días con mi verdadero padre.

—¿Tu verdadero padre? ¿Qué quieres decir?

—Sheldon Reynolds, el director de cine. Quiero que sepas que en solo una semana me he compenetrado con él más que en toda mi vida contigo.

El barón apretó la mandíbula con rabia. La prueba de paternidad que había exigido años atrás a la madre había resultado ser otro engaño de los muchos que había sufrido en su vida.

—Me alegro mucho de que sientes la cabeza de una vez.

—Como comprenderás, me gustaría cambiar de apellido.

—Tendrás todo mi apoyo, Lorne. ¡Adelante!

—Por eso quería verte antes, para pedirte mi parte de la herencia. A mi madre le parece bien.

—Es estupendo que tu madre esté de acuerdo contigo. Por mí puedes cambiarte de apellido, ¡pero no será a costa de mi dinero!

Aquella comida terminó mal. Heini se llevó un gran disgusto al ver confirmadas sus sospechas sobre la paternidad de su hijo de boca de éste. En ese momento sintió que los episodios más importantes de su vida siempre habían estado envueltos en un velo de incertidumbre.

De sus cuatro hijos, Alexander fue el que mejor acogió la idea de tener un nuevo hermano. Con once años había recibido sin traumas la noticia de que su padre se divorciaba de su madre, Denise. Desde entonces, había convivido con Borja y habían congeniado muy bien. De hecho, el cariño era mutuo.

Este último divorcio fue el más difícil de todos, y eso que los de Teresa, Nina y Fiona habían sido complicados y le habían costado una fortuna. Pero el de Denise, la madre de Alexander, le costó cuatros años de litigio. Heini lo celebró con Tita tan pronto como se lo comunicó su abogado.

—Por fin ha terminado el juicio de divorcio más largo del mundo. Empezó en un tribunal suizo, siguió en otro inglés y terminó de nuevo en Suiza. Por fortuna, tanto el tribunal inglés como el suizo me han dado la razón. Ha sido una pesadilla.

—De modo que ya estás divorciado.

—Sí, aunque no te veo muy contenta. Ya podemos casarnos.

—No sé, no sé...

—¿Acaso no me quieres?

—Heini, no es eso...

El barón reparó entonces en que Tita era muy romántica y supo que debía hacer las cosas como a ella le gustaban. Se puso de rodillas...

—My darling, ¿te quieres casar conmigo? —Le besó la mano mientras la miraba a los ojos.

—Así, sí. Me encantaría.

Los dos se besaron y se rieron mucho. Descorcharon una botella de champán y brindaron por su futuro.

—Ahora tendrás que comprobar si tienes todos los papeles en regla, mis abogados aseguran que existe algún impedimento.

—Pero si mi último marido, Santoni, se ha vuelto a casar con Nati de las Casas...

—Hay algo que se interpone entre nosotros. ¡Averígualo!

—Lo mejor será que vaya a Nueva York, donde nos casó el juez Di Falco.

Dos días después, Tita viajaba a Estados Unidos decidida a averiguar qué pasaba con sus papeles. En el juzgado donde se había casado con Santoni le comunicaron que el juez había fallecido. Intentó localizar a su hijo, que era quien se había quedado con los archivos de su padre. Cuando por fin se reunió con él, Tita le pidió que comprobara los papeles de su boda.

—Me dicen mis abogados que existe algún documento que impide que me case de nuevo. Sin embargo, mi expareja se ha casado sin problemas.

—Por favor, venga mañana. Déjeme consultar los legajos de mi padre y le informo...

Al día siguiente, Tita regresaba preocupada por lo que pudiera descubrir. Al final, el hijo del juez Di Falco la sacó de dudas. Espartaco Santoni no estaba separado de su anterior mujer cuando acudió al juzgado de Nueva York para casarse con ella. En una nota manuscrita del propio juez se podía leer: «El matrimonio nunca ha sido válido. La condición de bígamo del señor Santoni hace que el matrimonio sea nulo. No ha existido». Aquellas palabras aliviaron a Tita. Le pidió un papel que lo certificara y regresó muy satisfecha a Lugano. Sin embargo, los abogados de Heini insistían en que no estaba resuelto y en que ahora el problema se encontraba en Venezuela. Tita no pudo más. Se armó de valor y, pasados unos días, llamó a Nati de las Casas.

—¿Nati? Soy Tita. Nos conocimos hace tiempo, ¿lo recuerdas?

—Imposible olvidarlo. Pero ya me da igual lo que pase con Santoni, nos hemos separado.

—¿Qué? No sabía nada. Lo siento de verdad. Te llamo porque quiero casarme de nuevo, pero los abogados insisten en que hay algo en Venezuela que me lo impide.

—Mira, yo que tú contrataría a un buen abogado venezolano para que te lo resuelva. Deberías investigar en el juzgado donde nos casaron.

—Gracias por ser tan amable conmigo, Nati.

Tita contrató al mejor abogado de Venezuela y, después de muchas gestiones, éste constató la existencia de un documento que recogía la declaración que Santoni había hecho en el juzgado antes de su boda. En él informaba que había estado casado anteriormente con Carmen Cervera. Pasaron unos meses hasta que todo quedó aclarado. El abogado venezolano logró demostrar que el matrimonio de Espartaco con Tita había sido nulo y, por lo tanto, no había existido. El último obstáculo para que Tita volviera a casarse por fin había desaparecido.

Cuando los abogados de Heini le confirmaron que los dos eran libres para casarse de nuevo, al barón se le iluminó la cara. No había nada que le hiciera más ilusión que formalizar su situación con ella.

—Por fin seremos marido y mujer. Merecemos ser una familia.

Comunicaron a los más allegados que solo quedaba fijar una fecha. Entretanto, Lorne se dejó ver por Lugano para decirle a su padre que se había convertido al islam y que deseaba vivir en el Líbano. Hubo un enfrentamiento entre el barón y su hijo y como consecuencia, Heini cayó y se lastimó la cabeza.

—Pero ¿qué has hecho? ¡Has podido matar a tu padre! —le reprochó Tita enfadada.

El barón, que tenía algo de diabetes, no dejaba de sangrar. Llamaron a su médico y éste pudo contener la hemorragia. Decidieron ocultar cómo se había producido la caída. Heini zanjó así el asunto para evitar que trascendiera. No obstante, antes de irse, Lorne protagonizó otra escena desagradable. Preguntó por el arma con la que había hecho el servicio militar. Lógicamente, nadie quiso facilitársela y aquello generó mucha tensión.

Francesca, por su parte, tras dejar al novio guitarrista, de pronto quería acompañarlos en sus viajes. Le gustaba sobre todo ir a Jamaica y mezclarse con los indígenas, con los que llegó a congeniar. También disfrutaba de los viajes a Rusia. Sin embargo, Heini no quería viajar con ella. Su inmadurez y su rebeldía le exponían a situaciones de mucha tensión que no estaba dispuesto a tolerar.

Tita se decía a sí misma que la felicidad que sentía junto a Heini no se iba a ver empañada constantemente por episodios como esos. El destino los había unido y debían ser positivos y mirar el lado bueno de las cosas. Solo necesitaban buscar una fecha y un lugar para casarse. Al final, se decidieron por el 16 de agosto de 1985.

—Una fecha fantástica. —Tita se acercó a besar a Heini.

—Nos ha costado llegar, pero aquí estamos. ¡Siempre juntos!

—Esa ha sido la clave para superarlo todo. Nuestros ángeles nos han protegido desde el cielo. Lo tengo muy claro.

—¿Qué tal si eta noche nos damos nuestro propio homenaje?

—¡Buena idea!

Esa noche cenaron sus platos favoritos y en los postres comenzó a sonar la música. Heini estaba eufórico, se iba a casar con la mujer que siempre había buscado. Se lo repetía constantemente.

—No he hecho otra cosa más que buscarte toda mi vida. ¿Por qué no nos conocimos antes?

—¿Sabes? Estuve a punto de conocerte en otra ocasión. De hecho, te vi de lejos, pero, si nos hubieran presentado, lo mismo no habría ocurrido nada. ¿No crees en el destino?

—Totalmente. La vida nos reservó el mejor capítulo para el final.

Heini la sacó a bailar. Cuando sonó en el tocadiscos la voz de Frank Sinatra y allí estaban ellos mejilla con mejilla, siguiendo el ritmo.

Fly me to the moon...
Let me play among the stars.
Let me see what spring is like
on Jupiter and Mars.
In other words,
hold my hand.
In other words,
baby, kiss me.

Tita le miraba a los ojos mientras tarareaba la canción y Heini la besó. Bailaron hasta bien entrada la noche...

Y el día tan esperado llegó. Por fin se iban a casar. El sol lucía con intensidad esa mañana en Moreton-in-Marsh, en el condado de Gloucestershire, Inglaterra. La ceremonia tuvo lugar en el juzgado de esa localidad próxima a Gales. Tita entró del brazo del padrino, Luis Gómez-Acebo. Iba vestida con un traje de chaqueta blanco y falda por encima de la rodilla. Un escote pronunciado dejaba ver su piel morena. Llevaba el pelo recogido en un moño bajo con dos grandes lazos blancos como único adorno. El novio iba vestido de chaqué y la esperaba junto a su madrina y amiga, Ann Getty. Entre los asistentes no podían faltar Carmen, la madre de Tita, Guillermo y Borja, que acababa de cumplir cinco años. Se encontraban también sus íntimos amigos, el matrimonio Ford, Henry y Kathy.

Finalizada la ceremonia, se trasladaron al castillo de Daylesford. El barón quiso cumplir con la tradición y cruzó el umbral del portalón con Tita en brazos. En cuanto aparecieron los novios por la carpa instalada para la ocasión, un cuarteto de cámara interpretó la marcha nupcial. El almuerzo estuvo repleto de momentos emotivos. Sobre todo, cuando llegó la tarta de tres pisos. Los dos la cortaron juntos y se dieron el uno al otro un pedacito.

Ambos estaban felices. Habían conseguido unir sus vidas bajo la promesa de quererse y amarse en la salud y en la enfermedad todos los días de su vida. Estaban dispuestos a cumplirlo.

Para el barón esta boda suponía encontrar la felicidad tantas veces buscada. Siempre hablaba de sus cuatro errores y de sus cuatro desastres anteriores. Ahora todo parecía distinto. Esta quinta boda intuía que sería su gran acierto. Fue un día que grabaron ambos en su memoria para siempre. También un día que recordar para todos los familiares e íntimos que asistieron a la ceremonia.

43

Trescientos invitados

El castillo de Daylesford abría de nuevo sus puertas un mes después de la celebración de la boda. Ahora se daban cita más de trescientos invitados entre amigos y conocidos que, por casarse en mitad de agosto, no habían podido acudir. Entre ellos se encontraban el conde Spencer con su esposa, los duques de Badajoz, los príncipes Thurn und Taxis y los duques de Marlborough, así como su círculo habitual de personalidades del mundo de las finanzas y del arte. En el momento en que entraron los recién casados, un grupo de violinistas húngaros interpretaron música popular aunque, en honor a Tita, empezaron tocando *Granada* del compositor español Agustín Lara.

Aquel idílico lugar poseía un halo entre misterioso y mágico. Parecía sacado de una novela histórica. El barón había adquirido la propiedad en 1977 por sugerencia de la duquesa de Marlborough. Había pertenecido al abuelo de la aristócrata desde 1903. El barón no dudó en hacerse con la propiedad, pero tardó varios años en reformarla.

Fue entonces cuando encomendó la tarea a Renzo Mongiardino, que hizo un gran trabajo. Aquel lugar frío, construido por el quinto conde de Burg en el siglo XIII, se convirtió en un espacio muy acogedor. El mejor marco para las dos celebraciones de la boda.

A Tita y a Heini se les vio felices y las expresiones de amor entre ellos fueron constantes. En un momento determinado, el barón quiso hacer un brindis por su esposa.

—Quiero dedicar mi primer brindis a mi mujer. Estando cerca de ella me siento bien en cualquier lugar del mundo. Gracias, *my darling*, por llenar mi vida de color y de alegría.

Tita sonreía sonrojada y levantaba la copa. La música de los violinistas húngaros sonaba de fondo. Heini comentó con sus invitados: «A diferencia de mis otras mujeres, Tita siempre está cerca de mí, no porque se lo pida yo, sino porque sale de ella». A los más allegados les hizo otra confidencia: «No había tenido suerte en el amor hasta que llegó ella. Estamos hechos de la misma esencia». Con algunos fue más allá todavía: «Antes de conocerla viajaba de un lugar a otro sin apego a ningún sitio. Me movía según lo que pidieran mis negocios; ahora lo hago con ella y siento apego por mis casas. Se han convertido en hogares».

A su vez, Tita hizo notar a sus familiares que el número cinco había marcado su vida: «Soy la quinta mujer del barón y nos hemos casado en 1985. También fui la quinta mujer de Lex Barker y la quinta de Espartaco, aunque nuestro matrimonio nunca fue válido, como supe después. Continuando con el número que me persigue, si sumamos los dos dígitos de mi fecha de nacimiento, el 23 de abril, resulta cinco». Comentaba también con sus amigos la suerte que había tenido al conocer a su marido: «Es un hombre encantador, transparente. Estar con él es maravilloso. Me parece imposible aburrirse a su lado. Soy muy feliz y creo que Heini ha recuperado conmigo la alegría de vivir».

La fiesta se prolongó hasta bien entrada la noche. Los novios no se lo podían creer, ¡estaban casados! Ya era una realidad después de haber tenido que superar miles de obstáculos. Los hijos tampoco se lo habían puesto fácil, pero allí estaban, en la celebración de su boda. Excepto Borja y Alexander, los mayores habrían deseado que su padre no se hubiera vuelto a casar a pesar de los esfuerzos de Tita por granjearse su confianza.

Los días previos a la boda, una llamada enturbió los preparativos. Se trataba de una agencia que quería negociar con el barón la venta de un reportaje fotográfico de Tita en topless. El que estaba detrás no era otro que Espartaco Santoni, En su día la había convencido con la excusa de hacerle «unas fotos artísticas solo para sus ojos». Si quería evitar que se publicaran en una revista alemana, el barón Thyssen debía pagar una cuantiosa suma. Para sorpresa de todos, Heini no cedió al chantaje y los animó a publicar las fotos. «Que todo el mundo vea la mujer tan espectacular con la que me voy a casar». También en España la revista *Interviú* pretendía volver a publicar unas polémicas fotos de Tita, desnuda y embarazada, coincidiendo con su enlace. Al final no lo hicieron. Ya los habían demandado cuatro años antes por sacar esas instantáneas y habían perdido el juicio. Eran las fotos que le había sacado su amiga y actriz Paula Pattier en Más Mañanas. Ignoró el acuerdo de confidencialidad y de amistad y las vendió por tres millones de pesetas a la revista. Tita se sintió doblemente traicionada. Primero por el que fuera su marido y después por la que consideraba una amiga, que había pertenecido en el pasado a su círculo de personas de confianza.

Pero todos esos sinsabores cayeron en el olvido cuando llegó el día de la boda. Acudieron todos los invitados, empresarios y aristócratas que arroparon a los Thyssen en un día tan importante para ellos. Todos sus amigos y conocidos estaban allí. Entre ellos, el conde de Barcelona y su hija, la infanta Pilar, con su marido. Tita llevaba puesto un traje de noche de raso de color rosa en la parte superior y falda blanca, que dejaba un hombro al aire. Llamaba la atención un enorme lazo en el hombro cubierto, que lo hacía único. Pero en lo que todos se fijaban no era en el traje, sino en los brillantes que lucía. Sobre todo, el llamado Estrella de la Paz, que descansaba sobre su pecho. Era tan espectacular que no hubo nadie que no le hiciera algún comentario.

—Estás radiante. Solo piensa en disfrutar de la noche. Tendrás que acostumbrarte a que, por el hecho de ser una Thyssen —le dijo el barón en un tono confidencial—, querrán amargarte la existencia. Lo que no debes permitir es que lo consigan. Si no fueras mi mujer, esas fotos no tendrían valor, pero ver a la baronesa Thyssen desnuda tiene su morbo.

—No me digas eso, que estoy muy disgustada. Lo que ha pasado solo confirma que hice bien en borrar a esas personas de mi vida.

—Créeme cuando te digo que lo que hoy es noticia mañana se habrá olvidado. En mi familia lo sabemos muy bien. Cuando murió mi abuelo nos enteramos, por la herencia que dejó a una señora llamada Maria Fromen, de que tenía una amante. Como la cantidad era muy importante, quedó al descubierto su relación sentimental. Entre todos sus hijos consiguieron que la noticia no trascendiera; habría sido un escándalo en aquella época. Mi abuelo August fue todo un personaje. Pero hoy los escándalos no llegan a tanto como antiguamente y enseguida aparece otro que lo borra. ¡Tranquila! Por cierto, no sé si te he dicho que estás guapísima en las fotos y al natural...

—Heini...

La boda fue el objeto de conversación en la familia durante muchos días. Unos hacían hincapié en lo divertida y entrañable que había sido. También a los Thyssen les pareció muy romántica. Tita y el barón bailaron sin parar. Fue su noche más especial y estaban felices de haber conseguido ganar diferentes batallas en aquellos cuatro años de convivencia hasta que por fin pudieron darse el «sí, quiero». Cuando se quedaban a solas se repetían una y otra vez: «¡Qué suerte habernos encontrado!».

—*My darling*, tu fe en la vida es contagiosa. Tu fuerza es inagotable. Me haces muy feliz.

—Eso mismo podría decir yo. Eres un luchador y un hombre muy valiente. Eso me da fuerza cada día. Gracias, amor.

Al final del verano mandaron el Hanse al Caribe para poder descansar en Jamaica. Ellos llegaron allí en su avión particular días después. El sol, las aguas cristalinas y la casa en Alligator Head lograrían que encontraran la paz que no habían conseguido ese año. Se les veía felices. Cada poco tiempo miraban los anillos y brindaban por su matrimonio. Por las noches, la selva cercana se iluminaba y dejaba a la vista un profundo acantilado que provocaba una sensación de irrealidad, casi de cuento. Acababan de rehabilitar la casa principal. Había sido el regalo de boda de Guillermo, el hermano de Tita. Durante seis meses había estado viajando a la isla para supervisar las obras. Durante años, el barón se había instalado en un edificio que había mandado construir cuando compró la propiedad y que ahora habían reconvertido en la casa de invitados. Gracias a Tita, la *main house* se convirtió en la casa más bonita de la zona. El barón se podía pasar las horas muertas en el porche leyendo o haciendo sus solitarios. En el interior todo era blanco, como Tita quería. Los muebles estaban hechos de mimbre y las bañeras y las duchas, de barro cocido.

—Has conseguido crear una casa acogedora y fresca no solo para nosotros, sino para todos los trabajadores.

—Aquí todas las horas del día y de la noche son especiales.

—Éste es el único lugar donde nos olvidamos de que existe otro mundo...

44

Nada va a ser de color de rosa

Aquella primera noche en Jamaica, la isla del Caribe con más playas y bosques, Tita le confesó a Heini que la víspera de salir de Más Mañanas con destino a Daylesford para casarse no había conseguido conciliar el sueño. Le había resultado imposible.

—¿Y eso por qué? —preguntó el barón extrañado.

—Pensaba en cómo iba a cambiar mi vida... y en que no todo sería fácil. A la vez, sentía que para todos nuestros invitados yo era la protagonista de un cuento de hadas hecho realidad.

—¿Lo dices porque en nuestra historia yo soy para ti como un príncipe? —añadió el barón entre risas mientras le desabrochaba el pareo de colores que llevaba.

—No, lo digo porque me he casado profundamente enamorada de ti, pero también soy consciente de que no va a ser de color de rosa. Te acompañaré en todo, en lo bueno y en lo malo, y procuraré estar a la altura.

Heini la tomó de la mano y la condujo hasta la enorme

cama balinesa de la habitación principal. Allí el aroma embriagador de las damas de noche se colaba por la ventana. Envueltos en la calidez de la luna y en el perfume de las flores que tanto le gustaban a Tita, disfrutaron de aquella primera velada jamaicana como marido y mujer...

Durante su estancia lograron desconectar de los problemas. El tiempo transcurría lentamente entre largas salidas al mar, partidas de backgammon, lectura y... pinceles. Tita, inspirada por el colorido de la isla, sintió ganas de pintar, aunque no quería que el barón la viera.

—En algún momento tendrás que enseñarme lo que estás haciendo.

—De eso ni hablar. Estás acostumbrado a ver obras maestras; no te voy a enseñar lo que estoy pintando. Coger los pinceles me relaja, como le ocurría a mi padre. De pequeña me gustaba el olor del óleo y me colaba en su estudio. Él pintaba muy bien. Quedaba con su amigo, el pintor Eliseo Meifrén, y trabajaban juntos. Ahora lo hago yo, un poco por imitación y por el gusto de hacerlo.

Heini le contó que la isla tenía una larga tradición de corsarios, bucaneros y piratas. Era la que más historia encerraba de los trece países que formaban la América insular. Los jamaicanos vivían del turismo, de la producción de azúcar y de la extracción de bauxita, una roca sedimentaria con un contenido alto en aluminio. También de las plantaciones de café, de tabaco y de banana. Los Thyssen eran muy apreciados por ser de los primeros extranjeros en haberse instalado allí. Heini había llegado en la década de los cincuenta.

—Esta casa la compré para Nina. Me enamoré rápidamente de la isla y, cuando nos divorciamos, me la quedé y le compré otra ubicada enfrente.

Alligator Head era una pequeña península situada en la parte oriental de la isla. Allí uno tenía la sensación de que el tiempo se detenía y todo se llenaba de color y de luz. Era inevitable disfrutar del contacto con la naturaleza, ya que lo ocupaba todo.

—Esta casa es única. Solos nosotros dos y el entorno. No se me ocurre ningún lugar tan parecido al paraíso como éste.

No pudieron alargar mucho más la luna de miel, de modo que regresaron a Lugano, a Villa Favorita. Al poco de estar allí, tuvieron que volver a viajar por negocios. Primero fueron a Düsseldorf. Heini tenía mucho interés en visitar las minas de carbón que habían sido de su propiedad muchos años atrás. Los trabajadores le recibieron con verdadero afecto y cariño. Les regalaron dos camisolas de minero y dos pañuelos blancos que no tardaron en ponerse. Para dar más realismo a las fotos que les estaban haciendo, se tiznaron la cara y brindaron con cerveza por todos. Los mineros de más edad habían empezado a trabajar cuando el barón era propietario de aquella mina.

De Alemania se trasladaron a California invitados por el museo Ford y, de paso, sus amigos Henry y Katty organizaron un baile de disfraces en su honor, donde Tita se vistió de Pocahontas. Fue una fiesta muy loca y divertida en la que se dieron cita los representantes de las grandes fortunas de Estados Unidos. Entre los asistentes había un viejo amigo de Hollywood que le contó que Cheryl Crane, hija de Lana Turner, estaba preparando un libro con el periodista Cliff Jahr en el que explicaba el motivo que le llevó a matar con arma blanca a John Stompanato, y se estaba planteando si sacar a relucir el abuso sexual que había sufrido de Lex Barker cuando estuvo casado con su madre. Tita no podía creer lo que estaba escuchando y pensó que, de publicarse, nadie creería a la hija de Lana Turner.

Decidió no contarle nada a Heini.

Por lo demás, aprovecharon el viaje para acudir a una cena organizada por Betsy Bloomingdale a la que asistieron el presidente Reagan y su mujer, Nancy. Tita los conocía de la época en la que había estado casada con Lex Barker. A los dos matrimonios los unía el amor por el cine y por el arte. Tita disfrutó mucho escuchando a Ronald plantear que era hora de «restaurar el precepto de que cada individuo sea responsable de sus acciones y no la sociedad en su conjunto». O esa otra idea de que «la paz no es la ausencia de conflicto, sino la habilidad de gestionar el conflicto por medios pacíficos». Fueron unas horas deliciosas durante las que también trataron temas relacionados con el arte o el sentido de la responsabilidad. El presidente Reagan les habló del «coraje de hacer lo que sabemos que es moralmente correcto». El coraje era algo que tanto Ronald como Heini valoraban mucho. Después de aquella velada, acordaron con los Thyssen que, cuando estos regresaran a Estados Unidos, irían a visitarlos a la Casa Blanca.

A los pocos días de volver a Villa Favorita y con motivo de la fiesta organizada en su honor, la familia Forbes apareció con un globo aerostático en forma de huevo Fabergé. Heini quiso subirse en él y Tita pidió al profesional que lo pilotaba que la cesta no se alejara más que unos metros del suelo. Al final, ella también se subió; eso sí, firmemente agarrada a la estructura metálica que salía de la cesta. Compartió junto a la begum Yvette y Marcus Forbes la experiencia de elevarse tan solo unos metros. No pararon de reírse y de hacer bromas.

Aún se dejaban sentir los ecos de la fiesta cuando se produjo todo un acontecimiento artístico: unas pinturas destacadas de Goya llegaban a Lugano. Los Thyssen, en permanente diálogo con el Gobierno de España, consiguieron que estas piezas salieran del país rumbo a Suiza. Fue un éxito para los barones, ya que confirmó su poder en el mundo del arte. El famoso cuadro de *La condesa de Chinchón*, junto con otras cuarenta y tres obras del pintor de Fuendetodos, incluida la que le hizo a su nieto Marianito, se expusieron en la galería de arte de Villa Favorita. Todas ellas formaban parte de la muestra «Goya en las colecciones privadas» que se había expuesto en el Museo del Prado. Fue todo un éxito. Acudieron personalidades de todo el mundo para verla, incluida la princesa Margarita de Inglaterra, el conde de Barcelona... El día de la inauguración, Tita vestía un elegante traje amarillo al que Pierre Balmain había bautizado como Espiga de Oro. Como complemento lució el diamante Estrella de la Paz, que le colgaba del cuello. Heini explicaba a los interesados el valor de esa pieza. Se trataba de «un diamante perfecto, de 179 quilates, hecho pulir en los talleres del joyero Harry Winston». Tita, por su parte, comentaba que aquella maravilla de la naturaleza siempre la había perseguido. «Estuvo a punto de pertenecer a otras personas, pero al final, de una manera o de otra, siempre regresaba a mí». A los dos les sorprendía el impacto que producía en la gente vérselo en el cuello. «Más que cualquiera de mis cuadros. Nunca he visto una cara de asombro como la que pone la gente al verte lucir el diamante».

—¿Dónde se talló? —preguntó la princesa Margarita.

—Como casi todas las piezas de gran tamaño, en Nueva York. Le puedo asegurar que su aspecto en bruto era similar al de un ladrillo.

—¡No me diga! —respondió sorprendida mientras daba un sorbo a su copa de champán.

—Quiero decir que no tenía el aspecto que luce hoy. Era, por así decirlo, como un vidrio roto. Siempre he regalado muchas joyas a mis esposas, pero ninguna como ésta.

La exposición de Goya fue todo un éxito. Era evidente que había una buena comunicación con el Gobierno de España. Justo en esa época la implicación de Junior, el primero de sus hijos, en los negocios era mayor. Heini quería pasar más tiempo junto a su mujer y dedicar menos horas a los negocios familiares. Sentía que era el momento de Georg. Cuando éste aconsejó a su padre, igual que sus abogados, que creara otro *trust* exclusivamente de arte, le pareció bien. El objetivo estaba claro: conseguir un museo renovado para las pinturas en Villa Favorita sin tener que sacar a subasta ninguna de ellas.

La firma tuvo lugar en Zúrich. El acuerdo constaba de más de doscientas páginas que supuestamente se habían leído abogados del barón y de su hijo mayor. Heini se fio de la buena voluntad de todos. El notario tampoco lo revisó, ya que aseguró que, si hubiera tenido que hacerlo, la firma habría durado tres días. Estaban convencidos de que todo estaba en orden.

No había transcurrido ni una semana cuando apareció Georg por Villa Favorita. Su actitud parecía diferente. Se le veía seguro de sí mismo, incluso sonriente; él, que no regalaba nunca una sonrisa. Su padre le invitó a comer y, antes de llegar a los postres, Junior le soltó la noticia en presencia de Tita.

—Será necesario vender algunos cuadros para crear un fondo con el que seguir manteniendo el grueso de la colección y así financiar la ampliación de la galería en Villa Favorita.

No hizo falta que diera ninguna explicación más. Tanto el barón como su mujer comprendieron lo que había sucedido. Heini apenas volvió a abrir la boca. Hasta que Georg no abandonó Villa Favorita no hicieron comentario alguno sobre lo que le acababan de escuchar. Georg había engañado a su padre para hacerse con todos los negocios y deshacer la colección que las tres generaciones anteriores de Thyssen habían estado fraguando.

En medio de este terremoto de engaños y papeles firmados ante notario, Tita recibió una llamada que alivió los sinsabores provocados por Georg. Se trataba del príncipe Alfonso de Hohenlohe, promotor inmobiliario de la Costa del Sol y fundador del Marbella Club, que estaba organizando una fiesta en la que iban a lanzar el certamen de Lady España y querían invitar a las personas que eran embajadoras del país por el mundo. El impulsor de Marbella le comentó que el jurado había pensado en ella. Quería saber si estaba dispuesta a aceptar ese título.

—Todo lo que venga de ti y del club me parece estupendo.

—Será un honor contar con tu presencia.

Cuando Tita y Heini fueron a Marbella, Hohenlohe organizó una fiesta a la que acudieron muchos amigos y gente de la emergente jet set. La nombraron Lady España y le impusieron una corona que le recordó su primer título como miss. Tita lucía un traje de noche blanco de la firma Pierre Balmain con un escote palabra de honor y unos volantes que simulaban alas en su espalda, que acompañó con unos pendientes y una gargantilla de turquesas y diamantes. El regalo de un caballo blanco clausuró una fiesta que fue muy retratada por la prensa. El barón no paró de admirarla y de dedicarle las palabras más bonitas de la noche.

—Los mejores años de mi vida los he pasado a tu lado. Gracias, *my darling*. Cuando mi existencia era completamente gris, llegaste tú.

—Desde que nos conocimos no he dejado de admirarte ni un solo instante.

—Nos falta tiempo para recorrer el mundo juntos. Hemos viajado a Italia, Rusia, Inglaterra, Japón, Estados Unidos, Alemania, Francia... En el Hanse hemos navegado por la Costa Azul, Capri, Cerdeña, el Caribe... Solo pido tiempo.

—Nos queda mucho por compartir. La vida es muy larga.

—Para mí puede que no tanto, pero la voy a vivir intensamente a tu lado. Ojalá te hubiera conocido de más joven.

—Veinte años no son una diferencia tan grande. No exageres.

—La vida es la que se encarga de recordarme que el tiempo pasa y deja huella. Eres un regalo del cielo.

—Siempre salen de tu boca las palabras más bonitas. Posees la virtud de hacerme creer que soy la mujer más deseada y bella del mundo. Gracias, Heini. Solo pienso en cómo agradarte cada día de mi vida.

Heini la besó y disfrutaron conversando esa noche a ratos a solas y a ratos rodeados de gente. Los días posteriores, todavía en la finca Mata Mua que habían comprado en Marbella, Tita le confesó su emergente vocación por el coleccionismo. El barón la animó a que empezara su propia colección.

—Lo más importante de un coleccionista es el ojo para distinguir lo realmente bueno. Y tú lo tienes.

—He procurado fijarme en todo lo que tú tienes en cuenta para escoger una obra y no otra —le dijo Tita.

—En los próximos días veremos si realmente mi colección se pierde porque tenga que empezar a venderla o si, por el contrario, soy capaz de mantener su *cuore*. Hay cuadros que, si se vendieran, harían que se perdiera la esencia de la propia colección.

—Lanza la idea de que estás dispuesto a llevártela a cualquier país, a ver qué pasa...

No hubo que esperar mucho. A los pocos días de dejar caer la noticia de que su colección podría salir de Suiza, comenzaron a lloverle ofertas de Alemania, Francia, Inglaterra y Estados Unidos. Tita, sin embargo, soñaba con que España fuera el país en el que se colgaran los cuadros de la colección privada más importante del mundo.

Mientras tanto, el barón ponía en marcha una defensa legal titánica para recuperar el control de sus finanzas y del Art Trust. Hasta que su hijo dio el golpe de timón, el grupo tenía las oficinas centrales en Nueva York, en Ámsterdam y en Mónaco. A cargo de su gestión había cinco directores: dos americanos, un inglés, un alemán y un holandés. Georg era el director general y el barón Thyssen presidía un Consejo de Administración. Pero después de la firma en Zúrich, el dueño y señor de las empresas era Georg. Lo había conseguido con malas artes y engaños.

«¡Cuánto dolor innecesario!», reflejó Tita en su diario.

España, para Tita, era la solución. Lo tuvo claro desde el principio, pero no quiso imponérselo al barón; tenía que llegar a su misma conclusión de forma objetiva. Esa seguridad de que ningún país cuidaría de la colección como España generó no pocas situaciones incómodas con importantes personalidades y varios sinsabores que provocaron dolores de cabeza a toda la familia. Los hijos mayores de Heini tampoco lo iban a poner nada fácil. A lo que no estaba dispuesta Tita era a que la colección Thyssen fuera dispersándose y vendiéndose poco a poco. Estaba decidida a proteger el esfuerzo del abuelo, del padre y del propio barón Thyssen frente a todo y todos.

—Encontraremos una solución. ¡Tenemos que dar con ella cuanto antes!

45

Lo mejor y lo peor se dieron la mano

Había que tomar una decisión definitiva sobre el futuro de la colección Thyssen. Todos los planes para ampliar Villa Favorita se desvanecían junto al proyecto que habían elegido entre los cinco arquitectos más famosos del mundo; concretamente el de James Sterling. En un primer momento, hablaron con las autoridades suizas, pero no pudieron hacerse cargo de las legítimas de los herederos pese a que Tita había renunciado a su parte como esposa, que era el mayor porcentaje de la herencia.

Fue entonces cuando decidieron sacar la colección fuera de Lugano. No tenían otro camino para que no se perdiera el *cuore*. A partir de ese momento, muchos países, a través de sus embajadores, comenzaron a ponerse en contacto con ellos.

Con Inglaterra fueron muchas las conversaciones. El país tenía interés en que la llevaran allí. Se implicaron incluso los miembros de la familia real británica: el príncipe Carlos y la princesa Margarita, hermana de la reina Isabel II.

En una ocasión, el príncipe de Gales llegó a Lugano pilotando su propio avión. Confesó, en la comida que le ofrecieron, que al aterrizar casi se sale de la pista y acaba en la piscina que se encontraba al final de la misma. Lo contó riéndose de la maniobra que acababa de realizar. En los postres, además de hacer gala de su sentido del humor, insistió en que «Inglaterra vería con muy buenos ojos que la colección viajara hasta el Reino Unido definitivamente». Tita no le ocultó que ya estaban en conversaciones muy avanzadas con el rey Juan Carlos I.

Poco tiempo después, la primera ministra británica, Margaret Thatcher les invitó a cenar en su residencia oficial. Fue una cena muy agradable. Llegaron a olvidarse de que se encontraban en el interior del número 10 de Downing Street. Posteriormente, pasaron a una sala enorme donde contó que «había tomado la decisión de iniciar la guerra de Las Malvinas». La baronesa no pudo evitar contestarle inmediatamente: «Después de una cena tan agradable, hablar de guerras, en las que tantas desgracias y muertes se producen, me parece muy triste». Ese comentario y su firme decisión de que España fuera el país en el que descansara finalmente la colección Thyssen la enfadó. Fue cuando le pidió que la acompañara a los lavabos de su residencia, se subió las faldas y se bajó las medias enseñándole sus posaderas. Fue realmente embarazoso. Era evidente que no le perdonaba ni el comentario sobre la guerra ni su determinación sobre el destino de la colección, que no era otro que España. Ella sabía que llevaban un tiempo de conversaciones con el gobierno español sin tener nada concreto.

Desde California, la Fundación Getty, se interesó también por la colección. Fueron a visitarles a Lugano y en un viaje que hicieron a California, con motivo de una exposición temporal de obras del Museo de Villa Favorita, les devolvieron la visita a Los Ángeles. Les llevaron a visitar el terreno donde tenían pensado construir el Museo Getty, un lugar muy bonito en las colinas de Bel-Air. Allí les ofrecieron que los apellidos de ambas familias se unieran. Se llamaría el Museo Getty-Thyssen o al revés, Thyssen-Getty. Salieron muy satisfechos, pero en el avión de regreso a Lugano, Tita le comentó a Heini que a la larga sería el Museo Getty y perdería lo que iban buscando: que perdurara en el tiempo la colección exclusivamente de él.

En ningún momento se propuso presionar a Heini. Tenía que llegar a esa misma conclusión absolutamente convencido de lo que era mejor para el futuro de sus cuadros. Dio la casualidad de que en ese año 1986 les visitaron el director general de Bellas Artes Miguel Satrústegui y el conocido abogado Rodrigo Uría. Fueron a su casa en Londres con la misión de convencer a Heini para que recuperara para España el cuadro de la marquesa de Santa Cruz de Goya, de propiedad privada, que había sido sacado ilegalmente del país y que se iba a subastar en la capital británica. El ministro de Cultura, Javier Solana, le había pedido al barón que les recibiera.

Les invitaron a pasar el fin de semana en el castillo de Daylesford, donde se habían casado un año antes. Les acompañaba su amigo Luis Gómez-Acebo, duque de Badajoz. Esa primera noche se sirvió en la mesa salmón marinado con dos salsas diferentes, una muy fuerte y la otra normal. Estaban hablando en la mesa del cuadro de Goya en el que tanto interés tenía el Gobierno de España. Se trataba de un bellísimo retrato de Joaquina Téllez-Quirón, que recibió su título de marquesa tras su boda con José Gabriel de Silva-Bazán, marqués de Santa Cruz y primer director del Museo del Prado. Era una de las mujeres más cultas e ilustradas de la época. Justo en ese momento en el que estaban hablando de ella, se le ocurrió a Tita hacerles una pregunta a sus invitados.

—¿Por qué mi marido va a financiar el cuadro y dárselo al Gobierno cuando en realidad España podría conseguir la colección completa de Heini?

En ese momento, Rodrigo Uría se había llevado a la boca un bocado de salmón marinado con salsa picante y comenzó a toser hasta el punto de ponerse rojo y no poder hablar. Nunca supieron si fue por el efecto del picante o por lo que Tita acababa de decirle sobre la colección Thyssen. La baronesa insistió.

—¿Por qué no la colección Thyssen entera a España?

No solo se quedaron sorprendidos los invitados; Heini y Luis también asistieron con asombro a lo que acababa de plantear. Era la primera vez que lo oían de su boca. Satrústegui y Uría se fueron con la idea en la cabeza y con el propósito de darles una contestación.

El destino, siempre a favor, quiso que cuando Tita regresó a España en 1987 a la entrega de los premios Naranja y Limón coincidiera con el ministro Javier Solana. Ella iba a recibir el premio Naranja y el ministro, el Limón. A la baronesa le acompañó a la fiesta Luis Gómez-Acebo ya que Heini no había podido dejar sus múltiples compromisos. El ministro, que estaba informado de su intención de traer la colección a España, habló con ella del tema en esa entrega de premios y ahí empezó todo.

El duque de Badajoz envió una petición al Gobierno de España con una propuesta formal. Fue entonces cuando Felipe González le dio carta blanca a Solana para iniciar las negociaciones. Todo fue cogiendo velocidad hasta el punto de que el presidente del Gobierno les invitó al Palacio de la Moncloa y acudieron allí a almorzar. Había buena voluntad y ganas por ambas partes de llegar a un acuerdo. Para España suponía todo un acontecimiento y todo un éxito que la colección Thyssen se trasladara de Lugano a Madrid.

Representando al Gobierno, se eligió como abogado a Rodrigo Uría. Los Thyssen aplaudieron la decisión. Pensaban que si la negociación la llevaba él, llegarían a buen puerto. Sin embargo, no se les escapaba que las negociaciones serían largas y repletas de dificultades. Sobre todo, por parte de los abogados de los herederos de Heini. Había que negociar uno a uno por separado. Y, además, existía el hándicap de que su hijo Alexander todavía era menor de edad. Por ese motivo y aunque no le hizo ninguna gracia a Tita, Heini y Uría tuvieron que salir a cenar con Denise Shorto para convencerla de que firmara en nombre de su hijo Alexander. Finalmente no lo consiguieron y hubo que llegar a un compromiso de que cuando Alexander alcanzara la mayoría de edad, firmaría.

Algo que les llenó de alegría fue que el Gobierno decidiera que el lugar idóneo para alojar la colección fuera el Palacio de Villahermosa. También se pensó en la necesidad de firmar un documento que reflejara, al menos inicialmente, las condiciones de la operación. Lo redactó Miguel Satrústegui, ya subsecretario de Cultura, junto a Rodrigo Uría y Jaime Rotondo, como letrado de los Thyssen. Finalmente, se estableció de común acuerdo una fecha para la firma de la carta de intenciones: el mes de mayo de 1988.

Siete meses después, ya se firmaba el contrato de préstamos de la colección entre Favorita Trustees, dueña de la colección, y el Gobierno de España.

Esa misma noche se celebró una cena en la casa de los duques de Badajoz a la que asistieron los reyes de España, Juan Carlos I y Sofía, Felipe González, Javier Solana, Satrústegui, Uría y Rotondo, entre otros.

También se creó una fundación cultural de carácter privado y sin ánimo de lucro bajo el nombre: Fundación Colección Thyssen-Bornemisza. El Reino de España y Heini figuraban como fundadores. Su finalidad era gestionar el futuro museo. El barón sería el presidente vitalicio y Tita la vicepresidenta también vitalicia.

Cuando Javier Solana fue sustituido en el cargo por Jorge Semprún, comenzaron las negociaciones para la venta de la colección a España. La baronesa no estuvo tranquila hasta saber que de allí no se moverían los cuadros. Finalmente se consiguió firmar su venta. Por fin pudo respirar aliviada. ¡Qué alegría sintió de golpe! La colección se quedaría para siempre en España. El museo con el apellido Thyssen-Bornemisza formaría parte de lo que los ministros que iniciaron las negociaciones llamaron: «el Triángulo del Arte», un triángulo formado por el Museo del Prado, el Museo Reina Sofía y el Museo Thyssen.

La inauguración del museo estuvo empañada por una muerte repentina: la de Carmen Fernández de la Guerra, la madre de Tita. Ninguno en la familia se lo podía creer.

«Siento una pena inmensa de que mi maravillosa madre no vea nuestras ilusiones y sueños hechos realidad. La vida es así, te da pero a la vez te quita». Fue un golpe muy duro para todos. Especialmente para Tita y para su hijo Borja. Esos días previos a la inauguración dormían juntos, abrazados. La echaban tanto de menos que se les hacía muy duro pensar que ya no estaría junto a ellos.

Jorge Semprún, con el que habían congeniado mucho, fue sustituido por el jurista de renombre y uno de los padres de la Constitución, Jordi Solé Tura. Llegó con la idea de culminar el trabajo iniciado por sus antecesores Solana y Semprún. Puso una fecha en el horizonte: 1992. Era una fecha clave para España con la celebración del quinto centenario del descubrimiento de América, con el nombramiento de Madrid como capital cultural europea y con la celebración de los Juegos Olímpicos de Barcelona. El ministro tuvo que acelerar los trabajos de restauración del Palacio de Villahermosa que se habían encomendado al arquitecto Rafael Moneo. La obra finalizó en mayo de 1992. Después de muchos desencuentros, consiguió Tita convencer a Moneo de que el color siena era el más indicado para las paredes. Un color hecho de tierra y agua, mejor opción que las telas de seda que quería el arquitecto para las paredes. También discreparon en la elección del suelo. Moneo proponía madera y Tita, sin embargo, quería mármol. Había viajado a muchos museos y los suelos de madera no eran prácticos y acababan haciendo mucho ruido. Por no hablar de la tala de árboles que implicaría esa decisión. Visitando el Hermitage en San Petersburgo, acabó convenciéndose de que el mejor suelo era el mármol, también el más económico. No había que andar renovándolo cada tres años.

Llegó el gran día: el 8 de octubre de 1992. Todos eran conscientes de lo mucho que había costado llegar hasta allí. A la inauguración acudieron los reyes de España, el presidente del Gobierno y gran parte de los ministros de Felipe González, así como las altas personalidades del país. Faltaron miembros de la oposición, que le hubiera gustado a la baronesa que les hubieran acompañado, pero el protocolo lo llevaba el ministerio. Al día siguiente, la celebración la organizó ella en el Palace. Ahí lograron que fueran quinientas personas a una cena bajo la bonita cúpula del hotel. Consiguió que quitaran los sillones centrales para que cupieran las mesas necesarias para acoger a los invitados. Le pareció a Tita que sería un bonito detalle que, a un acto con tanta relevancia, asistieran las exmujeres de Heini junto a sus hijos. Era todo un acontecimiento para la familia y ellas habían formado parte de la misma: Teresa, Fiona y Denise. Nina tristemente había fallecido sin descendencia. Sin embargo, nuevamente Georg impuso su criterio. «Solo debe estar mi madre». Aunque se quedó sorprendida con la respuesta, le dijo un simple: «¡vale!». Quiso evitar más roces y discusiones.

Era un gran día y deseaba que todo fuera perfecto. Heini se lo merecía. Agradecieron al rey Juan Carlos no solo su asistencia a la inauguración, sino haber sido el motor y el impulsor, junto con la Reina Sofía, de que el museo fuera una realidad. Gracias a la suma de muchas voluntades se produjo el mayor movimiento de obras de arte de la historia. Ochenta años de coleccionismo de la familia Thyssen pasaban de Suiza a España, de Lugano a Madrid. Atrás quedaban seis años de conversaciones que se habían iniciado en el castillo de Daylesford a raíz de la pregunta de Tita: ¿Por qué solo una obra pudiendo tener toda la colección Thyssen? En esos días, se acordaron mucho de su amigo Luis Gómez-Acebo, que se fue sin ver el sueño de los Thyssen cumplido.

Una vez pasada la fecha de inauguración, retomaron sus viajes por todo el mundo. El lema de Heini era: «If you seat, you rust». Es decir, «Si te sientas, te oxidas». Esta filosofía de estar siempre en movimiento la había heredado de su abuelo August. También el lema de su escudo familiar, «La vertu surpasse la richesse», formaba parte de su personalidad. Traducido significa «la virtud sobrepasa la riqueza». Heini llevaba ese lema grabado a fuego, pero no supo transmitírselo a su primogénito.

El barón se cuidaba haciendo ejercicio y procuarndo no perder la forma física. Más si cabe desde que en 1986 tuvo el primer susto mientras estaban en Washington a punto de inaugurar la exposición de Goya organizada por la National Gallery, a la que habían prestado algunos de sus cuadros. Tita estaba arreglándose en el lavabo cuando Heini la llamó desde la habitación con una voz muy tenue: «*My darling!*». Imaginó que le pasaba algo y se lo encontró en el suelo. Intentó tranquilizarle, aunque parecía no estar nervioso, y llamó a una ambulancia. Le diagnosticaron un aneurisma. Estuvo una semana hospitalizado antes de regresar a España. Con el sentido del deber tan característico en él, le pidió que no dejara de asistir a la inauguración. Había venido la reina Sofía desde España para el evento. Ahí comenzaron sus problemas de salud. Después vinieron las dos intervenciones de carótidas en París, con el doctor Kieffer, de las que se repuso en un tiempo récord. Decía que se había recuperado tan rápido porque había tenido a la mejor de las enfermeras. Se refería a su mujer. Sus palabras le halagaron mucho.

Lo cierto es que retomaron su antigua vida de viajes y visitas a museos. Tita también asistía a subastas para comprar sus propios cuadros. Heini le decía que lo más importante era tener ojo e insistía en que ella lo tenía. Seguía su instinto como tantas veces le decía que debía hacer.

Volvieron a su vida de siempre en Madrid, Lugano, Sant Feliu, Jamaica, Londres... porque no tenían espíritu de ermitaños. La baronesa se arreglaba y se vestía para él. Nadie le había hecho sentir una persona tan importante y tan imprescindible como Heini. Sus veladas volvieron a ser tan románticas como lo habían sido desde el primer día. Charlaban hasta las tantas, bailaban y se divertían juntos.

En una de las revisiones médicas rutinarias, en 1994, justo un año después de la compra de la colección por parte del Gobierno de España, le dijeron que tenía que volver a pasar por el quirófano. Las aguas familiares por aquel entonces se habían enturbiado de nuevo. Georg seguía sin pagar a su padre todo lo que le debía. Eran ya muchos millones de dólares acumulados. Por otro lado, Heini deseaba dejar las cosas claras a sus herederos. A punto de la tercera intervención en París a manos del reputado cirujano vascular, el doctor Kieffer, discutió fuertemente con sus hijos. Se habían trasladado hasta allí la noche anterior para hablar de la herencia. Estaba nervioso y Tita quiso posponer la operación, pero Heini dijo que no. Cuando la intervención comenzó a prolongarse, presintió que algo no iba bien y tuvo razón: durante la cirugía sufrió una pequeña trombosis y cayó en coma.

Así estuvo doce días hasta que, milagrosamente, despertó. La medalla de la Virgen de la Medalla Milagrosa que le puso en el respirador que le mantenía con vida hizo el prodigio de despertarlo. Al menos, eso creía Tita.

Fue cuando tuvo que organizar lo que para algunos fue un secuestro y para ella, un rescate. Le querían llevar a un manicomio y la baronesa tuvo claro que de ir allí se moriría de pena. Pudo organizar su salida del hospital con el beneplácito del doctor Kieffer pero con todos sus hijos en contra. Pudieron salir de allí poco antes de que le trasladaran hasta el psiquiátrico. Alquiló un avión particular y una ambulancia con la ayuda de Antonio Salcedo y su secretaria Stirnimann y se escaparon de allí. Los periodistas que hizo llamar fueron testigo de la sonrisa de su marido desde su silla de ruedas. Una vez que aterrizaron en España, se trasladaron a la finca de Más Mañanas y volvieron a empezar de nuevo. Allí Heini se repondría de todo lo sucedido mientras ella también se recuperaba del tremendo susto que se había llevado.

Borja les acompañó durante días, pero tuvo que volver a sus clases en Madrid. No le podían dejar tanto tiempo solo con Luis Vidal, su amigo y jefe de seguridad, y el servicio. Debían darse prisa en regresar a su vida cotidiana...

El fisioterapeuta y la enfermera que atendían a Heini se pusieron manos a la obra. La fuerza de voluntad del barón haría el resto...

46

«Nadie tan valiente como tú, Heini»

Fue una grata sorpresa para todos el día que el barón Thyssen se levantó de la silla de ruedas y dio unos pasos ante la mirada cómplice de la enfermera. Enseguida hizo por sentarse de nuevo pero, con ese esfuerzo que había hecho, todos se dieron cuenta de que no estaba dispuesto a rendirse y seguiría trabajando duro para volver a caminar.

—Heini, qué alegría me has dado. Estoy segura de que volverás a andar. Lo he visto en tu determinación al ponerte de pie —le dijo Tita visiblemente emocionada.

—Deseo poder viajar, ver museos y acompañarte en las diferentes exposiciones de tu colección. No estoy dispuesto a rendirme. Lo he hecho toda mi vida y no voy a dejar de hacerlo ahora. Creo que lo más difícil no va a ser caminar sino recuperar la movilidad de mi brazo izquierdo.

—No he conocido a nadie tan valiente y echado para adelante como tú. ¡Lo conseguirás!

—Y yo no he conocido a nadie con tanta fuerza de voluntad como tú, Tita. Eres el motor de mi recuperación. Pero hablando de nuestro tema favorito, te diré que estás consiguiendo muy buenos cuadros en las subastas.

—Gracias, Heini. Te confieso que estoy enamorada de mis cuadros. Todos tienen calidad. Me encantan los pintores que tenemos en España. Creo que no se les ha prestado la atención que se merecen. Quiero adquirirlos para colgarlos en nuestro museo y darles el valor que tienen.

—Está claro que estamos hechos de la misma esencia. Con veintiún años de diferencia, pero eso no es un obstáculo.

—No lo es...

—Las energías debemos encauzarlas hacia una meta.

—Me da miedo que las energías se equivoquen de camino.

—No tengas miedo. Eso nunca va a pasar...

Esos días Tita aguantaba las críticas de los hijos mayores del barón Georg y Francesca. Ambos discrepantes con las decisiones adoptadas por su padre y siempre dispuestos a cargar las culpas contra Tita por no hacerse las cosas como ellos querían. Algo inesperado desvió la atención familiar hacia el marido de Francesca. El barón no lo podía creer.

—Me ha comunicado Stirnimann que los medios de comunicación austriacos están criticando a Carlos. Ya sabes que forma parte de una institución de caridad para ayudar a los niños del tercer mundo. Parece ser que ha habido un desvío de dinero para su campaña política al Parlamento Europeo. Siempre le dije que no se metiera en política. No me hizo caso y mira, después de conseguir el escaño, llega este escándalo.

—Espero que este tema sirva para apartar su atención de nosotros. Al menos por un tiempo.

—No me extrañaría que lo llevaran a los tribunales.

—Esta preocupación no te la eches también a tus espaldas —le dijo Tita.

—Es difícil abstraerse. Pienso que su carrera política va a quedar arruinada para siempre. No hay forma de que llegue la paz a nuestra familia. Extrañamente, Georg lleva tiempo callado.

—Algo estará maquinando. Alguien me ha dicho que hay gente haciendo muchas preguntas sobre mí. No me ha perdonado que te sacara del hospital contra su voluntad y te trajera a Más Mañanas. Por algún lado sé que vendrá el golpe hacia mí.

—Puedes estar tranquila. No voy a consentirlo.

La familia se trasladó a La Moraleja, en Madrid, para estar cerca del museo y seguir con la recuperación del barón. Otra enfermera y otro fisioterapeuta continuaron con su rehabilitación. Heinrich Thyssen, haciendo gala de su fuerza de voluntad, fue recuperando poco a poco la movilidad perdida en la pierna izquierda. Su palabra preferida era «Willpower», fuerza de voluntad. Ahí estaba la clave de su éxito personal y profesional.

Borja había vuelto a clase unas semanas antes y celebró mucho el regreso de sus padres de Más Mañanas a su casa en Madrid. No había un día en que no echara de menos a su abuela, que tanto tiempo había pasado con él desde que era un niño. Luis Vidal, el hombre encargado de su seguridad, no pudo compensar esa falta de afecto, pero empezó a ejercer más de hermano mayor que de personal de servicio. Consiguió que el deporte obrara el milagro de convertir al adolescente en un joven absolutamente musculado y fuerte. Precisamente Borja le contó a él y a nadie más que le habían empezado a gustar algunas compañeras de su clase; esas confidencias estrecharon sus lazos. A Borja ni se le ocurriría comentar esos asuntos del corazón delante de sus padres durante las cenas o comidas familiares.

Heini volvió a su rutina después de realizar sus solitarios y desayunar. Cada mañana se ponía a caminar despacio, sin ninguna sujeción, bajo la atenta mirada de la enfermera. Le dedicaba muchas horas a su recuperación para tratar de acortar los tiempos que le habían prescrito los médicos. Era tenaz y persistente. Deseaba recobrar fuerza en las piernas para así poder acompañar a su mujer a las exposiciones de su colección privada. Algunas ya se habían programado en distintas partes del mundo. Por ese motivo, un día decidió perder de vista la silla de ruedas. Se propuso empezar a andar por dentro de casa, aunque fuera a paso lento. No quiso que le trajeran y le llevaran en silla de ruedas nunca más. A media mañana acudía a su despacho sin quejarse de su mano izquierda que apenas podía mover. Despachaba lo más urgente con madame Stirnimann, a quien contactaba por teléfono desde su despacho en Lugano. Todos los días recibía la misma noticia.

—Georg no ha hecho el ingreso de la cantidad que le debe.

—¿A cuánto asciende ya?

—Setenta millones de dólares.

—Junior sigue sin cumplir lo pactado. Igualmente toma decisiones sobre mis empresas sin tenerme al corriente de lo que ocurre en ellas. ¿Cómo es posible? Dile a mi abogado que me llame en cuanto pueda. No entiendo que, con un fondo con una liquidez de trescientos setenta millones de dólares, no me pague lo que me debe. Tengo unas deudas personales que me gustaría saldar.

Esa mañana, Heinrich Thyssen estaba decidido a no ceder ante los imperativos de su hijo, que se había convertido en el capitán de la nave empresarial. Mientras pensaba en cómo debería actuar en los próximos días y meses, le llamó su abogado, Michael Crystal que, junto a Robert Ham, también asesor de la reina en Londres, comandaba un equipo muy competente de abogados.

—Señor Thyssen, ¿qué desea?

—Se que supondrá un escándalo y que saldremos en la prensa, pero vamos a poner en marcha la demanda que llevamos tiempo preparando contra mi hijo. Nunca pensé que la decisión de crear un *trust* iba a ser la semilla de la discordia que nos llevara a un tan duro enfrentamiento ante los tribunales.

—Ya sabe que desembocará en un juicio bajo las leyes inglesas, pero ante los tribunales de las islas Bermudas.

—Sí. No tenemos más remedio. Esta situación es insostenible.

—Tenemos que ir a Bermudas porque es donde se acordó que recibiría anualmente el treinta por ciento de los beneficios netos del grupo, un compromiso que no se ha cumplido.

—Incluso llegamos al acuerdo de que, aunque yo falleciera, seguiría vigente hasta el 2049, con el fin de sufragar los gastos del mantenimiento de mi colección en Villa Favorita, pero eso ya es pasado. Me forzó a sacar mi colección fuera de Suiza, como bien sabe. Quería que vendiera el *cuore* de mi colección, pero no lo consiguió gracias a Tita. Ha llegado el momento de que recupere las riendas de mis empresas. Vamos a ir contra mi hijo.

—Así lo haremos, aunque el proceso será largo y llevará su tiempo. Como recordará, ya le hemos enviado una carta exigiendo la cantidad que le adeuda. Le enviaremos una segunda e incluso, una tercera si fuera necesario. Cuando agotemos los plazos, empezaremos uno de los juicios del siglo.

—Thyssen contra Thyssen, algo inaudito.

Heini intentó salir al jardín de la casa y respirar hondo. El olor a hierba recién cortada lograba que su tensión no se disparara. Necesitaba viajar y acompañar a Tita; ese era su objetivo inmediato. La vida le había enseñado a no pensar en proyectos a largo plazo. «Yo tengo presente. El futuro está demasiado lejos», se decía a sí mismo. Mientras tanto, Tita visitaba galerías y asistía a subastas en busca de nuevas obras para su colección. Empezó a hacerse con importantes cuadros cuya adquisición el barón aplaudía.

—Tita, podría sentir celos de tu intensa dedicación al arte, pero me sucede todo lo contrario. Me siento muy orgulloso de ver que estás siguiendo mis pasos.

—Heini, tú te convertiste en coleccionista al querer salvar la colección de tu padre, y yo lo estoy haciendo por salvar la tuya. Con los cuadros que me has regalado, y que he tenido que recomprar a tus herederos, y los que estoy adquiriendo en estos años, creo que me encuentro preparada para exponer en Madrid.

—¿Qué tal si en marzo del año que viene, en 1996, inauguramos en el museo las obras maestras que ya tienes?

—¿Haríamos una selección?

—Yo haría un recorrido de Canaletto a Kandinsky.

Será la introducción para exposiciones temporales que ya te están pidiendo en otros países.

—Podríamos invitar a los reyes.

—Nos apoyarán, estoy seguro.

Borja no tuvo colegio durante varios días y Tita aprovechó para recorrer con él las distintas salas del museo Thyssen. Ya lo había hecho en Villa Favorita y ahora lo repetía en el Palacio de Villahermosa. La baronesa llevaba con ella un libro, que consultaba para explicarle con exactitud lo que estaban viendo.

—Borja, tienes que disfrutar con el arte. Si acabas enamorándote de la pintura, empezarás a distinguir lo bueno de lo malo, lo grandioso de lo mediocre. Es algo que se adquiere solo viendo cuadros de grandes pintores. Se te va acostumbrando el ojo.

—A mí me gusta mucho Goya.

—El que tú conoces lo compramos en Nueva York unos días antes de tu bautizo. Nos gustó porque guardaba relación con el agua. «Una mujer y dos niños junto a una fuente» nos pareció una alegoría de lo que estábamos a punto de vivir. Tu padre lo vio y dijo: «Algún día será para él». Nos lo llevamos a la suite del hotel The Pierre que da a la Quinta Avenida. Quitó una litografía que adornaba la pared y colgó el Goya. Y allí permaneció durante toda nuestra estancia.

—¿Y si os lo hubieran robado?

—¿Quién iba a pensar que colgaríamos en la pared un cuadro tan bueno? Si hubiéramos informado al hotel, se habría formado un revuelo tremendo y lo habríamos tenido que depositar en dirección para su custodia... Preferimos no hacerlo.

—A veces, dejas algo bueno a la vista de todos y nadie

lo ve. ¿Cómo se iba a imaginar el personal del hotel que el cuadro que estaba en la habitación era un Goya auténtico? —A Borja le hizo mucha gracia esta anécdota y se la contó a Luis Vidal, al que no le hizo sonreír. Agradeció no haber ido en ese viaje. Lo hubiera pasado muy mal como responsable de seguridad.

Finalmente, tuvo lugar la inauguración de su primera exposición en el Museo Thyssen. Tal y como le había sugerido Heini, la tituló: «De Canaletto a Kandinsky: obras maestras de la Colección Carmen Thyssen-Bornemisza». El barón se sintió muy orgulloso de ver como Tita, a pesar de las dificultades que les iba poniendo la vida, había perseguido su sueño hasta alcanzarlo.

El rey don Juan Carlos acudió al evento, así como numerosas personalidades que no quisieron perderse la inauguración que tanta expectación había despertado en la prensa y en el mundo del arte. Tampoco faltó el barón, que se propuso estar junto a su mujer de pie durante todo el acto. Los asistentes coincidieron en que esa exposición era la llave para otras que tendrían lugar en distintos museos del mundo. Desde que se supo que Tita estaba creando su propia colección, habían sido muchas las ofertas recibidas para exponer fuera de España. Sin embargo, la baronesa veía cumplido su sueño de exhibir sus cuadros por primera vez en España y en el museo que llevaba el apellido de su marido.

Heini le comentó al rey que la colección reflejaba el gusto personal de Tita: «Predominan los paisajes, como en la mía». Don Juan Carlos recorrió la colección junto a ellos mientras se paraba ante los cuadros de algunos pintores a los que admiraba: Canaletto, Jan Brueghel el Vijo; o ante los cuadros de Monet, Matisse, Van Gogh, Gauguin... Les felicitó y se quedó unos minutos departiendo con los invitados mientras la anfitriona atendía a la prensa.

Al día siguiente, en todos los medios de comunicación se hablaba de esta nueva aventura que emprendía Tita en solitario. El barón se dirigió a su mujer.

—No sabes lo orgulloso que me siento —repetía el barón, que había hecho un gran esfuerzo por estar de pie junto a los invitados el día anterior.

—Yo creo que me han felicitado tanto o más por tu recuperación. No sabes cómo te lo agradezco.

—Pues ayer me hizo muy feliz poder contemplar tu espléndido trabajo. Fui testigo de la continuidad que le vas a dar al apellido Thyssen. Eso me hace tener más fuerza. ¡Gracias!

—Lo que tenemos que pensar es qué hacer en el futuro porque el Palacio de Villahermosa se nos ha quedado pequeño. No tenemos espacio para poder restaurar piezas, marcos para las oficinas...

—Ha llegado el momento de nombrar un director gerente para nuestra fundación. Todos esos temas deberían recaer en él y no añadir más preocupaciones a las que ya tenemos.

—¡Qué son muchas! Pero vamos sorteándolas poco a poco.

—He decidido entrevistarme con todas las personas responsables de la gestión del Continuity Trust familiar. Necesitamos tener tranquilidad sobre nuestro futuro. Simplemente con que se cumpliera con lo firmado nos daría la paz necesaria para preocuparnos por el arte y nada más que por el arte. Doy este año como plazo para que Georg me pague la anualidad. Si no es así, en enero del año que viene nos veremos mi hijo y yo las caras en el tribunal de Bermudas.

—¿Estás decidido?

—Sí. La actuación de Junior es vergonzosa incumpliendo el pago de la anualidad que me corresponde. Ahora que el grupo es rico y dispone de abundantes fondos, me parece indigna y deshonrosa su forma de actuar. No lo hago solo por mí sino por los intereses del resto de mis hijos.

—Es cierto. No queda otra salida.

Aunque habían decidido volver a viajar, el cumpleaños de Tita de ese año lo pasaron en La Moraleja. Solo con los amigos íntimos y con la presencia de Borja y el barón. Tita veía crecer a su hijo de tal manera que le pareció que Manuel Segura, su padre biológico, debería mantener con él una conversación de hombre a hombre. Con dieciséis años y una envergadura como la de un hombre de veinte debería saber cómo comportarse con las chicas cuando llegara el momento. ¡Volvió a acordarse de su madre y de cómo sabía resolver estos temas caseros! Aunque Tita intentaba decirle que siempre se debía comportar como un caballero, le cedió el testigo a Manuel.

En una de sus partidas de pádel de los sábados, aprovechó para hablar seriamente con él. También la cercanía en edad con su primo Guillermo, que le sacaba once años, hacía que Tita acudiera a él para que charlara con su hijo cuando intuía que algo le pasaba por la cabeza. Pronto supieron que se había enamorado de su monitora de esquí en Suiza, Mikaela. Por lo tanto, había que ayudarle para que tuviera su lugar de expansión con sus amistades y un lugar donde poder verse con la joven. A Tita le hablaron de un chalet muy coqueto cerca de Villa Favorita y lo compró. Así su hijo no estaría cohibido a la hora de quedar con ella. Podría salir y entrar sin tener que dar explicaciones a nadie.

Borja un día les presentó a Mikaela y ésta pronto comenzó a acudir a las comidas familiares. A Tita le gustaba mucho la amiga suiza y estaba feliz por su hijo. Todos notaban que Borja estaba centrado, aunque no se decantaba por estudiar ninguna carrera. Tomaron la decisión de que comenzara a viajar con ellos ya que parecía interesarse por el arte. Era algo que había conocido de cerca desde pequeño.

—Si no tienes claro qué es lo que quieres estudiar, vente con nosotros a nuestros viajes por todo el mundo. Estarás en un ambiente muy intelectual donde oirás hablar de arte a los grandes expertos y a los grandes pintores del momento.

—Lo cierto es que me gusta. Prefiero viajar a encerrarme en una universidad.

—De momento, cuando acabes, haremos eso... viajar e intentar que te enamores del arte.

47

Thyssen contra Thyssen

Las Navidades de aquel año fueron caseras, solo con amigos y personas de la máxima confianza. Llegaba el primer mes de 1997 con aires de guerra familiar y había que estar descansado. La prensa hablaba del juicio del siglo: Thyssen contra Thyssen. Fueron días de reuniones interminables con los abogados antes de viajar a las islas Bermudas. En teoría, al pisar tierra allí seguían en territorio británico, pero en pleno océano Atlántico Norte. No sacaron tiempo para visitar sus playas de arena rosa. Llegaron a la capital, Hamilton, y se pusieron a revisar una y otra vez con el abogado, Michael Crystal, los asuntos del juicio.

—Señor Thyssen, será un juicio muy largo. Saldrán a la luz muchos asuntos que usted hubiera deseado que no se hicieran públicos —comentó el abogado.

—Lo sé, pero la situación actual es insostenible. Georg no me ha dejado otra salida.

Robert Ham, todo un experto en *trusts* y David

Alexander completaban el equipo de abogados. Le presentaron al juez miles de papeles como prueba de su defensa. No solo iban contra Junior, sino contra Favorita Trustees Holding y otros grupos derivados de los negocios familiares. El demandante, a través de Crystal, en la lista previa, aseguraba ante el juez que la situación era límite.

—Con la venia, señoría. Exigimos el pago de la deuda que hay contraída contra el barón Thyssen. Igualmente exigimos la anulación del fondo de inversión y pedimos la devolución de la participación mayoritaria con el fin de que una empresa gestora sustituya a Georg Thyssen. Se realiza esta demanda al no cumplir el hijo mayor con los acuerdos firmados y rubricados ante notario. Catalogamos el comportamiento del demandado de «vergonzoso incumplimiento». El grupo Thyssen-Bornemisza acredita, con los papeles que adjuntamos, que es rico en liquidez y dispone de fondos abundantes para resolver los atrasos de la anualidad pactada con mi cliente. La actitud de estos años al no cumplir con lo que, por ley, le corresponde a Heinrich Thyssen-Bornemisza es indigna y deshonrosa. Su hijo mayor, Georg Thyssen, no ha tenido con el barón un comportamiento ni justo, ni ético ni honesto.

La parte contraria tomó la palabra después de escuchar a los demandantes:

—Con la venia, señoría. No se puede compartir lo que no existe. No es cierto que el grupo disponga de la liquidez que le atribuye la otra parte. El Grupo está invirtiendo constantemente y ese dinero acumulado no se puede considerar superávit. Es más, nuestro defendido, Georg Thyssen, le ha manifestado a su padre que está en disposición de avalarle para la obtención de un crédito por el dinero que necesite, pero este extremo siempre ha sido rechazado.

—Señoría —replicó Crystal—, el lema de la familia es: «La virtud sobrepasa la riqueza». Le puedo asegurar que Georg Thyssen ha preferido la riqueza a la virtud. Se ha convertido en un hombre sumamente rico. Tiene mucho más dinero del que podrá gastar en vida y todo se lo debe al barón Thyssen. Exigimos una prueba pericial que demuestre qué cantidades posee el grupo.

—Señoría, si se hubieran hecho efectivos los pagos, el grupo se podría haber resentido. Mi cliente optó por la mejor de las soluciones para no poner en peligro las finanzas del *trust*.

—Señores —tomó la palabra el juez—, comenzamos un largo proceso que seguramente nos llevará meses. Viendo que las partes tienen argumentos irreconciliables, iremos leyendo los miles de documentos que nos han aportado. Otros tendrán que presentarlos cuando se los reclamemos. Iré convocándoles a diferentes reuniones antes de fijar la fecha definitiva del juicio. Necesito más datos sobre cada una de las partes.

Después de años preparándose para aquel momento de combate judicial, empezaba la fase preliminar. Los abogados de Georg se habían preparado para que fuera imposible desmantelar el *trust*. Por su parte, el barón Thyssen trataba de demostrar que la ley solo es una y que su hijo la estaba incumpliendo desde 1983.

Cuando padre e hijo se vieron las caras, Heini no pudo evitar saludarle con un movimiento de cabeza. Georg no le devolvió el saludo, le lanzó una mirada gélida a su padre. El barón se sujetaba la mano izquierda con la derecha y la apretó con fuerza. Tita estaba muy preocupada, no sabía cómo repercutiría en su salud el hecho de ver a su hijo y escuchar los argumentos de sus abogados. Cuando se vieron de nuevo en el hotel, Heini estaba indignado.

—El comportamiento de mi hijo ha sido inmoral —fue lo único que alcanzó a decir el barón tras encontrarse con Georg—. ¡Qué equivocación fue casarme con su madre!

—Eso ahora no sirve de nada, no podemos cambiar nuestro pasado.

—Era muy joven, Tita; tenía veinticinco años cuando me casé en Lugano con Teresa de Lippe. Mi padre no asistió porque se oponía al enlace. Llegó a sus oídos que la novia se casaba conmigo solo por mi dinero.

—Con tan pocos años uno se casa creyendo estar enamorado.

—No me casé por amor. Lo supe más tarde. Fue un matrimonio de conveniencia. Ella era católica y de buena familia, aunque estuviera arruinada, y parecía sensato casarse. No quería ser un mujeriego inmoral. Mi padre, en cambio, me decía que primero viera mundo y que luego me casara con quien quisiera. Y no le hice caso.

—Los padres son sabios, pero no siempre los escuchamos.

—Mi padre decía que Teresa era una persona non grata y muy mentirosa. Pero me casé. Deseaba acostarme con una mujer sin tener que confesarme al día siguiente. En aquella época no hacías el amor hasta que no te casabas.

—Al menos procedía de una buena familia.

—La madre de Teresa sí era una mujer distinguida, pero su padre era un completo caradura. También tenía un hermano que era un perfecto imbécil. Siendo el responsable de los refugiados en las Naciones Unidas, se aprovechó de su posición para pasar obras de arte de contrabando. Al final, lo pillaron y lo expulsaron de la ONU. Esa era mi familia política.

—Para mí está muy claro que ella es la que ha educado a su hijo en tu contra.

—Sí, ha sido su venganza. Quería enemistarme con mis hermanos cuando murió mi padre. Me ha generado todos los problemas del mundo. Mis abogados la temían. Con tal de divorciarme, le prometí que le daría todo lo que me pidiera. El colmo fue saber que me engañaba con mi cuñado, el marido de mi hermana Margit. Desde antes de casarnos, ellos ya estaban viviendo un romance. No hace mucho, mi compañero de estudios, hoy jesuita, me sugirió que Teresa y el marido de mi hermana tenían un plan perfectamente trazado: él se casaba con mi hermana y ella conmigo. De esta forma, podrían controlar la fortuna de los Thyssen.

—Por suerte, te separaste. Es lo mejor que podías hacer.

—Sí, desde luego. Pero consiguió asegurar su futuro de por vida y el de Georg también. Ha seguido recibiendo mi pensión a pesar de haberse casado de nuevo con un Fürstenberg, propietario de una fábrica de cerveza. Su amor por el dinero es infinito. Lo mismo ocurre con su hijo.

—Dejemos que los abogados hagan su trabajo. Volvamos a Madrid.

Al poco de llegar tuvieron que asistir a la junta de la Fundación Thyssen-Bornemisza, de reciente creación, para nombrar director gerente a Carlos Fernández de Henestrosa. Éste, al terminar la reunión, comentó que le habían ofrecido dos edificios colindantes al museo. Todos vieron una oportunidad única para llevar a cabo la ampliación que tanto ansiaban. El barón le pidió que le hiciera llegar a la nueva ministra de Cultura, Esperanza Aguirre, la necesidad de ampliar el museo para seguir creciendo y manteniendo en buen estado las colecciones. Finalmente, la ministra, una vez que conoció los detalles técnicos, dio su visto bueno.

Por fin contarían con el espacio necesario para poder tener un equipo de restauración tanto de cuadros como de marcos, así como oficinas para poner en marcha exposiciones temporales y también poder llevar cuadros de la colección a otras exposiciones en cualquier lugar del mundo.

—El museo sigue creciendo y eso ya es una gran noticia —comentó el barón, muy recuperado de las secuelas del coma.

El matrimonio Thyssen volvió esa noche a celebrar las estupendas noticias que generaba el museo. Mientras cenaban junto a su amigo Antonio Salcedo y su hijo Borja, el barón hablaba de las dos cosas que habían sido claves en su vida:

—He tenido mucha confianza en mí mismo, pero eso no hubiera sido suficiente. También he tenido una buena dosis de suerte. Hay que estar en el sitio adecuado y reconocer una buena oportunidad cuando se presenta. No hay otra, suerte y trabajar duro.

—Pero la suerte no depende de uno —comentó Borja.

—Bueno, la suerte también hay que buscarla, pero tienes razón en que hay personas con más suerte que otras. Napoleón preguntaba, antes de nombrar a un nuevo general, no solo si era valeroso en las batallas, sino también si tenía suerte.

—¿Y tú has tenido suerte, papá? —le preguntó Borja con curiosidad.

—Mucha. Tuve un accidente de coche tremendo en Milán. Podría haber muerto, pero salí muy malherido y me recuperé. Te diré que también he tenido instinto y me he dejado llevar por él. Mira, en un viaje que hice a Vaduz, a la capital de Liechtenstein, compré dos pinturas de Canaletto. Me gustaron muchísimo y me las llevé a Villa Favorita. En el transcurso de una cena con mi asesor artístico, Heinenmann, y un experto en el pintor italiano Morassi, así como el director de la National Gallery de Londres, Philip Hendy, me dijeron para mi desánimo, que los cuadros que había comprado no eran auténticos. Según ellos, se habían pintado un poco antes o un poco después de los setenta años que vivió el pintor. Me aconsejaron que los vendiera y que no los expusiera. Muy decepcionado, les contesté que me gustaban tanto que los colgaría de las paredes del comedor. Te acordarás de haber visto colgadas esas pinturas venecianas en Villa Favorita —le dijo a Borja.

—A mí también me gustan aunque no sean auténticas.

—Espera, espera... Un año después de aquella conversación, la National Gallery hizo una exposición de los Canaletto más importantes de Europa y me llamaron para que cediera los cuadros. Les pregunté, un tanto perplejo, de qué Canalettos me hablaban, y me contestaron: «Los que tiene en el comedor». Les contesté: «pero si según ustedes no eran auténticos». Al final, se expusieron en la National Gallery y, al terminar la exposición, manifestaron su intención de comprármelos.

—¿Qué les dijiste? —repreguntó curioso el joven.

—Que me sentía muy halagado porque con esa oferta estaban haciendo un homenaje a mi instinto.

—Entonces, ¿tú tenías razón?

—Se ve que sí. Esto te lo digo para que tengas en cuenta que hasta el mayor de los expertos puede equivocarse.

—Hijo, tu padre te está dando una de las grandes lecciones que no vienen en los libros. ¡Sigue siempre lo que te dicte tu instinto!

—Y otra cosa más —continuó el barón—. Si el arte llega a apasionarte tanto como a tu madre y a mí, disfrutarás de una felicidad muy grande, una satisfacción personal muy íntima. Con un cuadro yo puedo entrar en una especie de ensimismamiento y eso no proviene del hecho de que yo sea su propietario.

—Borja, si este año te esfuerzas en sacar todo el curso limpio, sin suspensos, nos acompañarás a China. Quieren que lleve a Shanghái y a Pekín la exhibición temporal de mi colección —le dijo Tita.

—Es la exposición que ha ayudado a tu madre a presentarse como coleccionista. Significa mucho para ella. Es el reconocimiento internacional a su trabajo —comentó Antonio Salcedo.

—Nos gustaría que nos acompañaras; así entenderás todo lo que te estamos diciendo.

—Sí, quiero conocer China. ¿Podría venir Alexander con nosotros? —Borja se llevaba muy bien con su hermanastro.

—Si se lo decimos, querrá acompañarnos.

En octubre de ese año 1997, el barón Thyssen, junto a sus hijos Alexander y Borja, acompañó a Tita. Volaron al núcleo financiero más importante del mundo, en la costa central de China: Shanghái. También era la ciudad más poblada del país, con más de veinticuatro millones de habitantes.

Tita inauguraba el Museo de Arte y, a la vez, se convertía en la primera coleccionista de Occidente que entraba en el país. El éxito fue rotundo. Miles de personas se acercaron a ver la exposición: «De Zurbarán a Picasso». Los ciudadanos de China hasta ese momento no sabían qué se hacía a nivel artístico fuera de la República Popular.

Mientras se producía este acontecimiento, los cuatro, con la ayuda de Giorgio, el mayordomo, que hacía de ayudante personal del barón, y una guía china, aprovecharon para recorrer el Bund, el paseo situado a la orilla del río Huangpu, con sus edificios de diferentes estilos arquitectónicos; el templo ciudad de Dios, con sus tradicionales barrios colindantes y sus cientos de tiendas y comercios, muchos de ellos con más de un siglo de antigüedad. No dejaron de visitar los rascacielos del Pudong. Heini, Alexander y Borja subieron al más grande de China, de 492 metros de altura, el Shanghái World Financial Center, recién inaugurado. Tita se quedó esperándolos acompañada del personal de la Embajada de España en China ya que seguía sin subir a un edificio de más de once plantas. No había superado la claustrofobia que le sobrevino cuando Borja cumplió doce años.

Las últimas noches allí, se dividieron en dos grupos. Por un lado, Tita y Heini, invitados a ver la Compañía de Ballet de Shanghái, que actuaba en el Gran Teatro, y por otro, Borja y Alexander, junto con Giorgio, que fueron a un karaoke.

Al día siguiente, todos juntos visitaron el jardín Yuyuan, situado en la zona norte de la ciudad, diseñado durante la dinastía Ming a imagen y semejanza de los jardines imperiales. Se fotografiaron en la Casa de Té, que se encontraba en medio de un estanque, fuera del recinto.

El Museo de Shanghái, donde se exponía la colección

Carmen Thyssen, el más grande de la ciudad, con más de ciento veinte mil piezas históricas chinas expuestas en cuatro plantas, fue el que más veces visitaron en su estancia. Antes de la inauguración, Tita mandó pintar las salas donde iba a estar colgada su colección. Tres montadores españoles acudieron allí para que las pinturas y el lugar donde se iban a exponer las obras estuvieran en perfectas condiciones. Asimismo, viajó un experto en embalar y desembalar las obras de arte.

—Me siento muy emocionada con que mi colección sea la que abra a los ciudadanos chinos a la cultura de Occidente.

—Es todo un hito —aseguró el barón.

Todos quedaron fascinados con este viaje, especialmente Borja y Alexander. Les permitió conocer otras costumbres, otra forma de vida y otras maneras de entender la cultura. Borja ya tenía diecisiete años y no solo había crecido en altura, sino que estaba madurando y comenzaba a experimentar ese sentimiento por el arte del que tanto le hablaba su padre. Antes de regresar, posaron para la prensa y expresaron lo satisfechos que se sentían de su experiencia allí.

—Ha sido muy importante para mí que aquí se hayan visto por primera vez cuadros que no son chinos —comentaba Tita—. También quiero que quede claro que mi colaboración ha sido gratuita.

—Nunca hemos recibido dinero de los países a los que hemos llevado nuestras colecciones. No deseamos comerciar con el arte —apostilló el barón.

Este punto era muy importante para ellos. Les gustaba ser estandarte de la filantropía. La colección se expondría en Shanghái durante tres meses. Después de eso, Tita y el barón volverían para acompañar a sus cuadros hasta la capital China, Pekín. Ese sería el final del periplo asiático de la colección.

El embajador español les sugirió varios restaurantes en los que degustar los platos más interesantes de la gastronomía del país, pero también les advirtió del único peligro que corrían.

—Deben llevar siempre encima la tarjeta del hotel con la dirección escrita en chino. Si se pierde, ningún taxi va a entender adónde quieren ir.

Fue un viaje inolvidable, pero Borja no podía estar más tiempo sin acudir al colegio y regresaron a Madrid. Se acercaban los exámenes del primer trimestre y tenía que recuperar las clases perdidas. Alexander, por su parte, volvió junto a su madre, Denise. Tita le dijo a Heini que había que ir pensando qué regalo iban a hacerle a Borja cuando cumpliera la mayoría de edad al año siguiente.

—Se está esforzando mucho; creo que debería manejar su propio dinero.

—Le regalaremos una tarjeta de crédito; así sabremos si es ahorrador o no —comentó su padre.

—Me parece bien. Espero que no gaste sin medida.

—Debe aprender a administrarse. Esa también es una lección de vida.

—Deberíamos comprarle una casita en La Moraleja, cerca de aquí, para que pueda quedar con sus amigos. Igual que hemos hecho en Lugano.

—Me parece una buena idea...

48

Un nuevo contratiempo

Tras el éxito de la colección Carmen Thyssen en China —primero en Shanghái, la capital económica de la república, y seis meses después en Pekín, la capital política—, vinieron ofrecimientos de otros países donde el arte de Occidente no había llegado antes. Tita se había convertido en la embajadora de la pintura europea y americana de los últimos siglos.

—Jamás olvidaré el viaje a China —comentó el barón Thyssen con una copa de Dom Pérignon en la mano—. No te puedes imaginar lo orgulloso que me sentí al ver expuesta tu colección allí. Hay días que incluso me acuesto pensando en ello. Fue un viaje inolvidable para todos. Ese paseo por la Ciudad Prohibida donde gobernaron los veinticuatro emperadores chinos, o la visita al Templo del Cielo, al sur de la ciudad, y el maravilloso Palacio de Verano... ¡Qué experiencia!

Hablar de arte o de viajes compartidos seguía siendo su afición favorita y a ella se entregaban después de cenar.

Podían estar hablando durante horas. Para ellos era como si el tiempo se detuviera.

—¿Te acuerdas del Salón de la Suprema Armonía? La estructura de madera más grande de China. El centro del poder imperial. Ante cosas así, me emociono.

—Bueno, la Gran Muralla China también nos dejó sin palabras. Yo creo que jamás te había visto tan interesado en algo como por esos 8.800 kilómetros de muralla... —comentó Tita.

—Aparte de ser el símbolo de China, es una de las siete maravillas del mundo. Es verdad, me quedé muy impresionado al ver esa obra que atraviesa montañas, desiertos, llanuras. Pensar que comenzó a construirse en el siglo V antes de Cristo y que se siguieron haciendo nuevas construcciones y reconstrucciones hasta el siglo XVI... Desde la frontera con Corea, al borde del río Yalu, hasta el desierto de Gobi, a lo largo de un arco que delinea aproximadamente el borde sur de Mongolia interior. No me extraña que esta joya se considere patrimonio de la humanidad. Estas cosas me conmueven.

—También recuerdo el susto que me diste cuando te tiraste desde el barco en el que recorríamos la bahía de Hong Kong. Todavía lo recuerdo con horror. Te podías haber matado. Le pedí a un marinero que se tirara a por ti con un flotador y tú rechazaste el flotador y su ayuda. Te pusiste a nadar tan tranquilo cuando ni se veía qué había por debajo de esas aguas de color plomo. ¿Y si hubiera habido un tiburón? ¡Lo pasé tan mal!

—Os alarmasteis todos enseguida. Nunca pasa nada que no tenga que ocurrir.

—No conozco a nadie tan valiente como tú, Heini.

—El secreto está en la fuerza de voluntad, *the will-power*. Te lo he dicho muchas veces.

Mientras se reían con las anécdotas de un pasado no tan lejano, hacían planes para el viaje siguiente: Japón. Ya habían estado allí acompañando la colección Thyssen en el año 1984. Ahora, trece años después, el país del sol naciente reclamaba la presencia de las obras de Tita.

—Me han pedido que lleve allí mis cuadros. La exposición quieren llamarla «Carmen Thyssen». Me han enseñado unos bocetos y se ve mi nombre escrito con unas letras enormes y el apellido en caracteres demasiado pequeños. Voy a pedir que los modifiquen.

—No, ¡déjalo! Así tendrá más éxito. Sé que la ópera *Carmen* ha calado hondo en Japón. Tienen pasión por Bizet. Comprendo que quieran destacar tu nombre. A los nipones, que aman tanto todo lo español, les resultará muy sugerente.

—De acuerdo, lo dejaré estar.

Esos días Heini tenía muchas reuniones con sus abogados ingleses. Éstos querían no solo que Georg abonara la cantidad pendiente sino que deseaban añadir una reclamación más. Se trataba de pedir la parte correspondiente a la pérdida de valor de la propia anualidad no recibida. Habían hecho cuentas y ascendía a ciento treinta y dos millones de dólares adicionales.

Días después de estar entre papeles, viajaron a Barcelona y Tita aprovechó para organizarle una visita rutinaria al médico. Habían sido días de mucha tensión y no quería que tuviera ningún susto. El médico, tras la revisión, le comunicó al barón que su corazón no estaba bombeando suficiente sangre al cuerpo. No se esperaban aquella noticia.

—Será necesario ponerle un marcapasos. Se trata de un dispositivo que envía impulsos eléctricos al corazón para que éste se contraiga de forma rítmica y a una determinada velocidad. Ponemos miles al cabo del año, no tiene por qué preocuparse.

—¿Es una intervención a la que debo someterme de manera urgente? —preguntó Heini con tranquilidad.

—Sí, aunque se trata de una cirugía menor. Una noche de hospital y al día siguiente le damos el alta.

—¡Pues adelante!

—¿La semana que viene le parece bien?

—¡Perfecto!

Tita no tuvo tiempo de decir nada. Su marido quería que le colocaran el marcapasos cuanto antes. Los dos recordaron que tenían amigos que lo levaban.

Solo habían pasado tres años desde el coma y debía volver al quirófano. Ambos no quisieron dar demasiada importancia a la intervención. Sin embargo, Tita solo hizo una petición:

—Me gustaría que la habitación que asignen a mi marido esté cerca del ascensor por si fuera necesario trasladarle a la UCI. Lo digo por precaución, por si surge algún contratiempo.

—No se preocupe —le dijo el médico. Así lo haremos.

A la semana siguiente fueron al hospital con la seguridad de que todo saldría bien. A Heinrich Thyssen le prepararon para trasladarle al quirófano y salió de la habitación sonriente. Veinte minutos más tarde, una enfermera informaba a la baronesa de que la intervención ya había terminado y todo había salido bien. Tita respiró tranquila.

Al cabo de media hora, apareció Heini en una cama con ruedas. La misma en la que pasaría la noche. Volvía con la sonrisa en la boca, tal y como se había ido de la habitación.

—Ya estoy aquí. No ha sido para tanto.

Tita le besó y celebró cómo se habían desarrollado los acontecimientos. Acudieron los médicos y, después de informarles de que al día siguiente se podrían ir a casa, se marcharon. No habían pasado ni quince minutos cuando de repente el barón, que estaba hablando con ella, se quedó en silencio. No le salían las palabras. Instantes después se desvaneció y se quedó con los ojos en blanco.

La baronesa dio un salto y tocó el botón de las enfermeras con insistencia. Al cabo de pocos segundos, aparecieron e intentaron reanimarle, pero Heini no respondía. Sacaron la cama con el paciente y lo metieron con urgencia en el ascensor que estaba cerca de la UCI.

Los médicos fueron avisados y regresaron a la mesa de operaciones. Allí descubrieron que los electrodos del marcapasos eran demasiado cortos. La fatalidad quiso que el hospital no dispusiera de unos más largos que deberían pedir a Alemania. Durante todo ese tiempo de espera decidieron que el barón estuviera en la UCI.

Tita, cuando pasó el peligro, pidió a los médicos que su marido regresara a la habitación.

—Le conozco bien. Si no me ve, se deprimirá. Esperaremos juntos a que llegue la pieza de Alemania.

—Si evoluciona favorablemente, haremos lo que nos pide.

Los días posteriores, Tita solicitó algo más: que la mascota de Heini, la perrita Juanita Bananas, pudiera acompañarles en la habitación. Sabía que animaría a su marido más que cualquier otra cosa.

—Tenemos una habitación donde los pacientes pueden estar con sus mascotas. Hemos visto que algunos se recuperan con más rapidez. Le trasladaremos allí.

Heini tras salir de la UCI fue trasladado directamente a la habitación donde podían estar los pacientes con sus mascotas. De hecho cuando vio a su yorkshire, le cambió la cara.

—¿Qué me ha ocurrido, Tita? No recuerdo nada.

—Te has desvanecido.

—Pues tendremos que esperar aquí pacientemente los electrodos que necesito.

—No hay prisa. Me han permitido que Juanita nos acompañe. Estarás como en casa.

Heini sonrió. La perrita se tumbó en el suelo, cerca del barón, y desde ese momento no dejó que nadie se acercara, ni tan siquiera las enfermeras, aunque éstas no hacían mucho caso de sus ladridos cuando tenían que atender a su paciente.

Por fin llegaron los electrodos nuevos y el barón volvió al quirófano. Esta vez no surgió ningún contratiempo y al día siguiente, le dieron el alta médica. Pensaron nuevamente que en Sant Feliu su recuperación sería más rápida y se fueron a Más Mañanas. Permanecieron allí dos semanas hasta que decidieron regresar a Madrid. Durante un tiempo el barón no debía hacer ejercicio brusco ni ningún tipo de esfuerzos. Tita lo llevó a rajatabla.

—Espero poder viajar muy pronto y dar mis volteretas —dijo Heini con sentido del humor.

—Tendrás que tener paciencia.

—Creo que no podré acompañarte al viaje a Japón. No imaginas cuánto lo siento.

—Siempre es bueno que alguien se quede en casa. Míralo por ese lado.

—Llévate contigo a Borja y a tu sobrino Guillermo.

—Les encantará la idea. Tranquilo.

En cuanto se lo dijo a su hijo, lo celebró mucho e invitó a su novia Micky y a uno de sus mejores amigos, Miguel, para que le acompañaran. Y Guillermo aceptó la invitación de su tía también con mucho entusiasmo.

Primero fueron a Kioto, donde visitaron algunos templos budistas y palacios imperiales, y a continuación a Tokio. Se trasladaron de una ciudad a otra en el tren bala, lo que impresionó mucho a los jóvenes, ya que llegó a alcanzar una velocidad de 600 kilómetros por hora.

Al llegar a la capital, la primavera estaba eclosionando. Los almendros y los cerezos comenzaban a teñir de rosa las calles y los jardines, que visitaron en compañía del guía del gobierno japonés. Lo que más les impactó fue la cena con las geishas y la larguísima ceremonia del té. Aquel ritual se prolongó durante cuatro horas.

El hermano del emperador los recibió junto a su familia y, con posterioridad, acudieron a la exposición que tuvo una enorme repercusión mediática y contó con una gran asistencia de público.

Tita echaba de menos a Heini y así se lo hizo saber desde el teléfono de su habitación.

—Estoy deseando volver a verte.

—Disfruta por los dos y ya me lo contarás todo a la vuelta. Este viaje es muy importante para tu colección.

Me siento muy orgulloso de ti. —Aquella era su frase favorita.

Cuando regresaron a España, al barón se le iluminó la cara al volver a ver a Tita. Borja se encargó de contarle el viaje con todo lujo de detalles. Japón los había impresionado a todos. Heini, afortunadamente, ya se había adaptado a su nuevo marcapasos y celebró que el último susto formara ya parte del pasado.

—¿Habréis saboreado el sushi y el sashimi, no?

—Por supuesto, y hemos tomado té matcha a todas horas... —comentó Borja.

—Aunque no lo creas, te sentimos junto a nosotros —añadió Tita.

Esa noche, el matrimonio se quedó hablando hasta muy tarde con una copa del mejor vino de la bodega en la mano. Comentaron lo mucho que se habían echado de menos.

—La vida, tanto a ti como a mí, nos regaló una segunda oportunidad. Merecíamos ser felices. Creo mucho en el destino.

—Es cierto. Llegaste justo cuando parecía que el futuro era oscuro.

—Imagínate yo, casado primero con una mujer, Teresa, que no me quería y que se sentía socialmente superior a mí. El único momento feliz y divertido que recuerdo con ella fue después de casarnos. Viajamos a Nápoles para que me presentara a su familia materna. Como habían pasado muchos años desde la última vez que había estado allí, a su tía se le ocurrió la idea de vestirme de mujer fingiendo que era ella. Como me conoces lo mucho que me gustan las bromas, te puedes imaginar que me vestí con uno de sus trajes y me puse sus medias y sus tacones. La familia napolitana al completo estaba presente cuando irrumpí en el salón. Todo el mundo me miraba y me besaba. Yo correspondía con la voz atiplada. El abuelo no comprendía por qué motivo su hija se reía tanto sin venir a cuento. Al final, yo exploté y entre risas confesé que en realidad no era Teresa, sino su marido. El abuelo se enfadó y no nos perdonó la broma y me dijo que a partir de ese momento seguiría siendo Teresa para él. Como te digo, fue el único episodio de nuestro matrimonio que todavía me provoca una sonrisa al recordarlo. El resto, mejor olvidarlo. Me hizo mucho daño y continúa haciéndomelo a través de Georg. Quizá me hace tanto daño porque sabe que no soy su padre. Yo, en cambio, se lo di todo: mejores condiciones que al resto de los hijos y hasta un puesto de responsabilidad en las empresas de las que está intentando echarme. Es la persona que más me ha hecho sufrir en la vida.

—No pienses en eso ahora. No ha podido hacernos todo el mal que pretendía.

—¿Y si se hubiera salido con la suya y me hubiera ingresado en un manicomio después del coma?

—Yo no lo habría consentido jamás. No lo pienses.

—Ya es el pasado, pero no logro quitarme de la cabeza que se quedó con una pensión vitalicia y se llevó un porcentaje importante de la herencia de mi padre. Siempre el dinero...

Heini sentía la necesidad de contar que no había tenido muchos aciertos en el amor. También le habló de su segundo matrimonio con la modelo Nina Dyer, a la que había conocido durante una fiesta en París, en 1951.

—Era una mujer extraordinariamente bella y excéntrica. Fue un auténtico flechazo. Llegué a pensar que podría ser la reparación de mi primer error sentimental. Nos casamos en Colombo, Sri Lanka, el antiguo Ceilán, tres años después. Yo ya tenía veintinueve años y junto a ella viví la época más excéntrica de mi vida. Convivíamos con una pantera y un leopardo que yo sacaba a pasear por el Bois de Boulogne de París. Mi tía quiso avisarme de que mi vida iba de cabeza hacia otro desastre, y no se equivocó.

Antes de casarnos, le pedí que rompiera toda relación con el modelo y actor francés Christian Marquand, al que la unía una amistad demasiado estrecha. No volví a saber nada de él hasta que, un año después, supe que habían vuelto a verse. Ella me propuso entonces que incorporáramos a su amante a nuestro matrimonio. Por supuesto, me negué. Durante el año que duró nuestra unión, pagué una fortuna por los destrozos que ambos animales causaban en los hoteles donde nos alojábamos. Cuando supo que estaba decidido a divorciarme, se fue a Balenciaga y se gastó casi dos millones y medio de francos franceses en ropa de lujo. Los días siguientes superó los cuatro millones en otras firmas relevantes de moda. Al final, un juez determinó que Nina se quedaría con la casa de Jamaica, el apartamento que teníamos en París, todas las joyas que le había regalado y un cuadro del Greco. Salió bien parada del divorcio. Al cabo de los años, Nina se casó con el hijo del Aga Khan III. Ella se convirtió al islam con el nombre de Shirin. Cinco años después, Sadry pedía el divorcio porque Nina se había ido de casa con el médico que le suministraba los calmantes. Se instalaron en Jamaica.

—¿Por qué murió tan joven? —preguntó Tita escuchando a su marido con mucha atención.

—Empezó a tener depresiones y regresó a Francia. Se

enamoró de un joven estúpido, casado y con hijos. Habían planeado irse juntos a la Costa Azul. A última hora, el amante dio marcha atrás. Según la versión oficial, Nina se suicidó con barbitúricos.

—¿Tienes dudas sobre su suicidio?

—La verdad es que sí. Tras su muerte mi cabeza se llenó de preguntas: ¿Te suicidas el día anterior al viaje que tenías planeado a Suiza? ¿Vas a la peluquería el día que quieres quitarte la vida? Creo que nunca se sabrá la verdad. También te diré que nadie consiguió llegar al fondo de su alma.

Heini Thyssen siguió esa noche desgranando su historia con las mujeres que, en un determinado momento, habían formado parte de su pasado antes de que conociera a Tita. Durante la cena brindaron entre plato y plato por ellos.

—Nunca estaré lo bastante agradecido a Dios por el regalo que me hizo al conocerte.

—Eso mismo podría decir yo. Háblame de tu tercera esposa: Fiona Campbell.

—Pues pensé que a la tercera llegaría la vencida. A Fiona la conocí en el tren el día que iba a visitar a su padre, que era marino de la Armada británica. De nuevo un flechazo. Le propuse matrimonio pocos meses después y aceptó. En 1956 firmábamos en Villa Favorita la separación de bienes y en septiembre nos convertíamos en marido y mujer. En 1958 nació Francesca, y en 1963, Lorne. Ya te he dicho muchas veces que, desde el primer momento, sospeché que este segundo hijo no fuera mío. Estoy convencido que la empresa, que se encargó de hacer la prueba de paternidad que yo solicité, manipuló el resultado. Nuestra vida en común se hizo insoportable hasta que un día Fiona me pidió el divorcio. Quería casarse con el director de cine Sheldon Reynolds. Como después me confesó Lorne, éste era su verdadero padre. Al final, obtuvo el divorcio, pero curiosamente no llegaron a casarse. Reynolds prefería ser el amante, no el marido.

—Ya te dije que la primera persona a la que oí hablar de ti fue a Lex. Precisamente rodaba a las órdenes de Reynolds cuando Fiona irrumpió en el rodaje. Era la que supervisaba a los actores y los interrumpía constantemente. Entonces fue cuando Lex me dijo: «A veces, las mujeres sois tontas. Estando casada con un hombre tan inteligente como Heini Thyssen, es amante de un hombre que no me merece ningún respeto». Confío en que el divorcio no fuera para ti otra batalla legal.

—Al final, Fiona se quedó con el chalet que tenía en Saint Moritz, con joyas de incalculable valor y una manutención millonaria para ella y, por supuesto, para Francesca y Lorne. ¿Te das cuenta? Mi vida se resume en fracasos matrimoniales y divorcios costosísimos.

Llegaron a los postres mientras el barón se tomaba con sentido del humor ese repaso de su vida sentimental. Había dejado a Denise para el final.

—Me casé con ella, mi cuarto error. Me encontraba en Gstaad y me la presentó una amiga. Me preguntó si ya me había casado cuatro veces y no le respondí. Al día siguiente, le mandé un ramo de flores aclarándole que solo habían sido tres. Un año después, le proponía matrimonio.

Aceptó y mis abogados le pidieron que firmara un

acuerdo prematrimonial de separación de bienes, pero se negó a hacerlo. Por mi parte, aceptar aquella negativa fue un error. ¡Otro! La boda se celebró en Lugano el 13 de diciembre de 1967. Hasta entonces creía que ese era mi número de la suerte, pero es evidente que no fue así. Disfrutó de todo el lujo y los caprichos que quiso, pero pronto le faltó algo más: un amante. Ya te he hablado de Franco Rapetti y de las cosas que ambos llegaron a hacerme. Denise me fue infiel casi desde el principio. Además, cuando murió Rapetti al caer por una ventana de un undécimo piso en Nueva York, según dijo Denise «de forma accidental», la ayudé a repatriar su cuerpo.

—¿No me contaste que Rapetti, antes de morir, había ido a un abogado para solicitar que le protegieran de ella?

—Sí, así es. Denise prendió fuego una noche a su cama y él se salvó de milagro, aunque sus cuadros no corrieron la misma suerte. En un banco de Ginebra tenían una cuenta conjunta con varios millones de dólares.

—No entiendo por qué no te divorciaste de ella mucho antes.

—Le tenía mucho cariño a Alexander. Por mis divorcios anteriores, en cuánto lo hacía, dejaba de ver a los niños y no quería que ocurriera lo mismo con él. Denise, además, no quiso que durante nuestro matrimonio vinieran mis otros hijos a casa; los acusaba de tener comportamientos poco convenientes para Alexander. Me sentía muy solo y el niño llenaba esa soledad. El resto de la historia ya la conoces.

Tita se acercó hasta el barón y le besó. Pusieron música y bailaron y hablaron hasta la madrugada... Sonaba Frank Sinatra a través del altavoz del tocadiscos:

Heaven. I'm in heaven
and my heart beats so that I can hardly speak
And I seem to find the happiness I seek,
when we're out together dancing cheek to cheek...

—No se me ocurre nada mejor que estar a tu lado... Gracias por tu amor —le dijo Heini mirándola a los ojos.

Tita le besó de nuevo y continuaron bailando.

49

Las raíces húngaras del barón

Heini supo que sería un buen día para él después de hacer sus cuatro solitarios. Su interés por el mundo de la adivinación se debía a sus raíces húngaras. Todo lo relacionado con las profecías y con anticipar el futuro era para él, más que una afición, una necesidad. Dejó a todos muy impresionados el día que predijo a qué hora se solucionaría el problema del avión privado en el que debían volar, pero también cuando el loro, al que tanto querían todos, se escapó. Cuando esto último ocurrió, se sentó delante de las cartas mientras todos buscaban al animal. Cuando terminó su solitario, aseguró que aparecería al día siguiente a las diez de la mañana. Y el loro regresó tal y como las cartas del barón habían predicho. Tenía aptitudes para la adivinación y la familia y los amigos escuchaban atentamente sus predicciones. No fallaba.

Tita, desde que aprendió a hacer uno, le seguía y hacía su propio solitario por la mañana y, en ocasiones, antes de acostarse. Preguntaba a las cartas, pero éstas no siempre contestaban. Cuando esto ocurría, las dejaba descansar hasta el día siguiente. Después de un café, ambos se dedicaban a leer papeles de abogados y de negocios. A raíz del engaño de Georg, no firmaban nada sin leérselo de la A a la Z. Heini ponía trampas a sus abogados para saber si se lo habían leído todo. Un día se le ocurrió escribir en un documento de muchos folios la frase: «Si has llegado hasta aquí, te invito a una botella de champán». Nunca ninguno de sus abogados le reclamó el premio. Se dio cuenta de que no siempre se leían hasta la última frase de sus papeles y eso, con su hijo Georg, era un peligro.

Heini era una persona de costumbres. Al levantarse de la cama, iba directo a la ducha y después se afeitaba. Con la ayuda de Giorgio, escogía la ropa para ese día. Le gustaba vestir de traje oscuro, camisa clara y calzado negro. Todo hecho a medida. Jamás había pisado una tienda.

Al barón tampoco le gustaba llevar dinero encima. En una ocasión, al salir de una fiesta le asaltaron unos maleantes y, como no llevaba ni una sola moneda, les dijo que era uno de los camareros. «No tengo dinero. ¡Soy uno de los que han servido el cóctel!». Lo dijo con tanta convicción que le dejaron ir. Tampoco era partidario de hacer nuevas amistades porque sabía que las personas le veían «con cara de dólar», como le decía Tita. Sus amigos eran los de toda la vida, los que se habían mantenido a su lado a lo largo de los años. Como en todo, había dos excepciones: Antonio Salcedo y Juan Alberto. Ambos ya formaban parte de la familia y participaban de los acontecimientos importantes.

Sin embargo, algo que practicaba a diario eran sus relaciones sociales al más alto nivel. Habían estado en la

Casa Blanca invitados por distintos presidentes de los Estados Unidos; en el Kremlin con Gorbachov y su mujer, Raisa; en Downing Street con Margaret Thatcher; en la Moncloa con Felipe González y con Aznar ese mismo año, 1997; con el hermano del emperador del Japón o la reina de Inglaterra, Isabel II y su hermana, princesa Margarita o el príncipe Carlos. Eso sin contar con el rey Juan Carlos, la reina Sofía y toda la familia del rey, a la que se sentían muy unidos. Por sus casas desfilaban empresarios internacionales, gente del mundo del cine, del arte, de la música, de la cultura en general.

Solían viajar a menudo a Suiza y así acompañaban a su hijo que iba mucho allí para verse con la monitora de esquí, Micky, de la que se había enamorado. Tita deseaba conocerla más a fondo y la invitó a comer varios días a Villa Favorita e incluso le pareció muy bien la invitación de su hijo para que les acompañara en el último viaje a Japón.

—Me gusta que se haya enamorado —le comentaba a Heini. Es una forma de crecer como persona. Se ha hecho adulto sin darnos cuenta. Me siento muy orgullosa de que se comporte con ella como un perfecto caballero. Además, noto que está más centrado y se toma más en serio los estudios.

—Hablaré con él, como lo hizo mi padre conmigo, para explicarle que el apellido Thyssen atrae a muchas mujeres. Tiene que aprender a discernir cuándo le quieren por él y cuándo por su dinero. Tengo que evitar que sufra los mismos fracasos que yo antes de conocerte. Estudiar es fundamental para tener conocimiento y ser un hombre de provecho.

—Por eso quiero que hables con él. Llevar el apellido Thyssen conlleva una responsabilidad y debe saberlo.

—Lo haré. Estudiar en la universidad no solo te da conocimiento, te forma como persona y te proporciona amigos para toda la vida. Debe centrarse en qué quiere estudiar.

—Ojalá siga adelante este enamoramiento con la joven monitora. Parece buena chica. Solo quiero su felicidad. Nada más.

—Tranquila. Son diecisiete años. Está comenzando a descubrir la vida. Dale tiempo. Tendrá que equivocarse muchas veces y buscar su camino. Parece que el arte le interesa, me presta mucha atención cuando le hablo de pintura y de los artistas que elaboran esas obras de arte.

—Tiene en quién fijarse. Desde pequeño le has paseado por el museo de Villa Favorita y, ahora, por el Thyssen. Creo que eso y el gran conocimiento que puede adquirir simplemente escuchándote son la mejor escuela.

Borja regresó con ellos a Madrid en el avión privado. El barón quiso hablar con él, pero el joven estaba de exámenes y sacó los libros durante el trayecto. Había que dejarle solo para que los preparara. La conversación quedó postpuesta para otro día. Heini le prometió a Tita que lo haría en otro momento más adecuado.

A llegar a Madrid, el barón recibió una llamada de su secretaria, Stirnimann. Le trasladó las noticias que habían llegado de las Bermudas.

—Parece que su abogado, Crystal, sigue defendiendo sus intereses a cara de perro. Es muy probable que hoy haya sido el día en el que el juez Mitchell ha tenido que escuchar más veces hasta donde ha llegado el comportamiento de Georg. Me han pedido que le traslade que es optimista en este punto del proceso.

—¿Hay fecha ya para el juicio oral?

—No, siguen con los preliminares. Pero cada vez parece que la fecha está más cerca. Crystal le llamará personalmente mañana.

—Muchas gracias, madame Stirnimann.

Después de mucha actividad en el despacho, al llegar la tarde, se fue a buscar a Tita. Su cara era de preocupación y su mujer intentó calmarle.

—Todo va a salir bien. Nos ha costado mucho llegar hasta este punto, pero aquí estamos. Contra viento y marea, con todas las dificultades que hemos tenido que ir sorteando pero siempre juntos. Esa ha sido la clave para superarlo todo. Nuestros ángeles nos han protegido desde el cielo, lo tengo muy claro. ¿Qué tal si esta noche nos damos nuestro propio homenaje?

—Eso es de sabios. ¡Hagámoslo!

—Y un poco de música no nos vendría mal.

Después de la cena escucharon muchas de las canciones que tanto les gustaba bailar. Por un momento revivieron los días previos a su boda. Para Heini era la única que contaba. En su quinto matrimonio había encontrado a la mujer que siempre había buscado y se lo repetía a Tita constantemente.

—No he hecho otra cosa más que buscarte toda mi vida. ¿Por qué no nos conocimos antes?

—Cuando nos descubrimos en Cerdeña era el momento adecuado. Estuve a punto de conocerte en otra ocasión. De hecho, te vi de lejos, pero si nos hubieran presentado, lo mismo no habría ocurrido nada. ¿No crees que estábamos predestinados? Nos conocimos en el momento oportuno.

—Totalmente. La vida nos reservó el mejor capítulo para el final.

—No se me ocurre nadie mejor que tú para recorrer el camino que nos quede.

Continuaron bailando... Sonó de nuevo Frank Sinatra y allí estaban ellos, mejilla con mejilla, siguiendo el ritmo de *Fly me to the moon*...

—¿No te has arrepentido nunca de los líos familiares en los que te has metido sin querer? —le preguntó el barón abrazándola con fuerza.

—No, jamás. Lo que hemos vivido juntos estos años borra con creces las piedras que nos han puesto en el camino. Vivir es eso, superar las dificultades.

—Por favor, no te vayas nunca de mi lado.

—Jamás...

En el tocadiscos seguía sonando...

Fly me to the moon...
Let me play among the stars.
Let me see what spring is like
on Jupiter and Mars.
In other words,
hold my hand.
In other words,
baby, kiss me...

—Te amo —le dijo Tita mirándole a los ojos.

Heini la besó y siguieron así durante horas.

Al día siguiente, el barón Thyssen volvió a tener noticias de cómo se iban desarrollando los acontecimientos en la corte de Bermudas. Esta vez, los abogados se mostraron menos optimistas que en la jornada anterior. Ellos habían sostenido que en «ningún tribunal de equidad se autorizaría al primogénito a conservar el 43,75 % del Continuity Trust». Incluso fueron un paso más allá al asegurar que su padre se encontraba verdaderamente afligido tras descubrir cuánto se había equivocado al depositar su confianza en su hijo. Los letrados indicaron al barón que, una vez terminada su comparecencia, el juicio tenía visos de no resolverse rápido. Lo contrario del día anterior. El proceso, pensaban ahora, se alargaría bastante.

—Pero ¿cuánto más? La situación es insostenible.

—Ya, pero el juez no parece tener prisa.

—Pues, sin embargo, yo tengo la sensación de que el tiempo se me acaba. Los años no perdonan y me gustaría dejar las cosas resueltas cuanto antes.

—Nosotros lo intentamos, pero los plazos los marca el magistrado. Estamos en sus manos.

Al margen del litigio que estaba en marcha en Bermudas y que les proporcionaba tantos dolores de cabeza, la colección Thyssen-Bornemisza y la colección Carmen Thyssen, afortunadamente, les daban cada día más alegrías. Las visitas al museo iban en aumento y en la prensa se hablaba del éxito de ambas colecciones. Estando el político Mariano Rajoy al frente del Ministerio de Educación y Cultura, tras la llegada de José María Aznar al poder, se firmó un documento en el que se especificaba que Tita se comprometía al préstamo gratuito de su colección privada hasta febrero del año 2011. Se trataba de un grupo notable de obras entre las que se encontraban algunas de enorme importancia, como *La esclusa*, de John Constable, una de las obras maestras del pintor inglés. También se hallaba el cuadro *Idas y venidas* de Gauguin, que estuvo en las paredes de su residencia privada hasta que acabó cedido en préstamo al museo.

Lo cierto es que la colección Carmen Thyssen había nacido con vocación eminentemente viajera, empezando por China, donde gracias a ella se expusieron por primera vez cuadros de reconocidos pintores de Occidente. Esta muestra también viajó por España y se presentó en Santiago de Compostela, Barcelona, Málaga y Valencia; y fuera del país en ciudades como Roma, Bruselas, Bonn, Ciudad de México o Nueva York... En ese año 1997 toda la familia pudo viajar a la ciudad de los rascacielos. Se alojaron en el Plaza, un hotel lujoso y de pocas habitaciones. Muy exclusivo. Los Thyssen buscaban siempre privacidad pero en este viaje les acompañaron Borja y su novia; el único hermano de Tita, Guillermo, y su hijo del mismo nombre. Guillermo hijo tenía diez años más que su primo Borja y sus tíos ya le incorporaban a las conversaciones que mantenían con sus invitados.

El barón hablaba lo mismo en inglés que en alemán, francés, holandés o italiano. El español lo entendía a la perfección pero no lo hablaba. Con su cuñado se pasaba horas charlando en alemán sobre música, arte, tradiciones. Un día de su estancia en Nueva York, acudieron al famoso Club 21 a comer y allí, en el centro del restaurante, todos comprobaron que siempre tenían preparada una mesa para él. Disfrutaron mucho de aquella comida y de aquella estancia en la ciudad más cinematográfica del mundo. Fue para todos un viaje inolvidable.

Regresaron a Europa, a la mansión de Lugano con motivo del 60 aniversario de la apertura de la galería de arte de Villa Favorita. Fue otro gran acontecimiento muy emotivo para ellos y también muy reflejado en la prensa. El gran fotógrafo australiano de origen alemán Helmut Newton era uno de los invitados, y les hizo unas fotografías únicas: Heini con esmoquin y Tita con un traje de Pierre Balmain al que bautizaron como Espiga de oro. Fueron portada de muchas revistas en todo el mundo.

El remate de aquella fiesta, que recordarían siempre, fue una banda de músicos que consiguió hacer bailar a todos los invitados que tenían que ver con el mundo de las finanzas y con el mundo del arte. Por prescripción médica, el barón se tuvo que retirar a descansar antes de que concluyera el festejo. Se lo tomó con sentido del humor y se puso a saludar a todos desde el balcón de su habitación.

Todo salió bien gracias al personal fijo de allí. Entre otros, el matrimonio de portugueses José Díaz y su mujer Ana María, que llevaban muchos años a su servicio y lo tuvieron todo a punto. Giorgio, el mayordomo, que no se separaba jamás del barón y que viajaba siempre con él, también aportó mucho.

En Villa Favorita, su hogar durante tantos años, a Heini le cuidaban como si se tratara de una pieza de porcelana. Le preparaban sus platos favoritos de comida italiana. En especial, un risotto de verduras con trufa blanca.

El barón pudo disfrutar de los productos de su huerto y de los huevos de sus gallinas ponedoras. Casi todo lo que comían allí era de producción propia. Era una de las obsesiones de Tita: que todo lo que consumieran fuera saludable. El objetivo era acelerar una pronta y total recuperación de Heini.

Borja aprovechó esa conmemoración para ver a su novia. Micky ya participaba de forma activa de los eventos familiares como el aniversario que acababan de celebrar en Lugano.

Desde que se habían enamorado, Borja no se saltaba ni un solo fin de semana para ir a verla. La casa que le habían comprado sus padres para que pudiera quedar con sus amigos se encontraba cerca de Villa Favorita. Sin embargo, en las últimas semanas, había manifestado a Luis Vidal y a su primo Guillermo el cansancio que le producía tener que viajar allí casi todas las semanas. No le dijo nada a Micky, pero era evidente que Borja se mostraba cada vez más distante con ella.

Sin embargo, Tita había congeniado con la joven desde el primer día y así se lo expresó a su hijo, ajena a ese enfriamiento de su relación.

—Borja, lo más importante en una joven debe ser su corazón, y Micky tiene un corazón de oro. Me gusta mucho.

—La pena es que ella vive en Lugano y yo en Madrid. Esto de tener una relación a distancia...

—Es difícil, lo sé. Debes tener paciencia. El lado positivo es que así puedes concentrarte más en los estudios. No da tiempo a que discutáis.

—Pero me siento solo cuando estoy en Madrid... No sé si podré seguir mucho tiempo así.

—Piensa que eres un Thyssen y dar con una chica tan estupenda como Micky es complicado. Debes tener cuidado al elegir tus amigos. Trata de que sean buenas personas por encima de todo. Aprende de la experiencia de tu padre. Cuánta gente se le acerca porque solo ve en él la cara de dólar.

—No voy contando por ahí quién es mi padre. Evidentemente a Micky sí, y entiende lo que implica.

—Solo te digo que lo tengas en cuenta. Ya ves qué

difícil resulta distinguir a quién se nos acerca por nosotros mismos de quién lo hace por algún interés particular.

—Lo sé perfectamente, mamá.

En cuanto regresaron a Madrid, Borja tuvo que centrarse en los exámenes finales y no volvieron a hablar de este tema. Mientras tanto, la familia preparaba la celebración de su decimoctavo cumpleaños. El barón le había prometido su primera tarjeta de crédito para que comenzara a manejar su propio dinero con la mayoría de edad. Tita y Heini conversaban a menudo sobre el futuro de su hijo y el de ellos.

—La clave es mirar hacia adelante y jamás hacia atrás —dijo Heini.

—Mi lema es vivir con coraje, pero sin sufrimiento. Y efectivamente, mirar hacia el futuro —replicó ella.

—Debes sentirte muy orgulloso del pasado y de haber levantado un imperio; así como de ser un referente en el mundo del arte.

—Empiezo a pensar en las empresas que he sacado adelante: las que construyen bombas de aceite; las que elaboran fertilizantes, las plantas de cartón, las de maquinaria y herramientas agrícolas... Las empresas de transporte y, entre éstas, las que distribuyen mineral metalífero de Noruega, Brasil o Mauritania. Tenemos una planta en Dallas que supervisa centrales nucleares. También empresas que se dedican a fabricar discos duros de ordenador en diferentes partes del mundo. Tanta actividad empresarial solo ha tenido un objetivo: recuperar y sacar adelante la parte que heredé y diversificar la actividad y el riesgo. Siempre he buscado nuevos mercados y he aceptado los retos que iban imponiendo los nuevos tiempos. Ahora, de todo eso, se encarga mi hijo a mis espaldas. Hace y deshace a su antojo sin contar conmigo.

—No lo pienses... ¿Y si cenamos ostras esta noche?

—Mi hijo no nos va a impedir que seamos felices. Pondremos música y bailaremos hasta el amanecer.

—Buena idea...

—¿Tomamos antes una copa de vino?

—Hecho.

50

«La belleza debe ser compartida por todos»

Tita le había ido narrando su vida, con todo lujo de detalle, a su marido. Tanto la vivida junto a él como la anterior a conocerle. Era una forma de acercarle más a ella a través de sus recuerdos. Las próximas páginas de su diario estaban por escribir. Aunque había cogido la costumbre de contarle los episodios más amargos y también los más felices, decidió que iba a dejar de hacerlo. Y así se lo comunicó a Heini.

—Tenemos muchas cosas que hacer este nuevo año 1998. De modo que lo siguiente que nos toque vivir lo rememoraremos juntos. Escribir en mi diario me obliga a pararme y pensar. Hay mucho que hacer este año y muchas decisiones que tomar.

—Lo entiendo. La actividad del museo cada día es mayor.

Ambos se preparaban para dos grandes exposiciones en el museo Thyssen. Por un lado, la exposición de August Macke, uno de los principales miembros del grupo expresionista alemán Der Blaue Reiter; por otro, la exposición de Paul Klee, el pintor alemán aunque nacido en Suiza cuyo estilo se podía situar entre el surrealismo, el expresionismo y la abstracción. Era uno de los artistas preferidos de Tita.

También habían tomado la decisión de poner en marcha una gran novedad de cara al verano: la apertura nocturna del museo. Durante los primeros meses de 1998 era uno de sus temas recurrentes. Lo comentaban a menudo.

—Así los más jóvenes y quienes trabajen durante todo el día podrán disfrutar del arte —le dijo el barón—. La belleza no debe ser exclusiva de nadie; todos tienen que poder disfrutarla.

—Me parece una idea magnífica —añadió Tita—. En España se vive mucho la noche. Espero que el esfuerzo que vamos a hacer se vea recompensado con una gran afluencia de público.

Pero ese comienzo del verano contaba también con un acontecimiento familiar muy esperado: la mayoría de edad de Borja. Tita deseaba organizar una fiesta por todo lo alto que le hiciera olvidar su ruptura con Micky. Habían puesto fin a su relación y ella no sabía cómo ayudarle a superar el mal de amores. El barón le había regalado su primera tarjeta de crédito, pero nada parecía alegrarle.

—Hijo, eres muy joven; volverás a enamorarte, seguro. Tenías razón en que una relación a distancia va unida a muchas complicaciones.

—Prefiero no hablar de ello.

Tita pensó que quizá el viaje a Japón no había contribuido a estrechar lazos con la joven, sino todo lo contrario. Micky le había parecido una buena chica. Otra vez volvía a preocuparse por quién se acercaría a Borja. «Solo pido que sea una buena niña», se decía a sí misma.

Los dieciocho primeros años de la vida de su hijo se le habían pasado muy rápido. Echaba mucho de menos a su madre. Ella sí sabría qué decirle a su hijo en estos momentos. Borja era el motor de su vida, lo había sido desde que había llegado al mundo. Recordaba cómo, a pesar de que Manuel Segura no la había acompañado ni en el momento del parto ni había estado con ella en los primeros años de la vida de su hijo, jamás se había sentido sola. Su madre y su hermano la habían arropado de tal forma que supieron suplir ese vacío que había dejado Manuel. Además, a los pocos meses había aparecido Heini y le había dado a su hijo la figura paterna que no tenía. Tita sentía como si muchos ángeles protectores se hubieran puesto de acuerdo para ayudarla. Incluso la adopción de Borja antes de su propia boda le pareció un regalo del cielo.

—La vida ha sido muy generosa conmigo —se repetía a menudo.

Borja imitaba el sentido del humor de Heini y compartía su pasión por el mar. Aunque no tenía interés por estudiar, le gustaba el arte a fuerza de tanto vivir rodeado de cuadros de los mejores artistas. Tuvo la suerte de que el barón le explicara con serenidad y mucha paciencia la historia que encerraba cada pintura que colgaba de las paredes del museo y de su casa.

Lo que más le gustaba al muchacho era el deporte. Además de haberse convertido en un joven de mucha estatura, había ganado musculatura gracias a sus entrenamientos y se le veía más fuerte que nunca. Sin embargo, Borja seguía confuso sobre su futuro. Había terminado los exámenes y, al menos, los había aprobado. Comenzaba el verano y su padre le habló de hacerse patrón de barco, a lo que parecía haber mostrado cierto interés. Por otra parte, su padre biológico, Manuel Segura, había charlado con él acerca de las diferentes carreras que podía estudiar, pero el chico no se decantaba por ninguna.

Antes de celebrar su cumpleaños, el 24 de julio, la familia se trasladó a su casa de Sant Feliu. Pensaron que el sol y la playa en Más Mañanas le ayudarían a verlo todo con más claridad y optimismo.

Tita se sentía feliz en cuanto llegaba allí, al reencontrarse con sus mejores recuerdos y ver de nuevo a su hermano Guillermo. Era la única familia que le quedaba y, durante esos días, procuró pasar junto a él el mayor tiempo posible. Al barón le gustaba escuchar las anécdotas que ambos contaban sobre su infancia. Guillermo siempre había ejercido de hermano mayor. Tita se reía del episodio en el que la familia se había enfadado tanto con ella.

—¿Te acuerdas de cuando fui a Alemania de intercambio aprovechando que tú estabas allí estudiando? Un día nos pusimos de acuerdo tres compañeras del curso de alemán y nos fuimos un fin de semana de excursión haciendo autostop. A la vuelta, tú estabas enfadadísimo y mami me hizo regresar a España.

—Podría haberte pasado cualquier cosa. ¡Qué susto nos diste a todos! Dijiste que te ibas con los profesores, pero de eso nada. Os fuisteis las tres a la aventura.

—Bueno, nos fuimos a ver museos y a descubrir mundo. Pero para susto el que nos dio aquel señor que empezó a disparar con una escopeta de perdigones porque a ti y a tus amigos os gustaba robar sandías cuando veraneábamos en Teià, en el Maresme. Y yo, que era la pequeña, me quedaba la última en la huida. Vaya, una cosa por la otra. Ahí sí que pasé mucho miedo.

—¿Y el día que saliste volando del coche y nuestros padres no me creían?

—Abrí la puerta y me vi de pronto en la carretera.

—¡Para haberte matado! Encima me llevé yo la bronca.

—Siempre digo que tengo un ángel de la guarda al que le hago trabajar mucho. Solo me hice un rasguño en una pierna. Absolutamente milagroso. Pobre mamá, ¡cuánto le hice sufrir de pequeña!

—No te olvides de mí, que como hermano mayor era responsable de todo lo que pudiera ocurrirte.

El barón Thyssen se reía escuchándolos. Los días de verano se prestaban a esas confidencias y a esas largas charlas familiares. Las horas parecían alargarse en buena compañía. Guillermo y Heini congeniaban mucho. Más que cuñados eran amigos. Compartían gustos, aficiones y los dos charlaban sobre proyectos, reformas y también de barcos. Precisamente, Guillermo le habló de uno que podían alquilar esos días. Desde que Georg los había dejado sin el yate Hanse, para «reducir gastos», no se habían planteado tener otro.

—Sería una solución estupenda para vuestras vacaciones.

—Me parece una gran idea —dijo el barón.

Dicho y hecho, se quedaron con el barco que había localizado Guillermo para lo que quedaba de verano.

—Cuando volvamos a tener un barco, lo llamaremos Mata Mua —comentó Tita.

—Si ese es tu sueño, deberás perseguirlo —le respondió el barón.

El nombre del cuadro que tanto significaba para ellos

estaba muy presente en sus vidas. Esa pintura de Gauguin escondía una bonita historia. Se la contaron a Borja con detalle en una de las comidas familiares.

—Esta pintura significa mucho para nosotros —le contó su madre—. Además, es uno de los cuadros más importantes del mundo.

—¿Por qué? —preguntó el chico con curiosidad.

—Eso aseguran los expertos que lo han puesto al nivel de las grandes obras de Velázquez o de Picasso. Pero también es el cuadro de nuestra vida en común.

—¿Cómo llegó a vuestras manos? —preguntó a su padre.

—Fuimos a Londres a una subasta donde deseábamos pujar por él. Entonces, se nos acercó el empresario y coleccionista Jimmy Ortiz Patiño, que también lo quería. Nos dijo que era una locura comenzar a pujar uno contra el otro, ya que eso subiría muchísimo el precio. Entonces propuso que lo compráramos a medias y lo disfrutáramos un año cada uno. Sellamos el acuerdo y, a los pocos años, Jimmy me comunicó que dejaba el coleccionismo. Estaba muy metido en el tema del polo en Sotogrande y quiso venderme su mitad. Yo le dije que lo justo sería volver a tasarlo y llevarlo a subasta.

—No sé por qué lo hiciste así —le replicó Borja.

—Porque siempre hay que hacer lo correcto y lo justo.

—Yo estaba muy nerviosa —siguió Tita con el relato— porque seguíamos la puja desde nuestra casa en La Moraleja a través de dos líneas de teléfono. Siempre da mucho miedo que se te corte la línea en plena subasta, pero tuvimos suerte. Lo malo es que el precio subió como la espuma porque la obra ya había pertenecido a la colección

Thyssen. De modo que recompramos el cuadro en la subasta de Sotheby's en Nueva York y, al final, nos lo quedamos. De los 3.800.000 dólares que nos había costado cuando lo compramos con Jimmy, a los 24.200.000 que tuvimos que pagar. El *Mata Mua* no quería irse de nuestras manos y desde el 10 de mayo de 1989 fue nuestro al cien por cien. Ese día lo celebramos con champán.

—¿Qué tiene de especial para valer tantísimo? —preguntaba Borja con curiosidad.

—Y más que va a valer según pasen los años —contestó el barón—. Físicamente es un óleo sobre lienzo de noventa y un centímetros de alto y sesenta y nueve de ancho. A priori, reproduce un paisaje de Tahití: un árbol que ocupa el centro de la composición y dos mujeres maorís que aparecen sentadas, una tocando la flauta y la otra escuchando. Gauguin pintó detrás una estatua de Hina, la diosa de la Luna y rival del dios Sol. En torno a ella, podemos ver danzar a tres mujeres con vestidos azules y blancos. Al fondo, se ve una montaña entre rosa y violeta que se eleva por encima de los árboles. Pero el *Mata Mua*, que en maorí significa «Érase una vez», es mucho más que un cuadro. Es una evocación al pasado glorioso de los indígenas. Es una ficción de cómo se imaginó Gauguin el paraíso perdido. Por sus colores y por su elaboración es uno de los grandes cuadros del pintor y de la humanidad. Además, es muy inusual encontrar piezas de Gauguin de este calibre, y ya no digamos del periodo de Tahití.

—¿Gustará siempre este cuadro?

—Siempre. Lo que tiene calidad no pasa de moda. Hay cuadros de muchos siglos atrás en los museos y siguen perdurando por su calidad.

—Me encantaría acompañaros a una subasta...

—Cuando quieras. Antes de pujar por una pieza, tenemos expertos tanto en Nueva York como en Londres o en Madrid, que van a ver los cuadros para observar si lo que asegura la galería es cierto. Conviene comprobar si un lienzo está en buenas condiciones. Un cuadro hay que mimarlo de por vida. Espero que hayamos sabido inculcarte el amor por el arte con mayúsculas.

—Pero, mamá, lo tuviste que comprar una tercera vez, ¿no?

—Sí, cuando se creó el Art Trust con tus hermanos, cada uno eligió sus cuadros, y hubo que ponerles un valor y comprarlos. El *Mata Mua* era el más caro y se quedó sin comprador entre los herederos. Fue entonces cuando yo levanté la mano y lo conseguí de nuevo. Ha sido y será nuestro talismán.

—Tu madre dejó que pasara varias veces por su lado y, cuando todos se habían quedado ya sin dinero, lo recompró. Ese cuadro no se quiere separar de nosotros, está claro.

Después de esta conversación, Borja le dio un beso a cada uno y se fue con sus amigos. Le agobiaba pensar hacia dónde encaminar sus pasos; debía tomar una decisión para las que todavía no estaba preparado.

Fueron días de baños de mar y de sol. Heini no bajaba ya los más de cien peldaños que separaban Más Mañanas de las aguas de la Costa Brava. Acudían en barco hasta las calas más solitarias y bonitas. Guillermo y su familia siempre los acompañaban. Excepto un día que no se encontraba bien y le dijo a Tita que no saldría con ellos a navegar.

—Prefiero quedarme en tierra. No sé qué me ocurre,

pero será mejor que no os estropee el día. No tiene importancia. No te preocupes.

—¿No te acuerdas cuando comencé con un dolor muy fuerte en la espalda recién casada con Heini? A pesar de que yo siempre he aguantado el dolor, tuvo que venir una ambulancia que al final me llevó al hospital. Me dijeron que había que operar, pero cuando estaba a punto de entrar en el quirófano, decidí que quería tener una segunda opinión. Me llevaron a otra clínica porque me empeñé en que me viera un neurocirujano. Éste también dijo que había que operarme. Me puso unos auriculares con música y me intervino. Al día siguiente, salí como si nada del hospital. Por eso, cuando hay dolor siempre recomiendo que la gente se ponga en manos de un neurólogo o un neurocirujano.

—No me duele nada, Tita. Simplemente me encuentro mal. Me haré un chequeo al acabar el verano. Seguro que es estrés, he tenido mucha carga de trabajo en estos últimos meses.

—Me parece prioritario que vayas al médico. También deberías hacer taichí, no sabes lo bien que sienta. Lo practican millones de personas en todo el mundo y cualquier edad es buena para empezar. Hazme caso.

—Está claro que moverse es la clave para no caer enfermo.

—Eso es lo que tienes que hacer, moverte. Te aconsejaría también que te pongas en manos de alguien serio que te eche las cartas; a veces intuyen si vas a sufrir una enfermedad. Todos los años me gusta visitar a un tarotista que además tenga conocimiento de astrología.

—Prefiero descansar y dormir todo lo que no puedo durante el año; no deseo que los adivinos me condicionen la vida con sus vaticinios.

—A veces te indican un camino. No me gusta que te encuentres mal, eres mi única familia.

—Tranquila, Tita.

A los pocos días, los Thyssen se trasladaron a Marbella. Para cuando llegaron, su casa estaba lista para que pasaran en ella la segunda parte de sus vacaciones. Una de las noches que salieron a cenar con amigos le contaron a Tita que Espartaco Santoni estaba muy enfermo, con cáncer de páncreas, y que precisamente esos días se encontraba en la ciudad.

A raíz de esa confidencia, estuvo repasando mentalmente la vida que había llevado Santoni: el matrimonio con diecisiete años con María de los Ángeles Seijo, con la que había tenido sus dos hijos mayores; su boda con la artista española Marujita Díaz, con la que puso en marcha muchos proyectos profesionales. Su tercer matrimonio con la actriz mexicana Tere Velázquez, con la que tuvo otros dos hijos, Espartaco y Paola. Hasta su propia boda en Nueva York. Una boda que, como le había comentado el hijo del juez Falcon, nunca había existido. Y, por último, su unión con una de las mujeres más conocidas de la sociedad caraqueña, Naty de las Casas... A pesar de lo mucho que la había hecho sufrir, procuró recordar los momentos divertidos que también habían compartido. Cuando le comunicaron su fallecimiento, el 3 de septiembre, no pudo evitar que se le saltaran las lágrimas.

Pasados los meses, su hija Paola se presentó en su casa de La Moraleja con un inmenso ramo de rosas blancas. Quería entregarle personalmente la carta escrita de puño y letra de su padre. Tita se lo agradeció mucho y, cuando estuvo a solas, la leyó. «Has sido y serás siempre el gran amor de mi vida». Era la letra de Espartaco, pero se notaba que esas palabras habían sido escritas con mucha dificultad. Tita guardó la carta en uno de sus cajones. Así se cerraba para siempre el capítulo más duro de su vida.

En ese verano, su hijo tenía una nueva amiga y la intuitiva Tita se quedó preocupada. La novia anterior le había caído bien, pero cuando Borja le presentó a esta chica, no le gustó. Era siete años mayor que él y la había conocido mientras ella trabajaba en un pub de moda poniendo copas. El propio Borja había llegado a servir copas en ese mismo lugar para ayudarla, según se enteró después.

Tita observaba a su hijo y notaba cambios en su personalidad, le veía más distante y decidió hablar seriamente con él.

—Hijo, ten mucho cuidado con las malas compañías.

—Mamá, por favor.

—No te fíes de las personas que te alejen de tu madre. Tenlo en cuenta.

—Nadie quiere alejarme de ti. Simplemente soy una persona adulta; no soy un niño.

El barón, que pensaba que se trataba de un amor pasajero, le quitó hierro al asunto y habló con su mujer a solas para tranquilizarla.

—No te preocupes, que a esas edades uno se enamora y desenamora muchas veces, ya lo has visto con la monitora de esquí. No le des más importancia.

—Es que le veo cambiado. No sabría explicarte lo que siento.

—Tranquilízate, *my darling*.

Fueron pasando los días y en casa se procuraba no hablar de Blanca Cuesta, que era como se llamaba la joven que ocupaba su corazón. Entró por esos días en el servicio Eugenia, una veinteañera que llenó de alegría la casa y levantó el ánimo de Tita. Logró que madre e hijo siguieran hablando entre ellos como si nada hubiera pasado. La nueva exposición que se iba a inaugurar en el Thyssen dedicada al genial pintor valenciano Joaquín Sorolla y a la Hispanic Society también ayudó a relajar el ambiente.

Mientras tanto, el juicio de las Bermudas no parecía llegar a su fin. El juez Mitchell seguía pidiendo pruebas a las partes y, mientras tanto, la deuda contraída por el Grupo Thyssen-Bornemisza iba incrementándose en cientos de millones de dólares. Heini intentó hablar con sus hijos Francesca y Lorne, pero estos se alinearon con su hermano.

—Me he llevado una gran decepción con mis hijos mayores —le confesó a Tita—. A lo largo de este proceso no me han apoyado en ningún momento. Georg los ha convencido a base de mentiras. ¿Cómo no se han dado cuenta de que tampoco ellos percibirán nada hasta el año 2049? Lo que le está pasando a esta familia es terrible.

—Resulta doloroso contemplar la actitud de tus hijos, pero en algún momento se darán cuenta de que están actuando en contra de sus propios intereses.

—Espero que su poca confianza en mí no les perjudique el día de mañana. Su futuro está en peligro.

51

«La virtud sobrepasa la riqueza»

La concesión a Tita de la Medalla de Oro al Mérito en las Bellas Artes era una forma de reconocer su trabajo y tesón por haber logrado que la colección Thyssen se instalara definitivamente en España. No había sido fácil, pero ahí estaban los cuadros y la colección al completo, en el Palacio de Villahermosa, sin dispersarse. Tita y su marido no podían sentirse más satisfechos con el trabajo realizado. Heini no dejaba de aplaudir los méritos de su mujer.

—Siempre tuviste claro que España sería el mejor destino para la colección. Nos abriste una ventana y me diste una salida tras el oscuro deseo de mi hijo de arruinarme y acabar con el trabajo de tres generaciones.

—No lo consiguió, Heini. Y tu sueño ya es una realidad consolidada en España. Tu labor como coleccionista se ha reconocido a nivel internacional.

—Lo que más ilusión me hace es que tú sigas mis pasos. Ahora hay que volcarse en tu colección.

La condecoración se la concedió el Ministerio de Cultura, pero se la impuso el rey Juan Carlos I. Después de la ceremonia, Tita lo celebró con Heini, su hijo, su hermano y sus amigos Mercedes Lasarte, Antonio Salcedo y el pintor Juan Alberto Soler-Miret. Ese círculo estrecho siempre estaba cerca en los momentos buenos y también en los malos. Nunca fallaban.

—Tengo que decir que, sin el apoyo de los reyes, del duque de Badajoz y el esfuerzo de las diferentes administraciones, hoy nuestra colección no estaría aquí.

—Tita, había muchos países detrás de nosotros. Tú has sido la impulsora y promotora de que este museo se encuentre hoy en España.

—Es cierto que, siendo española, me hacía ilusión que el trabajo de tu abuelo, de tu padre y el tuyo propio estuviera aquí.

Fueron días de múltiples entrevistas y mucha exposición mediática. La baronesa quería agradecer el momento que estaba viviendo y pensó en hacer el camino de Santiago. Heini no podía acompañarla, su estado de salud se lo impedía. El propio barón sugirió que, aprovechando la estancia de Tita en Galicia, probaría de nuevo la silla de ruedas.

—Creo que puede ayudarme mucho en determinados desplazamientos.

—Como te sientas mejor.

Giorgio enseguida se hizo con una. El barón parecía más descansado y con fuerzas renovadas para rodearse de abogados en la casa de La Moraleja. Tratarían de buscar la paz familiar mientras Tita y Borja se convertían en peregrinos. Madre e hijo necesitaban reencontrarse. La amistad de su hijo con Blanca Cuesta los había alejado.

—No hablaremos de ella en el camino, pero es evidente que su presencia en nuestra vida no ha sido beneficiosa.

—No empieces, mamá. Siempre te han gustado mis amistades, no entiendo qué tiene Blanca para caerte tan mal.

—Su forma de ser, su descaro, su desinhibición ante todos. Yo no me voy a asustar de nada, pero hacer topless delante de quien no conoce... No sé, es un conjunto de cosas. Ha paralizado tus planes de futuro y ya no quieres seguir estudiando.

—Estoy pensando qué hacer. De momento, me haré patrón de barco, como quería mi padre. Eso me motiva. Y luego, ya veré.

—Confío en que este camino que vamos a emprender nos sirva a los dos para ver la luz.

Comenzaron el camino desde la ciudad de Burgos, considerada la capital gótica de España. El tiempo acompañó y, salvo unas pequeñas rozaduras en los pies, no tuvieron ningún contratiempo. Esa era la ruta más bonita para disfrutar de la naturaleza en todo su esplendor. Pasaron por extensos campos de cultivo, pequeñas casas de labranza y pintorescos pueblos dispuestos a recibir a los peregrinos. Visitaron las iglesias románicas que se encontraban en su peregrinaje sin perder de vista las señalizaciones que les indicaban que iban en buena dirección. No solo fue un viaje de resistencia, también fue un viaje interior. Cuando entraron en Santiago, a Tita se le saltaron las lágrimas. Caminando junto a otros peregrinos sintieron un escalofrío al ver a lo lejos la catedral. Al llegar a la plaza del Obradoiro, madre e hijo se abrazaron. Lo habían conseguido. En la catedral les dieron las credenciales de peregrinos y acto seguido visitaron el altar mayor y subieron las escaleras para dar el tradicional abrazo al santo.

Después bajaron a la cripta para visitar la tumba del apóstol. No solo fue un viaje espiritual, también sirvió para volver a estrechar lazos entre ellos.

—Cariño, he decidido construir otra casa para ti en la finca de Más Mañanas, en la zona alta. De esa forma seguiremos juntos y podrás conservar tu independencia. Me gustaría llamarla Más Sonrisas.

—Muchas gracias. Es una idea muy bonita.

—Siempre hemos sido optimistas y hemos sonreído a la vida. No cambies nunca, cariño.

Volvieron a abrazarse y, después de una comida reparadora, regresaron a Madrid. Su vuelta a casa fue muy aplaudida por Heini. Se dio cuenta de que las tensiones entre los dos habían desaparecido.

—Pasar tantas horas juntos os ha venido muy bien. Yo jamás podré hacer algo parecido con mis hijos. Nuestra guerra sigue abierta. Por cierto, parece que ya hay fecha para el juicio.

—Ten paciencia. La justicia te dará la razón.

Por fortuna, el 11 de octubre de 1999 ambas partes entraban en el tribunal de Bermudas. Dos horas después del comienzo del juicio, el abogado de Heini Thyssen, Michael Crystal, iniciaba su discurso de apertura asegurando que había que revisar empresa por empresa y que llevaría más de un año evaluar el complicado entramado empresarial del Grupo Thyssen-Bornemisza. Definió el *trust* como «uno de los principales grupos privados internacionales de empresas industriales y financieras». Añadió que al barón Thyssen se le debían millones de dólares y que cada mes la deuda se incrementaba. A estas alegaciones, el abogado de Georg respondió que al barón no se le pagaba porque el grupo no se lo podía permitir.

Crystal aportó datos del buen estado financiero de las empresas y del fondo de liquidez, que rondaba los quinientos millones de dólares; así dejaba claro que el grupo podía hacer frente a la deuda sin ningún riesgo. «Esta situación es vergonzosa —comentó Crystal al juez—. A las numerosas demandas en relación con la anualidad del barón hay que añadir la reclamación que presentamos en su día por la pérdida de valor de la propia anualidad». El hijo mayor, Georg, estaba a punto de cumplir los cincuenta años y no tenía pareja ni descendientes. Se presentó con una chaqueta raída y con unos calcetines rotos. Crystal llegó a afirmar: «El padre ha dado tantos millones a su primogénito, le ha regalado tantas obras de arte y cobra una cantidad tan desorbitante como director ejecutivo del Grupo Thyssen-Bornemisza que acumula mucho más dinero del que podrá necesitar nunca en su vida. Resulta vergonzoso, por lo tanto, que utilice solo las restricciones para su padre y no para él. El lema familiar no se puede aplicar a Georg Thyssen. En este caso «la virtud no sobrepasa la riqueza». Al contrario, el dinero para él es más importante que la virtud o el honor.

Georg escuchaba todas estas afirmaciones sin pestañear, como si las críticas no fueran con él. A Heini, que le miraba de reojo, verle en una actitud de tanto desapego hacia él le ocasionaba más dolor, si es que eso era posible. Salieron de allí igual que habían entrado. El juez Mitchell continuó pidiendo más y más pruebas periciales. El barón llegó a sospechar que su hijo lo hubiera sobornado.

Mientras tanto, en el museo se seguían programando exposiciones especiales, además de la permanente. Hubo una dedicada al Greco con récord de visitantes; otra antológica dedicada a Morandi, el pintor que plasmaba la vida secreta de los objetos y, la última del año, dedicada al naturalismo y titulada «Naturalezas pintadas desde Brueghel a Van Gogh». El museo, sin duda, era lo que más alegrías les proporcionaba a Heini y a Tita Thyssen.

Recibieron el nuevo siglo con más proyectos de viajes y exposiciones. Como cada año, la familia se reunió por Navidad. Guillermo y el barón se lo pasaron en grande bromeando y celebrando esas fechas con buen humor. Olvidaron durante unos días los problemas y en Nochebuena no faltaron los brindis más esperados.

—Solo pido salud y tranquilidad —dijo Heini mientras alzaba la copa.

—Yo pido que la vida nos deje mucho tiempo como estamos, ni más ni menos —añadió Guillermo.

—Pues yo deseo que la vida de todos nosotros sea larga, pero ansío la paz. Estos años de conflicto con Georg, Francesca y Lorne no se los deseo a nadie. Que el año que viene todo se solucione —pidió Tita.

Todos chocaron las copas y se bebieron el champán de un trago. Se notaban las ganas de que se solucionaran los conflictos. Ese nuevo año le llovieron a Tita las ofertas de los museos más importantes del mundo para que expusiera en ellos su colección privada. Heini la animaba a seguir comprando pintura de los siglos XVIII, XIX y XX, así como a estar pendiente de los cuadros de colecciones importantes que salían a subasta. Esos primeros meses del año 2000 su trabajo siguió siendo reconocido. La nombraron académica de la Real Academia de Bellas Artes de Cádiz. El acto tendría lugar en el mes de junio. Su hermano Guillermo fue uno de los que más se alegraron y le prometió que no se lo perdería por nada del mundo.

Sin embargo, Guillermo no pudo cumplir su promesa

porque sufrió un ictus irreversible y a los tres días, el 29 de marzo, moría con cincuenta y nueve años. Tita se quedó en shock cuando recibió la llamada de su sobrino. Lloró desconsoladamente ante Eugenia, que se había convertido en su mano derecha, pero le pidió que la noticia no trascendiera.

—Si se entera mi marido, podría pasarle factura en su mermada salud.

Tita se secó las lágrimas y le dijo a Heini que tenía que viajar a Barcelona para hablar con un político que estaba interesado en llevar su colección allí.

—Si quieres te acompaño y así veo a la familia.

—No, no. Mi hermano no está en Barcelona. Se encuentra de viaje. Ni tan siquiera le veré. ¡Quédate aquí! Me acompañará Borja.

—Está bien. Lo que tú prefieras.

Tita acudió al entierro y al funeral por el alma de su hermano Guillermo en compañía de su hijo. Su cuñada y sus sobrinos estaban muy afectados por la repentina muerte del cabeza de familia. En apariencia no tenía problemas de salud.

—Llevaba un tiempo cansado y con mucho estrés —aseguró su mujer entre lágrimas.

—Me lo había comentado en alguna ocasión. Hay que dar importancia a las señales que nos transmite el cuerpo —decía Tita todavía incrédula ante la noticia.

El dolor de la baronesa era inmenso y su sentimiento de soledad se acrecentó. Ya no vivían sus padres y ahora moría su hermano, al que siempre había estado tan unida. Les pidió también a ellos que la ayudaran a ocultarle a Heini su muerte, ya que estaba segura de que podría empeorar su salud.

—Pero ¿qué decimos cuando nos pregunte? —comentó su sobrino.

—Que está de viaje.

—¿Y si quiere hablar con él?

—Que no hay cobertura. Que le manda saludos y abrazos.

—Tía, lo va a saber. Las mentiras tienen las patas muy cortas.

—Es un favor que os pido a toda la familia. Guillermo, me gustaría que vinieras más por casa. No quiero que Borja y tú os distanciéis, hazme este favor.

—Está bien.

—Será una forma de que mi hermano esté entre nosotros. Me hará mucho bien verte.

Mientras tanto, el barón permanecía ajeno a la tragedia de esta muerte súbita. Para Tita supuso uno de los golpes más duros de su vida. Disimuló como pudo y procuró ahogar sus lágrimas en silencio. Heini siguió haciendo sus cuatro solitarios por las mañanas y le preguntó a Tita varias veces si todo iba bien en su familia, pero al no obtener una respuesta que indicara lo contrario, no volvió a insistirle. Fiel a su cita con las cartas, confiaba en encontrar una señal, algo que le hiciera presagiar que la paz familiar estaba cerca. Sin embargo, durante ese año de cambio de siglo no se cumplieron sus deseos. Al iniciar el 2001 las cosas se torcieron todavía más. El juez Mitchel confirmaba a todas las partes el peor de los escenarios.

—Tengo que comunicarles que mi mandato como juez finaliza. El gobernador no tiene intención de proponerme continuar en el cargo y, además, este clima no le sienta bien a mi esposa, de modo que tendrán ustedes que comenzar de nuevo con otro juez.

Cuando se lo dijeron al barón, se llevó un disgusto enorme. Era evidente que su salud estaba cada día más deteriorada y no había forma de dejar solucionados todos los asuntos familiares que tanto le perturbaban. Se reunió con sus abogados y estos fueron muy claros.

—Volver a empezar supone dilatar la solución; es decir, otros tres o cuatro años.

—Mis queridos amigos, lo que ya no tengo es tiempo. No se lo digan a mi esposa, pero sé que mi final está cerca.

—Señor Thyssen, eso solo lo sabe Dios —añadió el abogado Michael Crystal—. Pero, ciertamente, volver a comenzar sería una locura. Le propongo que negocie directamente con sus hijos, que estarán tan cansados como usted.

—Pues haga lo que crea conveniente, pero resuelva este espinoso asunto.

—Lo más oportuno será acercar posturas. Las dos partes tendremos que ceder en algo para llegar a un acuerdo.

—Solo deseo, por el bien de todos, la paz familiar.

La posición del juez Mitchel, lavándose las manos como Pilatos, no satisfizo a ninguna de las partes. En el mes de junio Georg movió ficha y envió a su hermano Lorne a la Costa Brava con una propuesta. Se presentó allí sin avisar después de años sin hablarse con su padre. Sin embargo, Tita y el barón le recibieron con los brazos abiertos. Pensaron que era todo un gesto. Después de la comida le enseñó a su padre lo que para Georg era una oferta «muy generosa». No hizo falta llamar a los abogados; en cuanto su hijo les explicó en qué consistía la propuesta, el barón la rechazó de inmediato.

—Hijo, estoy dispuesto a ceder, pero no a condonar

la deuda que tu hermano ha contraído conmigo. Hay que hacer lo justo y esto que me traes no es serio.

—Así no podemos seguir. Habrá que llegar a un acuerdo.

—Tu hermana y tú estáis siendo tan perjudicados como yo, pero, como no os dais cuenta, seguiremos así hasta que la justicia ponga orden o hasta que tu hermano me haga una oferta que pueda considerar.

Lorne se fue de Más Mañanas y no volvieron a tener noticias ni de él ni de Francesca ni del primogénito, Georg. Fue un inicio de verano muy triste, aunque Tita intentaba disimular la ausencia de su hermano.

—¿Este año no va a venir Guillermo? ¿Se ha enfadado conmigo por algo? —preguntaba Heini extrañado.

—En absoluto. Está liadísimo. Le han salido asuntos en Australia y este verano no le vamos a ver. Bueno, a su mujer y a sus hijos por supuesto que sí. Más rabia le da a él no estar descansando en familia.

—Ciertamente, le echo de menos.

—Yo también, pero el año que viene seguro que lo pasa con nosotros.

Un año era un plazo lo bastante largo para decidir qué hacer. Dependiendo de cómo le viera de salud, Tita se lo diría o no. Mientras tanto, Borja y ella callaban. Durante esos días, intentó acercarse a Blanca Cuesta y le propuso que la acompañara junto a su hijo, Antonio Salcedo y el jefe de seguridad, Luis Vidal, a los astilleros de Génova para buscar un barco. Eso le dio nuevas energías. Fueron en coche desde Sant Feliu. Recorrieron varios astilleros, pero los barcos que encontraron no les gustaron. Les hablaron de uno interesante que había pertenecido al hermano de Al Fayed, el padre de Dodi, último acompañante de Lady Di, que había muerto junto a ella en accidente cuatro años antes. El barco se encontraba en Mallorca. De modo que decidieron viajar hasta allí y se enamoraron del velero de motor nada más verlo. Tenía cuarenta metros de eslora.

—Desde que me casé con Lex sé bastante de barcos. Tiene la proa baja, el lastre no está compensado. Es muy buen barco, pero está descuidado.

Les contaron que había dado la vuelta al mundo y necesitaba una puesta a punto. Decidieron quedárselo e ir a Cerdeña navegando. Fue un viaje precioso. Durante su regreso a Barcelona se produjo una tormenta y el barco se movió mucho. De madrugada, Borja los despertó a todos porque se había iniciado un incendio. Antonio salió del camarote en pijama.

—No os pongáis nerviosos —repetía una y otra vez Tita—. Al capitán y a los marineros los ayudará que conservemos la calma. Hay que dejar que actúen. En peores situaciones me he visto yo a lo largo de mi vida. Ya os contaré lo que viví en aguas de Yugoslavia. No va a pasar nada. Tranquilos.

A la media hora se pudo dominar el incendio y finalmente el barco atracó en el puerto de Barcelona.

Tita quiso que lo arreglaran y modernizaran de inmediato. Fueron al astillero Marina 92, pero el presupuesto que le dieron era desproporcionado. Al cabo de quince días volvieron a llamarla del mismo astillero asegurando que tanto ella como el barco eran los más famosos de la zona y que no podían perderla como clienta. Al final, se pusieron de acuerdo. Renovaron por completo el interior, incluida la tapicería. En unos meses ya estaba listo. La baronesa se quedó muy satisfecha del resultado.

—Ha quedado precioso todo en blanco. Es la ventaja

de ser socia del Club Náutico de Barcelona desde que me casé con Lex. Gracias a eso, el velero se puede quedar aquí durante todo el año.

Tita se dio cuenta de que, de la noche a la mañana, su hijo volvía a estar más presente en casa. Parecía el de siempre y no escuchaba en su boca el nombre de Blanca Cuesta. No se sintió con fuerzas para preguntarle por ella.

—¿Estás bien? ¿Necesitas que hablemos? —fue lo único que alcanzó a decir.

—Tengo una buena noticia: que sepas que me he sacado el título de patrón de barco.

—Pero ¿cómo lo has llevado tan en secreto? ¿Lo sabe tu padre?

—No, no se lo he dicho aún.

—Se pondrá muy contento, es la clase de noticia que le hace feliz. Estos días llevarás tú el barco. ¿Ves como cuando quieres sacas los estudios adelante?

En cuanto el barón lo supo, le felicitó. Durante la cena, su padre le comentó que estaba satisfecho además por otro asunto.

—Tienes una tarjeta de crédito desde tu mayoría de edad y me gusta que gastes poco. Eso dice mucho de ti. En la vida hay que ser austero, excepto cuando vienen los amigos o conocidos a casa. En ese momento, como hacía mi abuelo, es cuando hay que echar el resto.

—El abuelo August debía de ser todo un personaje.

—No te lo puedes imaginar. Yo le tenía verdadero cariño. Siempre digo que era el único que estaba esperándome con los brazos abiertos cuando nací. Y también el que empezó el coleccionismo con las esculturas de Rodin de las que se enamoró durante un viaje a París. Fue el responsable de ese primer impulso y de la pasión por el coleccionismo que tenemos todos los Thyssen. Luego mi padre se contagió de esta bendita fiebre y me la transmitió a mí.

—Y después tú me contagiaste a mí ese amor por la pintura —comentó Tita—. Espero que tú, Borja, también sientas lo mismo. Tienes en tu padre al mejor maestro para afinar el ojo con la pintura.

—Mira, no hay que tener prisa en la vida, pero tampoco hay que tener pausa. En todas las familias hay una oveja negra, y en la mía fue el tío August. El hijo del gran emprendedor que fue mi abuelo solo supo ser un playboy. Solía decir que para qué iba a hacer nada en la vida si la familia nadaba en la abundancia. No entendía cómo su padre podía pasar el día entero trabajando. Su vida fue de desenfreno total. Mi abuelo le llevó a los tribunales incluso. Quiso demostrar que no estaba bien de la cabeza, pero no lo consiguió. Sufrió mucho.

—A lo mejor soy yo la oveja negra ahora. No sé qué quiero hacer con mi vida —comentó Borja.

—Lo que decidas siempre debe tener un fin: los valores y la virtud deben estar por encima de la riqueza. No lo olvides. Es el lema de la familia.

—Esta chica con la que sales no te permite construir un futuro. Aunque el título de patrón de barco ya es un paso.

—¿Te refieres a Blanca? Ya no estoy con ella.

Heini y Tita se miraron.

—Por lo que veo, todos necesitamos encontrar la paz y la tranquilidad —comentó Tita.

—Te aseguro que el año que viene, 2002, la vamos a alcanzar.

—Dios te oiga...

52

«El secreto está en la fuerza de voluntad»

Tita no podía estar más contenta: Blanca y su hijo habían roto de la noche a la mañana. Aunque Borja no le había explicado los motivos, respiró tranquila. Había algo en ella que no le gustó desde el principio. Heini, en un intento por conocer a los padres de la joven, tampoco había congeniado con ellos. Ni tan siquiera con su madre, que era de origen alemán. El barón, que hablaba perfectamente su idioma, no fue capaz de entenderse con ella. La noticia de su separación era la mejor que recibían desde hacía meses.

Tita pensaba que el motivo por el que una persona te podía caer mal nada más conocerla era inexplicable; para ella se trataba de algo químico, algo que iba más allá de la primera impresión. Eran energías incompatibles que alzaban una barrera entre dos personas. Por eso respiró aliviada. No podía soportar la forma de ser de Blanca.

Los días posteriores se volcó en hacer que su hijo no se sintiera solo. Borja y ella volvieron a salir juntos a comer, de compras e incrementaron los viajes. El joven regresó a sus amistades de siempre: Juan, su guardaespaldas; Miguel, su compañero de toda la vida. La unión entre madre e hijo parecía reforzarse. Tita habló más que nunca con él.

—Para mí eres lo más importante. Tienes que prometerme que no romperás nunca nuestro lazo eterno. Un cordón umbilical espiritual seguirá uniéndonos para siempre.

Borja se emocionó al oír las palabras de su madre.

—Yo sé que tú sientes lo mismo por mí —continuó.

El joven asentía.

—Tú y yo somos uno. Daría mi vida por ti. Me preocupa mucho que no hagas las cosas con cabeza. No te acerques más que a buenas personas. Hazme caso. Sigue el ejemplo de tu padre.

—Igualarle es imposible.

—Pero fíjate mucho en él y en lo que hace. Tiene un corazón de oro. Mira, cuando secuestraron a su amigo Freddy Heineken, los secuestradores pidieron una cantidad desorbitada a cambio de su liberación. La policía recomendó al Consejo de Administración, al que pertenecía Heini, que no cediera al chantaje. Estuvo días sin dormir pensando en su amigo. Al final, tomó la decisión de viajar a Holanda y pagar el rescate. Siempre ha sido valiente y lo primero para él siempre han sido la familia y la amistad. Freddy, nada más soltarle sus secuestradores, fue a verle a Villa Favorita para agradecerle lo que había hecho por él. Iba rodeado de ocho guardaespaldas, pero quería expresarle en persona su agradecimiento. Se fundieron en un abrazo y no volvieron a hablar del tema, como si no hubiera ocurrido. Entre ellos establecieron una especie de pacto de silencio. Eso dice mucho de la determinación de tu padre y de lo que significa para él la palabra «amistad».

—Me gustaría saber más de él. Cuando eres un niño y creces al lado de figuras tan imponentes como la suya, hay cosas de las que no te das cuenta.

—Hay gestos suyos que a mí se me han quedado grabados. Como cuando hace donaciones a fondo perdido. Durante diez años sufragó un sistema informático que permitió a los restauradores de la capilla Sixtina conocer diferentes opciones de trabajo para tratar el fresco original del siglo XVI de Miguel Ángel Buonarroti. El inicio de la restauración fue en 1983, pero el proceso culminó prácticamente una década después. Nos recibió el papa Juan Pablo II. ¿Te acuerdas de aquel momento?

—Sí, la abuela me lo contaba a menudo. Me habló mucho del papa y de que estuvo muy simpático conmigo.

—Mira, tu padre trata a la gente con una combinación de respeto y afecto. En cuanto abre la boca, él también se hace respetar por todos. Da igual que sean presidentes del gobierno, miembros de familias reales, aristócratas, empresarios u obreros, gente importante del mundo de las finanzas o del mundo de la cultura. Lleva desde los veintitrés años trabajando y sabe de lo que habla.

—No entiendo que logre conquistar a todo el mundo menos a sus hijos mayores.

—Porque se han educado con unas madres que no les han inculcado el espíritu familiar ni han sabido abrirles los ojos para que conocieran a su padre. Han hecho todo lo contrario, separarlos de él y solo pedir dinero y más dinero. La vida es otra cosa. La familia está por encima de todo. No lo olvides. Si uno se pierde, tiene que saber que el camino está cerca de la familia, de los suyos.

Ahí están tus raíces, de donde vienes y quién eres. Somos muy pocos en la nuestra. Ahora que mi hermano ha muerto, quiero que tu primo Guillermo esté más presente.

—No me puedo olvidar de que él me enseñó a nadar, me ha acompañado a miles de sitios, he viajado mucho junto a él. Salvo un periodo en el que nos alejamos uno del otro, hemos compartido muchas cosas. Hace poco hemos retomado nuestra relación familiar.

—Eso está muy bien. Siempre hará de hermano mayor contigo. Yo he perdido al mío y no sabes lo sola que me siento. Si no fuera por Heini... —Tita se quedó pensativa.

—Papá no está bien, ¿verdad?

—El problema de salud que tuvo hace años está pasándole factura. Hasta ahora ha estado muy bien, pero su movilidad se ve cada vez más mermada. Por eso ha vuelto a utilizar la silla de ruedas. Le cuesta andar...

Desde su despacho en La Moraleja, el barón mantenía cada día charlas interminables con sus abogados. Mandó una nota manuscrita a todos sus hijos en la que les decía que había llegado el momento de alcanzar una conclusión satisfactoria para todos. Al fin logró lo imposible: que se pusieran de acuerdo en una fecha para una reunión familiar. El lugar de encuentro sería Basilea, la ciudad al noroeste de Suiza, a orillas del Rin, cerca de la frontera con Francia y Alemania.

A comienzos de febrero del 2002 se encontraron allí. Tita había alquilado un avión medicalizado para trasladar a su marido y le pidió al doctor Pujadas que los acompañara. Quería que su médico tuviera las constantes vitales del barón vigiladas.

Las calles de Basilea estaban cubiertas de nieve, pero la gente andaba sin ningún problema por los caminos que rápidamente despejaban los servicios de limpieza de la ciudad. La notaría estaba cerca del casco antiguo medieval, en el Marktplatz. En otras circunstancias, Tita y el barón habrían disfrutado de un paseo y visitado la catedral del siglo XII. Puede que incluso hubieran visitado la tumba del erudito Erasmo de Róterdam, que se encontraba en su interior. Pero Heini iba en silla de ruedas y el viaje no era de placer, sino de confrontación.

Cuando se encontró en una de las salas de la antigua notaría cara a cara con sus hijos, estos no le preguntaron por su estado de salud ni tampoco le regalaron una sola muestra de cariño, tan solo un tímido movimiento de cabeza como saludo. Nada más. El barón habría agradecido un abrazo, un apretón de manos o incluso una palabra. Sin embargo, no se produjo ningún gesto que evidenciara el vínculo filial que los unía. Todos eran millonarios, con propiedades e importantes obras de arte a su nombre gracias a él, pero por lo visto no era suficiente, querían más. Pensó que la ambición de sus hijos era insaciable. Faltaba Alexander, que no quería ni ver a su hermano mayor después de que hubiera logrado que detuvieran a su madre, Denise, por no entregar al *trust* las joyas que le había regalado el barón durante su matrimonio o no haber abonado su valor como alternativa, como había hecho Tita. No había límites para la codicia de Georg. Le daba igual encarcelar a la madre de uno de sus hermanastros. Tomó la palabra Heinrich Thyssen:

—Buenos días a todos y gracias por estar aquí. Mi abogado, Michael Crystal, os va a trasladar mi propuesta final. Sinceramente, pienso que es muy generosa —señaló el barón—. Deseo dejar todo arreglado para el día en que yo falte. Estudiadla con detenimiento en compañía de vuestros abogados. Si estáis de acuerdo con mi ofrecimiento, que ellos se encarguen de redactar los nuevos contratos. Regresaremos aquí para la firma en los próximos días, cuando todo esté listo. Solo os pido que hagáis este último esfuerzo.

Tita y Borja estaban presentes. Saludaron al resto de la familia con otro movimiento de cabeza. La tensión se podía cortar en el ambiente, pero si estaban allí era porque todos tenían ganas de poner punto final a esa guerra familiar.

Michael Crystal les explicó con todo detalle la última propuesta que les hacía el barón. El abogado era de poca estatura pero de mucho carácter. Medía un metro sesenta centímetros, mostraba orgulloso su cabellera blanca e iba impecablemente vestido. Se trataba de uno de los mejores abogados del mundo en plena acción, delante de los herederos de Heinrich Thyssen y sus representantes legales.

—Señores, de producirse el acuerdo exigirá de ustedes la máxima confidencialidad. Lo primero que quiero dejar claro es que la titularidad de la colección que el barón vendió a España en 1993 queda exenta de cualquier tipo de reclamación por su parte. Igualmente, no es objeto de esta negociación que el Patronato de la Fundación Thyssen esté gestionado por Carmen Thyssen.

Los abogados de los hijos exigieron que al menos uno de ellos compartiera el Patronato con ella.

—Nosotros proponemos que sea la archiduquesa Francesca de Habsburgo, la única hija del barón. Además, deberán nombrarse periódicamente cuatro representantes. Hasta ahora a los cuatro los designaba la baronesa y a partir de este momento tendrán que ser dos a propuesta de doña Carmen y dos de doña Francesca.

Después de valorarlo, el barón volvió a ceder pensando en las ventajas de llegar a un acuerdo. Heini aguantó estoicamente todos los pormenores de la negociación. El gran escollo estuvo en que Georg, el primogénito, quería y exigía seguir al frente del Grupo Thyssen-Bornemisza. El abogado Crystal, con el consentimiento del barón, cedió finalmente en eso, pero pidió que el conglomerado de empresas estuviera dirigido por un consejo supervisor independiente. Es decir, Junior seguiría figurando al frente del grupo, pero habría un consejo que lo supervisaría todo de forma equitativa y equilibrada. No se haría exclusivamente su voluntad como hasta el momento.

Después de terminar la reunión, en una sala contigua, el médico midió las pulsaciones del barón. El corazón de Heini no solo había aguantado el envite, sino que había sido capaz de soportar la tensión del momento sin mayor problema. El doctor Pujadas dio el visto bueno para que siguiera adelante en su determinación de zanjar los asuntos pendientes con sus herederos.

—No sé cómo estás consiguiendo desenmarañar poco a poco esta madeja tan complicada —le comentó Tita en voz baja mientras salían de la notaría.

—*Willpower*. Ese es el secreto.

En los días siguientes, el barón fue recibiendo el sí de cada uno de sus hijos con distintos matices. Pidió que los abogados se pusieran de acuerdo con ellos y sus respectivas sensibilidades. También él exigió que Tita quedara excluida de la cláusula que fijaba el año 2049 como fecha para que cada uno pudiera controlar sus finanzas. Eso implicaba que Georg siguiera al frente del Grupo, pero excluyendo a Tita, que desde ese momento sería responsable de su parte alícuota. El 15 de febrero quedaron en Zúrich para la firma. Sin embargo, Georg quiso introducir un cambio de última hora y postpuso la reunión al día 22 que, además, tendría lugar en Basilea. Los más de treinta abogados que ya se encontraban en Zúrich tuvieron que trasladarse hasta allí. Esos cambios de última hora hacían que Georg se sintiera más poderoso. Dejaba patente que se seguiría haciendo lo que él quería, con una sola excepción: Tita. Se presentaron todas las partes acompañadas de sus respectivos representantes legales. El notario leyó cada uno de los contratos para conseguir cerrar el episodio más oscuro de los Thyssen y rubricar los acuerdos. Cuando todo acabó, Heini miró a su mujer y sonrió. Había logrado la paz en su familia después de años de litigio en el juzgado de Barbados.

—Has conseguido lo que parecía imposible hacía unos meses. Enhorabuena. —Tita le besó.

—Lo que no ha sido capaz de hacer el juez Mitchell de Barbados en estos ocho años, lo hemos conseguido en Basilea. Podríamos habernos ahorrado tantos disgustos, tantos sinsabores y tanto dinero en abogados y pruebas periciales...

—Pero lo has conseguido. ¡No me cansaré de darte la enhorabuena! Espero que tus hijos vengan ahora más por casa.

—Yo no espero nada. Así no me llevaré ningún desengaño. ¿Qué te parece si lo celebramos con champán y ostras?

—Me parece una gran idea —dijo Tita.

Después de la comida, regresaron a España en el avión medicalizado junto al doctor Pujadas, que no se movió de su lado. Dos días después, la familia Thyssen emitía un comunicado conjunto en el que lamentaban «los malentendidos que habían conducido a los procedimientos judiciales». El barón aseguraba que estaba muy complacido con el hecho de que la baronesa y sus hijos hubieran llegado a un acuerdo final y definitivo con él. Todos se habían puesto de acuerdo en la distribución de los bienes restantes de su patrimonio. Heinrich Thyssen-Bornemisza de Kaszon también les daba las gracias a todos por haberlo hecho posible.

A esta alegría se sumó otra que comunicó Borja en cuanto regresaron de Suiza tras firmar lo que llamaron la «Paz de Basilea».

—Estoy saliendo con una chica que me presentaron hace unas semanas. Lo digo por si alguien os dice que me han visto por ahí con una amiga.

—¡Qué buena noticia! ¿Cuándo podremos conocerla?

—Vendré con ella a casa el fin de semana.

—Estupendo. Confío en que sea una buena muchacha.

—¡Mamá!

Eugenia, su mano derecha, le contó a Tita que se trataba de una joven que trabajaba en una boutique. Se llamaba María Cortina y todas las informaciones apuntaban a que se trataba de una chica seria.

El sábado por la tarde apareció con ella en la casa de Madrid, en La Moraleja, para ver una película en la sala de cine que tenían. De paso, se la presentó a sus padres. La recibieron con una gran sonrisa. Tanto Tita como el barón se quedaron muy satisfechos. Cuando Borja se retiró con ella, intercambiaron impresiones.

—Me parece una chica maja, seria y, a la vez, muy amable.

—Lo más importante es que sea una buena persona. Lo demás vendrá solo con el paso del tiempo —comentó Heini—. Aunque yo contigo solo necesité segundos. Me enamoré de ti nada más verte. Me quedé mirándote fijamente y supe que ya no querría separarme de ti jamás.

—Fue bonito porque a mí me pasó lo mismo. ¡Gracias por hacerme feliz! Si no hubiera sido por tus hijos...

—Eso ya pertenece al pasado. Ahora estamos nosotros aquí junto a tu hijo y esa chica de la que se ha enamorado.

—Sinceramente, me ha gustado mucho. Me tranquiliza.

Tita se fiaba de su intuición nada más conocer a las personas. No le volvieron a preguntar a Borja y dejaron que la relación cristalizara sin ninguna presión por su parte. Las preocupaciones a partir de entonces se centraron en la salud del barón, que iba deteriorándose poco a poco. Cada día era peor al anterior. Ninguno de sus hijos apareció por allí los días sucesivos a la firma del acuerdo. Los médicos avisaron a Tita de que su corazón estaba muy débil y ella tomó la iniciativa de trasladarse a Sant Feliu de Guíxols. Allí siempre parecía recuperarse de sus dolencias.

—Heini, cariño, ya que te gusta tanto el mar, ¿qué te parece si nos vamos a Más Mañanas? Allí te sentirás mejor que aquí.

—Es el lugar al que más me gustaría ir. Una gran idea.

La perrita Juanita Bananas ya no se apartaba de su regazo. Siempre estaba encima de él. El barón no le temía a la muerte, que sentía cercana. Siempre había dicho que le gustaría acabar sus días frente al mar. Agradeció mucho que su mujer siguiera apostando por su recuperación.

Nunca se daba por vencida, era lo que más le gustaba de ella.

Al llegar a Más Mañanas percibió ese olor a pinos que tanto le gustaba y alcanzó a sentir la brisa del mar en la cara. «Era el lugar ideal para vivir y también para morir», pensó. Los primeros días parecía que recuperaba fuerzas. La perrita no dejaba que nadie se le acercara, intentaba protegerle de lo que parecía inevitable. Todos estaban pendientes de él. El servicio le preparaba su comida preferida, pero no tenía hambre ni fuerzas para levantarse de la cama. Se estaba apagando poco a poco. Tita le consolaba hablando.

—Heini, piensa que hemos pasado muy buenos momentos juntos y que hemos logrado saber lo que es la felicidad. Solo nuestros viajes y las personas tan interesantes que hemos conocido darían para escribir varios libros.

—Siento haber llegado a tu vida siendo un hombre mayor. Me pregunto muchas veces por qué no nos conocimos antes.

—Las cosas llegan en el momento justo. Hemos de estar agradecidos a la vida y a nuestro ángel de la guarda. Nos ha protegido de muchas personas que pretendían hacernos daño.

—Estoy pensando en mi administrador, en Groh. Creía que éramos tan amigos y descubrí que cada vez que me compraba acciones de alguna empresa recibía importantes comisiones. Eran esas de las que los brokers trataban de deshacerse. De haberlo sabido, jamás le habría dado permiso para comprarlas. Pero confiaba en él. Y luego, cuando supe lo mal que se había portado contigo y esa exhibición de poder que mostró con todas mis exesposas...

—Y algunas cosas más que no quise contarte. Creo firmemente que intentó apartarme de ti con malas artes cuando te conocí. ¿Qué me habría pasado aquel día que me citó en el barco y había despedido a toda la tripulación? Creo que quería tirarme al agua en alta mar. Mi angelito de la guarda me paró en la aduana. Al final, llegué a la vez que tú. Nunca me gustó. Mi primera impresión fue mala y nunca suelo equivocarme.

—Lo mejor que hice en mi vida fue quitármelo de encima.

—Lo mejor que he hecho yo ha sido conocerte.

Tita le besó. Se tumbó en la cama junto a él y se acurrucó en sus brazos.

—Cuánta lucha, Tita. Modernicé los tres astilleros que poseía en Holanda y en Alemania. Puse en marcha una mina de carbón, así como una central hidroeléctrica. Vendí mis compañías financieras y creé el Grupo Thyssen-Bornemisza. Invertí en plástico, en vidrio, en maquinaria agrícola, en repuestos de automóviles, en sistemas logísticos, equipamiento eléctrico y seguí adelante con mi gran pasión por el arte. ¿Y para qué me ha servido?

—Para dar de comer a muchas personas, crear un imperio y poder seguir comprando arte. Sin lo uno no hubieras conseguido lo otro.

Al barón le gustaba escuchar el relato de las experiencias vividas en boca de su mujer. Tita le sujetaba la mano derecha entre las suyas. Borja apareció por allí y guardó silencio al ver la escena. Se sentó a los pies de la cama. Tita se incorporó y comenzaron a hablar del tiempo y de lo bonito que estaba el día.

—¿Te apetece salir al jardín?

—No tengo ganas ni fuerzas.

—Juanita Bananas está deseando salir al sol —le dijo Borja.

—Está bien, decidle a Giorgio que me vista y me saque a respirar aire puro.

—Lo que no consiga Bananas...

53

Intuía que el final estaba cerca

El barón no volvió a salir al jardín, pero aún podía ver el mar desde su habitación en Más Mañanas. Eso era lo que más le gustaba de aquella casa, «la más bonita» de todas las que tenían, como solía decir. El mar siempre había formado parte de su vida. Había nacido en Holanda, en Scheveningen, un pequeño pueblo de pescadores separado de La Haya por un enorme campo abierto. Ahora, desde la cama, se acordaba del primer mar que había conocido y también de su madre. «¡Qué curioso pensar ahora en mi madre! —se decía a sí mismo—. Era una mujer muy guapa y encantadora. Siempre he sentido hacia ella y hacía Hungría, su país de origen, una atracción especial. Cuando me preguntan por mis raíces siempre respondo que me siento muy holandés y muy húngaro». Sonrió al recordar cuando se presentó en la boda de su hija Francesca vestido con uniforme de húsar, con una capa llena de adornos de piel y botas hasta la rodilla. Como había pertenecido al primer barón Thyssen-Bornemisza, pensó que era lo más apropiado. En realidad, lo único que quería era molestar a los Habsburgo con los que iba a emparentar Francesca y recordarles que se sentía húngaro y que en Hungría ellos nunca habían sido bien aceptados.

Andaba enfrascado en estos pensamientos cuando Tita, Borja y Guillermo, su primo, entraron en la habitación.

—¡Hola, mi amor! ¿Has podido descansar? —le besó Tita.

—Sí, de maravilla. Te diré que estaba pensando en Holanda, me acordaba de mi bella madre y de mi pasión por su país.

—Eso está muy bien. Los dos tenemos fijación con nuestras madres. Heini; tienes mejor cara y eso me hace feliz. Mira, los chicos estaban en el salón recordando anécdotas y vivencias y les he pedido que vinieran para comentarlas contigo.

Guillermo acercó una silla a uno de los costados de la cama y empezó a recordar en voz alta.

—¿Sabes? Me acuerdo mucho de ese viaje que hicimos toda la familia por las diferentes islas del Caribe. Duró seis meses y cuando regresamos tuve que repetir curso con catorce años, pero mereció la pena. Los días los pasábamos en la playa bajo el sol y cerca del mar. Tú estabas todo el día nadando, tanto que hacíamos turnos para acompañarte en el agua, como nos pedía la tía. Me acuerdo de que más de una vez pasó la policía del lugar en una lancha para advertirnos de la presencia de tiburones. Menos mal que no apareció ninguno, porque tú seguías imperturbable en el agua como si tal cosa. Pocas personas he conocido a las que les guste tanto el mar como a ti.

—Y tan valiente. Bueno, irresponsable diría también a veces... —comentó Tita.

El barón sonreía y les pedía con la mano que continuaran.

—¿Y esas noches estrelladas en familia o con visitas tan importantes como la de Henry Ford y su mujer? Mi padre, que también estaba por allí, se hizo muy amigo suyo... Lo pasamos bien, ¿verdad?

Tita le dijo que no con la cabeza a su sobrino. Había mencionado a su padre y hacía demasiado tiempo que había fallecido como para seguir diciendo que estaba de viaje. Heini intentó preguntar por él, pero Guillermo le cortó y siguió hablando.

—Yo aprendía mucho de aquellas largas conversaciones que sostenías con gente tan importante y me lo pasaba en grande en las fiestas que celebrábamos en las diferentes playas. ¿Recuerdas? Había timbales, bidones con los que los nativos seguían el ritmo, marimbas... Era imposible no ponerse a bailar y dejarse llevar por la música. Y todo aquel pescado cocinado al fuego. ¡Qué rico! Creo que en ese viaje me enamoré del mar y del buceo.

Heini le señalaba el brazo...

—Sí, me tatué el dios del mar de Polinesia y diferentes símbolos náuticos. Fue un viaje inolvidable en tu yate, el Hanse. ¡Qué maravilla!

—El Hanse —le interrumpió Tita— lo diseñó tu tío y su construcción, que duró dos años y medio, tuvo lugar en un pequeño astillero de Bremen, ¿verdad?

Heini asentía con la cabeza. No tenía fuerzas ni para hablar y Tita siguió con la descripción del yate que tanto apreciaba.

—No le faltaba detalle. Fue un barco muy especial para nosotros. Todos los inviernos le decíamos al capitán que lo llevara al Caribe. Nosotros hacíamos el viaje en avión y luego nos embarcábamos en él durante largo tiempo. No existían ni el reloj ni las prisas. En verano lo traíamos al Mediterráneo. En él hemos ido a Turquía, Grecia, Cerdeña, Sicilia, Stromboli, Venecia; hemos recorrido la costa yugoslava, Dubrovnik, Córcega, las islas Baleares, Marbella, Trinidad, Jamaica, Haití, Puerto Rico y tantos y tantos sitios... Somos marineros, ¿verdad?

Heini sonreía y les pedía con las manos que continuaran. Guillermo siguió hurgando en su memoria.

—Pienso mucho en Lugano y en todas las experiencias que he vivido con vosotros. La exposición sobre «Las joyas de los zares», que habían estado siempre ocultas y lograste que llegaran a Lugano. Tu capacidad de negociación, lo comento muchas veces, es infinita. Has conseguido cosas extraordinarias. Piensa que cuando yo era un crío iba a tu casa y me encontraba, por ejemplo, al mejor compositor del momento, Andrew Lloyd Webber. Me incorporabas a las diferentes conversaciones, aunque yo prefería escucharos. La gente no sabe lo mucho que le ayudaste de joven, siempre has sabido ver el potencial de las personas... O el día que me presentaste al director de orquesta austriaco Von Karajan. ¡Qué mirada tan penetrante tenía! No podía creer que estuviera tan cerca del hombre que dirigió la Filarmónica de Berlín durante treinta y cinco años. ¡Qué suerte he tenido al poder conocer a tus amigos! Bueno, podría dar nombres y no parar. A Samaranch me lo presentaste justo antes de los Juegos Olímpicos en esta casa. También a la princesa Margarita de Inglaterra o al príncipe Carlos. Un sinfín de personalidades con las que hemos compartido grandes veladas.

—Pues yo recuerdo el día en que me diste ese susto tan grande cuando saltaste desde el barco al que nos habían invitado en Japón. En la bahía de Hong Kong, sin encomendarte a nadie, te lanzaste a las oscuras aguas en las que no se vía el fondo. Un marinero tuvo que tirarse detrás de ti —añadió Tita.

Borja escuchaba muy atento y, de pronto, tomó la palabra.

—Pues yo, papá, recuerdo especialmente tus bromas... Creo que he heredado algo de tu sentido del humor. Hemos gastado muchas en esta casa. Hemos hecho la petaca a todas nuestras visitas; hemos puesto pasta de dientes a alguno de tus amigos en la cara y les hemos explotado petardos a los pies mientras dormían...

Todos reían, incluido el barón, y Tita continuó...

—Bueno, Heini las ha hecho muy gordas. Un día —les contó a los jóvenes— se vistió de chica simulando que era Teresa, su primera mujer, después de su boda. Fueron a visitar a su abuelo a Italia. Hacía años que no la veía y una de sus hijas, tía de Teresa, le pidió que se disfrazara, y él, que siempre estaba dispuesto a bromcar, se prestó a ello. El abuelo, cuando se enteró de la broma, no se lo perdonó nunca y siguió llamándole Teresa.

Heini sonreía divertido. Borja cambió de tema. Quería expresarle lo agradecido que estaba.

—Bueno, y tus paseos por el museo, primero en Lugano y después en Madrid. He aprendido mucho tan solo escuchándote —añadió Borja—. He adquirido más conocimiento a tu lado que en el colegio.

El barón se emocionó. Era plenamente consciente del momento que estaba viviendo, no hacía falta que nadie le explicara nada. Era evidente que todos intuían que el final estaba cerca.

—Creo que Heini necesita descansar un rato. Guillermo, Borja, gracias por rescatar vivencias que se quedarán para siempre en nuestra memoria.

—Son muchas. Gracias, tío Heini, por tantos ratos inolvidables. —Guillermo le besó.

—Papá, ponte bueno. Necesitamos que te recuperes —le siguió Borja.

Ambos se fueron con los ojos húmedos de lágrimas contenidas. Heini, antes de que se fueran, intentó preguntar por Guillermo padre.

—¿Cuándo viene tu padre? —lo dijo en un susurro ininteligible.

Guillermo hijo no se atrevió a seguir mintiéndole y no le dijo nada. Le lanzó un beso al aire. Borja se despidió con un lacónico: «¡Hasta mañana, papá!».

Los días sucesivos dejó de recibir visitas, estaba muy cansado. A finales de abril su estado se agravó. Tita no celebró su cumpleaños; no podía. Le faltaba Heini para hacerlo. Se le oía respirar con dificultad. Cuatro días después, el 27, Tita salió un momento de la habitación a contestar una llamada de teléfono y cuando regresó tuvo la impresión de que no respiraba. Llamó al doctor y cuando éste le vio, certificó su muerte. Se había ido suavemente...

—Señora, su marido ha muerto.

Tita solo pudo añadir:

—Ha descansado.

Los ojos se le enturbiaron y lloró. Borja se abrazó a su madre entre lágrimas. Tita, después de un rato, pidió quedarse a solas con él, pero antes de hacerlo Giorgio le vistió con uno de sus elegantes trajes hechos a medida. El servicio funerario acudió y trasladó sus restos a la capilla ardiente que habían abierto en la ermita que estaba cerca de Más Mañanas, la capilla de Sant Elm, un santo medieval considerado protector de navegantes; a fin de cuentas, Heini se había sentido siempre un hombre de mar. Aquella capilla era un lugar especial para él y le gustaba visitarla siempre que estaban allí. Tita nunca pensó que precisamente allí fueran a vivir un momento tan triste.

La baronesa recordó el consejo que le había dado su madre cuando murió Lex: «Es mejor que no le veas muerto porque se te quedará grabada esa imagen para siempre». En esta ocasión no lo pudo evitar y le miró. No parecía él. Fue tan solo un instante, pero se le clavó en la retina. Pidió que cerraran la caja y le estuvo velando toda la noche. Enseguida empezaron a llegar familiares y amigos que quisieron acompañarla en su duelo.

Tita, en silencio, pensaba en todas las discusiones y disgustos que se podrían haber evitado si sus hijos no hubieran pensado exclusivamente en ellos y en el dinero. Estaba triste por no haber estado presente en su instante final. Se había ido sin más. Sin ruido. Sin palabras. Recordaba ahora las que le había dedicado el día de la operación en París. Antes de entrar en quirófano le había dicho: «*Darling*, te quiero». Había sonado a despedida. Jamás olvidaría la sonrisa y la mirada que le dedicó antes de que se lo llevaran en camilla. Ahora, a solas con él, imaginaba que volvía a decírselo como tantas otras veces: «*Darling*, te quiero».

Tita, con la vista puesta en el féretro, mantuvo durante largo tiempo una especie de soliloquio que no llegó a verbalizar: «Heini, ¿y ahora qué? Queda mucho trabajo por hacer y necesitaré sentirte cerca. Intuyo que no estás muy lejos. Eso me da tranquilidad de espíritu. Te necesitaba más tiempo a mi lado. Estos últimos años de guerra familiar han sido muy duros para ti y también para mí.

Cariño, deseo que encuentres la paz. Te quiero y te querré siempre».

Borja la sacó de sus pensamientos y se abrazó a ella. Tita le comentó la lección de valentía y coraje que el barón había dado hasta el último día de su existencia.

—Menudo ejemplo para todos. Creo que los días más felices de su vida los ha vivido con nosotros, esa es la satisfacción que me queda. Solo tuvo una familia de verdad y fue cuando nosotros llegamos a su vida.

—Nunca imaginé que se moriría tan pronto.

—Estaba muy cansado, pero jamás se hacía la víctima. Quería morir frente al mar, aunque creo que él tampoco esperaba un desenlace tan rápido. Borja, tenemos que dar gracias a Dios por lo que nos ha dado. Conocerle ha sido lo más maravilloso que nos ha sucedido. Pero no les perdonaré a sus hijos lo mal que nos lo han hecho pasar estos últimos años. ¡Con lo felices que podíamos haber sido!

Llegaron su cuñada y sus sobrinos. Sus lágrimas parecían haberse secado y todo lo que estaban viviendo semejaba un mal sueño. Estaba fuerte y les comentó lo mal que lo había pasado en Basilea.

—Heini ha muerto dos meses después de lograr la paz familiar, una paz que pasa porque Georg siga controlándolo todo hasta el 2049. Yo he conseguido salvar lo mío, mi marido me ha protegido hasta el final. Francesca y Lorne, que litigaron contra su padre, tendrán que esperar años para cobrar. Estoy segura de que no se han leído ni un solo papel. Si nos hubieran dejado tranquilos...

Le aconsejaron que se fuera a casa y que, al menos, se tumbara un par de horas en la cama. Les hizo caso, pero, a las seis de la mañana, el timbre del teléfono rompía el silencio de Más Mañanas. Eugenia entró en la habitación y le comentó que debía atender la llamada. Era el rey don Juan Carlos.

—¿Majestad?

—Tita, la reina y yo te damos nuestro más sentido pésame.

—Muchas gracias. Todavía no me lo creo. Se ha ido apagando poco a poco, en silencio.

—Lo hemos sentido mucho. España siempre tendrá una deuda con él y contigo.

—Gracias, majestad.

Sus ojos no podían expresar la pena que llevaba por dentro. Un café la puso en pie de nuevo. Cuando todo el papeleo estuvo arreglado, se vistió de luto riguroso y, en un avión privado, viajó hasta Inglaterra con los restos de su marido. Borja seguía sin despegarse de su lado. Sería el último viaje de Heini; descansaría para siempre en el panteón familiar junto a su padre, Heinrich, su tía y su abuelo August, en el castillo de Landsberg. Ahora albergaría también el cuerpo del hombre que había transformado su existencia.

Tal y como esperaba Tita, no tardaron en aparecer todos sus hijos y también sus madres. En los dos últimos meses nadie había ido a verle, pero ahora todos lloraban compungidos. Tita sintió una punzada en el estómago y se aferró al brazo de su hijo. En esas horas, con el que más habló fue con Alexander; era con el que más relación había tenido.

Mientras abrían la lápida con ese sonido frío y seco del mármol, pensaba en la soledad que sentía. Mientras los operarios introducían los restos de su marido cerca de la tumba de su padre recordaba las palabras que tan a menudo le repetía: «Tú y yo somos uno. Y lo seremos para siempre». Cuando todo acabó, sacó fuerzas de flaqueza y se dispuso a recibir el pésame de los más allegados y de los que siempre habían estado alejados. No era momento de reproches y a todos les puso buena cara.

Los días siguientes continuaron los funerales, uno en Alemania y otro en Madrid. Los medios de comunicación de los distintos países coincidieron en sus titulares: «Ha muerto el mayor coleccionista de arte del mundo». «El gran mecenas del arte se ha ido». «Fallece a los ochenta y un años el millonario coleccionista de arte Hans Heinrich Thyssen». «La colección Thyssen, tras el fallecimiento del barón, seguirá en España», eran palabras de la ministra de Cultura, Pilar del Castillo. «Todo está firmemente asentado para que la colección siga en nuestro país».

Familiares, amigos, políticos y representantes del mundo de la cultura coincidieron en dar su apoyo a Tita señalando el papel trascendental que había tenido para que el impresionante legado de su marido se quedara en España. Agradeció a todos las muestras de cariño y sacó fuerzas de donde no tenía para ser amable y correcta.

Los días posteriores quiso trabajar a todas horas. Los papeles la desbordaban, pero a la vez le permitían no pensar en el final de su marido. Habían estado juntos más de veinte años. «Se me han pasado volando», se decía a sí misma. La perrita Juanita Bananas ahora no se apartaba de ella.

Una de esas noches, cuando se quedó a solas en su habitación, comenzó a oír una música. Poco después pensó que era la misma que Heini había querido que bailaran aquella vez que estuvieron hablando hasta altas horas de la madrugada. Parecía la misma. Sí, era la canción de Frank Sinatra que tanto les gustaba. Casi podía escuchar sus palabras por encima de la música.

«My darling, you are the light of my life».

Lentamente fue quedándose dormida. Mientras tanto, sonaban en su cabeza las notas de su canción favorita:

Heaven, I'm in heaven
and my heart beats so that I can hardly speak
And I seem to find the happiness I seek,
when we're out together dancing cheek to cheek...

—Heini, te echo de menos...

SÉPTIMA PARTE

54

Nos hemos quedado solos

Nadie se explicaba de dónde sacaba fuerzas, pero Tita supo que debía tomar las riendas de su vida. Se reunió con todos los trabajadores del museo y les aseguró que nada cambiaría. Ya había muchos proyectos en marcha y deseaba que llegaran a término. Durante esos días en el museo se celebraba la exposición dedicada a Georges Braque, un pintor y escultor francés, primero fauvista y después iniciador del cubismo junto a Picasso. Era uno de los pintores esenciales del siglo XX y de los que más le gustaban al barón.

También debía seguir de cerca las obras de ampliación del museo, que justo se habían iniciado en abril, un mes que habría preferido borrar e incluso que nunca hubiera existido en ese año 2002.

Tita no se podía permitir desfallecer; estaba su hijo Borja, por el que tenía que luchar, ya que la muerte de Heini había cambiado radicalmente el rumbo de su vida. Ahora ella debía preocuparse por el futuro de los dos.

—Hijo, ahora estamos solos tú y yo. Te necesito más a mi lado que nunca. Cada día me enfrento a cientos de papeles y, como no quiero que me pase como a tu padre, los leo hasta la última coma. Deberías ir incorporándote a todos los actos donde me requieran. Un día tendrás que coger la batuta y pelear porque el apellido Thyssen esté asociado al arte, al mecenazgo y a la promoción de la cultura. Ese debe ser tu camino.

—No pienso dejarte sola. Siempre estaré a tu lado.

—Te lo agradezco mucho, Borja. Si quieres, trae por aquí a María. Entiendo que eres muy joven para estar todo el día con tu madre.

—No te preocupes. Sabe el momento que estamos atravesando. No la estoy viendo mucho, la verdad.

—Sobre todo, me gustaría que te centraras en lo importante que es para mí seguir llevando mis cuadros a grandes exposiciones por todo el mundo y también ampliar la colección.

—Te acompañaré en todos tus viajes. No permitiré que vayas sola.

Las palabras de su hijo la reconfortaron mucho. Cada madrugada, como colofón del día, hacía su solitario. Primero rezaba y después intentaba averiguar lo que las cartas querían comunicarle. Cuando no encontraba respuestas, las guardaba y pensaba que al día siguiente serían más explícitas. Se levantaba con un café en una mano y con un teléfono en la otra. Desde primera hora hablaba con sus abogados y se acostaba leyendo los documentos que estos le enviaban durante el día. Sus amistades iban a verla a su casa de La Moraleja, donde, además, recibía todo tipo de visitas relacionadas con su actividad cultural. Sus amigos Antonio Salcedo y Mercedes Lasarte la acompañaban de día y de noche. Al final eran su otra familia, la que lo daba todo a cambio de nada. Como decía el barón: «Qué difícil es hacer amigos de verdad cuando uno tiene dinero».

Los días posteriores a los funerales una llamada destacó entre las muchas que recibió Tita. Se había puesto en contacto con ella Manuel Segura, el padre biológico de Borja. El publicista se ofreció a estar más presente en la vida de su hijo.

—Tita, no estuve como padre en los primeros años de Borja; ahora creo que deberías tirar de mí cuando veas que lo necesita. No quiero ser solo un padre que juega al pádel con él los fines de semana, y menos en estos momentos.

—Te lo agradezco mucho, no imaginas cuánto. Saber que estás ahí en estos momentos en los que me siento tan sola es importante para mí. Estaría bien que hablaras con él y le dijeras esto mismo. Significará mucho para Borja y para mí.

En cuanto el calor del verano empezó a notarse, Tita se fue a Sant Feliu. Necesitaba refugiarse en la casa en la que tan feliz se había sentido. A la vez, se trataba de la casa que acumulaba más recuerdos de sus «vidas anteriores», como solía decir. Pero también era el lugar donde su marido se había ido de ese mundo para siempre. Entre las paredes de aquella casa construida por Lex en los terrenos elegidos y regalados por su padre se sentía segura. Además, la había decorado como quería y la había inundado de flores y vegetación, como a ella le gustaba. El mar también tenía mucho protagonismo en Más Mañanas, ya que se veía con claridad desde cualquiera de las ventanas. Estaba convencida de que allí habían transcurrido los mejores años de su vida. Guillermo, su madre y ella habían compartido en esa casa grandes e inolvidables momentos familiares. Había fotos por doquier entre los muebles; suplían las ausencias y dejaban a la vista algunos de los mejores instantes vividos en verano. Cada vez había más portarretratos y menos seres queridos a su lado. Lo habló con Borja, que se había trasladado durante unos días junto a ella.

—Hijo, nuestra familia es muy pequeña. Tienes la responsabilidad de dar continuidad a nuestro apellido.

—Yo no pienso ahora en tener hijos. No me veo de padre. Yo quiero vivir, viajar y conocer mundo.

—Tienes razón, pero no está mal que vayas pensando qué hacer con tu vida y junto a quién quieres vivirla. ¿No haces planes de futuro con María?

—No, mamá. Somos muy jóvenes.

—Tienes razón. Me estoy planteando tu futuro demasiado rápido.

—Tranquila, no te va a ocurrir nada y yo estoy bien. Descansa e intenta reponerte de la pérdida de papá.

Tita se llevó muchos libros a alta mar y fue leyéndolos poco a poco. Navegó con el Mata Mua por el Mediterráneo. La naturaleza y la brisa marina le hacían mucho bien. En agosto se trasladó a Marbella y continuó con la lectura. También acudía a las casas donde no cesaban de invitarla. Sin embargo, para ella era demasiado extraño ir sin Heini. Por suerte, las amistades intentaron que no pensara en ello. Mercedes y Antonio no la dejaron sola en aquel primer verano sin su marido. Ella, de forma natural, tenía el nombre de Heini en la boca constantemente. Le hacía bien hablar de él.

Las cosas en casa empezaron a reorganizarse. El mayordomo, Giorgio, se despidió después de tantos años, pues el barón ya no estaba y no tenía que cuidarle. Había sido sus manos y sus pies durante los últimos años de convalecencia. También había viajado mucho junto a él y le había ayudado en todo aquello a lo que un hombre tan ocupado no llegaba. Giorgio había pasado toda su juventud y parte de su madurez al lado del hombre «al que más había admirado». Ahora tendría que averiguar, como todos, hacia dónde encaminar sus pasos.

Tita comenzó a viajar a las diferentes casas que había heredado para hablar con el servicio. La primera visita sola a Villa Favorita fue muy dura para ella. Durante veinte años había estado junto a su marido y, al entrar en aquella casa tan grande, sintió un escalofrío. Recordó la primera vez que Heini la había invitado allí y, al llegar a la habitación, descubrió un Renoir en la pared; la impactó muchísimo. Desde entonces, jamás se separaron.

Esos días les asignó tareas a los empleados que tenía en la oficina de Lugano: dos contables y tres secretarias. Entre ellos Stirnimann, a la que vio muy triste y compungida por la muerte del que había sido su jefe durante tantos años.

—Todavía recuerdo lo mal que lo pasamos en París cuando cayó en coma. La Virgen de la Medalla obró el milagro y pudimos disfrutarle durante muchos años más. Aquel momento en la ambulancia, mientras nos llevábamos al barón, lo recuerdo aún como una pesadilla.

—Podía haber salido mal, pero salió bien. Una vez más, nuestro ángel de la guarda nos ayudó. Le pido que me ayude a deshacerme de ataduras. Creo que debería desligarme de tanto patrimonio, no tiene sentido tener tantas casas: Londres, Madrid, Barcelona, Sant Feliu, Mallorca, Marbella, Jamaica y esta de Lugano... Todas con servicio y preparadas para que vayamos allí en cualquier momento. No como dos veces al día ni duermo en dos camas a la vez ni tampoco se vive para siempre... Tengo que ver de qué puedo prescindir. Prefiero invertir el dinero en obras de arte, que perduran y trascienden a nuestra propia vida.

—Tiene razón; haremos un estudio.

En la cocina de Lugano, durante su estancia allí, se esforzaron por preparar los platos que más le gustaban.

—Todavía recuerdo cuando mi madre andaba por aquí y nos preparaba esos guisos que solo ella sabía hacer y cuyas recetas hoy me arrepiento de no haber aprendido. ¡Qué felicidad cuando esta casa estaba llena de familia!

Regresó a Madrid en cuanto pudo; deseaba ver a su hijo, que, en realidad, era el último eslabón de la familia. Ese pensamiento la agobiaba mucho. Le pidió que la acompañara a la última exposición del año: «Sisley: poeta del Impresionismo». A través de setenta obras, el museo ofrecía un completo recorrido por la trayectoria artística de Alfred Sisley. Era un paseo por los escenarios que el artista había visitado y pintado a lo largo de su vida.

—¿Sabes, Borja? Le llamaban «el poeta de la luz». Es uno de los artistas impresionistas que mejor retrataron la luz de cada estación.

—Me gusta mucho. Su pintura no fue tan conocida como la de otros impresionistas, ¿verdad?

—Pero llegó a ser uno de los grandes. Fíjate bien en sus pinturas de invierno. Tu padre me decía que tenía una verdadera atracción por esta estación del año, ya que su temperamento solitario y reservado era ideal para capturar la tristeza.

Pasearon por el museo y le contó que tenía las ilusiones puestas en la ampliación.

—Inaugurar mi colección privada aquí, en este palacio, me hace una ilusión especial. Creo que ambas colecciones deben estar juntas. Ahora sueño con los cuadros. Esto es como una enfermedad. Pienso más en cómo comprarme un cuadro que en adquirir un traje. No lo puedo evitar.

—Me siento muy orgulloso de lo que estás haciendo, mamá.

—Gracias, hijo. Lo difícil no es comprar un cuadro, sino construir una colección privada. Y no es que la colección vaya a ser para mí; será para ti y tus descendientes. Todos somos humanos y yo me marcharé algún día, debes aprender rápido.

—Lo haré, descuida.

—Para mí estar al lado de tu padre ha sido como un máster en arte que duró veinte años. Le acompañé a todos sus viajes y reuniones, y ahora no hay una subasta con alguna pintura importante en la que no esté. Cuando pujo el corazón se me pone a cien por hora.

—¿Como cuando uno hace puenting?

—No lo he hecho nunca, pero debe de ser la misma sensación.

Cuando llegaron a casa, Antonio Salcedo estaba esperándolos. Borja le apreciaba mucho y le gustaba verle por allí. Además, tanto a él como a su madre los sacaba del momento que estaban viviendo cuando contaba sus impresiones sobre el barón.

—Conocí a tu padre cuando inaugurasteis esta casa. Yo había venido a la capital a hacer cine y vivía ya en Madrid. Ya te he enseñado la película que hice en Grecia, ¿verdad?

—Sí, tenías pinta de artista.

—Era muy guapo —comentó Tita a su hijo—. Antonio vino a ayudar a una amiga que trabajó aquí de interiorista. Su marido fue el arquitecto de esta casa.

—Bueno, al final quisiste darle a la casa un aire oriental cambiando todos los tejados y haciéndolos nuevos, ya que era una casa muy moderna, de techos planos. Le modificaste el exterior por completo y en el interior le diste la vuelta a todo. El barón me vio con las manos vendadas mientras acompañaba a mi amiga y rápidamente salió de su despacho a preguntarme qué me había pasado.

—Todavía no sé cómo os entendíais tan bien.

—Con el italiano no teníamos problema. Era un auténtico señor. No he conocido a nadie como él. —Se quedó pensativo—. Imponía mucho conocerle. Tenía una educación exquisita. ¡Cómo le echo de menos! Pero estábamos hablando de cómo cambiaste esta casa de arriba abajo. Entelaste el salón de seda rosa, el comedor lo pusiste a rayas... con una mesa repleta de flores. Todo me pareció original y espectacular. Quitaste la moqueta y pusiste suelos de mármol. Las sillas, de gran valor, las retapizaste con telas pintadas por tu amiga Mercedes. Y mucho arte por las paredes, junto a mesas y candelabros del siglo XVIII. El resultado final fue muy especial. Y, gracias a eso, se forjó nuestra amistad.

Y entonces, en aquel momento Borja se armó de valor y les dio la noticia que se había producido en su vida.

—Mamá, ya se lo he dicho a mi padre, Manuel: lo he dejado con María.

—¿Por qué? Era majísima. Bueno, yo no quiero inmiscuirme en tu vida.

—En estos momentos prefiero estar solo.

—Lo entiendo perfectamente. La muerte de tu padre te ha afectado tanto como a mí.

—Lo que tenéis que hacer es viajar. Eso a los dos os gusta muchísimo —propuso Antonio.

La actividad familiar de cara al exterior cobró mucho interés mediático. Los periódicos y revistas requerían entrevistas constantemente. En una dejó claro que ella solo había estado casada dos veces: «Una con Lex Barker y otra con Heini Thyssen». Cuando el periodista le preguntó por Espartaco Santoni, aseguró que «ese matrimonio nunca existió porque Espartaco era bígamo».

A los pocos días de la publicación de sus declaraciones, se encontró con una demanda de Paola Santoni, su hija. Los abogados de Tita se pusieron nerviosos. No era el momento más conveniente para ese tipo de demandas. Buscaron de nuevo todos los papeles que había tenido que conseguir para su boda con Heini y los presentaron ante el juez.

Habló largo y tendido del asunto con su amiga Mercedes.

—¿Te imaginas que dicen que sigo estando casada con Santoni? Mi boda con Heini no sería válida. Lo perdería todo.

—Pero si el hijo del juez Falcon te dio hasta las anotaciones de su padre en las que decía que se había dado cuenta de que el matrimonio no era válido y no lo inscribió.

—Ya, pero todo esto me genera angustia.

—Estate tranquila. La justicia te dará la razón.

Su amiga Mercedes acertó. Pocos meses después, el juez consideraba que Espartaco no estaba separado de su anterior mujer cuando quiso casarse con Tita. Además, reconocía la no validez de su matrimonio, tal y como había dejado anotado el juez Falcon en el juzgado de California.

Tita respiró tranquila. Se dio cuenta de que siempre aparecían personas en su vida que acababan complicándosela. Esa noche y las siguientes habló con Heini en voz alta cuando se quedó a solas en la habitación. También lo hacía a menudo con Lex. En una de las visitas de Antonio, le confesó esta práctica que a ella le daba paz.

—Uno acaba viviendo y hablando con sus muertos. A veces, como en esta ocasión, les he dicho que me ayudaran un poco más. Hacerlo me da paz. Creo que hay un más allá, y eso me tranquiliza.

—Yo también lo creo. Si a ti te hace bien...

—Necesito que me ayuden con Borja. En poco tiempo ha perdido a su abuela, a mi hermano y ahora a su padre. Es mucho para un chico tan joven.

—Eso le forjará el carácter. No te preocupes.

Pasaban los meses y madre e hijo procuraban estar juntos casi todo el tiempo libre. Eso sirvió para que sus lazos se estrecharan todavía más. Dormían juntos muchas noches para no sentirse tan solos.

Por fin, las obras de ampliación del Thyssen acabaron y la colección privada de Tita iba a estar expuesta junto a la de su marido. El 8 de junio del 2004 tuvo lugar la inauguración. Asistieron los reyes, don Juan Carlos y doña Sofía. Ya no estaba Heini, por lo que la presencia de la más alta institución del Estado en el Palacio de Villahermosa fue un reconocimiento a su trabajo en solitario. Borja estuvo allí en un día tan relevante para ella.

Tita estaba feliz y, en el transcurso de la cena, entre amigos y conocidos, lo confesó.

—De familia directa estamos Borja y yo, nadie más. Me gustaría que nuestro apellido tuviera continuidad... pero de momento no va a poder ser.

—Mamá, siempre estás con eso.

—Oye, ¿por qué no pensáis en una gestación subrogada? En Estados Unidos es legal. Conozco a un matrimonio que tiene dos hijos maravillosos —dijo uno de los invitados a la cena.

Tita y Borja no hicieron ningún comentario, pero se quedaron con la idea en la cabeza. Al día siguiente, lo hablaron a solas.

—¿Por qué no vamos a California y preguntamos por todo el proceso? Me parece una idea maravillosa la que nos dieron en la cena.

En la primera oportunidad que tuvieron de viajar fueron a California. Se pusieron en contacto con la clínica y rápidamente los recibieron. Tita intentó que le solventaran las muchas dudas que tenía. Los atendió una señora de edad, muy amable.

—Nos preocupa la madre gestante —comentó Tita.

—Lo tenemos muy estudiado. Son mujeres jóvenes a las que mueve la solidaridad con otras mujeres que no pueden tener hijos, o estudiantes que, para pagarse sus estudios, ceden su cuerpo para traer un hijo al mundo.

—¿Luego no lo reclamarán?

—No, previamente ceden todos sus derechos sobre ese hijo. No llegan a conocerle y tampoco a ustedes. No existe relación alguna, a menos que ustedes quieran.

—Se trata de un paso muy serio en nuestras vidas. Vamos a pensarlo. Muchas gracias. —Tita se despidió con un apretón de manos.

—Si se deciden a dar el paso, llámenme a este número de teléfono —les entregó una tarjeta— y comenzamos el proceso. No siempre se consigue con la primera inseminación.

—Tenemos que hablarlo con calma. Muchas gracias.

Regresaron a España y durante meses no hablaron de otra cosa. Al final, tomaron una decisión: estaban de acuerdo en ampliar la familia.

Fueron días de mucha euforia ante lo que parecía la única solución para una familia tan pequeña. Ahora hacía falta encontrar al donante que debería ser una persona del círculo de confianza. Madre e hijo estuvieron dándole muchas vueltas a la cabeza. Que volviera la alegría a esa casa, a escucharse las risas de un niño, parecía que les ilusionaba. Era una solución a la falta de continuidad del apellido. De repente, después de perder a tantas personas fundamentales en su vida, hallaban un rayo de esperanza, un camino por explorar que podría cambiarlo todo y dar continuidad al legado familiar.*

* Tita Thyssen me contó con toda sinceridad quién fue el donante. Sin embargo, por respeto a la confidencialidad de las conversaciones mantenidas con ella para el libro que se frustró y el derecho a la intimidad de las menores, el secreto seguirá a salvo conmigo hasta que ella, como ha anunciado, desvele públicamente la identidad del padre de sus hijas.

55

Secreto de familia

Se decidió en familia seguir adelante con la idea de la gestación subrogada. El proceso se puso en marcha unos meses después. Se hizo con la máxima discreción. El donante viajó a California y, tan pronto validaron su muestra, aquel hecho pasó a convertirse en el gran secreto de familia.

Ahora les tocaba esperar a que la clínica los avisara de que ya habían encontrado a la candidata que quisiera llevar a cabo la fecundación in vitro y el embarazo con un seguimiento exhaustivo.

Estuvieron nerviosos hasta que unos días después recibieron una llamada del centro. Primero se había hecho un lavado del esperma del donante para elegir los mejores espermatozoides. Se había sometido a la joven a un tratamiento hormonal durante quince días. Dos semanas después de haberle implantado tres óvulos ya fecundados, Tita recibía ilusionada la llamada de la persona responsable de su proceso para darle la mejor de las noticias.

—¡Enhorabuena, señora Thyssen! El embarazo ha quedado confirmado.

—No imagina la alegría tan inmensa que acaba de recibir esta familia.

—Baronesa, debo transmitirle algo más: no viene solo uno, sino dos bebés. Tendremos un parto múltiple.

—No me lo esperaba, pero me parece bonito que se sumen dos nuevos miembros a la familia.

Tita estaba deseando contárselo a su hijo, pero no quiso llamarle por teléfono, prefería decírselo en persona. En cuanto apareció por la casa, le dio la buena nueva.

—Si todo va bien, seremos dos más dentro de nueve meses. Nuestros ángeles de ahí arriba —señaló al cielo— han escuchado nuestras peticiones para ampliar nuestra pequeña familia.

—¡Dos más! Eso sí que no lo podíamos imaginar. —Se abrazaron.

Tita vio su sueño cumplido. El apellido Thyssen tendría continuidad. Sabía que Borja no tenía pareja ni tenía en mente una futura paternidad. Era la mejor de las salidas para que no se quedara solo si a ella le pasaba algo. Esa era su única obsesión: protegerle.

Desde la clínica de Los Ángeles, cada mes les informaban puntualmente de los acontecimientos que se habían ido produciendo en la gestante. Tita insistió en que deseaba respetar el anonimato de la joven.

—Son jóvenes que no quieren conocer a los niños ni a las familias. Son actos de generosidad. También les sirve, como ya le expliqué, para conseguir un dinero. La mayoría lo utilizan para financiar sus carreras universitarias.

Por suerte, la gestación transcurría con normalidad. Al cumplirse los cinco meses, les comunicaron el sexo de los bebés. ¡Dos niñas! Tita estaba feliz. Pensaba que no podía haber un desenlace más bonito para el camino que habían emprendido.

—¡Borja, son dos niñas! Tendremos que preparar nuestra casa para recibirlas. ¿No te parece maravilloso?

—Mamá, precisamente quería hablarte de algo.

—¿Qué ocurre?

Percibió un cambio en la actitud de su hijo.

—El otro día me llamó Blanca y nos hemos visto de nuevo.

—No me digas que vas a volver a salir con ella... —Tita se mostró muy contrariada con la noticia.

—Deberías darle una segunda oportunidad.

—Te alejará de mí como hizo la otra vez.

—No, eso no.

—Mamá, no empieces.

—Está bien, intentaré llevarme bien con ella. Voy a poner todo de mi parte, te lo aseguro. Pero me acabas de dar un disgusto.

—Lo siento. Gracias por intentarlo.

—Por cierto, has pasado de no usar casi la tarjeta que te regalamos tu padre y yo a gastar muchísimo.

—¿Estás vigilando mis gastos?

—Hay que saber administrarse. Quédate con un consejo: con el dinero, la cabeza solo se les va a los tontos.

Borja salió de la habitación dejando a Tita muy preocupada por la deriva que estaba tomando la vida de su hijo. Ella había contado con el apoyo de Borja para criar a las niñas que venían en camino pero su instinto le decía que, una vez más, iba a tener que enfrentarse sola a la maternidad.

Faltaban tres meses para que nacieran las niñas. Trató

de relajarse pensando en los nombres que les pondría. «Deberían ser nombres que ya estén en la familia», se dijo a sí misma. La primera que viera la luz se llamaría como ella y como su madre: Carmen. La segunda tendría el nombre de la Virgen de Guadalupe que tanto la ayudó cuando pidió un cambio en su vida y apareció Heini. También le gustaba el nombre de su abuela, Sabina, la mujer más cariñosa y buena del mundo. Se emocionó al pensarlo. Carmen y Guadalupe Sabina llegaban para cambiar su mundo y llenarlo de luz. Esa vez nadie le iba a estropear el momento que estaba viviendo. Sobre todo, esa sensación que volvía a tener ante la maternidad. Les iba a dar todo el amor que sus padres le habían transmitido a ella. Su amiga Mercedes la acompañó durante los últimos días antes de viajar a California.

—Soy muy creyente, como ya sabes, y estas niñas serán una bendición del cielo para esta familia tan pequeña.

—Me encanta volver a verte ilusionada. Estas pequeñas que están a punto de nacer van a hacerte recuperar la sonrisa. Sé que estás muy preocupada por Borja y necesitas esta nueva ilusión.

—Tendrán la mejor educación y llevarán mi apellido: Thyssen. Lo que son las cosas; cuando vi a Borja por primera vez en su cunita, al despertar de la anestesia después de dar a luz, sentí una felicidad inmensa. Me cambió la vida. Hasta entonces vivía tranquila; sin embargo, después de que naciera no volví a estar despreocupada. Ahora seguro que se repite la misma historia. Quiero darles el mejor de los futuros posibles.

Tita acondicionó su casa y cuando partió hacia California ya había una habitación doble preparada para la llegada de las pequeñas. Se preocupó personalmente de decorarla con motivos rosas y blancos. De repente, aquella casa volvió a llenarse de luz.

Pero al nerviosismo de volver a ser madre se añadió una nueva preocupación que enturbió los días y las noches previas a su nueva maternidad. La noticia de un nuevo proyecto urbanístico para Madrid, que implicaba la remodelación del eje Prado-Recoletos. Le pareció que ese plan ponía en peligro el propio Museo Thyssen, que se encontraba ubicado allí. Eso suponía la tala de más de setecientos árboles de esta importante arteria madrileña, más asfalto para los coches y más contaminación y ruido para la conservación de su colección. Pidió reunirse con el arquitecto portugués que firmaba el proyecto, Álvaro Siza, y le expuso directamente lo que le parecía.

—Señor Siza, le pido que modifique su plan. Usted desconoce los cuadros que se encuentran en el Museo Thyssen y lo delicada que es su conservación. Si me pone los coches pasando por debajo de las ventanas del palacio, yo me llevo de allí la colección. Los árboles son un auténtico pulmón para la ciudad.

—Usted no puede oponerse a la modernización de Madrid. Sabrá mucho de cuadros, pero nada de urbanismo. Se va a hacer lo mismo que en otras capitales europeas han hecho con el centro de sus ciudades.

—Me voy a oponer a este proyecto con todas mis fuerzas. Usted no puede destruir el bulevar y hacer una autopista a los pies del museo.

—Este proyecto ya no tiene vuelta a atrás por mucho ruido que quiera hacer.

A Tita no le gustó la forma en la que se había dirigido a ella y la sonrisa de prepotencia que no se le borró de la cara durante toda la conversación.

—Le puedo asegurar que esos árboles no se van a talar y esa remodelación no se va a hacer.

—No sé cómo lo va a parar. Ya es una realidad.

Tita salió molesta de la reunión con el arquitecto. Quiso hablar después con el alcalde, Alberto Ruiz-Gallardón, y también con la presidenta de la Comunidad de Madrid, Esperanza Aguirre. Todos la recibieron y le dedicaron buenas palabras. Sin embargo, parecía que aquello no tenía vuelta atrás. Una frase de la presidenta Esperanza Aguirre se le quedó en la cabeza: «¡Como no te encadenes a los árboles...!».

Le pareció que, si la llevaba a la práctica, aquella sentencia que parecía un brindis al sol podría tener sentido. Tita se puso en contacto con diversas organizaciones ecologistas y se sumó a la protesta convocada para primeros del mes de mayo por Ecologistas en Acción. El día 6 acudieron centenares de madrileños en contra de la polémica reforma. Tita tomó la palabra.

—No estoy dispuesta a consentir que se lleve a cabo este atentado contra los centenares de árboles que adornan este paseo. Eso supondría un peligro para la colección pictórica de mi marido y la mía propia. No se puede consentir de ninguna de las maneras.

Tita vestía chaqueta y pantalón blancos. Aunque sonreía, sus palabras eran contundentes. Igualmente tomaron la palabra distintos dirigentes de las plataformas verdes y afirmaron que ese proyecto, lejos de devolver al peatón el espacio del eje Prado-Recoletos como en teoría era su objetivo, destruiría el histórico bulevar del Paseo del Prado. La gente allí congregada gritaba: «¡Tita alcaldesa!» y «¡Gallardón dimisión!».

La baronesa aseguró a los periodistas que no tenía

nada en contra de Ruiz-Gallardón, pero el arte estaba por encima de la política. Días después, el alcalde anunció un plazo extraordinario de información pública y alegaciones de seis meses sobre el proyecto. «No somos indiferentes al debate y no mostramos una actitud soberbia. Abrimos un nuevo proceso de diálogo con las partes para enriquecerlo». La presidenta Aguirre, preguntada esos días por los periodistas, añadió: «Mientras sea presidenta, los árboles van a seguir donde están». Tita aparcó durante las siguientes semanas su pelea contra el proyecto de Siza y se volcó en su inminente maternidad. Cuando quedaban quince días para el nacimiento de las mellizas, alquiló un avión privado. Le pidió a su hijo que la acompañara hasta allí junto con Blanca, pero él rechazó la oferta.

Al final, viajó sin ellos a Estados Unidos pero sí con Luis Vidal, el responsable de la seguridad; con Nancy, una de sus personas más cercanas del servicio, y con una niñera que contrató como apoyo. Embarcaron con ella y la ayudaron a llevar hasta California todo lo necesario para las niñas. Cuando nació Borja su madre se había ocupado de todo. Tan pronto se instalaron, compró dos cochecitos y esperó en el hotel la llegada al mundo de las dos niñas.

Por fin, a primera hora de la mañana del día 6 de julio del 2006, se produjo la llamada que tanto ansiaba.

—Las niñas han nacido ya. Se encuentran en perfecto estado —le comunicaron de forma aséptica desde la clínica.

—Y la madre, ¿cómo se encuentra?

—Todo ha ido perfectamente.

—Me alegro mucho. ¿Cuándo podremos ir a conocerlas?

—Primero les haremos una serie de pruebas y después podrán venir cuando quieran. Antes, tendrán que resolver con qué nombre van a inscribirlas, y, por último, deberá comparecer ante un juez.

—Aquí estoy, a su disposición.

Cuando Tita llegó a la clínica y le llevaron a las niñas, Carmen estaba dormidita y cogió en brazos a Sabina. Se emocionó mucho y se quedó mirándolas con tal ternura que a Nancy se le saltaron las lágrimas. Todos supieron que, desde ese momento, las dos pequeñas formarían parte de su vida. Las inscribió como Carmen y Guadalupe Sabina Thyssen Cervera. Las enfermeras del hospital no le preguntaron la edad; eso la tranquilizó. Salió del hospital empujando el carrito de una y la niñera el de la otra. Se acercó hasta el hotel Bel-Air, donde las dejó al cuidado de Nancy, la niñera, y Vidal. Ella fue a presentarse ante el juez. En el juzgado la recibió un magistrado muy amable, de pelo blanco, que le preguntó si quería a las niñas. Contestó afirmativamente con una gran sonrisa. Le hizo otras preguntas de trámite y, por fin, el juez pronunció en voz alta la palabra más esperada.

—¡Concedido! —sentenció.

Dos días después hubo que hacerles la foto del pasaporte.

—¡Mis hijas son americanas! —les decía a todos los que la acompañaban.

Durante el día sacaba a las niñas a pasear con Nancy por el jardín del hotel Bel-Air, que tenía un lago con cisnes blancos. Por la noche, Tita no se apartaba de su lado y compartía habitación con ellas. La niñera estaba pendiente de si alguna lloraba. La mayoría de las veces, lo que reclamaban era el biberón. Compró una maquinita calientaleches y también leche en polvo suficiente para su estancia allí.

De noche comenzaba a llorar una y, al rato, se despertaba la otra. Tita llamaba a Nancy, que acudía corriendo para darle el biberón a la primera. Después, la niñera atendía también el llanto de la segunda y le daba otro biberón. Cuando el proceso acababa, Nancy salía de la habitación con ambas a dar un paseo nocturno, en compañía de Luis Vidal, para que se calmaran. Entre todos se organizaron. Aunque Tita se sentía arropada por su entorno, le faltaba Borja. El único pensamiento que enturbió la felicidad de aquellos días fue la tristeza de no tener a su hijo al lado.

En cuanto tuvieron los papeles en regla, emprendieron el viaje de regreso a España. Tita pensó que el mejor destino sería Sant Feliu. Se convenció de que junto al mar y los pinos, las niñas crecerían fuertes en estos primeros meses de vida. En Más Mañanas se sentía protegida. El viaje de regreso con sus hijas se le hizo corto. En España empezaría todo de nuevo.

56

Las mellizas son familia

Las mellizas se adaptaron rápidamente al ritmo familiar en Sant Feliu de Guíxols. Tita y sus más allegados comenzaron a distinguirlas fácilmente porque, en realidad, no se parecían. La prensa, muy pendiente de la vida de las niñas desde el principio, comenzó a destacar el gran parecido de una de ellas con Borja.

—Todavía es muy pronto para hablar de parecidos. Lo que me emociona es saber que hay dos Thyssen más en la familia. Es un milagro del cielo que mis hijas estén con nosotros.

Las pequeñas empezaron a reconocer la voz de Tita y a responder a ésta con las primeras sonrisas. Se pasaban gran parte del tiempo en sus cochecitos, al aire libre, igual que había hecho Borja en su día. Tita estaba convencida de que la brisa del mar y la buena temperatura tendrían un efecto beneficioso en las pequeñas.

Antes de terminar el verano, visitó la ermita de Sant Elm y mantuvo un soliloquio con sus seres queridos que ya no estaban.

—Aquí estoy de nuevo, llena de ilusión. Deseo sacar adelante a mis tres hijos. Os pido que me ayudéis. Sobre todo con Borja para que no se aleje de mí. Siempre hemos estado muy unidos. Necesito que vuelva.

En ese soliloquio afloraba su preocupación por su hijo. Era evidente que su actitud había cambiado al retomar su relación con Blanca. En esos momentos, esa era su máxima preocupación.

Ya de vuelta en Madrid, Tita se esforzó al máximo para evitar que su hijo se distanciara de ella. Invitó a Blanca y a sus padres a que pasaran las fiestas de Navidad con ellos. El año parecía que comenzaba en calma. Todos vivían con intensidad cada evolución de las niñas. Tita pasó su primer cumpleaños junto a ellas y, a finales de mayo, llegó otra gran sorpresa familiar: ¡Blanca estaba embarazada!

Tita supo en ese momento que su hijo se apartaría de ella. Se lo transmitió y, aunque él lo negó en un primer momento, poco a poco Borja fue espaciando las llamadas y las visitas. Ella se obsesionó con aquel embarazo y le pidió a su hijo que se cerciorara de que ese niño era suyo. Recordaba la experiencia de su propio marido, que con los años había descubierto que dos de sus hijos no compartían su ADN. Pero el hecho de que su madre pusiera en duda su paternidad solo consiguió alejar más a Borja.

La baronesa se centró en su trabajo en el museo y continuó librando su pulso con el ayuntamiento de Madrid. Habían pasado seis meses desde que el alcalde dijera que presentaría un nuevo proyecto, pero seguían sin tener novedades. Estando en Sant Feliu aparecieron unos panfletos por el jardín de su casa en los que Los Verdes convocaban, para el 6 de mayo de ese 2007, una manifestación en contra de la remodelación del Eje Prado-Recoletos. Tita no se lo pensó dos veces y viajó a Madrid para unirse a ellos en contra de la tala de los árboles, algunos centenarios, y del plan urbanístico que quería suprimir los bulevares. La actriz Pilar Bardem y varios rostros conocidos se unieron a la protesta. El proyecto del arquitecto portugués Álvaro Siza les parecía un despropósito a todos. Tita decidió hacer efectiva la amenaza que había lanzado hacía ya un año con el fin de paralizar las obras y el propio plan. Acudió a la manifestación convocada por la Plataforma SOS Paseo del Prado y Ecologistas en Acción, y se encadenó a uno de los árboles cercanos al Museo Thyssen. Escenificó su protesta vestida de blanco y con un sombrero del mismo color.

—Los árboles no se van a talar. Antes tendrán que cortarme un brazo —afirmó ante los medios de comunicación.

La gente allí congregada gritaba sin parar: «¡No a la tala! ¡Sí a los bulevares!». Tita continuó con su discurso.

—¡Exijo al consistorio una rectificación! Tengo la promesa de la presidenta Aguirre de que no se va a talar ni un solo árbol. No lo vamos a permitir. Me encadenaré a ellos hasta que esto se solucione. Gallardón es consciente de que nadie quiere perder este maravilloso bulevar, y la ministra de cultura también está con nosotros. —Se refería a Carmen Calvo.

Jesús de Polanco, presidente del Grupo Prisa, intentó mediar y promovió un almuerzo con Ruiz-Gallardón y la baronesa. Éste le explicó que ese plan urbanístico era heredado y que «un alcalde no puede revertir las cosas que ya están aprobadas». Tita le dijo que no tenía nada en contra de él, pero que seguiría luchando hasta que se paralizara el proyecto.

Durante esos días, la baronesa recibió mucho apoyo mediático y las personas que acudieron a las diferentes convocatorias le pidieron que no cediera. Le hicieron una foto que tuvo mucha repercusión, ya que detrás de ella aparecía una pancarta donde se podía leer: «Alcalde, córtate los *güevos*». Curiosamente, Esperanza Aguirre la llamó y se acercó hasta el museo días después para apoyarla y explicarle cómo estaban desarrollándose los acontecimientos.

Durante esos días, Tita estaba pletórica. En casa todos se lo notaban.

—Vamos a salvar los árboles. Yo, siempre que necesito fuerza, me abrazo a un árbol. Ellos me quieren y me mandan buenos mensajes. Esta batalla la vamos a ganar.

Sin embargo, estaba perdiendo otras disputas familiares. Por el periódico *ABC* supo que corrían rumores de boda entre Borja y Blanca, pero a ella no le llegaba ninguna información directa. Invitó a su hijo antes de su cumpleaños a que pasara unos días con ella en el barco Mata Mua, que habían comprado juntos y Borja, después de pensárselo mucho, aceptó. Una vez embarcados de camino a Cerdeña, Borja le pidió un favor a su madre.

—Me gustaría que invitaras a Blanca.

—Está bien, pero dime si ha sido ella quien ha lanzado el bulo de la boda.

—Ya empiezas. No ha sido ella. Te lo aseguro.

—Si yo tengo razón, no viene. Si no está ella detrás, viene. ¿Te parece?

Tita llamó al director de *ABC* y le confirmó que había sido Blanca quien había filtrado la información.

—¿Ves? Yo tenía razón. Esa chica es la primera interesada en casarse.

—Mamá, en cuanto lleguemos a Cerdeña me vuelvo a España.

—Pero ¿cómo me vas a dejar sola en este barco tan grande?

Al día siguiente, al llegar a la isla italiana, Borja hizo las maletas y se fue. Tita no entendió aquella reacción. Siempre había podido hablar con su hijo con el corazón en la mano.

Pese a que los rumores de boda no cesaban, Tita pensaba que su hijo no se atrevería a dar ese paso sin avisarla. Lo comentó con Manuel Segura, cuya conexión con Borja nadie conocía. Era otro de los secretos familiares. Deseaba que la ayudara a poner un poco de sensatez en toda aquella locura.

—Manuel, habla tú con Borja. No debe casarse con esa chica. No lo digo porque considere que es muy joven para ella, que le saca siete años, sino porque aún no ha vivido la vida. No quiero que Borja se case por casarse, por obligación, porque Blanca esté embarazada. Deseo que sea feliz.

—Borja ya es mayor de edad. Seguro que meditará cualquier decisión antes de tomarla.

—Yo no le veo feliz en las fotos. Sus ojos tienen un halo de tristeza. ¿Tú le ves capaz de casarse sin decirme nada?

—No. Dudo que alguien que te quiere tanto como él haga algo así. Dale tiempo. No has reaccionado bien ante la noticia de su paternidad. Blanca parece una buena chica, tiene su formación como enfermera.

—Manuel, ser rico es muy difícil y conlleva mucha responsabilidad. Creo sinceramente que ella ha ido a cazarle. No me gusta. Pienso que toda esta situación en la que estamos metidos, con su embarazo de por medio, ha sido algo premeditado.

—Deja que hable con Borja.

Como a comienzos del mes de julio Tita seguía sin tener noticias de su hijo, intentó un acercamiento puesto que la fecha de su cumpleaños estaba al caer. Tres días antes recibió con pena la noticia de la muerte de Jesús de Polanco. Una enfermedad de las articulaciones se le había agravado en los últimos días, según reflejaron los periódicos. En la reunión que había mantenido con él y Gallardón no intuyó que su final estuviera tan cerca. Aquello le hizo reflexionar sobre lo corta que era la vida.

Todavía impactada por la noticia, volvió a intentar un acercamiento con su hijo, pero no fue posible. Y llegó el 24 de julio, el día de su cumpleaños: «Para mí es un día muy feliz, comentó a su entorno, pero también muy triste al no saber nada de él». Algunos amigos cercanos le contaron que Borja se había ido a Ibiza. Ese año no se acercaría a Más Mañanas y tampoco a la finca Mata Mua en Marbella. Las niñas llenaron en gran medida el vacío dejado por Borja, pero Tita le echaba de menos a cada instante. No tuvo noticias de su hijo en todo el verano.

Ya de regreso en Madrid, a comienzos del mes de octubre, Tita estaba con unos amigos que intentaban convencerla para que asistiera a la boda de su hijo en caso de que ésta se celebrara. Estaba casi convencida cuando recibió la llamada de una amiga, la mujer de uno de sus médicos.

—Tu hijo se ha casado este martes en Terrassa. Lo celebrarán este fin de semana en una finca de Segovia.

—¿Esa noticia es cierta?

Tita sintió una punzada en el estómago. Le parecía estar viviendo una pesadilla. Enterarse de esa manera supuso para ella un dolor inmenso.

—Acaban de anunciarlo en la televisión.

—Gracias.

Tita colgó enormemente decepcionada y apenada. Preguntó a sus invitados si sabían algo de lo que estaba sucediendo.

—Tengo la impresión de que lo sabíais.

Hubo un silencio en sus interlocutores.

—Eso no se hace. Me retiro a mi habitación.

El disgusto que se llevó Tita fue grande. Borja se había casado. Madre e hijo, que siempre habían estado tan unidos, ahora se distanciaban de forma irremediable. Antes de cerrar los ojos, hizo su solitario como cada noche. Preguntó a las cartas, pero no obtuvo respuesta.

—Está claro que hoy nadie quiere decirme nada.

Eugenia, su persona de confianza, se acercó y la consoló. Tita no escondió su pesar.

—Querer tanto a un hijo y que te haga esto es muy doloroso. Me voy a acostar. Mañana será otro día.

Al día siguiente, se enteró de más detalles por la prensa. Borja y Blanca se habían casado en la intimidad en la iglesia del Espíritu Santo de Terrassa, en Barcelona. A la ceremonia religiosa solo había asistido la familia de la novia, es decir, sus padres y sus tres hermanos. Habían contraído matrimonio a las nueve de la noche. Los fotógrafos apostados en los aledaños del edificio solo pudieron captarlos con atuendo informal. Blanca se vistió de novia en una de las salas de la sacristía. Ejercieron de padrino el padre de ella y de madrina, en su ausencia, la periodista Chelo García-Cortés. Al parecer, su hijo se lo había pedido a la periodista.

—Hay una exclusiva de por medio —le comentó una amiga que se acercó a verla—. Por eso nadie ha podido hacer fotos. Entraron vestidos de calle y, una vez dentro, ella se puso de tiros largos para la exclusiva.

—Se me hace tan difícil de digerir todo lo que cuentas... No reconozco a mi hijo haciendo esas cosas.

—Pero si te ofrecen casi dos millones de euros... Eso es lo que dicen que le ha costado la exclusiva a *¡Hola!* Cuentan que los paparazzi llegaron a golpear con tanta virulencia las puertas de la iglesia que el fotógrafo de *¡Hola!*, Juan Chaves, se escondió debajo de una mesa para guardar sus carretes por si lograban entrar. Fuera de la capilla se daban empujones y golpes por conseguir una imagen de la pareja a la salida de la ceremonia. Tuvieron que marcharse en una furgoneta escoltados por los mossos d'esquadra. Está todo en los periódicos —le relató su amiga.

—Dios mío, qué angustia ha tenido que pasar Borja.

—Pues ahora queda la segunda parte, la celebración con amigos en Segovia y una segunda fiesta, a la que querían que asistieras tú.

—Pues que no cuenten conmigo.

—¿Has visto las fotos? Creo que tu hijo fue en vaqueros.

—¿Se ha casado en vaqueros?

—Sí.

Tita pidió un café y lo saboreó sin decir nada durante bastante tiempo.

—Aunque no lo creas, estoy disgustada, pero no soy rencorosa. Si Borja me llama, le perdonaré. Una madre siempre tiene que estar dispuesta a abrir los brazos a su hijo.

El obispado de Segovia, que era donde se querían haber casado, se había negado a que la pareja celebrara la boda en la capilla privada de la finca El Esquileo de Cabanillas. Por eso tuvieron que buscar una iglesia y los padres de Blanca, que vivían en Terrassa, lo organizaron en su parroquia. Lo que no cambió de lugar fueron las dos celebraciones que tenían pensadas para el fin de semana.

Solo hubo que esperar tres días para tener más datos. A la fiesta con amigos Blanca fue vestida con un traje rojo, chaqueta negra y un gran collar de perlas. Y, al día siguiente, volvieron a darse el «sí, quiero» en una simulación de ceremonia civil, y celebraron otro convite con más invitados, entre los que estaba Manuel Segura.

—¿A Manuel le han invitado? —preguntó Tita.

—Sí.

—¿Se vistieron para la ocasión?

—Esta vez sí. Creo que tu hijo iba muy guapo, con un chaqué clásico y una corbata gris con rayas beis. Ella lució un vestido blanco palabra de honor con una larga cola con flores sobrepuestas y un velo de tul. Ambos lucieron sus alianzas de platino de recién casados. Borja sorprendió a Blanca recreando por sorpresa la escena mítica de *Love Actually* de Hugh Grant. ¿Te acuerdas de la película? Varios músicos camuflados entre los invitados comenzaron a tocar la canción de los Beatles *All You Need is Love*. Los periodistas lograron averiguar muchos detalles de la boda a fuerza de preguntar a los que salían de la celebración.

Ese día no se hablaba de otro tema en la casa. A la mañana siguiente, mientras seguía la resaca de la boda en la mente de todos, sonó el teléfono en La Moraleja, en Madrid. Eugenia fue corriendo a avisar a la baronesa.

—¡Es Borja! Desea hablar con usted.

—¿Ahora me llama?

—¿Qué le digo? —preguntó Eugenia.

—Pásamelo. Siempre voy a estar disponible para mi hijo.

Tomó aire, cerró los ojos y cogió el teléfono.

—Borja...

—Mamá, bueno, ya sabrás que me he casado.

—Sí, me he enterado por la prensa. ¿No pensabas decírmelo?

—Bueno, te eché de menos. Solo quería comentarte eso.

—Sabes que no soy rencorosa. Agradezco tu llamada, pero no tardes tanto en volver a hacerlo. Creo que no me lo merezco.

—¿Sin rencores entonces?

—Sin rencores. Sabes que te quiero muchísimo y yo sé que tú a mí también. Te dije una vez que siempre estaríamos unidos. Siempre. Pase lo que pase. Aunque no me llames y estés alejado tantos meses, sé que piensas en mí.

—Por supuesto.

—Espero que, con el nacimiento del bebé, nos veamos más.

—Todos tenemos que poner de nuestra parte, ¿no crees?

—Por supuesto.

—Un beso fuerte, mamá.

—Otro. Te deseo toda la felicidad del mundo.

—Gracias.

Cuando colgó, Tita respiró aliviada; al menos había escuchado la voz de su hijo. En ese momento tomó la decisión de trasladarse de nuevo a Sant Feliu.

En Más Mañanas estaría más aislada y lejos de la presión de la prensa durante un tiempo. Necesitaba paz para asimilar los últimos acontecimientos y la llamada de su hijo. Así se lo comunicó a todos; un par de días después entraba con sus hijas en el que había sido su hogar durante los primeros años de matrimonio con Lex Barker y donde había vivido sus últimos días junto a Hans Heinrich Thyssen. Allí sentía, de alguna manera, la presencia de los dos hombres más importantes de su vida. Se dijo a sí misma que comenzaría una nueva vida desde ese momento. Otra más.

57

Días grises en Más Mañanas

El día amaneció gris y comenzó una gran tormenta con la primera luz del día. A través de las ventanas de su habitación, Tita contemplaba cómo la lluvia caía con fuerza sobre las aguas del Mediterráneo. En aquella lujosa construcción se sentía protegida, segura. Ahí estaba otra vez, intentando recomponer su vida, iniciando un nuevo camino con dos niñas de un año y tres meses que ya habían comenzado a andar. Su sobrino Guillermo se acercó a saludarla.

—¡Pero cómo han crecido las pequeñas de la familia!

Las cogió en volandas y las niñas le sonrieron divertidas.

—Están muy grandes. Presiento que tanto Carmen como Sabina nos van a dar muchas alegrías —comentó Tita.

—¿Cómo se encuentra Borja?

—Como ya sabrás, se ha casado sin decirme nada.

—Me cuesta imaginármelo.

—Me llamó para comunicarme que me había echado

de menos en la boda y en las dos celebraciones. Sé que volverá a mi lado, no tengo ninguna duda, y yo estaré esperándole con los brazos abiertos.

Pensando en las niñas, creo que lo mejor será que pasemos una buena temporada aquí. No obstante, poco a poco lo estoy preparando todo para instalarnos en Andorra. Allí tengo mi residencia desde el año noventa y dos. Mi idea es que las niñas estudien en casa con profesores. Hay un colegio internacional que nos puede servir de apoyo.

—Veo que ya has planeado su futuro.

—Llevo tiempo dándole vueltas. Que estudien a distancia nos permitirá cierta movilidad. Yo siempre estoy viajando. A medida que las pequeñas se hagan mayores, no podré pasar tanto tiempo fuera de casa yendo de aquí para allá.

—¡Cómo echarás de menos a la abuela Carmen! Logró suplir como nadie tus ausencias.

—¡Cierto! No hay día que no piense en ella. Fue fundamental en nuestras vidas.

En aquella casa junto al acantilado rodeada de flores y pinos, Tita casi podía sentir a Heini, incluso a Lex, que hacía más tiempo que se había ido... Todo le recordaba las numerosas vivencias y episodios de su vida. Ahora debía pensar bien el paso siguiente. Primero adquirió un apartamento grande en Andorra, ese pequeño estado ubicado al suroeste de Europa. Después, compró unos terrenos para construir una casa independiente. Pensando en Borja, adquirió otro terreno cerca para levantar otra vivienda. Tita siempre pensó que estarían juntos toda la vida. Confiaba en ver cumplido su sueño.

Andorra se le fue presentando como la mejor de las opciones. Le permitía sentirse cerca de España. Le llamaba la atención su relieve montañoso y sus valles estrechos, por donde fluían numerosos cursos de agua que se unían en tres ríos principales: el río Valira del Norte, el Valira de Oriente y el Gran Valira. El clima en verano era un poco más benévolo que en España y en invierno mucho más duro. El olor a pino a veces la confundía, la desubicaba, porque era el mismo que respiraba en su casa de Sant Feliu.

La primera vez que viajó allí con las niñas, éstas se quedaron fascinadas con la nieve. Les encantó aquel paisaje teñido de blanco. El esquí sería su primer deporte, pensó Tita entonces. Todos los niños del principado esquiaban desde temprana edad. Sin embargo, lo que a ella le había hecho amar la naturaleza desde niña había sido el mar. Curiosamente, la natación había sido también el deporte favorito de sus dos maridos. El agua los había unido a los tres.

Las niñas fueron creciendo con la ausencia de Borja aunque, gracias a su madre, lo tenían muy presente. Había fotos suyas en cualquier rincón de la casa y todo el tiempo les hablaba de él. Ellas practicaban juegos de habilidad con la institutriz y habían empezado a balbucear sus primeras palabras. El día que Tita las oyó decir «ma-má, ma-má, ma-má», se emocionó. Carmen, de pelo rubio y rizado y ojos azules, era quien repetía esa palabra que tanto bien le hacía al escucharla. Sabina, de pelo rubio y ojos marrones, de vez en cuando la llamaba también «papá». Eso la hacía reír mucho. Y había algo de cierto en aquellas palabras que pronunciaban sus hijas. Tita debía cumplir con ambos papeles: el de padre y el de madre.

Ambas reclamaban su atención por igual. Ella conformaba su pequeño mundo. Mamá o papá lo era todo para ellas.

Cada día preguntaba al servicio si Borja había llamado, pero la respuesta siempre era la misma: «No. Hoy no, señora». Por otro lado, la batalla contra el ayuntamiento de Madrid se resolvió antes de acabar el año. El 7 de diciembre del 2007, el Museo Thyssen-Bornemisza y el consistorio llegaban a un acuerdo sobre la remodelación del eje Prado-Recoletos. Se mantendrían dos carriles para automóviles en paralelo a la acera ampliada de la pinacoteca. El nuevo ministro de Cultura, César Antonio Molina, anunció un acuerdo inminente, que el alcalde y la Fundación Colección Thyssen-Bornemisza confirmaron después. El Ayuntamiento, además, se comprometió a la protección integral del arbolado. Tita no necesitaría encadenarse a más árboles. Celebró esa victoria en familia.

Esas Navidades estuvo muy arropada por su sobrino Guillermo, su amigo Antonio Salcedo y su amiga Mercedes Lasarte. Pero el teléfono seguía sin sonar. Echaba de menos escuchar la voz de su hijo. Una palabra, una frase la habría ayudado mucho a seguir adelante. Por suerte, Manuel Segura seguía en contacto con Borja y la mantenía informada.

—Está contento con la idea de ser padre. Echa de menos una llamada tuya.

—Le he llamado varias veces, pero nunca me pasan con él. Seguiré intentándolo. Espero poder hacerlo esta Navidad. Confío en que me llame cuando nazca su primer hijo. En ese momento entenderá lo que sienten los padres por sus hijos y sabrá lo mucho que le quiero.

—Pondré todo de mi parte para que lo haga. Yo también me siento muy incómodo en esta situación. Hablando de otra cosa, ¿cómo están las niñas, Tita? —preguntó Manuel con curiosidad.

—Ya me llaman mamá e incluso papá —se echó a reír—. Es algo realmente bonito.

—Te ha tocado hacer ese doble papel. Es tu segunda maternidad, Tita. La estarás disfrutando todavía más.

—Por supuesto, pero me falta Borja. Le echo de menos. Sin él mi felicidad no es completa.

—Tiempo al tiempo. Y, por cierto, déjame darte la enhorabuena. Al final has logrado que el ayuntamiento modifique sus planes. ¡Es increíble la fuerza que tienes!

—Muchas gracias, Manuel.

El 31 de enero del 2008 Blanca ingresaba en la clínica del Instituto Dexeus. De nuevo, Tita se enteró por la prensa. Iba a nacer su primer nieto, Sacha. La elección del nombre la emocionó, era una abreviatura de Alejandro en ruso. Tanto Borja como su sobrino Guillermo compartían el mismo nombre: Alexander en primer lugar. De algún modo, Lex nunca se había ido del todo, tal y como había predicho la médium a la que la llevó Linda Evans cuando enviudó. Creyó ver en la elección del nombre un homenaje a ella.

Tita volvió a llamar a Manuel Segura. Estaba nerviosa porque se acercaba el momento de intentar retomar el contacto con su hijo.

—Borja está tranquilo. Tendrías que ver la serenidad que está mostrando.

—Me alegra oírte decir eso. ¿Podré ir?

—Serás bien recibida.

—Pues voy para allá de inmediato, pero antes le voy a llamar. Espero que me coja el teléfono.

—Le gustará.

Una vez que se despidió de Manuel, fue a su dormitorio y marcó el teléfono de la clínica. Le pasaron con la habitación y, por suerte, contestó Borja.

—¿Sí, dígame?

—Borja, soy mamá —hubo un silencio—. Quería que supieras que estoy contigo en la distancia.

El tono de su hijo era amigable, como si no hubiera pasado nada entre ellos en esos meses.

—Gracias. Agradezco tu llamada.

—Me gustaría estar a tu lado.

—Ven cuando quieras.

Cuando cortó la llamada, Tita se quedó con el teléfono en la mano durante un rato; momentos después, sonrió y colgó. Eugenia estaba cerca y Tita le comentó eufórica que había escuchado la voz de su hijo.

—Parecía que estaba igual que siempre conmigo.

—Las cosas cambian cuando uno es padre, y a usted le va a hacer abuela.

—Borja llamaba a mi madre «mami». Siempre me ha gustado ese tratamiento. Vamos, como el pequeño me llame un día «yaya» o «abuela», no vuelvo a hablarle —se echó a reír.

—Pues tendrá que acostumbrarse.

—No, se me ocurre algo mejor: también me podrían llamar Tita. Lo prefiero así.

Siguió dándole vueltas a la cabeza a las pocas palabras que había hablado con su hijo. No le había hecho ningún reproche, como si no hubiera pasado nada entre ellos. Había que pasar página y dejar atrás el episodio más duro de su vida: no ver a su hijo ni hablar con él. Por lo menos, había roto esa barrera con el comienzo del nuevo año. Le estaba agradecida a Manuel Segura, que había sido el mediador y quien le había sugerido que diera ese paso.

Se puso de camino desde Más Mañanas, que se encontraba en Girona, hasta Barcelona. Cuando llegó a la Clínica Dexeus eran ya las doce de la noche. Borja quería estar presente en el parto y le habían dado una bata verde y un gorro de médico para entrar en quirófano. Su madre le pilló justo en ese momento y bromeó al verle.

—Doctor Borja, seguro que todo va a ir bien. Estate tranquilo —le abrazó.

—Voy al quirófano. No quiero dejar sola ni un segundo a Blanca.

Tita se quedó en una suite de la clínica barcelonesa esperando noticias mientras la familia de Blanca hacía lo mismo en otra especialmente habilitada para ellos. Las heridas de la boda no se habían cerrado todavía. Ambas familias aguardaban noticias por separado.

A la una menos cinco apareció una enfermera para informarla de que su nieto acababa de nacer. Tita se emocionó mucho.

—Es un niño muy hermoso. Ha pesado tres kilos trescientos diez gramos y ha medido cincuenta centímetros. Me pide la doctora Montserrat Manubens que le traslade que todo ha salido bien.

—¿Ha sido un parto natural?

—Sí. La madre y el niño se encuentran en perfecto estado.

—¿A qué hora ha nacido?

—A la una menos cuarto de la madrugada.

Al cabo de varios minutos apareció Borja con su hijo en brazos. Tita le pidió que le dejara estrecharlo en su regazo.

—Hijo, es igualito a ti cuando naciste. ¿Cómo está tu mujer?

—Feliz. Es muy difícil de explicar lo que sentimos. Ahora entiendo por qué dices que te sientes tan unida a mí. Lo comprendes todo cuando sostienes a tu hijo en brazos.

Tita estuvo varios minutos contemplando a ese bebé que le recordaba el momento en que nació su hijo. Ese día estuvo sin Manuel, tan solo acompañada por su madre, pero se sintió feliz. La mujer más feliz del mundo.

—Me siento orgullosa de cómo te has comportado. Te voy a dejar descansar. Me gustaría darle un beso a Blanca.

—Pues no hay nada que te lo impida.

Entró en la habitación y la felicitó.

—Gracias por dejarme vivir este momento tan importante para la familia.

Se despidió de su hijo muy emocionada. Les dio la enhorabuena una vez más y salió de la clínica. Parecía que el pasado de desencuentros y desavenencias por fin quedaba enterrado. Así lo recogió la prensa.

Días después, su hijo le propuso salir en la revista *¡Hola!* con ellos dos y su hijo. A Tita le pareció bien. La imagen de ella sentada con su nieto en brazos junto a su hijo y su nuera fue portada. Sin duda, la noticia era que ella volviera a dejarse ver con la pareja. La vida familiar se imponía.

Después de unos días en Sant Feliu, Tita regresó a Madrid. Puso en orden todos los asuntos derivados del museo y dio el visto bueno a las muchas exposiciones que el director del Thyssen, Guillermo Solana, quería poner en marcha. Por otro lado, no cesaron las reuniones con los abogados. Parecía que las cosas iban recobrando su lugar poco a poco. Cada noche intentaba encontrar respuestas; primero rezaba y después preguntaba a las cartas si todo volvería a ser como antes con su hijo.

Visitó a uno de los futurólogos de más renombre y éste le dijo que su hijo tardaría en estar con ella como antes de que Blanca entrara en su vida. Es más, parecía que todo se iba a enturbiar aún más debido a una circunstancia inesperada. Tita no tuvo que esperar mucho para entenderlo.

Un día llegó a sus manos un sobre sin remitente. En su interior encontró un móvil y una nota en la que aseguraban que el dispositivo pertenecía a su nuera, Blanca Cuesta, y que la información que contenía «lo cambiaría todo». No entendía el motivo por el que se lo hacían llegar e intentó averiguarlo... Dio con un experto en móviles para que descubriera la clave de tanto misterio. A los dos días, salió de dudas.

—Señora, este móvil pertenece a Blanca Cuesta y recibe mensajes subidos de tono de una persona que firma con un alias. Se hace llamar Ken.

—Pero ¿qué es lo que dice el tal Ken?

—Frases obscenas y cómplices.

—Quiero leerlas. ¿Las tiene transcritas?

Le dieron las frases en un papel y, tras leerlas, Tita lo rompió.

—No me lo creo. Debe de ser una invención de los periodistas.

—Señora, es real. Las frases podrían ser del guardaespaldas.

—Por favor, investíguelo.

Tita se quedó pensativa. De estar en lo cierto, era algo muy grave. ¿Y si Sacha no era hijo de Borja? Su hijo debía conocer la existencia de ese móvil y su contenido. Pero primero tenía que averiguar el nombre del guardaespaldas.

Tita llamó a Manuel Segura y, después de hablar de Sacha y de sus primeros meses de vida, le preguntó.

—Una curiosidad. ¿Cómo se llama el guardaespaldas que tiene Borja en casa?

—¿Te refieres a Ken?

—Ah, se llama Ken.

—Sí, bueno, los chicos le llaman así, pero tiene otro nombre. ¿Por qué?

—Ha llegado a mis manos un móvil que supuestamente es de Blanca.

—Ahora que lo dices, ella estaba preocupada porque le había desaparecido.

—Los mensajes de ese tal Ken son de lo más obscenos. Habrá que hacerle al niño una prueba de paternidad.

—No, Tita. Te alejará de Borja.

—Mi hijo debe conocer estos mensajes y así entenderá la necesidad de que sometan al crío al proceso. La verdad siempre por delante cueste lo que cueste.

Tal y como había predicho Manuel, cuando informó a su hijo de la gravedad de los mensajes que habían llegado a sus manos en los que el guardaespaldas expresaba el deseo de volver a estar entre las piernas de su mujer, su hijo reaccionó mal. Aun así, despidió a Ken y mandó que le hicieran a Sacha una prueba de paternidad. Por la experiencia del barón, Tita sabía que esas pruebas se podían falsificar. Le pidió que la repitiera una segunda, una tercera, una cuarta y hasta una quinta vez, a la que ella misma asistió con su hijo y su nuera. El resultado siempre fue el mismo: Sacha era hijo de Borja. Tita respiró tranquila, pero su hijo volvió a alejarse de ella después de aquello.

Mientras, Sabina y Carmen vivían en Sant Feliu ajenas a los asuntos de la familia. Aquel era su hogar, allí estaban seguras. Su día a día transcurría sin más problema que aprender a hablar en cuatro idiomas: castellano, catalán, francés e inglés. Tita, que iba y venía a Madrid, hacía declaraciones a la prensa donde aseguraba que ella era la que menos entendía el distanciamiento de su hijo. Lamentaba que la vida fuera tan rara como para permitir que sucedieran cosas que hicieran que una madre y un hijo se separaran cuando se querían tantísimo. «Solo deseo lo mejor para mi hijo», declaró. Borja, por su parte, se dejaba ver en las revistas en compañía de Blanca y del pequeño Sacha. Tita insistía en que adoptar a las niñas había sido una gran decisión. «Deseo que aprendan a ser respetuosas. Solo me importa que su corazón esté lleno de buenos sentimientos. Nada me haría más feliz que estén siempre dispuestas a ayudar a quienes lo necesiten», expresó en una ocasión.

Cumpliendo los deseos de su madre, las pequeñas de la familia estudiaban en casa tuteladas por un parvulario internacional. Los pasos que daban sus profesores particulares se validaban en instituciones extranjeras. Desde el primer momento cada una mostró sus preferencias, aunque Tita deseaba que se aficionaran a las mismas cosas. A Sabina le encantaban las manualidades y la música.

—Es igual que mi madre, tiene un don especial para la música —comentaba la baronesa a sus amistades. A Carmen, en cambio, le gusta que le lean cuentos. Podía estar delante de un libro durante horas. Los profesores aseguran que será buena estudiante. Es más inquieta que Sabina, que puede estar largo rato jugando sola con sus juguetes.

Aunque Tita estaba volcada en sus hijas, continuaba dedicada a su colección privada y seguía adquiriendo cuadros de pintores españoles de los siglos XIX y XX. Tenía en mente abrir el primer museo de artistas exclusivamente españoles. Estaba reuniendo los mejores cuadros de pintores contemporáneos.

Al poco de nacer las niñas, el ayuntamiento de Málaga se puso en contacto con ella. Le hablaron del Palacio de Villalón, que pertenecía al patrimonio de la ciudad y que acababan de habilitar.

—Se trata de un edificio del siglo XVI que encontró su fisonomía definitiva en el siglo XVIII. Hace dos años comenzaron las obras de rehabilitación y descubrimos que bajo sus cimientos se ocultaba un importante yacimiento romano. Pensamos que el entorno no puede ser más idóneo para albergar pinturas de su colección —le comentó el alcalde de la ciudad.

—No le niego que tanto el entorno como la idea me gustan. Creo que poseo la mejor colección de artistas españoles y sería una forma de rendirles homenaje.

—Ayudaría mucho a la ciudad de Málaga, puesto que aspiramos a convertirnos en un lugar de referencia cultural.

El alcalde Francisco de la Torre puso a su disposición un grupo de trabajo para que esas conversaciones se materializaran en un préstamo gratuito de sus obras, igual que se había acordado en el Museo Thyssen de Madrid.

Mientras tanto, Tita siguió adquiriendo obras de pintores españoles. No había subasta o galería de arte que no se pusiera en contacto con ella cuando les llegaba una obra relevante, pues conocían su afán coleccionista. En la intimidad aseguraba que soñaba con cuadros.

—Sueño con ellos. Pueden convertirse para mí en una obsesión, en una enfermedad.

Antonio Salcedo la acompañó a una puja de un cuadro de Julio Romero de Torres. Tita le confesó que, cuando pujaba, el corazón se le ponía a cien. Al final, el director de la sala golpeó la maza contra la madera al tiempo que pronunciaba la ansiada frase: «¡Adquirido por la señora Thyssen!».

58

La educación de las niñas

Aunque las relaciones atravesaban un momento de tensión, Borja acudía de vez en cuando a la casa de La Moraleja a por ropa que seguía en su vestidor o a por recuerdos personales que deseaba llevarse. Lo hacía cuando su madre no estaba allí; tenía libertad para entrar y salir de la casa.

Tita iba y venía a Madrid porque pasaba más tiempo en Más Mañanas, donde sus hijas iban creciendo al sol del mar Mediterráneo. Se la veía y oía mucho en los medios de comunicación. Los periódicos y las revistas la reclamaban para hablar del Museo Thyssen y de su colección privada. Los periodistas, de paso, siempre le preguntaban por sus hijas y su parecido con Borja. Así lo reflejaban en sus artículos. Ella se deshacía en elogios hacia ellas.

—Yo, en cambio, las veo cada día más parecidas a mí. Han llenado mi vida de esperanza —era lo único que respondía Tita.

—¿Se siente sola sin el apoyo de su hijo?

—Nunca me he sentido sola, jamás. Tengo mucha vida interior. Por otro lado, las niñas me han dado también mucha fuerza e intento dedicarles el mayor tiempo posible.

—¿Son muy distintas?

—Sí. Carmen es más activa y Sabina más reflexiva.

Las niñas habían empezado a hacer sus pinitos en ballet y a tocar algunos instrumentos. También habían recibido sus primeras clases de arte y de pintura. Tita deseaba que hicieran honor al apellido Thyssen desde pequeñitas.

—El arte va a estar muy presente en vuestra vida, debéis acostumbraros a la belleza. Educar vuestro ojo para el arte me parece fundamental.

Las niñas la miraban muy atentas, aunque todavía no lograban entender la pasión de su madre por las obras de arte. Tita pasaba muchas horas con ellas en el estudio de pintura. También procuraba que estuvieran el mayor tiempo posible al aire libre: jugando por la playa, cuidando de las plantas o paseando a los perritos. Siempre había varios caniches negros jugueteando entre sus piernas y correteando cerca de ellas. Los animales formaban parte de su día a día. Su amor por las mascotas era incondicional y trataba de inculcárselo a las pequeñas.

También quería que sus hijas se aficionaran al coleccionismo, igual que había hecho ella de niña coleccionando cromos, revistas de Florita e incluso libros. Comenzó a traerles de sus viajes figuritas de Swarovski de personajes de Walt Disney. La colección creció tanto en tan poco tiempo que hubo que encargar una estantería especial para que pudieran disfrutarlas. Las niñas aprendieron a verlas sin tocarlas; sabían que con las cosas de valor no se jugaba.

Su día a día transcurría entre clases y juegos. Se iban diferenciando cada vez más en sus gustos y en sus preferencias a la hora de estudiar. Como decían sus tutores, a una le tiraban más los libros y a la otra la música. Carmen disfrutaba de sus primeras lecturas y Sabina se pasaba las horas escuchando música y aprendiendo a cantar. Tita deseaba dar con una buena maestra de canto, pero le resultaba muy difícil encontrar una que se desplazara hasta su casa de Sant Feliu de Guíxols. Se acordaba del sueño de su madre de ser cantante lírica y de cómo la vida le había impedido alcanzarlo. «Se casó demasiado pronto y no logró hacer realidad su vocación», pensaba. A través de Sabina pretendía hacer realidad ese sueño de su madre. Con todo, una de las profesoras que tenían las pequeñas habló sinceramente con ella.

—Cuando las niñas cumplan siete años, deberían ir a clase con otros niños. Es bueno que socialicen con personas de su edad. No pueden estar permanentemente en casa, trate de ir haciéndose a la idea.

—Aquí puedo protegerlas más.

—Hasta los hijos de los reyes van a instituciones donde se relacionan con otros jóvenes de su edad. Es necesario para su formación.

—Está bien. Lo pensaré. Creo que cada vez queda menos para que nos vayamos a vivir a Andorra. He visto que allí hay un colegio que me gusta mucho. Me hablan maravillas de él.

—Téngalo presente.

—Se lo agradezco mucho.

Cada vez que viajaba a Madrid por asuntos del museo, se topaba con la prensa. Había dos preguntas a las que nunca contestaba: una, qué sabía de su hijo, y otra, quién era el padre de Borja. Tita, cansada de estas cuestiones, decidió destapar al menos uno de sus secretos mejor guardados. A principios de 2009 comunicó a la prensa quién era el padre biológico de Borja. Tantas veces se lo habían preguntado y había guardado silencio que se sintió aliviada al decir la verdad.

—El empresario y publicista Manuel Segura es el padre biológico de Borja.

Pensó que ya no tenía sentido seguir ocultándolo y de un plumazo acabó con las especulaciones. También desveló que él era quien limaba asperezas en la tensa relación entre madre e hijo.

—Manuel ha formado parte de la vida de Borja desde su infancia. Desde que tuvo uso de razón, supo que tenía la suerte de tener dos papás y lo asimiló con gran naturalidad.

A partir de ese momento, el foco mediático se volvió hacia Manuel Segura, aunque él siguió actuando con la discreción habitual. Se limitaba a sonreír a los fotógrafos cuando se los encontraba; no deseaba mayor protagonismo que ese.

Antes de acabar el 2009, las relaciones entre Borja y Tita se complicaron más aún. Borja tenía acceso libre a la casa de su madre y una noche, en compañía de Blanca, se presentó con los guardaespaldas de ambos en La Moraleja. Se pasó toda la noche sacando cajas de documentos que devolvió a la casa después de unas horas. El jefe de seguridad avisó a Tita por la mañana.

—Baronesa, su hijo se ha pasado toda la noche entrando y saliendo de la casa sacando cajas que devolvía al cabo de las horas. Podría haber estado fotocopiando documentos.

—¿Qué es lo que buscaba?

—No lo sabemos.

Al poco tiempo, Borja se presentó con un notario en el Museo Thyssen para reclamar dos cuadros alegando que eran suyos: *Una mujer y dos niños junto a una fuente*, de Goya, y *El bautismo de Cristo*, de Giaquinto. Los encargados del museo se negaron en rotundo a cumplir con los deseos del joven. Borja anunció a los responsables que acudiría a los tribunales.

Días después, Tita tuvo que demandar a su hijo, a Blanca Cuesta y al abogado de la pareja por sustracción de documentos y revelación de secretos. Su equipo legal le aconsejó que lo hiciera de ese modo.

—Es muy duro para una madre tener que denunciar a su propio hijo, pero no he tenido más remedio.

—No había otra opción —aseguraron los abogados.

Sus más allegados sabían lo doloroso que tenía que haber sido para ella dar ese paso, pero debía defenderse ante lo que pudiera hacer su hijo con la información que poseía. Tenía claro que había fotocopiado los documentos privados de la llamada «Paz de Basilea», los que había firmado el barón Thyssen con sus herederos un mes antes de morir, un pacto que no podía desvelarse y que ponía en juego la fortuna familiar.

Antes de concluir el año, a escasos meses de cumplir los treinta, Borja interpuso a su madre una demanda que cursó en las Bermudas. También habló a los medios de comunicación.

—He requerido formalmente a mi madre la información sobre los bienes y derechos que compartimos. Quiero lo que me corresponde.

Borja reclamaba el cuarenta y cinco por ciento de la

fortuna de su madre. Así lo contaba en una entrevista en la que se explayaba sobre sus relaciones familiares. Tita la leyó y no hizo ningún comentario. Lo más doloroso de todo fue que lo hubiera hecho en Bermudas.

—Irse con los abogados que pleitearon contra su padre durante tantos años para ahora atacar así a su madre... Yo le he dado todo: un yate, casas, dinero... todo.

Tanto sus abogados como sus amigos intentaban calmarla; había recibido un golpe bajo. Todos eran conscientes de que resolver aquel conflicto costaría tiempo y dinero. Por suerte, la organización de la exposición permanente de sus cuadros de pintores españoles en el museo de Málaga logró distraerla de esas preocupaciones.

De nuevo, supieron por la prensa que Blanca sería madre por segunda vez en agosto del 2010. En esa ocasión, Tita no esperaba ninguna llamada de su hijo; las relaciones entre ambos estaban rotas. Se encontraba en Sant Feliu cuando supo que Borja había tenido otro varón, al que llamaría Eric. Manuel Segura le contó que había nacido en la Clínica Dexeus, como el mayor, y que al bautizo no asistirían nada más que un grupo reducido de familiares de Blanca y amigos del círculo íntimo de Borja. La prensa que cubrió el evento echó en falta la presencia de la baronesa.

La buena noticia para Tita llegó cuando el juzgado número 7 de Madrid desestimó la demanda que Borja había interpuesto para reclamar los cuadros de Goya y del italiano Corrado Giaquinto. Según el auto, Borja no pudo acreditar la propiedad de dichas obras. Pero todavía quedaba un cruce de demandas por resolver entre madre e hijo.

Tita habló con sus abogados para trasladarles su satisfacción por la resolución del juzgado.

—¡Los padres no tienen el deber de darles a los hijos todo lo que piden! Este chico solo sabe vivir como un millonario. ¿De dónde saca tanto dinero si no trabaja en nada? Evidentemente, lo tiene por mí. Todavía no se ha enterado de que llevo luchando toda mi vida para defenderle de los que no le quieren bien.

Tita se trasladó de Sant Feliu a Marbella. Procuró evadirse y no pensar en los papeles y en los abogados a los que estaba condenada a ver, escuchar y leer todos los días de su vida. Comprendió que solo junto a sus hijas era como recargaba energías.

—Son mi alegría —comentaba al servicio—. En dos minutos me ponen contenta. Soy una persona muy positiva que se siente feliz con pequeñas cosas: un simple helado, un día con sol... Estar con la gente que aprecio también me hace sentir bien. El dinero lo enturbia y lo complica todo. Ya se dará cuenta mi hijo.

Los periodistas aprovechaban alguna de sus visitas a Madrid para preguntarle no solo por su afán coleccionista, sino también por su relación con su hijo. Su complicada relación familiar estaba en boca de todos, aunque Tita siempre tenía una palabra amable para él.

—Mis brazos siempre estarán abiertos para recibir a mi hijo. Si le dejan, volverá.

—Tita, usted ha sido siempre muy rebelde, ¿verdad?

—No, yo he sido siempre muy obediente. Lo que ocurre es que, cuando veo algo injusto, no me conformo. A mí me gusta practicar lo de «vive y deja vivir», pero, si veo que se va a cometer una injusticia, protesto.

Tita procuraba estar el mayor tiempo posible junto a

las pequeñas, a las que consideraba sus «angelitos». Ellas eran la razón por la que seguía levantándose y peleando para que su colección ocupara el lugar que le correspondía.

—Los niños son lo más maravilloso del mundo —comentaba en su entorno—. Yo digo eso de la Biblia: «Dejad que los niños se acerquen a mí».

Cada noche rezaba y hacía su solitario. Siempre preguntaba cuándo volvería a ser todo como antes de que su hijo comenzara a salir con Blanca Cuesta. Siempre obtenía la misma respuesta: «Cuando lo deje con ella». Pero sabía que ese momento no estaba cerca.

—No deseo el mal a nadie, ni siquiera a quien sé que me hace tanto daño, pero me gustaría que mi hijo regresara a nuestro lado. —Era su último pensamiento antes de cerrar sus ojos y dormir.

Le extrañaba que Borja no quisiera ver a las niñas; a fin de cuentas, legalmente eran sus hermanas pequeñas. Pero en todo ese tiempo no había hecho ni el más mínimo esfuerzo por verlas. Tita sí que les hablaba de él, de Heini, de su madre, de Lex... Las niñas sabían que las fotografías repartidas por todas las habitaciones de la casa eran de personas muy queridas para su madre. Para ellas eran rostros familiares que conformaban su pequeño universo.

Tita se trasladó definitivamente a Andorra y, meses después de estar allí instalada, sus hijas comenzaron a ir al colegio. El director le recomendó que estuvieran en clases separadas y las niñas se adaptaron sin problemas. Habían estado durante siete años juntas para todo, pero había llegado el momento de que cada una desarrollara su personalidad en solitario. Hicieron amigas por separado, que compartían en el recreo. El piano y el violonchelo, junto con el ballet y la pintura, fueron habilidades que desarrollaron al margen de su actividad escolar.

—No quiero traspasar a mis hijas el miedo a la vida que tenía mi abuela Sabina. Es un miedo que, en parte, yo he heredado. Solo quiero educarlas en el amor, el mismo amor que yo tuve a pesar de que mis padres se separaran cuando era muy pequeña.

—A Borja también le educó en el cariño —comentó Eugenia, su mano derecha.

—Sí, y, cuando faltó mi madre, yo estuve un tiempo durmiendo con él en la misma cama. La queríamos mucho y la echábamos de menos. Nos costó asimilar su pérdida. Después tuve que viajar con su padre. No entiendo cómo, con lo que hemos sido el uno para el otro, no estamos hoy juntos.

—Señora, no lo piense.

—Sé que volverá. Estoy segura.

Su amiga Mercedes Lasarte apareció por allí y Tita lo agradeció mucho. Cada vez que su amiga iba a verla, acababan hablando de lo que más les gustaba a ambas: de pintores. Se presentó en Andorra con un retrato de ella y le gustó muchísimo.

—Mercedes, me encanta tu cuadro; has sabido captar mi alma. Grandes pintores, en cambio, han hecho retratos tanto de Heini como de mí que no me gustan nada. Por ejemplo, el de Lucian Freud, que es un esnob. Cuando pinta, aflora su ego. Bacon tampoco me gusta, le hizo un cuadro a la reina de Inglaterra que no se parecía a ella. Yo no podría dormir viendo en mi habitación las caras que pinta Bacon. ¿Acaso tengo que tolerar fealdades solo por el esnobismo de las galerías de arte que suben los precios de los pintores? Hay que mantenerse fiel a uno mismo, como todo en la vida. Yo no colecciono por esnobismo.

—¿Qué pintor te ha hecho feliz, Tita?

—Muchos. Mi cuadro preferido es *Joven caballero en un paisaje* de Carpaccio. Retrata a un caballero con su armadura. Es precioso, le rodean toda clase de animalitos. También me gusta mucho Brueghel el Joven, tengo en mi colección *El paraíso terrenal*. Me encanta. Pero el *Mata Mua* de Gauguin es especial. Me ha gustado siempre; además, ya sabes que el cuadro no ha querido separarse nunca de mí.

—Y de los actuales, ¿Macarrón?

—Me gustó mucho el resultado de nuestra pintura. Incluso los reyes quisieron posar para él, y no siempre lo hacen. A veces, resuelven sus retratos con fotos. Por cierto, me dijo el rey que se lo había pasado bomba en esos posados con el pintor. Heini, en cambio, aunque también posó, se quedó dormido y Macarrón le pintó mayor de lo que era. El mío me parece divino. Tristemente Ricardo falleció hace pocos años. Le teníamos en alta estima.

—Como tú dices, pintar el alma es lo más difícil. Ten en cuenta que yo te conozco mucho y eso también ayuda.

Cambiaron de tema y comenzaron a conversar de la familia. Mercedes le preguntó por los hijos del barón, de los que no le había oído hablar hacía tiempo.

—De Georg, por suerte, no sé nada. Es una persona muy fría y cuando se firmó la «Paz de Basilea» desapareció de nuestra vida. A Francesca es a la que más veo ahora. Hace poco se atrevió a decirme que no estoy a la altura del legado de Heini. Opina que he convertido el museo Thyssen en un altar para mi ego. Le recordé que ni ella ni su hermano querían ver la colección en España. Nos hicieron perder el tiempo durante ocho años. Yo tengo memoria y recuerdo esos ocho años de felicidad que nos arrebataron.

—Es muy fácil no acordarse de los últimos años que vivisteis.

—Yo no consigo olvidarlo. Como cuando Georg encarceló a la madre de Alexander. No me extraña que el chico no quisiera, al principio, venir a Basilea y sentarse con él para firmar el acuerdo.

—¿Llegó a estar en la cárcel?

—Tres días. Georg quería las joyas que ella se había quedado tras el divorcio. Lo ansiaba todo y, sin embargo, era un miserable. Usaba los cepillos de dientes de los hoteles. No gastaba nada y sus cajas fuertes estaban a reventar de millones.

—Menos mal que se consiguió llegar al pacto familiar.

—Fue de milagro. El notario dijo que no se iba a firmar nada porque Heini no se acordaba de una de las joyas de las ciento sesenta y seis por las que le había preguntado. No había fotos y declaró que de esa pieza en concreto no se acordaba. Entonces le sugerí a Borja que bajáramos a hablar con sus hermanastros. Critiqué su actitud con estas palabras: «Señores, un poco de decencia hacia un hombre que está haciendo un gran esfuerzo por estar aquí para lograr un acuerdo, un pacto de familia. ¡Hagan el favor de ir a saludarle al menos! Todo lo que tienen se lo deben a él». Me hicieron caso y subieron a verle. Heini los saludó y se dirigió a ellos diciéndoles: «Este señor asegura que no estoy capacitado para firmar». Los abogados y los hijos acreditaron que sí lo estaba y firmaron. Nunca olvidaré su frase cuando le pregunté cómo lo había logrado.

Heini me respondió: «Willpower». Fuerza de voluntad. —Tita se emocionó.

—Vamos a dar una vuelta, ¿te parece?

Salieron a cenar y Tita pudo distraerse de sus recuerdos y de la ausencia de su hijo.

—Sé que volverá —llegó a decir en voz alta, convencida de que así sería.

59

Una oferta difícil de rechazar

El Museo Carmen Thyssen de Málaga abría sus puertas en el mes de marzo del 2011. Albergaba una de las colecciones más importantes de la pintura española entre el siglo XIX y comienzos del siglo XX. Un conjunto de más de doscientas cuarenta obras que, igual que hizo el Museo Thyssen-Bornemisza con el consistorio de Madrid, el Museo Carmen Thyssen había cedido al ayuntamiento de Málaga. Precisamente por esa firme apuesta cultural en beneficio de la ciudad habían nombrado a Tita miembro de honor de la Academia de Bellas Artes de San Telmo, Camarera de honor de la Virgen María Santísima de Lágrimas y Favores, y también Cofrade del Cristo Cautivo.

En el museo se exponían obras del romanticismo y del realismo más puro. También se podía disfrutar de muchos cuadros que representaban escenas costumbristas, muy bien recibidas tanto por la crítica como por el público. Francisco de la Torre, alcalde de la ciudad, señaló que Málaga y Tita quedaban desde ese día unidas para siempre: «Nace el museo como un acontecimiento cultural de suma importancia. Málaga se va a convertir en punto de referencia fundamental gracias a esta colección».

Todos coincidían en que la baronesa había dedicado su colección al arte español para que éste se comprendiera y se apreciara mejor en el ámbito internacional. También señalaban que el interés de Tita por pintores como Sorolla, Zuloaga, Romero de Torres, De Regoyos, Iturrino o Casas había provocado que subiera su cotización en el mercado del arte.

—El valor de esta colección va más allá de lo artístico —comentaba Tita a los periodistas—. Ofrece la visión de un pasado reciente, es un reflejo de la historia y las costumbres españolas.

Otro de los numerosos reconocimientos que recibió por su esfuerzo y su voluntad de dejar en España su colección particular fue la Gran Cruz de la Orden del Dos de Mayo que le concedió la Comunidad de Madrid.

Precisamente estando en la capital, recibió una llamada del Gobierno ruso para interesarse por su colección. Tita, que recordaba las exposiciones que su marido y ella habían llevado allí, citó en el Museo Thyssen de Madrid a los representantes culturales rusos. Les enseñó personalmente la colección y los invitó a cenar en su casa de La Moraleja. Tenía muy presente la amabilidad con la que el matrimonio Gorbachov los había recibido años antes.

A su llegada, la delegación rusa firmó en el libro de autoridades que se encontraba sobre un atril en el recibidor. El arte fue el tema de conversación principal de la velada y, entre plato y plato, sus invitados le transmitieron el interés que tenía el presidente Vladimir Putin por hablar con ella en persona. Allí mismo marcaron el teléfono del presidente y los pusieron en contacto. Después de los saludos de cortesía pertinentes, Putin le expresó su deseo de construir un museo con su nombre. Tita se quedó sorprendida.

—Me siento muy halagada y agradezco esa deferencia, pero debo consultar con el patronato del museo antes de tomar una decisión. Muchas gracias por su ofrecimiento.

Una vez que el presidente ruso le expuso la voluntad de su país, la delegación rusa le explicó la propuesta con más detalle. Llegaron a ofrecerle treinta millones anuales por exponer allí sus cuadros. También dejaron claro que la tratarían con la máxima deferencia tanto a ella como a su familia por apostar por el pueblo ruso. El ministro de Cultura y el embajador rusos volvieron a solicitar una nueva reunión con la baronesa pocas semanas después. Una vez que estuvieron cara a cara con ella, repitieron la oferta del presidente Putin.

—Señora Thyssen, le ofreceremos los más altos honores si nos deja sus cuadros para el nuevo museo —insistía el ministro—. El pueblo ruso jamás olvidaría una decisión tan favorable para nosotros —concluyó.

Tita les agradeció el gesto con una amplia sonrisa y les pidió unos días más para estudiar la propuesta al detalle.

—Agradezco que se hayan fijado en mi trabajo, son muy amables. Pronto les daré una contestación.

Cumplido el plazo que le habían dado, Tita lo tuvo claro: no deseaba que su colección abandonara España. Por lo tanto, no demoró la respuesta y se puso en contacto con sus interlocutores rusos.

—Después de la lucha que emprendimos mi marido y yo por traer a España la colección Thyssen, no podría dejar que mis cuadros salieran de mi país. Los españoles y las autoridades con las que negociamos en su día no lo entenderían. No obstante, les agradezco mucho su ofrecimiento.

Tita siempre había peleado para que la colección de su marido y la suya propia estuvieran en España. Habían mediado para lograrlo varios ministros de Cultura españoles, su amigo Luis Badajoz, el propio rey Juan Carlos I... Si ahora enviaba su colección a Rusia, se interpretaría como una deslealtad y una falta de respeto a la voluntad de muchas personas, algunas de ellas ya fallecidas. En esta ocasión no podía aceptar la oferta. Su «no» fue tajante.

Tita siguió con su trabajo en el museo y en el Patronato. Esos días recibió la visita de la única hija del barón, Francesca. Se había trasladado hasta España para hablar con ella. Quedaron en el Museo Thyssen, donde le habló de su frustración con la herencia.

—Me he dado cuenta de que, con la «Paz de Basilea», ni mis hijos, ni tan siquiera mis nietos, podrán heredar lo que les corresponde. Me obsesiona que la fecha de la herencia esté tan lejana: el 2049. Han pasado diez años y sigo dándole vueltas a la cabeza.

—Ni tú ni tu hermano Lorne hicisteis caso a vuestro padre. El barón estuvo peleando no solo por él o por mí, sino también por vosotros. No supisteis verlo. Ahora tendrás que hablar con Georg, el primogénito.

Tita pensó que había sido una suerte que Heini lograra que ella saliera de la propuesta inicial de Georg, que recogía que todos los herederos recibirían la herencia en el 2049. Gracias a su firme voluntad, Heini había conseguido que ella y, por extensión, Borja estuvieran protegidos y no tuvieran que esperar a esa fecha para recibir lo que les correspondía. Pero ahora ya no estaban solos él y ella, tenía que pensar también en el futuro de las mellizas.

Tita y Francesca se despidieron muy cariñosas. «Cuando la hija de Heini es amable, yo también lo soy», se dijo a sí misma tras el encuentro.

El año 2012 trajo dos novedades. Una, la apertura de otro nuevo espacio cultural en Sant Feliu de Guíxols, en el museo de historia que ocupaba parte del palacio abacial barroco del monasterio allí ubicado, muy cerca de Más Mañanas. Se inauguró una exposición temporal que llevaría el nombre de Carmen Thyssen. La primera exposición fue «Paisajes de luz, paisajes de ensueño». Así culminaban años de negociaciones con la Generalitat de Cataluña. Tita se comprometía a ceder obras de la colección Thyssen y de su propia colección de la pintura catalana entre 1850 y 1950.

La segunda novedad de ese año fue la nueva paternidad de Borja. Enzo, su tercer hijo, nació el 11 de octubre. Esa vez, el alumbramiento tuvo lugar en el Hospital Ruber Internacional de Madrid. Tita recibió el aviso de parte de Manuel Segura y decidió ir al hospital. La prensa vio en ese gesto un intento de acercamiento hacia su hijo y una forma de enterrar el hacha de guerra. Su consuegra, Heide Unkoff, aclaró a la prensa que, aunque había estado en el hospital y había felicitado a Borja, su hija no la había dejado ver al recién nacido. Tita no desmintió esas palabras y días después añadió: «No vi a mi nieto porque Blanca no quiso. No lo he dicho yo, sino su madre». La brecha entre Tita y su nuera seguía abierta. No ocurría lo mismo con su hijo, ya que habían vuelto a verse las caras, aunque la denuncia contra él por revelación de secretos seguía su curso.

Esos días, el Museo Thyssen de Madrid era noticia por la exposición «El arte de Cartier». Carlota Casiraghi, hija de la princesa Carolina de Mónaco, había acudido a la inauguración como invitada especial. «Estoy feliz con esta exposición porque es única —declaró Tita a la prensa—. Nunca se había visto una muestra de este tipo y es difícil que se repita. Las piezas forman parte del Museo Cartier». Los periodistas aprovecharon para preguntarle por su nieto, y ella añadió que tenía ganas de conocerle. «Cuando fui al hospital solo deseaba ver a mi hijo para felicitarle. Le quiero mucho y no hay nada extraño en eso».

Meses después, el 16 de junio de 2013, Borja y Blanca bautizaban a Enzo en la iglesia San Pedro de Terrassa en presencia de amigos y de la familia de Blanca. Tita siempre se decía a sí misma: «No importa, volveremos a estar juntos. Es solo cuestión de tiempo».

Para la baronesa no saber nada de su hijo a medida que pasaban los días era lo más doloroso de esa situación. Sin embargo, estaba convencida de que la superarían muy pronto. Esa era la pregunta que repetía a las cartas cada noche. Deseaba la reconciliación y así se lo transmitía a los periodistas cuando le preguntaban. Siempre contestaba lo mismo: «Nunca he tirado la toalla y nunca la tiraré. Sigo pensando que algún día volveremos a reencontrarnos».

La baronesa no iba muy desencaminada porque el destino quiso, poco después, que madre e hijo se encontraran de forma casual en Madrid. Tita estaba en una pastelería cerca del Museo Thyssen con su amigo Antonio Salcedo. Borja y su mujer caminaban por esa misma acera y, cuando pasaron por delante del ventanal del local, Tita los vio. No se lo pensó dos veces y salió a saludar a su hijo muy afectuosa. Blanca se quedó unos pasos atrás hasta que Borja hizo todo lo posible para que se dirigieran la palabra. Las dos se saludaron educadamente. Decidieron que lo mejor que podían hacer era limar asperezas. Tita les pidió que hicieran borrón y cuenta nueva y se despidieron con una sonrisa. Atrás quedaban siete años de desencuentros y juntos ahora intentarían explorar un nuevo camino.

Como gesto de que las cosas estaban cambiando, Tita se presentó en la primera exposición de cuadros de Blanca Cuesta, que se había inaugurado días atrás en Madrid, en la galería de arte de David Bardía. Observó que quedaban pocos cuadros por vender, a pesar de que su precio medio giraba en torno a los cinco mil euros. Al no estar Blanca, Tita dejó una nota de cortesía. Al cabo de unas horas, su nuera le agradecía su presencia: «Estoy encantada de que cualquier persona, y más la baronesa Thyssen, vea mi obra».

Todos intuían que el momento de la reconciliación estaba cada vez más cerca. Para eso debían llegar a un pacto en el que ambas partes retiraran las demandas cruzadas entre ellos sin que hubiera vencedores ni vencidos. Había llegado el turno de sus asesores, que serían los encargados de negociar. El siguiente encuentro se produjo en el domicilio familiar de Borja. Todos mostraban su voluntad de firmar la paz.

Días después, cuando todo se aclaró judicialmente, Tita invitó a su hijo y a Blanca a pasar unos días de vacaciones en el barco Mata Mua. Las imágenes familiares de los tres navegando junto con Manolo Segura fueron la prueba definitiva de que la situación estaba tomando un rumbo nuevo. El objetivo era proteger las sociedades y el patrimonio que compartían madre e hijo, así como volver a ser una familia.

Sin embargo para la baronesa no todo fue idílico aquel verano. Una pareja de la Guardia Civil se presentó en el amarre del barco Mata Mua. Una vez que confirmaron la presencia de Tita en el yate, solicitaron subir a bordo, permiso que se les concedió sin ninguna oposición. Tita estaba acompañada por Borja y Blanca. Todos los nietos se convirtieron en espectadores de la inédita escena.

Junto a los agentes subieron varias personas de la Agencia Tributaria. Todo terminó con la entrega de una notificación procedente del fisco. En la carta le comunicaban la apertura de una inspección fiscal correspondiente a los ejercicios entre 2011 y 2013. Cuando los agentes y la Guardia Civil se marcharon, Tita llamó indignada a sus abogados. También escribió una carta al Gobierno de España manifestando su contrariedad. Lo que más le molestó fueron las formas. Hacienda quería saber si tanto ella como su hijo sobrepasaban el límite de días de permanencia en España teniendo la residencia fijada en Andorra. Es decir, si habían superado los 183 días que marcaba el límite legal que los obligaría a declarar sus ingresos a la hacienda española. A Tita el espectáculo protagonizado le pareció bochornoso e innecesario. Hacienda española ya la había sometido a dos inspecciones fiscales. El controvertido episodio empañó el que estaba siendo su verano más feliz de los últimos años. A pesar de todo, se mostró tranquila ante sus hijos.

Sin embargo, tan pronto aterrizó en Madrid, Tita ofreció una rueda de prensa a los medios. En ella manifestó estar «enfadada y ofendida». A pesar de no residir en España, había pagado a hacienda cientos de miles de euros. «Si yo no hubiera sido española, la colección Thyssen estaría en Inglaterra —comentó—. Luché contra muchos países, que le hicieron grandes ofertas a mi marido, para que el museo viniera a España. Así que me duele especialmente el modo de actuar de los agentes de Hacienda». Había miles de formas de hacerle llegar aquella notificación y no entendía qué había motivado esa puesta en escena. «Si sigue así la cosa, me llevaré mis cuadros del Thyssen», llegó a decir.

—Renuncié a todo para que la colección de mi marido estuviera en Madrid. Durante años he prestado mi propia colección y lo he hecho de modo altruista. Ha llegado el momento de buscar soluciones. Mi hijo Borja también ha prestado gratuitamente la obra que le pertenece. Me parece que ambos estamos recibiendo un trato injusto.

Tras esas declaraciones, regresó a Andorra. Carmen y Sabina disfrutaron mucho el tiempo que habían pasado con su madre durante el verano, viajando, jugando y pintando juntas. Habían hecho todo tipo de actividades. Ahora, de vuelta a su día a día, la pequeña Carmen pasaba muchas horas con los libros, y su hermana Sabina, con la música. Poco a poco iban acentuándose sus personalidades. Tita le pidió entonces a su sobrino Guillermo que ejerciera como tutor de las niñas.

—Me gustaría que me ayudaras en el papel más duro, en su educación.

—¿Quieres que ejerza de poli malo? Está bien, ¡cuenta conmigo!

Sabina siguió ejercitándose al piano. Además de eso, cantaba con tal virtuosismo que decían que había heredado las cualidades de la madre de Tita. Por otra parte, Carmen continuaba dedicada a sus dos aficiones: el estudio y el tenis. Tita comenzó a darle vueltas a la idea de que continuaran su formación en el extranjero cuando fueran algo más mayores. Era la meta hacia la que siempre trabajaban sus profesores. Sabina, sin embargo, pronto dejó claro que ella no quería salir, deseaba seguir estudiando en Andorra.

—¡Qué pena que no viva Heini! —comentó Guillermo a su tía—. Yo tuve la suerte de convivir con él mucho tiempo, algo que no consiguieron hacer sus hijos mayores. Sin embargo, Alexander y, desde luego, Borja han podido disfrutarlo más.

—Al ser más mayor te dabas cuenta de lo que era vivir con alguien tan interesante y con tanta personalidad —le contestó Tita.

—¡Por supuesto! Además del aprendizaje que supuso compartir mesa con grandes personalidades mundiales que hablaban de todo con naturalidad. Lo disfruté mucho y me dejó una huella que aún hoy permanece.

—Borja era más pequeño y no sé si fue consciente de todo lo que ocurría en nuestra casa, quiero pensar que sí. Le educamos en el cariño y en el amor que le profesábamos todos. Estoy segura de que no lo ha olvidado. Eso quedará para siempre en su vida. Me alegra mucho que hayamos hecho el esfuerzo de vernos y de intentar recuperar el tiempo perdido.

El año siguiente, 2014, transcurrió con una extraordinaria calma familiar y llegó el nacimiento de la primera niña para Blanca y Borja. El 30 de noviembre del 2014, Blanca daba a luz a su primera hija en el Hospital Ruber Internacional de Madrid. Borja anunció que su cuarta hija se llamaría Kala. Había pesado tres kilos setecientos gramos.

Tita acudió al hospital al día siguiente cargada de regalos, entre ellos un enorme peluche rosa y una joya de Bvlgari. Manolo Segura también fue allí y manifestó a la salida que su nieta era «muy guapa». Y añadió que estaban muy felices porque por fin tenían una niña en la familia.

Esas Navidades fueron especiales para todos y no solo por la vuelta a la normalidad familiar, sino porque los abogados estaban negociando la venta de Villa Favorita. Los trámites burocráticos que exigían las leyes suizas para el traspaso de inmuebles se encontraban en su fase inicial. Debían esperar un plazo de 28 días por si los herederos de Tita igualaban la oferta del comprador. En cuanto pasó ese periodo de tiempo, comenzaron a despedirse de aquella lujosa construcción del siglo XVII que el padre de Heini había comprado en 1932. Una importante familia italiana de queseros, los Invernizzi, llevaban tiempo detrás de la mansión. Los suizos consideraban ese recinto como parte de su patrimonio cultural. En los días posteriores, Tita tuvo que viajar hasta allí para comenzar a cerrar una importante etapa de su vida. Debía trasladar sus recuerdos y también decir adiós a todo el personal que durante años había trabajado allí, entre otros, a la secretaria Stirnimann, que formaba parte de la historia de aquel lugar. Tita quiso que sus hijas se quedaran con un último recuerdo de aquel emplazamiento con tanta historia para la familia. Un fotógrafo de la revista *¡Hola!* dejó constancia de lo que suponía para Tita y sus hijas el final de esa etapa. Recorrieron el edificio principal, de color siena pálido. Pasearon por el exuberante parque en torno a la casa principal. Villa Favorita tenía una extensión de treinta y cinco mil metros cuadrados.

—Hijas, la primera vez que entré aquí supe que éste sería mi mundo, y así ha sido desde que Heini y yo nos enamoramos. Mantener un edificio tan grande y tan antiguo obliga a estar remodelándolo constantemente.

—¿Por qué le pusieron el nombre de Villa Favorita? —preguntó Carmen con curiosidad.

—Ese nombre se lo dio uno de sus primeros propietarios, el conde Giovanni Rodolfo Riva, que compró esta propiedad en el siglo XIX. Después de la I Guerra Mundial la adquirió el príncipe Federico Leopoldo de Prusia. Él añadió las alas izquierda y derecha e hizo traer en tren desde Italia los novecientos cipreses que veis a ambos lados del camino de la entrada. Y el padre de Heini, su siguiente propietario, construyó una galería donde estuvieron expuestos los cuadros de la colección de la familia durante muchos años, antes de que viajaran a España, al Museo Thyssen-Bornemisza. Aquí acaba nuestra historia en este lugar. Ahora, otra familia lo disfrutará.

—Tenemos muchas casas —señaló Sabina.

Al escuchar a su hija comprendió que ahora tocaba mirar hacia el futuro. Con el dinero que iba a recibir por la venta, 65 millones de dólares, tenía pensado comprar dos casas grandes en Andorra. Pero antes debía trasladar a sus distintas propiedades los muebles, la ropa y los objetos personales que había allí. Volvía a cerrar otra etapa de su vida. Lo hacía sin nostalgia. Allí quedarían para siempre sus vivencias junto al barón, junto a su madre y su hijo Borja. Todavía le parecía oír el sonido de las últimas fiestas que dieron en Villa Favorita y de los últimos compases que bailó con su marido, el barón Thyssen.

Cuando abandonaron Villa Favorita, Tita miró la casa una sola vez. Sus hijas estaban contentas de volver a Andorra. Se concentró en lo que ellas hablaban y no quiso mirar hacia atrás. Sus recuerdos viajaban con ella, grabados en su memoria. Todo aquello formaba parte de su pasado.

Ya en 2015, el primer evento familiar en el que quedó constancia del buen entendimiento con su hijo fue el bautizo de Kala. Se barajaron varias fechas, pero se decidieron por el mes de junio. La ceremonia se ofició en la madrileña iglesia de San Antón. Tita acudió vestida con un traje amarillo de volantes y encaje, con una flor azul adornándole el pelo. Sus tres nietos iban con chaqueta y bermudas gris pálido, y la pequeña, de tan solo siete meses, con un traje blanco de cristianar. Posó para los fotógrafos en brazos de su madre.

Siguiendo con esa buena relación de la que gozaban madre e hijo, a finales del mes de julio, con motivo del cumpleaños de Borja, la baronesa pasó unos días en Ibiza, donde se dejó fotografiar con sus nietos mayores. Blanca llevaba al pequeño Enzo en un cochecito y Borja iba caminando solo. Manuel Segura acudió con su pareja, Paz Pastor.

Después de eso, todos se trasladaron a Más Mañanas, donde estaban las niñas. En un aparte, Borja le preguntó a su madre por la herencia.

—Deberíamos dejar todo cerrado. Acabo de cumplir treinta y cinco años, y, con cuatro hijos, debería tener ya todo lo que me pertenece.

—Soy la primera que desea proteger tu patrimonio. Debes confiar en mí.

Según había sabido la prensa, por aquel entonces Borja había heredado 13,5 millones de euros y su madre le pasaba una pensión anual de 250.000 euros. Eran cifras muy lejanas al porcentaje de la herencia de Heini que él reclamaba.

Tita intentó un acercamiento invitando a Borja y a Blanca a viajar con ella a Andorra para mostrarles las dos casas que había adquirido, una de las cuales era un regalo para ellos. Ambas casas las había decorado personalmente, como le gustaba hacer siempre. Tenía un gran sótano, que transformó en un almacén para los cuadros que iba adquiriendo en las subastas. Era tan grande que le permitía guardar las obras de arte que no estaban expuestas en los museos. Estaba claro que esa sería su nueva residencia. Las niñas eran felices allí, estudiando y rodeadas de amistades con las que realizar todo tipo de actividades. Había tomado una decisión y ya no había vuelta atrás.

60

El *Mata Mua*

Tita atendía a diario las peticiones que recibía de toda España para abrir más museos con su nombre. Estaba a punto de inaugurar el de Andorra, con un fondo compuesto por obras de los siglos XIX y XX. Era la primera sede internacional de un museo con el nombre de Carmen Thyssen.

Se ubicó en la planta baja del hotel Valira, histórico establecimiento hotelero y balneario situado en la localidad andorrana de Les Escaldes. La inauguración tuvo lugar el 16 de marzo del 2017 con un gran éxito de convocatoria. Las autoridades andorranas no tardaron en comprobar que había gente que viajaba al principado solo para ver las pinturas que allí se exponían. En poco tiempo, se convirtió en un revulsivo para su economía y así se lo transmitieron a su director artístico, Guillermo Cervera, sobrino de Tita y también conservador del museo. La primera exposición se tituló «Escenaris». Incluía obras de Ramón Casas, Paul Gauguin, Hermen Anglada Camarasa y Richard Estes, entre otros cuadros del fondo de la propia colección Carmen Thyssen.

Tita, aprovechando el interés mediático que suscitaba este nuevo espacio expositivo, comentó a la prensa que tenía previsto vender tres cuadros de la muestra. No especificó cuáles, pero, desde ese momento, empezó a especularse que el *Mata Mua* de Gauguin podría ser uno de ellos. Sin duda, se trataba de uno de los cuadros que captaba más interés entre los expertos en arte. Tita trató de justificar su decisión.

—Yo soy coleccionista. Por lo tanto compro y vendo. En su día, cuando puse a la venta el cuadro *La esclusa*, de John Constable, ofrecí al Gobierno de España la oportunidad de adquirirlo e incluso le di la opción de pagarlo a plazos. Al final, no pudo ser y el cuadro fue a manos de un particular. A veces, he necesitado dinero en efectivo y he subastado una obra. Es algo normal entre los que nos movemos en el mercado del arte.

El *Mata Mua* era uno de los cuadros que pertenecían a eso que Heini llamaba el *cuore* de una colección. Era un cuadro que significaba mucho para el matrimonio. Además, la pintura de Gauguin se había convertido en uno de los atractivos principales para visitar el Museo Thyssen de Madrid. Se trataba de una pintura por la que Tita recibía ofertas de compra de manera constante e iba subiendo de precio a medida que pasaban los años.

Ese cuadro le traía recuerdos de su vida en común con Heini, los múltiples viajes que habían realizado por el mundo para conseguir obras y para ver museos. Para ella era mucho más que un cuadro. La unía a él un sentimiento que iba más allá de la propia pintura. Habían disfrutado de esta obra en el salón de su propia casa hasta que pasó a formar parte del Thyssen dentro de su colección particular. Lo habían comprado tres veces. Una, a medias con el coleccionista boliviano Jimmy Ortiz Patino; otra en la que, para ser su único dueño, Heini sacó la pintura a subasta y la recompró por su precio multiplicado por diez, es decir, más de veinticuatro millones de dólares; y la última, por Tita, que había tenido que comprar la parte correspondiente a cada uno de los herederos del barón. Ahora que era suyo, podía hacer con él lo que quisiera. Si en el futuro necesitaba dinero, se vería obligada a venderlo. La oferta más reciente que había recibido había alcanzado los doscientos cincuenta millones de dólares, pero de momento seguía colgado en las paredes del museo mientras su valor ascendía a cantidades que habrían hecho dudar a cualquiera. Sin embargo, continuaba como estandarte de su colección privada. Durante esos días habló con sus abogados de su futuro.

—Señores, ya no puedo prestar la colección de forma gratuita porque tengo obligaciones. Renuncié a los derechos sobre la herencia que las mujeres tienen en Suiza para que la colección viniera a España. Hablamos del treinta y dos por ciento de la herencia.

—Además, esta colección ha hecho ganar a Madrid entre ocho y nueve millones anuales —comentaba José María Michavila en compañía del también abogado de su bufete Ángel Acebes. Nos haremos cargo de las negociaciones, pero no será un camino fácil.

—Quiero dejar fuera del acuerdo el *Mata Mua*, tengo ganas de vivirlo. Entró a formar parte de nuestra vida en 1986. Después, en 1989, lo prestamos durante un mes al Museo Reina Sofía junto con el cuadro *Idas y venidas* del mismo autor. Desde 1992 ha estado colgado de las paredes del museo. Hay cuadros que te van marcando la vida y éste es uno de ellos. Creo que ya está bien. Llevo treinta y cinco años recorriendo todos los museos del mundo, yendo a subastas y comprando cuadros para que se queden en España.

—Llamaremos a la recién nombrada vicepresidenta primera Carmen Calvo y solicitaremos una reunión con ella para negociar.

Dejaron pasar el verano de 2018 para iniciar las negociaciones. La vicepresidenta, en cuanto le solicitaron ese encuentro, acudió a la casa de Tita en La Moraleja y allí comenzaron a hablar.

—La colección está valorada en mil millones de euros, de los cuales yo no percibo nada. Yo lo pago todo, la garantía de Estado, con seiscientos millones, y el Patronato y el Museo Thyssen garantizan los seguros... Quiero dejarles a mis hijos las cosas arregladas.

Carmen Calvo escuchó con atención a Tita e inició un camino de entendimiento entre el gobierno y el Thyssen para los años venideros. Hasta el momento, el recorrido había estado marcado por encuentros y desencuentros dependiendo de los diferentes ministros de Cultura. Ambas partes comenzaban la negociación con el fin de que la baronesa dejara su colección particular en Madrid. José Manuel Rodríguez Uribes, y anteriormente José Guirao, habían acordado que fueran trescientas veintinueve obras, noventa y seis menos que las que formaban parte de la cesión gratuita. Para ello, fue necesario modificar la ley de Patrimonio de 1985 y la de Contratos del Sector Público. Para evitar problemas futuros, las partes aprobaron constituir una comisión mixta para resolver sus discrepancias fuera de los tribunales.

Mientras tanto, su casa de Andorra se había convertido en su hogar, ya que era donde convivía con sus hijas. El resto de las casas permanecían abiertas, cada una con su servicio, pero solo pasaba en ellas breves temporadas, el tiempo suficiente para mantener sus reuniones de trabajo. Sobre todo, en su casa de La Moraleja, donde mantenía reuniones interminables con sus abogados.

Lo que más le preocupaba a Tita era precisamente arreglar el futuro de sus hijos, que no surgiera entre ellos ningún problema por la herencia. Los últimos años de Heini pleiteando con sus hijos le había dejado una profunda huella. Solo deseaba que las pequeñas se centraran en sus estudios y sus vidas transcurrieran en un ambiente favorable. Lo comentaba con Eugenia, su fiel mano derecha.

—Mi mayor deseo para ellas es que sean unas niñas felices.

—Puede estar tranquila. Lo son.

—Me quieren muchísimo. A veces incluso siento que tienen celos una de la otra. Si Sabina me da un abrazo, Carmen me come a besos. Es una competición inofensiva por mi afecto que me enternece.

Las niñas habían dado un gran estirón y habían entrado en la adolescencia con dos personalidades distintas y definidas. Cuando su madre estaba de viaje, la llamaban constantemente. Si se peleaban, marcaban el teléfono para contárselo. Tita dejaba lo que estuviera haciendo para atenderlas. «Se trata de una adolescencia al cuadrado», comentaba a sus amistades. Siempre les pedía que tuvieran calma, que no se pelearan y que se quisieran como se debían querer los hermanos. Ella siempre pensaba en lo unidos que habían estado su hermano Guillermo y ella. También en lo mucho que le echaba de menos.

—Cuando yo no esté, os tendréis la una a la otra. Debéis estar muy unidas. Me lo tenéis que prometer. Yo no viviré toda la vida.

Las dos corrían a abrazarla. Cada cierto tiempo le preguntaban quién era su padre. Tita guardaba el secreto y les respondía que lo sabrían en su momento, que ella, como le decía Sabina de pequeña, era mamá y papá a la vez. Y el primo Guillermo sería esa figura que las ayudaría a solucionar los problemas que les surgieran en el día a día.

En su casa de Andorra, Tita puso la bandera de España bien a la vista. Cuando le preguntaron por qué lo hacía, comentó que era española y catalana. «Por lo tanto, dijo, reivindico la bandera de mi país. Eso sí, tengo una máxima: no discutir jamás de política. También he viajado por todo el mundo y considero que el arte es unión, nunca separación. Cataluña está tomando una deriva preocupante». Así opinaba Tita sobre los acontecimientos que se habían producido tras la consulta ilegal celebrada un año antes, el 1 de octubre del 2017.

Tita, siempre centrada en el arte y en los museos, recibió la mejor de las noticias: el Carmen Thyssen de Andorra había sido nominado por la Unesco como mejor museo novel europeo del año 2018. Celebraron tan alta distinción en familia. Las niñas acudieron con su clase a ver el museo que llevaba el nombre de su madre. Se sintieron muy orgullosas de su trabajo.

La parte negativa de aquellos meses fue tanta conversación y tanta visita de los abogados para encontrar una solución favorable a la inspección promovida por Hacienda. Tita no deseaba ningún conflicto y optó por pagar el dinero que le reclamaban. Sin embargo, no pudieron evitar que Borja se sentara en el banquillo del Juzgado de lo Penal número 22 de Madrid. Estaba acusado de defraudar a Hacienda cerca de seiscientos mil euros en el ejercicio fiscal del 2007. La defensa presentó un alegato en el que quería demostrar que su residencia estaba acreditada en Andorra, por lo que no tenía obligación de tributar en España. La oficina antifraude, por su parte, presentó pruebas que atestiguaban que había pasado en España 356 días y no los 183 que permitía la ley. Presentaron pruebas también de sus movimientos bancarios, facturas y los cuadrantes de sus escoltas. Tita, preguntada por la prensa durante el juicio, declaraba que estaba sufriendo muchísimo. Finalmente, el Juzgado de lo Penal número 22 dictó sentencia y absolvió a Borja del delito de fraude fiscal. No quedó probado ante el juez que su residencia en Andorra fuera ficticia.

Lo celebraron durante días ya que el juez les había dado la razón. Borja y su madre respiraron aliviados.

Mientras tanto, China se convertía en el centro de la noticia. Los corresponsales de prensa hablaban de una enfermedad provocada por un virus que había saltado de animales a humanos y para el que no existía vacuna. A los pocos meses, aquello que ocurría en China derivó en una pandemia mundial. En marzo del 2020, el presidente del gobierno español, Pedro Sánchez, promulgaba el estado de alarma que paralizaba la actividad económica y obligaba a los ciudadanos, salvo servicios esenciales, a permanecer confinados en casa. Tita, que seguía negociando con el gobierno el futuro de su colección privada, tuvo que regresar a Andorra junto a sus hijas. Pero, antes de hacerlo, envió el cuadro de Gauguin al Principado. El *Mata Mua* salió del Museo Thyssen con destino a Andorra, a la residencia de Carmen Thyssen y sus hijas. El traslado se hizo con varios efectivos de una empresa de seguridad cuyos empleados iban armados con metralletas. A primeros de año, el Gobierno español también la había autorizado a disponer libremente de tres lienzos más: *El puente de Charing Cross*, de Claude Monet; *El «Martha Mckeen» de Wellfleet*, de Edward Hopper, y *Caballos de carreras en un paisaje*, de Degas.

A nivel familiar, sobrevino la peor de las noticias. El estado de salud de Manuel Segura, que llevaba años luchando contra un cáncer, empeoró. Tita recibió una llamada a comienzos del mes de junio que la impactó por inesperada. Era el padre de Borja que llamaba desde el Hospital San Francisco de Asís, donde se encontraba desde hacía días, para despedirse de ella. En ese momento se enteró de que le quedaba poco tiempo de vida. Su voz sonaba serena a través del teléfono mientras se despedía de ella y de la vida. Lo hacía en paz, sin una palabra agria ni tan siquiera contra la enfermedad que llevaba años arrastrando. Tita procuró consolarle.

—Gracias por haber sido mi mejor amigo todos estos años. No sé qué habría sido de mí sin ti y tu capacidad de mediación con Borja.

—Es un chico estupendo. Dale tiempo. Tita, ¡cuídate mucho! Tienes tres hijos por los que luchar.

—Me voy a sentir muy sola sin ti. Gracias, Manuel, por todo.

—Gracias a ti. Te quiero mucho.

—Yo también te quiero.

Al colgar, se quedó pensativa y con un nudo en la

garganta. La vida la dejaba de nuevo sola con muchas responsabilidades a sus espaldas.

Durante los últimos años, Manuel había sido de gran ayuda para ella. La reconciliación con Borja había sido posible gracias a él. Pocos días después de su despedida, el 25 de junio del 2020, moría a los setenta y siete años. A Tita la luctuosa noticia la sorprendió en Andorra. Con el coronavirus en pleno apogeo, no fue al velatorio. Tampoco acudió Borja, del que su padre también se había despedido.

Familiares y amigos velaron sus restos en el tanatorio de Tres Cantos, en Madrid. Allí estaba su última pareja, Paz Pastor. Aunque se habían separado, mantuvieron una buena relación y estuvo con él hasta el final. Hasta allí llegó una corona de flores de parte de Borja y de su familia. Madre e hijo querían recordarle en vida. Tita rezó por él. Durante días no dejó de recordar cómo se habían conocido cuarenta y tres años atrás.

—Fue un flechazo —le explicaba a Eugenia—. Fue la primera y la única vez que me enamoré de una persona de mi misma edad. No imaginas cómo deseaba quedarme embarazada. Cuando me lo confirmaron en la Clínica Dexeus, mi madre y yo nos abrazamos felices. Para Manuel fue una sorpresa inesperada. Según fueron pasando los meses, Manuel se convenció de que no sería un buen padre. No estaba preparado. Siempre fue un niño grande.

—¿No le acompañó en el parto? —preguntó Eugenia.

—Al final, di a luz sola, y Borja pasó a ser lo más importante de mi vida. Cuando llegó el momento en que Heini quiso adoptarlo, llamé a Manuel para pedirle permiso y él comprendió que era lo mejor para el chico. Después, al cumplir siete años, Borja supo que tenía dos padres y lo asumió con toda naturalidad. Ahora, Borja los ha perdido a ambos. Siento mucha pena por él. Se trata de una ausencia importante en su vida. En los últimos años, no había un cumpleaños de Borja o una celebración familiar en la que no estuviera él. ¡Qué pena!

No le contó a Eugenia que, antes de ponerse tan malo, habían hecho planes para pasar unos días en Sant Feliu. Ahora debería darles la noticia a Carmen y a Sabina, que también le querían mucho.

—Hijas, Manuel está ya en el cielo. Ha dejado de sufrir. Ahora habrá que rezar por él.

Las niñas lo encajaron bien, aunque le hicieron muchas preguntas. Aprovechando esta circunstancia, Tita les desveló el secreto familiar mejor guardado: les dijo quién era su padre. Las niñas le agradecieron que se lo contara a las dos. Había llegado el momento de abordar el tema que había querido esquivar durante años. Las dos, por fin, se quedaron tranquilas.

Ese verano, Carmen y Sabina se volcaron todavía más en estar con su madre a todas horas. Poco a poco la vida comenzaba a desperezarse del letargo de la pandemia. Los museos se preparaban para reabrir sus puertas después de meses cerrados por el confinamiento. Los primeros visitantes del Thyssen preguntaron por el *Mata Mua,* pero se encontraron con que el emblemático cuadro de Gauguin ya no estaba allí.

A finales de ese año 2020 llegaba la segunda niña a la familia de Borja: India. Nacía el 29 de diciembre, once días después del cumpleaños de Blanca. Su madre estrenaba los cuarenta y siete años alumbrando a su quinto hijo, un embarazo que había pasado prácticamente inadvertido para la prensa. Tita aprovechó las fiestas navideñas para conocer a la pequeña. Sacha, el hermano mayor, tenía ya doce años; Eric le seguía con diez años; Enzo con ocho y Kala con seis. La pequeña India llegó al mundo por parto natural y todo transcurrió sin complicaciones. Al salir del hospital, se trasladaron a su residencia a las afueras de Madrid. Allí vivía Blanca con sus hijos mientras Borja mantenía su residencia en Andorra. Tenía que hacer tantos viajes como le marcaba la ley para no tener que tributar en España como residente.

Después de una década de desencuentros, el Gobierno de España y Tita Cervera sellaban un acuerdo para la permanencia de su colección privada en Madrid. El 29 de enero del 2021, el ministro de Cultura, José Manuel Rodríguez Uribes y la baronesa firmaban dicho acuerdo. El problema no tardó en surgir cuando Borja mostró su disconformidad a través de su abogado, Pedro Mejías. Pedía más dinero del que Tita había acordado para él. La baronesa se preguntaba qué más querría su hijo.

Pedro Mejías presentó un papel a Tita con un acuerdo entre ellos para que lo firmara dando su conformidad.

Tita no firmó, pero acudió a la reunión del Patronato. Le comunicaron que su hijo estaba reunido con el nuevo ministro de Cultura, Miquel Iceta. Ella esperó veinte minutos, pero, al ver que éste no bajaba, mandó que le dijeran al ministro que la baronesa se mostraba cansada de esperar. Entonces, el ministro apareció junto a su hijo y se dirigió a los dos pidiéndoles encarecidamente que se pusieran de acuerdo.

Cuando Tita se quedó con su hijo a solas, le confesó que no había querido interferir en su reunión con el ministro.

—De todas formas, ¡qué vergüenza que salgan estas cosas familiares delante del ministro! —comentó Tita.

Francesca, que estaba presente, se acercó hasta donde los dos se encontraban hablando y les interrumpió.

—Siempre tienes que armar follones —le dijo a Tita.

—Tú deberías callarte —le contestó—. Haz el favor de no meterte en esto. ¿Te recuerdo cómo trataste a tu padre poco antes de que muriera?

Francesca recogió sus cosas y se marchó.

En medio de este clima, había que celebrar el centenario del nacimiento del barón Hans Heinrich Thyssen. Los periódicos nacionales e internacionales se hicieron eco de la efeméride. Todas las actividades del centenario tenían como objetivo rendir homenaje a su figura por su contribución decisiva al enriquecimiento cultural de España. La filosofía que inspiraba esas celebraciones no era otra que el propio pensamiento de su marido: «El arte puede cambiar el mundo y hacer personas más libres». Durante esos días Tita recordó una frase del barón: «Mi pasión por el arte me ha ayudado a superar momentos difíciles tanto en mi vida privada como profesional. Esa pasión es más importante que cualquier otra cosa y pone todo en perspectiva».

Finalmente, el *Mata Mua* regresaba a España el 7 de febrero del 2022. Su vuelta al Thyssen se convirtió en todo un acontecimiento. El acuerdo definitivo, que propició el regreso del emblemático cuadro, se firmó con el Gobierno de España al día siguiente. A las diez y media del 8 de febrero, Miquel Iceta, el ministro que había conseguido cristalizar el acuerdo, y Tita Thyssen firmaron el contrato de arrendamiento de la Colección Carmen Thyssen con la presencia de Borja en calidad de coheredero de la colección de su madre. Estaban presentes también los responsables del museo y los periodistas acreditados para dejar constancia del momento. Tita recibiría por parte del estado el pago de 97 millones a lo largo de quince años. El Gobierno se comprometía a pagar cada año 6,5 millones de euros por sus 329 obras, incluida la más representativa de la colección, el *Mata Mua* de Gauguin, que durante la pandemia había estado custodiado en Andorra.

La llegada del *Mata Mua* al museo no se materializó hasta el día siguiente, el 9 de febrero. Según dijeron los expertos, la valiosa pintura no se podía desembalar hasta veinticuatro horas después de su llegada para que no se dañara. En presencia de gran cantidad de fotógrafos, sus hijas y ella llevaron el cuadro hasta su nueva ubicación: un lugar preferente de la planta baja del museo. Juntas, lo colocaron de nuevo en una de las paredes del Thyssen. El momento quedó registrado como un episodio más de la historia del propio museo.

Tita por fin lograba la ansiada tranquilidad y así se lo confesaba a sus íntimos: «Mis tres hijos tienen asegurados sus próximos quince años». Lo celebró con una comida en el restaurante Numa Pompilio. Acudieron responsables de los diferentes museos, su hijo y su nuera, así como su hija Carmen, su sobrino Guillermo y su amiga, la pintora Mercedes Lasarte. Sabina, después de la exposición mediática del día anterior, había preferido no asistir. En una de las mesas se pudo ver también a Carmen, la otra de las mellizas junto a Sacha, el hijo mayor de Borja, y a la pequeña Kala. Se trataba de todo un acontecimiento familiar.

Después de aquello, Tita estaba más tranquila, pero seguía reuniéndose con los abogados para dejar las cosas completamente claras entre los hermanos. La herencia era su otra obsesión. Cada noche hacía su solitario y preguntaba a las cartas esperando respuestas. «¿Cuándo volveré a tener una relación fluida con mi hijo?». Las cartas siempre le decían lo mismo: era cuestión de tiempo. Y eso, el paso de los días era precisamente lo que más la angustiaba. Mientras tanto, el arte seguía siendo lo que más le llenaba su vida.

Recibió con sorpresa la noticia de la muerte del primogénito de Heini, Georg. Un cáncer de huesos había acabado con su vida a los setenta y dos años. Poco había sabido de él desde que su padre firmó la paz familiar un mes y medio antes de morir. Georg murió millonario, pero «tanto dinero no le sirvió para evitar la muerte que inexorablemente llama a todas las puertas», pensó. ¡Cuánto dolor les había ocasionado! Dejaba dos hijos que había tenido con más de 50 años: Simón, de veintiún años, y Monique, de diecinueve, con los que Tita no había cruzado una sola palabra jamás. ¡Junior nunca tuvo la más mínima compasión por su padre, al que se lo debía todo!, reflexionó. Solo le interesó su dinero y jamás se sintió ligado al mundo que más amaba el barón: el arte. Rezó por su alma y procuró olvidarle.

De entre todas las peticiones que recibía a diario, la de la ciudad de Alicante fue la mejor posicionada para convertirse en la quinta sede de sus pinturas. Su sueño se estaba haciendo realidad: dejar su nombre unido al arte por cuantas más ciudades mejor. En sus últimas entrevistas lo dejó bien claro.

—Ahora que no tengo a los seres queridos que lograron hacer de mí quien soy hoy, el arte me salva. Podría decir que se ha convertido en el gran objetivo de mi vida. Estoy enamorada de todos mis cuadros. En cuanto los vi quise adquirirlos, porque sentí que tenían calidad. Llevo treinta y cinco años recorriendo los museos del mundo y yendo a subastas. El ojo lo adquirí con la experiencia, fue algo que Heini siempre valoró en mí. Yo me enamoro de los cuadros, no lo puedo evitar. Unos son para las colecciones de los distintos museos y otros son para mí. Me encanta coleccionar cuadros. Tenemos muy buenos pintores en España, pero no les hemos prestado la atención que merecían. Cuando veo la calidad de sus obras, me siento orgullosa de haber nacido aquí. Deseo darles el valor que les corresponde a nivel internacional. No se puede ser coleccionista sin estar enamorada de los cuadros. El arte es el lenguaje universal que puede eliminar todo tipo de barreras, incluidas las ideológicas. Solo aspiro a compartir mi colección con el mundo y a hacer posible que la disfruten cuantas más personas mejor. «La belleza y el arte deben ser compartidos», como decía Heini. Me ilusiona pensar que el nombre de Carmen Thyssen estará siempre ligado al arte. Será una forma de ser recordada para siempre...

Epílogo

Hasta aquí las siete vidas de Tita... La historia de una mujer que nos trajo a España la mayor colección de arte privada del mundo. También la historia de una mujer que amó a los hombres más dispares dejándose llevar por su corazón y por su instinto de supervivencia. Siempre quiso ser la protagonista de su propia existencia. Aunque deseó dar un aire romántico a una vida llena tanto de claros como de oscuros.

Mucha gente cree saber su historia mejor que ella misma, pero la baronesa Thyssen ha sido la artífice de su vida desde su más tierna infancia. Ella misma, de niña, se cambió el nombre para que sonara lo más parecido posible al de la «tata» que la cuidaba. Así nacía Tita. Se han dicho muchas cosas de su infancia, de su juventud, de sus amores, de sus infiernos, de sus secretos... que ella dice que son mentira. ¿Ha llegado a borrar episodios que están en la hemeroteca? No lo sé, seguramente sí. ¿No lo hacemos todos? ¿No enterramos aquello que nos hace daño y dejamos que el polvo del paso del tiempo lo oculte hasta olvidarlo de nuestra memoria? Lo que está claro es que, como ella me confesó en alguna de las primeras entrevistas que me concedió, «tengo una virtud: la de complicarme la vida».

Ha sido una mujer de grandes secretos. No supimos hasta que pasó tiempo la identidad del padre de su hijo. Cuando Heinrich Thyssen adoptó a Borja llegó a decir que él era su padre. Pero años después nos contó a los periodistas la verdad: que el padre biológico era Manuel Segura. Su hijo lo supo desde los siete años. Y lo aceptó con naturalidad.

Ahora, volvemos los periodistas a especular sobre la identidad del padre de las niñas. Carmen y Sabina lo saben desde hace unos años y, como en su día Borja, lo han aceptado también con naturalidad. Tita lo contará, seguro. Pero ahora no es el momento. En estos años tuvo la confianza de decírmelo y antes de bajarse en marcha del anterior libro, pensaba contarlo. De momento, su secreto estará fielmente guardado bajo siete llaves conmigo. Ella es quien debe hacerlo público cuando crea conveniente, y no yo. Jamás traicionaré eso que para mí tiene tanto valor que es el secreto profesional.

Cuando sus hijas cumplan dieciocho años, quizá se anime a contarlo públicamente. No es algo prioritario en su vida. Hay otros temas que la afectan más.

Lo verdaderamente relevante es que sus hijos se han convertido en el epicentro de su vida. Primero, cuando nació Borja, sintió «una felicidad inmensa» y posteriormente una gran responsabilidad. Años después, la llegada de las mellizas la hizo volver a sonreír: «Llegaron a mi vida dos angelitos tremendamente ingenuos». Tita se ha encargado de darles a los tres un futuro, de que hablen varios idiomas, de que tengan amor por el arte y de esa forma vincularles a su apellido y a su legado millonario.

El tiempo se ha convertido en su tesoro más preciado. No está junto a ellos todo lo que quisiera. Anda siempre con alguna cuestión legal entre manos. Papeles y más papeles de abogados son su realidad cotidiana.

La historia de su vida de novela irá perdiendo poco a poco el protagonismo que hoy tiene e irá quedando lo verdaderamente relevante: fue la artífice de que la colección privada de arte más grande del mundo viniera a España. No sé si los españoles son conscientes del esfuerzo y empeño personal de Tita en que así fuera. El museo Thyssen-Bornemisza y la colección Carmen Thyssen están, como ella dice, donde tienen que estar: «en mi país». Seguir abriendo museos y adquiriendo nuevos cuadros forma parte de su quehacer diario. El arte se ha convertido en su único mundo. Desde aquella vez que despertó en Villa Favorita con un Renoir en la pared de su habitación, su vida cambió. El cuadro *El campo de trigo* la hizo perderse en aquel mundo dorado del que ya no quiso bajarse...

Agradecimientos

A la baronesa Thyssen a pesar de todo.

A Guillermo Cervera, por su amabilidad y simpatía. Pienso que también merecería un libro aparte.

Al entorno más cercano de Tita Cervera: el leal Antonio Salcedo, la trabajadora incansable Ana Gutiérrez, la fiel Eugenia... por su ayuda incondicional cuando me hizo falta en estos últimos años. Fue un verdadero placer conocerles.

A Juan Díaz, director editorial de Penguin Random House, por apoyarme de una manera tan incondicional.

A mi editora Carmen Romero, por el empuje y la energía para llegar a cristalizar un proyecto tan difícil como este.

A Aranzazu Sumalla, por no desfallecer en el intento.

A Covadonga D'lom, por los años juntas.

A Constantino Mediavilla, por los datos que me proporcionó relativos a Madrid.

A Roberto Macedonio, por su ayuda inestimable en la documentación del libro.

A toda la familia de Onda Madrid. En especial a Pilar Vicente y a Alejandro González.

A Chelo García Cortés, por proporcionarme los datos de la boda de Borja Thyssen.

A mis compañeros de profesión, por el apoyo que me han mostrado en estos días en los que me quedé sin palabras.

A todos los trabajadores de Penguin Random House que han contribuido a la salida de este libro en un tiempo récord.

A los escritores que me han regalado su pensamiento y reflexión sobre la protagonista de mi libro.

A mi familia de lectores, por saber aguardar con paciencia la salida de este manuscrito.

A Guillermo, mi marido, a mis hijas y a toda mi familia y amigos que han sufrido con paciencia mis ausencias prolongadas.

Bibliografía

Libros

Calleja, Concepción, *Tita Cervera. Una historia sin título. Biografía no autorizada*, Barcelona, Belacqva, 2004.

Crane, Cheryl, *Una tragedia en Hollywood*, Barcelona, Ediciones B, 1989.

Galán Font, Eduardo, *Tarzán: héroe de celuloide y papel*, Madrid, T&B Editores, 2014.

Santoni, Espartaco, *No niego nada. Memorias de Espartaco Santoni*, Caracas, Venezuela, Consorcio de Ediciones Capriles, 1991.

Thyssen, Carmen, «Memorias de la baronesa Thyssen», publicado en *¡Hola!*

Thyssen-Bornemisza, Hans Heinrich, Barón (con la colaboración de José Antonio Olivar), *Yo, el barón Thyssen. Memorias*, Barcelona, Planeta, 2014.

Revistas, catálogos y documentos sonoros

«La Colección Thyssen Bornemisza: De Villa Favorita a Villahermosa», Videoteca Panorama.

Caminos de modernidad. 1860-1980. Colección Carmen Thyssen-Bornemisza, Fundación Bancaja, 2022.

Colección Carmen Thyssen-Bornemisza, vol. 1 (2004) y vol. 2 (2009), Museo Thyssen Bornemisza.

Colección del Museo Carmen Thyssen Málaga.

De Fortuny a Tàpies. Aspectos de la pintura catalana moderna en la Colección Thyssen-Bornemisza, Museo Nacional de Arte de Cataluña, 2003.

El barón Thyssen, Documentos Radio Nacional de España.

Pintura catalana. Del Naturalismo al Noucentisme, Colección Carmen Thyssen-Bornemisza, 2004.

Revista Forbes W, «Tita Thyssen: por amor al arte. Las 100 mujeres más influyentes de España».

Otras fuentes

Balansó, Juan, «Lex Barker, un aristócrata en la jungla», en *ABC* Madrid (19 de mayo de 1973).

«Tarzán cumple 70 años», en *ABC* Madrid (3 de octubre de 1982).

Yebra, Elvira, «Noche de lujo y elegancia con Carmen Cervera», en *ABC* Madrid (10 de agosto de 1986).

Banicetos, Maribel, «Tita Cervera entregará el testigo de "Lady España" a la duquesa de Alba», en *ABC* Madrid (11 de agosto de 1987).

«Discrepancias en el entorno del barón Thyssen sobre el

traslado temporal de su colección a España», en *El País* (18 de marzo de 1988).
«Carmen Cervera podría venir este año a la Feria de Abril y para ello le haría un traje de flamenca el modisto Pepe Castillo», en *ABC* Sevilla (10 de abril de 1988).
«El barón Thyssen», en *El País* (21 de julio de 1988).
«Carmen Cervera: "España ha hecho del arte una forma de vida"», en *ABC* Madrid (25 de agosto de 1988).
«Firmado el acuerdo con el barón Thyssen», en *El País* (21 de diciembre de 1988).
Entrevista de Julia Otero a Carmen Thyssen en *La Luna*, RTVE (18 de julio de 1989).
«Carmen y Heini Thyssen, coleccionistas y enamorados», Canal Sur, 1989.
«El barón Thyssen será operado mañana en París de un aneurisma de aorta», en *El País* (7 de marzo de 1990).
Valenzuela, Javier, «Aplazada la operación de corazón del barón Thyssen», en *El País* (9 de marzo de 1990).
«Espartaco Santoni desafía a Tita Cervera: "Si lo que cuento en mis memorias es mentira, ¿por qué no se querella?"», en *ABC* Sevilla (29 de abril de 1990).
«La biografía que prohibió Tita Cervera», en *ABC* Sevilla (23 de julio de 1990).
«El Barón Thyssen dice que el museo de Madrid se abrirá en octubre», en Efe/*El País* (3 de diciembre de 1990).
«Tita Cervera: "Los herederos hemos evitado hablar de dinero"», en *ABC* Madrid (19 de febrero de 1993).
«La baronesa Thyssen revela paso a paso cómo consiguió llevar a buen término la operación artística más importante del siglo», en *Blanco y Negro* (25 de julio de 1993).

Cortázar, Beatriz, «“Garbanzo de plata” para los barones Thyssen», en *ABC* Madrid (13 de enero de 1994).
«Delicado estado de salud del barón Thyssen tras su segunda operación a corazón abierto», en *ABC* Madrid (26 de mayo de 1994).
Valero, Juan Carlos, «Los barones Thyssen inauguran una exposición en Sant Feliu», en *ABC* Madrid (4 de agosto de 1995).
«“La intervención de Don Juan fue decisiva para que la colección Thyssen viniera a España”, asegura Tita Cervera en un reportaje de la revista *Blanco y Negro* en Sevilla (28 de septiembre de 1995).
«Las joyas de la baronesa», en *Blanco y Negro* (1 de octubre de 1995).
«Tita Cervera, insignia de oro por amor al arte», en *ABC* Sevilla (4 de noviembre de 1996).
Vázquez, Luis, «Thyssen festeja en Lugano los 60 años de la colección», en *El País* (8 de septiembre de 1997).
Cervilla, Paloma, «Tita Cervera nombrada “Sirena de la Costa Brava 1988”», en *ABC* Sevilla (2 de agosto de 1988).
«Carmen Thyssen y el Guggenheim, medallas de oro de Bellas Artes», en *El País* (5 de diciembre de 1998).
Pérez-Maura, Ramón, «Tita Cervera busca desheredar a los hijos del barón Thyssen, a riesgo de que España pierda la colección», *ABC* Madrid (28 de enero de 2001).
«Tita Cervera: Retrato de baronesa con varón al fondo», en *ABC* Sevilla (24 de agosto de 2001).
«El barón Thyssen, ingresado por una arritmia cardiaca», en Efe/*El País* (26 de enero de 2002).
«El barón Thyssen abandona la UCI», en *El País* (27 de enero de 2002).

Galán, Lola, «Carmen Thyssen expone en Roma 60 cuadros de su colección de arte», en *El País* (26 de marzo de 2002).
Bague, Gerard, «Muere el barón Thyssen, el gran coleccionista de arte», en *El País* (28 de abril de 2002).
Bague, Gerard, «Familia y amigos despiden al barón Thyssen con un funeral íntimo», en *El País* (29 de abril de 2002).
«Los restos mortales del barón Thyssen descansan ya en su castillo de Landberg», en *El País* (30 de abril de 2002).
De León-Sotelo, Trinidad, «Carmen Thyssen: "Mi marido ha muerto en paz"», en *ABC* Sevilla (30 de abril de 2002).
Rosa, Barbara, «Love Story: mis amigos, los barones Thyssen», en *Cultural Madrid* (4 de mayo de 2002).
«Los duques de Lugo presiden un funeral por el barón Thyssen», en Efe/*El País* (17 de mayo de 2002).
Camacho, Ignacio, «La baronesa se sacude el luto», en *ABC* Sevilla (16 de agosto de 2002).
De León-Sotelo, Trinidad, «Carmen Thyssen: "Puedo imaginar sin amor el resto de mi vida"», en *ABC* Madrid (8 de septiembre de 2002).
Torquemada, Blanca, «El "Mata Mua" de la baronesa», en *ABC* Madrid (14 de agosto de 2004).
«La Generalitat otorga el XII Premio Blanquerna a Carmen Thyssen-Bornemisza», en *El País* (20 de noviembre de 2004).
Bosco, Roberta, «Francesca Thyssen intentará bloquear el nombramiento del sucesor de Llorens», en *El País* (4 de mayo de 2005).
Fernández-Santos, Elsa, «Carmen Thyssen planta cara a Gallardón por la reforma del paseo del Prado», en *El País* (24 de abril de 2006).

«Aguirre: "Mientras sea presidenta, los árboles de Prado-Recoletos van a seguir donde están"», en *El País* (1 de mayo de 2006).
«Carmen Thyssen dice que está dispuesta a subirse a un árbol para evitar la tala en el paseo del Prado», en *El País* (5 de mayo de 2006).
«La baronesa Thyssen se manifiesta junto a cientos de personas contra la reforma del paseo del Prado», en *El País* (6 de mayo de 2006).
Fernández, Elsa, «¡Baronesa, alcaldesa!», en *El País* (7 de mayo de 2006).
«7 días, 7 noches. Jornada intensa de la baronesa Thyssen en los platós de Antena 3», en *ABC* Córdoba (8 de mayo de 2006).
Fernández-Santos, Elsa, «Gallardón cede ante la presión del Thyssen», en *El País* (9 de mayo de 2006).
De Prada, Juan Manuel, «Candidatos contra Gallardón», en *ABC* Sevilla (23 de septiembre de 2006).
«Borja Thyssen y Blanca Cuesta esperan su primer hijo y anuncian su boda para octubre», en *¡Hola!* (11 de julio de 2007).
«Borja Thyssen anuncia en *¡Hola!* que se casa el próximo 13 de octubre», en *¡Hola!* (12 de septiembre de 2007), disponible en: <https://www.hola.com/famosos/2007091227321/famosos/borja/thyssen/>.
Cortázar, Beatriz, «Borja Thyssen y Blanca Cuesta ya son marido y mujer», en *ABC* Madrid (10 de octubre de 2007).
Cortázar, Beatriz, «La baronesa está triste», en *ABC* Madrid (11 de octubre de 2007).
«Chelo García Cortés, madrina de la boda de Borja Thyssen y Blanca Cuesta», en Europa Press (16 de octubre de 2007).

Cortázar, Beatriz, «David R. Litchfield, autor de *La historia secreta de los Thyssen*: "Tita tiene que asumir el pasado de los Thyssen"», en *ABC* Madrid (4 de octubre de 2007).
«Blanca y Borja Thyssen, exclusiva en la revista *¡Hola!*: "Nuestro amor está por encima de todo"», en *¡Hola!* (7 de noviembre de 2007).
«La baronesa hablará hoy de "la venganza de Gallardón"», en *ABC* Madrid (28 de noviembre de 2007).
Astorga, Antonio, «La baronesa amenaza con llevarse el Thyssen a otro Madrid "sin tráfico"», en *ABC* Sevilla (29 de noviembre 2007).
Cortázar, Beatriz, «Sacha Thyssen trae paz a la familia», en *ABC* Madrid (1 de febrero de 2008).
«Una biografía no autorizada sacude la vida de Tita Cervera», en *El Imparcial* (20 de febrero de 2008).
Cortázar, Beatriz, «Lo más privado de la baronesa», en *ABC* Córdoba (27 de febrero de 2008).
«Exclusiva en *¡Hola!*: Borja Thyssen y Blanca Cuesta, primer paseo junto a su hijo», en *¡Hola!* (18 de marzo de 2008).
«Marbella, joyas para tiempos de crisis», en *ABC* Córdoba (5 de agosto de 2008).
«Entrevista: Francesca Von Habsburg», en *Yo Dona*, *El Mundo* (24 de octubre de 2008).
«El escolta de Tita Cervera atrapó a un ladrón en Gerona», en *ABC* Madrid (20 de noviembre de 2008).
«La baronesa Thyssen habla en exclusiva», en *DEC*, Antena 3 (22 de diciembre de 2008).
Rey, Nico, «A "la" Thyssen le toca el gordo», en *El Mundo* (22 de diciembre de 2008).
«Exclusiva en *¡Hola!*: Comunicado de Borja Thyssen tras confirmarse que Sacha es su hijo», en *¡Hola!* (7 de enero de 2009).

«El increíble comunicado de Carmen Thyssen», en *ABC* Sevilla (17 de enero de 2009).
Cortázar, Beatriz, «Los Thyssen, tan cerca pero tan lejos», en *ABC* Sevilla (25 de marzo de 2009).
«Esta semana en *¡Hola!*: "Yo, Tita Cervera", las memorias de la baronesa Thyssen», en *¡Hola!* (7 de junio de 2009).
«La baronesa Thyssen revela el nombre del padre de su hijo», en *El Mundo* (18 de junio de 2009).
«Baronesa Thyssen: "Echo de menos los abrazos de mi hijo"», en *¡Hola!* (16 de septiembre de 2009).
Galaz, Mabel, «Los Thyssen se tiran los cuadros a la cabeza», en *El País* (8 de noviembre de 2009).
«800 millones bajo la tela del conflicto Thyssen», en *Cinco Días*, *El País* (16 de noviembre de 2009).
«La "guerra de los Thyssen" pone en alerta al mundo del arte», en Dpa/*El Mundo* (25 de noviembre de 2009).
Lucas, Antonio, «Tita Cervera: "Mi hijo está en una secta"», en *El Mundo* (16 de diciembre de 2009).
«Carmen Cervera: "Blanca cambió la vida de mi hijo y la mía"», en Telecinco (22 de marzo de 2010).
«El otro desnudo de Tita», en *El Correo* (27 de marzo de 2010).
«El móvil de Blanca Cuesta contenía SMS que revelan una posible infidelidad», en *Sálvame*, Telecinco (20 de julio de 2010).
«Thyssen contra Thyssen», en *ABC* Madrid (24 de julio de 2010).
Belmonte, Rosa, «El príncipe, su prometida y la madre de su hijo», en *ABC* Sevilla (1 de agosto de 2010).
«Eric Thyssen, ya en casa», en *ABC* Madrid (8 de agosto de 2010).

López, Ángeles, «Carmen Thyssen: "Me hubiera gustado ver a solas a mi hijo, pero él quiso que fuese con abogados"», en GTres/*La Razón* (21 de agosto de 2010).
«Tita Cervera: "Heini era muy celoso"», entrevista de Albert Castillón en *Queremos hablar*, Punto Radio (22 de septiembre de 2010).
«Así viven Carmen y Sabina, las mellizas de la baronesa Thyssen en su casa de la Costa Brava», en *¡Hola!* (29 de octubre de 2010).
Reyero, Itziar, «Carmen Thyssen, "alfiler de oro"», en *ABC* Sevilla (15 de octubre de 2010).
«El Thyssen llegará con la primavera», en *El País* (20 de noviembre de 2010).
«Pacto de silencio sobre el futuro de la colección de Carmen Cervera», en *El País* (19 de enero de 2011).
Güell, María, «Una Tita "con sus alegrías y disgustos"», en *ABC* Madrid (20 de febrero de 2011).
Cortázar, Beatriz, «Por qué Borja no estará en el museo Thyssen de Málaga», en *ABC* Sevilla (23 de marzo de 2011).
«Las tres caras de Carmen Cervera», en *El País* (16 de mayo de 2011).
Galaz, Mabel, «Carmen Cervera se defiende de su hijo ante el juez», en *El País* (2 de junio de 2011).
Galaz, Mabel, «Carmen Cervera: "Me parece muy mal, fatal, que hagan algo así sin consultar"», en Efe/*El Mundo* (11 de agosto de 2011).
«La baronesa Thyssen demandará a Telecinco por la miniserie sobre su vida», en *El Mundo* (19 de septiembre de 2011).
«Entrevista exclusiva en *¡Hola!* con la baronesa Thyssen: "Me duele lo que se ha dicho sobre mi familia y quie-

ro dejar clara la verdad"», en *¡Hola!* (21 de septiembre de 2011).
Mellado, Sergio, «La baronesa, según Mercedes Lasarte», en *El País* (3 de octubre de 2012).
«Tita Cervera se sincera», en *Gente*, RTVE (24 de enero de 2012).
«Archivada la querella de Borja Thyssen contra su madre por la propiedad de dos cuadros», en Europa Press/ Efe/*El Mundo* (13 de marzo de 2012).
«Tita Cervera: "La subasta de este cuadro soluciona mis problemas de liquidez"», en *Espejo Público*, Antena 3 (30 de mayo de 2012).
Cortázar, Beatriz, «"Villa Favorita", otro», en *ABC* Sevilla (2 de junio de 2012).
Jarque, Fietta, «Mientras Tita siga al frente, no habrá solución para el Museo Thyssen"», en *El País* (4 de julio de 2012).
García, Ángeles, «Carmen Thyssen responde: "Francesca es una imbécil que solo busca publicidad», en *El País* (4 de julio de 2012).
García, Ángeles, «La (vieja) guerra de los Thyssen», en *El País* (5 de julio de 2012).
Cortázar, Beatriz, «Tita Thyssen, en busca de un hijo», en *ABC* Madrid (26 de julio de 2012).
García, Ángeles, «El juez confirma que Borja Thyssen no es el dueño de los cuadros que reclama», en *El País* (27 de julio de 2012).
«Tita Cervera: "Ninguna madre que quiera a su hijo como yo le quiero soportaría verlo en el banquillo"», en *¡Hola!* (3 de octubre de 2012).
Grau, Anna, «Carmen Thyssen: "Los domingos me encierro a pintar al óleo y a lo bestia"», en *ABC* Madrid (14 de octubre de 2012).

Morales, Manuel, «Carmen Thyssen cede gratis su colección al Estado otro año más», en *El País* (30 de enero de 2013).
Islas, Ana Luisa, «La baronesa, "culpable" de abanderar la cultura española», en *ABC* Madrid (18 de abril de 2013).
«Exclusiva de la Baronesa Thyssen», en *Corazón*, RTVE (29 de abril de 2013).
Bianchi, Marín, «Fiona Thyssen-Bornemisza: "No me voy a rebajar al nivel de Tita"», en *ABC* Sevilla (15 de junio de 2013).
Cortázar, Beatriz, «Lágrimas y temor en la visita de las mellizas», en *ABC* Sevilla (15 de junio de 2013), p. 101.
«Tita Cervera, la gran ausente en el bautizo de su nieto pequeño», en *ABC* Madrid (17 de junio de 2013).
«Las hijas de Tita Thyssen estudian en un colegio internacional», en *ABC* Madrid (22 de junio de 2013).
Montañés, José Ángel, «Carmen Thyssen: "Me gustaría ver mi museo de Barcelona mañana"», en *El País* (15 de octubre de 2013).
Belmonte, Rosa, «Los secretos de las nueve reinas que posaron para Macarrón», en *ABC* Córdoba (18 de enero de 2014).
Fariña, Ana, «Blanca Cuesta: "Me encantaría ver una obra mía en el Thyssen"», en *LOC*, *El Mundo* (30 de enero de 2014).
Montilla, Cristóbal G., «Tita Thyssen: "Soy apolítica y atemporal, como los cuadros"», en *El Mundo* (21 de abril de 2014).
«Marujita Díaz: "Santoni le ponía los cuernos a Tita Cervera conmigo"», en *ABC* Córdoba (3 de mayo de 2014).
Cortázar, Beatriz, «Los motivos judiciales para que Tita

quiera firmar la paz con Borja», en *ABC* Córdoba (21 de junio de 2014).
Rábago, Isabel, «El día que Tita Thyssen declaró ante el juez a favor de su hijo Borja», en *LOC*, *El Mundo* (20 de julio de 2014).
Bianchi, Martín, «Lorne Thyssen-Bornemisza, coleccionista: "Tita me pidió que trabajara en el museo, pero le dije que no tengo tiempo"», en *ABC* Córdoba (23 de julio de 2014).
Ruiz, Jesús Manuel, «Las pasiones y los secretos del barón Thyssen, al descubierto», en *LOC*, *El Mundo* (28 de julio de 2014).
Cortázar, Beatriz, «Carlos Slim y Carmen Thyssen, el principio de una larga relación», en *ABC* Sevilla (11 de agosto de 2014).
Rábago, Isabel, «Hacienda y la Guardia Civil "visitan" el yate de la baronesa Thyssen», en *LOC*, *El Mundo* (23 de agosto de 2014).
«Lo que Carmen Cervera no contará en las memorias del barón Thyssen», en *ABC* Córdoba (6 de septiembre de 2014).
Rábago, Isabel, «Las cinco baronesas Thyssen», en *LOC*, *El Mundo* (13 de septiembre de 2014).
«Carmen Cervera: "El barón Thyssen se adaptaba a todo y nunca se quejaba de nada"», entrevista con Carlos Herrera en *Herrera en la onda*, Onda Cero (1 de octubre de 2014).
Bianchi, Martín, «Las memorias del barón Thyssen, la última venganza de Tita Cervera», en *ABC* Córdoba (3 de octubre de 2014).
Larrondo, Cristina, «Carmen Thyssen, entrevista en exclusiva», en *Telva* (7 de octubre de 2014).
«Carmen Cervera presenta en exclusiva las apasionantes

memorias de su marido, el barón Thyssen», en *¡Hola!* (24 de octubre de 2014).
Galaz, Manuel, «El barón Thyssen, visto por Tita», en *El País* (30 de octubre de 2014).
Diéguez, Antonio, «Borja Thyssen y Blanca Cuesta ya tienen a su niña en brazos», en *LOC*, *El Mundo* (1 de diciembre de 2014).
«Tita Cervera vende Villa Favorita», en *El País* (26 de enero de 2015).
Del Río, Jesús, «¿En qué podría gastar Tita los 60 millones de Villa Favorita?», en *LOC*, *El Mundo* (30 de enero de 2015).
Diéguez, Antonio, «La hija de Santoni se venga de Tita Thyssen», en *LOC*, *El Mundo* (7 de febrero de 2015).
«Los Thyssen escenifican su reconciliación en el museo», en GTres/*LOC*, *El Mundo* (17 de febrero de 2015).
Bianchi, Martín, «"Tita se siente fuerte denigrando la dignidad del resto de la familia"», en *ABC* Córdoba (28 de febrero de 2015).
Cortázar, Beatriz, «Borja Thyssen se muda a Andorra, pero Blanca se queda en Madrid», en *ABC* Madrid (28 de febrero de 2015).
Font, Consuelo, «Tita Thyssen subasta una joya que podría alcanzar el millón y medio», en *LOC*, *El Mundo* (11 de abril de 2015).
Benítez de Lugo, María Teresa, «Carmen Thyssen no consigue vender el broche de la reina María Cristina», en *ABC* Córdoba (14 de mayo de 2015).
Diéguez, Antonio, «Manuel Segura: "Mi mujer es inteligente y entiende mi relación con Borja y Tita. No hay celos"», en *LOC*, *El Mundo* (26 de mayo de 2015).
Eyre, Pilar, «Las charlas eróticas entre Tita Cervera y Kirk Kerkorian», en *LOC*, *El Mundo* (20 de junio de 2015).

«Borja Thyssen: 5 millones como regalo de cumpleaños», en *El País* (23 de julio de 2015).
Eyre, Pilar, «La baronesa Thyssen pide un título nobiliario para su hijo Borja», en *El Mundo* (29 de agosto de 2015).
«Carmen Cervera explica en una entrevista a RTVA qué espera del futuro museo Carmen Thyssen en Escaldes», en Andorra Difusió (26 de noviembre de 2015).
«Tita Cervera repasa su vida en exclusiva para *Diez Minutos*», en *Diez Minutos* (18 de mayo de 2016).
«Tita Cervera: "Ser rico es muy difícil"», en Cadena SER (23 de mayo de 2016).
Cortázar, Beatriz, «La solitaria comunión de las hijas de la baronesa Thyssen», en *ABC* Córdoba (31 de mayo de 2016).
Codina, Esperanza, «Carmen Thyssen sustituye a su hijo por un sobrino en su museo de Málaga», en *El País* (15 de junio de 2016).
Antón, Jacinto, «La baronesa, los pieles rojas y Lex Barker», en *El País* (24 de junio de 2016).
Yagüe, María Eugenia, «Manuel Segura: "No he sido listo en mis bodas"», en *El Mundo* (15 de octubre de 2016).
Diéguez, Antonio, «Carmen Cervera: "Es mentira que Borja no quiera ver a mis hijas"», en *LOC*, *El Mundo* (18 de octubre de 2016).
«Borja Thyssen, un millonario sin oficio», en *LOC*, *El Mundo* (12 de noviembre de 2016).
Codina, Esperanza, «Carmen Thyssen se queja de que se hable más de los problemas de su hijo que de su arte», en *El País* (18 de noviembre de 2016).
Pina, M., «Tita Cervera y Borja Thyssen, efectivo a costa

del patrimonio», en *LOC*, *El Mundo* (7 de diciembre de 2016).
Pulido, Natividad, «Carmen Thyssen abre nueva sucursal de su colección en Andorra», en *ABC* Madrid (20 de enero de 2017).
Bretín, R. H., «Carmen Thyssen: "Con Montoro me intercambio *christmas*"», en *El País* (16 de febrero de 2017).
«Carmen Thyssen: "No tengo dinero"», en *Cinco Días/ El País* (16 de febrero de 2017).
García, Miguel Ángel, «El barón nunca hubiera vendido nada», en *El País* (11 de marzo de 2017).
Sequeros, Ana, «La educación de los hijos Thyssen: los niños, americana; la niña, católica», en *LOC*, *El Mundo* (20 de mayo de 2017).
«Solana: "Detesto a Mona Lisa"», en *ABC* Córdoba (16 de julio de 2017).
Ungidos, Gonzalo, «Marbella: epicentro del glamour, despilfarro y libidinosidad», en *Yo Dona*, *El Mundo* (27 de agosto de 2017).
«El asombroso parecido de Sabina, la hija de Tita Cervera, con su hermano Borja Thyssen», en *El Economista* (6 de septiembre de 2017).
«Los novios de Carmen Cervera», en *Vanitatis* (29 de diciembre de 2017).
«Entrevista con la baronesa Thyssen: "El arte está por encima de todas las ideologías"», en *Espejo Público*, Antena 3 (8 de enero de 2018).
Verbo, E., «Adiós, *Interviú*: de Marta Sánchez, la que más cobró, a la traición a la baronesa Thyssen», en *LOC*, *El Mundo* (14 de enero de 2018).
«Tita Cervera: "Yo no sabía que mi vida con el barón iba a ser tan complicada"», en *Marie Claire* (17 de enero de 2018).

Leal, José F., «Estas son las 10 mujeres más ricas de España», en *Papel*, *El Mundo* (1 de febrero de 2018).
Álvarez, Meritxell-Anfititre, «Carmen Thyssen: "Viajo con todo lo necesario para estar siempre como a mí me gusta"», en *Viajes*, *El Mundo* (16 de febrero de 2018).
De las Heras, Ruth, «Carmen Thyssen y Carlos Slim reciben los Premios Iberoamericanos de Mecenazgo», en *El País* (27 de febrero de 2018).
Contreras, María, «La nieta del barón Thyssen, una 'influencer' de sangre azul», en *El País* (5 de marzo de 2018).
Ruiz, Jesús, «Carmen Thyssen, la baronesa se serena a los 75», en *El País* (23 de abril de 2018).
«La baronesa Thyssen nos abre su museo y su corazón: "No me gusta que me llamen abuela los hijos de Borja"», de Emma García, Telecinco (11 de noviembre de 2018)
Ximénez, Pablo, «¿Sabía el barón Thyssen que estaba comprando arte robado por los nazis?», en *El País* (7 de diciembre de 2018).
«Noche en el Museo con Tita Cervera», de Jordi Évole en *Salvados*, La Sexta (3 de marzo de 2019).
«Carmen Thyssen: "No soy feminista, soy femenina"», en *El País* (4 de marzo de 2019).
Diéguez, Antonio, «El alto precio judicial de la "dolce vita" ibicenca de Borja Thyssen y Blanca Cuesta», en *LOC*, *El Mundo* (6 de abril de 2019).
«La boda de Tita y el barón Thyssen: la culminación de una relación que empezó con un trozo de pizza», *Vanity Fair* (6 de abril de 2019).
«La baronesa Thyssen, en *¡Hola!*: "Estoy sufriendo muchísimo. Como madre, lo estoy pasando muy mal"», en *¡Hola!* (13 de abril de 2019).
Gümil, Eva, «El episodio más oscuro del Tarzán que ena-

moró a Tita Cervera», *Vanity Fair* (8 de mayo de 2019).

Simón, Paloma, «Francesca Thyssen: "Intento ser más comprensiva con Tita y acercar posturas con Borja"», *Vanity Fair* (16 de junio de 2019).

«La saga Thyssen», en *Lazos de Sangre*, RTVE (3 de julio de 2019).

Ruiz Mantilla, Jesús, «La negociación sin fin de Carmen Thyssen y sus problemas fiscales», en *El País* (14 de julio de 2019).

Gosálvez, Patricia, «Francesca Thyssen: "A veces los artistas son como niños, y es bueno que sean cabezotas"», en *El País* (24 de septiembre de 2019).

Primo, Carlos, «La indiscreción que dio al traste con la amistad entre Andy Warhol y el barón Thyssen-Bornemisza», en *Icon*, *El País* (13 de octubre de 2019).

«Los famosos frente al Fisco. Borja Thyssen no es el único que ha ganado el pulso a Hacienda», en *ABC* Madrid (21 de diciembre de 2019).

«Tita Cervera nunca ha sido una niña buena», *Vanitatis*, *El Confidencial* (23 de marzo de 2010).

Barrientos, Paloma, «Buceamos en la hemeroteca en el 77 cumpleaños de Tita: la biografía que prohibió», *Vanitatis* (23 de abril de 2020).

«Dos veces viuda, un polémico divorcio y un hijo sin casarse: los hombres en la vida de Tita Cervera», en *ABC Estilo* (25 de junio de 2020).

Romo, Luis Fernando, «"No se venden, se han sacado fuera de España". El sobrino de Tita Cervera aclara la "desaparición" de los cuadros del Thyssen», en *LOC*, *El Mundo* (11 de junio de 2020).

«Último adiós a Manolo Segura, padre biológico de Borja Thyssen», en *ABC* Madrid (26 de junio de 2020).

«La baronesa Thyssen: "Mis hijas Carmen y Sabina ya saben quién es su padre"», en Vanity Fair (26 de junio de 2020).
Romo, Luis Fernando, «Así se enteró Borja Thyssen de que su verdadero padre era Manolo Segura y no el barón», en *LOC*, *El Mundo* (26 de junio de 2020).
Vidal, Pilar, «Tita Cervera, una viuda marcada por cuatro historias de amor», en *ABC* (27 de junio de 2020).
Romo, Luis Fernando, «El drama de Tarzán: el actor Ron Ely demanda a los agentes que mataron a su hijo tras haber apuñalado este a su madre», en *LOC*, *El Mundo* (7 de octubre de 2020).
«Así hemos visto crecer a las hijas de la Baronesa Thyssen, que ya tienen 14 años», en *¡Hola!* (25 de octubre de 2020).
Calero, Angie, «El club de las "malas madres" que plantaron cara a sus hijos», en *ABC* Sevilla (7 de noviembre de 2020).
«Borja Thyssen y Blanca Cuesta, padres de su quinto hijo», en *El País* (29 de diciembre de 2020).
Gordillo, Marta, «La baronesa Thyssen: Primera entrevista tras el histórico acuerdo de su colección», en *¡Hola!* (3 de febrero de 2021).
García, Ángeles, «Carmen Cervera: "Saqué el Mata Mua por una cuestión burocrática y de documentación"», en *El País* (6 de febrero de 2021).
Gordillo, Marta, «El refugio de Tita Thyssen en la Moraleja, donde se ha gestado el millonario acuerdo por su colección de arte», en *¡Hola!* (7 de febrero de 2021).
«Más de Uno Málaga desde el museo Carmen Thyssen», de Isabel Naranjo y Daniel Villalba, Onda Cero (24 de marzo de 2021).
«La herencia de Borja Thyssen, ¿en peligro? Un joven

asegura ser hijo de Manolo Segura», en GTres/*LOC*, *El Mundo* (7 de abril de 2021).
Font, Consuelo, «Las mujeres, el alcohol, el desenfreno y, sobre todo, el arte: las grandes aficiones del barón Thyssen», en *LOC*, *El Mundo* (13 de abril de 2021).
«Esperando a Mata Mua», en *ABC* Córdoba (29 de mayo de 2021).
«Carmen Thyssen: "Sé los cuadros que a mi hijo le gustaría tener, hicimos juntos la lista"», en *ABC* Córdoba (29 de mayo de 2021).
De la Torre, Noa, «Carmen Thyssen continúa con la expansión de su colección y negocia abrir un nuevo museo en Alicante, en *El Mundo* (31 de mayo de 2021).
Romo, Luis Fernando, «Guillermo, sobrino de Carmen Cervera: "Borja es el heredero y sus hermanas tendrán un porcentaje"», en *Jaleos*, *El Español* (23 de junio de 2021).
«Carmen Thyssen es una señora con nombre de museo», en *ABC* Madrid (17 de julio de 2021).
«La escalada social de una mujer hecha a sí misma», en *ABC* Sevilla (7 de agosto de 2021).
«Entrevista a la baronesa Thyssen por el décimo aniversario del Museo Carmen Thyssen Málaga», en Museo Carmen Thyssen (15 de septiembre de 2021); disponible en: <youtube.com/watch?v=P0gmjhW0Li8>.
García, Ángeles, «Carmen Thyssen, la baronesa que ganó el pulso a 10 ministros de Cultura», en *El País* (8 de febrero de 2022).
«Carmen Thyssen, la hija de Tita, arrasa. Así habla por primera vez en TV», en *Mejor Contigo*, RTVE (10 de febrero de 2022).
«La peculiar historia del Mata Mua, Carmen Thyssen des-

vela cómo logró hacerse con el cuadro», de Boris Izaguirre, La Sexta (13 de febrero de 2022).

Gordillo, Marta, «La Baronesa Thyssen habla con *¡Hola!* de su sueño cumplido y nos descubre cómo son Carmen y Sabina, que ya tienen quince años y han debutado en público», en *¡Hola!* (17 de febrero de 2022).

Peláez, Raquel, «Francesca Thyssen: "Me encanta que en España se puede levantar la voz y no pasa nada», en *El País* (24 de febrero de 2022).

Ruiz, Borja, «Francesca Thyssen, el pilar de la disfuncional familia del barón, organiza una cumbre familiar en Córdoba sin Tita», en *LOC*, *El Mundo* (4 de abril de 2022).

Pina, Marta, «2.400 millones y cuadros, así viven 20 años después los herederos del barón Thyssen, incluido el hijo "del error"», en *LOC*, *El Mundo* (9 de abril de 2022).

Font, Consuelo, «20 años de la muerte del barón Thyssen: coleccionista de mansiones, cuadros y desenfreno», en *El Mundo* (26 de abril de 2022).

«Carmen Cervera en *La matemática del espejo*», de Carlos del Amor, RTVE (28 de abril de 2022).

García, Sara, «Entramos en el que fue su fabuloso refugio... con fantasmas de la baronesa Thyssen en Jamaica», en *¡Hola!* (31 de mayo de 2022).

Lucas, Antonio, «Borja Thyssen: "No soy miedoso. Ya lo perdí todo y todo lo recuperé»», en *El Mundo* (17 de junio de 2022).

«Carmen Cervera: "Estoy escribiendo mis memorias, ¡a ver qué tal!"», en Agencia Colpisa (17 de julio de 2022).

Font, Consuelo, «Borja Thyssen: a pesar de todo, su madre quiere que sea el vicepresidente del Thyssen», en *LOC*, *El Mundo* (8 de octubre de 2022).

Font, Consuelo, «30 años del Thyssen: sapos, celos y resquemores entre la Reina Sofía y Tita», en *LOC*, *El Mundo* (8 de octubre de 2022).
«Borja Thyssen y Blanca Cuesta celebran 15 años de casados: recordamos su íntima boda que se celebró contra viento y marea», en *¡Hola!* (9 de octubre de 2022).
Castro Flórez, Fernando, «El Thyssen desencadenado», en *ABC Cultural* Madrid (22 de octubre de 2022).
Romo, Luis Fernando, «Muere Georg Thyssen, el hijo mayor del barón e hijastro de Tita, a los 72 años», en *LOC*, *El Mundo* (2 de noviembre de 2022).
Benito, Marian, «Carmen Cervera se sincera: "No soy muy caprichosa, si algo material no está a mi alcance, dejo enseguida de pensar en ello"», en *La Razón* (20 de noviembre de 2022).
López, Ianko, «Francesca Thyssen, la hija pródiga: "Deseo donar gran parte de mi colección al museo Thyssen"», en *El País Semanal* (30 de diciembre de 2022).
«Tita Cervera repasa sus historias de amor y reconoce haber sido infiel: "Todos cometemos fallos"», en *Viajando con Chester*, Cuatro (24 de enero de 2023).
Romo, Luis Fernando, «Tita Thyssen en su entrevista con Risto Mejide: "No me importaría enamorarme de alguien pobre"», en *LOC*, *El Mundo* (25 de enero de 2023).
López, Lorena, «Esta es la incómoda pregunta de Risto Mejide a Carmen Cervera que ha censurado Mediaset», en *Lecturas* (25 de enero de 2023).
«30 años de la boda de Francesca Thyssen y Carlos Habsburgo-Lorena: inspirada en la emperatriz Sissi con el barón Heini y Carmen Cervera cubiertos de pieles», *Vanity Fair* (31 de enero de 2023).

Bercovitz, Vera, «Tita Cervera nos abre sus álbumes de boda: con Lex Barker y con el barón Thyssen», en *Vanitatis* (19 de marzo de 2023).

García Romero, Ana, «La Baronesa Thyssen en su cita con la artesanía en Sevilla: "Siempre me falta tiempo para muchas cosas"», en *LOC*, *El Mundo* (24 de marzo de 2023).

«Tita Thyssen cumple 80 años: Su biografía como nunca contada antes», en *Semana* (28 de marzo de 2023).

«Los famosos que han recurrido a la gestación subrogada: de la baronesa Thyssen a Miguel Bosé», en *LOC*, *El Mundo* (29 de marzo de 2023).

Torrecilla, Andrea, «Carmen Cervera se pronuncia sobre la maternidad de Ana Obregón, a la que le desea la máxima felicidad», en *¡Hola!* (1 de abril de 2023).

Gordillo, Marta, «La baronesa Thyssen: Su entrevista más esperada. La ilusión ante su nueva aventura empresarial, el gran cambio de sus hijas, Carmen y Sabina, y sus palabras de apoyo a Ana Obregón», en *¡Hola!* (6 de abril de 2023).

Robles, Daniel, «Toñi Moreno abronca a Rosa Villacastín por revelar un polémico "rumor" sobre las hijas de Tita Cervera en TVE», en *El Confidencial* (9 de abril de 2023).

Romo, Luis Fernando, «Los 80 años de Tita Cervera, que no es marquesa por las meteduras de pata de su barón y porque para la Reina era "una cortesana"», en *El Mundo* (21 de abril de 2023).

Torrecilla, Andrea, y Gálvez, Martín, «De su boda con el barón Thyssen al nacimiento de sus mellizas: la vida de Tita Cervera a cumplir 80 años», en *¡Hola!* (23 de abril de 2023).

«La historia de amor del barón Thyssen y Tita Cervera», *Plan de Tarde*, RTVE (23 de abril de 2023).

«Así censuró Tita Cervera la biografía del barón, según su autora, Julia Escobar: "Tiene a los periodistas comprados"», en *Chic*, *Libertad Digital* (27 de abril de 2023).
Duerto, Carmen, «Qué oculta Carmen Thyssen», en *El Debate* (28 de abril de 2023).